KB209904

Miguel de Cervantes

La Galatea

•

갈라떼아

창 비 세 계 문 학

101

•

갈라떼아

•

미겔 데 세르반떼스

최낙원 옮김

창비

일러두기
1. 이 책은 Miguel de Cervantes, *La Galatea* (Madrid: Ediciones Cátedra 2014)를 번역 저본으로 삼았다.
2. 각주는 옮긴이의 것이다.
3. 외국어는 가급적 현지 발음에 준하여 표기하되, 일부 우리말로 굳어진 것은 관용을 따랐다.
4. 이 책에 인용된 성경 구절은 개역개정 성서(대한성서공회 1998)를 따랐다.

차례

•

로뻬스 말도나도가 작가에게
20

| 감정가 |

　왕실 및 왕실 최고위원회 서기관 미겔 데 온다르사 사발라 본인은 최고위원회의 인준과 국왕 폐하의 칙령으로 인쇄 허가를 받은 미겔 데 세르반떼스의 책 『6권[1]의 갈라떼아』의 인쇄물 한본당 가격을 3마라베디[2]로 정하였음을 확인하니, 이 가격에 판매하면 어떤 처벌이나 벌금도 없을 것입니다. 최고위원회는 정가 이상으로 판매하지 못하도록 이 책의 정가를 인쇄본 각권 첫머리에 표시하도록 명하고 있습니다. 이에 이 내용을 입증하고자 1585년 3월 13일 마드리드에서 본인 이름으로 서명하였습니다.

미겔 데 온다르사 사발라

　* 계속해서 정오표가 '오자誤字에 관한 증명'이라는 제목으로 제시되고 본 인쇄본에서는 이러한 모든 오자가 교정되었음을 밝힙니다. 교정자가 이를 확인해줄 것입니다.

| 오자에 관한 증명 |

　알깔라 대학 소속, 국왕 폐하께서 인정한 교정자 바레스 데 까스뜨로 학사 본인은 '갈라떼아 제1부'라고 표시된 이 책을 검토하고 이 책

---

1 이 책은 세르반떼스가 구상한 『갈라떼아』의 1부로, 6권으로 구성되어 있다. 당시는 오늘날과 부(部), 권(卷) 개념이 달랐다.
2 스페인의 옛 화폐 단위.

이 원본에 맞게 인쇄되었음을 확인하였습니다. 앞에서 언급된 오자는 따로 추출하였습니다.

　이러한 사항을 증명하기 위해 본인의 이름으로 서명을 대신하며, 이 사항은 1585년 2월 이후부터 유효합니다.

학사 바레스 데 까스뜨로

| 허가증 |

　왕실 최고위원회의 명에 따라 '6권의 갈라떼아'란 제목을 가진 본 도서를 읽었습니다. 독서 후 본인은 이 책이 인쇄될 수 있고, 인쇄해야 한다는 소신을 갖게 되었습니다. 본 도서는 온화한 어조를 띠고 있으며, 작가의 재능이 넘쳐 보이고, 산문과 운문 공히 어떤 사람에게도 해가 되지 않으며, 무엇보다도 유익함이 많은 책이라 판단됩니다. 문체 또한 담백하고, 좋은 언어와 품위 있는 이야기로 구성되어 있어 듣기에 거북한 그 어떤 것도 없고, 부도덕함이나 우리의 미풍양속을 해치는 그 어떤 것도 보이지 않습니다. 따라서 작가의 노고에 대한 보상의 의미로, 작가가 요청한 독점권과 인쇄 허가권을 부여하는 바입니다.

1584년 2월 1일 마드리드
루까스 그라시안 데 안띠스꼬[3]

---

3 Lucas Gracián de Antisco(1543~87). 인증 작업의 일환으로 이 작품을 읽은 비평가. 그의 형제 또마스(Tomás)는 이 책 6권 「칼리오페의 노래」(Canto de Calíope) 에서 칭송받는 자 중 한 사람으로, 세르반떼스의 친구 중 하나로 추측된다.

| 특허장 |

　국왕은 우리 수도 성내에 사는 미겔 데 세르반떼스가 까스떼야노[4]로 쓰고 운문과 산문으로 이루어진 '갈라떼아'란 제호의 작품과, 이 뛰어난 작품을 집필하기 위해 작가가 쏟은 노고와 연구를 고려해 작가가 청원한 인쇄 허가증과 십이년 내지 우리가 허가한 기간의 독점권을 면밀히 검토해보았다.

　그 결과 우리 왕실 최고위원회의 입증을 거치고 이 기관의 명에 의해 이 도서에 대한 행정 처리가 이루어졌으며, 또 이에 대한 실질적인 조사가 이루어져 작가에게 허가증을 발송하기로 최종 결정을 하였다. 우리는 이 결정이 올바르다고 판단하며, 따라서 작가에게 이 도서의 출판 허가와 향후 십년 동안의 출판 독점권을 부여하는 바이다. 이 기한은 독점권을 받은 날짜로부터 유효하니, 이 날짜 이후 이 도서는 유통될 수 있고, 이 날짜부터 독점권 행사 기간이 계산된다. 이 권한은 작가와 작가가 위임한 대리인에게 부여된다. 우리 왕국에서 유효할 수 있도록 이 권한을 부여한바, 권한을 부여받은 날짜부터 작가는 이 도서를 인쇄할 수 있고, 판매할 수 있다.

　또한 이 원고에 대해, 우리는 작가가 지명하는 어떤 인쇄업자에게든 이 권한을 부여할 수 있다. 이 경우 우리 위원회가 보았던 것과 같은 본을 인쇄해야 하며, 확인된 쪽에는 도장을 찍어야 하고, 그 말미에는 우리 위원회 소속 왕실 서기관 미겔 데 온다르사 사발라의 서명이 있어야 한다. 또한 판매하기 전에 작가는 인쇄본을 본 위원회에 원본과 함께 가져와 원본과 인쇄본이 맞는지 확인해야 한다. 또는 우리

---

4 현재 스페인의 공용어.

10

위원회의 명에 의해 임명된 교정자가 인쇄본이 원본과 맞음을 확인하고, 교정하고, 인쇄했다는 공증된 증명서를 가져와야 한다. 마찬가지로 인쇄된 각권에는 교정자가 기록한 정오표가 인쇄되어 있어야 한다. 인쇄된 각권에는 가격이 명시되어야 하며, 우리 왕국의 법이나 규정을 범하게 되면 반드시 그에 대한 대가가 따를 것이다.

또한 부여된 기간 동안 작가의 허락 없이 어떤 자도 이 도서를 인쇄할 수 없다. 어떤 자가 작가의 허락 없이 우리 왕국에서 이 책을 인쇄하고 판매하는 경우, 그자는 인쇄한 모든 도서와 지형紙型을 잃게 된다는 점을 명심해야 할 것이며, 나아가 50,000마라베디의 벌금형이 부과된다는 사실 또한 명심해야 한다. 이 금액의 3분의 1은 고발인에게, 다른 3분의 1은 왕실에, 나머지 3분의 1은 판결을 내리는 판사에게 돌아갈 것이다.

이제 우리 위원회에 속하는 모든 자, 대심원 의장, 판사, 시장, 경찰, 왕실, 사무국, 왕실 대리인, 일반 공무원, 도지사, 대도시와 중소 도시의 시장들, 우리 왕국과 그 통치 영역에 속하는 모든 도시와 모든 관계 기관에 이러한 내용을 지키도록 명하는 바이다. 언급된 자들은 이 시간부터 작가를 위해 이 증명서의 내용과 국왕의 명령을 관리하고 집행할 것이다. 언급된 자들 중에 이 문서의 내용과 형식을 거부하고 이에 반해 행하는 자가 있다면 그에 상응하는 왕실의 처벌을 받을 것이며, 예외 없이 왕실에 10,000마라베디의 벌금을 내야 할 것이다.

1584년 2월 22일 마드리드
국왕

국왕 폐하의 명에 의해
안또니오 데 에라소 대서代署

11

| 헌사 |

산따 소피아 수도원장이자 존귀하신 아스까니오 꼴론나[5] 님께

  어르신의 은덕이 차고 넘쳐 저의 보잘것없는 재능의 첫 열매를 두려움 없이 감히 어르신께 바치고자 하는 마음을 갖게 되었습니다. 더 나아가 생각해보니, 위대하신 어르신의 지고의 덕은 스페인까지 다다라 어르신은 스페인의 명성 높은 대학들을 더욱 밝혀주셨을 뿐 아니라 고귀한 학문을 가르치는 사람들(특히 시를 연마하는 사람들)의 길잡이가 되어주셨습니다. 저 역시 그 기회를 놓치지 않고 어르신의 인도를 따르고자 했습니다. 어르신의 인도 안에서, 또 어르신의 인도를 통해 모든 자가 안전한 항구를 발견하고 따뜻한 환대를 받기 때문입니다. 부디 어르신께서 앞으로 보내드릴 저의 결실을 예쁘게 보셔서 이 조그만 헌정물이 이 땅에 존재할 수 있도록 기회를 만들어주시기를 간곡히 부탁드립니다. 만일 이것이 기대에 못 미친다 해도 적어도, 어제[6] 하늘이 우리 눈앞에서 빼앗아간 우리 군의 태양이신 그분의 승리의 깃발을 몇년간 제가 따랐던 것을 생각해 어여삐 봐주셨으면 합니다. 이는 비록 하늘이 깃발을 빼앗을 수는 있었지만 고귀한 것들을 간직하고자 한 사람들에 대한 기억은 빼앗을 수 없기 때문이며, 어르

----

5 Ascanio Colonna(1560~1608). 이딸리아 인문주의의 후견자, 촉진자 역할을 했던 꼴론나 가문에 속한 인물. 로마에서 태어나 알깔라와 살라망까에서 신학을 공부한 것으로 알려져 있으며 훗날 교황 식스투스 5세에 의해 추기경에 봉해진다. 산따 소피아 수도원장 직함은 1578년 받은 것으로 보인다.

6 1584년 8월 1일. 이 헌사의 대상인 아스까니오 꼴론나의 아버지 마르꼬 안또니오 꼴론나(Marco Antonio Colonna)가 시칠리아 부왕으로 재임 중 이날 로마에서 마드리드로 오다가 메디나셀리에서 죽었다.

신의 존귀하신 아버님[7]의 경우 또한 그렇습니다. 게다가 저는 아꽈비바 추기경님이 마치 예언이나 하듯 어르신에 대해 하시는 말씀을 수차례 들었습니다. 그 말씀으로 제 영혼에 임한 어르신에 대한 존경과 경외의 마음을 또한 덧붙이고 싶습니다. 당시 저는 로마에서 추기경님을 모시고 있었는데, 이제 생각해보니 그때 추기경님이 하신 말씀이 하나도 틀리지 않음을 알게 되었습니다. 나아가 어르신께서 물려받으신 맑고 관대한 가문의 혈통을 매일 웅변하듯 보여주는 어르신의 덕과 믿음, 위대함과 자비를 경험한 모든 사람 역시 저와 같은 생각을 할 것입니다. 그 혈통은 과거 위대한 로마를 견지한 원칙과 그에 따라 배출된 여러 위인과 충분히 견줄 만한 것입니다. 왕실의 줄기와 가지에서 나온, 유명한 업적으로 가득 찬 수천의 진정한 역사가 증명해주는 것과 같은 덕목과 위대한 업적들로 이루어진 덕스러운 일과 영웅적인 업적으로써 말입니다. 저는 지금 이 가문의 힘과 지위 아래 있으며, 결코 용납할 수 없는 험담가들에게 방패를 들이대고 있습니다. 어르신께서 제 무모함을 용서하신다면, 저는 그 어떤 것도 두려워하지 않고 바라지 않을 것이며, 오직 우리 주님께서 어르신을 보우하사 그 위엄과 고귀한 신분이 더욱 높아지고 뛰어나기를 바랄 뿐입니다.

어르신의 손에 종이 감히 입 맞추면서

미겔 데 세르반떼스 사아베드라

---

7 마르꼬 안또니오 꼴론나는 스페인을 포함한 기독교 연합 함대와 오스만튀르크 함대가 그리스 레빤또에서 일전을 벌인 레빤또 해전(1571)의 스페인 함대 지휘관이었다. 세르반떼스가 이 해전에 참전한 것은 잘 알려진 사실이다.

호기심 많은 독자에게

일반적으로 글 쓰는 일이 인기 없는 이 시대에 목가시[8] 성격의 작품을 쓰려는 이 일은 내게 두려움을 줍니다. 이 작업이 크게 칭송받을 만하여, 인간 본성의 다양한 취향 때문에 자신의 취향과 다른 것은 모두 수고이자 시간 낭비로 생각하는 사람들에게 특별히 따로 만족을 줄 필요가 없을 정도의 그런 작업이 되었으면 하는데, 그러지 못할까봐 걱정스럽습니다. 그러나 누구도 한계에 갇힌 나의 재능을 정당화할 수는 없는 법이니, 나는 오직 다음 분들의 기대에만 부응할 따름입니다. 이분들은 감정에 치우치지 않고, 더욱 굳건하게 지성에 뿌리내려 다른 형태를 보여주는 대중문학을 받아들이지 않는 분들입니다. 또한 작가가 자기 내부에 항상 자기 작품

---

8 스페인에서 목가시(égloga)의 원조는 가르실라소 데 라 베가(Garcilaso de la Vega)로, 그는 『목가시 I, II, III』을 써 당시 많은 독자의 사랑을 받았다. 한국어 번역본은 최낙원 옮김, 『가르실라소 시전집』(지만지 2007)을 참조하기 바란다.

에 대한 열정을 가지고, 이 시대에 대중문학을 다루고 작품 출판하기를 힘들어하지 않는다는 것을 믿고 인정하는 분들입니다. 나 역시 내 나름대로 문학작품을 쓸 때 항상 어떤 끌림을 느껴왔다고 말씀드릴 수 있고, 나이 또한 이제 막 젊음의 경계를 벗어나[9] 이러한 일을 하는 데 문제 되지 않는다고 말할 수 있겠습니다.

나아가 이러한 능력(과거에는 아주 높이 평가된)을 알아보는 일에는 보통 이상의 이점이 있습니다. 이것은 부인할 수 없는 사실이지요. 우선 문학작품을 쓰는 사람 ── 작가겠지요 ── 의 언어 능력을 크게 향상시킵니다. 그리고 언어의 표현 기술을 완전히 익히게 되면서 더 고귀하고 중요한 작업도 할 수 있고요. 또한 옛 언어의 단순함 속에서 까스떼야노의 풍부함이 소멸하기 원하는 속 좁은 사람들이 이것을 본받아 까스떼야노 안에 탁 트이고 비옥하며 광대한 평원이 펼쳐져 있다는 것을 이해하도록 길을 열어주기도 합니다. 그들 역시 이 평원을 쉽고 우아하게, 진중하고 유려하게, 마음껏 달려나갈 수 있지요. 달려나가면서 재치 있고, 진지하고, 날카롭고, 품격 있는 다양한 언어의 개념들을 발견하게 되는 겁니다. 스페인 사람들의 재능의 비옥함 속에서 이에 호의적인 하늘이 여러 곳에서 그 장점을 행사해왔고, 오늘 우리의 행복한 시대에 순간순간 행사하는 그런 개념들의 다양성 말입니다. 이에 대해서는 나 자신이 증인 중의 한명입니다. 나는 이에 해당하는 몇몇 사람을 알고 있습니다. 그들은 내가 지닌 부끄럼이라곤 전혀 없이 합당한 권

---

9 『갈라떼아』를 쓴 1585년 당시 세르반떼스의 나이는 38세였다. '젊음'의 원어 'juventud'는 25~35세의 젊은이를 가리키며, 따라서 세르반떼스는 스스로 젊음의 범위를 멀리 벗어나지 않는다고 주장하는 것이다. 당시 목가소설을 쓰는 작가들의 나이는 대부분 이 연령대를 벗어나지 않았다.

리와 흔들림 없는 당당함으로 이 험한 길을 지나갈 수 있는 분들이지요.

인간이 당하는 어려움이 너무도 보편적이고 다양하며 목적과 행위가 너무 여러가지라, 어떤 사람들은 영광을 바라는 마음으로 모험 삼아 출판을 시도하고, 또 어떤 사람들은 욕먹을 두려움에 감히 출판하지 못하기도 합니다. 출판물이라는 것이 한번 세상에 나오면 무지한 대중의 심판을 받아야 하고, 보통 그들의 심판은 위험하고 거짓인 경우가 많으니까요. 그런데도 나는 이 책을 출판해야겠다는 담대한 의지를 여러모로 내보여왔습니다. 나 자신을 확신시킬 만한 어떤 타당한 이유가 있어서가 아니라, 앞서 말한 두가지 어려움 중에 어느 것이 더 큰지 알지 못해서였습니다. 덧붙이자면, 하늘이 주신 재능을 드러내고자 설익은 재능을 조국과 친구들 앞에 감히 내놓는 가벼운 자들이 갖는 위험과, 순전히 고지식하고 게을러 늑장을 부리다 한번도 자기가 이해하고 만들어낸 것에 만족하지 못하고 아직 목표에 이르지 못했다는 것만 확신하여 자신의 글을 생산하고 전파할 결심을 결코 하지 못하는 사람들이 갖는 위험, 이 두가지 중 어느 것이 더 큰 위험인지 몰라서였습니다. 무모함과 자신감이 지나쳐 하고자 하는 일을 너무 빨리 허용해버리면 그 무모함과 자신감이 비난받을 수 있는 것처럼, 안전함만을 따져 미루는 것도 그 의심과 결정의 지연 때문에 악덕으로 치부될 수 있습니다. 조만간 자신의 재능과 연구의 열매를 통해 비슷한 사례의 도움을 기대하는 사람들과 유익한 나눔을 가질 때가 올 테니까요.

사실 이 두가지 어려움을 피하고자 나는 지금까지 책을 출판하지 않았습니다. 하지만 이제는 출판을 머뭇거릴 시간이 많지 않습니다. 나의 기호를 넘어, 나의 지성이 이것을 작성했기 때문이지요.

흔히 받는 비난이 갖춰야 할 문체의 면에서 뛰어나지 못하기 때문이라는 것을 나는 잘 알고 있는데, 어느 라틴어 시가詩歌의 왕이 그가 쓴 몇몇 목가시가 다른 작품보다 탁월하다 해서 비난을 받은 예도 있습니다. 나는 양치기들의 연애사에 다른 사람의 철학적 주장을 섞어놓았다는 이유로 이러쿵저러쿵하는 군말에 신경 쓰지 않기로 했습니다. 이런 것이 들녘의 일만 다루는 것보다 더 돋보인다고 생각하지 않거든요. 이것에도 일상적인 소박함이 함께하는데다, 등장하는 많은 양치기가 단지 옷만 그렇게 입은 변장한 존재들이라는 것을 알아차린다면(어떨 때는 이야기 진행 중에 깨닫기도 하지요) 그런 반대는 별 의미를 갖지 못합니다. 이 꾸며낸 이야기가 진행되는 동안 혹 비난이 제기된대도 독자께서 느끼실 작가의 분명한 작중 의도가 그것에 답을 줄 것이고, 독자 여러분 또한 그것을 신중하게 받아들이시리라 믿습니다. 그리고 이 꾸며낸 이야기를 통해 독자를 즐겁게 하려는 작가의 의도 역시 확실히 이루어질 것이라 생각합니다. 만일 이 1부에서 그런 의도를 달성하지 못한다면 다음에 나올 2부에서 독자의 바람에 부응하는 더 놀라운 기법으로 분명 달성하겠습니다.

| 루이스 갈베스 데 몬딸보[10]가 작가에게 |

소네트

사라센의 멍에 아래
그대의 목 붙잡혀 있었고 목덜미 역시 그들이 좌지우지했지.
그러나 그대의 영혼은 확고한 믿음의 멍에에 매여
더욱 힘 있고 분명한 견고함을 유지했네.

하늘도 기뻐하셨지. 그러나 그대 없는 땅은
거의 남편의 보호를 잃은 과부처럼 되어버렸어.
우리가 거주하는 이 땅은 음악의 여신들의 품 떠나
슬픔과 통곡과 고독 속에 지내야 했지.

그대가 조국 땅을 밟자
그대의 영혼 건강해졌고 그대의 목구멍은
혼란에 빠진 야만인의 힘에서 풀려났네.

하느님도 그대의 분명한 용기 발견하셨고
온 세상이 그대의 행복한 귀환을 반겼어.
잃어버린 음악의 여신들 스페인은 다시 받아들였지.

----

10 Luis Gálvez de Montalvo(1549~91). 세르반떼스의 『갈라떼아』보다 약간 앞서 1582년에 나온 목가소설 『필리다의 양치기』(*El pastor de Filida*)의 작가. 그는 「칼리오뻬의 노래」에서 세르반떼스의 칭송을 받는다.

| 돈 루이스 데 바르가스 만리께[11]가 작가에게 |

소네트

위대한 세르반떼스여, 그대 안에서
하늘의 신들이 위대함을 보여주었네.
그 첫번째가 대자연이 그대에게 준,
값 매길 수 없는 불멸의 선물이었지.

유피테르[12]가 그대에게 빛을 던져주었으니
그 빛은 단단한 돌조차 움직일 수 있는
언어의 생생함이었네.
디아나는 인간의 능력 뛰어넘는 순전하고 깨끗한 문체를,

메르쿠리우스는 이야기 잘 엮는 능력을,
마르스는 그대의 팔 움직이는 강한 힘을,
큐피드와 베누스는 그들 모두의 사랑을,

아폴로는 조화로운 노랫가락을,

11 Don Luis de Vargas Manrique(1566~93). 세르반떼스 당대에 활동한 작가. 「칼리
오페의 노래」에서 언급되며, 동시대 극작가 로뻬 데 베가(Lope de Vega)도 그를
높이 평가했다.
12 로마 신화에서 최고의 신. 그리스 신화의 제우스에 해당한다. 이하 디아나(아르
테미스)는 순결과 사냥의 여신, 메르쿠리우스(헤르메스)는 웅변과 상업의 신, 마
르스(아레스)는 전쟁의 신, 큐피드(에로스)는 사랑의 신, 베누스(아프로디테)는
미와 사랑의 여신, 아폴로(아폴론)는 태양·음악·의료·시의 신이며 그의 아홉 누
이가 학문과 음악의 여신 무사이이다.

아홉 명 그의 누이들은 지식을,
마지막으로 초원의 신은 자신의 양치기들 주었다네.

| 로뻬스 말도나도[13]가 작가에게 |

소네트

오랫동안 떨어져 있던
바다의 아들들이 다시 바다의 품으로 돌아갑니다.
빠르고 긴 경주 후에
첫 우주 어머니의 품으로 돌아가듯.

떠날 때도 교만하고 포악한 바다 무시하지 않고
돌아올 때 더욱 그 바다에 관심을 두어요.
완전한 바다는 항상 넘치는 쾌활함의
저장고이기 때문이지요.

오, 지고의 갈라떼아여! 그대가 바로 바다입니다.
강, 청송, 상(賞), 열매,
이것으로 그대는 멋있게 삶을 찬양합니다.

---

13 Gabriel López Maldonado(?~1615). 역시 「칼리오페의 노래」에서 세르반떼스가
칭송한 작가. 그는 『갈라떼아』가 나온 지 얼마 안 되는 시점인 1586년 『깐시오네
로』(*Cancionero*)를 출판했다. 세르반떼스는 『돈 끼호떼』 1권에서 마을 신부와 이
발사가 돈 끼호떼의 서재를 조사할 때 다시 그를 언급하는데, 신부는 그의 부드
러운 문체를 칭찬한 뒤 그의 책을 보존할 것을 지시한다.

아무리 주어도 그대, 절대 줄어들지 않아요.
그대에게 바치는 모든 공물, 아무리 작아도
그것으로 더욱 커진 자신의 모습 보게 될 거예요.

제1권

내 노래가 고통에서 나온
슬픈 탄식의 어조와 일치하는 동안,
산과 초원과 들과 강이 슬픔에 젖어
피곤하고 힘없는 님프 에코를 통해 대답하는 동안,
헛되이 강과 산과 초원과 들판에 도움 청하며,
우리는 뜨겁고 차가운 가슴에서 나온
고뇌 더한 탄식 소리를
황급히 지나가는 귀먹은 바람에 주고 있어요.

나의 지친 눈에서
쉴 새 없이 눈물이 솟고
강물과 초원의 갖가지 꽃들은
내 영혼 깊숙이 파고드는 가시 돋친 엉겅퀴와 같아요.

높은 산은 나의 분노에 귀 기울이지 않고
그것을 듣는 들판도 그만 지쳐버렸어요.
이렇게 나는 산에서, 들판에서, 초원에서, 강에서
고통에 조그마한 위로도 얻지 못해요.

저 날개 달린 꼬마[1]가 내 영혼에 지핀 불이,
내 영혼 옥죄는 저 올가미가, 신들을 붙잡아놓은 저 섬세한 그물이,
그 화살의 분노와 냉혹함이,
유례없이 날 붙드는 그자의 마음에
고통을 안겨줄 줄 알았어요,
내가 고통을 당한 것처럼.
그러나 대리석 같은 그자의 영혼은
그물도, 불도, 올가미도, 화살도 어찌할 수 없었어요.

분명 저 불이 날 없애고 불태울 거예요.
비천한 나의 목을 저 올가미에 맡기겠지요.
보이지 않는 그물도 이젠 내 두려움의 대상이 아닙니다.
모질고 혹독한 화살에도 놀라지 않아요.
이렇게 나는 갈 수 있는 데까지 갔어요.
해_害도 입을 만큼 입었고, 불행도 그 끝에 달했죠.
나의 영광과 평안을 위해
저 화살도, 그물도, 올가미도, 불도 모두 받으려 해요.

---

1 큐피드(에로스)를 가리킨다.

26

따호[2] 강변의 양치기 엘리시오는 이렇게 노래하고 있었다. 그와 같은 강변에서 태어난 양치기 처녀 갈라떼아(그녀가 그의 모든 소원이었다)는 비할 데 없이 아름다웠는데, 인간의 일을 소진시키고 새롭게 하는 시간의 흐름은 그녀로 인한 끝없는 불행을 기쁨으로 받아들이도록 그를 벼랑까지 밀어갔으며, 운명과 사랑의 신들도 그에게 호의적이지 않았지만, 그럴수록 대자연 조물주는 그것에서 자유로워 보였다. 그녀는 거친 들판에서 자라나고 단련되었지만, 이해심은 높고 높아 왕궁에서 자라고 왕궁의 예의 바른 태도에 익숙한 저 귀부인들조차 조금이라도 그녀를 닮은 것을 행운으로 여길 정도로 그 사려 깊음과 아름다움이 두드러졌다. 하느님이 갈라떼아를 아름답게 꾸며준 선물이 헤아릴 수 없을 정도로 많아, 그녀는 따호 강변에서 가축을 기르던 수많은 양치기와 목장지기의 진심 어린, 열렬한 사랑을 받아왔다. 그들 중 우리의 멋있는 엘리시오가 감히 그녀에게 사랑의 마음을 품게 되었고, 그는 갈라떼아의 덕과 진실함을 온전히 받아들여 순수하고 진정한 마음으로 그녀를 사랑했다.

그런데 갈라떼아의 태도는 애매해서 그녀가 진정 엘리시오를 사랑하는지 그렇지 않은지 불분명한 점들이 많았다. 어떨 때는 엘리시오가 베푸는 수많은 사랑의 봉사를 받아들여 하늘 끝까지 그를 올려놓고, 어떨 때는 이런 것에 전혀 관심 보이지 않고 그를 무시하고 나무라서 사랑에 빠진 저 불쌍한 엘리시오가 과연 복을 누

---

2 스페인에서 제일 긴 강. 스페인 중부 지방을 관통해 포르투갈 리스본에서 대서양으로 흘러든다. 세르반떼스는 갈라떼아의 활동 무대로 따호강을 등장시킴으로써 다분히 가르실라소적 분위기를 보여준다. 가르실라소의 『목가시 III』에 등장하는 님프들의 활동 무대가 바로 따호 강변이다.

리는지 그렇지 않은지 알 수 없을 만큼 무참하게 만들어버리기도
했다.

갈라떼아가 그녀가 가진 아름다움, 우아함, 선량함으로 사랑받
지 못할 이유가 없는 것처럼, 엘리시오 역시 그가 갖춘 좋은 면모
와 덕으로 미움받을 아무런 이유가 없었다. 갈라떼아가 엘리시오
의 모든 것을 거부하진 않는다 해도, 문제는 그녀를 도저히 잊을
수 없고 잊어서도 안 되며 전혀 잊고 싶은 마음이 없는 엘리시오에
게 있었다. 갈라떼아가 보기에 엘리시오는 그녀의 명예를 배려해
무척 조심스레 그녀를 사랑하고 있었고, 그 사려 깊음에 뭔가 진실
한 보상을 하지 않으면 배은망덕하다는 생각이 들 정도로 그의 태
도는 신중했다. 엘리시오는 갈라떼아가 자신의 섬김을 무시하지만
않아도 자신의 소원이 이루어질 것이라 여겼다. 이같은 상상으로
희망이 힘을 얻으면 그는 몹시 기분이 좋아 용기백배했고, 자신이
어렵게 숨기고 있는 그것을 갈라떼아가 알아주기를 수천번 기원하
고 또 기원했다. 그런데 얌전한 갈라떼아도 엘리시오 얼굴의 움직
임을 보면 그가 자신의 영혼에 무엇을 품고 있는지 잘 알 수 있었
고, 자신이 품고 있는 것도 간혹 내보이고자 했다. 하지만 그것을
내비치면 사랑에 빠진 엘리시오는 입이 얼어붙어 앞서 말한 첫번
째 태도만 보이려 들었다. 혹 갈라떼아의 순수함을 모욕하지나 않
을까 하는 두려움 때문이었다. 어떤 명예롭지 못한 태도로 그녀를
대하여 그녀의 명예를 훼손하지 않을까 하는 불안이 항상 있었던
것이다. 이런 오르락내리락으로 엘리시오는 삶이 너무 힘들어, 그
녀의 사랑을 얻지 못하는 고통만 느끼지 않을 수 있다면 목숨을 잃
어도 괜찮다는 나쁜 마음을 먹기에 이르렀다. 그러던 어느날 그는
여러 상념에 휩싸여 기분 좋은 초원 한가운데 있었다. 그를 초대한

것은 고독과 그 들판을 즐겁게 속삭이며 흐르는 시냇물이었다. 그는 메고 다니는 가죽 부대에서 닳아 반들거리는 삼현금³을 꺼내들고 자신의 불평을 노랫소리에 담아 하늘과 소통하고자 했다. 이윽고 그는 지극히 고운 목소리로 다음과 같이 노래했다.

사랑에 빠진 생각이여,
자네가 나의 존재 높이 평가한다면
조심조심 걸어
곁길이 자네를 굴복시키지 못하고
만족이 자네를 우쭐대지 못하게 해주게.
그리고 방법 한번 찾아보게
(그러한 노력에 어울리는 방법 말이네).
즐거움을 피하지 말고,
사랑이 보내는 통곡에는 더더욱
문을 닫지 말고.

자네가 나의 인생 경주
끝내는 것 원치 않는다면
내 인생 너무 고통 속에 몰아넣지 말고,
희망 없는 곳에 올라
끝내 떨어져 죽게 하는 잘못 범하지 말아주게.
헛된 자만심은
두점에서 멈추네.

---

3 양치기들이 많이 사용하는 세줄 악기로 높은 소리를 낸다.

하나는 자네 잃는 그 점이고
또 하나는 자네의 빚을
마음으로 치르는 바로 그곳이지.

자네는 그 마음에서 태어났고, 태어나고 있으며,
이미 죄를 범한 자 되어버렸어. 이제 마음이 그 죗값을 치를 차례.
자네는 그 마음에서 벗어나려 하지.
내가 자네를 그 마음에서 거두려 해도
자네에게 도달할 수도, 자네를 이해할 수도 없어.
그 위험한 비행 계속해
하늘에 올라간다 해도
자네 운이 좋지 않으면
나의 쉼과 자네의 안식 역시
땅에 내려놓을 수밖에 없다네.

자네는 말하겠지,
행운이 잘 이용하고 행운에 바쳐진 사람에겐
잘 절제된 활기를
미친 것으로 판단하는
그러한 일 일어나지 않을 거라고.
그리고 어느 좋은 기회에
영혼과 마음에 적절한 자만이
깃들면 그럴수록
어느 것과도 비교할 수 없는
영광 될 거라고.

이렇게 나는 이해하고
자네를 깨우치고 싶어,
우선 자네는 무모하고,
비천하여 고개 숙인 사람보다
사랑이 적다는 것을.
그리고 사랑보다 크지 않은
아름다움을 좇고 있다는 것을.
그렇게 공평하지 못한 방법으로
사랑을 가질 수 있다는
자네 생각의 수준 도저히 이해할 수 없어.

생각은 높이 솟은 어떤 것을 보게 되면
그것을 주시하다
그만 뒤로 물러나버려.
자신의 시선을 그렇게 높이 올리는 것이
적절치 않다고 판단했기 때문이지.
사랑은 자신감과 함께
자라나면 자라날수록
그 자신감에 집중하고 자신감이란 풀을 뜯어.
그러다가 희망이 부족하면
마치 안개처럼 사라져버린다네.

그렇게 멀리서
원하는 종말의 방법을 보는 자네,

일정한 희망도 없이

길에서 죽으면

자네는 아무에게도 기억되지 않고

잊힌 채 죽고 말아.

그러나 어떤 것으로도 자네를 보상하지 않기 바라네.

사랑의 일은 그 뜻이 숭고하고

죽는 것이 명예로운 삶이며

고통도 지극한 영광이니 말이네.

　사랑에 빠진 엘리시오의 오른편에서 에라스뜨로의 목소리가 들리지 않았다면 이 즐거운 노래가 그렇게 빨리 끝나지는 않았을 것이다. 그는 염소떼를 몰고 엘리시오가 있는 곳으로 오고 있었다. 에라스뜨로는 시골의 가축을 돌보는 평범한 자였으나 부드러운 사랑이 단단한 그의 마음을 완전히 사로잡는 것을 거칠고 투박한 운명이 막지 못했던지 그는 아름다운 갈라떼아를 자기 생명보다 더 사랑하게 되었고, 기회만 있으면 사랑의 불평을 늘어놓았다. 촌스러운 사람이었지만 진짜 사랑에 빠진 사람답게 아주 진지한 태도로 사랑을 대했고, 사랑의 일을 이야기할 때는 사랑이 환히 드러나는 얼굴로 말했다. 그런데도 갈라떼아는 그를 진지하게 대하지 않았다. 사실 엘리시오도 그와 경쟁 관계에 있는 것이 별로 부담스럽지 않았다. 항상 더 높은 것을 향하는 갈라떼아의 총명함을 잘 알고 있어서였다. 그는 에라스뜨로에게 연민과 동시에 질투 섞인 부러움을 느꼈다. 연민은 궁극적으로 그의 사랑이 일부라도 원하는 열매를 얻지 못할 거라는 생각에서였고, 질투 섞인 부러움은 그의 영혼이 갈라떼아의 경멸과 호의를 분별할 만큼 그의 판단력에 영향을 미치지 못할 것으로 보여서였다. 후자는 그의 생명을 앗아갈 수 있고 전자는 그를 정신 나가게 할 수 있을 텐데 말이다.

에라스뜨로는 순진한 양들을 충직하게 지키는 마스티프종 개들(이들의 보호 아래 양들은 굶주린 늑대의 포식성 이빨로부터 안전할 수 있었다)을 데리고 나타났다. 그는 개들과 함께 놀며 시간을 즐겼는데, 개들을 각자의 상태와 기질에 따라 붙인 이름으로 불렀다. 예를 들어 어떤 개는 '사자', 또 어떤 개는 '새매', 어떤 개는 '씩씩이', 어떤 개는 '점박이'였다. 이 개들은 마치 지능이 있는 듯 머리를 흔들며 그에게 다가왔다. 주인이 좋아하는 것을 자기도 느끼고 좋아한다는 뜻이었다. 이윽고 에라스뜨로가 다가왔고, 엘리시오는 마치 초대라도 했던 것처럼 반갑게 그를 맞이했다. 다른 곳은 뜨거운 열기 가득한 시에스따⁴의 태양이 아직 다 지나가지 않았는데 유독 그들이 있는 곳은 시에스따 시간을 함께하기에 아주 적절했다. 그러니 엘리시오 역시 그와 함께 있는 것이 덜 즐거운 일은 아니었을 것이다.

"엘리시오, 자네 말고 시에스따 시간을 함께 보내기에 더 좋은 사람은 없는 것 같아. 나의 간청을 떡갈나무처럼 단단하게 대하고 자네의 끊임없는 불평에도 냉담하기 그지없는 그녀와 함께가 아니라면 말일세."

곧 두 사람은 풀이 무성한 곳에 앉았다. 그리고 가축들이 널따란 풀밭을 다니며 초원의 작고 부드러운 풀을 뜯어 이빨로 되새김질하게 풀어두었다.

에라스뜨로는 드러난 여러 징후를 통해 엘리시오가 갈라떼아를

---

4 스페인에서 한낮의 더위를 피해 낮잠을 자거나 휴식을 취하는 시간. 대개 오후 2~4시 사이를 말한다.

사랑한다는 것을 이미 알고 있었고, 그 자신보다 엘리시오가 그녀의 사랑을 받기에 더 좋은 조건[5]을 갖추었다는 것을 분명히 느끼고 있었다. 그는 이런 속내를 내비치며 엘리시오에게 말했다.

"사랑에 빠진 멋진 엘리시오. 내가 갈라떼아를 사랑하는 것이 혹시 자네를 괴롭게 한 원인이 되었을지 모르겠네. 그랬다면 용서하게. 나는 결코 이 일로 자네를 불편하게 하고 싶은 생각이 없어. 나는 그저 그녀를 잘 섬기고자 하는 마음뿐 다른 생각은 해본 적이 없네. 바람직하지 못한 분노, 날것의 추잡함이 다 사라졌으면 좋겠고 나의 심술궂은 시시덕거림도 끝났으면 해. 내 기억 속에서 수천 번 그녀를 지워버리고자 노력하지 않고, 고통을 치유하려 수없이 마을의 신부나 의사를 찾지 않았다면, 저 겁 많은 나의 양들은 사랑하는 어미의 젖을 뗄 때 푸른 초원에서 쓰디쓴 쥐참외 열매나 독 많은 협죽도를 먹을 수밖에 없었을 거야. 살아남기 위해서 말이지. 어떤 이들은 인내심을 북돋는 알지 못할 미약을 먹으라 하고, 또다른 이들은 치유에 능하신 하느님께 모든 것을 맡기라고 해. 치유되지 않으면 나는 완전히 미친 거니까.[6] 좋은 친구 엘리시오, 차라리 내가 광기를 택하도록 허락해주게. 자네도 확신하잖아, 자네의 솜씨 좋은 수단과 뛰어난 재능, 설득력으로도 그 광기를 누그러뜨릴 수 없다는 것을. 그러니 나는 오죽하겠나. 내 이 단순한 성격으로는 그걸 누그러뜨리는 게 정말 불가능해. 부디 갈라떼아를 사랑하게 해달라고 자네에게 간청하네. 나는 지금 자네의 자비에 의지할 수밖에 없어. 자네가 허락하지 않는다 해도, 물이 무언가를 적시지 못

<hr>

5 '조건'의 원어 'quilate'는 순금 함유량을 나타내는 당시의 스페인 화폐 단위.
6 여기서 에라스뜨로는 "치료될 수 없는 병은 곧 미친 것이다"(El mal que no tiene cura es locura)라는 속담을 이용하고 있다.

34

하고 태양이 잘 빗은 머리칼로 우리를 밝히지 못하게 할 수 없듯이 그녀 사랑하기를 그만두는 일은 불가능해."

엘리시오는 갈라떼아를 사랑하게 해달라는 에라스뜨로의 말과 애원하는 태도에 웃음을 참을 수 없어 대답했다.

"에라스뜨로, 자네가 갈라떼아를 사랑하는 것은 내게 부담이 되지 않아. 오히려 자네의 진심 어린, 꾸밈없는 말에 반응하지 않는 그녀의 냉담함이 나는 더 괴롭다네. 자네 생각의 신실함이 칭찬받아 마땅하면 마땅할수록 하느님께서 자네의 소원에 좋은 일 허락해주시기를 믿고 바라는 바야. 오늘 이후로 나 때문에 그녀 사랑하기를 그만두는 일은 없었으면 좋겠어. 나는 내가 불운하다 해서 다른 이들의 불운을 즐기는 그런 형편없는 자는 아니야. 오히려 내가 부탁하겠네. 지금까지 말한 내 뜻을 자네가 받아들인다면 나와 대화하고 우정 나누기를 거부하지 말아주게. 지금까지 내가 건넨 대화와 우정에 대해 자네가 믿어 의심치 않는다는 걸 잘 알고 있어. 우리 생각도 짝을 이뤄 함께 다니니, 우리 가축들도 함께 다니게 하세나. 즐겁거나 때로 슬퍼 보이는 갈라떼아의 얼굴이 자네에게 기쁨이나 고통을 준다면 보리피리[7] 소리에 실어 세상에 흘려보내게. 나는 나대로 나의 삼현금에 그것을 실어 고요한 침묵의 밤에, 혹은 태양이 작열하는 시에스따 시간에 우리 강변을 아름답게 장식하는 저 푸른 나무의 시원한 그늘 밑에서, 자네를 도와 자네의 곤고함, 자네를 짓누르는 무거운 짐을 하느님께 호소하며 훌훌 날려버리겠네. 그리고 나무 그늘이 길어지고 해가 서쪽으로 기울면 진정한 우정과 좋은 뜻의 징표로 악기 소리 나란히해 우리 할 일의

---

7 원어는 'zampoña'. 양치기들이 즐겨 부르는 피리다.

시작을 알리세."

에라스뜨로는 그처럼 간절한 마음은 없었지만 엘리시오와 두터운 우정을 나눈다는 데 지극히 기쁜 얼굴을 보이며 자신의 보리피리를 꺼냈고 엘리시오 역시 자신의 삼현금을 꺼내들어, 한 사람이 시작하고 다른 한 사람이 대답하는 형식으로 그들은 다음의 노래를 불렀다.

엘리시오
　냉정한 사랑의 신이여,
　태양의 황금빛 머리칼과 아름다운 이마를 보고
　그 태양이 어두워지는 것을 본 날,
　그대는 부드럽고, 달콤하고, 편안하게 나를
　종으로 만들어버렸어.
　금빛 머리칼에 숨은
　뱀독처럼 잔인한 그대의 독,
　나는 풍성한 머리 타래 속 태양을 보자
　눈으로 태양의 모든 것을 마셔버렸어.

에라스뜨로
　갈라떼아의 비할 바 없는 우아함과 단아함,
　아름다움을 보았을 때,
　나는 마치 목소리 잃은 단단한 석상처럼
　아연실색, 넋이 나가버리고 말았어.
　사랑의 신은 나를 음험한 곳에 두고
　아, 냉혹한 죽음이여!

황금 화살[8]로 문을 만들어주었네.

그 문으로 갈라떼아가 들어와 내 영혼 도둑질하고 말았지.

엘리시오

사랑의 신이여, 너는 도대체 어떤 기적 같은 힘으로

너 좋는 불쌍한 연인의 가슴을 열어,

그가 원하는 크나큰 영광의 모습을

아픈 내면의 상처로 바꾸어버리는 거니?

어떤 이유로 네가 주는 해害가 유익이 된다고 말하는 거니?

어째서 네가 죽어야 즐거운 삶을 산다고 하는 거니?

이 모든 효과를 맛보는 영혼은

이유는 알면서도, 방법을 모르겠구나.

에라스뜨로

깨진 거울로는 얼굴이 잘 보이지 않아.

그러한 상태에서는 누군가 자기를 비춘다 해도

거울 조각들에 여러 모습으로 나타날 수가 있지.

내 영혼을 떠나지 않는

그 잔인한 근심에서 다른 근심과 근심들이

얼마나 많이 만들어지는지.

내 영혼, 그 가혹함에 손들고

내 생명과 함께 멀리 떠나버렸어.

---

8 큐피드가 지니고 다니며 사랑을 불러일으킨다는 화살. 반대로 납 화살은 사랑
을 거부하고 미움을 일으키는 힘을 갖고 있다.

엘리시오

여름에도 겨울에도 시들지 않는

흰 눈과 붉은 장미.

두 샛별을 가진 태양, 그곳에서

달콤한 사랑이 휴식 취하고 영생을 누리네.

저승의 분노도 가로막는 저 강력한

오르페우스의 목소리.[9]

나는 그만 눈이 멀어 다른 것을 보고 말았어.

그리고 저 보이지 않는 불의 불쏘시개가 되었지.

에라스뜨로

두 뺨처럼 보이는

저 아름다운 두개의 붉은 사과,

아치 모양으로 들린 두 눈썹,

무지개도 그 휘어진 아름다움을 따라잡지 못해.

두줄기 빛, 지극히 아름다운 진주로 엮인 두줄의 실

그 아름다움을 말로 하면

비할 바 없는, 한없는 우아함,

나를 그만 사랑의 바람에 날리는 안개로 만들어버렸어.

엘리시오

나는 불타오르지만 타버리지는 않아. 살아 있고 또 죽어 있어.

나 자신과 멀리 있으면서 또 가까이 있어.

---

9 오르페우스는 자신의 아내 에우리디케를 찾으러 저승에 내려갔다가 아름다운
목소리로 저승의 왕 플루톤(하데스)의 분노를 멈추게 했다.

오직 한점만 바라다가 또 절망하고,

하늘로 올라갔다가 심연에 빠져버려.

미워하면서도 좋아하고, 부드러우면서도 잔인해.

나를 사랑의 치명적 실신으로 몰아넣기도 하네.

이러한 모순 속에서 한걸음 한걸음

나는 나의 종착역에 다가가고 있어.

에라스뜨로

엘리시오, 자네에게 약속하네,

나의 남은 모든 삶을

갈라떼아에게 줄 수밖에 없다고.

그녀가 앗아간 영혼과 마음 돌려받기 위해서야.

그것 돌려받은 후엔

내 사랑하는 개 가빌란과 만차도도 그녀에게 주려네.

그런데 그녀는 여신일지도 몰라,

내 영혼만 원하는.

엘리시오

에라스뜨로, 운명이나 행운, 숙명이

저 높은 곳에 놓은 마음을

힘이나 기술, 인간의 노력으로

끌어내리려 하는 것은 미친 짓이야.

자네는 운명에 만족해야 해.

혹 죽는다 해도

이 세상에 명예롭게 죽는 것보다

더 행복한 삶은 없으니.

　에라스뜨로가 다음 차례로 노래하려 할 때, 그들의 등 뒤 나무가 무성한 동산에서 적지 않은 소란이 일고 시끄러운 소리가 들렸다. 두 양치기는 무슨 일인지 보려고 일어섰다. 갑자기 산속에서 한 양치기가 전속력으로 뛰쳐나오는 것이 보였다. 그의 손에는 날 선 칼이 들려 있었고 얼굴색은 붉으락푸르락했다. 그 뒤로 날렵한 다른 양치기가 뛰어나왔는데, 몇발자국 가지 않아 첫번째 양치기를 따라잡더니 그의 가죽옷 목덜미를 움켜쥐고 있는 힘껏 공중으로 들어올렸다. 그러고는 숨겨온 칼집 없는 날카로운 단도로 그의 몸을 두번 세게 찌르고서 외쳤다.

　"오, 뜻을 이루지 못한 레오니다여, 이 배신자의 생명을 받으시오. 당신 죽음에 대한 복수로 이 생명을 드리는 바요."

　너무 급작스럽게 일어난 일이라 엘리시오와 에라스뜨로는 그를 말릴 새도 없었다. 두 사람이 도착했을 때, 상처 입은 양치기는 마지막 숨을 내쉬며 더듬더듬 몇마디 말을 하고 있었다.

　"리산드로, 자네에게 저지른 일에 대해 참회할 기회를 주게. 나의 긴 참회의 목소리가 하늘을 기쁘게 할 수 있도록 말일세. 그런 후에 내 목숨을 빼앗게. 그러기 전에는 내 생명이 이 육체를 떠나려 하지 않아."

　이 말을 남기고 그는 눈을 감고 영원한 밤에 들었다.

　이 말을 듣고 두 양치기는 그 양치기가 잔인한 폭력을 써서 다른 양치기를 죽음에 이르게 한 것이 결코 작은 이유 때문이 아님을 직감했다. 그들은 이 일을 자세히 알고 싶어 살인을 저지른 양치기에게 묻고자 했으나, 그는 죽은 자와 놀란 두 사람을 뒤로하고 빠른 걸음으로 앞동산으로 다시 들어가버리고 말았다. 엘리시오는 쫓아가 그가 누구인지 알고 싶었지만 숲을 빠져나가는 길로 접어든 그를 바라보는 것 외에 다른 도리가 없었다. 그가 한참 떨어진 곳에서 두 사람에게 큰 소리로 외쳤다.

"친절한 양치기들이여, 여러분이 본 것을 여러분 앞에서 해명하지 않은 나를 용서해주시오. 그 배신자 놈에 대한 내 가슴속의 정당하고도 극심한 분노가 그럴 기회를 주지 않았습니다. 여러분께 분명히 말씀드리는데, 저 높은 곳에 계신 하느님의 화를 돋우기 싫다면 저 배신자의 영혼을 위해 그 어떤 위로의 말이나 기도도 하지 말아주시오. 무덤도 만들어주지 말아주시오. 여러분이 발 딛고 서 있는 이 땅에 배신자를 위한 무덤 따위는 없습니다."

이 말을 마치자마자 그는 힘껏 뛰어 산속으로 다시 들어가버렸다. 너무도 빨라서 그를 따라잡으려던 엘리시오의 희망은 물거품이 되어버렸다. 그가 이렇게 말했음에도, 두 사람은 안타까운 마음에 신앙심 넘치는 그 일을 하기 위해 몸을 돌이켰다. 최선을 다해 돌연 자신의 짧은 생애를 마친 저 불쌍한 사람의 무덤을 만들어주려는 것이었다. 에라스뜨로가 멀지 않은 자신의 오두막에서 도구를 가져와 죽은 자의 몸이 있는 바로 그 자리에 무덤을 만들어 시신을 누이고 마지막 인사로 명복을 빌어주었다.

두 사람은 그의 불운한 운명에 심란한 마음을 안고 가축들에게 돌아와 서둘러 그것들을 불러들였다. 해가 서쪽 문으로 빠른 속도로 넘어가고 있어서였다. 그런 다음 익숙한 각자의 숙소에 들어가 휴식을 취했다. 근심 걱정 없는 숙소의 평온함 속에서도 엘리시오는 어떤 이유로 그 두 양치기가 처절한 상황이 펼쳐진 그 장소에 오게 되었는지에 대해 상념을 떨칠 수 없었다. 마음 한구석에서 그 살인한 양치기를 끝까지 따라가지 않은 데 대한 후회가 밀려왔고, 가능하면 그가 누구인지도 알고 싶었다.

이런 생각과 사랑이 만든 여러 상념으로, 가축들의 안전을 확인한 후 그는 종종 그랬듯이 자신의 오두막을 빠져나왔다. 하늘에서 밝게 빛나는 저 아름다운 디아나[10]의 빛에 의지해 밤의 고요 속에서 좀더 차분하게 사랑에서 비롯된 상상의 고삐를 풀어놓고자[11] 그는 앞에 있는 울창한 숲으로 들어가 호젓한 장소를 찾았다. 슬픈 상상의 나래를 펼치고자 하는 마음에 고독보다 더 큰 즐거움 주는 것은 없었다. 이미 여러번 확인한 사실이었다. 고독은 슬프든 기쁘든, 어떤 기억이든 풀어놓는 재주가 있었다. 그는 얼굴을 간질이는 부드러운 서풍을 즐기며 조금씩 앞으로 나아갔다. 미풍은 부드러운 향기를 잔뜩 머금고 있었는데, 초록색 땅에 가득한 향기로운 꽃들이 뿜어내는 향기였다. 바람이 꽃을 스칠 때마다 달콤한 공기가 살짝 그 향기를 담아오는 것이었다. 바로 그때였다. 고통스럽게 탄식하는 사람의 목소리가 그의 귓전을 때렸다. 그 순간 그는 모든 정신을 자신에게 집중시켰다. 소음의 방해를 물리치기 위해서였다. 얼마 떨어지지 않은 빽빽한 가시덤불 속에서 슬픔 가득한 목소리가 들려왔다. 쉴 새 없는 한숨 소리로 중단되기는 했지만 이런 말을 하는 것으로 여겨졌다.

"이 비열하고 겁 많은 팔이여, 너 자신에 빚진 이 치명적인 적이여, 보아라, 너 자신 말고 복수할 자가 더 있는지 없는지를. 내가 그렇게도 미워하는 목숨을 연장하는 것이 네게 무슨 쓸모가 있느냐?

---

10 달의 신화적 의인화.
11 가르실라소 데 라 베가의 『목가시 II』 562행 "슬픈 통곡의 고삐를 풀어놓았네" (solté rienda al triste llanto) 참조.

우리의 병이 시간 지나면 절로 치료된다고 생각한다면, 너는 속은 것이다. 불행이라는 치료 외에 다른 것은 없기 때문이야. 그 불행을 개선한대도 줄이는 것 외엔 다른 도리가 없어. 배신자, 저 나쁜 까리노[12]의 목숨을 빼앗은 것처럼, 푸른 청춘의 즐거운 시절에 잔인한 칼에 목숨을 내주는 것 말이야. 오늘 그가 목숨을 잃었으니 저 레오니다의 행복한 영혼은 다소나마 위로받겠지. 그런데도 하늘은 결코 복수의 마음 버리지 못할 거야. 아, 까리노, 까리노! 저 높으신 하느님께 빌고 싶구나. 하느님이 나의 기도를 용납하신다면, 네가 한 배신에 대한 변명, 그건 제발 받아주지 마십사고. 네 몸이 무덤조차 갖지 못하게 해달라고. 네놈이 그 어떤 자비의 마음도 갖지 못한 것처럼 말이다. 너, 아름답고 뜻을 이루지 못한 레오니다여, 너 죽을 때 흘렸던 내 눈물을 받아다오, 너에 대한 내 진정한 사랑의 표현이니. 또한 그때 내가 죽지 못한 것이 너 죽을 때 내가 느낀 슬픔이 너무 작아 그런 거라곤 결코 생각지 말아다오. 내가 그렇게 죽으면 네게 빚진 대가가 너무 작고, 내가 순식간에 사라질 고통만 느끼고 싶은 것이라고 생각해서였어. 네가 이곳 상황을 이해한다면, 불쌍한 이 몸이 엄청난 고통의 감정으로 조금씩 소진되다가 완전히 사라져버리는 걸 보게 될 거야. 불붙은 젖은 화약이 굉음 한번 내지 못하고, 높은 불꽃 한번 보여주지 못하고 스스로 소진되어 재의 흔적만 남기고 존재 없이 사라지듯이 말이야. 오, 내 영혼의 영혼이여, 내가 받을 최대한의 고통을 내게 지워주렴. 너와 함께 이 세상에서 기쁨 나눌 수 없고, 죽어서도 너의 선량함과 덕에 걸맞은

12 이딸리아 시인 산나짜로(Jacopo Sannazaro)의 목가시 『아르까디아』에 나오는 양치기의 이름. 이딸리아 작품에서는 긍정적인 모습으로 나오지만 세르반떼스의 작품에서는 악의 상징으로 그려진다.

선물도 명예도 줄 수 없으니 말이야. 그러나 내 네게 분명히 약속
하고 맹세하마. 조금만, 정말 조금만 있으면 나의 이 열정에 찬 영
혼이 무거운 짐 진 이 비참한 육체를 다스리고 피곤한 음성이 힘을
얻어, 슬프고 고통스러운 노래보다 너에게 걸맞은 너 찬양하는 노
래 부르겠다고 말이야."

여기서 그의 목소리가 그쳤다. 엘리시오는 분명 그 목소리가 살
인한 양치기의 목소리라는 것을 알았다. 그리고 자신이 알고 싶어
했던 사람이 어디 있는지 알게 되었다는 사실에 무척 기뻤다. 그에
게 가까이 가려 했으나 그가 삼현금을 조율하고 있다는 것을 알고
걸음을 멈췄다. 삼현금 반주에 맞춰 그가 무슨 말을 하는지 들어보
기로 한 것이다. 오래 지나지 않아 부드럽고 듣기 좋은 목소리가
흘러나왔고 이런 노래를 들을 수 있었다.

리산드로

오, 행복한 영혼이여!

당신은 인간의 장막을 벗어나

생명 넘치는 저 높은 곳으로 날아갔어요.

위로받을 수 없는 저 어두운 감옥에

나의 생명 남겨놓고 말이에요.

당신은 내 생명을 가져간 것과 마찬가지,

당신의 부재로 밝은 대낮이

어둠으로 바뀌었어요.

기쁨의 가장 견고한 곳에 뿌리내린 희망이

대지 곳곳에 산산이 무너져내렸어요.

당신이 떠남에

삶은 죽어버렸고
고통은 생명을 얻었답니다.

지고의 아름다움,
당신을 보았을 때
풍요로움을 간직한 당신
두 눈빛을,
죽음이 당신 시신에 감싸안고
그만 가져가버렸어요.
고귀한 생각,
사랑에 빠진 가슴의 영광,
너무 빨리 부서져내렸어요.
태양 빛에 녹은 밀랍처럼,
바람에 사라지는 안개처럼 말이에요.
당신 무덤의 돌이
나의 모든 행운을 덮어버렸어요.

어떻게 저 복수심 불타는 형제의
거칠고 무자비한 손이,
그 잔인하고 기만적인 의도가 당신 영혼을
아름다운 육체의 장막에서 벗어나
자유롭게 놓아둘 수 있나요?
어떻게 우리 마음의 안식을
그렇게 흔들어놓을 수 있나요?
제발 명예롭고 고결한 상태에서

우리 마음 사라지지 않고
하나 되게 해주소서.
너, 잔인하고 흉포한 손이여!
죽으면서 살도록
어찌 그리 명령할 수 있느냐?

불행한 나의 영혼은
끝없는 통곡 속에서
해를 보내고, 달을 보내고, 나날을 보낼 거예요.
당신 영혼은 영원한 기쁨 속에서
중단 없이, 흔들림 없이 견고한 세월 보내겠지요.
끈덕진 세월의 고집 절대 두려워하지 않으며,
달콤한 즐거움 속에서
찬양받을 당신 삶으로 마땅히 당신이 받아야 할
영광의 확실함을 보면서.
이 땅에서 소멸하지 않는 영광이
당신의 기억에 존재한다면
당신을 그토록 사랑한 사람의 기억에서도
당신 마땅히 그 영광 지녀야만 할 거예요.

축복받은 아름다운 영혼이여,
농담의 말은 아니었지만
당신을 사랑한 나 기억해달라고 간청한 내가
얼마나 바보 같은지 모르겠어요.
나는 잘 알고 있어요.

나의 이 호소 당신의 은혜로만 영원할 수 있다는 것을!
오히려 잊힌 존재라 생각하고
마음의 상처로 고통받다가
끝내 나의 생명 고통으로 해체되는 것이
기이한 운명에 처한, 죽음의 악이 더는
악으로 여겨지지 않는
바람직한 내 생명의 길이에요.

영혼이여,
거룩한 합창 울려퍼지는 곳에
다른 고결한 영혼들과 함께
좁은 선행의 길 피하지 않은 자가 즐기는
온전하고 확실한 복락,
지고의 풍성한 보물, 은총과 은혜를
원 없이 즐기시길.
두려움, 충격, 빗나감 없이
영원한 봄의 온전한 평안 속에서
당신의 발자취 따라 인도받을 수 있다면
나 역시 당신과 함께 즐기고 싶어요.
제발 나를 그곳으로 인도해줘요,
당신 업적에 어울리는 위업 될 테니.

이보게, 하늘의 영혼들이여,
어떤 것이 내가 원하는 복인지 알고 있는가?
힘껏 원하는 대로 날개 한번 펴시게나.

목소리는 여기서 더 나아가지 않고 불행한 자의 흐느낌만 계속되었다. 목소리든 흐느낌이든, 그 소리를 듣자 누구인지 알고 싶은 엘리시오의 궁금증은 더욱 커져만 갔다. 그는 가시덤불을 헤치며 목소리가 흘러나온 곳으로 빨리 가고자 갖은 애를 썼다. 이윽고 조그마한 초원을 만났다. 극장 모양으로 원형을 이룬 그곳은 빽빽하게 뒤엉킨 관목으로 둘러싸여 있었다. 거기서 그는 한 양치기를 발견했다. 그는 힘을 단단히 주어 오른발을 앞으로 내밀고 왼발은 뒤로 한 모습으로 서 있다가 세게 던지기라도 할 듯이 오른팔을 높이 들었다. 사실 그는 엘리시오가 관목을 헤치며 오는 소리에 맹수가 다가오는 것으로 생각하고 자신을 방어하려 육중한 돌을 막 던질 참이었던 것이다. 엘리시오가 그의 의도를 알아차리고 돌을 던지기 전에 말했다.

"비탄에 빠진 양치기여, 잠시 마음을 가라앉히시지요. 여기 온 이 사람, 당신이 전하려 한 그것과 견줄 만한 사연을 가져왔어요. 그리고 당신 운명이 눈물 흘리게 하고, 홀로 있는 당신 평온 흔들어놓은 그 사람이 누군지 알고자 온 거라오."

부드럽고 점잖은 엘리시오의 말에 양치기의 기세가 누그러졌다. 그 역시 아주 부드러운 목소리로 대답했다.

"예의 바른 양치기여, 당신이 누구든 그 선량한 제의에 감사드립니다. 그런데 저의 복된 운명을 알고 싶다지만, 저는 한번도 그것을 가져본 적이 없어요. 오늘 당신은 헛다리 짚은 거라오."

"당신 말이 맞아요." 엘리시오가 대답했다. "오늘 밤 당신의 말과 불평 들어보니 당신은 행운을 거의 가져본 적 없거나 전혀 갖지 못했던 게 분명하네요. 당신이 당한 고난과 당신이 무엇을 가지면 기뻐할지 제게 말해주면 정말 고맙겠어요. 행운의 여신이 당신에게 그러기 바라는 마음 주셔서 제 간청을 거절하지 않았으면 좋겠네요. 저를 모른다 해서 그것까지 막지는 못하겠죠. 당신 마음에 확신을 주고 마음을 움직이고자 알려드리면, 저는 당신이 말씀하실 때 그 불행의 이유에 충분히 공감할 영혼을 가지고 있습니다. 분명히 말씀드리지만, 불행을 당한 사람이 자신의 불운을 이야기할 때 그 말을 듣고 기쁨에 넘칠 가슴은 결코 없다는 거예요. 그보다 더 불필요하고 정신 나간 짓은 없다는 걸 저는 잘 알고 있어요."

"사리에 맞는 정연한 말솜씨가 당신의 요청을 기쁨으로 받아들이지 않을 수 없게 만드는군요." 그 양치기가 대답했다. "부탁드리니, 당신이 들은 불평과 탄식이 제 보잘것없고 비겁한 영혼에서 나온 것이라 생각지 말아주시고, 앞으로 당신에게 말씀드릴 이유에 비하면 제가 지금 보여드리는 감정은 아무것도 아니라는 것 알아주셨으면 해요."

엘리시오는 그에게 깊이 감사했다. 두 사람 사이에 친밀한 말이 좀더 오갔고, 엘리시오는 자신이 그 숲속 양치기의 진정한 친구라는 사실을 충분히 표했다. 그러자 숲속 양치기는 엘리시오의 베풂이 꾸민 것이 아님을 알고 그의 청을 기꺼이 들어주었다. 두 사람은 아름다운 디아나의 광채에 휩싸여 푸른 풀밭 위에 앉았다. 그날 밤 그녀의 밝기는 그녀의 오빠[13]와 견줄 만했다. 숲속 양치기는 마음속 고통을 내비치며 말하기 시작했다.

"드넓은 반달리아[14]를 살찌우는 무척이나 수량 풍부한 베띠스[15]

---

13 태양을 가리킨다.
14 스페인 안달루시아 지방의 라틴어 이름.
15 스페인 남부 안달루시아 지방을 흐르는 과달끼비르강의 라틴어 이름.

강변에서 리산드로 — 이것이 불행한 제 이름이랍니다 — 는 태어났습니다. 부모님은 하느님이 그렇다고 생각하시면 가장 낮은 곳에서라도 제가 태어나기를 높으신 하느님께 기도할 정도로 고결한 분들이었습니다. 그 당시 귀족 가문은 영혼에 날개와 힘을 주어 비천한 사람은 감히 눈 들어 볼 수 없는 곳까지 수없이 눈을 치켜들던 때였습니다. 이 때문에 종종 불행한 일이 일어나기도 했지요. 제 이야기 귀담아들으시면 그 이야기도 들으실 수 있을 겁니다. 그 무렵 저희 마을에 양치기 처녀 하나가 태어났습니다. 이름은 레오니다였지요. 이 처녀는 그 지역 넓은 땅에서 가장 아름다운 여인이었어요. 무척 고결하고 부유한 부모님 밑에서 태어난 그녀의 아름다움과 덕스러움 역시 그 부모님에 비해 조금도 부족함이 없었지요. 저와 그녀, 양가의 친지들은 그 마을에서 중심 위치를 차지하고 있어 마을 일을 좌지우지했다고 해도 과언이 아니었습니다. 그런데 평온한 삶의 불구대천 원수인 질투가 마을을 다스리는 일에 관한 몇가지 이견으로 그들 사이에 적개심과 치명적인 불화를 심어놓았습니다. 그 결과 마을은 두 무리로 나뉘고 말았지요. 한 무리는 저의 친척들을 따르는 자들이었고 다른 한 무리는 레오니다의 친척들을 따랐습니다. 워낙 원한이 깊고 영혼이 더럽혀져 어떤 인간적 노력도 그들을 화해로 이끌 수 없었어요. 그러던 차에 마침내 제 운명이 개입하면서 우리의 적대 관계를 단번에 파국으로 몰아넣게 되었습니다. 제가 서쪽 무리의 수상首長 빠르민드로의 딸, 아름다운 레오니다와 사랑에 빠져버린 것입니다. 운명의 명령이었어요. 제 사랑은 너무도 진실했습니다. 마음 깊은 곳에서 그녀를 떼어내려 수없이 애썼지만, 결국 저는 그녀를 향한 사랑에 굴복해 그만 그 사랑의 종이 되어버렸습니다. 저는 마치 제가 원하는 것을 가로

50

막는 난관의 산 앞에 홀로 서 있는 느낌이었어요. 레오니다의 가치는 높을 대로 높고 제 부모님의 적개심은 굳을 대로 굳어 있는 그런 느낌이었습니다. 그녀에 대한 제 생각을 보여줄 적절한 기회는 거의 없었어요. 아니, 한번도 없었다는 것이 더 정확한 표현이겠지요. 이런데도 불구하고 레오니다의 뛰어난 아름다움에 제 상상의 눈을 돌리기만 하면 그만 그 어떤 어려움에 대한 두려움도 무너져내리는 것이었어요. 그 단단한 금강석 끝을 뚫고 나온들 과연 제 진정한 사랑의 종착역에 도달할 수 있을까 하는 허망한 생각도 들었어요. 수없는 나날을 저 자신과 싸우고 또 싸웠습니다. 제 영혼이 그 고통에서 벗어나고자 하는 몸부림이었지요. 그러나 그것은 불가능했어요. 그것이 불가능하다는 것을 알자 저는 이제 생각을 바꿨습니다. 어떻게 하면 가슴속 비밀스러운 사랑을 레오니다에게 알릴 수 있을까, 그 일에 집중하기로 한 거지요. 보통 어떤 일을 청할 때는 항상 시작이 힘든 것이 사실이지요. 그런데 사랑에 관한 일이라면 상상을 초월할 정도로 훨씬 힘이 드는 법입니다. 혹 사랑의 신 자신이 우호적인 마음으로 단단히 잠긴 치유의 문을 열어주면 몰라도요. 그런 생각에 골몰하다가 제 소원을 만족시켜줄 최적의 비법 하나가 떠올랐습니다. 그것은 레오니다의 가장 친한 친구인 실비아의 부모와 친하게 지내는 것이었습니다. 그 두 사람은 자주 부모를 모시고 오가는 사이였어요. 실비아에게는 까리노라는 이름의 친척이 하나 있었는데, 아름다운 레오니다의 오빠 *끄리살보*의 친한 친구였습니다. 그런데 이 사람, 레오니다의 오빠 *끄리살보*는 무모하고 사나운 기질 때문에 '잔인한 자'라는 별명이 붙어 있는 자였어요. 사람들은 그를 '잔인한 *끄리살보*'라 불렀지요. *끄리살보*의 친구이자 실비아의 친척인 까리노 역시 그에 못지않았습니다. 나서기 좋아하고 잔꾀가 비상한 자여서 사람들은 그를 '교활한 까리노'라 불렀어요. 그러나 제게는 까리노든 실비아든 상관없었습니다. 모두 제 목적을 이루기 위해 적절한 대상으로 보였으니까요. 그래서 그들에게 선물 공세를 펼치기 시작했습니다. 이렇게 해서 이른바 우정을 만들어낼[16] 수 있었어요. 실비아의 경우는 제가 원하던 것보다 더 확실했습니다. 계속된 섬김의 공세에 부담을 느낀 것이 분명했어요. 그녀는 순수한 마음에서 제게 선물을 주고 호의를 베풀기 시작했습니다. 그런데 운명의 여신이 이것을 제가 지금 처한 불행으로 몰아넣는 도구로 사용할 줄 누가 알았겠습니까? 실비아 역시 미모가 뛰어났습니다. 높은 기품으로 단장한 그녀에게 그만 끄리살보의 냉혹하고 잔인한 마음이 움직여버린 겁니다. 사랑이 움터오른 거예요. 그 일이 제게 해가 될 줄 저는 전혀 짐작도 하지 못했지요. 여러날이 지나고 실비아와의 관계도 오래되었습니다. 비로소 실비아의 진실한 뜻을 확신할 수 있게 된 저는 어느날 마음이 편해진 틈을 타 제가 낼 수 있는 가장 애절한 목소리로 고통스러운 마음의 상처를 그녀에게 털어놓았어요. 상처가 그토록 깊고 위태로워도 그녀에게 도움을 청하면 혹 해결책이 있을 것 같다는 생각으로 그리 심각하게 느끼지 못했다고 말했지요. 그와 동시에 아름다운 레오니다와 결혼을 통해 합법적으로 하나가 될 수만 있다면 이런 제 생각의 종착역에 온전히 이를 거라는 것도 알려주었고요. 또한 이 이유가 부적이나 정당하고 선하니 실비아가 이 일을 맡아주어도 결코 그녀의 명예에 손상이 가지 않을 거라고 말했습니다. 말이 길어진 것 같네요. 짧게 말씀드리겠습니다. 제

---

16 원어 'forjar'는 '벼리다, 만들어내다, 날조하다'의 뜻이 있다. 사랑의 목적을 달성하기 위한 수단으로 실비아와 까리노의 우정을 이용했다는 뜻이다.

안에 있는 사랑이 움직여서 그렇게 말한 것이었고, 실비아는 이 말에 설득되었습니다. 사실은 이것보다는 제 말에 그녀의 마음이 더 아파져 그 일을 맡아주기로 한 거지요. 신중한 그녀는 처음에는 전혀 내색하지 않았어요. 제 표정의 진정성을 보고 제 영혼에 무엇이 자리하는지 계속 살피다가 마침내 제 문제를 해결해주기로 했습니다. 레오니다에게 느끼는 저의 감정을 전달해주기로요. 그녀는 할 수 있는 한 모든 힘과 기지를 발휘하겠다고 약속했어요. 부모님들 사이의 적대감이 너무 커 자신이 감당하기가 쉽지 않으리라고 예상하지만, 어떻게 생각하면 레오니다와 저의 결혼이 집안 간의 불화를 끝내고 새로운 시작을 이룰 계기를 마련할 수도 있을 거라고 그녀는 말했어요. 그녀는 그런 좋은 뜻에 마음이 움직이고 또 저의 눈물에 감동하여, 말씀드린 대로 중매 역할을 맡는 모험을 하기로 했던 겁니다. 모두 저를 기쁘게 하고자 한 것이었지요. 그녀는 레오니다를 향한 문을 어떻게 열까 곰곰이 생각하다가 제게 편지를 쓰도록 했어요. 적당한 시기에 그것을 레오니다에게 전달하겠다고 말입니다. 그 제의가 좋게 보여, 저는 그날로 편지를 써 실비아에게 보냈어요. 나중 이야기지만 그 편지에 대한 답도 받았지요. 그 편지가 바로 제 행복의 시작이었습니다. 지금처럼 우울한 시기에는 차라리 즐거운 일을 생각지 않는 것이 좋을 텐데도 저는 그 답장을 항상 기억 속에 지니고 다닙니다. 제 편지를 받은 실비아는 레오니다의 손에 쥐여줄 기회만 엿보고 있었어요."

"잠시만요," 돌연 엘리시오가 리산드로의 말을 막았다. "지금 이 대목에서 당신이 레오니다에 보낸 편지 내용을 말하지 않는 것은 적절치 않아 보여요. 당신이 그녀에게 쓴 첫번째 편지이고, 또 그때 당신은 깊은 사랑에 빠져 있었기 때문에 많은 의미가 있을 것이 분명해요. 방금 당신이 그 편지를 기억 속에 품고 다니며 큰 기쁨을 느낀다고 했으니, 그 편지 내용을 밝히지 않으면 제게 말한 것을 부인하는 일밖에 되지 않네요. 제발 그러지는 말아주시기를 부탁드려요."

"말씀 잘하셨어요, 친구여." 리산드로가 대답했다. "저는 그때 정말 사랑에 빠져 있었어요. 하지만 두려움도 컸습니다. 지금의 제 상한 마음과 절망감을 예견한 듯 말입니다. 이런 이유로, 그 편지에 담은 모든 내용을 레오니다가 구구절절 믿을 가능성이 아주 컸음에도 어느 것 하나 제대로 정확하게 쓴 게 없는 것 같아요. 그토록 알기 원하시니 밝힐 수밖에 없군요. 그 편지는 이렇습니다.

리산드로가 레오니다에게

오, 아름다운 레오니다여! 감당하기 힘든 커다란 고통이지만, 저는 한번도 경험하지 못한 당신을 향한 사랑의 불길을 온 힘을 다해 견디고 있습니다. 그동안 저는 제가 아는 당신의 그 고결한 덕목에 감히 다가서지 못하고, 당신을 향한 사랑을 감히 고백해야 하리라는 두려움에 떨며 지금까지 지내왔습니다. 그런데 저를 지탱해온, 제게 힘을 주어온 그 덕목마저 완전히 소진해버리는 처지에 이르렀습니다. 이제 저는 가슴속 상처의 요구를 더는 외면하지 못하고 힘을 내어 제 상처의 처음이자 마지막 치유책이 될 편지를 당신께 드려야겠다고 결심하게 되었습니다. 당신이 접하는 이 편지는 저의 첫번째 치유책이지만 당신의 손안에 있으면 제 마지막 치유책이 될지도 모릅니다. 저는 이 편지에서 당신의 아름다움이 약속하는, 저의 진정한 바람에 합당한 당신의 자비를 구합니다. 당신은 이 편지의 전달자인 실비아를 통해 제 진정한 바람과 그것의 종착지가 어디인지를 알게 될 것입니다. 그녀는 이 편지를 감히 당신께 전하는 담대함을 보여준 분이며, 그런 결정은 그녀의 됨됨이에 걸맞은 일이라 생각됩니다. 그녀는 또 저의 바람이 지극히 정당하고 마땅히 당신의 품격에 부족하지 않으리라는 것을 알고 있습니다."

리산드로의 편지 내용은 엘리시오에게도 나쁘지 않게 보였다. 리산드로가 자신의 사랑 이야기를 이어갔다.

"이 편지가 아름다운 레오니다의 손에 당도하기까지는 여러 날이 걸리지 않았어요. 물론 제 진정한 친구 실비아의 동정 어린 손길을 통해 전달되었지요. 그녀는 레오니다에게 편지를 전해주었을 뿐 아니라 여러 좋은 이야기를 해주어 편지가 그녀의 손에 닿았을 때 받을 충격과 분노를 상당 부분 누그러뜨려주었지요. 실비아는 우리 두 사람의 결혼이 부모들 사이의 적대감을 끝낼 좋은 계기가 될 거라 말하면서 레오니다를 설득했습니다. 좋은 뜻을 가진 그녀의 말은 레오니다의 마음을 움직였어요. 저의 소원을 거절하지 않은 것이죠. 더욱 놀라운 일은, 그녀를 지극히 사랑하는 저를 배려하는 마음을 갖게 되었다는 거예요. 그녀의 아름다움에 빠져 고통 중에 목숨을 끊을지도 모르는 저 같은 사람을 돌아보고 마땅히 연민을 가져야 한다는 그런 생각 말이에요. 이것 말고도 그녀가 알고 있는 다른 이유 또한 그녀의 마음을 움직이는 데 일조했습니다. 하지만 그녀는 저의 첫 시도에 그만 항복하고 첫걸음에 상황이 끝났다는 것을 보여주고 싶지 않은 마음이었는지, 실비아가 원하는 기분 좋은 답을 주지 않았어요. 결국 실비아의 거의 강압적인 중재로 제가 지금 말씀드리는 답장을 보내왔습니다.

레오니다가 리산드로에게

리산드로, 당신의 겁 없는 무모함이 나의 잘못된 행실에서 나왔을 것이라 생각했다면 내가 당신의 잘못에 걸맞은 고통을 느꼈겠지만, 당신의 무모함이 사랑보다는 당신의 한가한 생각에서 비롯되었을 거라는 것이 나의 확신입니다. 그런 생각이 나를 설득하고자 하는 당신 언술에서 나왔을지는 모르겠지만, 실비아의 마음을 움직여 믿음을 갖게 한 것처럼 나를 움직여 그 허망한 생각의 치유책을 얻을 수 있을 것이라고는 생각하지 마세요. 사실 나는 감히 내게 편지를 쓴 당신을 향한 불쾌감보다 나에게 답장을 쓰도록 한 실비아에게 더 많은 불쾌감을 느껴요. 침묵이 당신의 어리석음에 적절한 답이 될 테니까요. 단념하는 것이 더욱 신중한 행동일 겁니다. 내가 당신의 헛된 생각보다 내 명예에 의지하고 있다는 것을 당신에게 알려줄 거니까요.

이것이 레오니다의 답변이었습니다. 내용은 씁쓸했지만 실비아가 제게 준 희망과 더불어 이 편지가 이 세상에서 제가 가장 행복한 존재라는 생각을 갖게 해주었습니다. 이런 일이 진행되는 동안, 끄리살보는 끄리살보대로 실비아의 마음을 사로잡기 위한 노력을 게을리하지 않았어요. 끝없는 편지와 선물, 섬김의 수고를 아끼지 않았습니다. 그러나 그의 성품이 워낙 무뚝뚝하고 거칠어 실비아의 마음을 결코 움직일 수 없었어요. 그녀는 그에게 작은 호의조차 베풀지 않았어요. 그래서 그는 투우사의 뭉툭한 창에 찔린 소처럼 절망감 속에서 안절부절못했지요. 그는 이 사랑의 문제를 해결하고자 과거 엄청난 원수였던 실비아의 친척, 교활한 까리노에게 접근해 친분을 맺었습니다. 사실 이 두 사람은 사이가 좋지 않았어요. 큰 축제가 있던 어느날, 마을 사람들 앞에서 그 지역의 가장 날렵하고 솜씨 좋은 청년들 간에 경기가 벌어졌을 때 까리노가 끄리살보에게 져 흠씬 두들겨 맞은 적이 있었거든요. 그래서 그는 마음속으로 끄리살보에게 영원한 원한을 다지고 있었지요. 그리고 그 못지않게 제 동생에게도 원한을 품고 있었습니다. 어느 연애사에서 동생의 맞수였는데, 그가 원했던 열매를 동생이 가져가버린 결과로 그렇게 된 겁니다. 이런 적의와 악감정을 그는 마음속에 숨기고 있었어요. 그러다가 이를 가장 잔인한 방법으로 한순간에 풀 기회를 만난 겁니다. 저는 그를 친구로 삼았어요. 실비아의 집을 손쉽게 드나들기 위해서였죠. 끄리살보 역시 까리노의 마음을 얻기 위해 온갖 칭찬을 쏟아부었어요. 실비아에게 자신의 생각을 좋게 전해주기 위해서였지요. 그런데 까리노, 그 나쁜 놈의 우정은 이런 식이었습니다. 레오니다가 실비아의 집에 올 때마다 까리노는 실비아와 함께 다녔습니다. 까리노가 제 친구임을 안 실비아는 그에게 거리낌 없이 저와 레오니다의 사랑 이야기를 해주었어요. 당시 우리 둘의 사랑은 실비아의 훌륭한 중재로 행복 넘치게, 활기차게 진행되고 있었습니다. 순수한 마음의 감정에 따라 명예로운 결실을 거둘 시간과 장소만 고대하고 있었지요. 그런데 까리노, 이 나쁜 놈은 이 사실을 알게 되자 이것을 세상 가장 악한 배신의 도구로 이용할 계획을 세웠어요. 어느날 그는 끄리살보에게 진심을 다하는 척하면서 자신은 친척의 명예보다 우정을 더 크게 생각한다고 말했습니다. 그러고는 실비아가 끄리살보를 사랑하지 않고 호의를 보이지 않는 주된 이유가 바로 제게 있다는 식의 얼토당토않은 말을 해댔습니다. 그녀가 저와 사랑에 빠졌다는 것이었지요. 그는 이것은 오해할 수 없이 분명한 사실이라고 강조하면서, 우리 사랑이 이미 많이 진전되어 여러모로 드러났으며, 사랑에 눈먼 자가 아니라면 알 수 있는 증거가 이미 수천개나 있다고 했습니다. 그리고 자신이 말한 것을 더 확인하고 싶다면 앞으로 저와 실비아의 관계를 주목해보라고 했지요. 실비아가 부끄러움도 없이 제게 유별난 사랑의 친절을 베푸는 것을 반드시 보게 될 거라고 다짐까지 했습니다. 그 뒤 일어난 사건을 보면, 끄리살보는 이 말에 완전히 정신이 나가버렸던 것 같습니다. 이때부터 끄리살보는 도처에 염탐꾼을 심어두었습니다. 저와 실비아 사이를 엿보려는 수작이었지요. 사실 저는 실비아와 둘만의 시간을 얻으려고 애를 많이 썼습니다. 결과적으로 함께 있는 시간이 많아졌고요. 이것은 끄리살보가 생각한 그런 사랑 때문이 아니라 순전히 제 문제 때문이었어요. 그런데 끄리살보는 실비아가 순간순간 제게 베푸는 순수한 우정의 호의를 자신의 일과 관련지었습니다. 완전히 오해였지요. 결국 끄리살보는 이 일을 아주 비참하게 끝내기로 작정하고 여러차례 저를 죽이려고 했습니다. 저는 그것이 이런 이유 때문이라고는 전혀 생각지도 못하고 부모들 사이의 해묵은 적개심 때문이려니 하며 간과해버렸습니다. 더욱이 그는 레오니다의 오빠였으니 대항하지 않고 마음속에 두고만 있었던 거지요. 제가 그의 여동생과 결혼만 하면 우리의 적대 관계가 끝나리라는 확신이 있었습니다. 그런데 그는 저의 이런 생각을 전혀 알아차리지 못한 채 제가 그를 적으로 보고 실비아와의 사랑을 열심히 추구해간다고만 생각했어요. 저는 그녀를 전혀 사랑의 대상으로 보지 않았는데도 말이죠. 이런 오해는 그의 앙심과 분노를 키워 급기야 그는 정신이 나갈 정도까지 되었습니다. 그는 이성이 앞서는 사람이 아니어서 이 문제를 어떻게 끝내야 할지 알지 못했습니다. 나쁜 생각이 그의 뇌리를 지배하면서 이제 실비아를 좋아했던 만큼이나 그녀를 미워하게 되었지요. 그녀가 제게 잘해준다는 이유 하나 때문에요. 사실 이런 생각은 그의 순수한 자발적 의지에서 비롯된 것이 아니었어요. 까리노의 꼬드김이 크게 작용한 것이죠. 그는 사람들을 만날 때마다 수군거리며 실비아를 욕하고 온갖 불명예스러운 호칭과 별명을 그녀에게 갖다붙였어요. 그러나 그의 소름 끼칠 정도로 못된 성격과 실비아의 착한 인품을 모두가 아는 터라 사람들은 그의 말에 조금도 귀 기울이지 않았지요. 그러던 중에 드디어 실비아가 레오니다에게서 저와의 결혼 약속을 받아냈습니다. 그리고 이 일이 순조롭게 진행되도록 레오니다에게 까리노와 함께 자기 집으로 오라고 했어요. 그날 밤 레오니다는 부모의 집에 돌아가지 않고, 까리노와 함께 우리 마을에서 반 레과[17] 떨어진 부유한 제 친척들이 사는 마을로 가기로 했습니다. 그 집에서 우리의 뜻을 편안히 이룰 수 있도록 말입니다. 이것은 레오니다의 부모님이 일이 돌아가는 것을 마음에 들어 하지 않을 경우를 예상한 조처였어요. 그녀가 부모님과 따로 떨어져 있는 것이 우리 목적을 이루기에 훨씬 더 수월하니까요. 이 계획이 정해지자 까리노는 기분 좋은 표정으로 실비아에게, 레오니다만 괜찮다면 자기가 그녀를 마을로 안내하겠다고 나섰습니다. 그동안 제가 좋은 마음으로 까리노에게 베푼 많은 친절, 호의 넘치는 말, 따뜻한 포옹 같은 것을 생각할 때, 그가 아무리 강철같이 굳은 마음을 가졌어도, 아무리 제게 적대감을 가졌어도 그런 감정들은 이미 녹아버리지 않았을까 하는 생각이 들었습니다. 그런데 이 나쁜 배신자 까리노는 마땅히 제게 해줘야 할 일은 전혀 생각지 않고 저의 말과 행동, 약속을 헌신짝처럼 던져버렸습니다. 지금부터 들으

---

17 스페인의 옛 거리 단위. 1레과는 약 5,572미터이다.

실 배반을 꾸민 것입니다. 실비아의 말에 레오니다가 동의하자, 까리노는 어둠이 아주 깊을 것 같은 첫번째 밤에 레오니다를 데려다주겠다고 말하면서, 자신은 이 일을 절대 비밀로 할 것이며 힘을 다해 완수할 것이라고 거듭 다짐했습니다. 방금 들으신 대로 약속을 했는데, 이 나쁜 놈 까리노는 약속 후 바로 끄리살보에게 간 게 아니겠습니까. 이것은 나중에 알게 된 이야기였죠. 그는 자신의 친척 실비아와 저 사이에 사랑이 너무 깊어져 어느 밤에 부모의 집에서 그녀를 빼낸 후 제 친척이 사는 마을로 데려가기로 했다고 말했어요. 그리고 이때야말로 두 사람에게 복수할 좋은 기회라고 끄리살보를 부추겼습니다. 실비아에게는 그의 호의를 무시한 대가로, 제게는 집안의 해묵은 적대감에 실비아를 빼앗은 분노를 더해 복수하라는 거였지요. 실비아가 저 때문에 그를 떠난 거라고 하면서요. 까리노는 이런 식으로 다른 사람에게 자신이 원하는 바를 설득할 줄 아는 자였어요. 그만큼 잔인하게 나쁜 생각을 집어넣는 사람은 없을 겁니다. 드디어 제 행복이 절정에 달할 그날이 되었습니다. 저는 까리노에게 해야 할 일을 되새겨준 다음, 레오니다를 맞을 준비를 위해 약속한 마을로 갔습니다. 어쨌든 그녀를 까리노의 손에 맡긴 거죠. 순진한 어린양을 굶주린 늑대에게, 유순한 비둘기를 그를 산산이 찢어발길 새매의 잔인한 발톱에 맡긴 겁니다. 그는 충분히 그런 짓을 할 위인이었어요! 아, 친구여! 생각이 여기에 미치니 온몸에서 힘이 쭉 빠지네요. 목숨을 지탱하지 못할 것 같아요. 생각할 힘도 없고 머릿속이 하얘집니다. 말을 하면 할수록 더 그렇네요. 아, 잘못된 조언을 받은 리산드로여! 너는 어떻게 그렇게 뒤틀린 까리노의 마음을 모를 수 있었단 말이냐? 하지만 또 그토록 능숙하게 진실을 가장해 말하는 자를 어느 누가 믿지 않을 수 있었겠는가? 아, 자신의 뜻을 이루지 못한 불쌍한 레오니다여! 저 같은 자를 당신의 사람으로 선택한 그 은혜를 누리지 못한 저는 얼마나 바보 같은가요! 사려 깊은 양치기여, 이제 제 비극적인 불행의 이야기를 끝낼 때가 된 것 같네요. 까리노가 레오니다를 제가 기다리는 마을로 데려오기로 한 그날 밤, 그는 자신이 적으로 생각하던 또다른 양치기를 불렀습니다. 진짜 의도를 철저히 감춘 채 말입니다. 리베오라 불리는 그 양치기에게, 그날 밤 자신이 사랑하는 양치기 처녀 한 사람을 앞서 말한 마을로 데려가려 하는데 그녀와 함께 가달라고 부탁했어요. 그리고 자신은 그녀와 그 마을에서 결혼할 것이라고 말했습니다. 통 크고 인정 많은 리베오는 기꺼이 동행을 수락했어요. 이윽고 레오니다는 마지막 작별의 징조라도 보이는 듯 사랑 넘치는 눈물과 깊은 포옹으로 실비아를 떠났습니다. 아마 그때 그녀는 까리노가 계획한 불행보다 자신의 부모를 배신해야만 하는 불운을 더 생각했겠지요. 이제까지 마을에서 가졌던 그녀에 대한 좋은 평판이 얼마나 나쁜 소문으로 바뀔까 하는 걱정도 했을 겁니다. 그러나 그녀를 지배하는 사랑의 힘이 이런 생각들을 지워버렸고, 그녀는 제가 기다리고 있는 마을로 가기 위해 까리노의 보호에 몸을 맡겼습니다. 이 생각에 이르면, 저는 그녀와 만나기로 한 그날이 얼마나 행복한 날이 될까 꿈꾸던 일이 수없이 기억을 스쳐갑니다. 제 생명의 기한이 그날 끝날 줄도 모르고 말이에요! 기억하건대 저는 태양이 지평선에서 그 빛을 거두어들이기 직전 마을을 빠져나와 레오니다가 오기로 한 길가 높이 솟은 물푸레나무 발치에 앉았습니다. 어서 밤이 와 그녀 맞이할 일을 손꼽아 기다리면서 말이죠. 그런데 어찌 된 까닭인지 원하지도 않았는데 그만 잠이 들어버렸어요. 눈꺼풀을 잠에 맡기자마자, 제가 기대고 있던 나무가 매서운 돌풍의 분노를 이기지 못하고 뿌리째 뽑혀 제 몸 위로 쓰러지는 것을 느꼈습니다. 저는 짓누르는 무게에서 빠져나오기 위해 안간힘을 쓰며 이리저리 몸을 비틀었지요. 이런 가운데 저는 흰 암사슴이 제 곁에 있는 것을 느꼈습니다. 저는 그 암사슴에게 어깨를 짓누르는 이 무거운 것에서 빼내줄 것을 간절히 부탁했어요. 동정심에 이끌린 암사슴이 그렇게 하려는 찰나, 갑자기 숲속에서 사나운 사자 한마리가 튀어나와 날카로운 발톱으로 암사슴을 낚아채더니 앞 숲속으로 끌고 가는 게 아니겠습니까. 죽을힘을 다해 그 무거운 것에서 빠져나온 후, 저는 암사슴을 찾으러 숲으로 갔어요. 그런데 제가 발견한 것은 상처 입고 수천점으로 발기발기 물어뜯긴 암사슴뿐이었습니다. 그 모습에 너무도 마음이 아팠어요. 제 영혼이 뿌리째 뽑혀나가는 것 같았어요. 제 고난에 암사슴이 보여준 태도에 연민의 정이 솟아올랐습니다. 저는 꿈속에서 울기 시작했어요. 그 눈물이 잠에서 저를 깨웠고, 제 뺨은 눈물로 흠씬 젖어 있었습니다. 저는 꿈을 생각하며 한동안 멍하니 있었어요. 그런데도 레오니다를 보게 된다는 기쁨에 운명이 얼마 뒤 일어날 사건을 꿈으로 보여주었다는 사실을 그냥 넘기고 말았지요. 잠에서 깼을 때는 밤이 되어 막 어두워지는 참이었습니다. 몹시 캄캄해지면서 무섭게 천둥번개가 쳐서 어떤 잔인한 일을 벌이기에 적당한 분위기였어요. 레오니다와 함께 실비아의 집을 나온 까리노는 리베오의 손에 그녀를 맡겼습니다. 제가 일러준 길을 따라 마을로 들어가라는 말도 잊지 않았지요. 리베오를 보는 순간 레오니다의 얼굴은 동요의 빛을 띠었지만 까리노는 그 역시 자기 못지않은 저의 친구라는 말로 그녀를 안심시켰습니다. 그러면서 그와 마음 푹 놓고 천천히 가고 있으면 그사이 자신은 잰걸음으로 앞서가 제게 그녀의 도착

소식을 알리겠다고 했습니다. 순진한 그녀는 (사랑에 빠진 사람이 다 그렇듯) 까리노의 말을 그대로 믿었습니다. 조금도 의심하지 않고 친절 넘치는 리베오의 안내를 받아 자신을 마지막 길로 이끌 발걸음을 한걸음 한걸음 조심스레 뗐습니다. 최고의 행복을 찾아간다고 생각했겠지요. 까리노는 그 두 사람을 앞질러 끄리살보에게 가서 돌아가는 상황을 알렸어요. 끄리살보는 다른 네명의 친척과 함께 레오니다와 리베오가 지나갈 길, 숲으로 완전히 둘러싸인 그곳에 흩어져 몸을 숨긴 후, 실비아가 올 것이고 오직 저 혼자만 그녀와 동행할 것이라고 그들에게 말했어요. 저와 실비아가 그들에게 행한 모욕을 갚을 수 있는 하늘이 주신 기회라면서 이 기회를 즐겨야 한다고요. 실비아는 친척이지만 자신이 먼저 그녀에게 칼날의 날카로움을 맛보게 해주겠다고 말했습니다. 다섯명의 잔인한 도살자들은 그런 잔혹한 범죄에 대해서는 아무 걱정도 없이 길을 따라 다가오는 두 사람의 결백한 피로 스스로를 붉게 물들일 준비를 했습니다. 이윽고 그 두 사람이 매복 장소에 이르자 돌연 신의 없는 살인자들이 뛰쳐나와 두 사람을 둘러쌌습니다. 레오니다를 실비아인 줄 오해한 끄리살보가 먼저 다가가 지옥의 분노에서 솟구친 온갖 모욕적이고 거친 말과 함께 여섯번의 치명적인 칼질을 해 그녀를 땅에 쓰러뜨렸어요. 이와 동시에 다른 네명은 저로 착각한 리베오를 수없이 찔러 그 역시 땅바닥에 나뒹굴었습니다. 자신의 악한 의도가 아주 멋지게 이루어진 것을 본 까리노는 아무 말 없이 그들을 지나쳐 앞으로 가버렸어요. 다른 다섯 악당 역시 위대한 업적이라도 이룬 듯 크게 흡족해하며 자기 마을로 돌아갔지요. 끄리살보는 자신이 행한 일을 실비아의 부모에게 직접 전하려고 그 집으로 갔습니다. 실비아 부모의 고통과 슬픔을 극대화하기 위해, 자신의 끝없는 호의를 거절하고 원수 리산드로의 차가운 마음을 더 많이 받아들인 그녀의 생명을 빼앗았다고 전하고 어서 가 딸의 무덤을 만들어주라고 말하려던 것이었지요. 끄리살보의 말에 실비아는 무척 슬퍼하면서 자신은 살아 있으며, 그가 자신의 탓으로 돌린 그 일은 자신과 관계없는 일이라고 밝혔습니다. 그리고 그가 말하는 죽음의 고통을 가장 크게 겪을 사람은 살아 있으니, 바로 끄리살보 자신이라고 덧붙였어요. 이 말과 함께 그의 동생 레오니다가 그날 밤 평소와 다른 옷차림으로 집을 떠났다고 말했습니다. 자신이 분명 죽였다고 생각한 실비아가 살아 있는 것을 본 끄리살보는 대경실색해 집으로 달려갔어요. 집에 동생이 없음을 확인한 그는 크나큰 혼돈과 분노에 휩싸였고, 실제 죽은 사람이 누구인지 확인하고자 범행 장소로 홀로 갔지요. 이런 일이 일어나는 동안, 저는 저대로 까리노와 레오니다를 기다리면서 원인 모르는 격정에 싸여 있었습니다. 와야 할 시간에 그들이 오지 않았으니까요. 그들을 찾고 싶기도 했고 어떤 이유로 그들이 지체하는지 알고 싶기도 했습니다. 길을 떠난 지 얼마 안 되어 저는 누군가가 흐느끼는 소리를 들었습니다. '오, 전능하신 하느님! 정의의 손길을 거두고 관용의 손길을 펼쳐주소서. 또한 이 죄악을 곧 당신께 알릴 이 영혼의 손길을 받아주소서. 아, 리산드로, 리산드로! 어찌하여 까리노의 우정에 당신의 목숨을 대가로 지불했나요? 당신 때문에 내 목숨 잃은 고통에 당신 역시 그 생명 끝낼 것 같으니 말이에요! 아, 잔인한 나의 오빠여! 내 변명 한번 들어보지 않고 어찌 이런 짓을 했나요? 내 실수에 그토록 빨리 벌을 주고 싶던가요?' 저는 그 목소리를 듣자마자 레오니다임을 직감하고 불행을 예감하며 혼미한 정신 속에서 더듬더듬 피투성이가 된 레오니다에게 다가갔습니다.

그녀임을 확인한 저는 그만 상처 입은 그녀의 몸 위로 저를 던지고 말았어요. 할 수 있는 가장 고통스러운 목소리로 울부짖었어요. '내 사랑이여, 도대체 무슨 일입니까? 어떻게 이런 일이 있을 수 있어요? 얼마나 잔인한 손길이기에 당신의 아름다움을 이렇게도 무참히 짓밟을 수 있단 말입니까?' 이 부르짖음으로 제가 누구인지를 알린 후에 힘을 다해 그녀의 늘어진 팔을 제 목 위에 걸쳤습니다. 그러자 그녀는 혼신의 힘으로 저를 껴안으며 자신의 입술을 내 입술에 가까이 댔습니다. 그리고 아주 실낱같은 목소리로 몇마디 중얼거리는 것이었어요. '오빠가 한 일이에요. 까리노는 돈에 팔렸고, 리베오는 숨이 붙어 있지 않아요. 사랑하는 리산드로, 하느님께 당신을 맡깁니다. 오래오래 행복하게 사세요. 저는 이제 저를 거부한 이 땅이 아닌 저세상에서 영생복락 누리며 행복하게 살게요. 이제 저를 놔주세요.' 그녀는 자신의 입술을 내 입술에 더욱 밀착시켜 처음이자 마지막 입맞춤을 한 다음 입술을 닫았습니다. 그런 다음 입술이 벌어지며 영혼이 빠져나갔지요. 이렇게 해서 그녀는 제 품에서 숨을 거두었습니다. 저는 그녀의 임종을 느끼며 그녀의 차가운 몸에 저를 묻은 채 아무런 감각 없이 그대로 있었습니다. 살아 있었지만 죽은 자 같았지요. 그때 누군가가 우리를 보았다면 피라모스와 티스베의 슬픈 장면[18]을 기억에 떠올렸을 겁니다. 얼마 후

---

18 그리스·로마 신화 속 비극적 사랑 이야기. 피라모스와 티스베는 반대하는 부모들 몰래 사랑을 나누다가 가출을 결심하고 각자 집을 나와 샘 옆의 뽕나무 은신처에서 만나기로 약속한다. 그런데 먼저 도착한 티스베가 사냥에서 돌아와 샘물을 먹으려던 암사자와 마주치고 만다. 그녀는 사자를 피해 바위틈으로 도망하다 숄을 떨어뜨리고, 사자는 그 숄을 가지고 장난치다 피를 묻히게 된다. 뒤따라온 피라모스는 이 피 묻은 숄을 보고 사자가 그녀를 죽인 줄로 잘못 알고 자신의 칼로 가슴을 찔러 숨을 거둔다. 한편, 숨어 있던 바위틈에서 나온 티스베는 죽어 있

정신이 든 저는 입을 열어 탄식과 슬픔에 찬 온갖 말로 대기를 가득 채웠습니다. 바로 그때였어요. 누군가가 급한 발걸음으로 저 있는 곳으로 다가오는 것을 느꼈습니다. 그가 가까이 오자, 비록 어두운 밤이었지만 다름 아닌 *끄리살보*라는 것을 제 영혼의 눈이 알려주었지요. 영혼의 판단이 맞았습니다. 그는 자신이 죽인 사람이 동생 레오니다인지 확인하러 다시 온 것이었습니다. *끄리살보*임을 알아챈 저는 분노에 차 사자처럼 울부짖으며 달려들어 두번 찔러 그를 땅에 쓰러뜨렸습니다. 그리고 그가 숨을 거두기 직전 레오니다가 있는 곳으로 질질 끌고 가, 레오니다를 죽인 바로 그 오빠의 칼을 죽은 그녀의 손에 쥐여주고 그녀를 도와 *끄리살보*의 심장을 세번 깊숙이 찔렀습니다. *끄리살보*의 죽음에 약간의 위안을 얻은 저는 곧바로 레오니다를 들쳐메고 저의 친척들이 사는 마을로 들어가 자초지종을 설명한 후, 예를 다해 그녀의 장례식을 베풀어달라고 간청했습니다. 그리고 *끄리살보*에게 한 대로 까리노에게도 복수할 것을 결심했습니다. 그런데 그가 우리 마을에 없었기 때문에 오늘까지 지체되었다가, 숲속에서 나오는 길에 그를 발견했던 겁니다. 실로 육개월을 추적한 결과였지요. 그는 자신의 배신에 걸맞은 종말을 맞이한 겁니다. 이제 저는 순전히 제 뜻과는 반대로 지금껏 부지해온 제 생명에 대해서가 아니라면 더는 복수할 대상이 없어요. 양치기여, 이것이 당신이 들은 제 통곡의 이유입니다. 이 이야기가 당신에게 더 큰 슬픔을 자아내기에 충분한지는 당신의 사려 깊은 판단에 맡기겠어요."

이것으로 그의 이야기는 끝났다. 이야기를 듣던 엘리시오는 처

는 피라모스를 보자 자신도 피라모스의 칼로 목숨을 끊는다.

음부터 흐르는 눈물을 막을 수 없었다. 한동안 흐느낌과 함께 솟구치는 감정 ─ 한편으로는 자신의 고통으로 인한, 다른 한편으로는 동정심으로 인한 ─ 을 추스른 후에, 엘리시오는 자신이 아는 가장 좋은 말로 리산드로를 위로하기 시작했다. 비록 어떤 위로도 그의 아픈 상처를 달랠 수야 없겠지만 말이다. 그가 해준 여러 말 중에서 리산드로의 마음에 가장 위안이 된 것은 "치료제 없는 병에 가장 좋은 치료법은 그 어떤 치료도 기대하지 않는 것"[19]이라는 말이었다. 엘리시오에 따르면, 레오니다의 정숙함과 고결한 성품은 의심할 바 없기 때문에 리산드로는 그녀와 함께 충분히 달콤한 삶을 즐겼다. 따라서 그는 잃은 것만 생각하고 슬퍼할 것이 아니라 과거에 얻었던 행복을 생각하고 마땅히 즐거워해야 한다는 것이었다. 이에 대해 리산드로는 대답했다.

"친구여, 당신 말이 사실이라는 것을 믿어요. 합당한 논리가 있으니까요. 하지만 그런 말이 제게 위안을 줄 힘을 가진 것은 아니고, 세상 어떤 말도 제게 위안이 될 힘을 가질 수 없어요. 레오니다의 죽음으로 이미 저의 불행은 시작된 겁니다. 그것을 끝낼 유일한 길은 제가 그녀를 다시 보는 거예요. 그런데 제가 죽지 않고는 그녀를 다시 볼 수가 없어요. 그러니 저를 죽음으로 이끌어주는 자가 제 인생의 가장 좋은 친구입니다."

엘리시오는 자신의 위로를 받아들이지 않는 그에게 더는 고통을 주고 싶지 않았다. 다만 그를 자기 오두막으로 초대해 원하는 대로 마음껏 시간을 보내도록 하고 성의껏 대접해 자신의 우정을 보여주고 싶었다. 리산드로는 그 제의에 할 수 있는 최대의 감사를

---

19 원문은 'En los males sin remedio, el mejor es no esperarles ninguno'. 스페인 속담이다.

표하고, 내심 응하고 싶진 않았지만 엘리시오의 강권에 못 이겨 그 청을 받아들이기로 했다. 이렇게 해서 두 사람은 자리에서 일어나 엘리시오의 오두막으로 갔다. 그곳에서 휴식을 취하며 얼마 남지 않은 밤을 함께 보냈다.

흰 여명이 질투에 눈먼 남편의 침상을 버리고 새날의 징조를 보이기 시작하자,[20] 에라스뜨로는 잠자리에서 일어나 엘리시오와 자신의 가축떼를 풀어 늘 가던 초원으로 데려갈 준비를 했다. 엘리시오는 리산드로에게 함께 가기를 청했다. 이윽고 세명의 양치기는 온순한 양떼를 이끌고 아래쪽 골짜기로 내려갔다. 그러다 어느 산비탈을 올라가던 중에 부드러운 보리피리 소리를 들었다. 엘리시오와 에라스뜨로는 그 소리의 주인공이 갈라떼아임을 이내 알아차렸다. 얼마 있지 않아 비탈길 꼭대기에 몇마리의 양떼가 보이기 시작했다. 양떼 너머로 갈라떼아가 있었는데, 그녀의 미모가 너무 뛰어나서 그 자리에 그저 가만히 두고 보는 것이 나을 성싶을 정도였다. 그녀의 빼어난 아름다움은 말로 다할 수 없었다. 산골 처녀 차림새로 긴 머리를 바람에 흩날리며 나타난 그 모습은 태양조차 질투할 정도여서, 태양이 뜨거운 햇살로 상처 주어 그녀가 발하는 빛을 없애보려 했지만 그녀의 머리칼은 또다른 새로운 반짝임으로 햇살을 무색하게 만들었다. 그녀를 보자 에라스뜨로는 넋을 잃었고 엘리시오 역시 그녀에게서 눈을 뗄 수가 없었다.

갈라떼아는 자신의 양떼가 엘리시오와 에라스뜨로의 양떼와 섞이는 것을 보자 그날은 함께 두고 싶지 않은 듯 자신의 양떼에서 유순한 새끼 양 한마리를 불렀다. 나머지 양들도 그 새끼 양을 따

---

20 새벽의 여신 아우로라(에오스)는 별과 점성술의 신 아스트라이오스와 결혼했으나 영웅 케팔로스, 거인 사냥꾼 오리온과 사랑에 빠진다.

라나왔고, 그녀는 두 양치기가 가는 곳과 다른 방향으로 양떼를 몰고 갔다. 그 모습을 본 엘리시오는 심한 모멸감을 이기지 못하고 양치기 처녀에게 다가가 말했다.

"아름다운 갈라떼아여, 당신의 양떼와 우리 양떼와 함께 있도록 내버려두면 어떻겠습니까? 우리와 함께 있기 싫다면 당신은 당신 좋을 곳으로 가시면 되잖아요. 당신이 없다고 해서 당신의 양떼가 풀 뜯기에 방해가 되진 않을 거예요. 저는 당신 섬기려 태어난 자이니 당신 없어도 제 양떼보다 당신의 양떼를 더 잘 돌볼 거랍니다. 그러니 그런 무시하는 태도는 보이지 말아주세요. 당신 향한 제 순수한 마음에 온당치 않아요. 당신이 온 길을 보니 뻬사라스 샘[21]으로 향하던 것 같은데 저를 보고 방향을 바꾼 것 같아 하는 말이에요. 당신 생각이 그렇다면 당신의 양떼가 늘 풀 먹는 곳을 알려주세요. 맹세컨대 절대로 제 양떼를 그리 데려가지 않겠어요."

"분명히 말씀드리는데요, 엘리시오," 갈라떼아가 대답했다. "저는 당신이나 에라스뜨로와 함께 있기 싫어 길을 돌이킨 것이 아니에요. 제 친구 플로리사와 빨마스 냇가에서 시에스따를 즐기고 싶어서였어요. 그녀가 지금 그곳에서 저를 기다리고 있거든요. 어제 우리는 오늘 그곳에서 우리 양떼를 먹이기로 약속했어요. 제가 보리피리 부는 데 정신이 팔려 유순한 제 어린 양이 늘 가던 뻬사라스 샘 쪽으로 간 것을 그만 놓쳤던 거예요. 저에 대한 당신의 친절과 제의는 정말 고맙습니다. 오해를 불러일으켰다면 진심으로 사과드려요."

"아, 갈라떼아! 당신은 너무도 잘 평계를 대시는군요. 저에게 그

---

21 특별한 의미 없이 까스띠야 어느 마을에서나 들을 수 있는 지명이다.

렇게까지 할 필요가 없는데도요. 알겠어요, 빨마스 냇가든 꼰세호 숲이든 뻬사라스 샘이든 당신 원하는 곳으로 가세요. 그런데 이것만큼은 분명히 알아주세요. 당신 홀로 가는 것이 아니라 제 영혼이 늘 당신과 함께하고 있다는 걸요. 만일 당신이 제 영혼을 보지 못한다면, 그 영혼 치유하는 일에 부담 갖지 않으려 부러 그러신다고 생각하겠어요."

"지금까지 저는 한번도 영혼을 본 적 없으니," 갈라떼아가 대답했다. "제가 당신의 영혼을 치유하지 못했다 해도 잘못은 아니겠지요."

"아름다운 갈라떼아여, 어떻게 그런 말을 하시는지 모르겠어요." 엘리시오가 대답했다. "당신은 영혼을 보면 상처만 주려 하지 치유하려 하지 않네요."

"저는 무기 없는 여자라 아무에게도 상처 입힐 수 없어요. 아니라고 생각하면 증거를 대보세요." 갈라떼아가 반박했다.

"아, 현명한 갈라떼아여," 엘리시오가 말했다. "당신은 당신이 보이지 않게 상처 입힌 제 영혼을 느끼면서도 어찌 그렇게 놀리시나요? 당신의 아름다움이 바로 그 무기인 줄 모르세요? 저는 당신이 제게 준 상처와 그 상처 준 일을 대수롭지 않게 생각한다 해도 불평은 하지 않겠어요."

"제가 거기 마음을 썼다면 저는 저 자신을 제대로 지키기 어려웠을 거예요." 갈라떼아가 말했다.

그때 에라스뜨로가 다가왔고, 그들 곁을 떠나가는 갈라떼아를 보자 이렇게 말했다.

"아름다운 갈라떼아여, 어디로 가시나요? 누구를 피해 달아나는 겁니까? 당신을 흠모하는 우리와 멀어지려 하시면 그 누가 당신과 함께 있기를 바라겠어요? 아, 나쁜 사람! 우리 마음을 사로잡아놓고 어디까지 우리를 무시하시렵니까? 당신이 제 불평 존중하는 만큼 당신 불평 존중하는 사람과 사랑에 빠진 모습을 제가 볼 수 없다면, 하느님이시여, 당신을 향한 저의 좋은 마음 그만 허물어주소서. 갈라떼아, 당신은 지금 저를 비웃나요? 당신이 하는 짓에 지금 저는 눈물 흘려요."

갈라떼아는 에라스뜨로의 말에 대답할 수 없었다. 작별 인사로 멀리서 머리를 꾸벅한 후 이미 빨마스 냇가로 양떼를 몰고 갔기 때문이었다. 이렇게 해서 그녀는 그들을 떠났다. 혼자가 된 갈라떼아는 친구 플로리사가 기다리는 곳으로 가면서 마치 하늘에 대고 큰소리로 기도하듯 목청껏 소리 높여 소네트를 노래했다.

갈라떼아

사랑의 신을 벗어나서도 불은 태우고, 올가미는 조이고,
얼음은 차게 하고, 화살은 상처를 주네.
그런데 내 영혼은 불길을 싫어하고
올가미에 만족하지 않아요.

사랑의 신이여, 할 수만 있다면 엄한 마음으로
다 태워버리고, 친친 동여매고, 얼리고, 죽여버리세요.
그러나 창으로든, 눈雪으로든, 그물로든,
그 뜨거움에 내 의지 사라질 거라 기대하진 마세요.

그 불은 내 순결한 의지로 차게 할 것이고
그 매듭은 내 힘과 기술로 풀어버릴 것이고

그 눈은 나의 뜨거운 열심으로 녹일 거예요.

화살은 내 생각으로 무뎌지고 떨어지니
나는 사랑의 견고한 터 안에 있는
불도, 매듭도, 창도, 얼음도 두렵지 않네.

그녀의 더없이 합당한 이유는 야수를 멈추고, 나무들을 감동시
키며, 돌들을 하나로 모아 그녀의 달콤하고 부드러운 화음의 노래
를 듣게 하기에 충분했다. 그것은 오르페우스의 리라[22]에, 아폴론
의 칠현금에, 암피온의 음악에 트로이와 테베의 성벽이 어떤 인위
적인 손길의 작용 없이 저절로 세워진 것과 같았고, 어느 부주의한
연인의 통곡에 깊은 혼돈과 어둠의 거주자인 자매들의 마음이 녹
은 것과 같았다.[23] 갈라떼아는 노래를 마친 시각과 거의 동시에 플
로리사가 있는 곳에 도착했다. 갈라떼아의 진실한 친구 플로리사
는 기쁜 얼굴로 그녀를 맞이했고 갈라떼아는 그녀에게 자기의 생
각을 털어놓았다.

두 사람은 자신들의 양떼들이 편히 푸른 풀을 뜯도록 내버려두
고 그곳을 흐르는 맑은 개울물에 그들의 아름다운 얼굴을 씻기로
했다. 자신을 제일 아름답다고 여기는 대도시 귀부인들이 흔히 하
듯 저 헛되고 지겨운 화장술로 자신의 얼굴을 희생시키며 아름다
움을 돋보이게 할 필요가 없었기 때문이다.[24] 얼굴을 물로 씻고도

---

22 고대 그리스의 현악기. 4~10줄을 손가락으로 뜯어 연주한다.

23 음악의 힘을 찬양하는 구절. 오르페우스는 자신의 음악으로 혼돈의 거주자들의
마음을 녹였고, 아폴론은 트로이를, 암피온은 테베를 세웠다.

24 르네상스의 주된 논쟁 중 하나인 '인위성'(artificio)과 '자연성'(naturaleza)의 대
립을 보여주는 구절이다.

마찬가지로 두 사람은 좀전의 아름다운 모습이었다. 그들이 얼굴을 손으로 문질러 씻자 뺨이 발그레한 홍조를 띠었을 뿐인데, 또한 이것이 뭔가 말할 수 없는 아름다움을 더해주었다. 특히 갈라떼아가 두드러졌는데, 고대 그리스의 나부裸婦 미인도에서 특히 강조된 세가지 미[25]의 매력이 잘 어우러져 드러났다. 두 사람은 푸른 초원에서 여러가지 꽃을 모으기 시작했다. 이것으로 꽃장식을 만들어 등 뒤에 나풀거리는 머리칼을 묶으려는 것이었다.

아름다운 양치기 처녀들이 이 일에 정신이 팔려 있을 때, 개울 아래쪽에서 불쑥 우아하고 기품 있는 양치기 처녀 하나가 오고 있는 것이 보였다. 두명의 양치기 처녀는 그녀를 보고 매우 놀랐는데, 자신들의 마을이나 인근 마을 출신이 아닌 것처럼 보여서였다. 그래서 주의 깊게 그 처녀를 바라보았고, 그사이 그녀는 조금씩 두 사람이 있는 곳으로 다가왔다. 그런데 거리가 아주 가까워졌음에도 그녀는 골똘히 생각에 빠져 있어 두 양치기 처녀가 모습을 내보일 때까지 그들을 보지 못했다. 그녀는 이따금 멈춰 서 하늘을 바라보며 가슴 가장 깊은 곳에서 뿌리째 뽑혀나온 것 같은 고통스러운 한숨을 내쉬는 것이었다. 흰 손을 맞잡고 기도하거나 진주 같은 눈물이 뺨 위로 흐르도록 내버려두었다.

처녀가 몹시 고통스러워하는 모습을 본 갈라떼아와 플로리사는 그녀의 영혼이 내면에서 치밀어오르는 고통에 시달리고 있음을 알았다. 그래서 어느 시점에 복받친 그녀의 감정이 가라앉았는지 보기 위해 도금양이 우거진 곳에 몸을 숨기고 흥미로운 눈으로 그녀가

----

25 고대 그리스에서 미인의 조건은 육체적 아름다움뿐 아니라 영혼의 아름다움까지 포함했다. 세가지 미는 아글라이아(우아함), 탈리아(풍요), 에우프로시네(기쁨)의 세 여신으로 형상화되었다.

하는 것을 바라보았다. 그녀는 개울가에 이르자 걸음을 멈추고 흐르는 물을 주의 깊게 바라보더니 피곤한 사람처럼 개울가에 털썩 주저앉아 아름다운 손으로 물을 떠 눈물 어린 눈을 씻었다. 그러면서 꺼져가는 작은 목소리로 말하는 것이었다.

"아, 맑고 시원한 물이여! 내 속에서 타오르는 이 불길 달래기엔 너의 차가움이 작고 또 작구나! 저 넓은 바다 대양의 물을 다 가져다 부어도 내 마음의 불길은 끌 수 없어. 점점 거세지는 대장간의 노[爐]처럼 타오르니 말이야. 아, 나의 파멸의 원인, 슬픔에 가득 찬 눈이여! 얼마나 높은 곳에 너를 올려놓아야 나의 파멸을 바라볼 것이냐! 오, 나의 휴식의 적인 운명의 여신이여, 당신은 나를 행복의 정점에서 불행의 심연으로 그토록 빨리 떨어뜨렸지요! 아, 잔인한 나의 자매여! 온화한 사랑 넘치는 아르띠도로의 그 모습이 사랑 없는 네 가슴의 분노를 달래줄 수 없었더냐? 그가 어떤 말을 했기에 그토록 잔인하고 퉁명스러운 답을 그에게 주었던 거냐? 이제 알겠다, 자매여, 내가 그를 향해 가졌던 마음을 너는 애당초 갖고 있지 않았던 거야. 만일 그랬더라면 그가 네게 매인 것만큼 너도 그에게 온화했을 텐데."

그 양치기 처녀는 이 모든 말을 너무도 많은 눈물 속에 해서 그 말을 듣고 울지 않을 사람이 없었다. 그러다 부드럽게 흐르는 물소리에 고통스러운 가슴이 다소 평온해지자 그녀는 잠시 휴식을 취했다. 그때 그녀가 오래된 민요[26] 하나를 자신의 뜻에 맞게 바꿔 부드럽고 섬세한 목소리로 노래했다.

---

26 원어는 'copla'. 보통 4행으로 된 민요를 가리킨다.

이미 희망은 사라지고
오직 한가지 나를 위로해주는 복이 있다면
그것은 시간이네. 시간은 날아
내 생명 곧 가져갈 테지.

사랑에서 얻는 기쁨
두가지 있네.
하나는 가장 좋은 것을 원하는 마음,
또 하나는 두려움에
힘을 주는 희망이라네.
이 두가지가 내 가슴에
집[27]을 만들어주었네.
지금 나는 이 두가지 보지 못해.
고통에 빠진 내 영혼 소망에 끝을 고하고
희망이 사라져버렸기 때문이지.

바라는 것이 힘을 잃으면
희망도 줄어드는 법.
그런데 내게는 그 반대야.
바람이 커지면 커질수록
그만큼 희망이 줄어드니 말이야.
나의 아픔을 부채질하는 상처에는
배려라곤 아예 없다네.

---

27 원어는 'manida'. 가축이 사는 곳을 말하며, 시골 분위기를 자아내는 표현이다.

이 사랑의 학교에선
수천의 아픔이 나를 괴롭게 해.
나를 위로해주는 복은 오직 한가지뿐.

그 복이
내 생각에 이르자마자
하늘, 행운, 운명의 여신은
가벼운 몸짓으로
그만 그걸 내 영혼에서 빼앗아가버려.
내 아픔에 동정하고
고통스러워하는 누군가 있다 해도
아픔에는 돛을 내리고
좋은 일에는 날아 지나가는 시간보다
더 빨리 지나가버려.

나의 이 번민에
자신을 태우지 않을 사람 누가 있을까?
이 번민 속에
근심은 납만큼 무겁고
기쁨은 깃털만큼 가볍지 않은가?
나의 행복하고 좋은 걸음이
서둘러 파멸에 다가가지만
이 복 역시 그 걸음에 둥지 틀고 있어.
그 복이란 다름 아닌, 희망 가져간 그이가
내 생명도 빨리 데려갈 거라는 것.

양치기 처녀는 곧 노래를 마쳤지만 노래에 비장함을 더해준 눈물은 끝내지 못했다. 이 눈물에 아픈 마음을 금할 수 없었던 갈라떼아와 플로리사가 숨어 있던 곳에서 나와 사랑스럽고 예의 바른 말로 그 슬픈 양치기 처녀에게 인사하며 말했다.

　"아름다운 양치기 처녀여, 하늘이 당신이 구하는 것에 호의적인 응답을 보여 부디 당신이 원하는 것 얻기를 바라요. 언짢지 않다면 어떤 운명이, 어떤 숙명이 당신을 이곳으로 이끌었는지 말씀해주셨으면 좋겠어요. 우리가 알기로는 우리 누구도 이 강변에서 당신을 본 적이 없거든요. 조금 전 당신 노래를 듣고 또 당신 마음에 평안이 없는 것을 알고서, 당신의 아름다운 눈이 증거하는 그 눈물을 보고서, 우리는 힘을 다해 당신을 위로해야겠다고 느꼈어요. 서로를 배려하는 우리 양치는 자들의 예법에 따라서 말이에요. 당신의 아픔이 위로받을 수 없는 것이라 해도 적어도 당신을 돕고자 하는 우리의 좋은 뜻 알아주셨으면 해요."

　"아름다운 아가씨들이여," 낯선 곳에서 온 양치기 처녀가 대답했다. "당신들의 예의 바른 제의에 어떻게 답해야 할지 모르겠네요. 침묵할 수도, 감사할 수도 없고, 적절한 때가 되었다고 판단할 수도 없으며, 또 저에 대해 알기 원하시는 것을 거부할 수도 없으니 말이에요. 하지만 제 운명에 일어난 사건들은 침묵에 부치는 것이 나을 텐데, 제가 그걸 말씀드리면 당신들이 저를 가벼운 여자라 생각할 증거를 보여주는 것 같거든요."

　"아름다운 양치기 처녀여," 갈라떼아가 대답했다. "당신이 말한다 해서 이후 당신의 명성을 잃을 정도로 그렇게 하느님이 거칠고 무례한 이해심을 갖고 계시다고는 생각지 않아요. 당신의 얼굴과 단아한 기품이 그것을 보여주네요. 당신의 모습을 보고 말을 듣는 순간 이미 우리는 그렇게 느꼈고, 당신이 생각 깊은 분이란 걸 알고 있어요. 당신 운명이 그런 신중함을 주었다면 이제 당신의 삶을 드러내고 말씀해주세요."

"운명은 그것을 말하면 더욱 고통스러우리라는 판단을 주었지만, 두분 생각에 저도 동의하게 되네요." 양치기 처녀가 대답했다. "고통이 제게 신중함을 압박할수록 제 능력이 그만큼 고통에 지고 있다는 확신이 들거든요. 사실 저는 지금 그 아픔을 치료할 아무런 방법도 없고요. 좋아요. 제가 겪은 일에 실망하실지 모르겠지만, 아름다운 아가씨들이여, 그토록 듣기 원하시니 최대한 간략하게 말씀드릴게요. 제가 갖고 있으리라 생각하셨을 모든 이해력을 동원해 그 불행한 일이 어떻게 해서 일어나고 이 지경에 이르렀는지 말씀드리겠어요."

"사려 깊은 아가씨여," 플로리사가 대답했다. "우리가 간청한 것을 말해주는 것보다 더 기쁜 일은 없을 거예요."

"그렇다면 잠시 자리를 옮겨 다른 장소를 찾아보지요." 그 양치기 처녀가 말했다. "다른 사람 눈에 띄지 않고 방해받지 않을 곳으로 말이에요. 그래야 당신들에게 약속한 것을 다 말씀드릴 수 있을 것 같아요. 아가씨들이 제가 받는 고통에 마음 쓰지 않으셨대도, 제 생각을 늦게 밝히면 밝힐수록 아가씨들의 좋은 의견을 잃어버릴 것 같은 예감이 들거든요."

양치기 처녀가 약속한 것을 이루고자 세명의 아가씨들은 곧 자리를 떠 갈라떼아와 플로리사가 아는 비밀스러운 외딴 장소로 옮겼고, 누구의 눈에도 띄지 않는 도금양 나무의 기분 좋은 그늘 밑에 자리를 잡았다. 외지에서 온 양치기 처녀가 지극히 우아하고 매력적인 태도로 이야기를 시작했다.

"너무도 아름다운 양치기 처녀들이여, 저는 황금빛 따호강에 언제나 시원하고 기분 좋은 공물을 바치는 저 유명한 에나레스[28] 강변에서 태어나 자랐어요. 집안 형편은 넉넉하지 않았지만 마을에서 가장 어려울 정도도 아니었습니다. 부모님은 농부로 농사일에 아주 능숙하셨고 저 또한 우리 마을 공동 목초지에서 소박하게 양떼를 치면서 부모님을 따라 농사일을 거들었지요. 운명에 제 생각을 맞추며 저는 오로지 양떼 키우고 번식시키는 그 기쁨 외엔 다른 어떤 기쁨도 없이 일에만 전념했어요. 제 머릿속에는 영양가 높고 무성한 목초지와 맑고 시원한 물을 찾는 일 외에 다른 생각이라곤 끼어들지 않았어요. 양을 치는 것 말고는 다른 관심을 가질 수 없었지요. 숲은 저의 동료였고 그 호젓함 속에서 새들의 다정하고 조화로운, 달콤한 노랫소리가 수천의 꾸밈없는 목소리로 흘러나오곤 했습니다. 사랑에 빠진 가슴에서 우러나는 한숨이나 고백, 그 어떤 것도 끼어들 수 없었지요. 오직 저만의 즐거움으로 얼마나 많은 시간을 강변과 강변, 계곡과 계곡을 누비며 여기서는 흰 수선화, 저기서는 유백색 백합, 이곳에서는 붉은 장미, 저곳에서는 향기 나는 패랭이꽃을 따고 다녔는지 몰라요. 온갖 종류의 향기로운 꽃으로 천 짜듯 꽃장식을 만들어 제 머리를 꾸미고 머리끈처럼 묶기도 했지요. 그러고는 맑고 잔잔한 샘물에 제 모습을 비춰보고 물에 비친 모습에 얼마나 기뻐했는지 모릅니다. 그 기쁨이란 무엇과도 바꿀 수 없이 컸지요! 또한 저는 많은 눈물을 흘리고 한숨 쉬며 마음 아파하는 사랑의 열병을 제 가슴속에서 찾으리라 생각하고, 그들 영

---

28 스페인 중부 지방을 흐르는 강. 과달라하라와 마드리드를 거쳐 까스띠야 라만차주를 관통한다.

혼이 품은 사랑의 비밀을 제게서 발견하려 애쓰는 몇몇 양치기 처녀들을 얼마나 조롱했는지 몰라요. 아름다운 양치기 처녀들이여, 지금도 기억나네요, 어느날 그 처녀들 중 한명이 제게 와 팔로 제 목을 안고 눈물 펑펑 쏟아져 샘으로 변한 얼굴을 제 얼굴에 맞대고 말하던 것이. '아, 떼올린다(이 이야기를 하고 있는 불행에 빠진 처녀, 제 이름입니다), 내 생애 마지막 날이 다가온 것 같아! 사랑은 내가 원한 만큼 나를 생각해주지 않는 것 같아!' 그 순간 저는 그녀의 극단적인 말에 놀라 몹시 불행한 일이 일어났구나 하고 생각했어요. 예를 들어 양떼를 잃어버린다거나, 아버지 또는 형제가 이 세상을 떠나는 그런 불행 말이에요. 그래서 옷소매로 그녀의 눈물을 닦아주면서 어떤 불행이 그토록 절망 속으로 밀어넣었는지 이유를 말해달라고 청했어요. 그러자 그녀는 눈물 흘리고 한숨 쉬기를 그치지 않고 말하는 것이었어요. '떼올린다, 우리 마을 농장 관리인 아들이 말 한마디 남기지 않고 사라져버렸어! 내 두 눈보다 더 그를 사랑했는데! 게다가 내가 그 망할 놈 에우헤니오에게 준 붉은 띠가 오늘 아침 양치기 우두머리 리살꼬의 딸 레오까디아의 손에 있는 걸 보지 않았겠어? 이보다 더 가슴 아픈 일이 어디 있니? 이 일로 볼 때, 그 사기꾼 놈이 그녀를 사랑한다고 의심하지 않을 사람이 어디 있겠어?' 저는 그녀 불평의 이유를 알자마자, 오, 친구이자 귀한 숙녀인 여러분, 분명히 말하는데 곧바로 웃음이 터져나오는 것을 막을 수 없어 말했어요. '리디아(그 불행한 여인의 이름이지요), 처음 네 하소연을 들었을 때 나는 네가 대단히 큰 상처로 고통받고 있구나, 생각했어. 하지만 이제 보니 너는 사랑에 빠져 정말 사리 분별을 못하는구나. 그따위 어린애 같은 짓에 관심을 두다니! 리디아, 한번 말해봐, 그 붉은 띠 값이 얼마나 나가기에 에우헤니오 아닌 레오까디아가 가진 걸 보고 그렇게 마음 아팠는지를. 네가 관심 가져야 할 것은 사랑 나부랭이가 아니라 너의 명예, 네 양떼를 먹일 풀이야. 내가 보기에 그런 짓거리로 우리가 얻는 것은 우리 명예와 평안이 손상되는 것밖에 없어.' 리디아는 기대했던 동정의 말과 완전히 다른 대답을 듣자 고개를 떨구곤 눈물에 눈물을, 한숨에 한숨을 더하며 제 곁에서 떨어졌어요. 그러다가 잠시 후 얼굴을 제게 돌리더니 말하는 것이었어요. '떼올린다, 나 하느님께 기도할 거야, 네가 지금 내 상황이 행복한 것이라 생각할 그때가 빨리 오게 해달라고. 그리고 네 아픔을 이해할 만한 사람에게 네가 호소했을 때, 지금 네가 내게 한 것처럼 그 사람이 네게 똑같이 해주어 지금 내 감정 네가 느끼게 해달라고, 사랑이 너를 그렇게 만들어달라고 말이야.' 이 말을 남기고 그녀는 가버렸습니다. 저는 그녀의 말을 헛소리로 듣고 그녀를 비웃었어요. 하지만 아, 이 불행한 자여! 저는 지금 순간순간 그녀의 저주가 제게 닥치는 것을 느껴요. 고통을 얘기하는 이 순간에도, 제 말을 듣는 그 사람이 과연 제 고통을 얼마나 이해할까 두려움이 생기거든요. 아마 제 고통을 거의 느끼지 못할 것 같다는 생각이 들고요."

이 말에 갈라떼아가 대답했다.

"사려 깊은 떼올린다, 우리가 당신 고통에 얼마나 공감하는지 당신이 알게 되기를, 또 그 고통의 치료법까지 찾아내기를 하느님께 빌게요. 그러면 우리에게 갖는 의심도 금세 사라지겠지요."

"마음 따뜻한 양치기 처녀들이여," 떼올린다가 대답했다. "그 아름다운 마음으로 함께해주시고 또 당신들과 즐겁게 대화 나누다보니 그럴 것도 같지만, 박복한 저의 운명이 자꾸 두려움을 불어넣는군요. 상관없습니다. 그러려면 그러라지요. 약속한 이야기 계속

할게요. 제가 누리고 있던 자유와 이제껏 말씀드린 여러 일을 경험하면서 저는 인생을 너무도 즐겁고 평안하게 보내고 있었어요. 저는 바라는 그 어떤 욕망도 없었지요. 적어도 복수심 강한 사랑의 신이 강한 관심을 보이며 제게 접근할 때까지는요. 그 사랑의 신은 다가와 결국은 저를 그만 그의 노예로 만들어버렸어요. 그런데도 만족하지 않고 여전히 제게 더 대가를 요구하고 있답니다. 일은 이렇습니다. 어느날(시간과 여러 상황이 저의 기쁨을 그토록 깎아먹지 않았더라면 사실 그날은 제 인생 가장 행복한 날이 되었겠지요) 저는 마을의 다른 양치기 처녀들과 함께 마을 밖으로 나갔어요. 작은 꽃가지, 사초莎草, 꽃들과 녹색의 부들을 따 동네 사원과 거리를 장식하기 위해서였죠. 그다음 날이 너무도 거룩한 축제의 날이었거든요. 마을을 잘 지켜달라는 약속과 서원을 드리는 날이었지요. 우리 모두는 마을과 강 사이에 있는 기분 좋은 숲을 지나다가 그곳에서 뜨거운 태양의 열기를 피해 푸른 나무 아래 시에스따를 즐기고자 모여든 잘생긴 양치기 청년들을 만나게 되었어요. 그들을 보자 이내 누군지 알아차렸어요. 모두가 우리의 사촌이나 형제, 친척같이 아는 자들이었거든요. 우리가 다가가자 그들은 곧장 우리가 무얼 하려는지 알아차리고 예의 갖춘 말로 우리를 더 앞으로 나아가지 못하게 막았습니다. 그들 중 몇몇이 작은 꽃가지와 꽃들을 따 그리 가져다주겠다고 말하면서요. 우리는 그 간청에 못 이겨 그들이 원하는 대로 할 수밖에 없었습니다. 그중에서 나이 어린 여섯명의 양치기들이 낫을 준비하고 우리가 찾는 푸른 전리품을 가져오기 위해 즐거운 마음으로 길을 떠났어요. 역시 여섯명이던 우리는 나머지 양치기 청년들과 자리를 함께했지요. 그들은 마음을 다해 우리를 따뜻하게 맞아주었습니다. 특히 한 낯선 양치기가 그랬는데, 우리 중 누구도 그를 알지 못했어요. 무척이나 잘생기고 의젓하고 늠름해 우리는 그를 보자마자 탄성을 금치 못했습니다. 제가 더욱 그랬어요. 한마디로 넋이 나간 거죠. 양치기 처녀들이여, 뭐라 말해야 할까, 제 눈이 그를 본 순간 심장이 충격을 받아 크게 울렁거렸어요. 그러더니 심장은 저를 타오르게 하는 차가운 얼음 같은 것을 온 혈관에 흘려보내는 것이었어요. 저는 정말 어쩔 줄 몰랐어요. 낯선 양치기 청년의 잘생긴 얼굴에 제 눈길 보내는 것을 제 영혼이 즐기고 있구나 하고 느꼈지요. 그와 동시에 지금까지 사랑을 경험해보지 못한 저를 사랑이 가지고 놀고 있다는 것도 알았습니다. 시간과 상황으로 저를 그렇게 만든 사랑을 원망하고픈 마음도 들었어요. 어쨌든 저는 그날 이후로 이 모양 이 꼴이 되어버리고 말았습니다. 그때 지닌 구원에 대한 믿음이 지금보다 더 컸지만 사랑에 져서 완전히 빠져버린 겁니다. 아! 당시 저는 전에 함께 있던 리디아에게 가 얼마나 말하고 싶었는지 몰라요. '리디아, 요전날 네게 했던 그 매몰찬 말을 용서해줘. 좀 알아줘, 나 지금 네가 불평했던 그 사랑의 아픔보다 더 큰 사랑의 아픔을 경험하고 있어.' 그런데 놀라운 일이 한가지 있었습니다. 그곳에 있던 양치기 처녀들 말이에요. 제 표정의 움직임을 보고도 어쩌면 그렇게도 제 마음의 비밀을 모를 수 있을까요? 그건 틀림없이 이런 이유 때문이었을 거예요. 그 낯선 양치기에게 양치기 청년들이 우리가 도착하기 전에 시작한 노래를 그쳐달라고 부탁했는데, 그가 아랑곳하지 않고 노래를 계속했거든요. 그 노랫소리가 몹시도 아름답고 놀라워 사람들 모두가 거기 귀 기울이게 돼버렸죠. 그때 저는 사랑이 시키는 대로 제 모든 것을 그에게 바치기로 작정했어요. 제 생에 그보다 더 중요한 일은 없을 거라는 생각이 들었거든요. 제가 부드럽고 조화로운 그의 노랫소리를 좀 얼떨떨한 상태로 듣고 있었다 하더라도 집중하지 않은 것은 아니었어요. 할 수 있는 한 최대로 집중해 들었지요. 사랑이 어느 극단까지 저를 이끌어갔느냐 하면, 그의 사랑의 노래를 들을 때 저는 그의 생각에 푹 빠진 나머지 그 노래의 어떤 부분은 혹 제 마음을 공유하고 있는 것이 아닌가 하는 생각이 들 정도였어요. 그러나 그가 부른 노래는 목축하는 자의 삶과 전원생활의 평화에 대한 찬미였고 가축떼를 잘 돌보는 데 유익한 몇몇 권고였습니다. 저는 노래 가사에 만족했어요. 양치기는 사랑에 빠진다 해도 이런 노래에 자기 사랑 이야기를 담아서는 안 될 것 같았거든요. 양치기 청년이든 처녀든 비록 사랑에 빠졌다 할지라도 자신이 겪는 슬픔과 기쁨을 찬양하거나 찬미한다면 그런 시간은 그들에게도 낭비라는 생각이 들기도 했고요. 친구들이여, 보세요, 사랑의 학교에서 가르치기에는 제가 얼마나 부족한지! 그가 노래를 마친 것과 거의 동시에 사람들이 꽃가지와 나무를 들고 나타났습니다. 멀리서 그들은 조그마한 산처럼 보였어요. 가지들에 휩싸인 채 의기양양한 모습으로 저마다 나무를 들고 움직이고 있었습니다. 가까이 오자 여섯 양치기는 함께 노래를 부르기 시작했어요. 한명이 선창하면 나머지가 응답하는 식이었지요. 한껏 기쁜 모습으로, 즐거움에 귀청이 터질 것 같은 큰 목소리로 재미있는 비얀시꼬[29]를 부르기 시작했습니다. 이런 기쁨과 즐거움 속에 그들은 생각보다 일찍 도착했어요. 그 탓에 노래 부르는 양치기를 보는 저의 즐거움도 끝이 났습니다. 그들이 들고 온 푸른 짐을 내려놓자 우리는 그들 각자가 팔에 감아온 화관을 보게 되었어요. 가지각색의 예

---

29 후렴이 있는 스페인 민요.

쁜 꽃들로 이루어져 있었지요. 그들은 이 화관을 품위 있는 말과 함께 우리 한 사람 한 사람에게 선물로 주었고 작은 가지들은 마을로 가져가라고 했어요. 그래서 우리는 기쁨에 가득 차 그들의 후의에 감사를 표하고 마을로 돌아가려고 했습니다. 그때였습니다. 거기 있던 나이 많은 양치기 엘레우꼬가 이렇게 말하는 것이었어요. '아름다운 양치기 처녀들이여, 청년들이 베푼 것에 대해 너희가 어떤 식으로든 보답하는 게 도리일 것 같구나. 너희가 찾던 것보다 훨씬 많은 화관을 가져다주었으니까. 이번에는 너희 손으로 주고 싶은 사람에게 화관을 줘보자. 그렇게 하는 게 이 축제가 원하는 바일 것 같네.' 그러자 우리 중 하나가 말했어요. '양치기 청년들이여, 너희가 우리의 조그마한 보답에도 만족한다면 나 역시 기쁨으로 그렇게 할게.' 그러고는 두 손으로 화관 하나를 집어들어 자신의 잘생긴 사촌의 머리 위에 덥석 씌워주는 것이었어요. 다른 양치기 처녀들도 이것을 본받아 각기 자신의 화관을 들고 어찌 보면 그들의 친척인 양치기 청년들에게 하나씩 씌워주었습니다. 맨 마지막에 남은 저는 아무 친척도 없었기에 짐짓 무심한 태도로 그 외지양치기에게 다가가 화관을 머리에 씌워주며 말했지요. '멋쟁이 청년, 당신에게 이것을 주는 건 두가지 이유에서예요. 하나는 당신이 즐거운 노래로 우리 모두를 기쁘게 해서이고, 또다른 하나는 우리 마을에 외부인들을 잘 대해주는 관습이 있다는 것을 알려주기 위해서죠.' 주위 사람들도 모두 제가 이렇게 한 것을 좋아했어요. 그토록 제 마음을 빼앗아간 사람에게 가까이 갔을 때 제 영혼이 느꼈던 그것을 어떻게 말로 표현할 수 있을까요? 그의 이마에 화관을 묶을 때 사랑하는 사람의 목을 제 팔로 안을 수 있었다면 그보다 더한 행복을 어디서 만날 수 있을까요? 그 양치기 청년은 제게 고개 숙이며 품위 있는 말로 저의 친절에 감사를 표했어요. 그런 후 우리가 헤어질 시간이 되자 거기 있던 많은 사람의 눈을 피해 낮은 목소리로 이렇게 말하는 것이었어요. '아름다운 양치기 처녀여, 당신이 준 화관에 대해서는 당신 생각보다 더 크게 내가 보답했어요. 내 선물을 지니고 다니며 그 가치를 알게 되면 당신은 여전히 내게 빚지고 있다는 걸 알게 될 거예요.' 저는 그에게 대답하려 했지만 동료들의 재촉으로 기회를 얻지 못했어요. 저는 마을로 돌아왔지만 마음은 마을을 떠날 때와 완전히 달라져 있었지요. 저 자신도 놀랄 정도였어요. 동료들과 함께하는 것이 성가셨고, 그 양치기 청년에 대한 것이 아니면 어떤 생각도 떠오르는 순간 뇌리에서 지워 버렸어요. 사랑의 생각으로 꽉 찬 자리에 어울리지 않는다 생각한 거죠. 저 자신도 그렇게 짧은 시간에 어떻게 그렇게 바뀌었는지 알지 못할 정도였습니다. 이제 저는 저를 위해 사는 게 아니었어요. 저의 아르띠도로(제가 찾아다니는 제 영혼의 반쪽의 이름이에요)를 위해 살았지요. 눈길 두는 곳마다 그의 형상이 보이고 귀로 듣는 것마다 그의 부드럽고 조화로운 음악 소리가 귓전을 울렸어요. 혹시라도 그가 원한다면 그를 찾아 제 생명 내어줄 곳이 아니고는 아무 데도 발걸음하지 않았습니다. 진수성찬에도 이전의 익숙한 맛을 만나지 못했고 그의 몫은 손이 떨려 잘 잡을 수도 없었습니다. 한마디로, 저의 모든 감각이 전과 같지 않았어요. 제 영혼조차 감각을 통해 지금까지 해온 작용을 하지 못했지요. 제 안에서 새롭게 태어난 떼올린다를 생각하며, 제 영혼에 각인된 양치기 청년의 멋있는 모습을 바라보며 그 거룩한 축제 전의 온 낮과 밤을 보냈어요. 축제는 우리 마을과 인근 마을 사람 모두의 크나큰 기쁨과 환호 속에 성대하게 진행되었습니다. 사원에서 성스러운 제사를 모시고 그에 따른 의식을 마친 후에 사원 앞 널따란 광장의 오래되고 잎이 무성한 네그루 포플러 그늘 밑에 마을 사람 거의 모두가 모였어요. 사람들은 둥글게 원을 만들고 그 안에서 우리 마을과 이웃 마을, 외지에서 온 청년들이 축제를 기념하는 양치기 행사들을 벌였습니다. 준비된 여러 씩씩한 젊은이들이 광장에 모습을 드러내 활기 가득한 묘기를 선보였어요. 곧 여러가지 재미있는 경기가 시작되어 무거운 봉을 던지고, 날래고 가볍게 몸을 움직여 진기한 도약을 보여주고, 맞서기 어려운 싸움에서 솟구치는 힘과 멋있는 기술을 선보이고, 장거리경주에서 얼마나 발이 빠른지를 보여주었지요. 이런 식으로 각자가 최선을 다해 경기를 마치면 마을 양치기 원로들이 가장 탁월한 기량을 보인 사람을 골라 일등 상을 줍니다. 그런데 지금까지 제가 말씀드린 것과 말이 길어지지 않도록 입을 다문 다른 많은 일을 종합했을 때, 그곳에 있던 모든 사람, 즉 동네 주민들과 그 군郡 지역에 속했던 사람들 중에서 저의 아르띠도로가 따낸 점수에 이른 자는 한명도 없었어요. 그는 자신의 참여로 우리 축제의 명예가 빛나고 즐거움 가득하기를 진심으로 바랐던 것 같아요. 그래서 그가 모든 경기의 첫 명예와 일등 상을 가져갔지요. 양치기 처녀들이여, 그의 솜씨와 늠름함은 이 정도였습니다. 모든 사람이 그에게 아낌없는 찬사를 보냈습니다. 저까지 우쭐할 정도였어요. 그때 제 가슴을 채운 행복감이 너무 커 생각할 때마다 솟아나는, 이전에 알지 못했던 기쁨에 껑충껑충 뛸 정도였어요. 그러나 아르띠도로가 외지 사람이라 곧 우리 마을을 떠나야 한다는 사실이 마음을 크게 짓눌러 이 모든 기쁨을 물리쳤어요. 그가 제게서 훔쳐간 가져간 그것, 제 영혼 전부를 조금이나마 알지 못하고 떠난다면 그가 이곳에 없을 때 저의 삶은 어떻게 될까, 혹은 저 자신의 고통이 단지 불평만 한다고 위로받을 수 있는 것인가 하는 생각들이 마음에 커다란 무거움을 안겨주었어요. 이런 상념 속에 머물러 있는 사이에 축제와 잔치가 끝났습니다. 아르띠도로가 양치기 친구들에게 작별을 고하자, 그들 모두는 혹시 꼭 떠나야 할 좋은 일이 없다면 남은 축제 여드레 동안 그들과 함께 즐거운 시간을 보내면 어떻겠냐고 간청했어요. '멋쟁이 친구들이여,' 아르띠도로가 대답했습니다. '자네들이 청하는 이 일에서나 자네들이 원하는 어떤 일에서도 자네들 섬기는 것보다 더 크고 좋은 일은 내게 없다네. 사실 나는 우리 마을에서 며칠간 모습을 보이지 않은 형제 한명을 찾아나설 참이었는데, 자네들 청을 따르겠네. 이 일에서 이득 보는 자는 바로 나니 말일세.' 모두가 그에게 깊은 감사를 표하고 그가 함께 머물게 된 데 기뻐했어요. 그러나 누구보다 더 기뻐한 사람은 저였지요. 저는 그 여드레 동안 기회를 만들어 도저히 감출 수 없는 그것을 그에게 밝혀야겠다고 생각했어요. 그날 밤 우리는 춤추고, 놀이를 하고, 양치기 청년들이 벌인 이런저런 경기 내용을 이야기하며 거의 온밤을 지새웠습니다. '이 사람이 그 사람보다 춤을 더 잘 췄어. 그 사람보다 움직임이 더 세련된 것 같아. 밍고가 브라스를 쓰러뜨렸지만 달리기는 브라스가 더 잘한 것 같지 않아?' 하는 등의 얘기였지요. 그리고 마지막에는 외지 출신 아르띠도로가 모든 사람을 누르고 가장 우수한 성적을 거두었다고 이구동성으로 결론 내렸어요. 그의 재능을 하나하나 거론하며 찬사를 보냈지요. 앞서 말씀드린 것처럼 그런 찬사들은 저의 만족감을 차고 넘치게 해주었고요. 축제 다음 날 아침, 싱그러운 여명이 자신의 아름다운 머리칼에서 작은 진주 이슬을 사라지게 하기 전에, 태양이 인근 산봉우리 너머로 빛줄기를 막 드러내기 전에 마을에서 가장 예쁘다고 주목받는 우리, 열두어명의 양치기 처녀들이 모였어요. 우리는 서로 손을 잡고 가이따 피리[30]와 보리피리 소리에 맞춰 복잡한 회전 춤사위를 짰다 풀었다 하며 마을을 빠져나와 가까운 푸른 초원으로 나아갔어요. 복잡하게 얽혀 추는 우리 춤을 바라보는 사람들 모두에게 즐거움을 선사하며 말이죠. 그때까지 운명은 저를 좋은 쪽으로만 인도해 바로 그 초원에서 양치기 청년 모두를 만나도록 준비해주었어요. 물론 아르띠도로가 있었지요. 그들은 우리를 보자마자 우리의 보리피리 소리에 북소리를 맞추며 같은 박자와 춤으로 맞으러 나왔습니다. 약간 어지럽게 뒤섞인 듯 보였지만 정연하게 움직였어요. 이제 악기 소리가 바뀌자 우리도 춤을 바꾸었지요. 춤이 바뀌자 우리는 서로 잡았던 손을 놓고 양치기 청년들의 손을 잡아야 했어요. 행운의 여신이 다시 미소를 보냈고 저는 아르띠도로의 손을 잡게 되었어요. 그때 느꼈던 감격을 어떻게 설명해야 할지 모르겠군요. 너무 흥분해 제대로 스텝을 밟지 못할 정도였으니까요. 제가 춤의 리듬을 맞추지 못하고 늘어지자 흐름을 유지하기 위해 아르띠도로는 저를 강하게 이끌어 자기 뒤를 따르도록 했어요. 그 틈을 이용해서 저는 그에게 말했습니다. '아르띠도로, 혹시 내 손이 당신을 아프게 하는 거 아니에요? 이렇게 내 손을 꽉 잡으니 말이에요.' 그러자 그는 아무도 알아듣지 못할 작은 소리로 이렇게 대답하는 거였어요. '내 영혼이 어떻게 했기에 이렇게 막 대하는 거요?' '내가 잘못했어요.' 저는 부드러운 목소리로 대답했습니다. '그런데 당신 영혼을 나는 볼 수 없고 또 보이지도 않아요.' '이렇게 상처가 있는데도요?' 아르띠도로가 말했습니다. '당

---

30 약 40센티미터 길이의 피리 비슷한 악기.

신이 상처 줄 때의 내 영혼이 당신에게 보였으면 좋겠네요. 치료해 줄 필요를 느끼도록 말이에요.' 이것으로 우리의 대화는 끝이 났어요. 춤이 끝났기 때문이죠. 저는 기뻤습니다. 그리고 아르띠도로가 한 말을 곰곰이 생각해보았죠. 사랑이 담긴 말이라 생각할 수도 있었지만, 사랑에 빠진 자의 말이라고 자신할 수는 없었어요. 얼마 후 양치기 청년들과 처녀들은 푸른 잔디 위에 앉아 춤을 춘 후 느끼는 약간의 피로를 풀고 있었어요. 그때 나이 많은 엘레우꼬가 자신의 삼현금을 다른 양치기 청년의 보리피리와 조율하면서 아르띠도로에게 노래 한곡 불러주기를 청했어요. 하느님께 그 누구보다 많은 재능을 받은 사람이니 당연한 일이었지요. 재능을 숨기면 은혜를 모르는 자 아니겠어요? 아르띠도로는 자신을 향한 찬사에 엘레우꼬에게 감사를 표한 다음 노래 몇소절을 부르기 시작했어요. 그가 조금 전 한 말이 저를 의혹 속으로 몰아넣은 터라 저는 그 소절을 기억 속에 완전히 새겨놓았어요. 지금까지도 잊지 않고 있지요. 듣기 괴로우실지 모르겠지만 말씀드리지 않을 수 없네요. 그 소절이 사랑이 어떻게 저를 그 불행한 사람에게 이끌어갔는지 자세히 알려주니까요. 그 노래는 이렇습니다.

> 삭막한, 빛 하나 새어나오지 않는 칠흑 같은 밤,
> 고대하던 낮의 조짐 전혀 보이지 않고
> 쓰디쓴 통곡만 끊임없이 커지고 있네.
> 기쁨, 만족감, 웃음은 낯선 것이 되고
> 사랑 없는 삶 보내는 그 사람에게는
> 살아 겪는 죽음만이 마땅하다네.

무엇이 가장 즐거운 삶인가?
짧은 밤의 어두움,
죽음의 진정한 초상화, 이것 아니던가?
낮의 하루가 그 모든 시간을
사랑의 달콤한 미소 받아들이지 않고
비탄의 통곡 속에 침묵 지킨다면 말이네.

상냥한 사랑이 사는 곳에 미소도 살아 있고,
사랑이 죽는 곳에선 우리의 삶도 죽는다네.
달콤한 기쁨은 통곡이 되고,
평온한 한낮의 맑은 광채도
영원한 어두운 밤으로 변하지.
사랑 없는 삶, 쓰디쓴 죽음에 불과해.

사랑하는 사람은 죽음의 잔혹한 국면
피하지 않아. 차라리 미소로
기회를 찾는다네. 그리고 생명의 얼굴을
제공하는 낮 기다리지.
나아가 고요한 마지막 밤,
사랑의 불꽃과 달콤한 통곡을 볼 때까지.

사랑의 통곡을 통곡이라 부르면 안 된다네.
사랑의 죽음 역시 죽음이라 부르면 안 되고,
사랑의 밤에 밤이란 칭호를 붙이면 안 돼.
그러나 사랑의 미소는 미소라 불러야 하고

사랑의 생명은 보장된 생명이니
오직 사랑의 즐거운 날을 축제로 기려야 한다네.

오, 이날은 내게 얼마나 행복한 날인가.
이날 나는 나의 슬픈 통곡에 종지부를 찍고,
나에게 생명 줄 수 있고 죽음도 줄 수 있는
그이에게 즐거이 나의 생명 주었지!
하지만 태양을 이기고 밤으로 다시 돌아가는 얼굴에서
미소 외에 달리 무엇을 기대할 수 있단 말인가?

사랑은 나의 어두운 밤을 밝은 낮으로,
점점 커가는 나의 통곡을 미소로,
목전에 이른 죽음을 긴 생명으로 바꿔놓았네.

아름다운 양치기 아가씨들이여, 이것이 그날 아르띠도로가 부른 노래의 가사였어요. 그는 정말 멋진 솜씨로 이 노래를 불렀고 그 것을 들은 사람들 역시 대단히 기뻐했답니다. 이 노래 가사와 아르 띠도로가 제게 한 말을 미루어볼 때, 저는 그를 보는 저의 눈길이 혹 그의 가슴에 어떤 새로운 사랑의 사건을 불러일으키지 않았나 생각해보았어요. 그와 동시에 저의 이런 생각이 헛된 의혹에 불과 하다는 생각 또한 떠나지 않았지요. 우리가 마을로 돌아갈 때 아르 띠도로 자신이 이 의혹을 확실하게 해소해주지 않았거든요."
떼올린다의 사랑 이야기가 이쯤 이르렀을 때, 양치기 처녀들은 벼락처럼 양치기 청년들의 목소리와 개 짖는 소리를 들었다. 그래 서 그녀들은 막 시작된 이야기를 멈추고 무슨 일인지 나뭇가지 사이로 살펴보았다. 그때 눈에 띈 것은 오른편 푸른 초원을 가로지르는 수많은 개떼였다. 개들은 겁에 질린 한마리의 토끼를 쫓고 있었고, 토끼는 우거진 관목들 사이로 숨으려고 전속력으로 달려오는 중이었다. 얼마 있지 않아 토끼는 양치기 처녀들이 있는 바로 그 자리로 오더니 갈라떼아 쪽으로 뛰어왔다. 그곳에서 토끼는 오랜 경주 끝의 피로와 위험이 목전에 다다랐다는 느낌 때문인지 지칠 대로 지쳐 헐떡이며 그대로 땅바닥에 엎드러졌다. 냄새와 흔적을 따라 토끼를 추적해온 개들은 이윽고 양치기 처녀들이 있는 곳까지 다가왔다. 그러나 갈라떼아는 겁에 질린 토끼를 팔에 안고 탐욕스러운 개들의 복수심 어린 시도를 막아섰다. 자신을 의지하는 존재를 향한 보호를 그만두고 싶지 않았던 것이다.

얼마 있지 않아 개들과 함께 토끼를 쫓아 양치기들 한 무리가 도착했다. 그들 중에 갈라떼아의 아버지도 있어 그녀와 플로리사, 떼올린다는 걸어나와 마땅한 예의를 다해 맞이했다. 갈라떼아의 아버지와 다른 양치기들은 떼올린다의 미모에 놀라움을 금치 못했고 그녀가 누구인지 알고 싶어 했다. 외지 사람인 것을 알아차린 것이다. 그러나 갈라떼아와 플로리사는 그들이 성가셨는데, 떼올린다의 사랑 이야기 듣는 기쁨을 빼앗겨서였다. 그래서 그녀들은 떼올린다에게 며칠 함께 있고자 하는 자신들의 바람이 그녀의 바람을 이루는 데 방해가 되지 않는다면 떠나지 말아달라고 간청했다.

"우선 제 바람을 이룰 수 있을지 생각해보니," 떼올린다가 대답했다. "이 강변에 며칠 더 있을 수 있을 것 같아요. 그리고 이야기가 아직 끝나지 않았으니 제게 부탁하신 바도 이행하겠어요."

갈라떼아와 플로리사는 그녀를 껴안고 우정을 다시 확인하면서 힘닿는 한 잘 대접하겠다고 약속했다. 그러는 동안 갈라떼아의 아버지와 함께 온 다른 양치기들은 맑은 개울물 끝자락에 망토를 펼치고 큰 가죽 자루에서 몇가지 소박한 음식을 꺼냈고, 함께 먹자며 갈라떼아와 친구들을 불렀다. 그녀들은 초청을 받아들여 함께 앉아 허기를 채웠다. 낮 시간이 이미 많이 지났고 피로를 느끼기 시작한 그들은 이런저런 이야기를 하며 재미있게 시간을 보냈다. 이윽고 그들의 마을로 돌아갈 익숙한 시간이 되었다. 갈라떼아와 플로리사는 자기네 가축떼에게로 가 가축들을 챙겼다. 그리고 떼올린다를 데리고 다른 양치기들과 함께 조금씩 마을로 발걸음을 뗐다.

그러다가 요전 날 아침 엘리시오와 우연히 마주쳤던 구부러진 비탈길에서 사랑에 냉담한 레니오의 보리피리 소리를 들었다. 레니오는 가슴속에 한번도 사랑이 자리한 적 없는 양치기였다. 그는 이런 상태를 몹시 즐기고 기쁨으로 생각해 어떤 대화 자리나 양치기들 모임에서 사랑과 사랑에 빠진 자들을 나쁘게 말하곤 했다. 그의 노래 역시 늘 이런 방향으로 향했다. 이렇게 유별난 기질을 가진 그의 면모는 그 지역 모든 군에 이미 이름이 나 있었다. 어떤 자들은 그를 미워했고 어떤 자들은 그를 높이 평가했다. 갈라떼아와 함께 온 사람들은 잠시 멈추고 레니오가 늘 하던 식의 노래를 하는지 살폈다. 그는 자신의 보리피리를 다른 동료에게 건네고 그 소리에 맞춰 노래를 부르기 시작했다.

레니오

헛된, 태만한 생각,

미친, 교만한 공상,

기억이 키워내는 뭔가 말할 수 없는 것,

존재도, 자질도 없고, 뿌리도 없는 그것.

바람이 데려가는 희망,
기쁨의 명성과 함께한 고통,
낮이 없는 어지러운 밤,
우리 이해력의 맹목적 실수,

이러한 것들이
사랑이란 이름으로 온 땅에 퍼진
오래된 망상의 바로 그 뿌리라네.

그러한 사랑으로 기뻐하는 영혼
이 세상에서 쫓겨나기 십상이고
하느님도 그 영혼 거두지 못해.

레니오가 여러분이 들은 노래를 부르고 있던 그때, 엘리시오와 에라스뜨로가 비탄에 빠진 리산드로를 데리고 자신의 가축떼와 함께 도착했다. 사랑을 혹평하는 레니오의 말이 정당한 이유 없이 널리 퍼지고 있다고 생각한 엘리시오는 그것이 잘못되었음을 분명히 알리고 싶었다. 그래서 갈라떼아와 플로리사, 떼올린다와 다른 양치기들이 나타나자 레니오가 부른 노래 가사의 바로 그 개념을 이용해 에라스뜨로의 보리피리 연주에 맞춰 이런 노래를 부르기 시작했다.

엘리시오
이 세상에서 사랑을 제 가슴에

품지 않은 사람은
하느님께 내쫓기기에 딱 알맞고
땅 역시 그 때문에 고통받지 아니한다네.

덕목의 완성인 사랑은
그가 취할 수 있는
이러저러한 다른 덕목들과 함께
천계의 최상층[31]에 오를 수 있어.
그러나 사랑에 대한 질투로
사랑을 쫓아내는 자는
하느님께 내쫓김을 당할 것이요
땅 역시 그를 받아들이지 않는다네.

소멸하여 죽음에 이른다 해도
아름다운 얼굴과 그 모습은
하늘의 아름다움을
옮겨다놓은 표시라네.
이 세상에서 아름다움을 사랑하지 않고
땅으로 내던지는 자는
하느님께 던져져 버림당하고
땅 역시 그 때문에 고통받지 아니한다네.

다른 돌발적인 일과 섞이지 않은

[31] 하느님이 계시는 곳, 혹은 하느님 자체.

사랑 그 자체는
균형 잡힌 땅에서는
아폴론의 빛줄기 같은 것.
그러한 축복 안고 있는 사랑에
의구심 갖는 자
하느님 보시기에 맞지 않아
땅 역시 그를 삼켜버린다네.

사랑은 무한한 축복이란 것
이미 잘 알려진 사실이지.
사랑은 나쁜 사람을 좋은 사람으로 만들며
좋은 사람은 더 좋은 사람으로 만든다네.
순결한 사랑싸움에서
조금이라도 어긋나는 사람은
하느님 보시기에 맞지 않아
땅에서도 지탱하기 힘들다네.

정직에 뿌리내린 사랑
그 끝은 무한해.
사랑이 쉬이 끝나버린다면
그것은 사랑이 아니라 욕정이라네.
높이 비상하지 않고
자기 의지가 갇혀 있는 자
하느님의 광채가 그를 죽이고
땅 역시 그를 덮어주지 않는다네.

엘리시오가 그토록 멋있게 사랑을 옹호하는 것을 보고 사랑에 빠진 양치기들은 크게 기뻐했다. 그런데도 사랑에 냉담한 레니오는 자기 생각을 굽히지 않았다. 그는 다시 노래하여 자신이 고수하는 확고한 진실을 어둡게 만드는 엘리시오의 말이 얼마나 불합리한지 보여주려고 했다. 그러나 '존경받는 자' 아우렐리오라 불리는 갈라떼아의 아버지가 그에게 말했다.

"여보게, 사려 깊은 레니오여, 자네 가슴이 느끼는 바를 노래로 우리에게 보이려 애쓰지 말게. 여기서 마을까지는 짧은 길이야. 내가 보니 자네와 생각을 달리하는 사람들이 많은 것 같은데, 그들을 상대로 자네의 주장을 펼치려면 시간이 많이 필요할 것 같군. 일단 자네 주장은 마음에 간직하고 더 적절한 장소를 찾아보는 것이 좋겠네. 하루 날을 잡아 삐사라스 샘이라든지 빨마스 냇가에서 자네와 엘리시오를 비롯한 양치기들이 모여 좀더 편안하고 조용하게 서로 다른 의견들을 토론하고 매듭짓는 것이 어떻겠나."

"엘리시오의 주장은 하나의 의견이지만" 레니오가 대답했다. "제 주장은 지식으로 검증된 겁니다. 그것은 길고 짧은 시간 동안 진리를 품고 지금까지 내려왔어요. 그래서 저는 그것을 지키고자 하는 의무감을 느낍니다. 그런데 말씀을 듣고 보니 제 주장이 설득력을 더 가지려면 시간이 좀 필요할 것 같네요."

"나도 그러고 싶어." 엘리시오가 대답했다. "친구 레니오여, 자네같이 지적 능력이 뛰어난 사람에게는 자네가 반대하는 사랑이 얼마나 깨끗하고 진실한지를 자네 이상의 풍부한 언변으로 설득해야 하는데, 지금 나는 그러기가 좀 부담스럽네."

"오, 엘리시오," 레니오가 대답했다. "만일 자네가 미사여구와

궤변으로 뜻을 굽히면 자신을 남자라 생각하지 않는 자의 주장을 바꿀 거라고 생각한다면 자네가 잘못 생각한 걸세."

"나쁜 것을 고집하면 나쁜 일이고, 좋은 것을 지키면 좋은 일이라네." 엘리시오가 말했다. "내 항상 어른들에게 '군자는 잘못을 깨달으면 즉시 고친다'라는 말을 들어왔어."

"내 주장이 올바르지 않다고 깨닫게 되면 나 역시 그것 부인하지 않겠어." 레니오가 대답했다. "경험과 논리가 지금까지 내게 보여준 것에 맞설 만한 반대 논리를 보여주지 않는 한, 나는 내 주장이 참된 것이고 자네 주장이 거짓이라는 생각을 떨쳐버릴 수 없네."

이때 에라스뜨로가 나섰다. "사랑의 이단자들을 벌한다면, 친구 레니오여, 나는 지금부터 자네를 사랑의 가장 큰 이단자요 적으로 간주할 거야. 자네부터 화형에 처할 장작을 패기 시작하겠네."

"에라스뜨로 자네가 사랑을 좇고 사랑에 빠진 자들 무리에 속한다는 것 외에 사랑의 다른 면을 내가 알지 못하는 한," 레니오가 대답했다. "그 사실만 갖고도 내가 사랑을 재차 부인하기에 충분해. 내가 십만개 혀를 가졌다면 십만개 혀로 부인하고 싶어."

"그렇다면 레니오," 에라스뜨로가 대답했다. "사랑을 옹호하는 자로 내가 적합지 않아 보인단 말인가?"

"아니, 내 말은," 레니오가 말했다. "자네 같은 기질과 이해력을 가진 사람들이 바로 사랑의 옹호자들의 하인 노릇 하기에 안성맞춤이라는 걸세. 다리 저는 사람은 조금만 발을 잘못 디뎌도 벌렁 넘어지고, 말솜씨가 부족한 사람은 조금만 잘못 말해도 모든 걸 잃어버리지. 그 용감한 대장의 깃발을 무작정 좇는 자네들은 내가 볼 때 이 세상에서 가장 현명한 자들은 아니야. 과거에는 현명한 자들이었을지 몰라도 사랑에 빠지는 순간 그 현명함을 잊게 돼."

이런 레니오의 말에 에라스뜨로가 격분해 말했다.

"레니오, 내 생각에 자네의 헛소리는 말로 대응하는 것보다 더한 다른 벌을 받아 마땅하군. 자네 주장이 생각해볼 가치도 없어질, 자네 말에 대가를 치를 그날이 오기를 진심으로 바라네."

"내 자네를 아는데," 레니오가 대답했다. "자네가 진정 사랑에 빠진 자처럼 용감하다면 자네의 협박을 두려워하겠지만, 한쪽에서는 뒤로 처지고 다른 쪽에서는 앞서가는 걸 보니 두렵기보다 웃음밖에 나오질 않아."

이쯤에서 에라스뜨로의 인내심은 바닥났다. 리산드로와 엘리시오가 끼어들지 않았다면 그는 레니오에게 손으로 응수했을 것이다. 그의 혀는 분노로 흥분해 거의 제구실을 하지 못했기 때문이다. 그 두 사람의 우스꽝스러운 입씨름은 모두에게 커다란 재미를 선사하기도 했다. 그러나 에라스뜨로의 분노와 노여움이 너무 심해 갈라떼아의 아버지가 둘 사이에 개입해 화해시킬 필요가 있어 보였다. 에라스뜨로에게 사모하는 여자의 아버지에 대한 존중이 남아 있지 않았다면 그 어떤 방법으로도 화해는 불가능했을 것이다. 이 문제가 해결되자 모두 즐겁게 마을을 향해 걸어가기 시작했다. 그들이 마을에 가까워지는 동안, 아름다운 플로리사가 갈라떼아의 보리피리 소리에 맞춰 이런 소네트를 노래했다.

플로리사

무성한 숲과 푸른 초원에서
내 순진한 양떼들 잘 자라기를 바라네.
뜨거운 여름과 얼어붙은 겨울에도
푸른 풀과 차가운 물 풍족하기 바라네.

양치기 생활 밤과 낮
꿈속에서 보내었으면 하네.
가장 작은 사랑의 아픔도,
사랑이 벌이는 낡고 하찮은 짓도 겪지 않고.

이 사람은 사랑의 수천가지 축복을 외치고 다니고,
저 사람은 사랑의 허망한 염려를 선포하고 다니네.
그 둘이 길을 잘 들었는지 잘못 들었는지는 모르겠고
누가 승리의 면류관 받을지도 모르겠네.
내가 잘 아는 것은 많은 사람이 부름 받았어도
사랑의 선택 받은 자 너무도 적다는 것이네.

　플로리사의 매력 넘치는 목소리에 기분이 좋아진 양치기들은
마을 가는 길이 짧게만 느껴졌다. 플로리사의 노래는 마을과, 엘리
시오와 에라스뜨로의 오두막에 가까이 갈 때까지 계속되었다. 두
양치기는 리산드로와 함께 자신의 오두막에 머물기로 하고 존경
받는 아우렐리오와 갈라떼아, 플로리사와 작별 인사를 나누었다.
두 양치기 처녀는 떼올린다와 함께 마을로 들어갔고 나머지 양치
기들은 각자 자신의 오두막으로 갔다. 그날 밤, 고뇌에 젖은 리산
드로는 자기 땅으로 돌아가 자신이 생각하기에 얼마 남지 않은 생
애를 그곳에서 보내겠다고 엘리시오의 허락을 구했다. 엘리시오는
모든 논리를 동원해 그를 설득하고 진실한 우정을 끝없이 보여주
며 며칠 더 묵기를 권했으나 그의 의지를 꺾지 못했다. 결국 그 불
운한 양치기는 깊은 한숨을 내쉬고 한없는 눈물을 흘리며 엘리시

오를 포옹한 후 작별을 고했다. 그리고 어디에 있든 꼭 안부를 전하겠다고 약속했다. 엘리시오는 자신의 오두막에서 반 레과나 따라나와 그를 배웅했다. 이윽고 그를 깊게 안아주며 다시 한번 두텁고 뜨거운 우정을 보인 후 두 사람은 헤어졌다. 홀로 남은 엘리시오는 리산드로의 엄청난 고뇌의 무게를 온몸으로 느끼며 깊은 감상에 빠졌다. 그런 후 오두막으로 돌아와 사랑의 환상이 가져다준 그 밤 최고의 순간을 보내며 갈라떼아를 보게 되리라는 행복감에 젖어 다음 날이 오기만을 손꼽아 기다렸다. 갈라떼아는 갈라떼아대로 마을에 돌아온 후, 떼올린다의 사랑 이야기를 듣고 싶어 그날 밤 플로리사, 떼올린다와 세 사람만의 모임을 마련했다. 그녀들이 원하던 대로 이야기하기에 편한 곳을 발견하자, 그 사랑에 빠진 양치기 처녀는 2권에서 보게 될 자신의 이야기를 계속해나갔다.

제1권 마침.

제2권

그날 밤, 가축 돌보기에서 벗어나 자유로워진 세명의 양치기 처녀들은 떼올린다의 남은 사랑 이야기를 들을 수 있는, 누구에게도 방해받지 않을 한적하고 외딴곳을 찾았다. 마침내 갈라떼아의 집 조그마한 정원에 이른 그녀들은 기둥을 촘촘히 휘감고 있는 푸르고 무성한 포도 넝쿨 아래 자리 잡았다. 먼저 떼올린다가 아까 했던 말 몇마디를 되풀이한 후 이야기를 이어갔다.

　　"아름다운 양치기 처녀들이여, 제가 말씀드렸던 춤과 아르띠도로의 노래가 끝난 후, 우리는 모두 마을로 돌아가 사원에서 드리는 장엄한 예배에 참석하기로 했어요. 사실 그 축제는 엄숙한 종교 축제였지만 의례만 강요하는 그런 축제는 아니었거든요. 자유롭게 즐길 수 있었고, 우리 나름대로는 그런 허락을 받았다고 판단했어요. 이렇게 해서 모든 양치기 청년, 처녀가 즐겁고 유쾌하게 어우러져 마을로 돌아갔습니다. 가는 길엔 각자 자기가 좋아하는 사람과 얘기를 나누었지요. 제가 축복을 받았는지, 아니면 제가 먼저 나섰는지 혹은 아르띠도로 역시 바랐는지, 우리 둘은 자연스럽게 짝을 이루어 함께 가게 되었어요. 길 가는 동안 편하게 우리가 할 수 있는 가장 많은 이야기를 나눌 수 있었죠. 자신과 다른 사람에게 마땅한 어떤 존중은 내려놓고서 말이에요. 마침내 저는 흔히 말하듯 장벽을 걷어치우기로 마음먹고 그에게 말했어요. '아르띠도로, 당신이 우리 마을에서 산다면 여러해도 며칠처럼 느껴질 거예요. 당신이 당신 마을에서 해야 할 어떤 일보다 여기서 더 많은 기쁨을 얻을 테니 말이에요.' '그래요, 내 삶에서 기대할 수 있는 모든 것과도 바꿀 것 같아요.' 아르띠도로가 대답했습니다. '내가 여기서 시간을 보내면 해가 아니라 세기라도 며칠처럼 느껴질 게 분명하니까요. 여기서보다 더 내게 기쁨을 줄 시간은 아무것도 기대할 수 없어요.' '혹시 우리 축제를 보고 그렇게 즐거웠던 건가요?' '아니, 내 즐거움은 거기서 나온 게 아니에요.' 그가 대답했습니다. '당신 마을의 아름다운 양치기 처녀들을 바라보며 나온 거죠.' '그건 사실이에요.' 제가 말했습니다. '당신 마을에는 아름다운 양치기 처녀들이 별로 없나보네요!' '사실 거기도 적진 않아요.' 그가 대답했습니다. '하지만 여기는 차고 넘치죠. 나는 그중 한명만으로도 족해요. 그녀와 우리 마을 처녀들을 비교하면 우리 마을 처녀들이 못나 보여요.' '오, 아르띠도로, 당신 지금 부러 이렇게 말하는 거죠?' 제가 말했습니다. '내가 잘 아는데, 당신 말처럼 그렇게 빼어난 아가씨는 이 마을에 없어요.' '내 말이 사실이라는 건 내가 더 잘 알아요.' 그가 말했습니다. '나는 그 아가씨도 봤고 다른 아가씨들도 눈여겨봤어요.'¹ '아마 그녀를 멀리서 봐서 그럴 거예요.' 제가 말했습니다. '거리가 멀면 원래 모습과 다르게 보이잖아요.' '내가 지금 당신을 보고 또 눈여겨보는 것처럼,' 그가 말했습니다. '그녀 역시 보고 또 눈여겨봤어요. 설혹 그녀의 본모습이 내가 본 것과 같지 않아도 나는 기꺼이 속아넘어갈 거예요.' '나는 당신이 말한 것처럼 다른 사람들이 예쁘다고 입에 올리고 다니는 걸 좋아하는 여자가 되고 싶진 않아요.' '나 역시 정말로' 아르띠도로가 대답했습니다. '당신이 그런 여자는 되지 않았으면 좋겠어요.' '내가 당신이 말한 그 여자는 아니라도,' 제가 말했습니다. '혹시 내가 그 여자라면 당신이 잃을 건 뭐죠?' '얻을 것은 내 잘 아는데,' 그가 대답했습니다. '잃을 것은 잘 모르겠고 두려운 마음마저 들어요.' '오, 아르띠도로,' 제가 말했습니다. '당신은 사랑에 빠진 사람을 잘도 흉내내는군요.' '떼올린다,' 그가 대답했습니다. '사랑은 당신이 더 잘 알잖아요.' 그 말에 저는 대답했어요. '아르띠도로, 당신에게 무슨 말을 해야 할지 모르겠지만 우리 둘 중 누구도 속는 일은 없었으면 좋겠어요.' 이 말에 그는 이렇게 대답했어요. '분명한 것은 나와 당신 둘 다 속아넘어가는 건 원치 않는다는 거예요. 내가 당신을 섬기고자 하는 순수한 마음을 경험하고 못하고는 당신이 속아 넘어가느냐 아니냐만큼이나 모두 당신 손에 달려 있어요.' '당신의 순수한 마음에 같은 마음으로 보답할게요.' 저는 대답했습니다. '어떤 사람에게 빚을 지고도 다 갚지 못하는 건 좋게 보이지 않으니까요.' 바로 이때였어요. 그가 미처 대답할 기회도 없이 우두머리 양치기 엘레우꼬가 와 큰 소리로 말하는 거였어요. '어이, 멋쟁이 양치기 청년들, 예쁜 양치기 처녀들이여, 우리가 마을로 들어가는 것을 마을 사람들에게 알리면 어떻겠나? 자네들 아가씨들이 비얀시

---

1 원문에서 앞의 '보다'는 스페인어 동사 'ver'를, 뒤의 '눈여겨보다'는 'mirar'를 사용했다.

꼬를 먼저 부르고 우리가 답하는 식으로 해보지. 그래서 우리가 이 축제의 즐거움을 위해 얼마나 노력하는지 마을 사람들에게 알려주면 좋을 것 같아.' 엘레우꼬의 명령에 따르지 않은 적 없는 양치기 청년들이 제게 먼저 시작하라고 손짓했어요. 저는 이 기회를 이용해 아르띠도로와 함께 있었던 일을 생각하면서 이런 비얀시꼬를 지어 불렀습니다.

사랑의 일에선
누구도 완전함에 이르는 자 없고
진실하고 은밀한 자만 있다네.

사랑의 달콤한 즐거움에
이르기 위해 가장 알맞은 것은
은밀함의 문.
진실이 그 열쇠지.
사려 깊은 척하는 자는
그 문 알지 못하고
오직 진실하고 은밀한 자만이 안다네.

사랑은 이성과 성실로
잴 수 없고
육체적 아름다움만 사랑하는 것은
책망받을 짓.
그러한 품격 있는 사랑에
실제로 도달하는 건

진실하고 은밀한 자라네.

침묵하면 얻을 수 있는 걸
말해서 잃어버리는 것,
부인할 수 없는
검증된 사실이야.
만일 사랑에 빠진 자가
진실하고 은밀하다면
절대 곤경에 빠지지 않아.

말 많은 혀가
그리고 불손한 눈이
수많은 화를 일으켜
영혼을 갉아먹고
그만큼 고통이 커질 때도
진실하고 은밀한 자는
절대 곤경에 빠지지 않아.

아름다운 양치기 처녀들이여, 당신들이 들은 내용을 노래로 제
대로 표현했는지 모르겠네요. 그러나 제가 분명히 아는 것은 아르
띠도로가 제 의도를 잘 이해했다는 거예요. 그는 마을에 있는 동안
여러번 제게 말한 바와 같이 너무나도 신중하고 은밀하고 진실하
게 행동해서, 그 어떤 한가로운 눈길이나 말 많은 혀도 우리 명예
를 해치거나 그런 말을 하는 것을 보지 못했지요. 하지만 아르띠도
로가 머물기로 약속한 기한이 끝나자 그가 자기 마을로 아주 가버

릴 것 같은 두려움이 닥쳤어요. 비록 부끄러웠지만, 저는 아르띠도로가 가버린 뒤 하지 못한 것을 후회할 말을 침묵함으로써 얻을 아픔에 제 마음이 상처받기를 원치 않았어요. 그의 눈이 저를 사랑스럽게 바라보도록 제 눈이 허락한 이상 혀도 더는 신중함에만 머물러 있지 못했고, 눈으로만 표시하던 것을 이제 말로 나타내려 했던 것이죠. 친구들이여, 그대들이 알아야 할 것은, 어느날 아르띠도로와 단둘이 되었을 때 그가 열렬한 사랑과 존중을 표하며 마침내 저를 향한 진실하고 정직한 사랑을 분명히 밝혔다는 거예요. 비록 저는 꺼리는 듯 주저하며 넘어갔지만, 이미 말씀드린 것처럼 그가 떠나버리면 어쩌나 하는 두려움에 그의 태도를 조금도 무시하거나 거부하지 못했어요. 한편으로는 흔히 사랑의 초기에 갖게 되는 여러 고민이 사랑의 경험이 많지 않은 사람들이 사랑을 쉽게 그만두고 포기하는 이유라는 생각도 들었고요. 그래서 저는 그에게 마음속에 있는 대답을 해주었어요. 결국 우리 둘은 이렇게 합의했지요. 그가 자기 마을로 돌아가 며칠 내로 믿을 만한 제삼자를 통해 제 부모님께 저를 아내로 맞게 해달라는 청을 드리기로 말이에요. 그는 무척 기뻐하고 행복해했어요. 그의 눈이 나를 처음 본 날을 축복받은 날이라 부르기를 조금도 망설이지 않을 정도였죠. 저 역시 그때의 기쁨은 어떤 것과도 바꿀 수 없을 만큼 컸어요. 아르띠도로의 높은 품격과 귀한 자질에 제 아버지도 기꺼이 사위로 맞을 거라 확신했으니까요. 양치기 처녀들이여, 여러분이 들으신 대로 우리 사랑은 여기까지 복되게 진행되었습니다. 그런데 아르띠도로가 떠날 날이 이삼일밖에 남지 않은 그때, 한번도 자기 뜻을 굽힌 적 없는 운명의 여신이 드디어 일을 내고 말았습니다. 저하고 나이 차이가 거의 나지 않는 여동생이 건강이 좋지 않은 숙모 집에 며칠 머물다가 우리 마을로 돌아오게 된 겁니다. 아가씨들이여, 한번 생각해보세요, 이 세상에는 얼마나 이상한, 예기치 않은 일들이 일어나는지요. 이제 제가 당신들께 정말 이상한 일 하나를 들려드리려 하니 잘 이해해주셨으면 해요. 그때까지 우리 마을을 비웠던 제 동생 이야기입니다. 동생은 외모, 키, 우아함, 발랄함, 모든 것에서 저와 너무 흡사해 우리 마을 사람은 물론 부모님까지도 자주 우리를 혼동하고 말씀하실 때도 동생과 저를 착각할 정도였어요. 그래서 혼동을 피하고자 옷을 달리 입히는 등 우리가 다르게 보이도록 여러 노력을 하셨지요. 하지만 생각하면 조물주가 우리를 다르게 만든, 분명 다른 점이 있었는데, 바로 성격이었어요. 동생은 제가 받아줄 수 있는 것 이상으로 까탈스러웠어요. 매사에 빈틈이 없고 동정심이라곤 없었지요. 그래서 저는 남은 인생 내내 동생 때문에 울어야할 것 같다는 생각도 했고요. 일어난 일은 이렇습니다. 마을로 돌아온 후, 동생은 늘 즐겁게 해왔던 양 치는 일을 하고자 다음 날 제가 일어나려 했던 시간보다 더 일찍 일어나 제가 항상 데리고 다녔던 바로 그 양떼와 함께 초원으로 나갔어요. 아르띠도로를 만나면 따라올 기쁨을 생각하며 저도 따라나서려고 했어요. 그런데 어떤 이유인지 그날따라 아버지는 온종일 저를 집에 머물도록 했어요. 그것이 제 기쁨의 마지막이었습니다. 그날 밤 양떼를 우리 안에 거둔 후, 동생은 제게 아주 중요한 일을 얘기해주고 싶다면서 은밀히 말을 건넸어요. 저는 별생각 없이 곧바로 단둘이 만났지요. 동생은 약간 흥분한 얼굴로 말하기 시작했어요. '언니, 난 지금 언니의 정직함에 대해 어떻게 생각해야 할지, 내가 말하지 않을 수 없는 얘기를 침묵해야 할지 말아야 할지 잘 모르겠어. 내 생각에 이건 언니의 잘못인데, 이 잘못에 대해 사과하는지 안 하는지 보고 싶거든. 동생인 내가 더 예의를 갖춰 말해야 하는 줄은 알지만 그러지 못하더라도 용서해줘. 오늘 내가 본 것을 들으면 언니가 왜 사과해야 하는지 알게 될 거야.' 동생의 이런 말에 저는 어떻게 대답해야 할지 모르겠어서 그저 얘기를 계속해보라고 했지요. '언니, 지금부터 내가 하는 얘기 잘 들어야 해. 오늘 아침, 나는 양떼와 함께 초원으로 나갔어. 양떼와 더불어 홀로 우리의 시원한 에나레스 강변을 따라 꼰세호 숲의 포플러 산책길을 지나던 바로 그때였어. 이 근처에서 한 번도 보지 못한 양치기가 갑자기 내 앞에 나타난 거야. 그런데 그 사람이 내가 이해할 수 없이 친밀한 태도로 다가와 사랑의 표현이 담긴 인사를 하지 뭐야. 난 정말 부끄럽고 어안이 벙벙했어. 어떻게 답해야 할지도 몰랐어. 그는 내 얼굴에 떠오른 분노에도 아랑곳없이 다가오더니 말하는 거야. '당신을 찬양하는 영혼의 마지막 피난처인 아름다운 뗴올린다여, 오늘은 어찌 이렇게 말이 없어?' 그러고는 곧바로 내 손을 잡더니 키스를 하려는 거야. 온갖 알랑거리는 말을 덧붙이면서 말이야. 내 보기에 그 사람은 아첨하는 말을 연구하고 다니는 것 같아. 그때 나는 깨달았지, 우리 주위의 다른 많은 사람이 한 그 실수를 그도 하고 있구나 하고. 그는 자기가 언니랑 말하고 있다고 생각한 거야. 바로 거기서 나는 이런 생각이 들었어. 언니가 이 사람을 알고 이 사람과 무척 가까이 지내는구나. 그렇지 않으면 이렇게 대담하게 말할 수 없지. 나는 그때 너무 당혹스러워 어떻게 대답해야 할지 몰랐어. 하지만 결국 그의 무모함에 걸맞은 대답을 해줬지. 언니가 그 자리에 있었더라도 그렇게 멋대로 지껄이는 사람에겐 응당 그랬을 거라 생각하며 말이야. 그 순간 양치기 처녀 리세아가 오지만 않았다면 그가 그렇게 함부로 말한 걸 뉘우칠 이유도 덧붙여줬을 텐데. 나는 그가 속고 있다는 걸 밝히지 않는 편이 좋겠다고 판단했고, 그래서 그는 내내 언니와 이야기하고 있다고 생각했어. 결국 그는 나를 불쾌한 인간, 배은망덕한 여자, 예의 없는 사람이라 부르며 떠나버렸어. 그의 표정을 보면 그런 판단이 맞을 거야. 언니, 내 분명히 말하는데, 다음에는 그가 언니와 단둘이 있을 때라도 다시는 감히 그렇게 이야기하지 못할 거야. 언니, 이제 내가 알고 싶은 건 그 양치기가 도대체 누구며, 언니와 그 양치기 사이에 어떤 대화가 오갔고, 어째서 그가 언니에게 감히 그렇게 자유분방하게 이야기할 수 있느냐는 거야.' 사려 깊은 양치기 처녀들이여, 동생이 말할 때 제 심정이 어떠했을지는 여러분의 신중한 생각에 맡기겠어요. 결국 저는 속마음을 최대한 숨기며 이렇게 말했어요. '레오나르다야(제 평안을 깨뜨린 동생의 이름입니다), 너는 이 세상에서 가장 큰 은혜를 내게 베풀었구나. 네 매몰찬 말로 그 양치기의 부적절한 말이 내게 줄 불쾌감과 걱정거리를 없애버렸으니 말이야. 그는 이곳에 살지 않는 외지인 양치기야. 우리 마을에 온 지 여드레 되었어. 오만함과 어리석음이 그의 생각을 가득 채우고 있어 어디서든 나를 만나면 네가 본 것처럼 대해. 자신이 내 의지를 사로잡고 있다는 걸 과시하는 거지. 네가 한 것보다 더 매몰찬 말로 잘못을 깨닫게 해주어도 그의 헛된 시도는 계속될 거야. 동생아, 맹세하는데, 나는 그에게 가서 그 헛된 짓을 그만두지 않으면 내 항상 경고했던 것처럼 그 일의 종말을 보게 될 것이라고 말할 내일이 오기를 고대하고 있어.' 멋진 친구들이여, 이 말은 사실이었어요. 저는 동이 트면 아르띠도로에게 가 제게서 기대했을 모든 말을 해주고 그가 저지른 실수도 깨닫게 해주려 마음먹었거든요. 그런데 두려운 마음도 있었어요. 동생의 상냥하지 못한 퉁명스러운 말이 마음에 걸렸고, 또 혹 그가 이 말로 저를 경멸하거나 우리의 좋은 관계를 해칠 어떤 짓을 할지도 모른다는 두려움 말이에요. 그날, 12월의 길고 힘든 겨울밤은 다음 날의 기쁨을 기대하는 사랑에 빠진 제게 근심만 주었고 저는 그 겨울밤이 싫었습니다. 밤이 짧은 여름이라면 새로운 빛을 원할 때 바로 나가 그 빛, 제가 원하는 그 사람을 제 눈이 볼 수 있는데 말이에요. 이윽고 저는 별들이 그 밝은 빛을 잃기 전에, 아직 밤인지 날이 샜는지 구분하기 어려울 때, 저의 기대에 이끌려 양떼에 풀 먹일 기회를 잡아 마을을 빠져나왔어요. 여느 때보다 빠른 걸음으로 양떼를 재촉해 평소에 아르띠도로를 볼 수 있는 곳에 도착했어요. 아무도 없었습니다. 누가 그의 소식을 알려준 것도 아닌데 제 가슴은 쿵쿵댔습니다. 마치 그에게 어떤 나쁜 일이 일어났음을 미리 알려주듯 말이에요. 그를 찾지 못해 제가 얼마나 헛되이 사랑하는 아르띠도로의 이름을 부르며 목소리로 허공을 때렸는지 모릅니다. '나의 기쁨이여, 어서 와요. 내가 진짜 떼올린다예요. 나 자신보다 당신을 더 좋아하고 사랑하는 떼올린다랍니다'라고 말하면서요. 그러나 제 말이 그에게 들렸으면 하는 마음과 더불어 어떤 다른 두려움이 제 목소리를 막아 침묵하게 했어요. 저는 거듭거듭 그를 찾아 강변과 온화한 에나레스강 관목 숲을 헤매고 다녔어요. 그러다가 피곤함에 젖어 푸른 버드나무 발치에 앉았습니다. 맑은 태양이 그 빛을 대지의 얼굴에 완전히 펼칠 때를 기다리며 말이에요. 그때가 되면 풀숲이나 굴속이나 울창한 숲속이라도, 초가집이나 오두막이라도 저의 행복을 찾지 못할 일은 없을 테니까요. 그런데 새 빛이 그곳 색깔들을 판별해주자 제 앞 백양나무의 흰 껍질이 눈에 확 들어오는 것이었어요. 그 껍질과 다른 많은 껍질에 무언가가 쓰여 있는 것을 보고 저는 곧바로 그것이 아르띠도로의 손으로 쓰인 것임을 알았지요. 저는 급히 일어나 읽어보았어요. 아름다운 양치기 처녀들이여, 그때 제가 본 것은 이렇습니다.

아름다움이 극치에 이른
양치기 처녀여,
그 아름다움과 비교할 수 있는 것은
바로 네 잔인함.
나의 견고함과 너의 변덕이
손에 가득 뿌려져 심겼으나
너의 약속은 모래에 심겼고
나의 희망은 바람 속에 심겨 그만 사라지고 말았어.

달콤하고 즐거운 긍정 뒤에
그렇게 쓰디쓴, 슬픈 부정이
따라오게 마련이라는 것을
내가 체험하리라고는
한번도 생각한 적 없어.
내가 너를 바라본 눈,
네 미모, 내 행복 속에 둔다면
내가 속은 것은 아니지.

너의 특별한 우아함이
약속하고, 즐겁게 하고,
긍정하면 그럴수록
나의 불행은 더욱 동요하고,

혼란스러워하고, 뒤얽히네.
다정하게 보이는 눈이 나를 속였어.
아, 아름답지만 거짓된 눈이여!
너를 본 눈, 어디에서 죄를 지었지?

잔인한 양치기 처녀여, 나에게 말해줘,
너의 지혜롭고 정직한 눈빛이,
그리고 너의 달콤한 말이
속이지 못한 사람 누구였는지?
나를 잘 알고 있잖아.
네가 크게 힘들이지 않고
너, 나를 포로로 만들고, 속이고, 굴복시킨 것이
며칠이더냐.

이 단단한 나무껍질에
새길 글자는
네 믿음보다 더 견고하게
자라날 것이다.
너는 그 믿음을 네 입속에
헛된 약속으로 삼켜버렸지.
그것은 바다에, 바람에
뿌리내린 바위처럼 견고하지 못해.

발에 밟힌 독사처럼
무섭고 가혹하고,

매력 있는 만큼 잔인하고,
아름다운 만큼 거짓되고.
내 더는 고심하지 않고
너의 잔인함이 명하는 것 이룰 거야.
나의 바라는 바는
너의 의지에 절대 반하지 않으니까.

나는 이 땅 떠나 죽을 테니
너는 기쁨 누리며 만족하게 살아라.
그러나 알아줘, 사랑은
네가 나 대한 것과 다르다는 것을.
사랑의 춤에서는
사랑이 견고한 리듬으로
서로를 밀접하게 엮어놓아도
절대 흐트러지지 않는다네.

네가 미모에 있어
그 어떤 여성도 능가하는 것처럼,
나는 네가 사랑에서도
아주 견고할 줄 믿었어.
그러나 이제야 알았어,
내가 열정에 눈멀어
조물주가 네 얼굴에 천사의 모습을,
네 기질에 청춘을 그려넣었다는 걸.

내가 어디로 가는지,

내 슬픈 인생의 종착역이 어딘지 알고 싶다면,

내 흘린 피가 나 있는 곳으로

너 데려다줄 거야.

네가 우리 사랑과 약속에

아무 관심 없다 해도

내 죽은 몸에 구슬픈, 마지막 아멘[2]은

거부하지 말아다오.

너는 정말 매정한 사람.

네 마음 다이아몬드보다 더 단단해.

내 죽은 몸과 무덤에도

동정심 안 보일 것 같아.

그러나 이렇게 불행한 경우라도

나는 즐거이 떠날 거야.

살아서 미움받았지만

죽어서도 널 위해 눈물 흘릴 거야.

양치기 처녀들이여, 이게 웬 말입니까? 제가 읽은 시가 사랑하는 아르띠도로의 것임을 똑똑히 알았을 때 제 마음을 움켜쥔 고통이 얼마나 컸을지, 당신들은 충분히 이해하시겠지요? 당신들께 그 고통을 특별히 강조하지 않은 것은 제 생명을 마감할 때가 아직 오지 않아서예요. 사실 그때 이후로 저는 생명 따위 별로 크게 생각하지

---

2 원어는 'vale'. 망자에 대한 마지막 기도를 뜻하는 라틴어 표현이다.

않았어요. 오히려 미워했지요. 생명 잃는 것보다 더 큰 기쁨을 느끼지 못했지만 한편으로 그런 기쁨이 제게 오리라 생각지도 않았어요. 그때 내뱉은 한숨, 흘린 눈물, 지은 한탄이 너무 커서 사람마다 저를 미쳤다고 했어요. 마침내 저는 제 명예에 무엇이 걸맞은지는 생각지 않고 고향과 사랑하는 부모님, 형제의 보호를 떠나기로 결심했어요. 순진한 제 양떼들은 스스로를 돌보도록 내버려두고요. 그런 후에는 더이상 다른 것은 생각하지 않고 제 마음이 원하는 바, 제가 생각한 바를 따라, 그날 아침 아르띠도로의 손길이 닿은 나무껍질을 수천번 끌어안은 후 그곳을 떠나 이 강변으로 왔어요. 그가 이곳에 자신의 거처를 만들 거라는 것을 알았거든요. 자신에 대해 너무도 가차 없고 무자비한 그가 마지막 시구에 기록한 행위를 할 곳은 이곳밖에 없었으니까요. 혹시라도 그가 일을 저지르면, 친구들이여, 분명히 약속하는데 저는 한시라도 빨리 그를 따라 죽음의 길로 갈 거예요. 그것만이 진정으로 그를 사랑한 제 의지의 표현이에요. 그러나 어쩌면 좋을지! 저를 고통스럽게 하는 불길한 예감은 항상 그 실체를 드러내니 말입니다! 이 시원한 강변으로 온 지 벌써 아흐레가 지났는데 제가 원하는 어떤 소식도 듣지 못했어요. 하느님께 구하는 것이라곤, 제가 그 소식을 접할 때 그것이 최악의 것이 아니었으면 좋겠다는 거랍니다. 사려 깊은 양치기 처녀들이여, 저의 비통한 사랑 이야기는 여기까지예요. 지금까지 제가 누구인지, 그리고 무엇을 찾고 있는지 모두 이야기했어요. 혹시 당신들이 제 기쁨을 돋울 새로운 소식을 알게 되면, 운명의 여신이 축복하셔서 그 소식 제게 꼭 좀 전해주세요."

사랑에 빠진 양치기 처녀는 말을 하며 너무 많은 눈물을 흘려 그녀의 눈물에 아파하지 않는 사람은 강철 심장을 가진 사람뿐일 것 같았다. 본래 동정심 많은 갈라떼아와 플로리사는 그녀의 말을 들으며 눈물을 참지 못했고, 최선의 노력을 다해 부드럽고 도움되는 말로 쉬지 않고 그녀를 위로했다. 그리고 며칠 자신들과 함께 머물 것을 권했다. 혹시 그동안 행운의 여신이 아르띠도로에 관한 새로운 소식을 알려주지 않을까 하는 기대감에서였다. 양치기 처녀가 묘사한 그토록 사려 깊은 청년이 그토록 황당한 속임수로 청춘의 세월을 마감하는 것은 하느님도 허락하시지 않을 것 같았다. 시간이 흐르면 분명 아르띠도로는 좀더 바람직한 생각과 좋은 의도로 자신의 결심을 바꿔 그가 그토록 원했던 자신의 고향과 다정한 친구들 곁으로 돌아올 테고, 그렇다면 그녀도 그를 찾을 수 있다는 희망을 품었으면 하는 바람이 있었다. 갈라떼아와 플로리사의 이런저런 말에 양치기 처녀는 마음의 위로를 얻었고, 기꺼이 두 사람과 함께 며칠을 보내기로 마음먹었다. 그녀는 두 사람이 베푼 은혜와 자신을 기쁘게 해주려는 열망에 깊은 감사를 표했다.

이때쯤 고요한 밤이 별 마차의 하늘길을 재촉하는 것을[3] 보니 새 날이 가까워지는 것을 알 수 있었다. 양치기 처녀들은 쉬고 싶은 마음에 자리에서 일어나 시원한 정원을 떠나 숙소로 향했다. 그러나 맑은 태양이 그 뜨거운 빛으로 서늘한 아침이면 공기 중에 퍼져 있곤 하는 짙은 안개를 흩어버리자 세명의 양치기 처녀들은 한가한 침상을 벗어나 양떼에 풀을 먹이는 일상으로 돌아갔다. 그러나 아름다운 떼올린다는 갈라떼아, 플로리사와 생각이 전혀 달랐다. 그녀는 몹시 우울했고 깊은 생각에 빠져 있었다. 이런 모습을 본 갈라떼아는 어떻게든 그녀를 즐겁게 해 우울한 마음을 떨쳐버리도

---

3 신화적 표현. 이때 '고요한 밤'(la serena noche)은 그리스 신화 속 수레를 타고 있는 카오스의 딸을 가리킨다.

록 플로리사의 보리피리에 맞춰 노래를 한번 불러보면 어떻겠냐고 제안했다. 이 제안에 그녀는 대답했다.

"실은 울고 싶은 마음이 너무 커 노래하고 싶은 생각이 거의 없네요. 당신 말대로 하면 이 마음이 좀 줄어들 것임을 알지만, 죄송하게도 당신 부탁을 들어줄 수 없는 것을 용서하세요. 그러나 또 한편으로 혀는 노래로 제 마음을 표현하고 눈물은 그것을 고양시킨다는 걸 경험으로 아는 이상, 당신의 청을 거절할 수도 없네요. 알겠어요, 청을 받아들일게요. 그러면 제가 바라는 바에 반하지 않고 당신의 바람도 만족시킬 수 있으니까요."

곧 플로리사가 보리피리를 연주하기 시작했고 그 소리에 맞춰 떼올린다는 이런 소네트를 불렀다.

떼올린다

사랑의 아픔을 통해 나는 악명 높은 거짓말의
잔인한 힘이 어디까지 이르는지 알게 되었어.
내가 받은 고통과 함께 사랑의 신이 어떻게
두려워 거부하는 생명 주려 하는지도 알게 되었지.

내 영혼은 육체를 떠나
이상한 운명이 괴상한 방법으로
고뇌 속에 몰아넣은 그 영혼을 따라갔어.
좋은 일은 영혼을 어지럽히고 고통은 그것을 잠잠하게 하네.

내가 살아 있다면 그건 희망의 믿음 때문.
비록 작고 힘도 없지만 내 사랑의 힘에

굳게 매여 견디고 있는 것이지.

오, 견고히 시작되었다가 너무도 가볍게 움직이고
달콤하게 계산했다가 씁쓸한 총합으로 끝나는 그것,
너, 내 생명 어떤 결말로 끝나게 할 것이냐!

떼올린다가 여러분이 들은 소네트를 채 끝내기도 전에 세 명의
양치기 처녀들은 오른편 시원한 계곡의 산비탈에서 들려오는 보리
피리 소리를 들었다. 그 소리가 너무 듣기 좋아 모두 하던 것을 멈
추고 그 달콤한 화음을 즐기고자 온 신경을 집중했다. 약간 떨어진
곳에서 작은 삼현금이 그 보리피리 연주에 맞춰 연주하는 소리도
들렸다. 두 악기가 내는 소리가 무척 우아하고 연주 솜씨가 뛰어나
갈라떼아와 플로리사는 숨도 쉬지 못하고 그 소리를 들었다. 그러
면서 이렇게 솜씨 좋은 화음을 내는 양치기들은 누구일까 하고 생
각했다. 그녀들이 아는 한 엘리시오를 제외하고는 누구도 그렇게
능숙하게 화음을 낼 수 없기 때문이었다. 그때 떼올린다가 말했다.
"아름다운 양치기 처녀들이여, 결코 거짓 없는 제가 들은 바에
따르면, 이 강변에 띠르시와 다몬이 있는 것이 분명해요. 제 귀가
태어난 곳 출신의 평판 좋고 유명한 양치기들이죠. 띠르시는 우리
에나레스 강변에 세워진 마을, 저 유명한 꼼쁠루또에서 태어났고,
그의 절친한 친구 다몬은, 제가 잘못 안 게 아니라면, 레온 산지에
서 태어나 저 유명한 만뚜아 까르뻰따네아에서 자랐지요. 두 사람
은 정말 생각 깊은 자들입니다. 지식은 물론 칭찬할 만한 행동거지
까지 모든 면에서 정말 뛰어나 우리 지역뿐 아니라 온 나라에 잘 알
려진, 인정받는 사람들이에요. 양치기 처녀들이여, 저 두 양치기의

재능은 우리 양치기 세계에 관한 것에만 한정되지 않아요. 그렇게 생각하면 안 되는 것이, 훨씬 범위가 넓답니다. 저들은 하늘의 숨겨진 세계와 땅의 알려지지 않은 것들까지 합의된 용어와 방법으로 가르치고 토론한답니다. 사실 저는 어떤 이유로 띠르시가 자신의 다정한, 사랑하는 필리를 떠나게 되었는지, 그리고 다몬이 아름답고 진실한 아마릴리를 떠나게 되었는지, 생각하면 혼란스러워요. 띠르시의 필리와 다몬의 아마릴리는 그토록 많은 사랑을 받았는데 말이에요. 우리 마을과 주변 마을 사람들, 나아가 들판의 숲과 초원, 샘과 강까지도 그들의 뜨겁고 진실한 사랑을 다 알고 있거든요."

"잠시만요, 떼올린다, 그 양치기들 칭찬을 잠시만 멈추면 어떨까요." 플로리사가 말했다. "지금은 저들의 노래를 듣는 것이 더 중요하니까요. 노래를 들어보니 악기 연주보다 목소리가 더 매력 있는 것 같아요."

"여러분이 저들 시의 탁월함이 이 모든 걸 넘어선다는 것을 안다면 아무 말도 못하실 거예요. 한 사람에게는 '시성詩聖', 다른 사람에게는 '인간을 넘어선 자'라는 별명이 붙었지요."

이런 말을 주고받는 동안, 양치기 처녀들은 그녀들이 지나는 계곡의 산비탈에 모습을 드러낸 두명의 늠름한 양치기 청년들을 보았다. 한쪽이 다른 쪽보다 약간 더 나이 들어 보였으며 두 사람 다 옷을 잘 갖춰입고 있었다. 전체적인 분위기는 양치기풍이었으나 그들의 용감한 모습과 기품 넘치는 태도를 볼 때 산골의 가축 치는 사람들보다는 궁중 귀족이라는 편이 더 잘 어울렸다. 그들 각자가 희고 촘촘한 양털 가죽에 양치기 처녀들이 가장 선호하는 황갈색과 회갈색 테두리 장식을 한, 몸에 잘 맞춘 옷을 입고 있었다. 어깨에는 큰 가죽 부대를 하나씩 멨는데 이 가죽 부대 역시 옷 못지않게 멋지게 장식되어 있었다. 머리에는 푸른 월계수와 싱싱한 풀로 만든 관을 썼고 팔에는 구부러진 목동의 지팡이가 들려 있었다. 그들은 자기네 음악에 심취해 같은 산비탈을 걸어가는 양치기 처녀들을 한참 동안 발견하지 못했다. 처녀들은 처녀들대로 두 양치기 청년의 늠름함과 기품 있는 태도에 완전히 사로잡혀 있었다. 두 청년은 목소리를 가다듬어 한쪽이 시작하고 다른 쪽이 대답하는 식으로 다음의 노래를 불렀다.

다몬과 띠르시

다몬
  무겁지만 과감한 발걸음으로
  그대 영혼에 남은 그 빛에서
  외로운 몸 멀리하는 띠르시여,

  잔인하게 그대 평안 어지럽히는 자에게
  불평할 이유 많음에도
  고통 호소하지 않는 이유 무언가?

띠르시
  내 보잘것없는 몸 떠나도, 다몬이여,
  반쪽의 영혼 떠나지 않고
  영혼의 가장 귀한 부분 남아 있다면,

  내 생명 이제 영혼에 있는데

이미 죽은 것으로 간주한 내 혀가
무슨 힘으로 움직일 수 있단 말인가?

내가 보고, 듣고, 느끼는 건 사실이지만
사랑으로 나는 이미 유령 되었고
유일한 소망 하나로 지금 버티고 있다네.

다몬

오, 복 많은 띠르시여,
그대 운명 너무 부러우니, 정당한 이유가 있어.
극단적 사랑에 빠진 내 처지에서는 말이네!

그대에게 고통을 주는 건 오직 그대 곁에 없다는 그것뿐.
그대는 지금 희망을 의지하고 있어.
그것만 있으면 영혼은 불행 가운데서도 즐거워할 수 있잖아.

그러나 나는 어떤가! 내 가는 곳마다
잔인한, 차가운 두려움의 손이,
가혹한 냉담의 창槍이 다가오네!

내 인생의 빛 그대에게 밝게 보인다 해도
인생은 죽은 것으로 여겨지네,
촛불이 명을 다할 때 가장 밝게 빛나는 것처럼.

내 지친 영혼

가볍게 날아가는 세월로도
부재라는 방법으로도 위로받지 못해.

띠르시

견고하고 순수한 사랑은
쓰디쓴 부재의 흐름 속에서도 절대 쇠하지 않아.
그보다 먼저, 기억의 믿음 안에서 자라나고 있지.

그래서 완전한 사랑에 빠진 사람은
길고 짧은 부재 속에서도 사랑의 짐을 가볍게 할
그 어떤 해결책도 구하지 않아.

사랑이 영혼에 심어놓은 대상,
그 안에 있는 기억은 마음속에 살아 있는
사랑하는 여인의 이미지를 나타내네.

그리고 그곳 부드러운 침묵 속에서
사랑 가득한, 또는 사랑 없는 시선에 따라
그의 행복 혹은 불행을 마음에 알려주지.

그대가 보는 내 영혼 슬퍼하지 않는 모습은
여기 내 가슴속 필리를 보고 있기 때문이네.
그녀가 나를 끌어 노래 부르게 하고 있어.

다몬
　　그대가 필리의 아름다운 얼굴에서
　　그대를 거부하는 어떤 징후 보는 순간,
　　그대는 기쁨의 근원, 그 행복에서 이미 떠나버린 거야.

　　사려 깊은 띠르시여,
　　그때 그대 역시 불행을 한탄하는 나처럼 무척이나 슬퍼할 것이네.
　　나는 그대가 본 것과 반대로 보고 있으니.

띠르시
　　다몬이여, 내 말한 것에 아무런 후회 없고
　　나 부재의 극한 고통 또한 다스리고 있어.
　　가거나, 머물거나, 오거나 항상 즐겁게 하려네.

　　이 땅에서 불멸의 아름다움의
　　살아 있는 증거 되기 위해 태어난 그녀,
　　대리석, 왕관, 사원이란 이름 받기에 부족함 없어.

　　그녀의 견줄 수 없는 덕목과 진실한 열정
　　욕심 가득 찬 사람들을 눈멀게 하지.
　　나 그 어떤 반대의 경우도 걱정하지 않아.

　　내 영혼 그녀 영혼에 깊숙이 매여 있음을
　　나 부인하지 않네. 그 숭고한 뜻 오직 내가
　　그녀를 찬양할 때만 멈춰 평안 누리지.

사랑 통해 필리를 아는 것,
그 지순한 믿음에 일치되는 것,
이것들이 고통 몰아내고 기쁨을 가져온다네.

다몬
복 많은 띠르시여! 축복 넘치는 띠르시여!
넘치는 기쁨 속에서, 보장된 평화 속에서
길이길이 그 복 누리기 바라네.

그러나 나는 달라. 속 좁고 무자비한
운명의 여신들이 가치 있는 일에는 빈약하고
근심에는 풍요로운, 그런 불확실한 상태로 이끌었어.

나 차라리 죽는 게 나아.
내 죽으면 그토록 냉정한 아마릴리가 받아주지 않은
그 냉랭한 사랑 더 두려워할 필요 없지 않은가.

오, 하늘보다, 태양보다 더 아름다운 그녀가
어찌 내게는 금강석보다 더 굳은 마음 가질 수 있단 말인가!
고통 주는 데는 그토록 빠르고 내 행복에는 그토록 게으를 수 있단
말인가!

어떤 남서풍이, 어떤 북풍이, 어떤 동풍이
사납게 네게 불어 너 나더러 발 뒤로 빼고

앞서지 말라 명령하는 게냐?

양치기 처녀여, 나 쇠사슬 채워진, 멍에 묶인
사형수 되어 어디 먼 곳 알지 못하는 땅에서
죽을 거야, 너 그렇게 하라고 명했으니.

띠르시
   친구 다몬이여, 자비로운 하느님은
수많은 축복으로 진기하고 뛰어난 재능을
자네에게 부여하셨어.

그것을 생각해 이제 통곡 그치고, 슬픔 달래고
이렇게 긍정적으로 생각하게,
태양이 우리를 뜨겁게 하는 것, 얼음이 차갑게 하는 것, 마침내 끝
이 있다고.

내 뜻은 이러하네,
운명은 우리를 복 주기 위해
평탄하고 고요한 길로만 인도하지 않는다는 것.

가끔은 언뜻 우리의 즐거움과 영광과
거리가 먼 전혀 예기치 않은 국면 통해
수천의 은사 넘치는 행복으로 우리를 이끌기도 하지

사랑하는 친구여,

과거 언젠가 사랑의 신이 승리의 선물로 자네에게 주었던
그 고결한 행복에 대한 기억을 다시금 떠올리게나.

가능하면 영혼의 관심을 다른 데 돌릴
막간의 시간 갖는 것도 좋겠네.
그러는 사이 실연으로 인한 분노의 시간 지나갈 걸세.

다몬

나를 끝까지 불태우는 저 얼음에
끝없이 나를 얼리는 저 불에
양치기여, 그 누가 종말의 결정 내릴 수 있단 말인가?

자기 뜻대로 사랑의 천 찢고자 하는
저 불쌍한 자, 헛되이 피곤하고
헛되이 잠 못 드는구나.
사랑은 넘치고 행운은 부족하니.

멋있는 양치기들의 견줄 수 없이 아름다운 노래는 여기서 끝이
났다. 그러나 노래를 들은 양치기 처녀들은 기쁜 모습을 보이지 않
았다. 오히려 빨리 끝난 것이 아쉬운 표정이었는데, 흔히 들을 수
있는 노래가 아니었기 때문이다. 바로 그때 두 명의 멋진 양치기들
이 그녀들 곁으로 다가왔다. 그러자 떼올린다가 안절부절못했는
데, 자기를 알아볼까 두려웠던 것이다. 이런 이유로 그녀는 갈라떼
아에게 그곳을 떠나기를 청했다. 갈라떼아가 그 청을 받아들여 그
녀들은 그 자리를 떴다. 떠날 때 갈라떼아는 띠르시가 다몬에게 이

렇게 말하는 소리를 들었다.

"친구 다몬이여, 이 강변은 저 아름다운 갈라떼아가 자신의 양떼를 데려와 풀을 먹이는 곳이라네. 자네의 특별하고 절친한 친구이자 그녀를 사모하는 엘리시오도 자신의 양떼를 데리고 오는 곳이지. 나는 행운이 사랑에서 우러난 그의 선하고 정직한 소원을 이 강변에서 이루어주었으면 해. 그의 행운이 어디까지 이르렀는지 소식을 들은 지 오래지만, 최근 엘리시오가 목숨을 걸고 있는 갈라떼아의 신중하고 정숙한 처신에 대한 소문을 들어보니 아마 그의 사랑의 결말이 기쁨보다 불만 쪽에 더 가까울 것 같아 걱정이네."

"그 말이 놀랍진 않아." 다몬이 대답했다. "하느님이 아무리 수많은 은총과 재능을 주셨다 해도 그녀 역시 여자일세. 여자는 그 연약한 속성상 마땅히 알아야 할 인간의 도리를 알지 못하지. 그래서 최소한의 모험만 시도해. 그게 여자의 인생이라네. 엘리시오의 구애에 대해 들어보니, 그는 갈라떼아를 끝 모를 만큼 순수한 마음으로 숭배하고 있는 것 같아. 그런데 갈라떼아는 너무 신중해서 도대체 그를 사랑하는지 미워하는지 그 어떤 표시도 해주지 않네. 그래서 그 불쌍한 양치기는 수없이 고통스러운 사건들을 겪어내고 있지. 생명을 연장해줄지 혹은 단축해버릴지 모르는 행운의 때를 기다려보지만 지겨울 만큼 실패를 거듭하면서 말이야. 내 생각에 그런 건 확실히 인생을 즐기기보다 생명을 줄어들게 하는 것 같아."

갈라떼아가 그 양치기 청년들이 자신과 엘리시오에 관해 하는 이야기를 들을 수 있었던 것은 여기까지였다. 그 이야기는 전혀 기분 나쁘지 않았다. 그 소문을 마땅히 지켜야 할 자신의 순수한 의도에 합당한 것으로 받아들였기 때문이었다. 그녀는 앞으로 엘리시오를 위해 소문이 자신의 의도를 그릇되게 전할 수도 있을 만한 어떤 행동도 하지 않겠다고 결심했다.

그때 늠름한 두명의 양치기들은 느릿한 걸음으로 마을을 향해 걷고 있었다. 복 많은 양치기 다라니오와 초록색 눈을 가진 실베리아의 결혼식에 참석하려는 것으로, 사실은 이것이 자신들의 양떼를 두고 갈라떼아의 마을로 온 이유 중 하나였다. 길이 얼마 남지 않았을 때, 오른편에서 부드러운 화음의 삼현금 소리가 들렸다. 이 소리를 듣자 다몬이 멈춰 서더니 띠르시의 팔을 잡고 말했다.

"띠르시, 잠깐 기다려, 저 소리 좀 들어보게. 내 귀가 나를 속이는 게 아니라면 우리 귀에 들리는 저 소리는 내 선량한 친구 엘리시오의 삼현금이 분명해. 조물주가 그 친구에게 하고많은 재주를 주었으니 그 연주 소리 들으면 자네는 곧장 그라는 걸 알게 될 거야."

"다몬, 내가 엘리시오에 대해 많은 걸 안다고 생각진 말게." 띠르시가 대답했다. "사실 난 며칠 전에야 그의 명성을 듣고 그에 대한 여러가지 것을 알게 되었어. 그런데 잠깐, 조용! 혹시 그가 자신의 처지에 관해 뭔가를 알려줄지 모르니 한번 들어보세."

"좋아, 그러세." 다몬이 말했다. "그런데 좀더 잘 들으려면 이 가지 사이로 가는 것이 좋지 않겠나. 그의 눈에 띄지 않고 좀더 가까이서 듣도록 말이야."

이렇게 해서 그들은 엘리시오가 말하고 노래하는 어떤 단어도 그들 귀에 들리지 않거나 알아채지 못하는 일이 없도록 좋은 자리를 찾아 몸을 숨겼다. 엘리시오는 친구 에라스뜨로와 함께였다. 그는 에라스뜨로와 떨어져 있는 일이 거의 없었다. 그와 유익하고 좋은 대화를 나누는 것이 엘리시오의 즐거움이요 오락 중의 하나였기 때문이다. 그들은 연주하고 노래 부르는 데 하루 대부분의 시간을 바쳤다. 이 순간 엘리시오가 삼현금을 손에 잡았고 에라스뜨로는 보리피리를 들었다. 먼저 엘리시오가 이런 노래로 시작했다.

엘리시오

사랑 생각에 항복하고
나의 고통에 만족한 채
더는 영광 기대하지 않고
나의 기억이 좇는 바를 따라가네.
그것이 이 사랑의 결박에서
풀려나 자유롭게 되는 길이니까.

하느님께서 만드신 영광과 명예,
나의 적, 그녀의 온화한 얼굴을
영혼으로 볼 수 없으니,
이제 남은 것 육신의 눈뿐이네.
그런데 그녀 보는 순간
그녀 안의 태양을 본 듯이
맹인이 되니 이 어찌 된 일인가.

즐거워서 하는 일이지만
이 예속의 냉혹함 너무 심한 것 아닌가!
오, 막강의 힘 가진 너, 사랑의 신의 손이여!
은혜 모르는 너, 내가 너를, 너의 활을,
너의 화살 담긴 통을 멸시하는 일[4]에 참여하지 않았음에도

----

4 사랑의 신 에로스와 아폴론의 일화를 언급한 구절. 아폴론은 체구가 작고 항상
어머니인 아프로디테를 따라다니는 에로스를 멸시했다. 이에 분노한 에로스가

너 내게 약속한 그 축복 이렇게 앗아갈 수 있단 말이냐.

이 폭군아, 네가 희디흰 손, 지고의 아름다움
내게 보여주지 않았더냐!
처음 내 목에 밧줄 걸고
즐겼던 것 질리지도 않더냐!
갈라떼아가 이 땅에 없었던들
너 이 싸움 이기지 못하고 필시 패했을 것이다.

오직 그녀만이
잔인한 타격으로
무방비 마음을 굴복시킬 수 있고
자유로운 생각을 신하로 만들 수 있어.
그녀에게 굴복하지 않으려면
그 마음 대리석이나 강철로 되어 있어야 할걸.

태양보다 아름다운 그녀의
냉정한 얼굴 앞에 특별법을 만든들
그것이 자유를 보여줄 수 있단 말인가?
그 자유가 내 평온 흔들고 힘들게 하는데.
아, 그 얼굴! 너는 하느님이 감추어놓은 온갖 복
이 땅에 다 드러내 보이는구나!

금 화살과 납 화살을 들어 전자는 아폴론에게, 후자는 다프네에게 쏘았고, 아폴론은 다프네를 향한 사랑에 불타고 다프네는 아폴론을 극도로 싫어하게 되면서 아폴론의 비극이 시작된다.

조물주는 어떻게 그토록 엄격하고 냉정한 모습을
그토록 아름다운 것에 합쳐놓을 수 있단 말인가!
그토록 고귀한 가치를 어떻게 그토록 냉담한 것과
하나로 만들 수 있단 말인가!
나의 행운은 그 상반된 것들의 연합이
나를 상처 주는 쪽으로 그만 동의해버렸어.

나처럼 박복한 자에겐
달콤한 삶이 쓰디쓴 죽음 동반하고
좋은 일과 나쁜 일이 함께 있는 것
아주 쉬운 일이야.
이처럼 상반된 것들 사이에서 나 또한 보고 있어,
희망은 작아지고 바람은 그렇지 않다는 것을.

사랑에 빠진 양치기는 더는 노래를 부르지 않았다. 띠르시와 다몬 역시 더는 멈춘 채로 있지 않았다. 그들은 늠름하고 솔직담백한 모습 그대로 엘리시오가 있는 곳으로 향했다. 엘리시오는 그들을 보자 자신의 친구 다몬을 알아보고 반색하며 맞으러 나와서 말했다.

"사려 깊은 다몬, 오래전부터 자네를 보고 싶었어. 이 강변에 자네의 좋은 모습 드러내다니 오늘 웬 행운인가?"

"오, 엘리시오, 행운이 맞기는 맞네." 다몬이 대답했다. "내가 바라 마지않던 어떤 좋은 일이 나를 이곳으로 이끌어 자네를 보게 했으니 말이야. 자네 본 지 오래되어 우리 우정이 강제로 나를 이곳으로 이끈 것 같아. 그런데 자네가 방금 한 말을 되풀이할 만한 다른 이유도 있다네. 이 땅 까스띠야의 명예이자 영광인 그 유명한 띠르시가 자네 앞에 있으니 말일세."

엘리시오는 그 사람이 명성으로만 듣던 띠르시라는 것을 알고는 정중하게 환영하며 말했다.

"명성 높은 띠르시여, 상냥하고 다정한 모습이 명성에 딱 어울립니다. 곳곳에서 당신의 기품과 신중함을 많이 이야기하더군요. 저역시 당신이 쓴 글에 큰 감동을 받았고 또 그 글을 읽으며 당신을 알고 섬기고 싶다는 생각이 많이 들었어요. 오늘 이후 저를 진정한 친구로 대해주시면 그 은혜 죽도록 잊지 않겠습니다."

"제가 특별한 것도 없이 그저 널리 알려지기만 했습니다." 띠르시가 대답했다. "그러니 당신이 친구 명단에 넣어주신 고마움을 제가 모른다면, 당신이 관심을 갖고 칭찬하는 제 명성이 의미 없는 헛된 거라 말하는 것과 마찬가지겠지요. 친구 사이에는 예의 바른 칭찬의 말이 필요하지 않으니 이 시점에서 칭찬은 그치고 우리 호의의 증거를 행동으로 보여줍시다."

"오, 띠르시여, 앞으로 보게 되겠지만 제 뜻은 언제나 당신을 섬기고 싶다는 것이에요." 엘리시오가 대답했다. "시간과 운명이 허락한다면 영원히요. 그런데 비록 더 큰 이득이 되는 다른 일과 바꾸고 싶지는 않지만, 저를 사로잡은 일이 허락지 않는 한 원하는 대로 할 그런 자유도 없어요."

"자네가 바라는 건 너무 높은 곳에 있네." 다몬이 말했다. "내 보기엔 미친 듯한 열정이 그걸 낮추려는 것 같아. 여보게, 엘리시오, 자네의 처지를 너무 탓하지 말게. 내 약속하는데, 내 처지와 비교하면 자네는 스스로를 안타깝게 여기기보다 오히려 부러워할 게 분명해."

"다몬, 자네는 이 강변에 오지 않은 지가 오래되어" 엘리시오가 말했다. "여기서 사랑이 내게 어떤 짓을 했는지 몰라. 그걸 모른다면 갈라떼아가 어떤 성향인지 알 수도, 경험할 수도 없네. 자네가 그녀 소식을 제대로 듣는다면 나를 향한 부러움이 곧 안타까움으로 바뀔 거야."

"아마릴리의 모습을 아는 사람이 과연 갈라떼아의 모습에 어떤 새로운 걸 기대할 수 있을까?" 다몬이 대답했다.

"다몬, 이 강변에서 자네가 내 원하는 만큼 오래 머물렀다면 자네도 그녀의 성향을 직접 보고 알았을 걸세. 들은 것도 있었을 테고. 그녀의 냉정함과 우아함이 어찌 그렇게 똑같이 균형을 이루어 움직이는지, 그리고 그게 너무도 극단적이어서 불행이 그녀를 흠모하게 몰아간 그 사람의 생명을 어떻게 앗아가는지를 말이야."

"에나레스 강변에서 갈라떼아는," 이때 띠르시가 말했다. "냉정함보단 아름다움으로 더 알려져 있어요. 하지만 무엇보다 그녀는 신중하다고들 말하지요. 당연한 말이지만 이게 사실이라면, 신중함에서 진정한 자기이해가 나오고, 진정한 자기이해에서 자긍심이 나오며, 자긍심에서 흔들리지 않으려는 마음이 생기고, 흔들리지 않으려는 마음에서 당신을 원하는 기쁨을 그녀 스스로에게 허락하지 않으려 하는 마음이 생긴 것 같아요. 그러니 엘리시오여, 당신은 당신의 바람에 반응하는 그녀를 얼마나 나쁘게 바라보고 있는 건가요! 명예로운 정숙함이라고 불러야 할 것에 냉정함이라는 이름을 붙이고 있으니 말이에요. 그런데 저는 이것에 놀라지 않아요. 한마디로 거의 호의를 얻지 못한, 사랑에 빠진 자들의 고유한 상태니까요."

"오, 띠르시, 당신 말씀이 백번 맞아요." 엘리시오가 대답했다.

"제 바람이 그녀에게 합당한 명예와 정숙함의 길에서 벗어났다는 걸 인정합니다. 하지만 제 바람이 그녀의 가치와 명성에 걸맞다고 해도, 그녀 한번 보는 데 모든 영광을 걸고 있는 자에게 그녀가 던지는 경멸의 눈빛과 퉁명하고 쓰디쓴 대답, 표나는 외면은 도대체 어떻게 설명할 수 있을까요?" 엘리시오가 이어 말했다. "아, 띠르시, 띠르시여! 사랑이 얼마나 그것이 가진 최고의 기쁨에 당신을 올려놓았기에 그토록 평온하게 사랑의 효과를 이야기할 수 있단 말입니까! 당신이 지금 이야기하는 것이 맞는지 어떤지 잘 모르겠어요. 한때 당신이 노래했던 이런 구절과 이에 덧붙인 나머지 구절을 생각하면요.

아, 나는 너무 큰 희망에서 태어났는데
나의 바라는 바는 한없이 빈약하게 움츠러드는구나!"

이때까지 에라스뜨로는 침묵을 지키고 있었다. 그는 양치기들의 고상한 품위와 태도에 놀라움을 금치 못하며 각자가 신중에 신중을 기하는 모습을 보여주는구나 하는 표정으로 그들 사이에 일어나는 일을 지켜보고 있었다. 그러나 이야기가 사랑으로 귀결되는 것을 보자 이 일에 경험 많은 한 사람으로서 침묵만 지키고 있을 수가 없었다.

"현명하신 양치기들이여, 저의 오랜 경험으로 볼 때 사랑에 빠진 마음은 한결같은 상태를 유지할 수 없다는 점을 여러분에게 말씀드리고 싶습니다. 사랑에 빠진 마음은 다른 사람의 의지에 지배당해 수천의 예측 불가능한 사건들에 종속될 수밖에 없습니다. 그러니 이름 높은 띠르시여, 엘리시오의 말에 그리 놀라실 필요 없고,

그 역시 당신 말에 그리 놀랄 이유가 없습니다. 그가 언급했던 당신의 노래를 예로 받아들일 필요도 없습니다. 제가 알고 있는 당신의 노래, '누렇게 들뜬 나의 연약함……'이라 말하며 당시의 고통스러운 마음 절절히 보여준 노래는 더더욱 유념할 필요 없습니다. 얼마 후 당신의 기쁨을 알려주는 새 소식이 우리 오두막에까지 이르렀으니까요. 그때 당신의 심정은 당신의 유명한 시에 고상하게 표현되었지요. 제 기억이 부실하지 않다면 이런 구절로 시작된 것 같네요.

　　당신의 풍성한 망토에서 여명의 빛 흘러나오네.

　이것만 보더라도 사랑에 빠진 사람의 마음은 때에 따라 천차만별임을 알 수 있습니다. 사랑은 사람 마음을 끊임없이 움직이지요. 어제 울었던 일에 오늘 웃게 하고, 오늘 웃었던 일에 내일 울게 만들 수 있습니다. 이런 사랑의 속성을 너무도 잘 알기에, 그 까다로운 갈라떼아의 무뚝뚝함과 냉담함도 저의 희망을 꺾을 수 없었던 것입니다. 제가 그녀 사랑하는 것으로 그녀가 기뻐했으면 좋겠다는 것 말고는 다른 어떤 것도 그녀에게 바라는 게 없어요."

　"오, 양치기여, 당신이 지금까지 말씀하신, 사랑에 빠졌어도 절제된 욕망으로 그 어떤 좋은 일도 바라지 않는 사람에게 절망에 빠진 사람이라는 호칭은 맞지 않는 것 같군요. 그 이상의 명성이 어울릴 것 같아요." 다몬이 대답했다. "당신이 갈라떼아에게 바라는 것은 정말 대단한 것입니다. 그런데 양치기여, 한가지 말씀해주세요. 당신이 바라는 것을 그녀가 해주었을 때, 정말로 말씀하신 대로 당신 욕망을 절제해 그 이상 나아가지 않을 자신이 있으신가요?"

"다몬, 그의 말은 믿어도 되네." 엘리시오가 대답했다. "갈라떼아의 품격을 볼 때 다른 것을 바라거나 기대할 만한 여지를 주지 않으니까 말이야. 그러나 상황이 너무 힘들어 때로 에라스뜨로의 희망이 약해지고 나의 희망 역시 얼어붙을 때도 희망에 대한 그의 확신은 분명해. 나는 희망을 확인한대도 그것을 이루기보단 그저 죽고 싶은 생각이 먼저 드는데 말이야. 그건 그렇고, 이 비참하고 쓰디쓴 이야기로 이렇게 훌륭한 손님들을 맞이하는 건 도리가 아니라는 생각이 드네. 우리 이야기는 이쯤하고 그만 우리 마을로 가세. 그곳에서 힘든 여행의 피로를 푸는 것이 좋겠어. 자네들이 원하는 만큼 실컷 쉬어야 우리의 쉬지 못하는 번민을 이해할 것 아닌가."

모두 즐거운 마음으로 엘리시오의 뜻을 따르기로 했다. 엘리시오와 에라스뜨로는 보통 때보다 몇시간 앞서 가축떼를 거두고 다른 두명의 양치기들과 함께 여러 사랑 이야기를 나누면서 마을로 발걸음을 옮겼다.

그러나 에라스뜨로는 악기 연주와 노래로 여가 시간을 보냈기에 동행한 두명의 양치기들도 자기들처럼 연주와 노래를 잘하는지 알고 싶었다. 그래서 그들을 부추겨 끌어들이고자 엘리시오에게 삼현금 연주를 부탁하고 그 소리에 맞춰 먼저 노래하기 시작했다.

에라스뜨로

땅을 비추는 태양에
빛을 주는 맑고 고요한 눈빛 앞에서
나의 영혼 타오르기 시작하네.
나는 죽음이 곧 전리품 얻을까 걱정이 앞서네.

저 델로스시 주인[5]의 한줌 빛

결국 그 빛과 하나 되네.

저것은 내가 늘 무릎 꿇고 아름다움을 찬양한

그녀의 머리카락 아닌가.

오, 청명한 빛이여!

오, 청명한 태양의 빛이여! 태양 빛 앞지른 그 빛이여!

그대에게 오직 바라는 것, 에라스뜨로의 사랑을 받아달라는 것밖에.

이것으로 하느님이 나를 욕심 많다고 하신다면

끝없이 고통당하느니 차라리 죽는 것이 낫겠어.

오, 빛들이여, 한줄기 번개로 제발 나를 죽게 해다오.

에라스뜨로의 소네트는 양치기들에게 나쁘지 않았고 음성 또한 나무랄 것이 없었다. 목소리에 지나침이 없었고 화음 역시 뛰어났다. 에라스뜨로의 노래에 자극을 받은 엘리시오가 에라스뜨로에게 보리피리 연주를 부탁하고는 그 소리에 맞춰 곧 다음의 소네트를 노래했다.

엘리시오

아, 내 견고한 사랑의 생각에서 태어난

저 고귀한 뜻에

하늘도, 불도, 바람도,

----

5 태양을 뜻한다. 그리스 신화에서 태양의 신 아폴론은 델로스섬에서 태어났다.

물도, 땅도 그리고 나의 적[6]조차 등을 돌리네!

모두 등 돌리니 나의 선한 뜻
두려움에 움츠러들 수밖에 없었지.
끈덕진 사랑이여, 냉혹하고 난폭한 운명이 원하는 것
그 누가 막을 수 있단 말인가?

저 높은 하늘, 사랑, 바람, 불,
물, 땅 그리고 나의 아름다운 적,
이들 각자는 자신의 힘으로, 그리고 나는 운명 때문에,

나의 복은 나의 희망을
방해하고, 흩뜨리며, 불태우고, 급기야는 해체해버리네.
그러나 희망 없다 해도, 시작한 것 이제 그만둘 수 없다네.

엘리시오의 노래가 끝나자 이번에는 다몬이 에라스뜨로의 보리
피리에 맞춰 이렇게 노래하기 시작했다.

다몬
아름다운 아마릴리의 모습 내 영혼에 새겼을 때
나는 밀랍보다 더 부드러웠지.
그녀는 단단한 대리석처럼 혹은 거친 맹수처럼
나에게 냉정했고 항상 까다로웠어.

---

6 원어는 여성 명사로, 이 적은 그가 사랑하는 여인으로 짐작된다.

그때 사랑이 그의 복
가장 높은 자리에 나를 올려놓았어.
그러나 지금 나는 두려움이 들어,
무덤이 나의 이 첫 자만 그만 끝내지 않을까 하는 두려움.

마치 포도나무가 느릅나무에 기대듯이
사랑은 희망을 의지했고 쭉쭉 뻗어갔지.
그러나 양분 있는 수액이 부족했던 것, 결국 비상飛上을 멈추고 말
았어.

내 눈의 수액7은 그렇지 않아.
아무리 오래 써도 내 얼굴에, 가슴에, 땅에 공물 바치는 일
그만두지 않는 것 운명이 잘 알고 있지.

다몬의 노래가 끝나자 이번에는 양치기 세명의 악기에 맞춰 띠
르시가 소네트를 노래하기 시작했다.

띠르시
죽음의 칼날에
나의 믿음 부서졌네.
이제 나는 인간적인, 행복한 운명이 주는
가장 높고 풍요한 어떤 상태도 부러워하지 않는 지경에 이르렀어.

---

7 눈물을 가리킨다.

이 모든 복, 오, 필리,

아름다운 당신 보고자 하는 데서 나왔지.

운명은 그녀에게 진귀하고 특별한 존재 부여해

통곡을 미소로, 불운을 복으로 바꾸어버린다네.

처벌받는 자가 왕의 얼굴 우러르면

엄중한 판결이 누그러지는 것처럼

사랑의 법 자신의 좋은 권리를 절대 굽히지 않아.

너의 지극히 아름다운 모습 앞에 서면

죽음은 도망가고 나쁜 일은 뒷걸음치며

그 대신 생명과 유익함만 남지.

띠르시의 노래가 끝나자 양치기들이 연주하는 모든 악기가 몹시 기분 좋은 소리를 내며 듣는 사람들에게 커다란 즐거움을 선사해주었다. 비단 사람만이 아니었다. 울창한 나뭇가지에 앉아 있던 수천 종류 형형색색의 새들 역시 하늘이 준 조화로운 목소리로 합창대의 화음처럼 양치기들에게 화답했다. 이런 식으로 그들은 걸음을 이어갔다. 그러다가 길에서 얼마 벗어나지 않은 산기슭의 한 오래된 은거지에 도착했을 때 그 안에서 나오는 듯한 수금[8] 소리를 듣게 되었다. 그 소리를 들은 에라스뜨로가 말했다.

"양치기들이여, 잠깐 발걸음을 멈추면 어떻겠습니까? 제 생각에

---

8 수메르에서 기원한 고대 그리스의 현악기. 네줄, 일곱줄, 혹은 열줄로 이루어졌다.

오늘 우리는 며칠 전부터 제가 듣기 원했던 음악 소리를 들을 수 있을 것 같아요. 지금 이 소리는 은거지 안에 있는 어떤 기품 있는 청년의 목소리가 분명한데, 그가 이곳에 도착한 지는 아마 열이틀에서 열나흘 정도 된 것 같아요. 나이도 젊은데 스스로 힘든 삶을 살고자 이곳에 온 듯해요. 가끔 이곳을 지나치면 수금 소리와 몹시 부드러운 그의 노랫소리가 들려요. 그때마다 저는 그 목소리를 직접 제대로 들어보고 싶다는 강렬한 욕망에 사로잡히곤 했어요. 하지만 제가 올 때마다 그의 목소리에는 항상 노래가 담겨 있었어요. 저는 말 걸어 친구가 되고 싶었고 그를 위해 뭐든 하고 싶었지만, 한번도 그가 누구인지, 또 그렇게 젊은 나이에 왜 이토록 외롭고 척박한 삶을 사는지 도무지 밝히게 할 수가 없었지요."

에라스뜨로가 은거지에 새로 온 젊은이 이야기를 하자 다른 양치기들도 같은 마음이 들어 그가 누구인지 알고 싶었다. 그래서 그를 직접 만나 말을 나누기 전에 우선 그가 부르는 노래를 듣고 사연을 알아보기로 했다. 그리고 실행에 옮겨 모두가 원하던 대로 일이 되었다. 즉 드러나지 않고 아무도 눈치채지 못하는 곳에 자리 잡고 그곳에서 수금에 맞춘 그의 노래를 듣게 되었던 것이다.

> 하늘과 사랑과 운명이
> 내가 그리하지 않았는데도
> 기분 좋지 않은지
> 기꺼이 나를 이런 지경으로 내몰았네.
> 나의 신음 헛되이 공중에 날리고
> 내 생각 헛되이 세워 달까지 이르게 했지.
> 오, 잔인한 운명이여!

너는 왜 그렇게 이상한, 형편없는 길로

나의 달콤한 즐거움 인도하여

삶을 두려워하고 죽음에 이르는

그런 극단으로 나를 내모는 거냐?

나는 나 자신에게 분노하며 불타오르네,

그렇게도 고통당했는데

나의 가슴 찢지 못하고,

이 영혼 바람에 날리지 못하는 나 자신을 향해.

나의 영혼, 깊은 통곡 속에서 마지막 호흡의 유해를

심장에 되돌리네.

거기에서 나는 희망이 다시 힘주려고

내게 달려오는 것 느끼지.

겉으로만 그러는지 모르지만 살아갈 힘 북돋워주기도 해.

그러나 하늘의 자비는 아닌 것 같아,

하늘은 긴 세월 더 긴 고통 주고 있으니.

친한 친구의 비탄의 가슴이

나의 가슴 부드럽게 만드니

진정 나는 어려운 일을 맡았구나.

오, 얼마나 치밀하게 미친 흉내 냈던가!

오, 내 사랑 이루어진 것 한번도 보지 못한 나!

오, 비교할 수 없을 만큼 좋으면서도 쓰디쓴 이런 경우!

사랑의 신이 다른 사람의 축복에는

최대한 큰 자비 보이면서도

내게는 얼마나 인색한지,

두려움과 신의 얼마나 많이 주는지 몰라!

그럼에도 우리에겐 할 수 있는 한 변치 않는 친구이길 강요하네.

발걸음마다 우리는 보네,

정당한 의지에 부당한 대가 따라온다는 것을.

이것이 매정한 운명의 손이 하는 짓.

거짓된 사랑이여!

너에 대해 우리가 알고 있는바

너는 견고한 사랑 가진 자가 죽어가며 살아가기를,

네 가벼운 날개에 불길 일어 힘차게 타오르기를,

좋은 화살이든 나쁜 화살이든

재로 변해버리기를 즐거워하고 바라지.

하지만 그 화살 쏘았을 때, 그 화살 너에 맞서

되돌아가기를 기꺼이 바라는 것 아닌가?

어떤 길을 통해, 어떤 기만과 술책으로,

어떤 이상한 말 돌리기로

너 나를 그렇게 완전히 소유할 수 있었니?

나의 경건하고 고귀한 소원 속

나의 순수한 내면의 건강한 의지를

이 거짓된 자야, 어떻게 그렇게 바꿀 수 있었니?

이 거짓 증언 하는 자야, 자유롭고 편안하게

너의 영광과 고통 다루었더니

이제 내 목에 너의 쇠사슬 느끼고 있으니

이것 보고도 인내를 충분히 유지할
현명한 판단력이 과연 존재하리라 생각하는가?

그러나 생각해보니, 나의 불평
너 때문이 아니고
나 때문이라는 말이 맞는 것 같다.
너의 불에 내가 저항하지 못했으니 말이다.
나는 완전히 항복해버렸고,
잠자고 있던 바람 깨워
그 상황에 맹위를 떨치게 했으니 말이다.
이제 하늘이 정말로 올바른 판결을 내려
나를 죽게 하는구나.
이제 내가 오직 나의 불행한 운명에 바랄 것은
나의 불행이 무덤으로 끝나지 않았으면 하는 것.

오, 달콤한 친구여, 오, 달콤한 나의 적이여!
띰브리오와 아름다운 니시다
함께 있을 때 행복했고 또 동시에 불행했네.
나 괴롭히는 나의 적은 왜 그리 냉정하고, 무자비하고,
잔혹한 별과 같은가?
냉혹한 운명은 왜 그리 옳지 못한 힘으로
우리를 갈라놓았나?
오, 불쌍하고 연약한 인간의 운명이여!
즐거움은 얼마나 빨리, 돌발적으로
무거운 근심으로 바뀌는지,

맑은 날 뒤에 곧바로 어두운 밤 찾아오는구나!

인간 세상사 정해진 것 아무것도 없고
모든 것 다 변하는구나.
믿을 만한 것이 무엇이 있을까?
시간은 급히 날개 치며 날아가고
희망도 시간 따라
우는 자에게서나 웃는 자에게서나 떠나버리고 없다네.
하느님도 은총 베푸사
사랑의 불로 해체된 영혼 거룩한 열심으로
하늘에 올리려는 자 도와주시지,
그렇지 않은 자에게는 호의 베풀기보다
고통과 괴로움 주신다네.

오, 은혜로우신 주님, 이 손과 저 손,
두 눈과 나의 모든 뜻 주께 올립니다.
오직 주님 통해서만
끊임없는 통곡이 웃음으로 바뀌는 것 보기를
나의 영혼 바라기 때문입니다.

은거지에 은둔한 젊은이는 깊은 한숨을 쉬며 그 애절한 노래를 마쳤다. 그가 노래를 계속하지 않을 것을 안 양치기들은 더 머뭇거리지 않고 모두 은거지 안으로 들어갔다. 그들은 은거지 구석 단단한 돌 위에 앉아 있는 젊은이를 보았다. 그는 나이가 스물두어 살 정도 되어 보이는 단정하고 기품 있는 청년으로, 거칠게 짠 옷에 발은 아무것도 신지 않은 맨발이었고, 허리띠로 사용했던 것 같은 억센 밧줄을 몸에 감고 있었다. 머리를 한쪽으로 수그린 채 한 손으로 가슴까지 내려온 겉옷[9] 일부를 쥐고 있었고 다른 팔은 다른 쪽 겉옷 위로 늘어뜨리고 있었다. 양치기들은 그의 이런 모습과 또 그들이 들어설 때 아무런 움직임도 보이지 않았던 것을 보고 분명 그가 기절한 것으로 판단했다. 이는 사실이었다. 자신이 겪은 불행에 대한 깊은 생각이 종종 그를 비슷한 결말로 몰아갔던 것이다. 에라스뜨로가 다가가 그 앞에 서서 팔을 힘있게 잡아 정신이 들게 했다. 사실 그는 정신이 너무 혼미해져 무거운 잠에서 깨어나는 듯 보인 것이었지만, 적잖이 고통스러워하는 그의 모습에 지켜보던 사람들이 이렇게 생각했던 것이다.

"여보세요, 도대체 이게 무슨 일이에요? 당신의 지친 가슴이 대체 어떤 고통을 안고 있기에 이런 겁니까? 말씀 좀 해보세요. 여기 당신 앞에 당신의 치료를 위해서는 어떤 피곤도 마다하지 않을 사람이 있답니다."

"사려 깊은 양치기여, 방금 말씀하신 그 제안은 처음이 아니고 혹 제가 당신 제안에 응해도 그게 마지막이 되진 않을 것 같네요." 그 청년이 기어드는 목소리로 대답했다. "제 운명의 여신은 그 어떤 제안도 도움이 되지 않고 또한 제가 바라는 이상으로 그것을 만족시킬 수 없는 지경까지 저를 이끌었어요. 그저 좋은 뜻만 받아들이겠습니다. 저에 대해 다른 것이 알고 싶으시다면 아무것도 감추지 않는 시간만이 제가 원하는 것 이상을 알려드릴 겁니다."

"당신이 말하듯 시간이 저를 만족시킨다 해도" 에라스뜨로가 대

---

9 원어는 'túnica'. 고대 그리스·로마 사람들이 즐겨 입던 가운 같은 겉옷이다.

답했다. "시간에 맡기는 대가는 별로 감사할 만한 게 아닐 것 같아요. 시간은 우리도 모르게 우리 마음의 가장 비밀스러운 것까지 광장에 내던져버리니까요."

이쯤 되자 나머지 양치기들도 나서서 왜 그런 슬픔을 갖게 되었는지 말해달라고 졸랐다. 특히 띠르시가 정연한 말솜씨로 그를 설득하며, 죽음이 그에 맞서 말하기를 가로막지 않는 이상 이 세상에 해결책 없는 불행은 없다면서 그의 말을 이끌었다. 또한 다른 말도 곁들여 뜻을 굽히지 않는 그 청년이 자기 이야기를 함으로써 그에 대해 알고 싶어 하는 사람들의 바라는 바를 만족시키도록 했다. 마침내 그 청년이 말했다.

"좋은 친구들이여, 얼마 남지 않은 삶 홀로 사는 것이 좋아 보여 커다란 고독 속에 저를 던졌지만, 여러분 뜻을 피하지 않고 충분하다고 여겨질 만큼 모든 것을 말씀드리겠습니다. 저 변덕스러운 운명이 이 곤경으로 저를 이끈 자초지종을 말입니다. 그런데 이미 시간이 늦었고 제가 겪은 불행이 너무 많아 다 말하기 전에 밤이 올 것 같네요. 우리 함께 마을로 가는 것이 좋겠습니다. 내일로 계획했던 길을 오늘 밤 가는 것이 제게는 불편하지만, 지금 제 형편이 그걸 따질 때가 아니거든요. 마을로 가 당장 필요한 생필품을 사야 해서요. 가는 길에 혹 가능하면 몇가지 저의 불행한 일을 말씀드릴 수 있겠습니다."

모두 그의 말에 찬성했고, 그를 가운데에 두고 바쁘지 않은 걸음걸이로 앞서거니 뒤서거니 마을로 향하는 길을 나아갔다. 얼마 안 있어 비탄에 빠진 은거지의 청년이 몹시 괴로운 표정을 지으며 그에게 일어난 불행한 일을 말하기 시작했다.

"지혜의 여신 미네르바와 군신軍神 마르스의 큰 은혜를 입은 사람들[10]이 모여 사는 역사 깊고 유명한 도시 헤레스에 띰브리오라는 용맹한 기사가 태어났어요. 그의 덕과 영혼의 너그러움을 모두 언급하는 것은 저로서는 너무 어려운 일일 테고 다음 이야기로 충분할 거라 생각해요. 그의 한없는 선량함 때문인지 혹은 별의 힘 덕분인지 모르겠지만 어쨌든 저는 그에게 마음이 끌렸어요. 그래서 온 힘과 가능한 모든 방법으로 그의 특별한 친구가 되려고 갖은 노력을 했지요. 하늘도 이 일에서는 제게 호의적이었습니다. 우리를 알던 사람들은 띰브리오와 실레리오(제 이름입니다)라는 이름을 거의 무시하고 우리를 '두 명의 친구들'이라고 불렀어요. 우리는 끊임없이 대화를 나누고 우정 넘치는 일을 많이 해서 그런 호칭이 근거 없는 게 아니었지요. 이렇게 우리 둘은 믿을 수 없을 만큼 큰 기쁨과 즐거움 속에 청년 시절을 보냈습니다. 어떤 때는 들판에서 사냥하면서, 다른 때는 도시에서 저 명예로운 군신 마르스의 훈련으로 시간을 보냈어요. 그러던 어느날, 제 인생에 호의라곤 없이 적대적인 시간이 제게 강압적으로 보여준 여러 불행한 일 중 하나가 띰브리오에게 일어났습니다. 그가 같은 도시의 힘 있는 기사와 언쟁을 벌인 것이었어요. 그 사건은 상대 기사의 명예를 크게 훼손했다는 이유로 띰브리오가 원치 않는 발길로 정든 도시를 떠나게 되는 결말로 이어졌습니다. 그 두 사람의 친척 사이에 불붙기 시작한 거센 불화를 잠재울 시간이 필요했던 것이죠. 그는 떠나면서 자신의 적에게 편지를 남겼어요. 밀라노나 나뽈리 같은 이딸리아 도시에서 만나 모욕에 대한 대가를 반드시 지불하겠다는 일종의 경고였지요. 이것으로 두 집안 친척 사이의 어울림은 끝이 났습니다. 편지

---

10 문무(文武)를 겸비한 자를 말한다.

에 분노한 기사 ― 이름은 쁘란실레스였어요 ― 역시 띰브리오에게 도전했습니다. 생명을 건 결투를 청한 것이죠. 그는 결투하기에 좋은 들판을 찾아 띰브리오에게 그리 오라는 전갈을 보냈어요. 이런 판국에 저는 저대로 운명이 꼬여 건강이 좋지 않아 침대에서 거의 일어날 수가 없는 형편이었어요. 이렇게 되어 그를 따라나설 기회를 놓치고 다음 기회를 작정하게 된 것이죠. 친구는 떠나기에 앞서 제게 작별 인사를 하러 왔어요. 슬픔 가득한 얼굴로 나뽈리에서 자신을 만날 수 있을 거라고 하면서, 건강이 회복되면 꼭 자기를 찾아달라고 부탁했습니다. 그러고는 떠났어요. 지금 제가 여러분에게 표현한 고통보다 더 큰 고통을 남겨놓고 말이에요. 며칠 지나지 않아 마음속에서 그를 만나고 싶다는 바람이 강하게 일어 저는 건강이 회복되지 않았음에도 길을 떠났어요. 행운도 저를 도와 편의를 봐주었기에 빠르고 안전하게 여행할 수 있는 길이 열렸습니다. 유명한 까디스섬에서 이딸리아로 가는 네척의 갤리선[11]을 만난 거예요. 배들은 날렵하고 적당했고, 저는 그중 하나에 올라탔습니다. 배는 순풍을 만났고 얼마 되지 않아 우리는 까딸루냐 해안을 볼 수 있었어요. 그중 한 항구에 닻을 내렸고, 저는 항해에 피곤하기도 했고 그날 밤 배들이 그곳을 떠나지 않을 것이라는 확신도 있어서 친구 한명, 하인 한명과 함께 배에서 내렸습니다. 그런데 생각지도 못한 일이 일어났어요. 한밤중, 고요한 하늘과 순풍이 불 움직임을 본 선원들과 배의 관리자들이 그 기회를 놓칠세라 두번째 당직 경비원에게 출항 신호를 보낸 겁니다. 배는 닻을 풀었고 사람들은 재빨리 고요한 바다 위로 노를 저었습니다. 미풍에 배는 돛을

----

11 고대와 중세 지중해에서 쓰던 노와 돛을 가진 배.

활짝 열었고요. 이 일이 너무 빨리 진행되어 저는 아무리 배에 다시 오르려 해도 도저히 시간을 맞출 수 없었습니다. 그저 해안에 남을 수밖에 없었죠. 저는 몹시 화가 났습니다. 다른 사람도 이와 비슷한 지경이었다면 저 못지않게 화가 났을 거예요. 이제 육로로 여행할 수밖에 없는데, 그러려면 준비해야 할 게 한두가지가 아니었거든요. 그래서 생각했어요. 여기 있어봤자 문제 해결의 실마리가 보이지 않으니 차라리 바르셀로나로 가는 게 좋겠다 하고요. 그곳은 더 큰 도시니 혹 제게 필요한 것을 마련해줄 사람을 만날 수 있지 않을까 생각했던 겁니다. 뱃값에 관해서는 헤레스 혹은 세비야에 편지를 쓰기로 하고 말입니다. 이런저런 생각 속에 그만 날이 샜습니다. 저는 생각을 실천에 옮기기로 하고 날이 더 밝기만 기다렸지요. 그런데 막 출발하려고 할 때 땅에서 커다란 소리가 나는 것을 느꼈습니다. 사람들 모두가 마을의 큰길로 달려가는 소리였지요. 저는 도대체 무슨 일이 일어난 거냐고 지나가는 사람에게 물었습니다. 그러자 그는 '신사 양반, 저 모퉁이에 한번 가보세요. 포고자布告者[12]의 말을 들어보면 궁금증이 풀릴 거예요'라고 대답했습니다. 저는 그 말대로 했어요. 제 눈에 처음 들어온 것은 높이 올린 십자가와 웅성거리는 사람들 속에 보이는 공고문이었는데, 어떤 자의 사형 집행에 관한 내용이었습니다. 포고자의 목소리가 이 내용을 확인해주었어요. 그는 피고가 강도와 산적의 죄를 지어 재판부가 교수형을 판결했다고 선포했어요. 이윽고 피고가 저 있는 곳 가까이 왔습니다. 그 순간 즉시 저는 그가 바로 제 좋은 친구 뗌브리오임을 알아보았어요. 그의 손에는 수갑이 채워져 있었고 목에

---

12 관청의 일을 고시하는 하급 관리.

는 밧줄이 걸려 있었습니다. 그 상태로 걸어왔던 겁니다. 그의 눈은 앞서가는 십자가에 붙박였고 그는 동행한 사제들에게 뭐라 말하면서 항의하고 있었어요. 그 짧은 시간, 진짜 하느님[13]께 ─ 그분의 초상이 바로 그의 눈앞에 있었지요 ─ 드리는 긴급한 호소[14]를 통해, 자신은 살아오는 동안 만인 앞에서 굴욕적인 사형을 당할 만한 어떤 짓도 결코 한 적이 없다고 항변하는 것이었어요. 그러고는 판사들에게 탄원을 넣어달라고 사람들에게 애원했습니다. 자신이 고소당한 사건에 무죄 입증할 시간을 달라는 것이었지요. 이 일을 안타깝게 여긴다면 한번 생각해보세요, 바로 눈앞에서 그 처참한 광경을 본 제 심정이 어땠을지. 저는 완전히 넋이 나가 제정신이 아니었습니다. 이 말씀밖에 드릴 수가 없네요. 감각이 완전히 마비되어 그때 누가 저를 보았다면 대리석상을 보는 것 같았을 겁니다. 하지만 사람들의 웅성거림과 두런거리는 소리, 포고자들의 고함, 띰브리오의 간절한 청원, 사제들의 위로의 말, 친한 친구를 확실히 알아보았다는 사실 같은 것들이 곧 저를 정신 차리게 만들었습니다. 그러자 피가 끓어올랐어요. 생기 잃은 제 심장을 도우려 달려와 제마음에 분노를 일깨웠습니다. 띰브리오가 당한 모욕에 대한 처절한 복수의 분노였지요. 저는 제게 닥칠 위험 따위는 생각지 않고 띰브리오의 위험만 생각했습니다. 그를 구해낼 수 있을지, 아니면 그와 함께 다른 세상으로 갈 것인지, 그 생각밖에 나지 않았어요. 제 목숨에 관해서는 조금도 두려움이 없었습니다. 이윽고 저는 칼을 빼 들었어요. 그리고 분노에 가득 차 군중의 혼란을 뚫고 들어가 띰브리오에게 이르렀습니다. 그는 자신을 위한 칼이 칼집에서

─────────────────────

13 십자가상에 달린 예수의 초상을 말한다.
14 사형수와 동행한 사제들 간의 대화를 이렇게 표현했다.

나온 것을 알지 못하고 불안이 겹친 망연자실한 얼굴로 곁에서 일어나는 일들을 바라볼 뿐이었어요. 저는 그에게 말했습니다. '띰브리오, 자네 용감한 가슴의 그 강한 힘은 도대체 어디로 가버렸나? 무얼 망설이고 무얼 기다리고 있어? 왜 이 기회를 이용하지 않나? 진실한 친구여, 내 보니 자네는 부당한 일로 고통받는 것 같아. 내 목숨이 방패가 되어줄 테니 어서 자네 목숨을 구하게.' 이 말에 제가 누구인지 알아본 그는 큰 힘을 얻었습니다. 그는 모든 두려움을 잊고 결박과 손의 수갑을 스스로 풀어버렸습니다. 그러나 이런 대담함도 동정심에 이끌린 사제들이 아니었다면 그에게 큰 도움이 되지 못할 뻔했어요. 사제들은 가로막는 사람들을 뚫고 그를 감싸 교회 안으로 들어갔습니다. 저를 공권력 한가운데 버려두고 말이죠. 관리들은 저를 잡으려고 한참 동안 애를 썼어요. 그만큼 제가 오래 버틴 거죠. 결국 저는 잡히고 말았습니다. 모든 사람이 잡으려 드는데 저 혼자 저항하는 데는 한계가 있었지요. 제 생각에는 제 죄보다 더 가혹한 공격을 받아 저는 두군데 상처를 입고 감옥으로 끌려갔어요. 저의 무모함과 띰브리오의 탈출은 제 죄에 무게를 더했고 판사들의 분노는 엄청났습니다. 그들은 제가 저지른 일 이상의 무거운 판결을 내리고자 했어요. 제가 죽어 마땅하다고 생각하는 것 같았고, 바로 그 끔찍한 판결을 내렸습니다. 다만 사형 집행은 그날 하지 않고 다음 날로 유보했어요. 이 슬픈 소식이 교회당 안에 있던 띰브리오에게 전해졌고, 나중에 알게 된 사실이지만 그는 자신이 사형 판결을 받았을 때보다 더 큰 충격을 받았다고 합니다. 그는 저를 석방하기 위해 사법부에 자수하고자 했어요. 그런데 곁에 있던 사제들이 그래봐야 별 효과가 없을 것이라며 그를 만류했다고 합니다. 그런 방법은 잘못에 잘못을 더하는 것이며 불행에 불행을 더하는 것이라면서 저를 석방하기 위한 자수는 무의미하다고 설득한 것이죠. 제가 저지른 죄에 벌을 받는 것과 그가 자수하는 것은 별개 문제라는 것이 그들의 논리였어요. 그런데도 띰브리오의 태도는 무척 완강해서 자수를 막느라 많은 논쟁이 필요했어요. 마침내 그는 다음 날 제가 그를 위해 한 일에 합당한 일을 하기로 하고 그만 입을 다물었습니다. 즉 같은 동전으로 갚든지[15] 혹은 법적인 제소에 따라 죽든지 하기로요. 저는 그의 모든 뜻을 제 고해성사를 들으러 온 사제를 통해 알게 되었어요. 그리고 그 사제를 통해 그에게 답을 주었습니다. 저의 불행을 막을 수 있는 유일한 방법은 그가 살아서 이곳 사법부의 판결 집행 전, 바르셀로나의 부왕에게 가능한 한 빨리 이곳에서 일어난 일을 알리는 것이라고 말입니다. 또 저는 말씀드린 그 사제의 입을 통해 띰브리오가 어쩌다 그 엄청난 사형 판결을 받았는지를 알게 되었어요. 사연은 이랬습니다. 당시 띰브리오는 까딸루냐 왕국을 지나고 있었는데, 뻬르뻬냥[16]을 막 빠져나왔을 때 한떼의 도적들과 마주쳤답니다. 그들은 어느 용감한 까딸루냐 출신 기사를 두목으로 삼고 있었는데, 그는 어떤 원한으로 인해 도적들과 행동을 함께했다고 해요. 사실 이런 일은 이 왕국에서 별로 드문 일은 아니었어요. 그가 만난 도적들 역시 적개심 속에 자신의 이익을 취하는 사람들이었습니다. 그들은 할 수 있는 모든 악한 짓을 저질렀어요. 사람의 생명은 물론 재산까지 빼앗았습니다. 이런 일은 예수 믿는 모든 나라에서 해서는 안 될 일, 비탄을 자아내는 일이지요. 그런데 이 도적들이 띰브리오의 소유물을 빼앗던 바로 그 시간에 그 두목이 나타난 겁니다. 그 역

15 자신과 자신을 구해준 자를 맞바꾸는 것을 말한다.
16 지중해변에 가까운 프랑스 도시.

시 기사였기에 자기 눈앞에서 당하는 띰브리오의 곤욕을 차마 볼수 없었는지 그들을 막아서며 더는 공격을 허락하지 않았어요. 그는 띰브리오가 차림새 단정하고 품위 있는 사람임을 알고서 예를 다해 그를 대접했습니다. 그러면서 그날 밤 그곳 가까운 데서 자신과 함께 머물고 다음 날 아침 통행 보증서를 써줄 테니 그걸 가지고 아무 두려움 없이 길을 가 그 주^州를 떠나는 것이 어떻겠느냐고 제안하는 것이었어요. 띰브리오는 그 예의 바른 기사의 청을 거부할 도리가 없어 그가 베푸는 선행에 신세를 졌습니다. 이렇게 해서 그들은 함께 길을 떠나 어느 조그만 마을에 도착해 마을 사람들의 기쁨에 넘친 환대를 받았지요. 하지만 그때까지 띰브리오를 조롱해온 운명의 여신은 그를 그냥 두지 않았습니다. 그날 밤 한 무리의 토벌대가 그 마을에 있던 도적들을 덮쳤어요. 토벌대의 급습에 도적들은 쉽게 무너졌지요. 토벌대는 두목을 잡지 못하자 많은 사람을 사로잡고 또 죽였습니다. 그 사로잡힌 자들 중 한 사람이 띰브리오였어요. 토벌대원들은 그를 도적단에서 활동하는 유명한 강도로 판단했습니다. 여러분이 짐작하시듯이 무척 닮아서 그렇게 생각할 여지도 많았던 것 같아요. 함께 붙잡힌 사람들이 그가 아니라고 증언하고 벌어진 일의 진상을 이야기했음에도, 판사들 가슴속의 나쁜 마음이 작용해 더 조사도 해보지 않고 그에게 사형 판결을 내렸어요. 올바른 뜻 가진 자를 편드시는 하느님이 갤리선을 떠나보내고 저를 남게 해 여러분에게 말씀드린 일을 하도록 허락하시지 않았다면 아마 그 사형 판결은 현실로 바뀌었을 거라고 저는 생각해요. 띰브리오는 교회당 안에 있으면서(저는 감옥에 있었지요) 그날 밤 바르셀로나로 떠날 채비를 했습니다. 저는 저대로 모욕당한 판사들의 분노가 어디쯤 가서야 멈출지 기다리고 있었고요. 그런데 이게 웬일입니까? 뗌브리오와 제게는 불행이 한번 지나 갔고 그것으로 끝인 줄 알았는데 이제 더 큰 불행이 다가오는 게 아니겠습니까? 부디 하늘이 자비로우셔서 제게만 분노를 퍼부었 더라면! 그 불쌍하고 불운한 사람들이 수천개 야만의 칼날 아래 자 신들의 비참한 목을 내놓는 일이 없었더라면! 저 불운한 작은 마을 엔 그 분노가 임하지 않았더라면! 때는 자정을 약간 넘긴 시각이었 습니다. 다른 사람에게 위해를 가하기 적당한 시간, 피곤에 지친 사 람들이 피로 가득한 사지를 달콤한 잠의 품속에 던지는 그런 시간 말입니다. 갑자기 혼란에 빠진 시끄러운 목소리들이 온 마을을 발 칵 뒤집어놓았어요. '무기를 잡아요! 무기를 잡아요! 튀르키예 사 람들이 쳐들어왔어요!' 이 애절한 목소리의 메아리에 어느 여인의 가슴이 소스라치게 놀라지 않겠으며 어떤 강한 영혼을 가진 사내 라도 경악하지 않을 수 있겠어요? 당시 상황을 어떻게 말씀드려야 할지 모르겠네요. 마을은 순식간에 불길에 휩싸였고, 주민들은 모 든 것을 집어삼키는 화마를 막기 위해 자기 집 밑돌까지 빼야 할 처지였습니다. 타오르는 불길 사이로 번쩍이는 야만적인 반달 검 과 튀르키예 사람들의 흰 터번이 보였어요. 그들은 불길 속에서 기 독교인의 집 문을 크고 단단한 쇠도끼로 내리찍어 부수고 들어가 약탈물을 메고 나왔습니다. 이놈은 연약한 어머니를, 저놈은 어린 아들을 데려갔고, 어머니는 모깃소리 신음을 내며 아들의 안부를 묻고, 아들은 어머니를 불렀습니다. 갓 결혼한 순결한 신부와 재앙 을 당한 신랑의 정당한 욕망이 폭도의 불경한 손길 때문에 충족되 지 못했다는 이야기도 들었습니다. 아마도 그 불행한 신랑은 눈물 어린 눈앞에서 자신이 잠깐 즐기려 했던 욕망의 열매를 그들이 빼 앗아가는 것을 보았겠지요. 혼란의 극치였습니다. 여러 목소리가 뒤섞인 고함이 천지에 진동했고 공포가 온 마을을 가득 채웠습니다. 극악무도한 짐승 같은 폭도들은 저항이 없을 줄 알고 거리낌 없이 성전에 들어가 그 더러운 손으로 성물에 손을 대 금 장식을 품속에 넣거나 혐오와 멸시를 드러내며 바닥에 내동댕이쳤습니다. 그들에게 사제의 거룩함, 수도사의 은둔 생활, 노인의 백발, 젊은이의 늠름함, 어린아이의 순진무구함은 안중에도 없었습니다. 그 불신자 망나니들은 모든 약탈물을 자루에 넣어 가지고 가버렸습니다. 집을 불태우고, 성당을 노략질하고, 처녀를 욕보이고, 방어하는 자들을 죽인 후에 말이죠. 그들은 자신들이 저지른 일에 만족하기보다 피곤하고 지쳐 동이 트자 어떤 제지도 받지 않고 자신들의 배로 돌아갔습니다. 마을의 가장 좋은 약탈물들을 이미 실어놓은 뒤였지요. 마을은 황폐했고 인적 없이 텅 비었습니다. 사람들 대부분이 끌려갔고 그러지 않은 사람들은 산에 숨어 있었습니다. 이 참혹한 광경 앞에 어느 누가 손 놓고 마른 눈으로 가만있을 수 있을까요? 그런데 아, 정말 우리 인생은 비참한 일로 가득하지만, 이 와중에도 기뻐한 기독교인들이 있었어요. 다름 아닌 옥에 있던 사람들이었지요. 그들은 대부분의 인생 동안 불행이 끊임없었지만 이 경우에는 행운을 얻었습니다. 그들은 마을 사람들이 방어에 힘쓰는 동안 옥문을 깨고 나와 자유를 얻은 거지요. 자기를 공격하는 자들에 맞서는 대신 자신의 생명을 구하려고 애쓴 결과였습니다. 그들 중에 저도 있었어요. 저는 비싼 값으로 얻은 자유를 즐겼고, 적에게 대항하는 사람이 아무도 없음을 알게 되자 마을 사법부 질서에 따르거나 감옥에 돌아갈 마음도 없고 또 부상을 입기도 해서, 분탕질로 폐허가 된 마을을 떠났습니다. 제가 본 일에 대해 적지 않은 마음의 고통을 안고서 말입니다. 그때 저는 어떤 사람을 따라나섰는

데, 그는 저의 상처를 치료하고 혹 사람들이 잡으러 다시 오면 저를 보호해줄 산에 있는 수도원에 데려다주겠다고 굳게 약속했습니다. 이렇게 해서 저는 그 사람을 따라간 거죠. 한편으로는 운명의 여신이 친구 띰브리오에게 어떤 짓을 했는지 알고 싶은 마음도 있었습니다. 나중에 알게 된 사실이지만 그는 그 혼란 중에 약간의 부상을 입고 탈출에 성공했다고 합니다. 그리고 산길을 통해 저와 다른 길로 가 로사스[17]라고 불리는 항구에 도착했답니다. 그후 그곳에서 저의 근황을 알려고 며칠 머물렀어요. 끝내 제 소식을 듣지 못하자 배로 그곳을 출발했고, 다행히 순풍을 만나 큰 도시인 나뽈리에 도착했답니다. 저는 저대로 바르셀로나로 돌아온 뒤 필요한 여러가지를 정비했고, 상처가 낫고 몸이 건강해지자 다시 여행을 계속했어요. 그리고 어떤 어려움도 없이 나뽈리에 도착해 병든 띰브리오를 만날 수 있었습니다. 우리 재회의 기쁨은 너무도 커서 여러분에게 다시 강조할 여력이 없을 정도였습니다. 우리는 그때까지 일어난 모든 일과 우리의 삶을 돌이켜보고 이야기했어요. 그러나 제 모든 기쁨도 몸이 아픈 띰브리오를 보자 그만 사라지고 말았습니다. 그는 원인을 알 수 없는 이상한 병에 걸려 건강이 몹시 좋지 않았거든요. 제가 그때 가지 않았더라면 그를 만난 즐거움을 축하하기보다 그의 죽음을 애도하는 때에야 도착하지 않았을까 하는 생각이 들 정도였어요. 저의 모든 이야기를 들은 그는 눈에 눈물을 가득 담고 말했습니다. '아, 친구 실레리오여, 하느님이 내 불행에 자비의 손길을 내리셔서 자네 생명[18]의 대가로 내 생명 얻을 것을 내 어찌 상상이나 했겠나! 이제 매일 자네 은혜를 갚을 일만 남았

---

17 스페인 헤로나주의 지중해변에 있는 도시.
18 원어는 'la salud'(건강)이나 문맥을 고려해 '생명'으로 번역했다.

네!' 떰브리오의 이 말은 저를 무척이나 감동시켰어요. 하지만 한편으로 이렇게 예의 차린 말은 사실 우리 사이에서는 거의 쓰지 않던 말이라 놀라기도 했습니다. 여러분이 피곤하실 테니 이에 대한 제 대답, 또 그 말에 대한 그의 대답을 하나하나 구체적으로 말씀드리진 않겠습니다. 오직 이 얘기만 해드리지요. 불행한 떰브리오는 그 도시 어느 지체 높은 여인을 향한 사랑에 빠져버린 것이었습니다. 그녀의 부모는 스페인 사람이었고 그녀는 나뽈리에서 태어났습니다. 니시다라는 이름의 그 처녀는 조물주가 만들어낸 최고의 걸작품이라 감히 말할 정도로 눈부시게 아름다웠습니다. 정숙함과 아름다움이 하나 되어 움직이며 하나가 불타면 다른 하나가 불을 끄는 형국이었습니다. 그녀의 우아함이 욕망을 하늘 가장 높은 곳까지 올려놓으면 그녀의 정숙한 신중함은 그 욕망을 땅 가장 낮은 곳까지 떨어뜨려 무력화했어요. 이런 이유로 떰브리오는 그녀를 사모하는 마음이 크면 클수록 그 실현에 대한 기대는 더욱더 작았습니다. 그래서 건강이 악화해 생명을 마감할 지경까지 이르렀던 것입니다. 그가 아름다운 니시다에게서 얻은 것은 두려움과 경외심이었습니다. 저는 그의 병을 잘 알게 되었고, 니시다를 보고 그녀 부모의 품성과 기품을 생각해보고서 그를 위해서라면 저의 재산과 생명, 명예, 제가 가질 수 있는 그 이상의 어떤 것도 유보하겠다고 결심했어요. 이렇게 해서 한가지 계책을 세웠습니다. 한번도 듣지도 읽지도 못한 아주 이상한 계책이었지요. 그것은 광대[19]처럼 옷을 입고 기타를 메고 니시다의 집에 들어간다는 것이었습니

---

19 원어 'truhán'은 수치심을 모르고 명예심이나 존경심도 없는 잡류로, 종종 궁중이나 유력가 집안의 초대를 받아 공연하며 사람들을 기쁘게 해주는 일을 했다고 한다.

다. 말씀드린 대로 니시다의 부모는 그 도시 유력자여서 여러 광대가 수시로 그 집을 드나들었거든요. 이 결정은 띰브리오에게도 좋게 보였는지 그는 기꺼이 모든 계책을 제 손에 맡겼습니다. 저는 곧장 다양한 종류의 화려한 옷을 여러벌 지어 입고 띰브리오 앞에서 이 새로운 시도의 시연試演을 시작했어요. 그는 진짜 광대처럼 차린 저를 보며 웃음을 참지 못했지요. 그리고 저의 재주와 복장이 어울리는 것을 보더니, 자기는 위대한 군주이고 저는 그를 처음 방문한 사람으로 생각하고 한번 시연해보라고 말했습니다. 제 기억이 흐리지 않다면, 그리고 여러분이 듣기 피곤하지 않으시다면 그때 그에게 노래한 것을 처음으로 한번 말해보겠습니다."

그들 모두가 그 일의 모든 과정을 상세히 아는 것보다 더 큰 기쁨을 주는 것은 아무것도 없다고 말하면서 한순간도 빼지 말고 말해달라고 간청했다.

"좋습니다. 그렇게 허락해주시니 저의 미친 짓을 어떻게 드러내기 시작했는지 이어 말씀드리겠습니다. 이 가사에는 제가 띰브리오를 위대한 왕으로 생각하고 노래한 내용이 담겨 있지요.

실레리오

　이 땅에서 그토록 공정한

　길을 가는 군주에게게서

　하늘의 역사役事를 제외하고

　그 어떤 것 기대할 수 있을까?

　그토록 현명한 군주에게

　다스림 받는 나라[20]는

현재에도

과거에도 없었다네.

지극한 기독교 잣대로

열심을 재는 그러한 자에게

하늘의 역사를 제외하고

그 어떤 것 기대할 수 있을까?

그 어떤 다른 것 욕심내지 않고

다른 사람의 행복 위해

눈에는 자비, 가슴에는 정의를

가져오는 그 사람에게서,

이 땅 가장 많은 것이

가장 적은 것이 되는 그 사람에게서

하늘의 역사를 제외하고

그 어떤 것 기대할 수 있을까?

하늘까지 드높은

고귀한 영혼을 가진

그대의 너그러움에 대한 명성이

우리에게 명백한 증거를 보여준다네.

하늘에 충성됨이

한올 어긋남 없는 자에게서

---

20 원어 'república'는 플라톤의 '이상 국가'를 의미한다. 이는 원래 '시민이 다스리는 나라' 즉 공화국을 뜻하는데, 세르반떼스는 이상적인 국가라는 의미로 이 표현을 쓴 듯하다.

하늘의 역사를 제외하고
그 어떤 것 기대할 수 있을까?

기독교인의 가슴 가지고
엄격함에는 항상 신중하며
관대함으로 정의에 대한
자신의 권리를 지키는 그 사람에게서,
그 누구도 이르지 못한 곳으로
비상하는 그 사람에게서
하늘의 역사를 제외하고
그 어떤 것 기대할 수 있을까?

저는 웃음과 재미 가득한 이런저런 노래들을 뗌브리오에게 불러주었어요. 그리고 활력과 경쾌함으로 노래에 맞춰 실제 광대가 보여주는 모든 몸짓을 해 보였습니다. 저는 이 역할을 아주 잘해 불과 며칠 되지 않아 그 도시의 가장 유력한 사람들 모두에게 알려진 존재가 되었습니다. 온 도시에 스페인 광대의 명성이 하늘까지 솟아 마침내 니시다의 부모 집에서도 저를 초대하고 싶어 하는 그런 정도가 되었어요. 저는 너무 쉽게 보이지 않으려고 그들이 정식으로 공연을 초청하기를 기다렸습니다. 그런데 결국 핑계 댈 일이 없어지고 말았어요. 그 집에서 잔치가 벌어진 겁니다. 그 자리에서 저는 뗌브리오가 병이 난 이유를 가까이 볼 수 있었습니다. 그리고 제 인생의 모든 나날의 즐거움을 앗아가도록 하느님이 주신 바로 그 이유도요. 니시다를 보게 된 겁니다! 보았어요, 니시다를! 완벽히 그녀를 보았어요! 다시 볼 필요도 없이 말입니다.[21] 오, 강력한 사랑의 힘이여! 힘없는 자, 대항하는 너! 나의 충성을 다시 생각하거나 준비할 시간도 주지 않고 모든 것을 한순간에, 순식간에 땅에 버리며 벼랑 끝까지 몰아가는 너! 그게 정말 가능하기나 한 일이더냐? 아, 저를 구하는 일에 시간이 조금 더 걸렸다면,[22] 띰브리오에 대한 저의 배려와 우정, 니시다의 크나큰 고귀함, 제가 입고 있는 자랑스럽지 못한 복장 등 모든 것이 방해물이 되어, 아무리 제 안에 새로이 사랑의 감정이 일어날지라도 그녀에게 닿을 수 있으리라는 희망이 생겨나지 않았을 것 아니겠습니까? 이 희망이라는 것은 사랑이 시작될 때 사랑이 나아가고 물러서는 버팀목이지요. 어쨌든, 말씀드린 것처럼 저는 그녀의 아름다움을 보았습니다. 저는 그녀가 너무 보고 싶어 그녀의 부모님과 그녀 집에 속한 사람들 모두의 환심을 사려고 순간순간 최선의 노력을 다했습니다. 기지 넘치고 잘 훈련된 자로 보이도록 신중하고 멋있는 광대이자 품팔이꾼 역할에 온 힘을 기울였습니다. 그러던 중 그날 식탁에 함께 있던 어느 기사가 니시다의 아름다움을 찬양하는 노래를 해달라고 청하자 운명은 오래전 제가 비슷한 경우를 대비해 써놓은 시를 떠올려주었고, 저는 그 시를 이번 기회에 이용하기로 했어요. 그래서 이런 시를 그에게 노래해주었지요.

실레리오

니시다, 하느님은

너그러이 자신을 드러내셔서

---

21 이 문장에 '보다'라는 뜻을 가진 스페인어 동사 'ver'가 여러 시제로 쓰인 것은 감탄의 효과를 높이기 위한 문체적 기술로 보인다.

22 '니시다와 그렇게 빨리 사랑에 빠지지 않았다면'의 뜻이다.

자신의 베일 뒤 감추었던
모든 것을 가져와 하나의 모습을
당신에게 주셨지요.
하느님도 당신에게 주시려 했고
당신도 그것을 원했다면,
당신을 찬양하는 그 사람이
불가능한 짓 하려 한다는 것 또한
쉽사리 이해하실 것입니다.

우리를 하늘로 인도하는
진기한 아름다움의
최고의 완성,
인간의 언어로 불가능하니
신의 언어로 노래하고 말하세요.
그러면 이 세상이 가졌고
또 가지고 있는 것보다 더 아름다운 베일이
그것이 품고 있는 영혼에
지극히 고귀한 기적 같은 형태로
적절히 주어질 거예요.

머리카락은 태양에서 취했고
이마는 비스듬한 하늘에서 가져왔어요.
아름다운 눈의 광채는 가장 빛나는 별에서 빌려왔고
그 별마저 그녀의 눈앞에서 광채를 잃어버립니다.
그녀의 아름다운 얼굴색은

담대하고 과감한 어떤 사람이
주홍빛과 흰 눈에서
훔쳐온 것처럼 보여요.
그것의 정점은
바로 뺨의 색깔입니다.

그녀의 이와 입술은
상아와 산호로 만들었어요.
거기서 재치 있고 지혜 넘치는 말이,
하늘의 아름다운 조화가
끊임없이 흘러나옵니다.
희고 아름다운 가슴은
단단한 대리석으로 만들었어요.
이러한 역사役事로
하늘이 만족하신 만큼
땅 역시 그 가치가 높아지고 좋아졌어요.

　제가 노래한 이런저런 내용을 듣자 모두가 제게 깊이 빠져버렸습니다. 그중에서도 니시다의 부모님이 가장 그랬어요. 그분들은 제게 모든 필요한 것을 기꺼이 내주면서 언제 어느 때든 방문해달라고 청했어요. 이렇게 해서 저는 저의 작전을 전혀 들키지 않고 니시다의 집을 수시로 출입하려던 첫번째 의도를 달성했습니다. 그녀는 그녀대로 제 자유분방한 태도를 무척이나 좋아했어요. 그 집을 드나드는 많은 시간, 그 집 사람들과 함께 나눈 많은 대화, 그들 모두가 보여준 커다란 신뢰와 우정이 니시다가 혹시 제 의도를 눈치채면 어쩌나 하는 두려움의 그늘을 어느정도 거둬주자, 저는 이제 띰브리오의 운이 어디까지 이르는지 알아보기로 마음먹었습니다. 그는 그것을 저의 배려에만 맡겨놓고 있었거든요. 그런데 이게 어찌 된 일입니까! 이제는 다른 사람의 상처 회복을 기도하기보다 제 상처의 약이 더 급한 상황이 되어버린 거예요. 니시다의 우아함과 아름다움, 사려 깊음과 신중함이 불쌍한 띰브리오 못지않은 커다란 사랑의 고통을 제 마음에 불러일으켰기 때문이지요. 한편에는 우정의 법, 다른 한편에는 사랑의 신 큐피드의 신성불가침한 법 사이에서 전쟁을 겪는 사람의 마음이 느끼는 고통이 어떨지는 여러분의 신중한 판단에 맡기겠어요. 하나는 우정과 이성이 요구하는 선을 넘지 말 것을 강하게 요구하고, 다른 하나는 자신의 욕망이 원하는 대로 하라고 강권하는 형국이었습니다. 이것들은 저를 급습해 제 안에서 충돌하고 저를 압박했습니다. 급기야 다른 사람의 건강을 생각하기는커녕 저 자신의 건강을 살펴야 할 지경까지 이르렀어요. 저는 나날이 여위고 창백해졌고 이런 모습을 바라보는 모든 사람의 동정심을 자아냈습니다. 그중에서도 니시다의 부모님이 특히 그랬어요. 니시다도 예외는 아니었지요. 그녀는 기독교인의 덕성 가득한 순수한 마음으로 제 병의 원인이 무엇인지 알려달라고 수없이 졸라대며, 치료를 위해서라면 필요한 무엇이든 다 해주겠다고 말했지요. 저는 속으로 말했어요. '아, 아름다운 니시다여, 당신의 아름다움이 불러일으킨 이 병, 당신 손으로 너무도 쉽게 치료할 수 있답니다! 그러나 저는 좋은 친구 되는 것이 더없이 자랑스러워서, 제 병의 치유책이 제가 불가능하다고 생각하는 만큼이나 확실한 효과가 있을지라도, 그것을 받아들일 수 없을 거예요.' 이런 생각들이 저를 환상 속에서 갈팡질팡하게 만들어 니시다에게 어떤 적절한 대답도 하지 못했습니다. 이런 저의 태도에 그녀와 블란카라는 이름의 여동생 — 나이는 어리지만 신중함과 미모에서 니시다에게 조금도 뒤지지 않는 — 은 놀라움을 표할 뿐이었어요. 하지만 제가 우울한 이유를 알고자 하는 그녀들의 마음은 더욱 커져 전보다 더 끈질기게 저를 졸라댔어요. 제 고통을 조금도 감추지 말라고 했지요. 그래서 저는 행운이 그동안 제가 해온 작업을 실행에 옮길 좋은 기회를 준 것으로 알고, 또 니시다와 그녀의 동생만 단둘이 있는 것을 보고, 재차 간청하는 그녀들에게 결국 이렇게 대답했습니다. '아가씨들, 제가 지금까지 아가씨들에게 제 번민의 이유를 말씀드리지 않고 침묵을 지킨 것이 혹시나 아가씨들 뜻에 순종하기 싫어 그런 것으로 생각지는 말아주세요. 저의 비천한 삶에 행운이 있다면 그것은 순전히 아가씨들을 알고 섬기는 종이 되었다는 바로 그것이에요. 이것은 분명한 사실입니다. 제가 말씀드리지 않은 것은 오로지 이런 생각 때문인데, 그 이유가 밝혀진다 해도 치유책이 제게서 너무 멀리 있어 오히려 아가씨들에게 괴로움만 주지 않을까 하는 것입니다. 하지만 아가씨들이 바라는 바를 제가 만족시켜주기를 그토록 원하시니 사실대로 다 말씀드리겠어요. 지금 이 도시에 제 고향 출신 기사가 한 사람 있는데, 저는 그를 제 주인으로, 보호자로, 진정한 친구로 알고 있습니다. 그는 이 세상에서 가장 도량이 넓고, 신중하고 늠름한 청년이에요. 그런데 그가 살던 곳에서 일어난 여러 일로 고향을 떠나 이 도시로 와야만 했지요. 적이 많은 고향을 떠나 이곳 낯선 곳에 오면 자신에게 잘 해줄 친구들이 적지 않을 것으로 생각한 게지요. 그런데 이곳에서 그의 생각과 정반대의 일이 터졌습니다. 어쩔 줄 모르고 맞게 된 적이 한명 나타난 겁니다. 적은 그를 벼랑 끝까지 몰고 갔습니다.

하늘이 그를 구해주지 않으면 생명도 잃고 우정과 적까지 모두 잃는 그런 지경에 이를 것이 분명해요. 저는 띰브리오(지금 말씀드리는 불행을 겪고 있는 기사의 이름입니다)의 고귀한 가치를 잘 알고 있고, 그를 잃으면 저는 세상을 잃는 것과 같아요. 그리고 제 목숨도 잃는 거고요. 지금 제 얼굴에 드리운 고통의 감정은 두분도 잘 보셨을 겁니다. 띰브리오가 처한 위험의 압박에 비하면 사실 이것은 약과입니다. 두분은 제가 말씀드린 그 품위 있는 기사를 극단으로 치닫게 한 적이 누군지 알고 싶으실 겁니다. 이제 제가 그것을 말씀드리면 두분은 왜 그 적을 없애거나 죽이지 않고 그대로 두고 있는지 알고 몹시 놀라워하실 거예요. 그 적은 다름 아닌 사랑입니다. 우리의 평안과 행복을 깨뜨리는 온 우주의 파괴자이죠. 바로 이 잔인한 적이 그의 마음을 사로잡고 있습니다. 이 도시에 들어온 후 띰브리오는 누구와도 견줄 수 없는 독특한 가치와 아름다움을 지닌 미녀를 보게 되었습니다. 하지만 그녀가 너무 뛰어나고 고결해 이 불쌍한 자는 감히 자신의 생각을 드러낼 수 없었지요.' 이 대목에 이르자 니시다가 이렇게 말하는 것이었습니다. '아스또르(그때 제 이름이었지요), 저는 당신의 말처럼 그분이 그렇게 고귀하고 신중한 분인지 잘 모르겠어요. 그런 분이 어찌 그리 쉽게 막 솟아난 나쁜 욕망에 자신을 맡기고 청하지도 않았는데 절망의 늪에 빠질 수 있느냐 말이에요. 저는 사랑이 불러일으키는 영향에 대해서는 잘 모르지만, 사랑의 영향에 시달린 그분이 자기 생각을 상대방에게 밝히지 못하는 이유는 단순하고 나약해서 그런 것 같아요. 그렇다면 그분은 최대한 용기를 내야 할 것 같네요. 자신의 사랑을 그녀에게 밝히는 것이 뭐 부끄러운 일인가요? 그녀의 대답이 무뚝뚝하고 상냥하지 못하다 해도 그게 침묵을 지키다 죽음에 이르는 것보다 더 큰 악일까요? 아무리 엄격한 판사 앞이라도 자신의 권리를 주장하지 못하는 건 옳지 않아요. 당신 친구처럼 두려운 마음에서 침묵을 지키다가 죽음을 맞이한다면, 말해보세요, 그분이 사랑하는 여인을 잔인한 자라 부를 수 있는 건지. 결코 그렇지 않아요. 자기를 사랑하는지 알지도 못하는데 그녀가 어떻게 문제를 해결할 수 있나요? 또 문제를 해결하기 위해 그것을 알아야 할 의무도 없는 거고요. 죄송하지만 아스또르, 당신 친구의 이야기를 들어보니 당신이 그분을 높이 평가하는 게 올바른 일이라고 볼 수 없네요.' 이런저런 니시다의 말을 듣다가 저는 그만 제 가슴속에 있는 모든 비밀을 조목조목 털어놓고 싶은 충동을 느꼈어요. 그러나 말 속에 담긴 니시다의 선하고 솔직한 마음을 보고는 그 생각을 멈추고 대답하기 좋은 기회만 기다렸습니다. 그러다가 말했어요. '아름다운 니시다여, 사실 연애사를 멀리서 보면 동정하기보다 웃음밖에 나오지 않는 어리석은 경우가 많아요. 하지만 영혼이 사랑의 섬세한 덫에 걸리면 감각이 요동치고 넋이 나가 기억이라는 것이 온통 눈이 본 것만을 보존하고 지키는 역할밖에 하지 못하는 법이랍니다. 그 사람의 이해력도 오직 사랑하는 여인의 가치를 탐구하고 알려는 데만 집중되고, 그 사람의 의지도 다른 것에는 관심 없고 오직 자기 일에만 집착하는 기억과 이해력에 그만 동의해버려요. 눈도 마찬가지예요. 마치 볼록거울처럼 자기 눈에 들어오는 것만 크게 보지요. 사랑하는 여인이 조금 잘해준다 싶으면 희망이 솟아오르고, 반대로 조금만 거부하는 눈치가 보이면 두려움이 자라나요. 그러니 뗌브리오에게 일어난 일은 그에게만 국한된 것은 아니지요. 다른 많은 사람도 마찬가집니다. 그 사람들도 첫눈에 어떤 사람이 너무도 고귀하게 보이면 아예 다가갈 희망을 잃어버려요. 그런

데도 사랑은 영혼의 내부에서 속삭입니다. '누가 알아? 가능할 수
도 있잖아!' 이렇게 해서 희망이 다시 솟아올라요. 사람이 긴가민
가 의심 속에 있을 때 늘 그러듯이 말입니다. 그런데 이 희망이라
는 것이 아무 의지할 것도 없으면 사랑 역시 희망과 함께 도망가버
리고 맙니다. 이렇게 해서 사랑 병에 시달리는 마음은 두려움과 용
기 사이를 왔다 갔다 하지요. 그 아픔에 너무 괴로운 나머지 사랑
에 빠진 사람은 아무 말 하지 못하고 상처를 누르며 은둔에 빠져버
립니다. 그러면서도 아주 먼, 누구에게서 올지도 모르는 사랑의 치
료법을 기다리지요. 제가 만났을 때 띰브리오는 바로 이 극단의 지
경에 서 있었어요. 그런 상황에서도 그는 저의 설득으로 편지 한장
을 썼습니다. 사랑으로 죽게 만든 바로 그 여인에게 말입니다. 그리
고 그 편지를 제게 주었어요. 기회가 되면 그녀에게 전해주고, 혹시
라도 그 편지에 무례한 부분이 있으면 제가 고칠 수 있게요. 이렇
게 해서 저는 기회를 보아 그녀의 손에 편지를 건네는 임무를 떠맡
게 되었어요. 그런데 이 일은 언뜻 불가능해 보였습니다. 모험을 해
야 한다는 이유 때문만은 아니었어요. 사실 저는 그를 위해서라면
아주 작은 모험에도 생명을 바칠 각오가 되어 있거든요. 문제는 그
녀에게 편지를 전해줄 기회를 찾지 못할 것 같은 생각이 들어서였
어요.' '그 편지 한번 보고 싶네요.' 니시다가 말했습니다. '사랑에
빠진 사려 깊은 사람들이 어떻게 편지를 쓰는지 알고 싶어요.' 저
는 니시다에게 줄 기회를 찾으며 기다리고 있던 며칠 전에 쓰인 편
지를 품속에서 꺼냈고, 행운이 준 기회로 생각하며 그것을 보여주
었습니다. 저는 그 편지를 수도 없이 읽어 내용을 아직도 기억합니
다. 그건 이렇습니다.

띰브리오가 니시다에게

　고귀한 아가씨여, 저는 불행한 종말에 대한 아가씨의 이해를 돕기 위해 제가 누구인지 알려드리고자 결심하고 이 글을 드립니다. 무모하게 목숨을 부지하려 발버둥 쳐 아가씨의 질책을 받기보다 차라리 침묵을 지키며 죽음을 맞이하는 것을 아가씨께서 좋게 보아주시는 것이 더 낫겠다고 생각해서입니다. 제 영혼도 아가씨의 은혜 속에서 이 세상 떠나는 것을 더 편하게 받아들일 거라 믿습니다. 사랑으로 고통받았던 자의 보상을 저세상 사랑의 신은 거부하지 않을 테니까요. 이제 저는 아가씨의 비할 수 없는 아름다움에 사로잡힌 자의 상태를 알려드립니다. 제 표현력이 미칠지 모르겠지만 힘을 다해보자면, 아가씨 아름다움의 힘은 너무나 커서 어디에서도 치료제를 찾을 수 없을 정도였습니다. 아무리 사소한 것이라도, 그 어떤 사람이라도 감히 훼손할 수 없을 만큼 아가씨의 고귀함은 특별했습니다. 그 아름다움과 아가씨의 고결한 너그러움을 생각하면서 저는 지금 갈림길에 서 있습니다. 아가씨를 받들어 제 삶을 회생하든지, 아니면 결코 아가씨 마음을 상하게 하는 일이 없도록 죽음을 맞이하든지의 갈림길입니다.

　니시다는 이 편지 내용을 온 정신을 집중해 들었어요. 듣기를 마친 후 그녀는 말했습니다. '이 편지를 보면 편지를 받을 아가씨가 화를 낼 이유가 하나도 없어요. 이 도시의 대다수 여자가 피하지 못하는 병, '아무리 콧대 높은 여자라도 애교쟁이가 되지 않은 예는 없다'란 말처럼 칭찬 앞에서는 다 약해지는 법이지요. 어쨌든 아스또르, 이 편지는 반드시 그녀에게 전해야 해요. 앞서 말씀드린 것처럼, 당신 친구의 병이 악화되는 것보다 더 나쁜 일은 답장을 기대할 수 없는 것이니까요. 당신에게 더 힘이 되는 말을 해드리자면, 분명히 말하는데 이 세상에 자신이 사랑받는 것이 너무 괴로워 자신을 절제하고 혹은 망루에 올라 자신의 명예가 지켜지는지 아닌지 살펴보는 여자는 없어요. 그녀는 자신이 지니는 자만심이 헛된 것이 아님을 알지만, 자신이 어떤 사람의 관심도 끌지 못한다고 생각할 때는 자만심이 반대로 작용하기 때문이에요.' '아가씨, 저도 맞는 말씀이라고 생각해요.' 제가 대답했습니다. '그런데 저는 이런 두려움이 있어요. 제가 용기를 내 그 편지를 전달했다가 잘못되어 앞으로 그 집 출입을 거부당하면 어쩌나 하는 두려움이지요. 그것이 주는 충격은 띰브리오 못지않게 제게도 엄청날 것이거든요.' '아스또르,' 니시다가 대답했습니다. '판사가 아직 내리지도 않은 판결을 확정지어 생각하지 마세요. 용기를 내세요. 당신이 맞이할 전투가 그리 힘들지 않을 수도 있으니까요.' '오, 아름다운 니시다,' 제가 대답했습니다. '곤경에 처한 제 입장을 살펴 수천개 반대의 무기가 지닌 위험과 가혹함에 선의의 가슴을 내려달라고 하늘에 빌고 싶어요! 그래서 이 사랑의 편지를 제가 두려워하는 사람에게 전할 때, 혹시라도 그녀가 화가 나 다른 사람의 잘못으로 인한 대가를 제 어깨에 내던지는 그런 일 없게 해달라고 말이에요! 하지만 아가씨, 이 모든 어려움에도 아가씨의 조언을 따르겠습니다. 시간을 좀 갖고 두려움이 지금처럼 제 모든 감각을 사로잡는 때가 지나가면요. 그러는 동안에 아가씨에게 부탁 한가지 드리고 싶습니다. 아가씨가 이 편지의 수신인이 되어 띰브리오에게 답장 한번 해주시면 어떨까요? 그러면 비록 속임수지만 띰브리오는 띰브리오대로 마음의 안정을 되찾을 것이고, 저는 저대로 앞으로할 일에 시간과 기회를 얻게 될 것 같아요.' '좋지 않은 방법을 쓰려 하시는군요.' 니시다가 대답했습니다. '제가 다른 사람 이름으로 그분에게 부드러운 혹은 가혹한 답장을 쓴다고 쳐요. 우리 일의 결말을 밝혀줄 시간이 흘러 그 속임수가 드러나면 어떻게 될까요? 띰브리오가 과연 기뻐할까요? 그러기는커녕 오히려 더 기분 나빠할 것이 분명해요. 특히나 저는 지금까지 그런 유의 편지에 답해본 적이 없고 이처럼 거짓으로, 가짜로 꾸민 편지를 보내는 일은 더더욱 할 수 없어요. 그러나 제 의지에 반하는 일이긴 하지만, 당신이 편지 받을 사람이 누군지 말해주겠다고 약속한다면 당신이 당신 친구에게 무어라 말해줘야 할지를 말씀드릴게요. 그분이 만족할 만한 그런 말을 말이에요. 그러면 앞으로 일이 그분이 생각한 대로 진행되지 않더라도 그 말의 사실 여부를 확인하려 들진 않을 거예요.' '오, 니시다, 제발 제게 강요하지 마세요.' 제가 대답했습니다. '그녀의 이름을 당신에게 말씀드리면 저는 엄청난 혼란에 빠집니다. 그녀에게 편지를 전달하는 일만큼이나요. 다만 이 사실을 말씀드리는 것으로 충분할 거예요. 그녀는 특별한 분입니다. 기분 나쁘게 생각하지 마세요. 아름다움에서 결코 당신에게 뒤지지 않아요. 저는 이 세상에 태어난 어떤 여자보다 그녀의 아름다움을 추앙해요.' '당신이 그렇게 말하는 게 놀랍지 않아요.' 니시다가 말했다. '당신 같은 직업을 가진 남자들은 남 추어주는 것이 일이니까요. 그러나 이 이야기는 그만하지요. 당신을 좋은 친구로 편하게 대할 기회를 잃고 싶지 않으니까요. 당신에게 말씀드리니, 가서 친구에게 전하세요. 당신이 친구가 사랑하는 여인에게 편지를 주러 갔었고, 그녀와 방금 저와 했던 모든 이야기를 나눴다는 것을, 또 그녀가 그 편지를 어떻게 읽었는지, 읽은 후 자신을 수신인으로 생각지 않고 수신인이라 생각한 여자분에게 그 편지를 전해도 좋겠다고 격려해주었으며, 그때 당신이 아는 바를 다 밝히지 않았지만 나

176

중에 편지 수신인이 자신이었다는 것을 알게 되더라도 그녀가 속임수와 실망이 불러일으키는 엄청난 괴로움을 겪진 않을 거라는 등등의 이야기를요. 이렇게 하면 당신 친구는 그 괴로움 중에도 약간의 위로를 얻을 겁니다. 나중에 그녀에게 당신의 진정한 의도를 잘 설명하세요. 그러면 그녀가 아는 대로 당신에게 대답할 것이고 그 대답을 띰브리오에게 전해주면 됩니다. 그렇게 하면 이 거짓은 효과를 발휘하고, 지금의 속임수와 관계없이 진실이 힘을 얻겠지요.' 저는 니시다의 용의주도한 계책에 정말 놀랐어요. 제가 꾸민 일의 정체를 혹 그녀가 눈치채고 있지 않나 하는 의심도 들었지요. 저는 그 훌륭한 조언에 답하는 의미로 그녀의 손에 입 맞추면서 이 일과 관계된 모든 일에서 특별히 그녀와 상의하겠다고 약속했어요. 그런 다음 니시다와 더불어 있었던 모든 일을 말해주러 띰브리오에게 갔어요. 이 일은 띰브리오의 영혼에 희망을 불러일으켜, 그가 다시 기운을 차리고 그때까지 마음을 어둡게 만들었던 차가운 공포의 구름을 몰아내는 계기가 되었습니다. 이 모든 기쁨은 제 모든 걸음이 제가 아니라 오직 그를 위한 것이라는 저의 약속을 더욱 뒷받침해주었고, 그는 제가 다시 니시다를 만나면 그가 생각하기에 정당한 승리를 얻을 만한 게임의 묘수 또한 알아낼 수 있을 것이라 여겼습니다. 한가지 여러분에게 빠뜨린 일이 있습니다. 니시다와 그녀의 동생과 함께 이야기하는 동안, 동생이 한마디도 하지 않았다는 사실이에요. 그녀는 묘한 침묵을 지키며 시종일관 저의 말에만 신경을 집중하고 있었습니다. 그런데 여러분에게 말씀드릴 것은, 그녀의 침묵이 사려 깊고 품위 있는 말을 하지 못해서가 아니라는 겁니다. 조물주는 이 두 자매를 통해 보일 수 있는 모든 가치를 드러냈거든요. 그럼에도 불구하고 그 두 사람을 알게 된, 특히 제 모든 불행의 처음이요 끝인 니시다를 알게 된 행운을 하늘이 거부한 것 아닌가 하는 생각이 들기도 해요. 그러니 어쩝니까? 운명이 명한 것을 인간의 말로 막을 수 없다면 제가 할 수 있는 게 무엇이 있겠어요? 저는 저의 혀가 지칠 만큼 잘 표현한 대로, 떰브리오가 어떤 불편한 마음도 느끼게 하지 않으면서 니시다를 사랑했고, 사랑하고, 사랑할 거예요. 저는 한번도 그녀에게 떰브리오에 대한 부정적인 말을 한 적이 없어요. 그의 괴로움을 치유하기 위해 보통 이상의 신중함으로 저의 괴로움을 철저히 숨겼습니다. 그녀의 아름다움은 그녀를 본 첫 순간부터 제 영혼에 깊이 각인되었어요. 이후로 저는 마음에 그토록 풍성한 보물을 간직한 것을 견디지 못해 홀로 떨어져 있을 때면 가명의 베일을 쓰고 몇몇 고통스러운 사랑 노래로 그것을 드러내곤 했지요. 그러다 어느날 밤, 떰브리오나 누구도 들을 사람이 없다고 생각한 저는 지친 영혼에 약간의 위안을 삼고자 외딴 방에 들어가 오직 류트 하나만 벗 삼아 노래를 불렀습니다. 제가 극심한 혼란 속에 있지만, 여러분에게 말씀드려야 할 것 같군요. 이런 노래입니다.

실레리오

나의 솟아오른, 이 미친 망상이 갇혀 있는
그곳은 얼마나 복잡한 미로인가?
그 누가 나의 평화, 나의 모든 기쁨을 뒤집어
그 잔인한 싸움, 그 슬픔 속으로 밀어넣었던가?
그 어떤 운명이 이 땅 내 무덤 되는 것 보라고
나를 이끌었는가?
그 누가 건강한 마음의 뜻을 필요로 하는

그 지경까지 내 생각 이르게끔 할 것인가?

나의 이 약한 가슴 깨어져

달콤한 삶 사라지고

하늘과 땅이 내가 마땅히 띰브리오에게 가져야 할 믿음을

지니는 데 만족한다면,

그 잔인한 짓에 나 머뭇거리지 않고

끝내 나 자신의 살인자가 되겠네.

그러나 만일 내가 끝을 내면

곧 사랑의 희망도 끝나고 불길 더 거세지겠지.

눈먼 신[23]의 성난, 잔인한 손이 쏘아대는

금 화살아, 비처럼 쏟아져

미친 듯한 가혹함으로 곧장

이 슬픈 가슴 위에 떨어져다오.

나의 마음의 상처 재와 먼지로 남는다 해도

그 고통스러운 상흔 감추고

내가 얻는 것은

나의 잘못에 대한 값비싸고 고상한 대가.

신실한 우정의 법은

나의 지친 혀에 영원한 침묵 얹어놓겠지.

그러나 그 특별한 우정의 덕목 때문에

---

23 사랑의 신 큐피드를 말한다.

결코 끝을 기대할 수 없는 고통 조금도 줄어들지 않겠지.

명예와 건강이

절대 그 끝을 보이지 않고 줄어들지 않는다 해도

나의 순수한 믿음, 날뛰는 바다 한가운데 있는

바위보다 더 단단해 어떤 것에도 대항할 힘을 가질 것이네.

내 혀의 성스러운 임무는

내 눈물에서 나오고,

내 분노에 빚진 복은

의지의 희생에서 나오네.

달콤한 상과 전리품

소중한 친구가 다 가져가니,

하느님이시여, 자기 자신에 대적해 다른 사람의 복을 구하는

나의 바람에 합당한 것 보여주소서.

오, 관대한 사랑의 신이여, 어찌할 바 모르는 이 일 앞에

나의 빈약한 재능 구해주시고, 세워주시고, 인도하소서.

기대한 결과에 이르도록 힘 주시고

나의 영혼과 두려움에 찬 나의 혀 기운 북돋워주소서.

당신의 담대함이 내 혀에 임하면

아무리 어려운 일도 쉽게 해결할 수 있으며

운명과 불운의 벽 허물고

가장 큰 축복에 이를 수 있으리니.

계속되는 상상에 몹시 황홀해진 저는 낮은 목소리로 노래해야

함에도 미처 신경을 쓰지 못했고, 동시에 제가 어떤 자리에 있는지에도 관심을 기울이지 못했어요. 그곳은 아주 외딴 곳이었지만 막힘이 없어 띰브리오의 귀에 노래가 들리지 않게 하기가 매우 어려웠는데 말이에요. 결국 띰브리오는 그 노래를 들었고, 가사를 통해 제가 니시다를 향한 사랑에서 자유롭지 못하다는 것을 알게 되었어요. 그러나 그는 제 생각을 알게 되긴 했지만 진정으로 제가 바라는 것이 무엇인지는 알지 못했지요. 오히려 그는 제 진정한 의도를 반대로 이해하고서 그날 밤 그곳을 떠나 아무도 찾지 못하는 곳으로 가려고 마음먹었습니다. 제가 마음 편히 니시다를 섬길 기회를 주려는 뜻이었지요. 이런 사실을 저는 그의 모든 비밀을 알고 있는 그의 하인을 통해 알게 되었어요. 그 하인은 무척 걱정스러운 얼굴로 저를 찾아와 말하는 것이었어요. '실레리오 도련님, 좀 도와주세요. 제 주인이자 도련님의 친구인 띰브리오님이 오늘 밤 우리를 떠나시려 해요. 어디 간다는 말씀도 없이 약간의 돈만 챙기라시네요. 아무에게도 떠난다는 말을 하지 말라시면서요. 특히 도련님께는 말씀드리지 말라 하셨습니다. 생각해보니, 그분이 이런 생각을 하신 것은 아까 도련님이 부르신 노래 몇마디를 들은 후인 것 같아요. 제가 그분의 극단적인 행동을 보니 그분은 절망에 빠져 계신 것 같습니다. 그래서 그분의 명령을 따르기보다 그분을 살릴 방도를 마련하는 것이 급선무라고 판단해 도련님께 달려와 말씀드리는 겁니다. 도련님이라면 그분이 그처럼 돌이킬 수 없는 의도를 실행에 옮기는 것을 막을 수 있을 거라 생각했거든요.'

저는 그 하인의 말을 듣고 소스라치게 놀랐습니다. 곧장 띰브리오를 보러 그의 방으로 갔지요. 그러나 방 안으로 들어가기 전에 얼굴을 파묻고 침대에 엎드려 있는 그를 발견하고 걸음을 멈췄습니다. 그는 깊은 한숨과 함께 하염없는 눈물을 흘리며 낮은 목소리로 알아들을 수 없는 말을 중얼거리고 있었어요. 대략 이런 말이었습니다. '나의 진실한 친구 실레리오여, 부디 자네의 수고와 소망에 어울리는 열매를 거두었으면 하네. 자네가 내 우정에 빚졌다고 생각한다면 자네 소원 이루기를 멈추지 말게. 나는 이제 내 원하는 바를 억누르고자 하네. 죽음이 극단적인 방법이라면 그걸 통해서라도 말이야. 자네는 이미 나를 죽음에서 구해내지 않았나? 뜨거운 사랑과 수천개 칼의 힘 앞에서 나를 보호하려는 마음 하나로 생명 아끼지 않고 날 위해 몸을 던졌잖아? 그에 비하면 내가 지금 하고자 하는 건 대단한 선행도 아니고 작은 것일 뿐이야. 나의 존재가 절대 거침돌이 되지 않았으면 해. 나는 조금도 개의치 말고 하늘이 자신의 모든 아름다움 간추려 집약한, 그리고 최고의 기쁨을 내게 선사한 사랑, 그녀를 맘껏 사랑하게. 다정한 친구여, 한가지 나를 괴롭히는 것이 있는데, 이 쓰디쓴 작별의 이유를 말하지 않고는 작별할 수 없겠네. 변명 같지만 바로 자네가 그 이유일세. 그 점을 알아주게. 오, 니시다, 니시다여! 당신의 아름다움 때문에 감히 당신을 바라보는 자 그 바라본 잘못으로 죽을 수도 있다는, 죽음으로 고통의 대가를 치러야 한다는 것 얼마나 분명한 사실입니까! 실레리오, 자네도 그녀를 보았지. 내가 그녀로 인해 겪은 것을 자네가 마음에 두지 않는다면, 자네 역시 나와 마찬가지로 사려 깊은 청년이라는 평판을 상당 부분 잃게 될 거야. 하지만 운명은 내가 지금의 나처럼 되기를 원했어. 하느님, 제가 실레리오의 진정한 친구요, 실레리오 역시 저의 진정한 친구임을 알아주시기 바라요. 이 진실을 보이기 위해서는 너, 띰브리오여, 네 영광 멀리하고, 기쁨을 박차고, 이 땅 저 땅 떠돌며 순례자의 삶 살아야 해. 네 영혼의 진정하고 더 나은 절반인 실레리오와 니시다의 곁을 완전히 떠나서 말이다.' 그러고서 그는 발작하듯 침대에서 일어나 문을 열었어요. 그리고 제가 그곳에 있는 것을 보자 말했습니다. '친구, 이 시간에 어쩐 일인가? 뭐 새로운 소식이라도 있나?' '많지. 많이 있어.' 저는 대답했습니다. '좀 적었으면 나도 덜 미안했을 텐데 말이네.' 자, 여러분이 피곤하지 않도록 간단히 말씀드리자면, 일이 이렇게까지 되었기에 그때 저는 그를 설득했어요. 그의 생각이 잘못되었다고 알려주었습니다. 제가 사랑하는 사람은 그가 생각한 것처럼 니시다가 아니라 그녀의 동생 블란까라고 말입니다. 저는 그가 그 말을 진실로 받아들이도록 만들 방법을 찾았습니다. 그래서 저의 설득에 신빙성을 더하기 위해 오래전 똑같이 블란까라는 이름을 가진 한 아가씨를 위해 썼던 몇구절의 시를 떠올리고는 그 시를 니시다의 동생을 위해 썼다고 거짓말을 했어요. 그 시는 그때 분위기에서 제 의도를 더없이 적절히 대변해주어서, 지금 말하는 것이 적절할지 모르겠지만 침묵 속에 묻어둘 수가 없네요.

실레리오

차가운 눈도 굴복하는, 오, 블란까여,[24]
당신은 눈보다 더 얼어붙은 분이군요!
그러나 내 고통이 너무 가볍다고
소홀히 치유할 생각은 말아주세요.
내 병세 약해지지 않고 당신 영혼을 움직여
나의 불행과 어우러지게 한다면,

<hr>

24 '블란꼬'(blanco)는 '희다'는 뜻의 형용사.

당신이 그 이름과 아름다움대로
희면 흴수록 나의 운명 그만큼 어두워진답니다.

아름다운 블란까여,
당신 하얀 가슴에 사랑의 기쁨이 깃들어 있어요!
나의 가슴 눈물로 변해
먼지와 초라한 흙이 되어버리기 전에,
나의 가슴에 담긴 사랑과 고통을
기뻐하는 듯 보이는 당신의 가슴 보여주세요.
그 대가 너무 커 내가 고통 느끼면 느낄수록
당신의 가슴은 더 기쁨 느끼는 것 같아요.

블란까, 당신이라면
가장 값비싼 금화와도 바꿀 것 같고,[25]
당신 위해서라면 하고많은 재산과도 바꿀 것이며
당신 때문이라면 가장 높은 지위[26]도 기꺼이 내려놓겠어요.
오, 나의 블란까여, 당신이 이것을 안다면
그 사랑 없는 냉담함을 이제 그만 버리고
사랑이 제때 나의 행운을 가져오게 좀 도와주세요.
당신이 진정 블란까, 나의 운명이라면.

내가 한닢의 블란까만 지녔을 만큼
지지리 가난한 처지라 해도

당신이 그 블란까라면 나는

이 세상 가장 부유한 자와도 나를 바꾸지 않을 거예요.

내 처지가 환 데 에스뻬라 엔 디오스[27] 된다면

무척이나 행복하겠지요.

내가 3블란까 구하면

분명 그중에 당신 있을 거예요."

그때 실레리오의 등 뒤에서 여러 보리피리 소리와 어우러진 뿔피리들 소리가 들리지 않았다면 그의 이야기는 계속되었을 것이다. 뒤돌아보니 열두어명 되는 늠름한 양치기들이 두줄로 그들을 향해 오고 있는 것이 보였다. 그 한가운데 인동덩굴과 여러 다른 꽃으로 만든 화관을 쓴 재주 있어 보이는 양치기가 있었다. 그는 한 손에 지팡이를 들고 천천히 신중한 발걸음을 옮겼고 다른 양치기들 역시 같은 발걸음으로 피리를 불고 있었다. 그들의 모습은 즐거워 보이면서도 독특한 분위기를 자아냈다.

엘레시오는 그들을 보자마자 가운데 있는 이가 다라니오임을 알아차렸다. 나머지 양치기들은 그의 결혼 축하를 위해 온 이웃들이었다. 띠르시와 다몬 역시 그의 결혼식에 참석해 잔치를 즐기고 신혼부부를 축하해주기 위해 왔고, 이렇게 해서 그들은 마을로 발걸음을 옮기고 있었던 것이다. 하지만 결혼식을 향한 그들의 발걸음이 실레리오의 이야기를 멈춘 것을 본 띠르시는 실레리오에게 그들과 함께 마을로 가서 그날 밤을 보내자고 청했다. 그곳에서 그가 원하는 뭐든 할 수 있을 것이라면서, 이미 시작한 이야기를 끝

---

27 Juan de Espera en Dios. 전설에 등장하는 유대인 여행자. 장수한 자로 유명하며, 필요할 때마다 주머니에 손을 넣으면 항상 5블란까가 있었다고 한다.

맺어 듣는 이들을 기쁘게 해주면 좋겠다고 말했다. 실레리오는 그
렇게 하겠다고 약속했다.

바로 그때, 앞서 말한 양치기들이 왁자지껄 즐거운 모습으로 그
들 앞에 이르렀다. 그들은 이내 엘리시오와 다라니오, 띠르시와 다
몬을 알아보았고, 이미 와 있던 양치기들은 그들을 기쁨으로 맞아
주었다. 음악이 새로워지자 즐거움 또한 새로워졌다. 모두가 다시
길을 가기 시작했다. 마을에 가까워질 무렵 사랑에 냉담한 레니오
의 보리피리 소리가 귀를 울렸고, 양치기들은 기꺼운 마음으로 그
소리를 들었다. 그들 모두 레니오의 사랑에 대한 극단적 상태를 잘
알고 있어서였다. 레니오 역시 그들을 보고 알은체했지만 그의 부
드러운 노래를 멈추지 않았다. 그는 이렇게 노래하며 다가왔다.

레니오

　사랑의 횡포를 느끼지 못할 때
　그는 정말 축복받은 자요
　즐거움과 기쁨이 가득한 자요
　달콤한 동반자라
　나는 생각했어요.

　자기 생각으로부터
　헛된 사랑을 내쫓고
　잔인한 분노와 고통 없는 가슴
　가진 자가 밟는 땅에
　나는 입 맞추겠어요.

보잘것없고 유순한 경작용 가축을
조심스레 다루고
엄격하고 잔인한 사랑에
꿋꿋이 맞서는 저 거칠고 노련한 양치기를
행복한 사람이라 부르겠어요.

그런 사람 밑에서
새끼 암양들은 성숙함에 이르기 전
이미 다산의 축복을 누릴 것이고
가장 단단한 바위에서
맑은 물과 푸른 풀 발견하게 될 겁니다.

사랑의 신이 화가 나
그 사람 건강을 흔들어놓으면
나는 그와 나의 가축을
풀이 무성한 초원,
맑은 물가로 인도할 겁니다.

그러는 동안
거룩한 향연香煙[28]이 하늘로 올라갈 테고
하늘에 계신 그분께
땅에 무릎 꿇고 열심히
간구할 생각입니다.

---

28 성도들의 기도를 말한다. 요한계시록 8:4 "향연이 성도의 기도와 함께 천사의 손으로부터 하나님 앞으로 올라가는지라" 참조.

'오, 거룩하고 공의로우신 하느님!
당신은 당신의 기쁜 뜻 따르는 자의
보호자 되심을 믿습니다.
원하오니 당신 섬기는 일로
사랑의 공격 받는 자의 건강을 보살펴주소서!

이 폭군은 전리품을
응당 당신께
돌리지 않고
욕심 많은 손과 갖가지 상賞으로
감각에 자신의 힘을 집중시키고 있나이다.'

노래를 마친 레니오는 양치기 모두의 정중한 환대를 받았다. 그는 명성 자자한 다몬과 띠르시의 이름을 듣고, 그 명성에 걸맞은 뛰어난 모습을 보고서 감탄을 금치 못하며 두 사람에게 말했다.

"고명하신 양치기님들, 당대 최고의 글재주를 자랑하시는 두분에게 두분의 가치를 드높일 칭찬의 말이 더 무슨 필요가 있겠습니까? 사랑의 신의 어쭙잖은 어린애 짓은 두분의 명성 높은 글 근처에도 들지 못하지요. 그런데 제가 보기에 지금 두분은 치유 불가능한 사랑의 중병에 걸려 있는 것 같네요. 두분의 보기 드문 사려 깊음을 기리고 찬양해야 하는데 저의 거친 무지함으로 두분의 생각을 혹평하는 짓 그만두지 못하는 것을 용서해주시기 바랍니다."

"생각 깊으신 레니오여," 띠르시가 대답했다. "당신 생각이 헛된 망상의 그림자에 사로잡혀 있지 않다면 우리 생각이 얼마나 확실하고 분명한지 곧 알게 될 거예요. 사랑에 빠져 있긴 하지만 그 어떤 기교나 분별력보다 더 큰 칭송과 영광 받을 만하답니다."

"띠르시, 그만, 그만하셔도 됩니다." 레니오가 대답했다. "저도 잘 알고 있어요. 그 수많은 완강한 적들에 대항하기엔 저의 논리가 힘이 없다는 것을요."

"자네 주장이 그렇다 하더라도," 엘리시오가 대답했다. "여기 계시는 분들 역시 진리를 더없이 사랑하는 분들이야. 진리를 조롱하거나 거슬러 말한 적이 한번도 없는 분들이네. 레니오, 이제 자네는 스스로 진리에서 얼마나 멀어졌는지 알게 될 거야. 여기 있는 누구도 자네의 말에 동의하지 않고 또 자네 의도를 좋게 보고 있지 않아."

"오, 엘리시오여," 레니오가 말했다. "자네는 분명 자네의 진리가 자네를 구하지 못함을 알아야 하네. 만일 모른다면 끊임없이 한숨을 키워온 자네에게 저 대기가 말해줄 것이고, 자네의 눈물로 자라나는 이 초원의 풀이 말해줄 거야. 그리고 요전 날 저 너도밤나무 숲에서 자신을 옹호하고 나를 비난한 자네가 지은 시가 말해줄 테고."

그들이 아름다운 갈라떼아가 정숙한 양치기 처녀들 플로리사, 떼올린다와 함께 다가오는 것을 보지 못했더라면 레니오의 대답은 계속되었을 것이다. 그녀들은 아직 다몬, 띠르시와 인사를 나눈 사이가 아니었기 때문에 흰 베일로 아름다운 얼굴을 가리고 있었다. 이윽고 그들 있는 곳에 도착한 양치기 처녀들은 열렬한 환영을 받았다. 특히 갈라떼아를 향한 사랑에 빠진 엘리시오와 에라스뜨로는 그녀를 보자 남다른 반가움을 드러냈다. 기쁨을 감추지 못한 에라스뜨로는 그 표시로 누가 청한 것도 아닌데 엘리시오에게 보리

피리를 연주하라고 손짓한 후, 선율에 맞춰 즐겁고 부드러운 음조
로 이런 노래를 불렀다.

에라스뜨로

내가 보는 이 태양의

아름다운 눈, 나 자신이여, 한번 보아라.

이 눈이 멀어져가면

영혼이여, 그것들을 따라가라.

그 눈 없으면 밝음도 없고

내 영혼 아무것도 기대할 수 없어라.

그 눈 없이는 빛도, 건강도, 자유도

바랄 수 없네.

이 눈 또렷이 볼 수 있는 사람 바라보시오.[29]

그 눈 감히 찬양하기란 불가능해요.

그것 또렷이 보는 대가로 삶이란 전리품

내주어야 하기 때문입니다.

나는 그것을 보고 또 보았습니다.

그것을 볼 때마다

내가 그것에 이미 내준 영혼 좇아

새로운 소원 내주고 있습니다.

나의 믿음에 대한 보상으로

----

29 '또렷이 보다'의 원어는 'mirar'로, '보다'의 뜻을 가진 스페인어 동사 'ver'와 구
분해 쓰였다. 107면 주1 참조.

나의 소원 받아들여지지 않으면,
나는 줄 수밖에 없고,
주는 것 외에 달리 생각할 수 없네.
복이 넘치는 이 눈이
건전한 생각 아닌
다른 일에 놓이면
나의 파멸 분명해지지.

수천 세기 흘러 이날이 되어도
나의 소원 있으면
내게는 분명
한순간으로 보인다네.
내 목숨 바칠
그녀의 삶, 그 아름다움 보고 있으면
세월도 그렇게 빨리
나의 나이 바꾸지 못하지.

이 시선에
내 영혼 안식 얻고 평안 찾네.
순전하고 아름다운 그 빛은
활활 타오르는 불 속에서 생명 유지해.
사랑은 그 빛으로 아주 수준 높은
시험을 시도하고, 이 불길 속에
그 빛 달콤한 생명이라 칭하며
불사조처럼 부활시킨다네.

나는 나의 달콤한 영광을 찾아

내 생각과 함께 앞으로 나아가네.

그러다 마침내 나의 기쁨이

내 기억 속에 감춰져 있음을 알게 돼.

바로 거기, 그곳에 간직되어 있어.

명령 내리는 곳에 있지 않고, 권력에 있는 것도 아니야.

화려한 의식에 있지 않고, 지배층에도 없어.

이 땅의 부富에는 더더욱 없지.

에라스뜨로의 노래가 이렇게 끝나면서 마을에 이르는 여정 역시 끝이 났다. 띠르시와 다몬, 실레리오는 실레리오 이야기의 마지막 부분을 알 기회를 잃지 않기 위해 엘리시오의 집에 여장을 풀었다. 아름다운 양치기 처녀들 갈라떼아와 플로리사는 다음날 다라니오의 결혼식에 오겠다고 약속하고 그들과 헤어졌다. 양치기들 모두는 신랑과 함께 머물렀고 양치기 처녀들은 각자 자기 집으로 돌아갔다. 그날 밤, 실레리오는 은거지로 돌아가는 것이 피곤할 것 같아, 에라스뜨로의 청을 받아들여 이야기를 끝맺기로 했다. 이 이야기는 다음 권에서 계속된다.

제2권 마침.

제3권

그날 밤, 다라니오의 결혼식에 따른 마을의 즐거움 넘치는 소동 속에서도 누구의 방해도 받지 않고 집 한쪽에 편히 자리 잡은 엘리시오, 띠르시, 다몬과 에라스뜨로에게 실레리오는 자신의 이야기를 계속해나갔다. 모두가 기꺼운 마음으로 침묵을 지키며 주목하자 그는 다음과 같이 말을 이었다.

"여러분에게 말씀드린 대로 블란까에게 보내는 꾸며낸 시를 띰브리오에게 읽어주자 제 고뇌의 이유가 니시다에 대한 사랑이 아니라 그녀 동생 때문이었다는 것을 알게 된 그는 곧 안심했습니다. 이런 확신 속에 그는 자기가 오해했다고 말하면서 용서를 구했고, 다시 제게 그의 고뇌의 해결책을 맡기는 것이었어요. 저는 제 고뇌 따위는 잊기로 했고 그의 고뇌를 다루는 데 한치도 소홀하지 않았습니다. 며칠이 흘렀습니다. 운명의 여신은 저의 진실을 니시다에게 밝힐 기회를 속 시원히 열어주지 않았습니다. 그녀가 줄기차게 제 친구의 사랑이 어떻게 진행되는지, 사랑의 대상인 아가씨가 어떤 소식을 주었는지 제게 물어보았음에도 말입니다. 그 질문에 대해 저는 그 아가씨의 화를 돋울까봐 아직 아무 말도 하지 못했다고 대답했습니다. 그 말에 니시다는 엄청나게 화를 냈지요. 저를 겁쟁이, 분별력 없는 자라고 비난하면서 덧붙였습니다. 제가 겁쟁이라 머뭇거리는 것이거나, 제가 말한 것만큼 실제로 그가 심각하게 고통스러워하는 것이 아니거나, 혹은 제가 말한 것만큼 실제로 제가 그의 진실한 친구가 아닌 거라고 말입니다. 이 모든 말이 결국 저를 결심에 이르게 만들었습니다. 기회만 오면 말하기로 마음먹었지요. 드디어 그녀가 혼자 있던 어느날, 저는 다 말해버렸어요. 그녀는 이상하리만큼 침묵을 지키면서 제가 하는 모든 말을 다소곳이 듣고 있었어요. 저는 있는 힘을 다해 띰브리오가 얼마나 고귀한 사람인지, 얼마나 진실한 사랑의 소유자인지 강조하면서, 그 사랑이 저를 감동시켜 제가 스스로 그녀와 말할 기회를 얻도록 광대 같은 비천한 역할을 맡았다는 것을 열심히 말했습니다. 여기에 니시다가 납득할 만한 설명도 덧붙였고요. 그녀는 이후에는 행동으로 보여준 것을 당시에는 말로 전혀 내색하지 않았습니다. 이상하리만큼 침착하고 진정 어린 태도로 저의 대담함과 무모함을 질책하고, 저의 말을 비난하고, 저의 자신감을 추락시켰습니다. 그러나 가장 두려워하던 대로 저를 면전에서 쫓아내는 일은 하지 않았습니다. 그러면서 이런 말로 끝을 맺었어요. 그날 이후로 그녀는 오직 마땅히 그래야 하는 자신의 정숙함에만 신경 쓸 것이며, 제게는 그런 거짓된 복장으로 인위적인 술수 부리는 짓을 이제 그만하라고 했습니다. 그런데 이 이야기의 마지막은 비극적인 제 삶을 닫아 파국으로 몰아갔습니다. 저는 그 말을 그녀가 띰브리오의 불평 어린 호소에 귀 기울였다고 이해했거든요. 그때 제 가슴에 감춘 극단적인 고통을 어떤 가슴이 감당하고 담아낼 수 있겠습니까? 제 가슴이 바랐던 가장 큰 소원의 끝이 제 기쁨의 마지막이 되어버린 겁니다. 저는 띰브리오의 문제를 해결할 좋은 출발을 기쁨으로 받아들였지만, 그 기쁨은 결국 저의 괴로움을 더욱 키웠습니다. 이제 정말 니시다가 다른 사람의 손에 넘어가는구나! 그렇게 생각하니 저 자신의 기쁨도 끝났다고 생각되더군요. 오, 참된 우정의 힘이여! 네 힘이 얼마나 뻗어나갔는지, 얼마나 큰 의무 내게 지워주었는지 알고 있느냐? 네가 지운 의무감에 떠밀려 나는 있는 재주 없는 재주 다 해 칼을 갈았어. 그리고 결국 그 칼로 내 희망 모두 잘라버렸지. 희망은 내 영혼 속에서 죽고, 내가 전한 니시다에 관한 모든 이야기를 통해 띰브리오의 영혼 속에서 되살아났어. 하지만 그후로 니시다는 띰브리오와 저에 대해 아주 신중하게 행동했어요. 한번도 띰브리오를 위한 저의 간청이나 그의 사랑에 만족한 모습을 보이지 않았지요. 그렇다고 불쾌해하거나 격에 맞지 않는 행동을 보인 적은 더더욱 없었고, 그 일을 포기하도록 우리 둘을 무시한 적도 없었고요. 그러던 중, 과거 헤레스에서 띰브리오를 모욕했던 그의 적 쁘란실레스가 명예 회복을 위해 도전장을 내밀었다는 소식이 전해졌습니다. 도전장은 그라비나 공국 소유의 어느 자유지自由地를 결투 장소로 정하고, 육개월의 기한을 준다고 명시하고 있었습니다. 그러나 이 도전장도 사랑의 일이 요구하는 그의 관심을 뒤흔들어 놓을 수는 없었어요. 저의 새로운 간청과 그의 헌신적인 봉사로 마침내 그녀는 자신을 보러 부모님 집을 방문하고자 하는 띰브리오의 의지에 마냥 매정한 태도를 보일 수만은 없게 되었습니다. 물론 그의 모든 행동거지에 그녀의 품격에 걸맞은 최대한의 정중함과 예의를 다한다는 것을 전제로 했지요. 결투 날짜가 다가오자, 달리 변명할 수 없음을 안 띔브리오는 일정에 맞춰 그곳으로 떠나려고 마음먹고 출발 전에 니시다에게 편지를 썼습니다. 그 편지로 그는 제가 몇달 동안 수많은 말로도 시작하지 못한 것을 한순간에 끝맺었어요. 저는 그 편지를 지금도 기억 속에 간직하고 있습니다. 이야기 진행을 위해 그 내용을 공개하지 않을 수 없네요.

띔브리오가 니시다에게

니시다여, 당신 손길을 통하지 않으면
한시도 안녕함은 기대할 수도, 가질 수도 없는 자가
당신의 안녕을 기원합니다.

지금 한줄 한줄 피 마르게 쓰인
이 글들이 내게 골치 아픈 자라는 가증스러운 이름을
던져주지나 않을까 두렵기도 해요.

그러나 나의 정열의 잔인한 분노가
이토록 나를 뒤흔드니
사랑의 불합리한 요구들을 피할 수 없군요.

뜨거운 무모함과 차가운 두려움 사이에서
나 오직 나의 믿음과 당신의 고귀함만 의지합니다.
당신이 이 편지를 받을 동안, 나는 슬픔 속에 있을 거예요.

지금 내 하는 말 농담으로 생각한다든지

당신 향한 것 아니라고 무심히 대하면
편지 쓴 나 자신이 허물어질 거예요.

나의 적인 당신의 그 아름다운 얼굴 본 순간부터
당신을 찬미하지 않았다면
진실의 하느님이 증인 되어주실 것입니다.

당신을 보는 것과 당신을 찬미하는 것은 한순간에 왔습니다.
누구와도 비교할 수 없는 진정한 천사의 닮은꼴 보고
찬미하지 않을 사람 그 누가 있겠습니까?

내 영혼은 아주 특별한 세상,
당신의 아름다움을 너무 열렬히 바라봐
그 얼굴 뚫어지게 보는 것을 멈추기 싫었습니다.

그곳, 당신의 영혼 속에 낙원이 있습니다.
그곳에서 그토록 많은 아름다움이 드러나
새로운 영광의 소식 전해주지요.

그렇게 당신은 풍성하게 날갯짓하여
하늘로 날아오르며, 땅에서 당신은
현명한 자 칭찬하고 단순한 자에게 놀라움 주지요.

그러한 복 품는다면 얼마나 축복받은 영혼일까요?
그러나 사랑 전쟁에서 그녀를 위해 자기 영혼

굴복시키는 자도 못지않게 복 있는 자입니다.

나는 나의 운명 정하는 별에 빚졌습니다.
그 별은 그토록 아름다운 영혼이 그토록 아름다운 몸에 깃든
그이에게 나를 굴복시키기 원했습니다.

아가씨여, 당신의 현재 모습은
내 생각의 허무함을 알려주고,
나의 희망을 두려움으로 뒤덮습니다.

그러나 나는 나의 올바르고 자랑스러운 뜻을 믿고
당신의 불신에도 불구하고 좋은 얼굴 보이며
훗날을 위해 새로운 힘을 받아들입니다.

'희망 없는 사랑은 없다'라고들 말합니다만
나는 그저 하는 말이라고 생각합니다.
기대하지 않음에도 사랑의 힘은 나를 훨씬 넘어서지요.

나는 당신의 선함을 좋아하고 찬미합니다.
그리고 사랑이 먼저 쳐놓은 그물,
당신의 아름다움에도 역시 끌려가지요.

이 그물은 보기 드문 섬세함으로
부주의한, 자유로운 나의 영혼을
사랑의 매듭의 좁은 세계로 끌어들입니다.

사랑은 가슴의 아름다움으로
권세나 폭정을 놀라게 할 수 있지만
호기심 가득한 환상 속에서는 그렇지 않습니다.

그 환상은 보는 사람의 기쁨을 자아내는
부드러운 황금빛 머리칼에 묶인
가느다란 사랑의 끈을 바라보지 않아요.

석고로 빚은 듯 매끈한 가슴도 보지 않아요.
시선이 더 파고들지 못하는 그런 가슴 말입니다.
상아 같은 멋진 목도 보지 않아요.

그가 바라보고 관조하는 것은 그 중심에 숨어 있는
영혼이 발산하는 수천의 순수한 아름다움입니다.
이 아름다움은 밖으로 나와 환상과 만나게 되지요.

영혼이 완벽한 빛을 떠나 어둠을 찾지 않으면
필멸의, 사라질 아름다움은
불멸의 영혼을 만족시킬 수 없습니다.

당신의 무엇에도 비할 수 없는 덕목은
내 생각의 손바닥과 손안에 있는 모든 것 가져가고
난잡한 감각을 조용하게 만듭니다.

내 생각 이런 예속에 만족해요.
그 감각으로 인한 견고한, 쓰디쓴 고통
당신 장점의 가치로 재단하기 때문입니다.

욕망의 기괴한 힘이
당신 바라보는 것 이상의 처벌을 내게 가할 때,
나는 바다에서 밭을 갈고 모래에 씨를 뿌립니다.

나는 당신의 고귀함을 이해하고, 나의 천함을 바라봅니다.
이 극단적인 상이함 속에서는
그 어떤 중간도 기대하거나 가질 수 없지요.

이런 이유로 나의 사랑의 병 치료에
하늘의 별만큼, 이 땅에 있는 사람만큼
불편한 것들이 제공됩니다.

나는 영혼에 무엇이 어울리는지 알고 있어요.
내게 기쁨 주는 사랑에 이끌려
내가 지켜야 할 가장 좋은 것과 나쁜 것 또한 알고 있어요.

그러나 아름다운 니시다여,
나는 치명적 근심과 나 자신의 열망에 이끌려
지금까지 버틴 고뇌를 이제 마감할 지경에 이르렀습니다.

나의 적이 팔 쳐들어 나를 기다리고,

사납고 날카로운 검이 당신의 분노와 어우러져
나를 겨누고 있습니다.

당신의 의지는
이유 없이 거부당한 내 의지의 헛된 무모함으로
곧 보복당할 거예요.

더 힘든 위기와 고뇌도,
그것이 죽음보다 더 크다 할지라도,
나의 이 슬픈 환상을 흔들어놓지 못할 거예요.

나의 쓰디쓴 짧은 축복 속에
내 소원을 만족시킬, 당신을 볼 수 있는 복 들어 있다면 얼마나 좋
겠어요?
그런데 나는 오직 반대로 하는 당신밖에 볼 수 없네요.

나의 축복의 길은 너무 좁고
나의 불운으로 만들어진
불행의 길은 너무 넓고 광대합니다.

당신의 냉담함에 힘을 얻어 화를 내며
나의 생명 이기기 원하는
죽음이 이 길로 급히 달려갑니다.

나의 행복은 죽음에 굴복하고

당신의 냉혹함에 쫓깁니다.
그 냉혹함이 결국 나의 짧은 삶을 끝내겠지요.

나의 운명은
나를 극단의 슬픔으로 내몰아
나는 분노한, 성난 적을 두려워합니다.

나를 태우는 불이
가슴속에서 얼음 되는 것 보니
극단적 발걸음 내딛기가 겁이 납니다.

당신이 나에게 무관심하면
나의 여윈 손은 누구라도 두려워할 거예요.
노력과 재주가 함께하더라도 말입니다.

그러나 당신이 나 돕는다면,
그 어느 로마나 그리스 대장이 나를 대적하겠습니까?
그들의 의도가 허망하게 끝나지 않더라도 말입니다.

나는 더 큰 위험 속으로 나를 던져
잔인한 죽음의 손에서
분명 전리품을 탈취해낼 것입니다.

오직 당신만이 나의 운명을
인간의 화려한 겉모습 위에 우뚝 세울 수 있고

쓰러뜨려 나의 운명에 어울리는 박복한 곳에 놓을 수 있습니다.

순수한 사랑이 나의 운명 고귀하게 만들 수 있다면
운명의 여신이 그 어려운 정상에서
나의 운명 지켜주기 바랄 뿐입니다.

지금은 아무것도 기대하지 못하는 곳에
누워 있는 나의 희망이
달 하늘[1]에 버젓이 높이 올라 있기를 바랍니다.

당신의 성난, 냉혹한 매정함이
나를 너무도 이상한 곳 끝까지 몰고 가 만들어낸
사랑의 병을 즐거워해야 할 지경까지 이르렀어요.

니시다여, 당신의 기억 속에 나 살고 있는데
당신은 나를 아프게 하는 것만 기억하고 있어요.
그런데도 나는 그것까지 복으로 받아들인답니다.

흰 바다의 모래의 수를,
팔층 하늘 별들의 수를
더 쉬이 셀 수 있을지언정

당신 마음을 상하지 않았음에도

----

1 여러층으로 이루어진 하늘의 맨 아래층. 맨 위층은 축복받은 자들의 거처, 즉 천
국이다.

나를 벌주는 잔인하고 냉혹한 당신의 무뚝뚝함으로 인한
마음의 번민, 고통, 아픔 이제 세지 않겠습니다.

나의 비천함으로 당신의 가치를 재지 마세요.
이름 높은 당신 존재에 관해서라면
모든 고결함이 이 땅에 남아 있으니까요.

이 모습 이대로 나 당신을 사랑하고 있습니다.
감히 말하건대, 나 굳건한 사랑의 기반 위에서
사랑의 가장 높은 끝까지 중단없이 나아갈 거예요.

이러한 근거로 볼 때,
나는 적으로 대접받을 이유가 조금도 없는 자입니다.
오히려 상을 받아 마땅하지요.

더없이 아름답다는 이유로 커다란 잔인함이
동정받는 것은 잘못된 것입니다. 배은망덕이
가치가 꽃피는 곳에 자리 잡는 것도 잘못된 것입니다.

니시다여, 내 당신에게 준 영혼 깊이 생각해보세요.
그 영혼 어디로 내쫓았나요?
영혼 없이 나 어떻게 지탱할 수 있단 말입니까?

당신은 한 영혼의 주인 되기를 거절했습니다.
그렇다면 당신을 가장 사랑하는 그 사람이 당신에게 무엇 줄 수 있을까요?

　당신 자만심 너무도 잘 드러냈으니!

　불행인지 축복인지
　당신 본 첫 순간부터 나는 영혼 없는 자 되어버렸습니다.
　당신 보지 않으면 내게는 모든 것이 고통이 됩니다.

　그곳에서 나의 자유의지는 작용을 멈추고
　당신이 나를 완전히 지배합니다. 나의 삶의 목적은 오직 당신뿐,
　당신은 더욱 큰 힘 발휘할 수 있지요.

　나의 생명 순수한 사랑의 불 속에서 힘 얻어요.
　그러고는 소멸하지요. 그러나 불사조처럼
　곧 죽음에서 사랑의 생명 얻게 됩니다.

　니시다여, 이런 믿음 속에서
　나 분명 사랑의 불로 타오르며
　생명 지탱하는 것 믿어주시길 부탁하고 간청합니다.

　당신은 내가 죽은 후에도 나를
　생명으로 되돌려놓을 수 있는 분입니다.
　날뛰는 바다에서 한순간에 나를 항구로 인도할 수 있지요.

　당신 안에 사랑과 능력이 함께 있습니다.
　이 둘은 완전히 하나입니다.

조금의 차이도 없고 어느 한점 빠진 부분 없어요.

이쯤에서 마치고자 합니다. 더는 귀찮게 해드리고 싶지 않으니까요.

이 편지의 내용, 띰브리오 사랑의 진실함을 확신시키기 위해 제가 그녀에게 한 수많은 말들, 띰브리오의 끊임없는 사랑의 봉사, 이 모든 것을 주관하신 하느님, 이중 어느 것이 그녀 마음에 감동을 주고 그녀를 움직였는지는 모르겠지만, 어쨌든 그녀는 편지를 다 읽자마자 저를 부르더니 눈에 눈물을 가득 담고 말하는 것이었습니다. "아, 실레리오, 실레리오, 당신이 저의 안녕을 대가로[2] 당신 친구의 안녕을 얻으려 했다는 걸 제가 상상이나 했겠어요? 이제까지 저를 이끌어온 운명의 여신이 띰브리오가 한 일을 통해 당신 말에 거짓이 없다는 것 증명해주기를 바라요. 당신들이 이런저런 말로 저를 속여왔다면, 하느님이 제가 당한 모욕에 복수해주시겠지요. 사나운 욕망의 증인이신 하느님은 제가 더이상 그것을 감추지 못하게 하십니다. 하지만, 아, 그토록 무거운 잘못[3]에 비해 이 변명은 얼마나 가벼운지! 사실 제 명예가 살기 위해서는 마땅히 입 다물고 제가 먼저 죽어야 하는데 말이에요. 지금 당신에게 드리고 싶은 말은 제 명예를 땅에 묻어버리고 제 생명 마감하고 싶다는 것뿐이에요!" 니시다의 이 말에 저는 순간 멍해졌습니다. 아니, 펄쩍 뛰었다는 것이 더 정확한 표현이겠지요. 저는 아무것도 두려워하지 말고 속마음을 털어놓으라고 권하고 싶었지만, 그녀를 더 귀찮게 할 필요는 없었습니다. 결국 그녀가 말했거든요. 자신은 띰브리오를 사랑할 뿐 아니라 숭배하는 수준에까지 이르렀다고 말입니다.

2 처녀의 명예를 버리는 것.
3 처녀의 명예를 버리는 잘못.

그녀는 띰브리오가 급히 떠나야 해서 어쩔 수 없이 그에게 자기 뜻을 밝혀야 하는 이런 상황만 아니라면, 그 뜻을 밝히지 않고 항상 마음에만 간직하고 싶다고 말했습니다. 양치기들이여, 니시다의 말을 듣고 띰브리오에 대한 그녀의 마음을 알고 난 후 제가 어떤 상태에 빠졌는지 상상하실 수 있겠어요? 진심으로 환영하고 받들어야 하는데 사실 그러기가 불가능했습니다. 제 속에서 놀랄 만큼 깊이 퍼져가는 고통으로 니시다의 뜻을 칭찬해줄 마음이 생기지 않았거든요. 사랑하는 띰브리오를 보기가 부담스러워 그런 것이 아니었습니다. 내 안에서 더는 즐거움을 느끼기가 불가능해서였습니다. 저는 니시다 없이는 과거에도 그랬고 현재에도 살 수가 없습니다. 전에도 여러번 말씀드렸지만, 그녀가 다른 사람 손에 넘어가는 것을 보는 일은 제게서 모든 즐거움을 끊어내는 것을 의미해요. 그런데 이 대목에서 운명이 제게 허락한 바는 친구 띰브리오의 행복을 깊이 배려하라는 것이었습니다. 그것만이 바로 그 시점에 제가 죽음에 이르지 않은 이유였어요. 저는 니시다가 자신의 뜻을 밝히는 것을 주의 깊게 들으며 띰브리오의 마음이 견고한 만큼 니시다의 의지를 더욱 확인하고자 했습니다. 그러자 니시다는 더 그럴 필요가 없다고 대답하는 것이었어요. 더는 저를 믿지 못할 이유가 없고 또 그래서도 안 된다고요. 그녀는 제게 오직 한가지만 부탁했는데, 띰브리오를 설득해 적과의 싸움을 피할 명예로운 방도를 찾아달라는 것이었어요. 그 부탁에 저는 명예를 더럽히지 않고는 불가능하다고 대답했습니다. 그녀는 잠시 침묵을 지키더니, 목에서 아주 귀한 성자의 유물인 뼛조각[4]을 떼어 제게 주면서 자기를 대신

---

4 결투에서 일종의 보호 신물(信物).

해 띰브리오에게 전해달라더군요. 이윽고 저와 그녀 사이에는 약조가 맺어졌습니다. 그녀는 부모님, 동생과 함께 띰브리오의 결투를 보러 갈 것인데, 자신은 띰브리오가 겪을 험한 장면을 마주할 용기가 없어 몸이 아프다는 핑계로 결투가 벌어질 마을에서 반 레과 떨어진, 예전에 부모님이 묵던 별장에 머물며 띰브리오에 따른 자신의 행운 또는 불운을 기다릴 테니 결과를 알려달라고 했습니다. 그러면서 부탁하기를, 시간을 줄이기 위해 자신의 흰 머릿수건[5]을 가져가라는 것이었어요. 띰브리오가 이기면 그 수건을 제 팔에 묶고 혹 지게 되면 묶지 말라면서, 그렇게 하면 멀리서도 수건을 신호로 그녀 행복의 시작일지 생명의 종말일지 알 수 있을 거라고 말입니다. 저는 그녀가 부탁한 모든 것을 성실히 이행하겠노라고 약속했습니다. 그런 다음 뼛조각과 머릿수건을 받아들고 그녀와 작별했어요. 한번도 경험해보지 못한 극도의 슬픔과 기쁨이 교차했습니다. 저의 불운이 슬픔을, 띰브리오의 행운이 기쁨을 불러일으킨 것이죠. 띰브리오는 니시다가 저를 통해 전해준 물건을 알게 되자 용기백배해 힘이 넘치고 기쁨과 자신감이 충만해졌고, 결투에서 그 어떤 위험도 겪지 않을 거라는 확신에 찼습니다. 사랑하는 여인의 응원만 있으면 죽음조차 자신을 대적할 수 없으리라 믿었어요. 최선의 배려를 한 제게 그가 전한 과장된 찬사의 말들은 지금 말씀드리지 않겠습니다. 그때 그가 제정신이 아니었다는 것만 보여주니까요. 이런 좋은 소식에 힘을 얻어 고무된 그는 출발 채비를 갖추었어요. 그리고 결투 입회인으로 고명한 스페인 기사와 나뽈리 출신의 기사, 이렇게 두명을 대동했습니다. 이 특별한 결투의

---

5 과거 기사들은 사랑하는 여인에게서 받은 머릿수건을 팔에 묶고 다녔다고 한다.

소문이 널리 퍼졌는지 그 나라의 셀 수 없이 많은 사람이 보러 왔습니다. 니시다의 부모님 역시 니시다와 동생 블란까를 데리고 그곳으로 향했지요. 이윽고 띰브리오가 무기를 고를 차례가 되었습니다. 그는 결투에서 자신의 권리가 무기가 아닌 정당한 명분에 있음을 알리고자 그 어떤 방어용 무기도 고르지 않고 긴 칼과 단도만 골랐습니다. 약속한 시한이 되기 며칠 전에 니시다와 부모님은 다른 여러 기사와 함께 나뽈리를 떠났습니다. 그녀는 제일 먼저 도착해 우리가 한 약속을 잊지 말라고 제게 수없이 환기해주었습니다. 하지만 피곤에 지친 저의 기억은 오직 불쾌한 것만 뇌리에 남겨 저는 그녀가 한 말을 까맣게 잊고 오직 제 생명 편히 끊을 방법이 무엇인지, 혹은 적어도 지금 저의 모습이 보여주는 것 같은 비참한 상태로 저를 몰아넣을 방법이 무엇인지만 생각했어요."

양치기들이 온 관심을 집중해 실레리오의 이야기를 듣고 있을 때, 나무 사이에서 들려온 어느 양치기의 고통에 찬 노랫소리가 그만 그의 이야기를 중단해버렸다. 그 양치기가 하는 말이 다 들리진 않았지만, 그는 양치기들이 있던 방의 창에서 그리 멀리 있지 않았다. 실레리오가 더는 이야기하지 못하고 침묵을 지켜야 할 정도로 그 목소리는 몹시 고통스러웠다. 실레리오는 이야기를 멈추고 다른 양치기들에게 그의 목소리를 주의 깊게 들어보라고 말하며, 자신의 이야기는 얼마 남지 않았고 이제 끝낼 때가 되었다고 덧붙였다. 이 말에 엘리시오가 한마디 하지 않았다면 띠르시와 다몬은 기분이 좋지 않았을지도 모를 일이었다.

"여러분, 지금 노래한 양치기는 그 불쌍한 미레노가 분명한 것 같아요. 오래 걸리지 않을 것 같은데 그의 이야기 한번 들어보는 게 어떻겠어요? 제 생각에 운명의 여신이 지금 그를 기쁨이라곤 찾을 수 없는 지경으로 이끈 것 같네요."

"내일 다라니오가 양치기 처녀 실베리아와 결혼하는데 미레노
가 뭘 기대할 수 있겠나? 실베리아와 결혼하려고 그토록 갖은 애를
썼는데 말이야. 어쨌든 실베리아의 부모에게는 다라니오의 재산이
미레노의 재주보다 더 큰 힘을 발휘한 게 분명해." 에라스뜨로가
말했다.

"맞는 말이네." 엘리시오가 대꾸했다. "하지만 실베리아가 그 어
떤 보물보다 미레노를 귀하게 여겼다는 것도 사실이지. 실베리아
가 미레노와 결혼한다면 그의 가난은 생각지 않고 좋아서 하는 이
유가 더 클 거야."

엘리시오와 에라스뜨로의 이런 말에 양치기들 사이에는 미레노
의 노래를 듣고 싶다는 욕망이 커졌다. 실레리오는 자신의 이야기
에 대해서는 더 말하지 말라고 했고, 모두 귀를 세우고 미레노의
이야기를 들었다. 실베리아의 무정함에 괴로워하던 그는 다음 날
그녀가 다라니오와 결혼한다는 것을 알고 분노와 고통을 이기지
못한 채 삼현금 하나만 들고 집을 빠져나왔던 것이다. 마을 담장
옆 조그마한 풀밭의 호젓함과 조용함이 그를 초청했고, 그는 밤이
깊어 아무도 듣지 않을 것이라 믿으며 어느 나무 그루터기에 앉아
삼현금을 조율한 후 이런 노래를 불렀다.

미레노

　　냉정하신 하느님,
　　당신은 수많은 눈동자로 달콤한 사랑의 도둑질을 눈여겨보다가
　　당신의 침묵 속에서 분노 일으키는 자에게 성내는 그 사람을,
　　또는 당신이 내리지 않은 기쁨이나 공간을

당신이 거두어가시기도 하는 그 사람을,
당신의 흐름 따라 즐겁게 혹 슬프게 하는 분입니다.
나를 향한
당신의 자비가 부족하지 않다면,
나는 한마디만 말해주어도 만족하는 사람이니
그리고 당신은 내가 하는 모든 것을 알고 계시니,
제발 내가 지금 하는 말 들어주시기 바랍니다.
나의 비탄의 목소리가 고통 가운데 있는 영혼과 함께
지금 밖으로 터져나오고 있으니까요.

이미 나의 피곤한 목소리, 나의 탄식은
공허한 대기를 거의 모욕하지 못합니다.
나의 의지 너무 사그라들고
사랑의 신이 나의 희망을 성난 바람에
주어버렸기 때문입니다.
내가 응당 받아야 할 복 또한
다른 손에 주어버렸습니다.
나의 사랑의 생각이 씨를 뿌리고
피곤한 눈물로 물 준 열매였지요.
그런데 그것을 받을 자격 없는,
어려움 덜어주고 인생을 보장하는,
그 행운 넘치는
행복한 손을 위한 것이 되어버렸습니다.

자신의 영광이

쓰디쓴, 고통스러운 고뇌로 바뀌는 것을 보고,
그 어떤 길에서도 자신의 복 떠나는 것을 보는
그 사람은 왜 자신의 분노 섞인 삶을 마감하지 못할까요?
왜 운명의 모든 힘에 대항해
생명의 끈을 끊지 못할까요?
나는 지금 조금씩 조금씩
쓰디쓴 죽음의 달콤한 위험 속으로 걸어가고 있습니다.
이렇게 해서 너, 피곤한 팔이지만 용기를 얻어
이 삶의 장애를 견뎌냈으면 해.
고통이 강철처럼 단련시키기를
사랑의 신이 좋아한다는 것 아는 일은
우리 운명 드높이기 때문이야.

나의 죽음은 확실해졌습니다.
희망이 죽어버리고,
영광과 담쌓은 자가 사는 것은 불가능하기 때문입니다.
그러나 사랑이 나의 죽음을 불가능한 것으로 만들까봐
걱정스럽기도 합니다.
삶에 대한 헛된 믿음이 나의 고뇌를, 나의 기억을
불가능한 것으로 만들까봐 두려움이 앞섭니다.
그러나 뭐 어떤가요?
과거 나의 행복의 기억 가지고 있으나
그 모든 것 다 지나갔음을 내가 보고,
그 대신 내가 지금 슬픔 가운데 지닌
이 무거운 근심을 잘 보고 있다면,

그녀는 내가 그녀 떠나고, 삶을 떠나는 충분한 이유가 될 겁니다.

아, 내 마음의 폭풍을 잠재울

내 영혼의 유일한 태양인 당신,

그토록 원했던 가치의 궁극인 당신이여!

당신이 나 잊은 것 내 알게 될 때

그날이 도래할 가능성 있을까요?

그날을 보는 것 사랑의 신이 허락해줄까요?

그날 내가 처음 보는 건 이러한 것이겠지요.

당신의 희고 아름다운 목이 다른 사람의 팔에

둘러싸여 있는 것,

그날 내가 처음 보는 것은 당신의 황금 머리칼이

─아니, 금 자체라고 말하는 것이 더 어울리죠─

다라니오를 풍요롭게 하는 것,

그 끝은 나의 생명 끝나면서 나의 불행도 끝나는 것, 그것이죠.

내가 믿기에 그 누구도

나보다 더 당신을 맞이할 자격 없습니다.

그러나 행함 없는 믿음은 죽은 것.[6]

만일 분명한 고통과 불확실한 영광에

생명 바치는 것을 높이 평가한다면,

나는 즐거운 축제를 기다릴 수 있을 겁니다.

그러나 사랑의 신이 선한 소원을 이용하는

---

6 야고보서 2:26 "영혼 없는 몸이 죽은 것 같이 행함이 없는 믿음은 죽은 것이니라" 참조.

이 잔인한 법에는 이것이 받아들여지지 않습니다.
사랑의 일 행하는 사랑하는 사람들 사이에 통하는
오랜 속담이지요.
나는 나의 불행으로 오직 사랑의 일을 행하고자 하는
의지만 갖고 있습니다.
그것을 행하는 데 부족함 있으니 대체 무엇에서 실패하지 않겠습니까?

양치기 처녀여, 내가 바라고 생각하는 것은
욕심 많은 사랑의 신이 이용하는 이 법이
당신 안에서 깨어졌으면 하는 것입니다.
그리고 당신이 눈을 들어
당신 영혼의 포로가 된, 당신이 좋아하는 것에 맞추어진
한 영혼을 바라보는 것입니다.
만일 당신이 그것을 진정으로 알게 되면
분명 높이 평가할 테니까요.
나는 당신이 그토록 훌륭한 본을 보여준 믿음을
진정 조심해야 할, 부의 헛된 장신구로
자신의 욕망을 저울질하는 그런 믿음과 바꾸지 않을 거라 생각했습니다.
그러나 당신은 황금에 자신을 드렸고
나는 끊임없는 눈물에 나 자신을 드리네요.

초라하고 무력한 가난이여!
나의 영혼 괴롭히는 고통의 유발자 가난이여!

216

너 한번도 보지 못한 그자만이 너 찬양하는구나!
나의 양치기 처녀는 네 얼굴 보자
그만 마음이 흔들렸고
너의 가혹함은 그녀의 사랑을 침묵 속으로 밀어버렸지.
그리고 너 다시 만나지 않고자 발을 빼버렸어.
너와 함께 사랑의 시도 해보는 것은 잘못된 일.
너는 높이 솟아오른 희망 무너뜨리고
탐욕스러운 여인의 가슴에
수천의 변화 일으키는 씨앗을 심는구나.
너 가난아, 너는 결코 사람의 가치를
사랑으로 완성시킬 수 없어.

황금은 곧 태양,
그것이 이익을 탐하는 헛된 외양으로 살찌면
아무리 날카로운 눈도 그만 멀어버리지요.
부드러운, 욕심 많은, 아름다운 가슴을
분명히 드러내고자 하는 시선도
제멋대로 하려는 손길을 거부하지 못하지요.
황금은 순수한 의도와 신실한 믿음의
권리를 비틀어버려요.
사랑하는 사람의 굳은 마음보다 더 단단한
다이아몬드도 소진시킵니다.
아무리 견고한 사랑의 가슴도
밀랍으로 만들어버립니다.
그것으로 원하는 것 다 이루니까요.

달콤한 나의 적이여, 당신 때문에 마음이 무겁습니다.

당신은 수많은 당신의 순수한 완성품을

탐욕스러운 외양으로 추하게 만들어버렸습니다.

당신은 너무 황금과 친해져 나의 정열 등 뒤로 몰아내고

나의 염려를 망각 속에 넣어버렸습니다.

급기야는 결혼까지 해버렸어요!

양치기 처녀여, 결혼이라니요!

오, 하느님이 당신의 선택을 진정 당신이 원했던

그 선한 것으로 만들어주시기 바라고 원합니다.

그리고 나의 부당한 고통으로

당신이 공정한 대가 받는 것 허락하지 말아주시기를.

아, 진정 나의 친구 하느님은 선에는 상을 주고,

악에는 벌 내리는 분이니까요!

고뇌에 찬 미레노의 노래는 여기서 끝이 났다. 그의 모습이 너무 고통스러워 노래를 들은 사람들 모두의 마음에 같은 고통을 불러 일으켰다. 특히 그를 알고, 그가 갖춘 덕목들, 그의 늠름한 자태, 기품 있는 태도를 아는 사람들은 더욱 그러했다. 양치기들 사이에 여성이 가진 기이한 특성들, 특히 미레노의 사랑과 착한 마음을 잊고 다라니오의 부(富)에 자신을 내어준 실베리아의 결혼에 관해 여러 말이 오갔다. 그후 양치기들은 실레리오가 자신의 이야기를 마저 끝내주기를 원했다. 따로 청할 필요도 없이 모두가 조용해지자 실레리오는 자신의 이야기를 계속해나갔다.

"드디어 잔혹한 결말의 때가 이르렀습니다. 니시다는 마을에서

반 레과쯤 떨어진, 저와 약속한 정원에 머물러 있었어요. 부모님에게는 몸이 좋지 않다고 둘러대고서요. 저와 헤어질 때 그녀는 신호가 될 머릿수건을 가지고 이른 시간 안에 돌아올 것을 제게 부탁했지요. 띰브리오의 좋은 일 또는 나쁜 일을 알려줄 그 머릿수건 말입니다. 하도 여러번 부탁해 기분이 나빠질 정도였어요. 저는 그녀에게 다시 한번 다짐한 후에 그녀와, 그리고 그녀와 함께 남기로 한 여동생과 헤어졌습니다. 저는 결투 장소에 도착했고, 이윽고 결투 시작 시간이 되었습니다. 양측 입회인들이 필요한 의식을 행하고 몇몇 주의를 준 뒤에, 두명의 기사가 나무 울타리 안에 섰습니다. 무시무시한 트럼펫의 쇳소리에 두 사람은 격렬한 싸움을 시작했어요. 두 사람은 온갖 뛰어난 기술과 솜씨로 지켜보는 사람들의 탄성을 자아냈습니다. 결국 사랑의 신은(아니, 이성理性이라 불러야 더 맞는 말이겠지요) 띰브리오의 손을 들어주었습니다. 그에게 큰 힘을 불어넣어, 몇군데 상처는 입었지만 시작한 지 얼마 되지 않아 이내 상대방을 쓰러뜨리고 피 흘리는 그를 자신의 발아래 두었어요. 그리고 살고 싶으면 항복하라고 다그쳤습니다. 그러나 불쌍한 쁘란실레스는 자신을 죽여달라고 애원했어요. 한번 항복하는 것보다 수천번 죽는 것이 더 쉽고 덜 괴로운 일이라면서요. 관대한 영혼의 소유자인 띰브리오는 적의 목숨을 빼앗는 것을 원치 않았고 항복을 자백하라는 요구는 더더욱 하지 않았어요. 다만 쁘란실레스가 띰브리오에게 정말 좋은 사람이라고 말하고 인정해주기만을 원했습니다. 쁘란실레스는 기꺼이 그렇다고 고백했습니다. 그다지 힘든 일이 아니었고 그런 극단적 처지에 있지 않더라도 얼마든지 할 수 있는 말이었지요. 띰브리오가 적에게 한 행동을 보자 관중은 그를 몹시 칭찬하고 그의 행동을 높이 평가했어요. 저 역시 친구의 행복한 결말을 보자 기쁨에 넘쳐 최대한 빨리 이 소식을 니시다에게 전해주고자 했어요. 그러나 아, 그때의 부주의가 지금의 근심으로 저를 몰아넣게 될지 그 누가 알았겠어요? 기억력이여, 기억력이여! 왜 너는 그렇게 중요한 기억을 그때 그 중요한 시점에 떠올려주지 않았단 말이냐? 하지만 지금 생각하면 그 즐거움의 출발이 결국 제 모든 기쁨의 종착역이 되도록, 원래 제 운명이 그렇게 결정지어졌던가 싶기도 해요. 말씀드린 것처럼 저는 최대한 발걸음을 재촉해 니시다를 다시 보러 갔습니다. 그런데 그만 흰 머릿수건을 팔에 감는 것을 잊은 거예요. 몹시 조바심이 난 니시다는 높은 회랑에 서서 저의 귀환을 학수고대하고 있었지요. 그런데 제가 머릿수건 없이 오는 것을 보자 띰브리오에게 사고가 난 것으로 여긴 그녀는 앞뒤 생각할 것도 없이 그만 땅에 쓰러져 기절해버리고 말았어요. 상태가 몹시 좋지 않아 사람들 모두 그녀가 죽은 것으로 판단할 정도였지요. 제가 도착하니 그곳의 사람들 모두가 웅성거리고 있었고, 그녀의 동생은 불쌍한 니시다의 몸 위에 형언할 수 없는 슬픔의 통곡 소리를 쏟아내고 있었어요. 니시다의 그런 모습을 본 순간, 저는 분명 그녀가 죽었다고 믿었어요. 그러자 고통이 밀물처럼 들이닥쳤고 온몸의 모든 감각이 마비되어버렸습니다. 그들에게 상실감이나 제 생각을 내비칠까 두려워진 저는 얼마 후 그 집을 나왔어요. 조금 정신이 들자 이 불행한 소식을 저 불쌍한 띰브리오에게 전해주어야겠다고 생각했지요. 그러나 극심한 충격의 피로에서 오는 걱정과 불안이 육체와 영혼의 온 기력을 뺏어가는 바람에 걸음을 빨리 옮길 수 없었습니다. 그사이 다른 사람들이 이 슬픈 소식을 니시다의 부모님께 알려 그녀가 급격한 충격을 받아 실신했고 죽음에 이른 것이 분명하다고 전했어요. 띰브리오도 이 소식을 들었을 것이 틀림없었고 그 역시 저보다 더 심한, 적어도 저만큼 충격을 받았을 거라 짐작합니다. 지금 제가 말씀드릴 수 있는 것은 이렇습니다. 제가 그가 있을 것으로 생각한 곳에 이르렀을 때는 어둠이 깔릴 무렵이었는데, 그곳에서 만난 그의 결투 입회인 중 한 사람이 알려준 바에 따르면 그는 다른 입회인과 함께 역마驛馬를 타고 이미 나뽈리로 떠나버렸다는 거였습니다. 그때 그의 모습은 마치 결투에서 패한, 명예를 훼손당한 사람처럼 아예 기쁨이라곤 없었다고요. 그 말을 들은 저는 그럴 수 있겠다고 생각하고 그를 쫓아가기로 마음먹었어요. 곧 길을 떠났지요. 그런데 나뽈리에 도착하기 전에 새로운 소식을 접했습니다. 니시다가 죽은 것이 아니라 스물네시간 동안 기절했다는 것이었어요. 시간이 지나자 그녀는 다시 정신이 들었고 그후 많은 눈물을 흘리고 한숨을 내쉬었다고 해요. 저는 이 소식이 사실이라는 것을 알고는 적지 않은 위로를 받고 기쁨에 넘쳐 나뽈리에 도착해 띰브리오를 찾으려 했어요. 그런데 찾을 수가 없었습니다. 그는 나뽈리에 도착하자마자 한마디 말도 없이 그만 사라져버렸다고 그와 함께 왔던 기사가 말해주는 것이었어요. 그 역시 띰브리오가 어디로 떠났는지 알지 못한다면서, 오직 자신이 생각하기로는 그가 결투 후 너무나도 슬프고 우울해 보였으니 혹시 목숨을 끊으러 간 것이 아닌가 하는 것이었습니다. 이것이 저를 첫 눈물을 흘릴 때의 슬픔으로 이끈 새로운 소식이었어요. 그런데 저의 운명은 거기서 만족하지 않았어요. 며칠 내로 니시다의 부모가 나뽈리에 온다는 소식이 전해졌습니다. 니시다와 그녀의 동생 없이 말이에요. 제가 알게 된 바와 알려진 바에 따르면, 두 사람은 부모와 함께 나뽈리로 오다가 어느날 밤 그만 사라져버렸다는 것이었습니다. 행방을 알려줄 어떤 소식도 없어요. 이 소식에 너무 황망해진 저는 무엇을 해야 할지, 무슨 말을 해야 할지 몰랐어요. 이런 엄청난 혼돈 중에, 확실하지는 않지만 띰브리오가 가에따 항구에서 스페인으로 가는 커다란 배[7]에 올라탔다는 소식을 알게 되었습니다. 이것이 사실이라 판단한 저는 곧장 스페인으로 돌아왔습니다. 그리고 그가 있을 것으로 생각되는 곳은 헤레스든 어디든 죄다 찾으러 다녔어요. 그러나 어디에서도 그의 흔적을 찾을 수 없었지요. 마침내 저는 똘레도에 이르렀습니다. 니시다 부모님의 친척이 모두 그곳에 있었거든요. 제가 그곳에서 얻어들은 정보로는 니시다의 부모님도 그곳으로 돌아왔다고 했어요. 딸들에 대해서는 어떤 소식도 듣지 못한 채 말입니다. 띰브리오도 없고 니시다도 없고 보니 저는 이런 생각이 들었어요. 그 두 사람을 찾는 것이 그들에게는 기쁨이 될지 모르지만 제게는 또 하나의 상실이 되는 거라고요. 갑자기 우리가 사는 이 헛된 세상사가 피곤하다는 생각이 들었습니다. 세상의 삶에 환멸을 느낀 것이지요. 그래서 저는 삶의 목표를 바꾸기로 했습니다. 욕망을 소중히 여기시며 그에 합당한 만큼 일하시는 그분께 봉사하며 남은 삶을 최대한 소박하게 살아야겠다고 결심한 겁니다. 이렇게 해서 저는 여러분이 보는 이 옷과 여러분이 보았던 그 은거지를 택한 거예요. 거기서 달콤한 고독을 즐기고 욕망을 억누르며 저의 일을 더 좋고 바람직한 곳으로 이끌어가려 노력하고 있지요. 지금까지 제가 품어온 나쁜 욕망의 추구는 저 먼 과거에서 문득문득 솟아올라 그것을 막기가 쉽지 않고, 기억은 되살아나 저 자신과 싸우며 과거를 재생시킵니다. 이런 상태에서 저는 고독의 동반자인 수금 소리를 들

---

7 원어는 'nave'. 보통 군함으로 쓰이는 큰 돛단배를 말한다.

으며 근심의 무거운 짐을 가볍게 하려고 갖은 노력을 다하고 있습니다. 하느님이 그것을 불쌍히 여겨 더 좋은 세상으로 저를 부르려 결심하실 때까지 말입니다. 양치기들이여, 이것이 제 불행의 전말입니다. 지금까지 제 이야기가 장황했다면, 저를 힘들게 했던 저의 불행이 짧지 않아서였습니다. 이제 은거지로 돌아가도록 저를 놓아주십시오. 물론 여러분과 함께 있는 것이 즐겁기는 하지만, 제게 고독보다 더 즐거움을 주는 것은 없으니까요. 이로써 여러분은 제가 사는 지금의 삶과 제가 안고 있는 불행을 이해하셨을 겁니다.”

이렇게 실레리오의 이야기는 끝이 났지만, 수없이 그와 함께한 눈물마저 끝난 것은 아니었다. 양치기들은 할 수 있는 최선을 다해 그를 위로했다. 다몬과 띠르시가 특히 그랬다. 그들은 친구 띰브리오를 만날 희망을 버리지 말라고 여러 말로 그를 설득하고 생각했던 것보다 더 큰 기쁨으로 만나게 될 것이라고 조언해주었다. 심한 폭풍우가 지나간 뒤에는 하늘이 조용해지는 법이니 하늘을 믿는다면 니시다의 죽음이 잘못된 정보라는 소식이 절망이 그를 끝내기 전에 띰브리오의 귀에 닿을 것이고, 그로 인해 진실한 관계를 회복할 수 있을 것이라고 말했다. 그리고 니시다에 관해서도 이렇게 생각하고 추측할 수 있는데, 그녀는 띰브리오가 사라졌다는 것을 알고 그를 찾으러 떠났을 것이고, 운명이 그들을 그렇게 이상한 우연으로 떼어놓았다면 마찬가지로 예견할 수 없는 방식으로 다시 만나게 하리라는 것이었다. 이 모든 설명과 여러 말로 그들은 온 힘을 다해 실레리오를 위로했다. 그러나 이런 노력도 그에게 기쁨을 더하고 삶을 계속하려는 희망을 일깨우지는 못했다. 그 또한 그런 삶을 원하는 것 같지 않았다. 그가 택한 삶이 자신에게 가장 어울리는 삶이라 여겼기 때문이다.

이미 밤 시간의 대부분이 지나서 양치기들은 동틀 때까지 얼마 남지 않은 시간을 쉬기로 했다. 다음 날은 다라니오와 실베리아가 결혼식을 올리는 날이었다. 그러나 흰 여명이 질투 많은 남편의 성난 침대를 떠나자마자 마을 양치기들 모두는 자신의 침대를 박차고 나와 한껏 결혼 잔치를 즐기기 시작했다. 어떤 사람은 푸른 가지들을 가져다가 신랑 신부의 신혼집 문을 장식하고, 다른 사람은 작은북과 피리 소리로 그들에게 새벽이 왔음을 알렸다. 저쪽에서는 즐거움 넘치는 가이따 피리 소리가 들리고, 이쪽에서는 아름다운 삼현금 소리가 울렸다. 저기서는 옛 살떼리오[8] 소리가, 여기서는 알보게[9] 소리가 들렸다. 어떤 사람은 형형색색의 띠로 앞으로 추게 될 춤을 위해 자신의 캐스터네츠를 꾸미고, 다른 사람은 사랑하는 양치기 처녀의 눈에 멋있게 보이도록 몸치장을 하고 또 했다. 여하튼 마을 곳곳에서 모두가 즐겁고 기쁜 모습으로 잔치 분위기를 즐기고 있었다.

오직 불쌍하고 불행한 미레노에게만은 이 모든 즐거움이 슬픔의 이유가 되었다. 그는 자신의 행복을 희생물로 만드는 것을 보고 싶지 않아 마을을 떠나 마을 옆 낮은 언덕 위로 올라갔다. 오래된 물푸레나무 발치에 앉아 턱을 괴고 고깔모자를 눈까지 내려쓴 채 눈을 땅에 고정하고 바닥만 내려다보았다. 그러고서 자신이 처한 불행의 순간을 생각하기 시작했다. 바로 눈앞에서 자신이 소원했던 열매를 따가는 것을 보면서도 막지 못하는 것은 얼마나 서럽고 가슴 아픈 일인가! 이런 생각에 빠지자 눈물이 솟구쳤다. 그러나 그토록 비참한 처지에 있는 자신을 아무도 보지 못하도록, 또 누구

---

8 하프의 일종.
9 피리의 일종.

도 눈물로 함께하지 못하도록 그는 가느다란 목소리로 비통한 눈물을 흘렸다.

이때 다몬과 띠르시, 엘리시오와 에라스뜨로가 잠자리에서 일어나 들판으로 난 창가에 모습을 드러냈다. 그들의 눈에 처음으로 들어온 것은 바로 슬픔에 젖은 미레노였다. 앞서 말한 그의 모습을 보자 그 고통이 그대로 그들 가슴에 전해왔다. 안쓰러워진 모두는 곧장 가서 그를 위로하고자 했다. 엘리시오가 자기 홀로 가게 해달라고 청하지 않았다면 그렇게 했을 것이다. 엘리시오는 미레노가 자신의 절친한 친구이기 때문에 다른 사람보다 자신과 고통을 나누기가 자연스럽고 쉬울 것이라고 말했다. 양치기들은 그 말에 동의하고 그가 미레노에게 가도록 양보했다. 엘리시오가 도착해보니 미레노는 자신의 고통에 파묻혀 완전히 넋이 나가 있었다. 그는 엘리시오를 알아보지 못했고 한마디 말도 하지 않았다. 그 모습을 본 엘리시오는 다른 양치기들에게 그리 오라고 손짓했다. 엘리시오가 급히 부르자 그들은 혹 미레노에게 예기치 않은 사고가 일어난 것이 아닌가 하는 두려움에 사로잡혀 곧바로 달려갔다. 와보니 미레노는 눈을 땅에 못 박은 채 조각상처럼 미동도 하지 않고 있었다. 한참 지난 후에, 그는 그 이상한 환각 상태에서 깨어나지 못한 채 엘리시오와 띠르시, 다몬, 에라스뜨로가 온 것을 보고 거의 잇새에서 새어나오는 소리로 말했다.

"혹시 당신 실베리아, 실베리아 아니야? 당신이 실베리아라면 나는 미레노가 아니지. 내가 미레노라면 당신은 실베리아가 아니고. 미레노 없이 실베리아 있는 것 불가능하고, 실베리아 없이 미레노 있는 것 불가능하잖아. 그렇다면 이 불행한 나는 누구란 말인가? 혹은, 내가 알지 못하는 당신은 누구란 말인가? 나는 내가 미레노가 아니라는 걸 잘 알고 있어. 당신이 실베리아가 되기 싫어했기 때문이지. 적어도 당신이 마땅히 되어야 했던 실베리아, 내가 되었으면 하고 바랐던 그 실베리아 되기를 싫어했기 때문이야."

그 순간 그는 눈을 들어 자신 주위에 네 명의 양치기들이 모여 있는 것을 보았다. 그중에 엘리시오가 있는 것을 보더니 벌떡 일어서서 슬픔의 오열을 멈추지 않은 채 그의 목을 끌어안고 말했다.

"아, 나의 진정한 친구, 과거 내가 실베리아의 사랑을 받을 때 자네는 나를 얼마나 부러워했나? 그런데 이제 나의 이 모습은 아무 부러워할 이유가 없지. 과거 자네가 나를 복 있는 사람이라고 불렀다면 이제는 나를 불행한 사람이라 부를 수밖에 없고, 그때 자네가 내게 주었던 모든 즐거운 이름도 이제는 근심의 이름으로 바뀌었어. 이제 내 분명히 아는 것은 엘리시오 자네를 행복한 자라 부를 수 있다는 거야. 잊힌다는 현실적 두려움보다 사랑받을 수 있다는 희망이 자네를 더 위로해주니 말일세."

"오, 미레노, 지금 자네는 나를 혼란스럽게 만들고 있어!" 엘리시오가 대답했다. "실베리아의 일로 극단적인 행동을 보이니 말일세. 그녀는 그저 부모 말에 순종했을 뿐이야."

"그녀에게 사랑이 있다면," 미레노가 대답했다. "그 사랑에 어울리는 일 하지 못하게 하는 부모에 대한 의무는 작은 방해물일 뿐 아닌가? 그래서 나는 생각했다네, 엘리시오, 만일 그녀가 나를 진정으로 사랑했다면 이렇게 결혼하는 건 잘못된 일이라고. 그동안 그녀가 내게 보인 사랑이 혹 꾸며낸 것이었다면 나를 속였으니 더욱 나쁘고, 또한 내 생명을 손에 쥐고 놀 속셈으로 나를 이용했다면 그녀는 내게 환멸감을 줄 뿐이라고 말이야."

"미레노, 자네가 문제를 해결하려 자네 생명을 끝낼 지경까지 이른 것은 아니야. 실베리아의 변심은 자신의 의지가 아니라 오직 부모님께 순종해야 한다는 압박감에서 나온 거니까. 자네가 그녀를 순수하고 고결한 마음으로 사랑했다면, 이제 결혼할 그녀도 계속 사랑할 수 있을 거야. 과거처럼 자네의 선하고 거짓 없는 소원에 어울리는 여인으로 말이지."

"자네는 실베리아를 잘못 생각하고 있네." 미레노가 대답했다. "그녀는 지금 본심을 드러내는 일을 하고 있는 거야."

"자네가 한 바로 그 말이 자네가 잘못되었음을 말해주는 거야." 엘리시오가 대답했다. "미레노, 자네가 알고 있는 실베리아가 잘못될 거라고 생각하나? 이제까지 그녀가 실수한 적 있는가?"

"실수한 적은 없다 해도," 미레노가 대답했다. "내가 좋은 생각으로 기대한 모든 좋은 일을 빼앗아갔지. 이 일에서만큼은 그녀를 나무랄 수 있어. 내가 그토록 두려워한 이런 아픔을 그녀는 한번도 경고해준 적 없어. 오히려 굳은 맹세로 나를 안심시켜왔지. 그 두려움은 나의 상상에 지나지 않는다고, 다라니오와의 결혼은 한번도 생각해본 적 없고 절대 그와 결혼하지 않을 거라고, 나하고 결혼할 수 없다면 그 어떤 사람과도 결혼하지 않겠다고 다짐하고 또 다짐했어. 그 일로 부모님이나 친척과 영원히 등 돌리는 일이 생긴다 해도 말이야. 분명히 그렇게 약속해놓고 지금 자네가 본 대로 그 약속을 어기고 믿음을 깼으니, 그녀를 두둔하는 그 어떤 말에 내가 동의할 수 있겠으며 그 어떤 가슴이 이토록 고통스럽지 않겠나?"

이쯤에서 미레노는 다시 슬피 울기 시작했고 양치기들 역시 그런 그를 바라보며 비통함을 금치 못했다. 이때 그들이 있는 곳으로 두명의 어린 양치기들이 도착했다. 한명은 미레노의 친척이었고 다른 한명은 엘리시오, 띠르시, 다몬과 에라스뜨로를 부르러 온 다

라니오의 하인이었다. 결혼 축하연이 곧 시작되기 때문이었다. 양
치기들은 미레노 홀로 두고 가는 것이 마음에 걸렸지만, 그의 친척
양치기가 함께 남기로 하자 적이 안심이 되었다. 미레노는 자신의
두 눈으로 매일 자기 불행의 이유를 보고 싶지 않으니 이 땅을 떠
나고 싶다고 엘리시오에게 말했다. 엘리시오는 그의 결심에 기쁨
으로 찬성하며 어디에 있든 꼭 안부를 전해달라고 거듭 당부했다.
미레노는 그러겠다고 약속하면서 품속에서 종이를 꺼내더니 적당
한 때 실베리아에게 전해달라고 부탁했다. 그러고는 고통과 슬픔
이 가득한 얼굴로 그들과 작별했다. 미레노가 떠나고 얼마 지나지
않아, 그 종이에 무엇이 적혀 있을까 궁금증을 참지 못한 엘리시오
가 개봉되어 있으니 읽어도 크게 문제 되지 않을 것을 알고서 종이
를 펼친 다음 다른 양치기들을 불러 귀 기울이도록 했다. 종이에는
이런 시가 적혀 있었다.

미레노가 실베리아에게

양치기 처녀여,
가지고 있는 모든 것 중에서 당신에게
가장 좋은 것을 바친 양치기가
이제 그에게 남은 가장 작은 것을 보냅니다.
바로 이 초라한 종이쪽지입니다.
당신은 이 종이쪽지에서
당신에게 없는 믿음과
그에게 남은 고통을 보게 될 겁니다.

그러나 나의 믿음이 내게 유익이 되지 않고

나의 아픔이 당신에게 기쁨 된다면
이 종이를 당신께 드리는 것이
큰 의미를 갖지 않겠지요.
당신이 나를 버려
내가 불평한다 생각하진 마시기 바랍니다.
분노가 일찍 오고
불평은 늦게 오기 때문이에요.

이제 분노에 찬 나의 이야기를
당신이 들을 시간입니다.
혹 누가 압니까, 내가 눈물 흘리면
당신이 그 눈물 닦아줄지?
오직 당신만을 바라본 자
바로 이 미레노입니다.
그런데 당신은 그 좋은 시간을, 그 좋은 시간을
어찌 그리 바꿔버릴 수 있나요!

만일 그 속임수가 오래 지속되었다면
나의 분노 또한 누그러질지 모르죠.
명백하고 확실한 아픔보다
헛된 기쁨이 더 가치 있으니까요.
그러나 나의 가공할 불행이 줄지어 늘어서게 된
그 원인을 제공한 바로 당신이
당신의 변심으로 행복을 거짓으로,
내 고통을 확실한 것으로 만들어버렸음을 아시기 바랍니다.

당신의 사탕발림과
나의 어처구니없는 맹신의 귀가
거짓된 행복과
진정한 불행을 내게 주었습니다.
겉으로만 보인 행복이
나의 안녕함을 북돋았고
불행은 그 진실함으로
나의 고통을 배가시켰습니다.

그러니 나는 분명하고 확실한 사실로
판단하고 알아볼 수 있습니다.
사랑의 신은 지옥문 앞에
그의 영광 가지고 있고,
멸시를 불러일으키고
한순간 망각으로 유도하며
사랑에 순응하지 않은 자를
영광에서 고통으로 이끌고 만다는 것을.

당신이 너무도 빨리
이해할 수 없는 변심을 해서
이 고통의 와중에도 나는
혹시 있을 희망의 끈 놓지 않고 있습니다.
바로 어제 당신이 나를 사랑한다고 말했기에
아니, 적어도 사랑하는 척을 했기에

오늘 당신을 믿어야 한다고
생각하니까요.

아직도 내 귓전에는
당신의 말이 보내는
감미롭고 유쾌한 소리와
사랑이 깃든 대화 들려요.
결국은 그런 달콤한 기억들이
더 큰 고통 안겨줍니다.
바람이 당신의 말을 가져갔는데
행동이 어떠할지 그 누가 알겠어요?

미레노를 사랑하지 않으면
자신의 생명은 끝난 것이라고,
무엇보다도 나를 사랑한다고
맹세한 자 바로 당신 아니었습니까?
모든 불행이 당신 둘러싸도
나만 있으면 행복하다고
나를 높이 올려준 자
실베리아, 당신 아니었습니까?

오, 은혜 모르는 당신에게
나 어떤 어울리는 이름 붙여야 할까요?
당신이 나를 멸시한 것처럼
내가 당신 멸시한다면 말입니다!

그러나 나는 나의 유익을 위해
그런 방법 사용하기 싫습니다.
당신이 나를 잊게 한 그것보다
내가 당신 사랑하는 것을 더 높이 평가하겠습니다.

당신의 잔인한 손은
나의 노래에 슬픈 신음을,
나의 봄에 겨울을,
나의 웃음에 쓰디쓴 통곡을 주었습니다.
나의 즐거움은 상복喪服으로,
나의 부드러운 사랑의 꽃은 엉겅퀴로,
달콤한 열매는
독으로 만들어버렸습니다.

그리고 당신은 나를 고통스럽게 하는
이런 말도 하겠지요.
당신 결혼으로 인해
내가 당신 잊을 수 있으니
고결하고 명예로운 일 아니냐고요.
당신 결혼에 나의 슬픈 삶의 종말 있음을
똑똑히 알지 못한다면
당신 정말 사죄해야 할 겁니다!

그러나 궁극적으로 보면
당신 기쁨도 기쁨입니다.

정당하지 않을 뿐.

나의 신성한 믿음을 아주 부당한 상으로 갚아준 겁니다.

나의 믿음은 믿음이 어디까지 도달할 수 있는지 보여주려는

순수한 의도를 가졌어요.

당신의 변덕이 그것을 바꿀 수 없고

나의 불행도 그것의 힘을 뺄 수 없지요.

이것을 깨닫는 자는

내 확신하건대

나는 남자이고

당신, 실베리아는 여자라는 것 알고

결코 놀라지 않을 겁니다.

당신, 여자에게는 항상 변덕이 자리하고

나, 남자가 겪는 고통은

여자와 아주 다른 성질의 것입니다.

나는 결혼하여 후회하고 있을

당신을 봅니다.

당신 미래의 삶이 그 어느 것에도 뿌리내리지 못할 것이

분명하기 때문이에요.

당신이 당신 목에 둘러씌운 멍에

즐거운 마음으로 간직해보세요.

당신이 그것을 미워하고 싫어한다 해도

거역할 순 없을 겁니다.

당신은 인정 없고

너무도 변덕이 심해

어제 좋아했던 것

내일이면 싫어할 사람입니다.

좀 이상한 일이지만

당신에 대해 누군가는 이렇게 말하겠지요.

'아름답지만 변덕 심하고

변덕 심하지만 아름답구나.'

미레노의 시는 양치기들에게 그리 나쁘게 보이지 않았고, 실베리아의 빠른 변심이 얼마나 그의 마음을 아프게 했으면 사랑하는 조국과 친구들까지 버리도록 만들었을까 생각하는 기회가 되었다. 그러면서도 그가 하고자 하는 바에 앞으로 어떤 일이 일어날지 걱정스럽기도 했다.

이런저런 생각을 하며 마을에 들어선 그들은 이윽고 다라니오와 실베리아 있는 곳에 도착했다. 축하연이 시작되었다. 따호 강변에서 보아온 축하연 중에서 가장 성대하고 기쁨 넘치는 잔치였다. 다라니오가 이 지역에서 가장 부유한 양치기 중 한 사람이었고 실베리아 역시 온 강변에서 가장 아름다운 양치기 처녀 중 한 사람이었기에 인근 온 지역의 양치기들이 빠짐없이 결혼식에 참석했던 것이다. 이렇게 해서 이 결혼식은 사려 깊은 양치기 청년들과 아름다운 양치기 처녀들이 함께하는 기념할 만한 만남의 자리가 되었다. 그들 중에는 다양한 특성으로 다른 사람보다 눈에 띄는 자들이 있었는데, 슬픔에 잠긴 오롬뽀, 질투쟁이 오르페니오, 부재의 고통을 겪는 끄리시오, 사랑에 버림받은 마르실리오 등이 그들이었다. 모두가 젊은 청년들로, 각기 다른 사랑의 고통에 짓눌려 있기는 하지만 모두가 사랑에 깊이 빠진 자들이었다. 사랑하는 여인 리스떼아의 이른 죽음으로 오롬뽀는 항상 슬픔에 젖어 있었으며, 질투쟁이 오르페니오는 아름다운 양치기 처녀 에안드라를 향한 깊은 사랑으로 견딜 수 없는 질투의 분노에 사로잡혀 있었다. 부재의 고통을 겪는 끄리시오는 유일한 행복의 원천인 아름답고 고상한 양치기 처녀 끌라라우라와 지금 멀리 떨어져 있었고, 벨리사의 가슴에 자리한 사랑의 냉담함으로 마르실리오는 절망 속을 헤매고 있었다. 그들 모두가 친구요, 같은 마을 출신이었다. 서로의 사랑의 고통을 알고 있는 그들은 종종 모여 고통의 경연을 벌이기도 했다. 자기 고통의 이유를 상세히 밝히는 모임으로, 각자가 자신의 고통이 어느 누구의 고통보다도 크다는 것을 한껏 드러냈다. 가장 큰 고통을 짊어진 자가 가장 큰 영광을 누리는 자리였다. 그들은 할 수 있는 모든 기교를 다해서, 다시 말해 고통의 정도를 최대로 표현해서, 고통에 부여된 의미와 상관없이 자신의 고통을 크게 드러내려고 온 힘을 다했다. 이런 입씨름과 경쟁으로 그들은 온 따호 강변에 이미 유명했다. 띠르시와 다몬은 그들을 알고 싶은 마음이 강하게 일어 그들이 모여 있는 곳에 가 만나보았다. 모두가 예의 바르고 반가운 태도로 서로를 맞이했고, 특히 띠르시와 다몬 두 양치기는 모두가 감탄의 표정으로 바라보았다. 두 사람의 명성이 그곳까지 널리 퍼져 있었기 때문이다.

그때 부유한 양치기 다라니오가 산사람 복장을 하고 나타났다. 주름 옷깃이 달린 긴 상의에 양모 조끼, 맞춤하게 재단된 녹색 겉옷, 각지지 않은 둥근 코 신발과 금속 장식 허리띠, 겉옷과 같은 색깔의 사각형 고깔모자 차림이었다. 아내 실베리아 역시 그 못지않게 멋스러웠다. 윤기 있는 흰 비단으로 장식된 황갈색 치마와 보디스, 푸른색과 녹색으로 정교하게 짠 상의를 입고, 그녀의 결혼식 축하차 방문한 갈라떼아와 플로리사의 재간으로 금은 자수에 노란 실로 접은 주름을 넣은 목 장식을 했으며, 빨간 비단 끈을 늘어뜨린 진청색 머리그물을 쓰고, 앙증맞게 꼭 맞는 덧신을 감싼 황금빛 코르크 바닥 나막신을 신고, 손에는 값비싼 산호 장식의 금반지를 끼고 있었다. 그러나 무엇보다도 그녀를 돋보이게 만드는 것은 그녀의 아름다움이었다. 그녀 뒤로 아름다움으로는 누구와도 견줄 수 없는 갈라떼아가 등장했다. 마치 아침 여명이 지나간 후 떠오르는 태양 같았다. 다음으로 그녀의 친구 플로리사가 결혼식을 빛내기 위해 온 다른 많은 아름다운 양치기 처녀들과 함께 나타났다. 그중에는 떼올린다도 있었는데, 다몬과 띠르시는 낯선 그녀의 얼굴을 조심스레 훔쳐보았다.

이어서 양치기 처녀들은 양치기 청년들이 연주하는 여러 악기 소리에 따라 그들의 안내를 받으며 사원으로 걸음을 옮겼다. 그러는 동안 엘리시오와 에라스뜨로는 갈라떼아의 아름다운 얼굴을 바라보며 눈을 살찌우는 행운도 얻었다. 그들은 걸어가는 그 길이 율리시스[10]의 기나긴 순롓길보다 더 길었으면 하고 소망했다. 에라스뜨로는 그녀를 보는 기쁨이 지나친 나머지 거의 정신을 잃을 정도였다. 그가 함께 가던 엘리시오에게 말했다.

"어이, 친구, 여기서 갈라떼아를 보지 않으면 대체 볼 게 무엇이

---

10 그리스 신화에 나오는 영웅 오디세우스의 라틴어 이름. 트로이 전쟁을 승리로 이끈 그는 아내 페넬로페와 아들 텔레마코스가 기다리는 자신의 왕국 이타카에 귀향하기까지 시련과 모험으로 점철된 십여년간의 여행을 한다. 그리스 작가 호메로스의 『오디세이아』는 이 영웅의 이야기를 다룬 대서사시다.

겠나? 하지만 어떻게 감히 그녀의 황금빛 머리칼, 하늘 같은 이마, 별 같은 눈, 흰 눈 같은 얼굴, 주홍빛 두 뺨, 그녀의 입술 색, 상아 같은 이, 수정 같은 목, 대리석 같은 가슴, 이 모든 것을 바라볼 수 있겠어?"

"오, 에라스뜨로, 나는 모두 다 볼 수 있네." 엘리시오가 대답했다. "자네가 말한 것 중에 그 어느 것도 나를 고통스럽게 만들지 않아. 그녀의 무뚝뚝한 태도가 문제지. 자네도 알듯이 그것만 아니라면 자네가 보는 갈라떼아의 우아한 자태와 아름다움은 우리에겐 가장 큰 영광의 기회지."

"옳은 말이야." 에라스뜨로가 말했다. "하지만 자네도 내 말을 부인하진 못할 거야. 갈라떼아가 그렇게 예쁘지 않다면 우리가 그토록 그녀를 원하는 마음을 품지 않았을 테고, 또 그녀가 우리 열망의 대상이 되지 않았다면 우리가 겪는 이 많은 고통을 불러온 이유도 되지 않았겠지. 이 모든 것이 우리의 욕망에서 비롯된 거야."

"내가 자네의 말 부인할 수는 없네만, 에라스뜨로," 엘리시오가 대답했다. "모든 고통과 시름이 우리 욕망의 상실과 부족에서 생겨나지는 않는다고 생각해. 내가 하고 싶은 말은, 자네가 갈라떼아 사랑하는 방식을 한번 생각해보니 사랑의 가치를 자네가 많이 훼손해왔다는 거야. 그녀가 아름답다는 이유만으로 그녀를 사랑한다면 그녀가 감사해야 할 이유는 없는 셈이지. 아무리 하찮은 남자라도 욕망을 품지 않고 그녀를 바라보는 남자는 없으니까. 아름다움이란 그것이 어디에 처하든 욕망을 불러일으키는 힘을 가지고 있으니까 말이야. 그러니 이 단순한 욕망이 아주 자연스러운 것이라 해도 그것이 보상받아야 할 이유는 아무것도 없지, 혹 하늘이 원한다면 몰라도. 하지만 에라스뜨로, 우리의 진정한 법이 보여준 것처럼 이

것이 반대로 움직이고 있는 걸 자네도 보고 있지 않은가. 아름다움
이 욕망을 일으켜 그 소유자를 즐기고자 하는 것이 우리 마음의 주
된 요인이 된다 해도, 진정한 사랑에 빠진 사람은 이것을 궁극적인
목적으로 삼아서는 안 된다고 생각해. 다시 말해 아름다움이 욕망
을 불러일으킨다 해도 오직 고결한 마음으로 사랑해야 한다는 거
야. 그 어떤 다른 사욕邪慾으로 움직이면 안 돼. 이런 사랑을 완전하
고 진정한 사랑이라고 부를 수 있네. 이것은 여기서 벌어지는 일에
도 적용돼. 이런 사랑은 감사와 보상을 받을 자격이 있어. 모든 것
을 만드신 창조주는 익히 알려진 뛰어난 법대로, 두려움이나 고통
혹은 영광을 바라는 마음에서가 아니라 오직 선하고 사랑받을 만
한 이유로 사랑하고 섬기는 자들에게 상을 내리신다네. 이것은 신
의 사랑 안에 간직된 가장 크고 궁극적인 완성이라고 말할 수 있지.
사랑의 목적이 선함에만 있을 때 잘못된 판단 없이 인간의 사랑에
서도 이것이 가능하다고 생각해. 많은 경우 나쁜 것이 좋게 보이고,
좋은 것이 나쁘게 보이기 때문에 우리는 혹 어떤 사람을 사랑하기
도, 미워하기도 하지. 이런 사랑은 상을 받기는커녕 벌을 받아 마땅
해. 에라스뜨로, 이제 결론을 내리겠네. 자네가 갈라떼아의 아름다
움을 즐길 의도로 그녀를 사랑한다면, 더욱이 그녀의 덕목, 그녀의
명성이 높아지는 것, 그녀의 건강, 그녀의 행복 등을 사랑하지 않고
오직 그녀 외모의 아름다움만이 자네가 바라는 최종 목적이라면,
나는 자네의 사랑을 이렇게 받아들일 수밖에 없어. 자네는 그녀를
응당 사랑해야 하는 그런 사랑으로 사랑하지 않고 있다고 말이네.
따라서 그런 사랑은 자네가 원하는 만큼 보상받지 못할 걸세.”

　에라스뜨로는 엘리시오의 갈라떼아에 대한 사랑론을 어떤 이유
로 자신이 잘 이해하지 못했는지 밝히려 했으나, 사랑을 거부하는

레니오의 보리피리 소리가 그만 그의 말을 가로막고 말았다. 레니오 역시 다라니오의 결혼식에 참석해 자신의 노래로 축하연에 흥을 돋우고자 했다. 그는 신랑 신부가 사원으로 가는 동안 그들 앞에 서서 에우헤니오의 삼현금에 맞춰 노래를 부르기 시작했다.

레니오

종종 훌륭한 사람들 마음을 놀라게 하고
허황한 모습과 그늘로
자유로운 영혼을 수천의 감옥 안에
얽매어놓고 있음을 모르는 사랑의 신이여!
네가 신이라는 그토록 높은 이름으로 불리며
그것에 긍지를 느낀다면, 이메네오[11]의 끈에 항복해
그의 소망을 이 새 올가미에 맡겨버리는 자를
용서하지 말기 바라네.

네 힘을 결혼의 거룩함 유지하는
저 순결하고 성실한 법의 보존에 써주었으면 해.
이 영역에서 네 깃발을 뽑고
힘을 네 상태에 맞게 사용하게.
달콤한 열매 기대하는 아름다운 꽃이
그의 수고 힘들어하지 않듯이
당연히 따를 무거운 멍에 지고 힘들게 살아도
짐은 가볍게 느껴질 것이 아닌가?

---

11 결혼의 신.

네가 한 일과

몹시도 무뚝뚝한 너의 태도 잊고 있다면

결혼의 멍에로 묶인

부부의 잠자리와 침대를 즐겁게 할 순 있겠지.

그들이 삶의 여정 마칠 때까지

그들의 영혼과 가슴에 스며들어

그들이 기대하는 즐겁고 영원한 봄을

즐기게 하려무나.

양치기들의 오두막을 떠나게.

저 자유로운 양치기가 자신의 일 하게 내버려두게나.

할 수 있는 한 높이 날아

더 높은 수준과 행동을 열망하도록.

지금 너는 영혼들 희생하는 일에

밤새우며 헛된 힘 쏟고 있지 않은가.

이메네오의 달콤한 결합을 향한

더 좋은 의지를 갖고 그 영혼들 항복시킬 수 없다면 말이네.

여기서 자네는 자네의 멋있는 힘을

강한 팔로 보여줄 수 있을 걸세.

온화한 새 신부가 신랑 사랑하고

신랑에게 사랑받을 수 있도록,

질투에 눈이 먼 저 지옥의 분노가

두 사람의 기쁨과 안식 뒤흔들지 않고,

배우자의 사랑 떠난 냉담함이

두 사람에게서 단잠 빼앗지 않도록 말일세.

그러나 불성실한 사랑의 신이여,

네 친구의 간절한 기도 결코 듣지 않고

이 기도 무시해버린다면

나는 지금도 네 적이지만 앞으로 영원히

네 적이 될 것을 분명히 기억해두게.

너의 됨됨이와 네가 한 일을 온 세상 사람이 삐딱하게 보고

모두 그 증인이 될 것임을 알아두게.

네 손에서 나는 그 어떤 즐거운, 행운 넘치는, 건강한 기쁨도 기대

하지 않겠네.

사랑에 냉담한 레니오의 노래를 들은 양치기들은 놀라움을 금치 못했다. 그도 그럴 것이 그의 입으로 사랑의 신과 그의 강력한 손을 언급하며 그토록 부드럽게 사랑의 일을 다루는 것을 들어본 적이 없어서였다. 그럼에도 그들은 그의 노래를 듣고 실소를 터뜨리지 않을 수 없었다. 그들이 보기에 그는 점점 더 화를 내고 있어서 노래를 계속하면 그가 늘 다루던 대로 사랑의 신을 어떻게 처리할지 짐작할 수 있었기 때문이다. 그런데 아쉽게도 길이 다 끝나서 그럴 시간이 사라졌다.

이윽고 사원에 도착하자 사제들이 주도하는 결혼 의식이 베풀어져 다라니오와 실베리아는 친밀하고 영원한 혼인의 매듭으로 묶였다. 결혼식은 많은 사람의 부러움을 자아냈고, 실베리아의 아름다움을 탐내던 사람들은 그녀의 결혼에 고통 섞인 아쉬움을 금치

못했다. 그러나 저 불행한 미레노가 이 결혼식에 왔다면 그 누구의
고통을 그의 고통에 비할 수 있겠는가?

신랑 신부가 함께한 사람들과 사원에서 돌아와 연회석이 준비
된 마을 광장으로 향했다. 다라니오는 이 기회를 빌려 자신의 부유
함을 유감없이 내보이고자 했다. 마을 모든 사람을 호화롭기 짝이
없는 연회에 초청한 것이다. 광장은 나뭇가지로 넘쳐 마치 숲처럼
보였다. 얼마나 가지가 서로 얽혀 있던지 작열하는 햇살이 그 공간
을 뚫고 시원한 땅에 열기를 전할 기회를 얻지 못할 정도였다. 바
닥은 바닥대로 풍성한 부들과 각양각색의 꽃들로 뒤덮여 있었다.

사람들은 모두 기쁨 넘치는 얼굴이었고 양치기들의 다양한 악
기 소리에 맞춰 성대한 축하연이 벌어졌다. 양치기들의 악기들이
내는 선율의 화음은 궁중음악 연주에 전혀 손색이 없을 정도로 탁
월했다. 그러나 잔치의 압권은 연회석을 높여 무대로 급조한 자리
에 사랑에 상처 입은 네명의 사려 깊은 양치기들, 오롬뽀, 마르실리
오, 끄리시오와 오르페니오가 등장한 것이었다. 그들은 친구 다라
니오의 결혼식을 이채롭게 하고, 또 그들의 노래를 듣고자 하는 띠
르시와 다몬의 소원을 만족시키기 위해 자신들 사랑의 아픔을 표
현한 목가시를 손수 지어 낭송하고자 했다.

이렇게 모든 양치기 청년들과 처녀들이 자리를 잡았고, 에라스
뜨로의 보리피리와 레니오의 수금, 다른 양치기들의 악기들이 차
분하고 멋진 침묵을 만들어냈다. 이 소박한 무대에 처음으로 모습
을 드러낸 사람은 우울한 얼굴빛의 오롬뽀였다. 그는 양치기들이
즐겨 입는 검은 모피 조끼를 입고 노란 회양목 지팡이를 들고 있었
다. 그의 모습의 특징 그대로 흉한 죽음의 형상이었다. 죽음을 상징
하는 삼나무 잎 관을 머리에 썼는데, 사랑하는 리스뻬아의 이른 죽

음으로 인한 슬픔을 보여주는 엠블럼 같은 것이었다. 그는 슬픈 표정을 띠고 눈물 가득한 눈으로 이쪽저쪽을 돌아본 후에, 끝없는 고통과 쓰디쓴 고뇌의 모습으로 이런 노래를 부르며 침묵을 깼다.

오롬뽀

죽음 섞인, 피범벅 된 말들이여,
슬픔 젖은 가슴 저 깊은 곳에서 어서 나오너라.
만일 흐느낌이 너희 묶어놓고 있다면,
왼쪽 옆구리 부숴 열어버려라.
너희 억양에 가득 찬 사나운 독기에
이미 불붙은 공기가 너희를 가로막는구나.
어서 나오너라, 이미 나의 모든 행복 앗아가버린
저 바람이 제발 너희 데려가주었으면 좋겠다.

활기 없는 너희 모습 보아도 그리 많은 것 잃지는 않은 것 같아.
수준 높은 대상이 부족했기 때문이지.
중량감 있는 완벽한 문체로 표현할
높이 고양된 대상 말이야.
너희 한때는 달콤하고, 즐겁고, 유쾌한 것으로
주목받고 잘 알려져 이름 높기도 했었지.
그러나 이제 너희 처한 이 땅과 하늘에서
눈물 섞인, 슬프고 쓰디쓴 고뇌의 존재로 알려질 거야.

말들이여, 지금 떨며 나오고 있지만,
대체 무엇으로 내가 느끼는 것 말할 수 있단 말이냐?

나의 성난 고뇌 그대로

생생하게 그릴 순 없어.

그러나 나의 고통과 어눌함을

표현할 방법과 시간 부족하다면,

그 부족함 혀가 아니라

끊임없이 흐느끼는 나의 눈이 보충해줄 거야.

오, 좋은 것 얻기 바라는

수천 인간 희구希求의 끈 자르고 난도질하는 죽음이여!

너는 단 한번 눈길로 높은 산을 평평하게,

에나레스강과 나일강을 같은 것으로 만드는구나.

배신자 죽음이여,

그런 네가 너의 잔인한 기질은 왜 부드럽게 만들지 않는 거냐?

왜 나의 분노를 일으키려 너의 날카롭고 잔인한 신월도[12]로

지극히 아름다운 순백의 가슴을 후비며 시험하는 것이냐?

거짓으로 똘똘 뭉친 죽음이여! 부드럽고 푸른, 좋은 감정 넘치던

세월이 무엇으로 너를 그리 기분 나쁘게 만들었더냐?

그 부드러움에 왜 그토록 잔인함을 드러내는 것이냐?

어찌 된 연유로 나 다치게 할 해로움을 그토록 키운 것이냐?

오, 나의 적이자 속이는 모든 것들의 친구인 너!

나는 너를 찾고 있지만 너는 모습 감추고 존재 보이지 않아.

그 대신 네 악의 덩어리 가장 두려워하는 자와 말하며

---

12 주로 아랍 전사들이 사용했던 초승달 모양의 칼.

네 생각을 잘도 꾸며대는구나.

시간이 흐르면 몹시 공정치 못한 네 법칙이
한층 커진 힘을 보여줄 것 분명하다.
이 세상 삶에 낙 없는 사람에게
견디기 힘든 상처 안겨줄 것도 분명하다.
게다가 모든 것 네 마음대로 재단하는
너의 그 낫이 그 어떤 간청이나 명령에도
움직이지 않음이 더 큰 문제 아니더냐.
부드러운 꽃이 억세게 얽힌 줄기를 잘라내기 힘든 것같이.

네가 리스떼아를 이 땅에서 없앴을 때,
너는 오직 세상에 대한 승리만을 위해
너의 존재, 너의 가치, 너의 힘, 너의 활력,
너의 분노, 너의 명령과 너의 지배력 모두를 사용했지.
리스떼아를 데려가며 너는 은총, 재기, 아름다움, 이 땅의
가장 크고 좋은 뜻 역시 함께 가져가버렸어.
이 모든 복
그녀와 함께 무덤에 묻어버렸지.

그녀 없는 나의 딱한 삶은
끝없는 어둠 속에 묻혀버렸고,
나의 어깨에 견딜 수 없는 짐 너무 오래 지워졌어.
불행한 자의 삶, 사실 죽음에 가까운 것 아니겠는가.
나는 행운의 여신도, 운명의 여신도,

시간도, 하늘도 이제 기대할 수 없네.
그 누구에게서도 위로를 기대할 수 없고,
이 넘치는 불행 속에서 그 어떤 복도 기대할 수 없네.

오, 고통이 무언지 아는 그대들이여!
어서 와 나의 이 고통 위로해주세요.
지금 내게 가해지는 죽음의 열망, 힘, 활기 보이지 않나요?
그에 비하면 그대들의 고통은 아주 작은 것이죠.
늠름한 양치기들, 끄리시오, 마르실리오, 오르페니오여,
그대들 지금 어디에서 무엇 하고 있습니까?
왜 오지 않습니까? 당신들 고통보다 훨씬 큰
나의 이 상처 왜 가져가지 않습니까?

저 좁은 길이 교차하는 곳에 모습 드러냈다
사라지는 자 누구입니까?
마르실리오, 그는 분명 사랑의 신의 포로입니다.
그가 항상 칭송하는 벨리사가 원인이지요.
잔인한 냉담함의 사나운 뱀이
그의 가슴과 영혼 갉아먹고 있어요.
그의 삶은 평온을 잃고 격랑 속을 지나갑니다.
그러나 아직 그의 운명 나만큼 어둡지는 않아요.

그는 그의 영혼의 불행이
내 불행의 고통보다 더 크다고 생각해요.
나 고통의 울창함 속에 숨어 있어

불평의 정도만 보아서는 그리 생각할 수도 있겠지요.
그러나 아! 한번도 그와 같게끔 허용하지 않는 아픔
정말 엄청난 광기입니다.
불행이 가까이 오고 행복이 멀어지도록
그렇게 길을 여닫거든요.

마르실리오
나를 한발짝 한발짝 죽음으로 인도하는
걸음들이여,
내 너희의 게으름을 고발하지 않을 수 없구나!
제발 내게 은혜를 베푼다 생각하고
걸음을 좀 빨리해주었으면 좋겠다.
이 쓰디쓴 발걸음에 있는 나의 행복이
너희 빠른 발걸음에도 있으니 말이다.
나의 유익에는 반대하고
분노의 가슴에만 머무는 나의 적은
항상 그랬듯이 무정함의 완성 외에
다른 목적 없음을 너희 알아야 한다.
그러니 가능하면 빨리
그 두렵고 까탈스런 엄격함에서 함께 도망치자꾸나.

나를 고통스럽게 하는 이 불행으로부터,
나의 생명 끝낼 때까지 멈추지 않을
슬프고도 자명한 이 고뇌로부터 나 보호받을 수 있다면
그곳이 아무리 기후가 달라도,

그 지역이 아무리 불확실해도,

그곳에 가 사는 것 무슨 문제겠습니까?

한순간이라도 나의 고통 가볍게 할 수만 있다면

이 자리에 있는 것 연연하지 않고

모래사막 많은 리비아라도,

저 희고 사나운 스키타이인[13] 사는 곳이라도

내 몸 그곳으로 옮겨놓겠어요.

나의 행복은 좋은 장소로 옮기는 데

있지 않으니까요.

그 누구와도 비할 수 없는

잔인한 나의 양치기 처녀의 가혹한 매정함이

이곳저곳으로

나를 따라다닙니다.

그 끈덕짐에 사랑, 희망, 그 어떤 행복 주는 말로도

나의 미래를 약속할 수 없어요.

낮의 빛이며 우리 시대의 영광인 벨리사여!

심지 굳은 친구의 간청이

당신에게 효력을 미친다면

당신 오른손의 성난 매정함 그만 좀 누그러뜨려주오.

그렇게만 해주면

이 나의 불로 당신 가슴의 차가움

없앨 수도 있을 것 같으니.

---

13 BC 8~3세기 흑해 동북 지방의 초원 지대에서 활약한 기마 유목 민족.

그러나 벨리사 당신은

바다를 요동시키고 들끓게 하여

피곤한 항해자의 목숨까지 위협하는 가혹한 바람이

항해자의 애원에 귀 막는 것보다

더 귀를 막고, 더 잔혹하고 무정하게

나의 신음 외면하고 있습니다.

대리석, 다이아몬드, 굳은 쇠,

높은 산의 견고한 바위,

또 북풍의 강한 바람에도

높이 솟은 가지 절대 흔들리지 않는

단단하고 오래된 참나무, 떡갈나무, 이 모든 것도

당신 영혼에 들어찬 냉혹함에 비하면

부드럽고 순한 것이라 말하고 싶소.

나의 마음 아프게 하는 나의 가혹한 운명,

나의 무정한 별,

모든 것을 받아주는 나의 의지가

지금 나를 벌주고 있어요.

나의 영원한 사랑이요 나의 영원한 주인

쌀쌀맞고 아름다운 벨리사여,

찡그린 당신의 아름다운 이마,

어떤 충격에도 흔들릴 것 같지 않은 잔잔한 눈이

내게 수천의 분노 보여주지만, 당신은

언젠가는 이 땅에서 없어져버릴

육체의 베일이 덮고 있는,

또 그러한 사실을 너무 잘 아는

영혼의 소유자일 것이 분명해요.

나를 고통스럽게 하는 이 불행 능가할 만한

행복이 과연 있을까요?

온 세상에 이것만큼 잔인한 불행 또 있을까요?

이것저것 다 인간의 계산에서 나오는 것.

사실 이 계산 없으면

살아 있으나 죽은 것과 마찬가지지요.

나를 무시하는 경멸 속에서

나는 나의 믿음에 불을 붙입니다.

차가운 얼음 속에서 불이 타오릅니다.

한번 보세요, 얼마나 정신 나간 소리인지.

이렇게 해 나를 공격하는 고통을

무력화해요.

이러한 시도를 더욱 커지는 불행에 견줄 수만 있다면요.

그러나 그 누가 우산처럼 무성한 도금양과

푸른 의자의 얽히고설킨 가지들을

흔들 수 있겠습니까?

오롬쁘

한 양치기가 있습니다.

그는 자신이 실제 겪은 고통에

근거를 둔 말로
감히 이런 것을 보여주려고 해요.
아무리 마르실리오 당신이 자신의 고통을
높이 평가하고, 과장되게 칭찬하고, 고귀하게 쳐도,
이미 커진 그 양치기 고통의 느낌이 당신의 고통을
능가한다는 사실 말입니다.

마르실리오

나의 충실한 친구 오롬뽀여,
그대는 완전히 말싸움의 노예가 되어버렸군요.
그대 자신이 그 증인이 된 것 같아요.

그대가 나의 근심과
나를 미치게 하는 불행의
극히 일부분만 알아도
그대 그 억지를 스스로 멈추게 될 거라오.
오롬뽀여, 그대의 말은 조롱 섞인 아픔이지만
나의 말은 진실이라는 것 어렵지 않게 알 수 있어요.

오롬뽀

마르실리오여, 나의 삶을 끝장내는
나의 고통을 훼손하는
당신의 그 이상한 고통을
망상으로 만들어버려요.
이제 나는 당신 고통은

나의 확실한 불행의 그림자라는 것 보여주며

당신이 빠진 그 속임수에서

당신을 꺼내주고 싶어요.

그런데 지금 끄리시오의 목소리가 들리네요.

당신이 동의하시면

그가 뭐라 말하는지 한번 들어보지요.

당신 고통 못지않은

힘든 고통을 크게 내세우는 것 같아요.

마르실리오

오늘 두분에게

나의 불행이 진짜 불행임을

보여주고 일깨울 수 있는

좋은 장소와 기회를

시간이 내게 주고 있는 것 같네요.

오롬뽀

마르실리오여, 끄리시오의 목소리와

그의 탄식에 한번 귀 기울여보세요.

끄리시오

아, 어렵고, 성가시고, 슬픈 부재여!

너의 힘과 폭력을 죽음의 절대 패배하지 않는 힘과

같게 생각했던 그는 얼마나 오래

너의 진실한 정체 몰랐단 말인가!

그가 가장 가혹한 선고를 받고 있을 때,
한계 지어진 그의 운명이
긴밀히 묶어놓은 몸과 영혼의
매듭과 강한 결박을 어떻게 더 풀어헤칠 수 있단 말인가!

너의 강한 신월도 더 큰 악으로 뻗쳐가는구나.
하나의 영靈을 두쪽으로 나누어버렸으니 말이다.
오, 아무도 이해하지 못한 사랑의 기적들
학문으로도, 예술로도 도저히 얻을 수 없으니!
신월도여, 영의 반쪽은 저기 내 영혼 불태우는 자에게 놔두고
나머지 가장 약한 부분을 이곳으로 가져오게.
그것으로도 내 영혼은 생명의 부재보다
수천배 더 큰 불행을 느끼니 말이네!

나는 지금 나의 고통을 잔잔하게 만든
저 아름다운 눈의 부재 속에 있어요.
환영이 그곳을 지나가지 않았다면
그 눈을 볼 수 있었을 자에게 그 눈은 생명 그 자체였습니다.
그 눈을 보고, 그 보는 것이 가당치 않다고 생각한다면
정말 미친, 대담하고 무모한 짓이죠.
하지만 불행한 나는 그 눈을 보았고, 지금은 보지 못하네요.
제발 내게서 그 눈을 보고 싶은 욕망을 죽여주세요.

나의 고통의 끝을 단축하기 위해,
그토록 큰 사랑으로

나의 영혼을 육체에 결합시켰던
이 오랜 우정이 나뉘는 것 응당 보고 싶어요.
나의 영혼이 훨훨 날아 재빨리
육체에서 분리되면
분노에 찬 두 눈에 안식과 기쁨 있음을
볼 수 있을 것이 분명하니까요.

분노는 사랑의 신이 부재의 사랑을 하는 자에게 주는
대가이자 보상입니다.
그 사람에게는 사랑의 고통 속에서 느끼는
크나큰 고통과 모욕감이 수치로 드러나지요.
방어에 어떤 신중함도 기할 수 없으며
그 어떤 견고한, 뜨겁게 솟아오른 소망도
이 고통의 가혹한 벌과 격한 분노
달래는 데 쓸 수 없어요.

이 고통의 가혹함은 폭력적입니다.
더 나아가 지속적이기도 하지요.
그래서 먼저 인내심이 고갈됩니다.
삶의 여정은 비참하기까지 하고요.
죽음, 옆길로 빠지기, 질투,
성난 마음의 무정함, 변수變數 등은
이 아픔만큼 괴롭히거나 해를 주지 않아요.
그 이름만 들어도 나는 소스라칩니다.

이렇게도 잔인한 고통이

죽음에 이르는 치명적인 고통을 불러일으키지 않는다면

그것 역시 깜짝 놀랄 일입니다.

그러나 이 모든 것, 별거 아닙니다.

이 즐겁고 값비싼 삶에 나는 부재중이기 때문이죠.

이쯤에서 나의 비탄의 노래를 멈추겠습니다.

저기 있는 사려 깊고 보기 드문 동반자에게 양보해야 할 것 같으니까요.

그는 틀림없이 가장 달콤한 기쁨을 보여줄 겁니다.

오롬뽀

마음씨 좋은 *끄리시오*여,

당신이 여기 있어 우리는 기쁨을 누리고 있어요.

시간이 더 흐르면 우리의 오랜 의견 차이도 끝낼 수 있겠지요.

끄리시오

오롬뽀여, 그대가 좋다면 우리 시작합시다.

우리 다툼의 가장 올바른 재판관으로 여기 있는

마르실리오가 좋을 것 같네요.

마르실리오

모두가 아는 그 허황한 그대들 생각으로

그토록 집착한 것이 잘못되었다는 것을

그대들 자신이 잘 증거하고 있군요.

별것 아닌 그대들 고통이

알려진 것보다 훨씬 더 나를 눈물 흘리게 한

나의 고통보다 더 크기를 원하고 있으니까요.

그러나 땅도 하늘도 나의 영혼을 둘러싼 고뇌보다

그대들의 고통이 얼마나 덜

심각한지 알고 있으니

나는 내 가슴속 가장 작은 고뇌도

당신들과의 경쟁에 내보일 수 있다고 생각해요.

나의 재능이 아무리 서툴다 해도 말이에요.

그리고 그대들이 자신의 운명 너무 힘들고

짧다고 서슴없이 불평하는

혹독하고 긴 부재의 시간과

또 무시무시하고 쓰디쓴 죽음보다

내 불행이 훨씬 더 고단한지 그렇지 않은지를 분별할

판단과 심판은 그대들에게 맡기겠어요.

오롬뽀

그 제안에 나는 아주 만족해요, 마르실리오.

내 고통을 잘 설명할 수 있다는 확신이

나의 고통의 승리를 보장해주기 때문이에요.

끄리시오

내 과장하는 기술은 부족하지만

내가 그대들에게 나의 슬픔을 선보일 때

그대들의 고통이 얼마나 하찮은지 잘 알게 될 거예요.

마르실리오

그렇게 냉담해도
세상의 아름다움 다 가진 양치기 처녀의
불멸의 냉혹함에 어떤 부재가 도래했나요?

오룸뽀

오, 마침 오르페니오가 알맞은 시간에 왔네요!
그가 보이죠? 모습이 어른거리네요. 주의 깊게 살펴보세요.
그가 도착하면 자신의 불행을 얼마나 심사숙고하는지 듣게 될 거예요.
그의 고통의 원인은 질투입니다.
질투는 칼, 사랑의 만족과 평화를 어지럽히는 것.

끄리시오

이윽고 그가 노래합니다. 잘 들어보세요.

오르페니오

오, 혼돈 속에 있는 나의 슬픈 환상을
계속 따라다니는 어두운 그늘이여,
항상 차갑고 화나 있는 어둠이
나의 빛과 기쁨을 계속 핍박하며 쫓아다니는구나!

언제나 너의 가혹함이 누그러질까?
잔인한 괴물, 혹독한 욕심꾸러기[14]여,
나의 기쁨을 흔들어놓고 얻는 것이 무엇이며,

나의 행복을 빼앗아 얻는 것이 무엇이냐?

너의 걸치레 기질이 확장되어
너에게 생명 주고 너를 태동케 한 자의
생명까지 빼앗으려 한다면,

잔인한 살인자여, 네가 나의 것이며,
네가 내 모든 행복에서 나왔다는 것을 마땅히 자랑하지 않고
내가 그런 가혹함 속에 살아가는 것만 보고자 하는구나.

오롬뽀

오르페니오여,
가장 좋은 계절에 늘 그랬듯이
이 행복한 초원이 그대에게 즐거움 준다면
어서 와 우리 상처 입은 사람들 모임에 끼어
시간을 함께 보내세요.

슬픈 사람들과 같이 있으면 아무리 슬픈 사람이라도
쉽사리 편한 마음 가질 수 있다는 것 잘 알게 될 거예요.
그러니 어서 와요.
저 높이 솟아오른 태양의 뜨거운 열기도
이 맑은 샘가에서는 잘 견딜 수 있답니다.

---

14 원어는 'arpía'. 우화에서 얼굴은 여자이고 몸은 맹금류인 새를 가리키며, 수단
과 방법을 가리지 않고 모든 것을 가지려는 욕심꾸러기를 뜻한다.

어서 와 익숙한 당신의 문체 드높여주세요.

항상 그래온 것처럼 끄리시오와 마르실로[15]에게

그대를 옹호해보세요.

그들 두 사람은 자신의 마음을 아프게 하는

자신의 고통이 가장 크다고 주장하고 있어요.

나 자신 여기서

그대와 다른 두 사람과 겨루고자 해요.

지금 내가 견디는 고통 역시 그대들에게

내세울 수 있으니, 그 어떤 다른 고통보다

조금도 덜하지 않다는 것 잘 보여줄 수 있어요.

오르페니오

몹시 배고픈 암양에게도

맛있는 풀이 기쁨 아닐 수 있고

잃어버린 건강을

되찾은 사람에게도

건강이 달갑지 않을 수 있어요.

나 역시 내 마음에 고통 주는

그 가혹한 고뇌가

땅 위에 넓게 퍼져 있음을 보여주는

이 경쟁에서 그것을 알리는 것이

---

15 세르반떼스는 여기서 앞의 '문체'(estilo)와 운을 맞추기 위해 마르실리오를 '마르실로'(Marcilo)로 썼다.

즐거울 수도 있어요.

오롬뿌여, 당신의 과도한 고통 말하는 것 이제 그만 멈추세요.
끄리시오여, 당신의 고뇌 이제 감추세요.
마르실리오여, 이제 당신도 침묵 지키세요.
죽음, 경멸, 부재, 그 어느 것도
질투와 경쟁이 되지 않습니다.

그러나 하느님이
오늘 우리의 이 싸움 원하신다면,
원하시는 분이 먼저 하세요.
서투른 말이든 능숙한 말이든
그 고통 다른 사람들에게 잘 말해주세요.

우아한 언사는 아닐지라도
실제 사실에 근거를 둔,[16]
진실한 이야기의 기초와
주된 핵심을 진술하는
그런 방법으로 말이에요.

끄리시오
　양치기여, 우리의 열정을 가늠하는 이 싸움에서
　그대 엄청난 오만으로

---

16 여기서 아름답게 꾸며 이야기하는 것보다 진실이 우선이라는 세르반떼스 시학
　의 일면을 엿볼 수 있다.

수많은 헛소리를 지껄일 것 같은 느낌이네요.

오르페니오

그대의 그 기세를 좀 누그러뜨리거나
때에 맞게 보여주었으면 해요.
끄리시오, 그대의 고뇌는 심심풀이에 지나지 않아요.
발걸음 돌리는 데 게으름을 부리면 사람들이 당신의 느낌에는 관
심 두지 않아요.

끄리시오

나의 고통은 이상할 정도로 크고 잔인하니
내 고뇌를 대적할 그 어떤 것도 없다는 것을
바로 그대 자신의 입으로 말할 것이라 기대해요.

마르실리오

나는 나면서부터 불행한 사람이랍니다.

오롬뽀

나는 태어나기도 전에 이미
불행이 차고 넘쳤답니다.

오르페니오

내 안에선 크나큰 불행이 나를 뒤덮어요.

끄리시오

당신의 불행은 내 것에 비하면 행운입니다.

마르실리오

이상하리만큼 활기찬 나의 불행에 비한다면
그대들을 괴롭히는 상처는 즐거움이지요.

오롬뽀

오늘 아침 나의 고통이 명백해지면
모든 것이 백일하에 드러나
누구도 자신의 고통 숨기지 못할 거예요.
이제 나부터 내 사랑하는 사람을 잃은 이야기 시작하겠어요.

옥토에 뿌려졌던
나의 희망은
달콤한 열매를
약속하고 있었어요.
그러나 열매를 맺으려 했을 때,
하늘은 그것을 고통으로 바꿔버렸습니다.
풍성한 행운을 주고자 하는
수천 모습의 경이롭고 멋진 꽃 보았는데
바로 그때, 질투에 눈먼 죽음이
그 꽃을 꺾어버렸어요.

나는 드넓은 경작지에서

끊임없는 노동의 끝에
쓰디쓴 고통의 열매를
운명의 장난으로 받게 된
농부 꼴이 되었지요.
나아가
새롭고 멋진 발걸음에 대한
희망 역시 빼앗겼습니다.
자신의 복에 대한 신뢰를 지녔던 땅을
하느님이 덮어버린 것이지요.

결국 나는 어떤 행복이나
기쁨 갖는 일도 포기한 채
절망 가운데 살고 있어요.
내가 이 세상에서 가장 저주받은 자라는 것
무척 뚜렷하고 명백합니다.
그렇지만 이 크나큰 불행의 와중에서
행복한 결말이 올 거라는 한줄기 희망이
없는 것은 아니에요. 그러나 아, 어쩌겠어요?
그 희망의 이유는 지금
무덤 속에 있으니 말입니다!

마르실리오

항상 마를 날 없는
나의 눈물은
지금까지 나의 마음에 상처 준

수십만 가시와 엉겅퀴 돋아 있는
그 장소에 있었어요.
그래요,
분명 나는 불행한 자예요.
한번도 눈물 없는 마른 얼굴이나
내 노동으로 거둔 잎, 꽃, 열매 어느 것도
가져본 적 없으니까요.

제발 조그마한 일이라도
좋은 일 한번 보아 내 마음
평안 되찾았으면 좋겠어요.
그런 일 절대 생기지 않겠지만,
끈덕진 내 사랑이
그토록 나를 거절하는
그녀에게 힘을 미쳐
나의 얼음에 그녀가 불붙고
나의 불에 그녀가 꽁꽁 얼어 차가워지는
그런 행복한 결말에 이르렀으면 좋겠어요.

나의 통곡과 한숨이
쓸데없다 해도
나는 그만두지 않을 거예요.
견딜 수 없는, 비인간적인 나의 고통 때문이죠.
이 고통을 무엇과 비교할 수 있겠어요?
오롯뿐, 당신의 고통은 그 원인이 소멸하면

사라지겠지만,

당신 슬픔보다

내 슬픔 더욱 완벽해서

갈수록 더욱 커지며 마침내 나를 망가뜨린답니다.

꼬리시오

나의 끊임없는 열정에서

빚어진 그 열매 잘 익혀 갖고 있는데

문득 그것을 즐기려 하면

그만 나를 피해버려요.

그래서 나는 모든 사람 중에서

가장 불행한 자라는 이름 받기에

너무도 충분해요.

그래서 나는 죽게 될 거예요.

내가 나의 영혼 어디에 두었는지

찾을 수도 없기 때문이죠.

죽음이란 복에 대해서는

그것을 돌이킬 수 없다는 것이

위로가 됩니다.

아무리 강하고 단단한 마음이라도

시간 흐르면 부드러워지게 마련이지요.

그러나 부재를 느낀다는 것은

다른 차원입니다.

부재를 느끼는 자는

그 어떤 행복의 그림자도 없이 질투, 죽음, 경멸,
그리고 그 이상의 것들을 두려워한답니다.

희망이 다가오는 것
늦어지면 늦어질수록
고통은 더욱더 커지지요.
희망이 절대 도달하지 못하는 그곳에
고통이 찾아옵니다.
무엇과도 비교할 수 없는 고뇌 속에서
불행의 진정한 해결책은
해결을 아예 기대하지 않는 그것이지요.
그러나 부재의 고뇌에는 이 방법마저 없답니다.
그래서 더욱 치명적이지요.

오르페니오
　나의 끊임없는 수고로
　심긴 열매가
　달콤한 숙성의 시간에 이르러
　풍요로운 운명과 함께
　나의 능력에 주어졌습니다.
　어느 것과도 비교할 수 없는 목적지에
　이를 수 있었던 바로 그때
　나는 알게 되었습니다,
　그 기회가 내게는
　기쁨 아니라 슬픔 될 수 있다는 사실을.

나는 지금 그 열매 내 손에 가지고 있어요.
그런데 그것이 나를 지치게 합니다.
나의 비인간적인 불행 속에서는
아무리 특출난 이삭이라도
잔인한 벌레가 갉아먹어버리니까요.
나는 내가 원하는 것을 증오합니다.
살아 있으나 죽은 것 같은 삶 살고 있으니까요.
뒤죽박죽 혼란스러운 미로를
나는 만들고 또 그리고 있습니다.
그곳에서 빠져나가는 일 절대 기대할 수 없지요.

이런 괴로움 속에서 나는 죽음을 구하고 있어요.
죽음은 나의 고통에 생명 주는 은인이지요.
나는 더욱더 무엇이 진실인지 모르는 착각에 빠져 있어요.
부재 속에서 그리고 현존 속에서
나의 불행은 크기를 더해갑니다.
이토록 심한 불행을 치료할 수 있는
희망은 없어요.
이토록 슬픈, 펄펄 살아 있는 죽음을
멀리할 수도,
떨어져나갈 수도 없습니다.

오롬뽀
고통이 관리하고 요구하는 것을

희망이 없앨 수 있다고 생각해
그토록 넓게 퍼져 있는
죽음의 상처로부터
부분적으로 벗어날 수 있다고 말하는 것,
이미 알려진 실수 아닌가요?

마음이 원하는 것이
기억을 망가뜨려 그 기억이
죽은 영광 살려내지 못한다면,
차라리 그 영광의 포기가
영광 잃는 고통을 조금
덜어준다는 생각은
너무 당연한 이치입니다.

그러나 이미 죽어버린
행복에 대한 기억이 그 행복을 소유했던 때보다
더 생생하게, 더 뜨겁게 현존한다면,
과연 그 누가 비참함 가득 찬
이 고통이 다른 것들과 매일반이라고
감히 생각할 수 있겠습니까?

마르실리오

어느 불쌍한 나그네가
그 하루를 끝낼 무렵,
예기치 않은 이상한 일로

기대했던 숙소가 사라진다면
아무리 서둘러 길을 가도
무슨 소용 있겠습니까?

그는 틀림없이 혼돈에 빠져
무거운 정적 감도는 칠흑같이 캄캄한 밤이 주는
공포에 벌벌 떨게 되겠지요.
게다가 날마저 새지 않으면 그 두려움 더하겠지요.
그의 운명에 고요하고 맑은 하늘이 주어지지 않는
그런 상태가 되는 거죠.

나는 행복 넘치는
숙소를 향해 가는 나그네입니다.
그곳 가까워질 때
이제 평안한 휴식 얻겠구나 생각하지요.
그런데 도망가는 그림자처럼
행복은 내게서 달아나고 고통이 나를 어둡게 만들어요.

끄리시오

물살 빠르고 수심 깊은 강이
종종 나그네의 발길을 막고,
넓은 평원에서
나그네는 바람과 눈, 추위의 공격을 받지요.
그런데 고대하던 숙소가 저기,
그리 멀지 않은 곳에 보여요.

그때 이 기쁨을
이 고통스럽고 지루한 부재가 가로막습니다.
이 부재는 결코 고통을
기대한 만큼 줄여주지 않아요.
이제 누가 나의 분노를 해결해줄지를
눈앞에서 가까이 봅니다.

그러나 행복이
나의 고통에 가까이 있는 것을 보면
마음이 심하게 움츠러들고
고통은 더욱 커져요.
가까이 있으면 행복은 알 수 없는 이유로
그만큼 더 멀리 내 손에서 달아나기 때문이지요.

오르페니오
내 시야에 수천의 행복 가득한
호화로운 숙소가 보였고
드디어 나는 그것을 정복했어요.
그러나 운명의 여신이 나를 향해
호흡을 가다듬는 것이 보였을 때,
나는 그 운명이 캄캄한 어둠으로 바뀌는 것을 보았어요.

저기, 서로 뜨겁게 사랑하는
연인들의 행복이 있는 그곳에

나의 불행이 있습니다.
온갖 종류의 행복이 있는 그곳에
나의 불행과 모멸감이 서로 깊게
어우러져 있는 것은 보통이에요.

나의 고통으로 세워진,
참으로 이상한 담으로 둘러싸인
그 집에 나 지금 있어요.
한번도 그곳에서 나오려고 한 적 없지요.
그 집을 원해서 바라보고 공격하는 사람들 모두가
그 집을 무너뜨릴 거라는 생각이 드니까요.

오롬뽀

태양이 하늘을 돌면서
12궁도 각각의 위치에 머문 후
자신의 행로를 마치기 전에,

우리 논쟁의 가장 작은 부분이라도
이제 그 결과를 공표했으면 좋겠어요.
말을 많이 하는 것은 우쭐함만 더할 뿐이니까요.

끄리시오, 당신이 말했지요? 부재의 삶을 사는 자는 곧 죽을 것이
라고.
그런데 나는 이미 죽어버린 자예요.
무정한 운명의 신이 나의 생명을 죽음에 넘겨버렸어요.

그리고 당신, 마르실리오,
당신은 행복과 즐거움의 모든 희망을 잃었다고 확언하지요.
당신을 죽인 자는 바로 잔인한 경멸이라고요.

오르페니오, 당신은 질투의 날카로운 창이
당신 가슴뿐 아니라 영혼까지
꿰뚫고 지나갔다고 거듭 말합니다.

사람은 다른 사람에게 일어난 일을
공감하지 못하면 그 일을 과장이라 여기고
그 사람의 가혹한 현실을 간과해버려요.

동정을 불러일으키는 우리의 경쟁으로
저 수량 풍부한 따호 강변이
슬픈 사건으로 가득 차 있어요.

그러나 이렇게 한다고 우리 고통 줄어들지 않아요.
오히려 상처를 너무 심하게 다뤄
더 아픈 감정의 벌을 받는 결과 초래하지요.

우리의 혀로 말하면 말할수록,
슬픈 생각을 많이 하면 할수록
우리의 통곡을 더 새롭게 하는 기회가 될 뿐입니다.

이제 그만 우리의 신랄한 논쟁을 그만둡시다.
결론적으로 말해, 지치지 않고 계속 고통만 주는 불행은 존재하지
않으며
확실한 만족을 주는 행복 역시 존재하지 않아요.

자신의 생명을 좁은 무덤에 가둬놓고
쓰디쓴 고독에 머무는 그 사람은
얼마나 많은 불행을 떠안고 있나요!

그 어떤 힘도, 분별력도 통하지 않는,
질투의 고통으로 괴로워하며
조그마한 행복의 기미도 보이지 않는 그 슬픈 사람은 얼마나 불행
한가요?

가혹하고 기나긴 부재 속에서
슬프고 비참한 세월을 보내며
기대기엔 너무 빈약한 인내의 지경에 다다른 그 사람은 어떻고요!

끈덕진 기다림 속에서 사랑이 가장 고조되었을 때
정작 자신의 양치기 처녀에게서는 냉담한 의도와 딱딱한 속마음만
느끼는 그 사람도 이에 못지않을 거예요!

끄리시오
오롬뽀가 지금 청하는 대로 합시다.
이제 우리 양떼 거둘 때가 되었고

시간이 너무 지나버렸어요.

우리에게 익숙한 숙소에 도달하는 동안
밝은 태양이 그 빛을 거두고
푸른 초원의 얼굴을 가릴 거예요.

악기 화음에 맞추어
고통스러운 목소리와 비탄 섞인 불평으로
우리를 괴롭게 하는 이 고뇌를 노래합시다.

마르실리오
그렇다면, 오, 끄리시오, 그대부터 시작하세요!
부드러운 바람에 이끌려 당신 목소리가
끌라라우라의 귓전에 들리도록 말입니다.
당신의 모든 고통을 치유해줄 그 사람에게 들리도록 말이에요.

끄리시오
부재를 주러 온 그 사람에게
마시기에 슬픈 그의 잔은
두려워할 그 어떤 악한 것도 없고
기대할 만한 그 어떤 좋은 것도 없다네.

이 쓰디쓴 고통 속에서
좋지 않은 일 끝없이 일어난다네.
잊힌다는 두려움,

다른 존재의 질투 따위가 그것이지.

그 고통 확인하러 온 사람 혹 있다면
그는 곧 깨닫게 될 거라네.
두려워할 그 어떤 악한 것 없고
기대할 만한 그 어떤 좋은 것 없다는 것을.

오롬뽀
내가 아는 어떤 죽음보다 나를 더 신음하게 하는 이 불행
도대체 어떤 것인지 한번 보세요.
죽음이 남겨놓은 생명이 내는
신음이니까요.

죽음이 모든 나의 영광과 기쁨
앗아간 이유는
남겨준 생명으로
더 큰 고통 주기 위해서이죠.

불행은 다가오고
행복은 빠른 속도로 멀어져갑니다.
죽음이 남겨놓은 생명이
신음하고 있어요.

마르실리오
나의 처참한 고뇌에

아무리 한탄해도 부족한 것들 있습니다.
하나는 흘러내리는 눈물이고
또 하나는 흐느껴 울 기력입니다.

무정함과 경멸이
내게 어떻게 했는지
아무리 생명이 좋아도, 아무리 행복이 좋아도
나는 죽음을 기다리고, 죽음만 부를 뿐입니다.

그리 오래 걸리지 않을 겁니다.
나의 분노에 부족한 것은
흘러내리는 눈물이고
흐느껴 울 기력입니다.

오르페니오
　　내 믿으니, 할 수만 있다면
　　최선을 다해
　　질투가 사랑이 되고,
　　사랑이 질투가 되게 하고 싶어요.

　　그렇게만 할 수 있다면
　　많은 행복과 영광 얻어낼 수 있어요.
　　이것은 연인들의 박수갈채를 받고
　　사랑의 승리를 가져올 겁니다.

이런 식으로
질투가 나의 유익이 되었으면 해요.
질투가 사랑이 되면
나 자신, 바로 사랑 그 자체가 되고 싶어요.

질투심 강한 오르페니오의 이 노래를 마지막으로 사려 깊은 양치기들의 목가시 경연 대회가 끝났다. 그들은 자신들의 노래를 들은 사람들 모두의 사려 깊음에 만족했고, 다몬과 띠르시에게 특히 그랬다. 이 두 사람은 그들의 노래를 들으며 크게 기쁨을 표하고, 그들 노래에 나타난 목가적 기교보다 각자의 의도를 최대한 전달하고자 사용한 근거와 주장에 더 높은 점수를 주었다. 그런데 그 자리에 있던 많은 사람 사이에서 그들 네 명 중 누가 자신의 주장을 더 설득력 있게 펼쳤는지 따져보자는 다툼이 생기면서 모두가 동의하게 되었다. 이런 가운데 생각 깊은 다몬이 그곳에 있던 사람들 모두를 향해 입을 열었다. 자신이 볼 때 사랑이 불러일으킨 모든 아픔과 고통 중에 치유 불가능한 질투라는 전염병보다 사랑에 빠진 자의 가슴을 더 지치고 피곤하게 만드는 것은 없으며, 따라서 오롬뽀의 상실과 끄리시오의 부재, 마르실리오의 불신은 이것과 어깨를 견줄 수 없다는 것이 그의 의견이었다.

"이유는 다음과 같습니다." 그는 말을 이어갔다. "목적을 달성하기 불가능한 것들이 오래지 않아 그것을 이루려는 욕망이나 의지를 지치게 한다는 것은 이치에 맞지 않습니다. 불가능한 것을 얻어내려는 의지와 욕망을 가진 사람에게 분명한 것은, 욕망이 넘치면 넘칠수록 그만큼 자기 욕망에 대한 이해가 부족하다는 겁니다. 이 같은 논리에서 오롬뽀의 경우를 말씀드리겠어요. 그가 겪는 아픔은 잃어버린 것에 대한 비탄과 연민에 지나지 않습니다. 그는 한번 잃어버렸기 때문에 회복 가능성을 엿볼 수 없습니다. 이런 불가능성이 그의 고통이 언젠가 끝날 것이라는 예측의 근거가 되지요. 인간의 이해력이 되찾을 수 없는 행복의 상실감도 언젠가는 그칠 것이라는 논리와 항상 밀접하게 결합될 수 없기에, 실제 그는 상실의 아픔을 부드러운 눈물이나 뜨거운 한숨, 비탄 섞인 말들로 표현하게 마련입니다. 물론 그렇지 않은 예도 있긴 합니다. 아주 특별한 경우인데, 이성적으로 사고하는 사람보다 미욱한 사람에게서 주로 일어나지요. 결국 세월이 흐르면서 고통은 치유받게 됩니다. 이성이 고통을 경감시키고 새롭게 일어나는 여러 일이 고통을 기억에서 지워버리죠. 이 모든 것이 부재의 경우에는 반대로 일어납니다. 이미 끄리시오가 그의 노래에서 이 점을 잘 지적했어요. 자리에 없는 사람에 대한 기대감이 그녀를 원하는 마음과 너무나도 긴밀히 결합해, 사랑하는 여인의 귀환이 지연되면 지연될수록 사랑하는 사람은 더욱더 처절한 피로를 느끼게 되지요. 다른 것도 아닌 바다의 일부나 육지의 일부가 행복을 즐기고자 하는 그의 마음을 방해하는 것이어서, 약간의 물 혹은 한줌 흙처럼 별것 아닌 것들이 그의 행복과 영광을 가로막는 것을 그는 자신의 행복에 가해지는 극도의 잘못이라 느낄 수 있습니다. 그가 사랑하는 사람의 의지라는 큰 축을 확고히 붙들고 있는 한 말이죠. 그런데 이 고통에 더해지는 것이 있습니다. 잊히는 것에 대한 두려움이죠. 변심의 결과입니다. 부재의 시간이 길어지면 길어질수록 부재로 불행한 사람의 영혼이 겪는 가혹함과 신랄함은 이루 말할 수 없습니다. 그러나 그녀가 돌아올 거라는 치유책이 가까이 있으니 그의 고통이 가벼워지리라는 것도 충분히 예측할 수 있지요. 그리고 앞서 말한 죽음의

278

경우처럼 만일 부재가 그토록 바라던 그녀의 귀환이 불가능한 정도가 된다면, 이 불가능성이 치유책이 될 수 있습니다. 마르실리오가 겪는 고통은 지금 제가 겪고 있는 것과 같습니다. 이런 이유로 제가 다른 사람이 겪는 고통보다 더 심하게 느낄 수도 있겠지만, 그렇다고 해도 그의 고통에 대해 저를 부추기는 열정에 앞서 이성이 알려주는 것을 말씀드리지 않을 수 없네요. 고백하건대 우리가 누구를 사랑하는데 그 사람에게서 사랑받지 못한다는 것은 처절한 고통입니다. 하지만 이보다 더 큰 고통은 미움받는 것입니다. 우리가 사랑에 빠진 지 얼마 안 되어 이성과 경험이 이끄는 대로 따라가다보면 이런 사실을 알게 될 겁니다. 모든 시작은 어렵고, 이 원칙은 사랑의 일에도 예외 없이 적용된다는 사실이지요. 오히려 이 원칙이 더 견고해지고 힘을 얻는 것이 사랑의 일입니다. 사랑에 빠진 지 얼마 되지 않은 자가 사랑을 밀어내는 여인의 냉담함에 부딪혀 불평을 토로하면, 이는 분명 이성의 테두리를 넘어선 결과로 진행됩니다. 사랑이라는 것이 강제가 아니고 자신의 의지로 이루어지는 것이기 때문에, 이성적으로 생각하면 내가 사랑하는 사람의 사랑을 받지 못한다고 해서 불평할 이유는 없는 것입니다. 또 내가 당신을 사랑하니까 당신도 나를 사랑해야 한다는 엄청난 의무의 짐을 지울 아무런 이유도 없고요. 물론 조물주의 법칙이나 좋은 예절의 측면에서 볼 때, 자신을 많이 사랑하는 사람을 일부러 불쾌하게 대할 필요는 없겠지요. 그렇다고 해도 자신을 사랑하는 사람이 원하는 모든 바에 그 대상이 자신을 맞춰야 할 의무는 없고 이를 강요할 이유는 더더욱 없어요. 그렇지 않으면 수천의 끈질긴 사랑꾼들이 자신이 원한다는 이유만으로 자신의 사랑을 받는 자들에게서 받아 마땅하지 않은 것을 졸라 얻어낼 수 있다는 결론에 이를 수 있습니다. 또 사랑은 인식과 앎을 아버지로 모시고 있어서, 사랑하는 여인이 나를 사랑하도록 이끌고 그녀의 마음을 움직일 나의 장점들을 그녀가 내 안에서 찾지 못할 수도 있습니다. 내게 부족한 것을 그녀에게서 찾아내 내가 그녀를 응당 칭송한다 해서, 말씀드렸다시피 그녀가 나를 사랑할 의무는 없는 거지요. 이런 이유로, 사랑하는 여인에게 냉대받는 자가 불평할 대상은 그녀가 아니라 제대로 알면 사랑할 수 있는 그의 장점들을 그녀에게 가로막은 운명입니다. 그는 끊임없이 그녀를 섬기고, 자신을 사랑할 이유를 발굴하고, 그녀에게 모습을 보일 적절한 기회를 만들어 여러 좋은 점을 실천해서 조물주가 만들어놓은 그의 부족함을 개선하는 데 최선을 다해야 합니다. 이것이 근본 해결책이니, 이렇게 정당한 방법으로 그녀의 사랑의 의지를 불러일으키는 데 힘을 다하면 사랑받지 못할 일은 없다는 것을 분명히 말씀드릴 수 있습니다. 따라서 이 경멸이라는 불행도 치유의 축복을 가지고 있어요. 마르실리오, 이 점에서 위로받으시기를 바라요. 그리고 저 불행한, 질투심 강한 오르페니오에게 동정의 눈길을 보내주세요. 그는 연애사의 불행 중 가장 큰 불행을 겪고 있습니다. 오, 사랑의 고요한 평화를 깨뜨려 혼란을 주는 질투여! 오, 희망을 가르는 가장 견고한 칼인 질투여! 너를 사랑의 자식으로 만든 자가 혈통에 대해 아는 바가 무엇이었는지 모르겠구나. 사랑과 질투의 관계는 실로 정반대여서, 사랑이 그런 자식을 낳는다면 사랑은 사랑이기를 그만둘지도 모를 일이다. 오, 위선자에 사기꾼 강한 도둑 질투여! 이 세상이 너의 존재를 알도록 말하자면, 너는 어떤 사람의 가슴에서 사랑의 불꽃이 태어나는 것을 보기만 하면 곧장 그 불꽃과 섞여 그 빛깔을 바꾸어버리는 자다. 그 불꽃의 지휘권과 지배권까지 빼앗아버리는 자야! 그렇게 해서 이런 결과를 낳기도 하지. 사실 네가 초래하는 결과가 너 스스로 사랑의 본질이 아님을 분명히 알려주지만, 언뜻 네가 사랑과 밀접히 결합되어 있는 것으로 보이기 때문에, 너의 본질을 잘 모르는 사람이 너를 사랑의 자식으로 이해하게 되기도 한다는 거야. 그런데 사실 네 본질을 알고 보면 너는 천박한 의심과 비열하고 불쌍한 두려움의 산물이야. 거짓된 상상의 가슴에서 자라나 지극히 비열한 시샘 사이에서 성장하고 험담과 거짓말이 너를 지탱해주지. 우리는 격노한 질투가 일으키는 저 빌어먹을 고통이 사랑에 빠진 사람의 가슴을 파괴하는 것을 알기 때문에, 어떤 사람이 질투에 빠지면 질투에 빠진 연인에게 감정을 배제하고 냉정하게 말하는 것이 필요하고, 또 질투가 배반자요, 교활한 자요, 분란을 일으키는 자요, 험담꾼이요, 변덕쟁이요, 나아가 아주 막무가내라는 것을 밝히는 것도 필요합니다. 본질이 그러니까요. 사랑에 빠진 자를 지배하는 질투의 분노가 확장되면 가장 사랑하는 사람이 가장 많이 아프기를 바라게 됩니다. 질투에 빠진 연인은 사랑하는 여인이 오직 자기에게만 아름다운 자가 되기를 원하고, 다른 사람들 모두에게는 추한 자가 되기를 바라요. 그가 원하는 것 외의 다른 것을 바라보는 눈을 그녀가 갖기를 원치 않지요. 듣는 귀도 그렇고 말하는 혀도 마찬가지입니다. 그녀가 숨어 지내고, 무미건조하며, 교만하고, 무례하기를 바라기도 하지요. 급기야는 악마적인 열정에 사로잡혀 사랑하는 여인이 죽어서 모든 것이 끝나기를 원하는 경우도 있어요. 이 모든 잘못된 열정이 질투에 빠진 연인의 영혼에 시기심을 불어넣는 겁니다. 이런 것은 진실하고 예의 바른 연인들이 순수하고 단순한 사랑으로 덕목을 끝없이 더해가는 것과는 정반대이죠. 선한 마음으로 사랑하는 자의 가슴속에는 신중함, 용기, 관대함, 예의 바름과 사람들 눈이 칭찬할 만한 모든 것이 들어 있는 법이지요. 이 잔인한 독의 힘은 더 있습니다. 의미 있는 조언이라든지, 변명하지 못하도록 도와주는 친구 같은 예방용 해독제가 없으니까요. 앞서 말한 모든 현상이 사랑에 빠져 질투에 눈먼 사람에게 일어납니다. 아니, 그 이상이지요. 어떤 그림자에도 깜짝 놀라고, 어린아이 짓에도 마음이 동요하고, 거짓이든 참이든 어떤 의심에도 그만 무너져버려요. 이 모든 바람직하지 못한 일에 덧붙일 것이 또 있어요. 사람들이 그를 용서해도 그는 믿지 않고 그들이 자신을 속인다고 믿어버립니다. 사실 이 질투의 병에는 용서 외에 다른 약이 없어요. 그런데도 그 병든, 질투에 눈먼 자는 용서를 받아들이려 하지 않는다는 것이 문제이지요. 따라서 이 병은 별다른 치유책 없이 지속되니, 심각성을 본다면 이 병을 다른 모든 병보다 앞에 놓아야 합니다. 그래서 오르페니오가 겪는 고통이 가장 심하다고 저는 생각합니다. 그렇다고 해서 그가 가장 많은 사랑을 가진 자라고는 생각하지 않습니다. 질투가 사랑이 많다는 증표는 아니거든요. 사실 질투는 무분별하고 주제넘은 호기심이 많은 것에 불과합니다. 이것을 굳이 사랑의 징표로 본다면 병든 사람이 가지고 있는 열 같은 거지요. 열이 있어 살아 있다는 증거는 되지만, 그 생명은 병든 생명이요 잘못 엮인 생명입니다. 질투에 빠진 사람도 사랑이 있지만 이 사랑은 병든, 잘못된 사랑이라는 거지요. 그리고 질투는 자신의 가치를 신뢰하지 못한다는 증거도 됩니다. 실은 신중하고 심지 굳은 연인도 질투의 모습을 보일 수 있지요. 사실입니다. 그러나 앞의 경우와 달라요. 그는 질투의 어둠에 빠지지 않고 두려움의 그늘을 약간 건드리는 정도까지만 이릅니다. 그는 자신의 기쁨의 태양을 어둡게 하는 그 그늘에 절대 들어가지 않아요. 그렇다고 해서 조심스럽고 신중한 발걸음을 돌이킬 정도로 두려움의 그늘에서 멀어지지도 않습니다. 만일 이런 두려움조차 부족하다면, 저는 그를 자신감에 가득 차 교만한 사람이라 부르겠습니다. 우리가 잘 아는 속담이 말하듯이 '진정으로 사랑하는 자는 두려워하는 자'이기 때문이죠. 실제로 그렇듯이, 두려워할 이유가 있습니다. 사랑은 너무나도 좋은 것이고, 또 사랑하는 사람에게는 그렇게 보여서, 즉 그 사랑의 표현을 보는 사람의 눈과 같지 않을 수도 있습니다. 사랑의 표현이 자기 위주일 수도 있다는 거지요. 이런 이유로 그 사랑이 사랑받는 사람을 혼란에 빠뜨릴 수도 있습니다. 그래서 두려움을 가져야 합니다. 바람직한 사랑에 빠진 자는 세월이 변할 수 있다는 사실을 두려워하고, 그에게 해를 주는 새로운 사건들이 발생할 수 있다는 사실을 두려워해요. 또 그가 즐기고 있는 행복한 상태가 금세 끝나버리지 않을까 전전긍긍합니다. 이런 두려움은 너무도 비밀스러워 그의 입 밖으로 나가지 않고, 눈으로 드러나지 않아요. 이런 두려움은 질투가 연인들의 가슴에 불러일으키는 것과 정반대 효과를 자아냅니다. 할 수만 있다면 연인들의 가슴속에 사랑을 깊어지게 하는 새로운 열망을 만들어내지요. 이런 두려움을 가진 사람은 사랑하는 여인의 눈이 자신에게서 칭찬할 만하지 않은 것은 보지 못하도록 최선의 노력을 다해요. 관대하고, 예의 바르고, 품위 있고, 깨끗하고, 교양 있는 사람처럼 보이도록 행동합니다. 이 덕스러운 두려움에 대한 찬양이 정당하면 정당할수록 질투는 그만큼, 아니, 그보다 더 비난받아 마땅합니다."

명성 높은 다몬은 이 말을 마친 후 더는 입을 열지 않았다. 그리고 자신의 말에 반대 의견을 내는 몇몇 사람들을 적절히 응대하며 잘 이끌어갔다. 사람들 모두가 아주 평이하게 진실을 드러내주는 그의 말에 깊은 만족감을 표했다. 그러나 만일 오롬뽀, 끄리시오, 마르실리오, 오르페니오 등의 양치기가 그의 말을 듣는 자리에 있었다면 말없이 침묵만 지키지는 않았을 것이다. 이들 양치기는 자신들의 목가시를 낭송한 후에 피곤해져 친구 다라니오의 집으로 이미 가버린 터였다.

그러는 사이 춤이 새롭게 바뀌면서 그들 모두는 광장 한쪽으로 멋들어진 세명의 양치기들이 들어오는 것을 보았다. 곧 그들이 누구인지 알아볼 수 있었다. 그들은 점잖은 프란세니오, 자유로운 라우소, 나이 많은 아르신도였다. 아르신도가 푸른 월계수로 만든 아름다운 화관을 들고 세명 중 가운데에서 걸어왔다. 그들은 광장 중앙을 지나 띠르시, 다몬, 엘리시오, 에라스뜨로와 다른 중요한 양치기들이 있는 곳으로 오더니 발을 멈추고 모든 사람에게 정중한 말로 인사했고, 이에 못지않은 정중한 인사를 받았다. 특히 라우소는 다몬의 뜨거운 환영을 받았는데, 그는 다몬의 오래고 진실한 친구였던 것이다. 격식 차린 인사를 마치고 아르신도가 다몬과 띠르시에게 눈길을 향하며 말했다.

"사려 깊고 늠름한 양치기들이여, 그대들의 지혜에 관한 명성은 이미 이곳 멀고 가까운 지역에 널리 퍼져 여기 있는 이 양치기들과 내게까지 전해왔어요. 그래서 감히 그대들에게 청을 하나 드리고자 왔습니다. 이 두명의 양치기가 참여한 품격 있는 시합의 심판이 되어주십사 하는 겁니다. 지난 축제 때 여기 프란세니오와 라우소가 아름다운 양치기 처녀들의 대화에 끼었었지요. 그때 이들은 양치기 처녀들과 재미있는 시간을 보내다가 여러 놀이 중에 '주제 놀이'라는 것을 시작했답니다. 내용을 자세히 말씀드리죠. 이 두 사람 중 한명이 주제를 제안할 차례가 되자 운명은 그의 오른편 양치기 처녀를, 그의 말에 따르면 그의 영혼의 비밀을 간직할 자로 삼았고, 또 모든 사람이 그녀를 가장 사려 깊고 사랑에 빠진 자로 보아서 그녀를 다음 대상자로 지목했다고 합니다. 그는 그녀에게 다가가 귓전에 대고 말했어요. '희망이 도망치고 있다네.' 그녀는 조금도 머뭇거리지 않고 다음을 진행했습니다. 그후 각자가 다른 사람에게 비밀리에 말한 내용을 밝히는데, 그녀가 '그 희망을 열망으로 지키자'라고 첫 제안자의 주제를 이어갔다는 것이 드러났어요. 그곳에 모인 사람들 모두가 재기 넘치는 그녀의 대답을 높이 칭찬했습니다. 그중에서도 라우소가 특히 그랬고 프란세니오 역시 그에 못지않았지요. 그들 각자는 제시한 주제와 대답이 운율에 잘 맞는 것을 보고 그것에 주해를 달아 길게 늘이면 어떻겠냐고 제안했어요. 그런 후 각자 자신의 주해가 뛰어나다는 것을 밝히자고 말입니다. 그리고 확실히 하기 위해 내가 심판 역할을 맡아주기를 원했습니다. 그러나 나는 여러분이 이곳에 계심으로써 이 강변이 즐거워진 것을 알고서 그들에게 여러분에게 직접 가서 주해 평가를 부탁하는 것이 어떻겠냐고 권했어요. 그들 주해의 중요한 논점들이 여러분의 탁월한 지식과 지혜로 평가받을 때 더욱 신뢰를 얻겠다는 판단에서였죠. 이윽고 그들은 나의 제안을 따랐고, 나는 기꺼이 이 화관 만드는 수고를 했습니다. 두분의 판단에 따라 가장 우수한 주해를 단 자에게 상을 주려고 말입니다."

아르신도는 말을 마치고 양치기들의 대답을 기다렸고, 좋게 생각해주셔서 감사하며 이 명예로운 시합에 감정에 치우치지 않는 냉정한 심판이 되겠다는 대답을 들었다. 이런 보장이 이루어지자 곧장 프란세니오가 제안의 시구를 반복하고, 그의 주해를 낭송했다.

희망이 도망치고 있다네.
그 희망을 열망으로 지키자.

주해

내가 사랑에 대한 믿음을
구하려 할 때,
곧 나를 놀라게 한 일이 생각났는데
칭찬받을 만한 일은 부족하고
근심할 일이 넘쳐난다는 것.
믿음은 죽고
삶은 동력을 잃었다네.
두려움에 쫓기는
나의 잘못된 행보 보이고
희망이 도망치고 있다네.

그래, 희망이 도망치고 있어.
나의 고통 이기는 모든 즐거움도
희망과 함께 떠나고 있어.
그 대신 나를 더욱 벌하고자 나를 옭아맨
족쇄의 열쇠를 내 적의 수중에 두었다네.
희망은 너무 멀리 가고 있어
이제 곧 보이지도 않을 것 같아.
너무 빨리 사라져
그 희망을 열망으로 지키는 것
이제 할 수 없고 가능하지도 않아.

프란세니오의 주해가 끝나자 이제 라우소가 주해를 시작했다.

그대를 보는 순간,
그대의 아름다움에
두려움이 임해 멈칫하며 기다렸다네.
그러다가 결국 극심한 두려움으로
그 두려움 속에 주저앉아버렸지.
진정 그렇게 되어버렸어.
믿음은 약해지고
두려움이 나를 멈칫거리게 해.
내 주위에서 희망을 볼 수 없으니
희망이 도망치고 있어.

비록 나를 떠나
급히 도망치지만,
기적이 일어나,
나의 생명 끝날지라도
나의 사랑은 끝나지 않을 거야.
내게서 희망이 사라져버렸어.
사랑의 트로피를 가져가는 데
관심 없는지
할 수 있는데도
그 희망을 열망으로 지키려 하지 않아.

라우소의 주해가 끝나자 아르신도가 말했다.

"이름 높은 다몬과 띠르시여, 여기 있는 양치기들이 경연을 벌이는 이유를 이해하시겠지요. 이제 남은 것은 오직 받을 만한 사람에게 화관을 씌워주는 일입니다. 라우소와 프란세니오, 이 두 사람은 무척 친하니, 공정하게 평가해주신다면 여러분에게 평가받는 것을 행복하게 생각할 게 분명해요."

"아르신도여," 띠르시가 대답했다. "우리의 능력이 당신이 생각하는 것과 같을지라도 이렇게 빨리 이 훌륭한 주해들의 차이점을, 만일 있다면 말이지만, 판단할 수 있을 거라고 생각지는 마시기 바라요. 또 그렇게 판단해서도 안 된다고 생각합니다. 제가 이 주해들에 대해 말씀드릴 수 있는 것은, 여기 있는 다몬 역시 반대의 말을 하지 않는다면, 두 작품 다 같이 훌륭하다는 거예요. 따라서 화관은 이렇게 재미있고 칭송할 만한 경연의 이유를 제공해준 양치기 처녀에게 씌워주는 것이 마땅하다고 생각합니다. 저의 제안에 만족하신다면 우리 친구 다라니오의 결혼식에 유쾌한 마음으로 함께 참석해 즐거운 노래도 부르시고, 결혼식을 명예롭게 만들어주세요. 그것이 우리에게 갚는 길입니다."

띠르시의 판결은 모든 사람에게 좋게 보였고 두 양치기들도 이에 동의해 띠르시가 시키는 대로 따르기로 했다. 그러나 라우소를 아는 양치기 처녀들과 청년들은 뒤얽힌 사랑의 그물을 솔직하게 드러낸 라우소의 태도에 놀라움을 금치 못했다. 그가 프란세니오와 벌인 경연에서 예전과 다른 침묵과 창백한 얼굴을 보였기 때문이다. 평소에 보이던 그의 잘 동요하지 않는 차분한 의지와는 다른 모습이었다. 그래서 그들은 매이기 싫어하는 그의 마음을 정복한 양치기 처녀가 누구인지 궁금해하며 길을 걸었다. 어떤 사람은 그녀를 사려 깊은 벨리사로, 다른 사람은 품위 있는 레안드라로, 또다른 사람들은 그 누구와도 비교할 수 없는 아르민다로 생각했다. 이들은 모두 라우소가 습관적으로 들르는 여러 오두막의 처녀들이었다. 그녀들 각자가 우아함과 높은 덕목, 아름다움으로 라우소만큼이나 자유로운 다른 사람들의 마음을 사로잡았던 것이다. 이런 그들의 추측을 증명하기까지는 여러날이 걸렸다. 이 사랑에 빠진 양치기가 여간해서는 가슴속에서 사랑의 비밀을 드러내지 않아서였다.

이제까지의 모든 일이 끝나자 마을의 젊은이들은 모두 다시 춤을 추기 시작했다. 양치기들의 악기들 또한 즐거운 곡을 연주하기 시작했다. 그러나 태양이 일몰을 향해 바삐 길을 재촉하고 있는 것을 보자 화음을 이루던 목소리들을 그치고 신랑 신부를 그들의 집으로 보내주기로 했다. 나이 든 아르신도는 광장에서 다라니오의 집으로 가는 길에 띠르시에게 약속한 것을 갚고자 에라스뜨로의 보리피리에 맞춰 이런 노래를 불렀다.

아르신도

　　이 참으로 복된 날에
　　하느님이여, 즐거움과 만족의 징표를
　　보여주소서.
　　이 즐거운 결혼이
　　온 땅에서 모두가 기뻐하며
　　성대히 펼쳐지기 원합니다.
　　오늘 이후로는 통곡이
　　부드럽고 달콤한 노래가 되고
　　마음 부수는 슬픔을

쫓아내는 기쁨이
무수히 오기를 원합니다.

온전히 하나 되고자
태어난 이 부부에게
모든 좋은 일이 넘치기를 원합니다.
느릅나무가 그들에게 배를 주고,
떡갈나무가 버찌 주었으면 합니다.
꽃 핀 도금양이 그들에게 앵두 주고
깎아지른 바위에서 진주를 찾았으면 합니다.
유향수가 그들에게 포도 주고
알가로보 나무가 사과 주었으면 합니다.
늑대의 두려움 없이 가축 가둬놓은
그들의 우리가 날로 번창했으면 좋겠습니다.

새끼를 배지 못하는 암양들이
다산의 축복을 받아
그들 양떼가 두배로 늘면 좋겠습니다.
부지런한 꿀벌이
그들의 땅 고랑마다
풍성하게 꿀을 만들었으면 합니다.
들판과 경작지에 항상 씨를 심어
적당한 시기에 풍성하게 수확했으면 합니다.
그들의 포도밭에 진딧물 없고
그들의 밀밭에 네기야 잡초가

자라지 않으면 좋겠습니다.

그들이 두 명의 자식을 낳았으면 합니다.

그리고 그들이 원하는 대로

한없는 평화와 사랑 가운데 잘 자라났으면 합니다.

훌륭히 성장해 한 사람은 의사 되고

또 한 사람은 그 고장 신부님 되었으면 좋겠습니다.

덕목을 잘 갖추고 돈 버는 데

항상 첫째 되었으면 합니다.

그렇게 될 것이 분명하고,

나아가 지체 높으신 분들도 되겠지요.

속 좁고 인색한 세금 징수원을 신뢰하는

그런 자들이 되지 않고요.

완벽한 건강으로

사라[17]보다 긴 수명을 누렸으면 좋겠습니다.

의사의 도움을 받지 않고 말이죠.

어떤 근심도 없이,

잘못 결혼한 딸도 없이,

놀기만 좋아하는 아들도 없이 살았으면 합니다.

므두셀라[18]처럼

그 둘이 늙어지면

고통의 두려움 없이 죽었으면 합니다.

---

17 아브라함의 아내. 창세기 23:1에 따르면 127세까지 살았다.
18 창세기 5:27에 따르면 969세까지 살았고 성경 속에서 가장 장수한 인물이다.

그리고 수명 다한 자에게 바치는 명복의 기도를
단연코 받기 원합니다. 아멘.

 그곳에 있던 사람들은 아르신도의 이 소박한 노래를 아주 즐거
운 마음으로 들었다. 다라니오의 집에 도착하지 않았다면 노래가
더 길어졌을지도 모를 일이었다. 다라니오는 아르신도와 함께 온
모든 사람을 초대한 후 그 집에서 기다리고 있었다. 그러나 갈라떼
아와 플로리사는 띠르시와 다몬이 떼올린다를 알아볼까봐 신혼부
부의 저녁식사에 가려 하지 않았다. 당연히 엘리시오와 에라스뜨
로가 갈라떼아를 집까지 데려다주려 했으나 그녀의 동의를 얻어내
기가 쉽지 않았다. 이렇게 해서 그들은 친구들과 남게 되었고, 그
녀들은 그날 춘 춤으로 지쳐 자신들의 숙소로 향했다. 성대하게 베
풀어진 다라니오의 결혼식에 모든 양치기가 참석했는데 자신의 아
르띠도로만 빠진 것을 보고 떼올린다는 그 어느 때보다 커다란 마
음의 상처를 입었다. 이런 아픈 마음과 생각 속에서 그녀는 갈라떼
아와 플로리사와 함께 그 밤을 맞이했고, 갈라떼아와 플로리사는
사랑의 열정이 가신 한결 홀가분한 마음으로 그 밤을 보냈다. 다음
날 일어난 일은 다음 권에서 이야기하겠다.

 제3권 마침.

제4권

아름다운 떼올린다는 큰 열망을 품고 다음 날을 기다리고 있었다. 그녀는 갈라떼아, 플로리사에게 작별을 고한 후, 따호 강변을 샅샅이 뒤져서라도 사랑하는 아르띠도로를 찾을 생각이었다. 자신의 운명이 그토록 박복해 사랑하는 양치기 청년의 소식을 듣지 못한다면 우울하고 쓰디쓴 고독 속에서 생을 마감할 작정이었다. 태양이 자신의 빛을 온 땅에 뿌리기 시작하는 바라던 시간이 되자, 그녀는 잠자리에서 일어나 눈에 눈물을 가득 담고 두명의 양치기 처녀들에게 자신이 원하는 바를 행할 수 있도록 허락해달라고 청했다. 양치기 처녀들은 자신들과 함께 며칠 더 기다려보는 것이 어떻겠냐고 하면서 여러 이유를 들어 만류했다. 갈라떼아는 자신 아버지의 양치기 중 한 사람을 보내 따호 강변을 모두 뒤져 아르띠도로를 찾으라고 하면 찾을 수 있을 거라고 제안하기도 했다. 떼올린다는 그녀들의 제안에 감사를 표하면서도 권유에 따르기는 원치 않았다. 그녀는 자신이 아는 가장 좋은 말로 두 양치기 처녀들이 지금까지 베풀어준 도움에 보답하는 것이 자기 평생의 도리라는 것을 거듭 밝혔다. 그런 다음 다정한 마음으로 그녀들을 꼭 껴안으며 한시간도 더 붙들지 말아달라고 부탁했다. 갈라떼아와 플로리사는 그녀 발걸음을 막는 일이 허사라는 것을 알았다. 그들은 그녀 사랑의 행로에서 일어나는 일이라면 좋든 나쁘든 어떤 것이라도 꼭 알려달라고 간곡히 부탁하면서, 좋은 일은 물론 불행한 일로 생기는 고통까지도 즐거운 마음으로 감수하겠다고 확언했다. 떼올린다 역시 행복한 소식을 얻는다면 다른 누구도 아닌 자신이 알려주겠다고 말하고, 그러나 나쁜 일에 대해서는 자신의 생명이 저항할 고통을 이겨내지 못할 것이라면서 이후 자기 목숨에 대해서는 굳이 알 필요가 없을 것이라고 양해를 구했다.

갈라떼아와 플로리사는 떼올린다의 약속에 만족하고 그녀를 마을 밖까지 얼마간 배웅하고자 했다. 두 사람은 오직 지팡이만 들었고, 앞으로의 힘든 여정을 생각해 떼올린다의 가죽 자루에 몇가지 선물을 채워주었다. 그러고는 떼올린다와 함께 마을을 빠져나와 한동안 걸음을 멈추지 않았다. 태양은 이미 아까보다 더 곧장 내리쬐며 더욱 강렬하게 대지를 때리기 시작했다. 떼올린다와 함께 거의 반 레과쯤 걸어 이제 그녀를 두고 돌아서야 할 때가 되었을 때, 말을 탄 네명의 남자들과 걸어오는 사람들 몇명이 그녀들로부터 조금 비껴 있는 계곡을 지나는 것이 보였다. 옷차림이나 데리고 있는 매들과 개들을 볼 때 사냥꾼들이 분명했다. 그녀들은 혹시 아는 사람들인가 싶어 시선을 집중해 바라보았다. 그때 계곡에서 멀지 않은 무성한 관목 숲 사이로 씩씩하고 활기찬 두명의 양치기 처녀들이 나타났다. 그녀들은 흰 천으로 얼굴을 가리고 있었다. 그중 한명이 소리 높여 사냥꾼들에게 발걸음을 멈출 것을 요청했다. 그러자 사냥꾼들이 발걸음을 멈췄고, 두 양치기 처녀들은 외모나 태도로 볼 때 우두머리인 듯한 자에게 다가가 그의 말고삐를 잡고서 잠시 이야기를 나눴다. 그러나 세 양치기 처녀들은 가로막고 있는 먼 거리 때문에 그들의 말을 들을 수 없었다. 두 양치기 처녀들이 말하는 곳에 가까이 가서야 함께 이야기 나누던 기사가 말에서 내려, 순전히 짐작이지만 동행한 사람들에게 돌아가라고 명령하는 것을 볼 수 있었을 뿐이다. 그러자 말 타고 있던 청년만 남았다. 그는 두 양치기 처녀의 손을 잡고 차츰 빽빽한 숲속으로 들어가기 시작했다. 세명의 양치기 처녀 갈라떼아와 플로리사, 떼올린다는 이 모습을 보자 할 수만 있다면 얼굴 가린 양치기 처녀들과 그녀들을 데리고 가는 기사가 누구인지 알아보고 싶었다. 그래서 숲 한편으로 돌아가 그녀들이 원하는 것을 만족시켜줄 것 같은 장소에서 그들이 나타날지 지켜보기로 합의했다.

마음먹은 바를 실행에 옮기고자 그녀들은 지름길로 기사와 양치기 처녀들을 앞질러 갔다. 갈라떼아가 나뭇가지 사이로 그들의 움직임을 살피다가 그들이 오른쪽으로 몸을 틀어 숲 가장 깊은 곳으로 들어가 숨는 것을 보았다. 세명의 양치기 처녀들은 곧장 그들이 간 길을 따라 쫓아가서 그들이 몸을 숨긴 곳에 이르러 발을 멈췄다. 그들은 끝없는 황무지로 둘러싸인 좁다란 초원 한가운데의 숲속에 잘 숨어 있는 것처럼 보였다. 갈라떼아와 두 친구는 아주 가까이 다가가서 그들의 눈에 뜨이거나 감지되지 않는 위치에서 기사와 두 양치기 처녀들이 하는 행동과 말을 보고 들을 수 있었다. 두명의 양치기 처녀들은 혹시 누군가의 눈에 띌까 이리저리 살피다가 아무도 보지 않을 거라 확신하자 그중 한명이 얼굴에 가린 천을 벗어버렸다. 그러자마자 곧 떼올린다는 그녀가 누구인지 알아보았다. 그녀가 갈라떼아의 귓전에 최대한 작은 목소리로 말했다.

"정말 놀라운 운명의 장난이에요. 제가 지금 겪는 이 고뇌만 아니었다면 정신을 잃을 뻔했네요. 베일을 벗은 저 양치기 처녀는 분명 그 아름다운 로사우라예요. 우리 마을에서 그리 멀지 않은 마을의 영주 로셀리오의 딸이죠. 도대체 어떤 이유로 저 아가씨가 자기 땅을 떠나 저런 이상한 옷을 입고 있는지 모르겠어요. 저 아가씨의 명예를 손상하는 일이 분명할 텐데요. 아, 불쌍한 아가씨여!" 떼올린다가 말을 덧붙였다. "그런데 그녀와 함께 있는 저 기사는 그리살도 아닌가요? 부유한 라우렌시오의 장남 말이에요. 라우렌시오는 당신들이 사는 마을 옆에 두개 마을을 가지고 있지요."

"당신 말이 맞아요, 떼올린다." 갈라떼아가 대답했다. "저도 그를 알고 있어요. 하지만 쉿, 조용히, 저들이 무슨 일로 이곳에 왔는지 알아보지요."

그리하여 떼올린다는 말을 멈추고 조용히 로사우라가 무엇을 하는지에 온 신경을 집중했다. 그녀는 스무살 정도 되어 보이는 기사에게 다가가더니 약간 흥분한 목소리와 화난 얼굴로 말하는 것이었다.

"사기꾼 기사여, 지금 우리는 그동안 내가 원하던 대로 당신의 냉담과 무시에 복수할 수 있는 곳에 있어요. 지금 내가 당신의 목숨을 빼앗는다 해도 내게 저지른 당신의 그 나쁜 짓에 비하면 아무것도 아니에요. 어이, 다른 사람인 척하는 그리살도여, 당신을 찾기 위해 변장한 나를 좀 봐요. 절대 변치 않는 당신을 향한 사랑이 당신을 찾도록 나를 이렇게 변장시킨 거예요. 이 배은망덕하고 냉정한 사람아, 나의 발걸음을 내 집과 하인들 모르게 하고, 당신 때문에 집을 떠나 외로움 속에서 계곡과 계곡, 산과 산을 헤매며 당신 일행을 찾아다닌 여자의 처지와 형편을 한번 생각이라도 해보란 말이에요."

아름다운 로사우라의 이 모든 원망을 기사는 눈을 땅에 내리박은 채, 손에 들고 있는 사냥칼 끝으로 땅에 줄을 그으며 그저 듣고만 있었다. 로사우라는 이제까지 한 말에 만족하지 않았는지 이렇게 말을 이어나갔다.

"말 좀 해봐요. 불과 얼마 전까지 당신 눈물을 씻겨주고, 당신 한숨을 막아주고, 당신 고통을 해결해주고, 무엇보다도 당신 말을 믿어준 자가 바로 나라는 걸 당신 혹시 모르는 건 아니겠지요? 또는 당신의 속임수를 진짜처럼 내게 확신시키기 위해 아무 힘도 없고 의미도 없는 상상의 맹세를 한 사람이 당신이라는 걸, 설마 이해 못하는 건 아니겠지요? 나아가 끝없는 눈물로 굳고 정결한 나의 마음을 녹인 자도 그리살도 당신 아니었나요? 지금 내가 보고 있는 사람, 당신 맞지요? 나는 나 자신을 잘 알고 있어요. 하지만 당신이 내가 믿는 그리살도가 맞다면, 그리고 당신이 생각하는 그녀가 나, 로사우라가 맞다면 내게 한 약속, 그 약속 지키세요. 나 또한 결코 당신을 거부하지 않는다는 약속을 지킬 거예요. 사람들이 말해줬어요, 당신이 마르셀리오의 딸 레오뻬르시아와 결혼한다고. 너무 좋아서 당신 자신이 나서서 추진하고 있다고요. 그 소식이 내 마음을 너무도 깊은 근심으로 몰아넣어 그 결혼을 막기 위해 나 여기 온 거예요. 그 결혼을 실제 이룰 것인지 아닌지는 당신 양심에 맡기겠어요. 내 평안의 치명적인 적, 당신은 이제 어떤 대답을 할 건가요? 당신이 생각해도 일어나선 안 되는 그 일을 침묵으로 인정하는 것은 아니겠지요? 눈을 들어 당신이 그 일로 상처 입힌 사람들을 보세요. 눈을 들어 당신이 속이고 있는 그 사람, 당신이 버리고, 잊으려 하는 그 사람을 보세요. 당신이 생각 있는 사람이라면 지금 당신이 어떤 사람을 속이고 있는지 보세요. 그 사람은 항상 진실로 당신을 대했던 사람이에요. 당신을 따르기 위해 자신의 명예와 자기 자신까지 포기한 사람을 당신은 이제 버리는 거예요. 한번도 자신의 기억 속에서 당신을 멀리한 적 없었던 그 사람을 당신은 잊고자 하는 거예요. 생각해봐요, 그리살도, 고귀한 혈통에서도 나는 절대 뒤지지 않고, 부유함에서도 당신과 차이 날 것 없어요. 영혼의 선량함과 믿음의 견고함에서 나는 당신을 앞서죠. 당신이 진정 기사의 품격을 높이 평가하고 기독교인으로서 부끄럽지 않다면, 이제 내게 한 약속을 지키세요. 잘 들어요. 당신이 마땅히 해야 할 일을 하지 않는다면, 나 하느님께 당신에게 천벌 내려달라고, 불에는 당신을 태워달라고, 공기에는 당신을 숨 막히게 해달라고, 물에는 당신을 빠뜨려달라고, 땅에는 당신을 받아들이지 말라고, 그리고 내 친척들에게는 당신에게 복수해달라고 간절히 호소할 거예요. 잘 들어요. 당신이 내게 마땅히 해야 할 의무를 다하지 않으면, 내 생명이 다하는 날까지 영원히 당신 애먹일 거예요. 아니, 죽어서도 할 수만 있다면 당신의 그 불성실한 영혼에 계속해서 어둠을 드리워 깜짝 놀라게 하고, 거짓 가득한 당신의 두 눈을 무시무시한 환영으로 못 견디게 괴롭힐 거예요. 정신 차리고 잘 들어요. 지금 당신에게 무리한 요구를 하는 게 아니에요. 당연히 내 할 일을 하는 거예요. 거부하면 잃을 것이고 주면 얻을 거예요. 이제 그 잘난 혀를 움직여 당신이 얼마나 수없이 내게 고통을 주었는지 알게끔 한번 지껄여봐요."

그 아름다운 아가씨는 이 말을 마치자 더는 말하지 않았다. 그러면서 그리살도가 어떻게 나오는지 대답을 기다렸다. 그리살도가 그때까지 떨구고 있던, 부끄러움으로 붉게 달아오른 얼굴을 들었다. 로사우라의 말은 구구절절 틀린 것이 하나도 없었다. 그는 조용한 목소리로 이렇게 말했다.

"오, 로사우라, 내가 당신 말에 빚져 있음을 부인한다면 태양 빛이 밝지 않고, 불이 차갑고, 공기가 무겁다고 말하는 것이나 마찬가지일 거요! 그렇소, 고백하건대 분명 나 당신에게 빚지고 있고 당연히 갚아야 한다고 생각해요. 그러나 그렇게 고백하면서도 당신이 바라는 대로 갚는 게 불가능해요. 아버지의 명령이 가로막고 있기 때문이에요. 또 내게 보여준 당신의 가혹한 경멸 역시 그것을 불가능하게 한 원인 중 하나요. 이 진실을 증명할 사람은 당신밖에 없고 당신 자신이 제일 잘 알지요. 내가 얼마나 많은 눈물을 흘리며 나를 남편으로 받아달라고, 내가 당신에게 한 약속을 지키도록 도와달라고 수없이 애원했는지 바로 당신 자신이 그 증인이에요. 당신은 당신 머리로 상상한 그런 이유로, 그리고 아르딴드로의 헛된 약속을 따르는 것을 좋게 생각해서 한번도 내가 그것을 실행에 옮기기 원치 않았어요. 그러기는 고사하고 날이면 날마다 나를 가지고 놀고, 내 믿음의 확고한 증거를 요구하고, 나아가 나를 당신의 사람으로 받아들이는 데 있어 모든 세세한 것까지 확인하고 또 확인하려 했어요. 로사우라, 내 아버지가 얼마나 내가 정착하기를 바랐는지, 그걸 위해 성대하고 명예로운 결혼식을 해주려고 얼마나 서둘렀는지 당신이 잘 알지 않나요? 아버지의 끈질긴 요구를 막기 위해 내가 수천가지 변명을 대며 얼마나 고생했는지, 또 내가 그토록 원하고 당신에게 그토록 어울리는 그것을 미루지 말라고 내가 얼마나 많이 얘기했는지 당신 잘 알지 않나요? 마침내 나는 당신에게 내 아버지가 나를 레오뻬르시아와 결혼시키려 한다고 말했어요. 당신은 레오뻬르시아란 이름을 듣자마자 부르르 화를 내면서 더 말하지 말고 좋은 시간에 레오뻬르시아든 더 맘에 드는 다른 여자든 골라 결혼하라고 했지요. 내가 질투 가득한 헛소리나 하는 친구들을 멀리하라고, 나는 레오뻬르시아가 아니라 당신 것이라고 수없이 말한 것 기억하지요? 그런데 한번도 당신은 내 권유를 들으려 하지 않았고 내 간청에 물러서지 않았어요. 오히려 당신 고집과 완고함에 사로잡혀 아르딴드로의 편만 들고 그를 보내 앞으로 내가 당신을 다시 보지 않는 것이 당신이 원하는 바라는 말까지 했지요. 나는 당신 시키는 대로 했어요. 당신의 명령을 어길 기회도 없었고, 아버지가 원하기도 해서 레오뻬르시아와 결혼하기로 마음먹은 거요. 아니, 바로 내일 결혼할 거요. 그녀의 친척들과 내 친척들이 잡은 날이 내일이니까요. 로사우라, 잘 생각해봐요. 당신이 내게 지운 잘못에 내가 얼마나 무죄인지, 당신이 나를 대한 부당함을 깨닫기에는 얼마나 늦었는지를요. 앞으로 당신의 상상 속에서 나를 그릴 때 배은망덕하다고는 판단하지 않기를 바라요. 혹 내가 당신을 기쁘게 할 수 있는 일이 있다면, 당신과 결혼하는 일만 아니라면 재산이든 생명이든 명예든 당신을 위해 뭐든지 하겠소."

그리살도가 이 말을 하는 동안 아름다운 로사우라는 그의 얼굴을 뚫어지게 쳐다보며 쉴 새 없이 눈물을 흘렸다. 이 눈물은 그녀의 영혼이 느끼는 엄청난 고통의 증거였다. 그리살도가 말을 마치자 그녀는 깊은 고통의 한숨을 내쉬고 말했다.

"오, 그리살도, 당신의 청춘 시절에 끝없는 사랑의 사건들에 대한 오랜 경험이 들어설 여지가 없었기 때문에, 내가 좀 냉담했던 것이 당신을 당신이 공언하는 자유 속에 놓아두었대도 놀랍진 않아요. 그러나 질투에 찬 두려움이 박차가 되어 사랑을 제 궤도에서 벗어나게 만든다는 걸 당신이 안다면, 내가 당신을 사랑하기에 레오뻬르시아를 향한 질투의 두려움이 더욱 넘쳤다는 걸 똑똑히 이해하겠지요. 이제 당신은 나와의 일을 아주 보잘것없는, 하찮은 기회로 여기고 한순간 지나가는 것으로 생각해서 당신 가슴속 사랑이 얼마나 작은지를 스스로 드러냈고, 나의 의심이 진실했음을 입증했어요. 이런 맥락에서 내일 레오뻬르시아와 결혼하겠다고 말한 거겠지요. 좋아요. 하지만 내 분명히 말해두는데, 내일 당신은 그녀를 결혼식장에 데려가기 전에 먼저 나를 무덤으로 데려가야 할 거예요. 당신이 항상 절대 주인으로 모신 그 영혼의 육체에 무덤을 꾸며주기조차 거부할 만큼 잔인한 사람이 아니라면 말이에요. 똑똑히 알아두세요, 당신을 위해 정절을 버리고 자신의 명예를 훼손한 여자는 목숨 잃는 것 정도는 대수롭지 않게 여긴다는 것을. 내가 가져온 이 날카로운 비수가 절망에 빠진, 그러나 품위는 잃지 않은 나의 뜻을 실행에 옮겨줄 거예요. 그리고 거짓으로 가득 찬 당신 가슴이 품고 있는 그 잔인함의 증인이 될 겁니다."

이 말을 마치고 그녀는 품속에서 날이 시퍼런 단도를 꺼냈다. 그리살도가 재빨리 그녀의 팔을 잡지 않고 그녀를 따라온 복면의 다른 양치기 처녀가 급히 그녀의 몸을 감싸지 않았다면, 눈 깜박할 사이에 칼은 그녀의 심장에 꽂혔을 것이 분명했다. 그리살도와 그 양치기 처녀는 한참이 지나서야 겨우 단검을 빼앗을 수 있었다. 로사우라가 그리살도에게 소리쳤다.

"이 배신자 원수 놈아, 내 삶의 비극을 단번에 끝내도록 내버려 둬! 너의 비정한 냉담함 때문에 나 수없이 죽음 경험하는 일 없도록 말이야."

"나의 일 때문에 당신이 그래서는 안 되오." 그리살도가 대답했다. "내가 당신에게 진 빚을 갚지 못하느니 차라리 내 아버지가 레오뻬르시아에게 한 약속을 지키지 못했으면 하는 것이 내 본심이란 말이오. 그러니 로사우라, 그만 진정해요. 분명히 말하는데, 내 마음은 당신을 기쁘게 하는 것 외에 바라는 게 없어요."

이 사랑 넘치는 그리살도의 말을 듣자 로사우라는 죽음의 슬픔에서 생명의 기쁨으로 다시 살아났다. 그녀는 쉴 새 없이 눈물을 흘리며 그리살도 앞에 무릎을 꿇고 자신을 향한 자비로운 사랑의 표시로 그의 손을 청했다. 그리살도는 그렇게 했고, 그녀의 목을 껴안았다. 그들은 수없는 사랑의 눈물을 흘리며 한참 동안 말없이 그렇게 있었다. 복면한 양치기 처녀 역시 동행인의 행복한 결말을 보고, 로사우라의 손에서 단검 빼앗는 것을 돕느라 지치기도 해서 참지 못하고 베일을 벗어버렸다. 그런데 그녀를 본 갈라떼아와 플로리사는 그 얼굴이 너무도 떼올린다를 닮아 깜짝 놀랐다. 문제는 떼올린다였다. 그녀는 놀라움을 감추지 못하고 그만 소리를 질렀던 것이다.

"오, 하느님! 내가 지금 뭘 보고 있는 거지? 저애, 혹시 내 동생 레오나르다 아니야? 나의 평안을 뒤흔든 그애 말이야. 맞아, 틀림없어!"

그러고는 더 참지 못하고 있던 자리에서 나가버렸다. 물론 갈라떼아와 플로리사도 그곳에 더 있을 수 없었다. 문제의 그 처녀도 떼올린다를 보자 곧장 알아보았다. 두 사람은 그런 장소에서 그런 때, 그런 계기로 만나게 된 데 놀라며 팔을 활짝 벌리고 달려갔다. 그리살도와 로사우라는 레오나르다가 떼올린다와 만나는 것을 보고, 또 갈라떼아와 플로리사가 자기들을 지켜본 것을 알고서 그런 상태로 눈에 띈 것에 부끄러움을 금치 못했다. 그들은 자리에서 일어나 눈물을 닦고 짐짓 아무 일도 없던 것처럼 온화하게 양치기 처녀들을 맞이했다. 그리살도는 곧 그녀들이 누구인지 알아보았다. 그러나 사려 깊은 갈라떼아는 사랑에 빠진 두 사람이 그녀를 보고 느꼈을지 모르는 겸연쩍음을 덜어주고자 으레 하던 품위 있는 말투로 이렇게 말했다.

"복 많은 그리살도와 로사우라여, 우리는 절대 당신들에게 부담 주려고 이곳에 온 게 아니에요. 오히려 당신들의 기쁨을 더하려 왔으니 언제나 당신들 섬기기를 기쁨으로 여기는 사람들과 친분을 나눈다고 생각해주세요. 우리의 운명이 여기서 당신들을 만나게 한 거예요. 당신들 생각을 낱낱이 알게 되고 그 결과를 보니 하느님이 당신들을 좋은 결말로 이끄신 것 같네요. 그것에 기뻐하면서 마음을 가라앉히고 이제 그만 우리의 무례함을 용서하세요."

"아름다운 갈라떼아여," 그리살도가 대답했다. "당신이 어디에 있든 한번도 당신이 자리해 기쁨이 사라진 적 없어요. 이것은 다 아는 사실이니, 당신이 와서 불쾌해하기보다 마땅히 당신을 환영해야겠습니다."

이런 말과 함께 여러 정중한 말들이 오갔다. 그러나 레오나르다와 떼올린다의 경우는 달랐다. 거듭 깊은 포옹을 한 그들은 사랑 넘치는 눈물을 흘리면서 정감 어린 말투로 서로에게 지난 일을 이야기해달라고 청했다. 그곳에 있던 사람들은 모두 그들을 보고 놀랐는데, 서로 너무 닮아서 비슷한 정도가 아니라 똑같은 한 사람으로 보일 지경이었기 때문이다. 떼올린다의 옷이 레오나르다와 다르지만 않았어도 갈라떼아와 플로리사는 틀림없이 그들을 구분하지 못했을 것이다. 그러니 아르띠도로가 레오나르다를 떼올린다로

속을 만한 충분한 이유가 있다고 생각했다. 그런데 그때 해가 중천에 있는 것을 본 플로리사는 따가운 햇볕을 피할 그늘을 찾거나 아니면 마을로 돌아가야겠다고 생각했다. 양들에게 풀 먹일 일이 있으니 초원에서 너무 많은 시간을 보내면 안 될 것 같았던 것이다. 그래서 떼올린다와 레오나르다에게 말했다.

"양치기 처녀들이여, 여러분이 우리 듣고자 하는 바를 만족시켜주고 하고 싶은 말을 더 길게 나누기에 더 편한 시간이 있을 거예요. 그러니 지금은 우리를 위협하는 이 뜨거운 한낮의 열기를 피해 시간 보낼 곳을 찾아보아요. 계곡이 끝나는 지점에 있는 시원한 샘은 어떠신가요? 아니면 우리 모두 마을로 돌아가는 것이 어떨까요? 그곳에서 갈라떼아와 내가 당신에게 그랬듯이 떼올린다, 당신이 레오나르다를 우리에게 소개해주면 좋겠어요. 이것은 양치기 처녀 여러분께만 드리는 제안이에요. 내가 그리살도와 로사우라를 잊어서가 아니라, 그들의 높은 가치와 덕목으로 볼 때 그 이상의 것을 제안할 수 없을 것 같아서입니다."

"양치기 처녀여, 제가 살아 있는 한 당신을 섬기는 마음 부족하지 않을 겁니다." 그리살도가 대답했다. "당신이 우리에게 보여준 마음에 보답해야 마땅하지요. 그러니 당신 말대로 하는 게 좋을 것 같고, 또 저와 로사우라 사이에 일어난 일을 당신들이 모르지 않는다니 그 일로 당신들과 제 시간을 낭비하고 싶진 않습니다. 제 부탁은 로사우라를 일행으로 받아주시고 당신들 마을로 데려가주십사 하는 겁니다. 그동안 저는 우리가 바라는 바를 끝마치는 데 필요한 몇가지 일들을 준비해놓겠어요. 로사우라가 저에 대한 의심에서 해방되어 제 의지에 대한 믿음을 절대 흔들리지 않고 굳게 신뢰할 수 있도록, 저는 이제 그녀의 진정한 남편으로서 제 손을 그녀에게 내밀고자 합니다. 여러분이 증인이 되어주세요."

이렇게 말하면서 그는 손을 내밀어 아름다운 로사우라의 손을 잡았다. 그리살도가 하는 것을 본 그녀는 혼이 나간 듯 아무 말도 하지 못하고 그저 그의 손만 잡고 있었다. 그러다가 잠시 후 겨우 입술을 뗐다.

"나의 주인 그리살도여, 당신의 사랑이 나를 여기까지 데려왔군요. 당신이 내게 해준 것보다 훨씬 적은 것만으로도 나는 영원히 당신에게 매인 자예요. 그런데도 당신은 내게 합당한 것보다 더욱 당신의 뜻을 존중했으니, 이제 내 마음속에 있는 그대로 행하겠어요. 당신이 주는 이 사랑에 보답하기 위해 내 영혼을 새롭게 당신에게 드려요. 하느님께서 크나큰 친절로 당신에게 마땅한 보답을 해주시기를."

"그만, 그만하세요, 두분." 그때 갈라떼아가 말했다. "진실이 있는 곳에 지나친 공손함은 걸맞지 않은 법이에요. 이제 남은 일은 이 시작이 행복한 결실을 보고, 오래고 복된 평안 가운데 당신들 사랑을 마음껏 즐길 수 있도록 하느님께 구하는 거예요. 그리고 그리살도, 로사우라를 우리 마을로 데려가달라는 것은 우리에게 큰 은혜 베푸는 거랍니다. 우리가 먼저 부탁드리려 했거든요."

"아주 기꺼이 당신들을 따라가겠어요." 로사우라가 말했다. "무슨 말로 감사드려야 할지 모르겠군요. 당신들과 함께한다면 그리살도가 제 곁에 없어도 부재를 크게 느끼지 못할 것 같다는 말씀밖에요."

"이제 가야겠네요." 플로리사가 말했다. "마을은 멀고 해가 많이 넘어갔으니 우리가 돌아갈 길이 아주 지체된 것 같아요. 그리살도, 이제 당신은 당신의 일을 보세요. 나중에 갈라떼아의 집에서 로사우라를 만날 수 있을 거예요. 그리고 너무 닮아서 둘이 아니라 하나라고 불러도 될 이 양치기 처녀들도요."

"여러분 뜻대로 하겠습니다." 그리살도가 말했다.

그런 다음 그는 로사우라의 손을 잡았고, 그들은 모두 숲에서 나왔다. 그리살도가 적절한 날에 아버지 집의 여러 양치기 중 한명을 보내 로사우라에게 할 일을 알려주겠다고 약속했다. 또한 그 양치기에게 눈에 띄지 않게 갈라떼아나 플로리사를 만나도록 해 가장 적절한 방책을 전해주겠다고 했다. 모두가 이를 좋게 생각해 동의했다. 그리살도가 숲에서 나오자 말을 탄 하인이 기다리고 있는 것이 보였다. 그는 다시 한번 로사우라를 안아주고 다른 양치기 처녀들과 작별을 고했다. 떠나는 그의 뒤를 로사우라의 눈물 어린 눈이 좇았고 그 눈길은 그가 시야에서 사라질 때까지 떨어지지 않았다. 양치기 처녀들만 남게 되자 떼올린다는 레오나르다가 온 이유를 알고 싶어 그녀를 다른 장소로 데려갔고, 로사우라는 그녀대로 그리살도를 찾기 위해 양치기 처녀 복장으로 변장한 사연을 갈라떼아와 플로리사에게 들려주기 시작했다.

"아름다운 양치기 처녀들이여, 강력한 사랑의 힘이 어디까지 뻗어갈 수 있는지 안다면 여러분은 지금 제가 이 옷을 입고 있는 데 놀라지 않을 거예요. 사랑의 힘은 사랑에 빠진 사람들의 옷만 아니라 의지와 영혼까지도 바라는 바 이상으로 바꿔버려요. 제가 이런 옷차림의 속임수를 쓰지 않았다면 저는 사랑하는 사람을 영영 잃어버렸을 거예요. 알려드리자면, 저는 아버지가 영주로 계시는 레오나르다의 마을에 살고 있었어요. 그 마을에 그리살도가 며칠 동안 머무르며 사냥을 즐기러 오게 됐지요. 그의 아버지와 각별했던 제 아버지는 그를 우리 집에 머무르게 하고 가능한 모든 편의를 돌봐주고자 했습니다. 그도 그러기로 했어요. 그가 우리 집에 온 것은 저를 집에서 벗어나게 했습니다. 사실 이런 이야기를 드리기는 부끄럽지만, 그리살도의 외모와 대화, 높은 품격은 제 영혼에 깊은 인상을 남겼어요. 어떻게 된 건지 모르겠지만 그가 우리 집에 머문 지 며칠도 되지 않아 저는 그만 그에게 정신이 쏙 빠지고 말았지요. 그를 제 자유의 주인으로 받아들이지 않고는 견딜 수 없었고 그러고 싶지도 않았습니다. 그에 대한 열정에 너무 사로잡힌 나머지 처음에는 어느 한면만 그의 뜻이 나의 뜻과 다르지 않아도 저는 행복했습니다. 그는 자신의 진실한 뜻을 제게 여러번 알려주었어요. 저도 그의 마음의 진실함을 확신하고 그를 남편으로 맞는 것이 얼마나 행복한 일인지 알게 되었습니다. 그래서 그가 바라는 바에 따르기로 했어요. 그의 바람을 나의 바람으로 실현하기로 한 것이죠. 이렇게 해서 하녀의 도움으로 그리살도와 저, 우리 둘은 외딴 회랑에서 여러번 만남의 기회를 가졌습니다. 우리 둘만의 만남이 얼마 되지 않았던 어느날, 우리 단둘이 있을 때, 그는 여러분 앞에서 힘주어 말했던 그 약속을 제게 했지요. 그런데 저의 슬픈 운명은 저를 가만두지 않았습니다. 이렇게 제가 행복한 시간을 즐기고 있을 때, 아르딴드로라는 이름의 아라곤 출신의 용감한 기사 한 분이 아버지를 찾아왔어요. 그 기사의 행동에서 저의 미모에 반했다는 걸, 물론 제가 그토록 아름답다면 말이지만, 알 수 있었어요. 그는 정말 끈질기게 아버지 몰래 자기와 결혼해줄 것을 애원했어요. 그동안에 그리살도도 자기 뜻을 이루려고 했는데, 저는 짐짓 필요 이상으로 냉정함을 보이면서 아버지가 저를 결혼시키기로 정한 뒤 그가 저를 아내로 받아들이기로 청하면 그와 결혼하겠다는 말로 구실을 댔습니다. 하지만 그는 그렇게 하려 하지 않았어요. 그를 부유하고 아름다운 레오뻬르시아와 결혼시키려 하는 자기 아버지의 뜻을 알고 있었기 때문이지요. 그녀가 얼마나 부유하고 아름다운지 여러분도 아셔야 해요. 이 소식이 들려오자 저는 비록 속임수라도 그의 질투를 불러일으키기로 작정했어요. 저에 대한 믿음의 충실함을 확인하고자 한 것이죠. 저는 정말 어리석은 여자였어요. 아니, 차라리 너무 단순했다 할까요. 저는 그런 생각을 실행에 옮기기 위해 아르딴드로에게 호의를 베풀기 시작했어요. 그런 모습이 그리살도의 눈에 띄자, 그는 여러번 저와 아르딴드로의 관계 때문에 고통받고 있다고 말했습니다. 마침내 제게 했던 약속을 지키는 것이 저의 뜻이 아니라면, 자기는 아버지의 뜻에 순종할 수밖에 없다고 경고하기까지 했어요. 이 모든 권유와 경고에 대해 저는 어떤 대답도 하지 않았습니다. 자만심과 오만에 가득 차, 그리살도의 영혼을 묶은 제 아름다움의 끈이 그렇게 쉽게 끊어지진 않을 것이라고 굳게 믿었던 거죠. 그 어떤 다른 아름다움이 마음을 건드려도 말이에요. 하지만 곧 그리살도가 제게 보여준 것은 그런 믿음과는 너무나 반대되는 것이었어요. 저의 어리석고 냉정한 무시에 질린 그는 저를 버리고 아버지의 명령에 따르는 것이 옳다고 판단해버린 거예요. 하지만 그가 마을을 떠나 제 앞에서 사라지자마자 저는 곧바로 잘못을 깨달았습니다. 그리살도가 떠나자 그의 부재로 인해 저는 정말 살맛을 잃었어요. 레오뻬르시아에 대한 질투심은 말할 필요도 없었지요. 그리살도의 부재는 저를 생명의 끝까지 몰고 갔고, 레오뻬르시아에 대한 질투심은 저를 완전히 소진시켰어요. 급기야 치료가 더 지연되면 제 생명을 강제로 고통의 손에 맡겨버릴 것 같은 생각이 들더군요. 그래서 모험을 하기로 결심했습니다. 최소한의 것을 잃고 — 제 생각에는 저의 명예였지요 — 최대한의 것을 얻는—물론 그리살도입니다—모험 말입니다. 이윽고 저는 아버지에게 우리 마을과 가까운 다른 마을의 영주인 고모를 만나러 간다는 핑계를 대고 아버지 집의 여러 하인과 함께 집을 떠났어요. 고모 집에 도착한 저는 제 모든 비밀스러운 생각을 고모에게 털어놓았어요. 그리고 지금 제가 입고 있는 이 옷차림으로 그리살도를 만나 이야기할 수 있도록 도와달라고 간청했습니다. 만일 제가 돌아오지 않으면 제 일이 잘못된 거라고 확언하면서요. 고모는 자신이 크게 신뢰하는 레오나르다를 함께 데려가면 허락하겠다고 말했어요. 저는 그녀를 부르러 우리 마을로 사람을 보냈고, 이 옷을 차려입었지요. 레오나르다가 오자 우리 둘은 앞으로 할 일 몇가지를 숙지했습니다. 이제 우리가 고모와 헤어진 지 여드레가 되었네요. 우리가 그리살도의 마을에 온 지는 엿새가 되었고요. 그런데 그렇게도 원하던 그와 단둘이 이야기할 수 있는 기회를 도저히 찾을 수가 없었어요. 그러다 오늘 아침에야 그가 사냥을 나온다는 사실을 알았고, 저는 그가 일행과 헤어진 바로 그 장소에서 그를 기다렸던 겁니다. 이렇게 해서 친구 여러분이 눈으로 본 그 모든 일이 그와 저 사이에서 일어난 거예요. 저는 지금 그토록 원했던 대로 일이 잘되어 기쁨에 젖어 있어요. 양치기 처녀들이여, 이 이야기가 지금까지 제게 있었던 일의 전부랍니다. 혹시 제 이야기가 여러분을 피곤하게 했다면 첫째로 이 이야기를 알고 싶어 한 여러분의 바람과, 둘째로 이 이야기로 여러분을 기쁘게 하려던 제 욕심을 나무라주세요."

"먼저 우리에게 베풀어준 호의에 깊이 감사드려요." 플로리사가 대답했다. "우리가 아무리 보답하고자 해도 늘 부족하겠지만 말이에요."

"제가 드릴 말씀이네요." 로사우라가 말을 받았다. "저는 힘닿는한 여러분이 베푼 사랑을 갚으려 노력할게요. 그런데 이 일은 잠깐 내려놓고, 양치기 처녀들이여, 눈길을 돌려 저기 떼올린다와 레오나르다의 눈을 좀 보세요. 눈물이 가득 고였어요. 눈물 가득한 그눈을 따라가면 아마 여러분의 눈도 가만있지 못할걸요."

갈라떼아와 플로리사가 그녀들에게 눈길을 돌렸고 로사우라의 말이 사실임을 알았다. 두 자매가 눈물 흘리는 이유는 레오나르다가 언니에게 로사우라가 갈라떼아와 플로리사에게 해준 이야기를 모두 한 후에 이렇게 말했기 때문이었다.

"자, 언니, 그럼 알려줄게. 언니가 우리 마을을 떠났을 때, 우리는양치기 아르띠도로가 언니를 데려간 것으로 생각했어. 그날 그도마을에서 사라졌거든. 누구와도 작별 인사를 하지 않고 말이야. 나는 이 생각을 확신해 부모님께 말씀드렸어. 숲에서 아르띠도로와있었던 일도 말씀드렸지. 이런 정황에 따라 의심은 더 커졌고 아버지는 언니와 아르띠도로를 찾아 데려오려고 하셨어. 이틀 후 아르띠도로를 쏙 빼닮은, 그래서 사람들이 모두 그 사람으로 생각한 양치기 한명이 마을로 오지 않았다면 정말로 실행에 옮길 뻔했지. 언니를 데려간 자가 있다는 소식을 들은 아버지는 곧장 관리와 함께그 양치기가 있는 곳으로 가셨어. 그리고 언니를 알고 있냐고, 어디로 데려갔느냐고 물었지. 그 양치기는 평생 한번도 언니를 본 적이없고 지금 자기에게 뭘 묻는 건지 도대체 모르겠다고 맹세했어. 그양치기가 열흘이나 마을에 있으면서 언니와 여러번 이야기하고 춤을 추었으면서도 언니를 모른다고 강변하는 것을 보자 거기 있던사람들은 정말 놀랐지. 모두가 조금도 의심하지 않고 그에게 씌워진 혐의에 아르띠도로가 잘못이 있다고 믿었어. 그래서 그의 어떤 해명도 받아들이지 않고, 또 그가 하는 어떤 말도 귀담아듣지 않고서 그를 감옥에 가뒀어. 아무도 말 거는 사람 없이 그는 그곳에서 며칠을 있었어. 며칠 뒤 그에게 자백하라고 했을 때, 그는 언니를 결코 본 적이 없으며 이번 경우 외에는 평생 한번도 우리 마을에 온 적이 없다고 맹세했어. 그는 이 말을 계속 되풀이했고, 사람들은 마침내 혹시 그가 아르띠도로의 형제가 아닐까 생각하게 되었지. 너무 닮았으니까. 그러다가 결국 사실이 밝혀졌어. 사람들이 아르띠도로로 착각한 그는 그리살도와 같은 마을 출신으로 아버지는 브리세노였고, 갈레르시오라는 이름을 가진 자였어. 수없이 자신의 생각을 밝히고 증거를 제시한 끝에 사람들 모두 그가 아르띠도로가 아니라는 것을 분명히 알게 됐지. 그러자 놀라움은 더 커졌어. 내가 언니와 꼭 닮은 것만큼이나 갈레르시오와 아르띠도로가 닮았는데 그런 놀라운 경우를 세상에서 한번도 본 적이 없었으니까. 갈레르시오에 대한 이런 소문을 듣고 나는 옥에 갇혀 있는 그를 보고 싶다는 생각이 여러번 치밀어올랐어. 나는 갈레르시오를 보지 못한다면 나를 기쁘게 할 어떤 것도 볼 수 없으리라고 생각했어. 그런데 언니, 설상가상으로 그가 마을을 떠나버린 거야. 그가 내 자유를 가져가버렸다는 사실을 알지도 못한 채,[1] 그리고 내가 한번도 그걸 고백할 기회를 얻지도 못한 채 말이야. 그래서 나는 깊은 시름에 빠지게 되었어. 그러던 중에 로사우라의 고모가 나를 부른 거야. 이곳으로 오는 로사우라와 동행해달라는 뜻에서 아버지께 부탁해 며칠간 말미를 주도록 했지. 나는 그 제의가 무척 기뻤어. 다름아닌 갈레르시오의 마을에 가는 거였으니까. 나는 거기서 지금 그

---

1 그에게 마음을 빼앗겼다는 뜻이다.

가 내게 진 빚을 그에게 알려줄 수 있을 거라 생각했어. 하지만 행
운이 너무나 작았지 뭐야. 우리는 그의 행방을 물어봤지만 그의 마
을에 머문 지 나흘째에도 그를 한번도 보지 못했어. 사람들 말로는
자신의 가축떼와 들판에 가 있다는 거야. 아르띠도로에 대해서도
물어봤는데, 며칠 동안 마을에서 모습을 보지 못했다더군. 또한 로
사우라와 떨어질 수가 없어서 나는 갈레르시오를 찾으러 갈 기회
를 얻지 못했어. 아르띠도로를 만나면 그에 관한 소식도 들을 수도
있을 것 같은데 말이야. 이것이 내게 일어난 일의 전부야, 언니. 언
니가 사라진 뒤 그리살도와 있었던 나머지 일은 언니가 아는 대로
이고.”

떼올린다는 동생이 말해준 내용에 줄곧 놀라움을 표했다. 그러
면서도 아르띠도로의 마을에서 그의 소재에 관해 어떤 소식도 듣
지 못한 것을 알자 그만 눈물을 참을 수 없었다. 물론 갈레르시오
를 만나면 그의 형제에 관한 소식을 들을 수 있으리라는 생각에 조
금은 위로가 되었다. 그래서 그녀는 기회만 되면 그가 어디 있든
간에 갈레르시오를 찾아나서기로 마음먹었다. 그녀 역시 집을 떠
나 아르띠도로를 찾아나선 후에 일어난 모든 일을 할 수 있는 한
간략하게 레오나르다에게 들려주고 나서 다시 한번 그녀와 포옹하
고 양치기 처녀들이 있는 곳으로 돌아왔다. 그때 양치기 처녀들은
길에서 약간 벗어나 뜨거운 태양의 열기를 어느정도 가려주는 나
무들 사이를 걷고 있었다. 그녀들에게 이르자 떼올린다는 동생이
알려준 이야기, 즉 두 자매의 사랑 이야기와 꼭 닮은 갈레르시오와
아르띠도로 형제 등 모든 것을 말해주었다. 이 얘기에 양치기 처녀
들은 놀라움을 금치 못했다. 그러자 갈라떼아가 말했다.

“떼올린다, 당신과 당신 동생은 놀랄 만큼 닮아서 다른 닮은 사

람들을 봐도 놀라지 않을 것 같아요. 아니, 제 생각에는 그 점에서 당신들에 비할 만한 사람들은 없을 것 같아요."

"물론 그래요." 레오나르다가 대답했다. "하지만 아르띠도로와 갈레르시오도 너무 닮아서, 비록 우리보다 더하지는 않을지라도 적어도 덜하진 않을 거예요."

"당신들 네명이 이렇게 서로 닮았으니," 플로리사가 말했다. "하느님께서 여러분 모두의 운명도 닮기를 바라실 거예요. 운명의 여신이 여러분 소망을 좋은 쪽으로 인도하셔서 모든 사람이 당신들의 닮은 것 보고 놀라듯 당신들의 기뻐하는 모습 보고 부러워했으면 좋겠네요."

이때 나무들 사이로 들려온 목소리가 그녀들의 대화를 방해하지 않았다면 떠올린다는 답을 했을 것이다. 이 목소리를 듣자 그녀들은 걸음을 멈추고 귀를 기울였고, 곧 그 목소리의 주인공이 양치기 라우소임을 알아차렸다. 갈라떼아와 플로리사는 라우소가 누구와 사랑에 빠졌는지 알고 싶었기 때문에 몹시 기뻤다. 두 사람은 이 양치기 청년이 부르는 노래가 그 의문을 풀어줄 것으로 믿었다. 이 절호의 기회를 만나자 그녀들은 그 자리에서 미동도 하지 않고 숨소리도 내지 않고 그의 노래에 귀 기울였다. 그는 푸른 버드나무 발치에 앉아 오직 조그마한 삼현금 하나만 들고서 깊은 생각에 빠져 그 소리에 맞춰 노래를 불렀다.

라우소
  내가 행복한 생각을 입 밖에 내기만 하면,
  내가 가진 행복한 생각은 곧바로 불행으로 변한다네.
  그래서 나는 행복을 느끼지만 말하지 않아.

소망이 나를 뒤덮어도
그때 나의 혀는 굳어져
그 전리품을 그만 침묵 속에 묻어버린다네.

사랑의 신이 제 마음 내키는 대로
영혼에 나눠주는 기쁨,
과장하는 기술, 칭찬, 여기서 멈춰버린다네.

그래서 이렇게 말하는 것으로 만족하지.
잔잔한 평온 속에서 나는 사랑의 바다를 지나가네,
오직 진실한 승리와 승리의 종려나무[2]만 의지한 채.

이유는 알지 못하고, 이유로 만들어진 것만 알려져.
그것은 오직 영혼에만 간직된
측량할 수 없는 행복이지.

나는 이제 새로운 존재, 새 생명 갖게 된다네.
온 땅에서 영광스런, 확고한 명성 있는
이름을 받는 거지.

사랑에 빠진 나의 가슴을 에워싼
사랑의 열정, 순수한 의도는

---

2 예수가 예루살렘에 입성할 때 사람들이 종려나무 가지를 흔들었던 일을 환기시
킨다.

나를 지고의 하늘까지 드높일 거야.

실레나여, 나는 당신에게 희망을 걸고, 당신을 믿습니다.
내 생각의 영광인 실레나여,
내 자유의지의 방향을 이끄는 북극성이여.

당신 뛰어난 이해력의 가르침으로
가치 없는 그것도 내가 믿음으로
감싸줄 수 있다고 깨닫게 해줍니다.

양치기 처녀여, 당신의 경험으로 확신한다면,
당신은 고귀한 가슴이 간직한
건전한 의지를 보여주리라 믿습니다.

당신의 존재가 그 어떤 행복을 보장하지 않겠습니까?
그 어떤 불행을 쫓아내지 않겠습니까?
당신이 없다면 그 누가 참혹한 부재의 순간을 괴로워하지 않겠습니까?

오, 아름다움 그 자체보다 더 아름다운 그대여!
오, 지혜로움 그 자체보다 더 지혜로운 그대여!
나의 눈에 태양인, 나의 바다의 별인 그대여!

아름다운 황소로 변장한 저 거짓된 자에게 속아
크레타섬으로 간 그녀[3]도,

당신의 완벽한 아름다움에 비할 수 없습니다.

황금빛 비가 내리는 줄 알고
자신의 치마에 금싸라기를 받아
귀한 보물 같은 순결을 잃은 그 여자[4] 역시 비교되지 않습니다.

자신의 순결을 증명하고자 잔인한 분노의 팔을 휘둘러
가슴에서 뿜어져나오는 지고의 순결한 피로
날카로운 칼을 물들인 그 여자[5] 역시 비교되지 않습니다.

그리스 사람들의 마음을
분노의 맹렬함으로 격분시켜
트로이를 망하게 한 그 여자[6] 역시 비교되지 않습니다.

유노[7]가 그토록 큰 열정을 불러일으킨 여인,
라티움의 군대로 트로이 사람들에게 적개심 갖도록 만든
그 여자[8] 역시 비교되지 않습니다.

....
3 그리스 신화에서 황소로 변한 제우스에게 속아 크레타섬으로 끌려간 페니키아
  의 공주 에우로페를 말한다.
4 그리스 신화에서 제우스가 보고 반해 황금 비로 변하여 침입해 임신시킨 아르고
  스의 공주 다나에를 가리킨다.
5 고대 로마의 귀족 여성 루크레티아를 가리킨다. 덕성과 바른 품행으로 이름난 그
  녀는 황제의 아들 섹스투스에게 강간당하자 남편에게 이를 밝히고 자결한다.
6 트로이 전쟁의 원인이 된 헬레네를 말한다.
7 로마 신화에서 최고의 여신. 그리스 신화의 헤라에 해당한다.
8 라티움의 왕인 라티누스의 딸 라비니아를 가리킨다. 그녀의 결혼으로 트로이 유
  민과 로마 원주민 라티니족이 결합되나 이후 두 종족 간에 갈등이 생겨 라티니

불굴의 의지와 승리의 명성 가지고

자신의 명예를 드높인

그 여자 역시 비교되지 않습니다.

나는 지금 헛된 욕망과 순수하지 못한 욕심을 알고

자신의 정조를 지키고 남편 시카이오스를 향해 울었던 여자,[9]

저 만또바 사람 띠띠로스[10]가 작품으로 그린 그 여자를 말하고 있습

니다.

지나간 세월,

현재의 세월, 그리고 앞으로 올 세월의

그 어떤 아리따운 여자라도,

인품에서, 지식에서, 아름다움에서

그리고 이 세상의 칭찬 받을 자격에서

나의 양치기 처녀를 따라갈 자 없을 것이 분명합니다.

실레나여, 순수한 굳건함으로 당신에게 속한,

족이 트로이 유민들을 미워하게 된다.

9 고대 도시국가 카르타고의 건국자이자 초대 여왕 디도를 말한다. 그녀는 시카
이오스와 결혼했는데, 남편이 암살당하자 아프리카로 가서 카르타고를 건국한
다. 아프리카 왕 이아르바스가 순수하지 못한 욕망으로 청혼하자 거절하고 자신
이 마련한 화형장에서 죽기를 택한다. 베르길리우스는 이 이야기를 자신의 작품
『아이네이스』에서 언급하고 있다.

10 베르길리우스의 대표작 『목가시』(*Bucolics*)에 등장하는 목동. 이 작품의 저자인
베르길리우스를 가리킨다. 만또바는 이딸리아 북부 롬바르디아주에 있는 도시.

당신에게 사랑받는 그 사람은 얼마나 축복받은 자인가요!
쓰디쓴 질투 따위 없이 말입니다.

나를 그토록 드높인 사랑의 신이여,
당신의 무거운 손으로
낮고 어두운 망각 속으로 나를 내치지 말아주십시오.
폭군이 아니라 나의 주인 되어주십시오!

사랑에 빠진 양치기는 더이상 노래하지 않았고, 양치기 처녀들은 지금까지 노래한 것만으로는 자신들이 알고자 한 것을 알 수 없었다. 라우소가 노래 속에서 실레나란 이름을 불렀지만 이 이름만 가지고는 그녀가 누군지 알 수 없었던 것이다. 그래서 그녀들은 라우소가 스페인과 아시아, 유럽 여러곳을 돌아다니며 자신의 자유 의지를 바친, 아마도 그녀들이 모르는 외지의 양치기 처녀가 아닐까 상상했다. 그러나 다시 불과 며칠 전 그가 자신의 자유로움으로 승리를 거두고 사랑에 빠진 자들을 조롱한 것을 생각하자, 그의 생각을 사로잡은 어떤 친분 있는 양치기 처녀를 다른 이름으로 포장해 칭송한 것이 분명하다고 믿게 되었다. 이런 의심에 만족할 만한 답을 얻지 못한 채, 그녀들은 그 양치기 청년을 그 자리에 남겨두고 마을로 발걸음을 옮겼다.

그런데 얼마 가지 않아 저 멀리서 한 무리의 양치기들이 오는 것을 보았다. 띠르시, 다몬, 엘리시오, 에라스뜨로, 아르신도, 프란세니오, 끄리시오, 오롬뽀, 다라니오, 오르페니오, 마르실리오 등 마을에서 으뜸가는 양치기들로, 모두 익히 아는 자들이었다. 그중 사랑에 부정적인 레니오와 비탄에 빠진 실레리오는 뻬사라스 샘으로

가 울창한 푸른 나무의 얽히고설킨 가지들이 만들어내는 그늘에서 시에스따를 즐기고 있었다. 양치기들이 도착하기 전에 떼올린다와 레오나르다, 로사우라는 흰 천으로 얼굴을 가리는 신중함을 보였는데, 띠르시와 다몬에게 자신들이 누구인지 알리고 싶지 않아서였다. 이윽고 도착한 양치기들은 예의를 다해 양치기 처녀들에게 인사하며 자신들과 함께 시에스따를 즐기자고 초청했다. 그러나 갈라떼아는 함께 온 저 외지 양치기 처녀들이 마을에 볼일이 있어 가야 한다는 핑계를 대고 완곡히 거절했다. 그런 다음 그녀는 엘리시오와 에라스뜨로의 영혼을 이끌고 작별을 고했다. 얼굴을 가린 양치기 처녀들 역시 거기 있던 모든 양치기의 호기심을 뒤에 달고 그곳을 떠났다.

양치기 처녀들은 마을로 갔고 양치기 청년들은 시원한 샘물로 향했다. 그러나 그곳에 도착하기 전에 실레리오는 이제 자신의 외딴 은거지로 돌아가야겠다며 허락을 구하고 작별 인사를 나누고자 했다. 띠르시와 다몬, 엘리시오, 에라스뜨로가 함께 가자고 간곡히 권했지만 도저히 그의 뜻을 꺾을 수 없었다. 그는 모두와 포옹한 후 작별을 고했다. 그러면서 에라스뜨로에게 은거지를 지나게 되면 꼭 들러달라고 거듭 부탁했다. 에라스뜨로가 그러겠노라고 약속했고, 작별 인사를 나눈 실레리오는 발길을 돌렸다. 그는 끊임없는 고뇌를 지닌 채, 양치기들에게 시퍼런 젊은 나이에 선택한 고달픈 인생길을 보는 고통을 남기고 은거지의 고독 속으로 돌아갔다. 그러나 그들에게 가장 크게 남은 느낌은 알면 알수록 그의 인품의 가치와 품격이 뛰어나다는 것이었다.

샘에 도착했을 때, 양치기들은 세명의 기사들과 두명의 아름다운 귀부인들이 와 있는 것을 보았다. 이들은 여행으로 지쳐 있었는데, 쾌적하고 시원한 곳을 보자 마음이 끌려 행로를 잠시 멈추고 뜨거운 시에스따 시간을 이곳에서 보내는 것이 좋겠다고 생각한 것 같았다. 몇명의 하인들도 데려온 것을 보니 신분이 높은 자들로 보였다. 그들을 본 양치기들은 그곳을 양보하고 다른 곳으로 가려 했다. 양치기들의 이 겸손한 모습에 그중 가장 지체 높아 보이는 기사가 말했다.

"멋지고 늠름한 양치기들이여, 혹 괜찮으시다면 이 즐거운 곳에서 함께 시에스따를 보내면 어떻겠소? 우리 일행은 절대 방해하지 않겠소이다. 여러분으로 인해 우리의 즐거움이 더해지면 그 또한 우리에게 베푸시는 커다란 배려 아니겠소? 여러분의 고귀한 처신과 예절에 온전히 따르겠다는 것을 약속드립니다. 내 보기에 이곳은 여러명이 앉아도 편한 자리인 듯하니 내 이름과 여기 있는 부인들의 이름을 걸고 부탁드립니다. 거절하시면 나와 부인들을 모욕하는 셈이 될 겁니다."

"기사님, 기사님이 분부하신 바를 따르기 전에" 엘리시오가 대답했다. "먼저 우리의 원하는 바를 말씀드리는 것이 도리일 것 같습니다. 우리가 이곳에 온 것은 좋은 대화를 나누면서 뜨거운 시에스따 시간을 피하려는 것뿐 다른 의도는 없습니다. 기사님이 원하시는 바가 우리의 뜻과 다르다면 기사님 원하시는 데 따라 우리의 계획을 바꾸려 합니다."

"여러분의 그런 좋은 마음에 감사드립니다." 기사가 대답했다. "이제 더 분명히 하고자 말씀드리니, 양치기 여러분, 이 시원한 샘 주변에 앉으시지요. 여기 자리한 부인들이 여행 선물로 가져온 다과가 있으니 즐기시고, 혹시 갈증이 나면 이 시원하고 맑은 샘물로 풀면 되겠습니다."

기사의 겸손한 제안에 따라 모두 그렇게 하기로 했다. 이때까지 귀부인들은 두장의 값진 베일로 얼굴을 가리고 있었으나, 양치기들을 보자 베일을 벗어 얼굴을 드러냈다. 그 얼굴을 본 사람들 모두가 그 아름다움에 감탄을 금치 못했다. 그녀들의 미모는 갈라떼아 다음으로 이 세상 어느 여인과도 비교할 수 없을 만큼 뛰어났다. 두 사람이 똑같이 아름다웠으나 나이가 좀더 들어 보이는 부인이 나이 적은 부인보다 더 우아하고 활기 있어 보였다. 모두가 편히 자리에 앉자 그때까지 아무 말도 하지 않고 있던 두번째 기사가 말했다.

"친애하는 양치기들이여, 내가 들에서 양을 치는 소박한 당신들의 처지가 세련되고 고답적인 삶을 사는 우리보다 더 나은 점이 뭔지 잠시 멈춰 생각해보았는데, 나 자신에게 비통한 마음을 갖게 되네요. 당신들이 진정 부럽다는 말밖에 더 할 말이 없습니다."

"친구, 다린또여, 어찌 그런 말을 하는 거요?" 다른 기사가 말했다.

"기사님, 저는 그렇게 말씀드릴 수밖에 없군요." 앞의 기사가 대답했다. "제가 기사님과 저, 그리고 우리 처지에 있는 모든 사람을 살펴보니, 우리 하는 일이란 그저 사람들을 번드르르하게 꾸며주고, 우리의 육체를 보양하고, 재산을 늘리는 데 급급한 것 같습니다. 우리 몸에 걸친 자주색, 금색, 금은 비단이 무슨 유익함이 있나요? 낭비 같아 보일 만큼 값비싼 진수성찬이라도 제때 먹지 못하고 제대로 소화하지 못하면 얼굴을 망쳐버리듯이, 그 어떤 것도 우리를 진정으로 아름답게 만들거나, 윤내거나, 다른 사람 눈에 좋아 보이게 돕지 못해요. 그런데 들판에서 거친 일을 하는 사람들에게는 이 모든 것이 달리 나타나는 것을 볼 수 있어요. 지금 기사님 앞에 있는 사람들이 경험하는 것들이지요. 그들은 아주 간소한 음식으로도 충분히 건강을 유지해왔으며 현재도 그렇고, 모든 면에서 우리의 헛된 꾸밈과는 전혀 딴판이지요. 더 말할 것도 없이 그들의 얼굴을 보세요. 그들의 햇볕에 그을린 가무잡잡한 얼굴은 우리의 일그러진 흰 얼굴보다 더 완벽한 건강을 약속해줍니다. 그들의 다부지고 민첩한 사지에 흰 양털 조끼와 회갈색 고깔모자, 갖가지 색깔의 무릎까지 덮는 양말이 얼마나 잘 어울릅니까? 아마 모르긴 해도 한가로운 시간을 보내는 귀부인들 눈에 용감한 궁중 귀족들이 멋있게 보이는 것보다 양치기 처녀들에게 그들 모습이 훨씬 더 멋있게 보일 겁니다. 소탈하고 성실한 그들 삶의 조건, 진솔한 그들의 사랑에 대해서 뭘 더 말씀드려야 할까요? 들녘의 목축 생활이 제게 너무도 유익해 보여 기꺼이 제 생활을 그 생활과 바꾸고 싶다는 것 외에는요.”

“우리 삶을 그토록 높이 평가해주시니 감사할 따름입니다.” 엘리시오가 말했다. “그럼에도 불구하고 기사님들의 궁중의 삶에서만큼 거친 우리 삶에도 미끄러지기 쉽고 힘든 일이 많이 일어난다는 것 역시 말씀드릴 수 있겠습니다.”

“친구여, 나는 그 말에 동의하지 못하겠어요.” 다린또가 대답했다. “우리가 이 땅에서 전쟁 같은 삶 살고 있다는 것[11]은 온 세상이 다 아는 사실입니다. 그러나 아무튼 들녘의 목축하는 삶은 도시의 삶보다 덜 그렇지요. 우리의 영혼을 어지럽히고 괴롭히는 일에서는 들녘의 삶이 더 자유로우니 말이오.”

“다린또님, 라우소라는 제 양치기 친구가 있는데,” 다몬이 말했다. “그의 삶을 보면 기사님의 의견에 얼마나 잘 들어맞는지 모르

---

11 욥기 7:1 “이 땅에 사는 인생에게 힘든 노동이 있지 아니하겠느냐 그의 날이 품꾼의 날과 같지 아니하겠느냐” 참조.

겠습니다. 그는 몇년 동안 궁중 일을 경험하고, 또 몇년은 힘든 군신 마르스의 삶을 살았습니다. 그런데 결국 우리의 거칠고 궁핍한 삶으로 돌아오고 말았어요! 돌아오기 전부터 그는 이 삶을 무척 동경해왔답니다. 이는 그가 작곡한 노래에 잘 나타나 있지요. 그는 이 노래를 명망 있는 라르실레오에게 보냈는데, 그는 궁중의 일에 오래고 노련한 경험을 가진 자이지요. 저는 그 노래가 좋아 전편을 다 외워버렸답니다. 시간이 허락한다면 이 노래를 들려드리고자 하는데, 혹 듣기에 피곤하지 않으실지 모르겠어요."

"사려 깊은 다몬, 우리에게 당신의 노래를 듣는 것보다 더 기쁜 일은 없습니다." 다린또가 다몬의 이름을 직접 부르며 대답했다. 친구들이 부르는 것을 듣고 이미 그 이름을 알고 있었던 것이다. "그러니 우선 나부터 그 노래를 청하고 싶네요. 당신 말대로 그 노래가 내 경우에 꼭 맞는 것 같고, 또 당신이 외우고 있다니 그 노래가 좋지 않을 이유가 없을 것 같군요."

그 말을 듣자 다몬은 자신이 말한 것을 후회하기 시작했고 약속한 것을 피하려 변명하며 애를 썼다. 그러나 기사들과 귀부인들, 그리고 양치기 모두가 거듭 청하자 더는 노래 부르기를 피할 수 없었다. 잠시 숨을 고른 후에 그는 온화하고 멋스럽고 우아한 목소리로 이렇게 노래했다.

다몬

수천의 역풍에 내던져진
우리 마음의 헛된 생각이
급한 물줄기로 이리저리 흘러갑니다.
연약하고 고통스러운 인간의 상태는

곧 사라질 쾌락에 정복되어

얻지도 못할 안식을 추구하지요.

허위로 가득 찬 거짓된 세상은

즐거운 기쁨 약속하지만,

세이렌12의 들릴 듯 말 듯

희미한 목소리가

그 기쁨을 수천의 불행으로 바꾸어버립니다.

내 눈 닿는 모든 곳에서

나는 혼돈의 세계인 바빌로니아13를 보고 읽습니다.

그러나 조심스러운 궁중의 법도는

나의 바람과 함께

나의 지친 손에 펜을 가져다놓았습니다.

라르실레오님, 나는 내 바람이 다다른 곳에

나의 투박한, 거칠게 깎인 펜의

비행이 짧게 솟아오르기를 바라고 있습니다.

오직 당신의 드문 선량함과 드높은 덕망을

가장 높은 비행으로 드높이기 위해서죠.

그러나 자신의 어깨에 수많은 짐 지는 것으로

뽐낼 자 누가 있을까요?

그토록 힘이 넘쳐

---

12 그리스 신화에 나오는 바다의 요정. 여성의 얼굴에 독수리의 몸을 가졌으며, 아름다운 목소리로 선원들을 유혹해 바다에 뛰어들게 하는 힘을 가지고 있어 흔히 여성의 유혹, 속임수를 상징한다.
13 성경에서 바빌로니아는 죄로 가득 찬 세상을 상징한다.

하늘을 떠받들어도 지치지 않고

힘들어하지 않는 새로운 아틀라스[14]가 아니라면요.

설사 그일지라도 도움을 받아

그 무거운 하늘의 무게를

헤라클레스의 팔 위에 새로이

옮겨놓는 것조차 힘들게 여길 것입니다.

펜이 휘어지고 땀에 젖을지라도

나는 그 수고를 휴식으로 알고 애써보겠습니다.

사실 이 일은 내 힘으로는 불가능하지만

올바른 생각을 드러내고자 하는

쓸데없는 소망을 품어보기도 합니다.

연약하고 불평 많은 오른손을 움직여

기쁨을 수수께끼처럼 어렵게 표현하는 것이

가능한지 그렇지 않은지 한번 보시지요.[15]

사실 나는 이 일에서 너무도 무력하니

딱하게 멸시받는 자 가슴에서 우러나는

슬픈 신음에 당신 어쩔 수 없이

귀 기울여야 합니다.

불, 공기, 바다, 땅이

나와 끝없는 전쟁을 벌이고 있습니다.

모두가 동맹을 맺고

---

14 그리스 신화에 나오는 거인 중 하나. 제우스와의 싸움에서 져 하늘을 떠받치는
형벌을 받는다.
15 시인은 자신의 글이 수수께끼처럼 어려운 글이 되지 않기를 원하고 있다.

내가 불행에 빠져

짧은 운명으로

내 삶 마치기를 고대하고 있습니다.

그러기 원치 않는다면 쉬운 일이 있습니다.

삶의 폭을 넓게 펼쳐

좋아하는 곳 여행하며

수천의 일 기억 속으로 줄여놓는 것이지요.

사랑과 운명, 행운의 여신과 사건이

양치기에게 그의 모든 영광 바치는

산과 강, 강변의 그림을 그리면서 말이죠.

그러나 이 달콤한 이야기를 시간이 정복하고

작은 그림자만 남습니다.

그 그림자는 달콤한 이야기를 가장 많이 생각할 때

그만 그 생각을 놀라게 하고 무섭게 하지요.

바로 이것이 인간 운명의 근본 조건입니다.

기쁨은 몇시간도 안 되어 우리를

치명적인 불안으로 이끌어갑니다.

많은 세월이 흘러도 그 누구도

견고하게 오래가는 기쁨 찾아내는 자 없었습니다.

돌아오고 또 돌아옵니다.

헛된 생각이 높이 치솟다가 깊은 심연으로 곤두박질칩니다.

세상 이쪽 끝에서 저쪽 끝까지 순식간에 가버립니다.

혹자는 말합니다,

아무리 수고하고 땀 흘려도 결국 끝에 이르면

천국 아니면 지옥에 처할 거라고.

오, 비록 빈약한 농기구로 일해도

저 부유한 크라수스[16]보다

혹은 욕심 많은 왕 미다스[17]보다

더 만족스럽고, 더 평안한 삶을 사는,

소박한 가축 치는 자가

한배, 세배, 네배, 다섯배, 여섯배 더 행복한 자 아닌가요?

이 비참하고 거짓된 궁중의 삶을 다 잊고

가축과 함께 산과 들로 다니는,

투박하지만 단순하고 건강한 삶

영위하기 때문이지요.

매섭게 곤두선 겨울날

거친 떡갈나무의 몸통에 기대면,

불의 신 불카누스의 화염에 휩싸인 듯 따스합니다.

그곳에서 편한 마음으로 양떼를

어떻게 잘 관리할까 생각하지요.

복잡하지 않은 계산은 하느님께 맡기기로 합니다.

어깨를 움츠리게 하는 불모의 딱딱한 겨울이

도망가면,

델로스섬의 주인 위대한 태양의 신이

---

16 부유하기로 이름난 로마 사람.

17 그리스 신화에 나오는 소아시아의 왕. 손대는 것마다 금으로 바꾸는 능력을 가
졌다고 한다.

푸른 버드나무와 미루나무로 덮인

강가에 앉아

공기와 대지를 불태웁니다.

그리고 투박한 화음의

목소리가 흘러나오거나 피리 소리 들리지요.

가끔은 그 소리에 강물이 멈춰 서는 것이

분명히 보일 때도 있습니다.

그곳에선 권세 부리는 자[18]의 근엄한 얼굴이

양치기를 피곤하게 하지 않습니다.

그가 그곳에 나타나 명령해도

누구도 복종하지 않아요.

거짓된 아첨꾼의 나직한 목소리에서 나오는

지나친 과장도 없습니다.

아첨꾼은 자기 주인이나 동료, 혹은 그 무리가

잠시만 자리 비워도 말을 바꾸지요.

교활한 서리書吏의 머리 흔들어대는 멸시도

양치기를 피곤하게 하지 못합니다.

명예심 가득한 왕실 기사와

무리 지어 다니는 귀족들의 오만도

그를 피곤하게 하지 못합니다.

그곳은 부드러운 양떼와 조금도 거리를 두지 않는 곳이지요.

군신 마르스가 도처에서 분노의 목소리를 내지만

---

18 원어는 'privado'. 높은 자에게 위임받은 권력으로 횡포를 부리는 자를 말한다.

그런 방법으론 그곳에서 거의 출세하지 못합니다.

그의 발걸음은 넓은 공간이 필요치 않습니다.

높은 산에서 아늑한 평지까지,

시원한 샘에서 맑은 강물까지면 충분하지요.

멀리 떨어진 땅을 얻기 위해

대양을 건너 전쟁 벌일 일 없습니다.

그것은 미친 밭갈이요,

오래된 광기이지요.

불패의 위대한 왕이 그의 마을 아주 가까이 살아도

그의 정신은 움직이지 않습니다.

복을 바라기는 하지만,

받지 못해도 마음 상하지 않습니다.

야심 많은 참견쟁이와 같지 않지요.

그런 자는 특권과 총애만

정신없이 좇는 자,

한번도 칼이나 창을 튀르키예 사람이나 아랍 사람[19] 피로

적신 적 없지요.

마치 자신의 황금빛 연인[20]에게

호불호를 말하지 않았던 클리티아[21]처럼,

----

19 이슬람을 추종하는 스페인의 적을 말한다.

20 태양의 신 아폴론을 말한다.

21 그리스 신화에서 아폴론을 사랑했던 물의 님프. 클리티아는 아폴론을 사랑했지만 에로스의 화살을 맞은 아폴론은 다른 여자와 사랑에 빠져 클리티아에게는 관심을 기울이지 않았다. 상심한 그녀는 태양만 바라보다 꽃이 되었다고 한다.

자기가 섬기는 주인의 안색이 바뀌어도

그는 자신의 안색을 바꾸지 않습니다.

혀를 말고 다니라고 강요하는

주인이 없으니까요.

여러분은 부주의한 남자가,

또 어떤 가치 없는 여자가

무자비한 주인의식에 젖어

그의 수고에 대한 권리를 지워버리고

짧은 시간 내에 나가라는 선고 내릴 때도

두려움에 떨지 않는 그를 볼 수 있을 겁니다.

그는 자신의 건강한 가슴에 간직하고 있는

그것 외에 다른 것을 내보이지 않습니다.

거칠고 투박하고 소탈한 삶 사는 사람들의 지식이

궁중 생활의 거짓된 행태를 용납하지 않으니까요.

그런 삶을 업신여길 자 누가 있을까요?

그런 삶이야말로 영혼의 평온을 향해 나아가는

유일한 삶이라고 말하지 않을 사람 누가 있겠습니까?

궁중 귀족은 그런 삶을 높이 평가하지 않아요.

그런 삶의 장점은 선을 찾고 악을 멀리하는

그런 사람에게만 알려져 있습니다.

오, 품위 있는, 고독을 벗 삼는,

기쁨 넘치는 삶이여!

오, 가장 높이 치켜든 홀笏보다

더 높이 솟은 목자의 낮은 삶이여!

오, 향기 가득한 풀이여! 오, 시원한 숲 그늘이여!

오, 맑은 샘물이여!

이토록 순박하고 참된 여가를

근심으로 방해받지 않고

잠시라도 너희를 즐기며

안식을 취하는 자 누굴까!

노래여, 이제 곧 너는 너의 장단점이 나타날

그곳으로 가버리겠구나!

그러나 너, 기력 있다면 겸손하고 좋은 얼굴로

이렇게 간청하렴.

'하느님, 용서하세요. 이곳으로 나를 보내신 분은

당신과 자신이 바라는 것을 신뢰하는 분이니까요!'

"이것이 라우소의 노래입니다." 다몬이 노래를 마치면서 말했
다. "라르실레오는 이 노래를 크게 칭찬했고 그때 노래를 들은 사
람들 역시 그 못지않은 마음으로 이 노래를 받아들였답니다."

"과연 그렇겠네요." 다린또가 대답했다. "진실한 마음과 그것을
표현한 기교 또한 충분히 칭찬받을 만합니다."

"이 노래가 제 취향에 맞는군요." 사랑을 거부하는 레니오가 말
했다. "이 노래는 구절마다 수천의 별 볼일 없는 사랑의 짓거리로
가득 찬, 배열도 제대로 안 되어 복잡하기만 한 노래와 달라요. 감
히 맹세하는데, 아무리 생각 깊은 자라도 귀에 들어오지 않는 노래
가 있어요. 노래를 만드는 사람조차 이해하지 못하는 노래들도 있
지요. 그리고 냅다 큐피드만 찬양해 그의 능력, 가치, 그가 일으키

는 놀라운 기적들을 과대 포장하고 또 그에게 다른 수천의 힘, 지휘권, 지배권을 부여해 그를 하늘과 땅의 주인으로 만드는 데 얽매인 노래들도 있어요. 그런 유의 노래를 만드는 사람들이 무엇보다 나를 지겹게 하는 이유는 그들이 사랑을 말할 때 부르는 큐피드를 스스로 잘 알지 못한다는 거예요. 이름 자체가 그가 누군지 알려주고 있잖아요. 모든 비난을 받아도 충분한 헛된 성적 욕망이 바로 그 자신이에요."

사랑을 거부하는 레니오는 결국 사랑에 대한 부정적인 말로 얘기를 끝맺었다. 그러나 그곳에 있던 사람들 모두는 그가 어떤 자인가를 잘 알고 있어 크게 관심을 두지 않았다. 에라스뜨로만은 예외였는데, 그는 이렇게 말했다.

"레니오, 자네 혹시 이 에라스뜨로가 너무 단순해서 자네 의견을 반박하거나 자네 주장에 답하지 못하는 거라고 생각하나? 그렇다면 경고하는데 지금 침묵을 지키거나, 적어도 사랑을 혹평하는 것 말고 다른 이야기를 하는 게 좋겠어. 그러지 않으면 생각 깊고 지식 많은 띠르시와 다몬이 자네의 맹목에 빛을 밝혀주고, 사랑과 그에 관련된 일에 대해 그들이 아는 바와 자네가 반드시 알아야 할 게 무언지 똑똑히 가르쳐줄 거야."

"그들이 내가 모르는 무엇을 말해줄 수 있으며," 레니오가 말했다. "그들이 모르는 것에 대해 내가 무엇을 말해줄 수 있겠나?"

"참으로 교만한 말이군, 레니오." 엘리시오가 대답했다. "바로 그 말이 자네가 사랑의 진실한 의미를 찾는 길에서 한참 벗어나 있음을 보여주고, 경험과 진실에 지배되기보다 자네의 주장과 기분에 더 지배되고 있음을 보여주네."

"오히려 나는 사랑이 불러일으키는 것에 많은 경험이 있어서"

레니오가 대답했다. "사랑에 대한 반대를 주장하는 것이고, 내 생명이 지속하는 한 앞으로도 그럴 거야."

"당신의 주장은 어디에 근거를 두고 있나요?" 띠르시가 말했다.

"어디에 두고 있냐고요, 양치기님?" 레니오가 대답했다. "사랑이 낳는 결과에 두고 있지요. 나는 그 결과를 낳는 원인이 아주 좋지 않다고 생각하거든요."

"그렇다면 당신이 그토록 나쁘다고 강변하는 결과라는 게 어떤 겁니까?" 띠르시가 대꾸했다.

"당신이 진정 귀 기울여 듣고 싶으시다면 말씀드릴게요." 레니오가 말했다. "하지만 내 이야기로 여기 계신 여러분을 불편하게 하고 싶은 생각은 없어요. 그러니 좀더 듣기 좋은 대화로 시간을 보내시지요."

"이 주제보다 더 우리 관심을 불러일으키는 건 없다고 생각합니다." 다린또가 말했다. "특히 자기 의견 주장하는 법을 잘 아는 사람들 사이에서는 말입니다. 그러니 여기 계신 양치기들이 막지 않는다면, 레니오, 시작한 이야기를 계속하시는 게 어떤가요?"

"그럼 기꺼이 그러겠습니다." 레니오가 대답했다. "나는 내 주장을 뒷받침하고, 그것을 거부하는 어떤 의견도 반박할 수 있는 여러 이유를 여러분에게 분명히 제시하고자 해요."

"오, 레니오, 그럼 시작해보세요." 다몬이 말했다. "내 동료 띠르시만큼 길게 제시하진 못할 것 같습니다만."

레니오가 사랑의 폐해들을 말하려던 바로 그때, 그 샘가로 갈라떼아의 아버지인 존경받는 아우렐리오가 다른 양치기들과 함께 도착했고, 갈라떼아와 플로리사 역시 얼굴 가린 세명의 양치기 처녀들 로사우라, 떼올린다, 레오나르다와 함께 왔다. 그녀들이 마을 입구에 막 들어섰을 때, 삐사라스 샘에서 양치기들의 모임이 있다는 소식을 들었던 것이다. 아우렐리오의 권유로 그녀들은 발걸음을 돌이켰고, 외지인 양치기 처녀들 역시 얼굴을 가리고 있어 누구도 알아보지 못할 것이라는 믿음에 따라온 것이었다. 샘가에 있던 사람들 모두가 자리에서 일어나 아우렐리오와 양치기 처녀들을 맞이했다. 양치기 처녀들은 귀부인들 옆에 앉았고, 아우렐리오와 양치기들은 이미 와 있던 양치기들과 자리를 함께했다. 귀부인들은 갈라떼아의 뛰어난 미모에 깜짝 놀라 눈을 떼지 못했다. 갈라떼아도 마찬가지로 귀부인들의 아름다움에 눈을 떼지 못했고, 더 나이 들어 보이는 여인에게 특히 그랬다. 그녀들 사이에 몇마디 인사말이 오가다가 생각 깊은 띠르시와 사랑을 거부하는 레니오 사이에 뭔가 논쟁이 있다는 것을 알고는 말을 멈추었다. 존경받는 아우렐리오는 띠르시와 레니오 사이에 이루어질 토론에 몹시 즐거워했다. 그는 그런 모임 보기를 무척이나 원했고, 또 모임에서 이루어질 토론을 진심으로 듣고 싶어 했다. 게다가 답변 잘하기로 유명한 레니오가 있어 분위기가 더 고조되었다. 레니오는 더 기다리지 않고 베어낸 느릅나무 등걸에 앉아 처음에는 나직하게, 차츰 낭랑한 목소리로 자신의 말을 시작했다.

사랑에 관한 논쟁

1. 사랑의 폐해, 레니오의 연설

귀하고 사려 깊은 동료들이여, 저는 여러분이 지금까지 알아본 바로, 저를 아주 겁 없고 무모한 자로 생각하실 수 있다는 것을 알고 있습니다. 이 점 저도 어느정도 이해하는데, 제가 한동안 자란 투박한 시골의 삶이 약속하듯이 사실 저는 아는 것도 별로 없고, 경험도 많지 않기 때문입니다. 그런데 지금 저는 유명한 학교에서 좋은 교육을 받고 자란 이름 높은 띠르시와 어려운 주제를 가지고 논쟁하려 하고 있습니다. 결과는 뻔할 것 같습니다. 띠르시의 배경을 볼 때 제 의도와 달리 저를 패배로 몰고 갈 것이 분명하니까요. 그러나 타고난 재능의 힘이 일정량의 경험으로 가다듬어지면 가끔은 수많은 세월 습득한 배움에 새 길을 열어줄 수도 있다고 저는 믿습니다. 그래서 오늘 감히 제가 사랑의 적이 되도록 반감을 부추긴 원인을 공개적으로 말씀드리고, 이로써 '사랑을 거부하는 자'라는 제 별명이 얼마나 합당한지도 더불어 알려드리려고 합니다. 이렇게 하는 데 여러분의 명령 외에 다른 이유는 없으니, 이러쿵저러쿵 더 말하지 않겠습니다. 더욱이 혹 제가 이 논쟁에서 지더라도 여기서 얻을 영광이 작지 않으니, 저 유명한 띠르시와 한판 겨룰 정신을 가졌다는 그 한가지만으로도 결국 저에게 명성을 가져다줄 테니까요. 이런 전제에 따라, 저는 제가 가진 논리 외에 어떤 도움도 바라지 않습니다. 저는 논리만을 부르고 논리만을 간구해 오직 논리로 저의 말과 주장에 힘을 얻고자 하며, 제가 공언한 대로 사랑의 적임을 증명해보겠습니다. 사랑은, 어른들 말씀에 따르면, 아름다움을 향한 욕망입니다. 다른 여러 정의 중에서도 이 문제에 가장 정통한 분들이 내린 정의이지요. 사랑이 아름다움을 향한 욕망이라는 정의를 제가 인정한다면, 그 사랑받는 아름다움이 어떤 것이든 간에 그것을 사랑하는 것이 사랑이라는 정의 또한 인정해야 마땅합니다. 그리고 아름다움에는 두가지 측면, 즉 육체적인 것과 비육체적인 것이 있기 때문에, 궁극적으로 육체의 아름다움만 추구하는 사랑은 선한 것이 될 수 없습니다. 바로 이런 사랑이 제가 적대시하는 것이죠. 그런데 육체의 아름다움은 살아 있는 육체와 그렇지 않은 육체, 이렇게 두 부분으로 나뉩니다. 육체의 아름다움을 추구하는 선한 사랑도 존재합니다. 이런 육체의 아름다움 일부를 살아 있는 남자, 여자의 몸에서 볼 수 있습니다. 육체의 모든 부분이 그 자체로 선할 때, 그곳에 육체의 아름다움이 존재하는 것이죠. 이 모든 것이 합쳐져 완전한 통합체, 사지가 균형 잡히고 피부색이 연한 몸을 이룹니다. 살아 있지 않은 몸의 아름다움은 그림, 조각상, 건물에 존재합니다. 그런 아름다움도 그에 대한 사랑이 비난받을 이유 없이 사랑받을 수 있습니다. 비육체적 아름다움 역시 두 부분으로 나뉩니다. 하나는 덕목들이고 또 하나는 영혼에 대한 지식이죠. 덕목에 대한 사랑은 필수적으로 선해야 하며, 덕스러운 지식과 즐거운 연구에 대한 사랑도 마찬가지입니다. 앞서 말씀드린 두 종류의 아름다움이 우리 가슴에 사랑을 불러일으키는 원인이 되어서, 어떤 아름다움을 사랑하느냐에 따라 좋은 사랑 혹은 나쁜 사랑이 존재하는 겁니다. 비육체적 아름다움은 맑고 깨끗한 이해의 눈으로 보이고, 육체적 아름다움은 육체의 눈으로 보이는데, 비육체적 눈과 비교하자면 흐리고 탁한, 맹목의 눈이죠. 현존하는 육체의 아름다움은 육체의 눈에 즐거움을 주기 때문에 육체의 눈은 빠르게 움직입니다. 이해의 눈은 그렇지 않습니다. 현존하지 않는 비육체적 아름다움을 판단해야 하기 때문이죠. 이 아름다움은 눈을 즐겁게 하는 것이 아니라 영광스럽게 만듭니다. 따라서 육체의 눈은 일반적으로 사람들을 더 낫게 만드는 특별하고 신적인 아름다움보다 파멸하고 흐리게 만드는 필멸의 아름다움을 더 사랑하

게 됩니다. 이런 사랑, 즉 육체의 아름다움을 향한 욕망에서 도시의
황폐, 국가의 붕괴, 제국의 파괴와 친구들의 죽음 같은 사건들이 일
어났고, 일어나고 있으며, 일어날 겁니다. 이런 일이 보편적으로 일
어나지 않는다면, 육체의 아름다움을 사랑하는 저 비참한 사람이
겪는 불행과 비교할 만한 더 큰 불행, 더 심한 고통, 더 큰 불, 질투,
고뇌, 죽음을 인간의 이해로 상상이나 할 수 있을까요? 이런 아름
다움을 사랑하는 사람의 행복은 원하는 아름다움을 맘껏 즐기는
데 있습니다. 하지만 이 아름다움은 소유할 수 없고 완전히 즐기는
것도 불가능하지요. 그러니 생각해보세요. 욕망하는 사람이 그 목
적을 이루지 못했을 때, 그 사람 안에 한숨, 눈물, 불평과 무력감이
생기지 않겠습니까? 제가 말씀드린 사람이 그 아름다움을 완전히,
온전히 즐길 수 없다는 것은 사실입니다. 명명백백한 사실이죠. 아
름다움은 그 사람이 완벽히 즐길 수 있게 그 사람 손에 있는 것이
아닙니다. 그 사람 바깥에 있어 온전히 그 사람 것이 아니지요. 언
제나 우리가 보통 운명의 여신이라고 부르는 자의 자의적 지배 아
래 있지 우리 자유의지의 힘 안에 있지 않다는 것입니다. 이것은
너무도 익히 알려진 사실이죠. 그러니 결론 내릴 수 있습니다. 사랑
이 있는 곳에는 반드시 고통이 따른다고 말입니다. 이 사실을 부인
하는 사람이 있다면, 그는 태양이 밝고, 불이 사물을 태운다는 사실
을 부인하는 거나 마찬가지입니다. 사랑의 열정에 빠진 영혼을 잘
생각해보면 사랑이 담고 있는 쓴맛을 쉽게 알 수 있기 때문에, 제
가 따르는 이 진실이 얼마나 명명백백한지도 알게 될 것입니다. 영
혼이 갖는 사랑의 정념은, 사려 깊은 기사님들과 양치기 여러분이
더 잘 아시다시피 네가지의 일반적인 현상으로 나타납니다. 그 이
상은 없지요. 지나치게 욕망하는 것, 지나치게 즐거워하는 것, 미래

에 닥칠 비참함에 대한 큰 공포, 현재의 불행으로 인한 커다란 고통입니다. 이들 정념은 영혼의 평안을 흔들어놓는 역풍입니다. 아니, 더 적절한 단어를 쓴다면 영혼의 교란이라고 말할 수 있죠. 이런 교란 중에 첫째가는 것이 사랑이 주는 교란입니다. 사랑은 욕망과 다름없기 때문이지요. 욕망 중에서도 우리 모든 정념의 시초이자 근원인 욕망입니다. 모든 개울이 발원하는 샘 같은 것이죠. 이런 이유로 우리가 욕망하는 순간마다 우리 마음에 불이 댕깁니다. 그불은 우리가 그것을 좇고 추구하도록 유도하는데, 막상 그것을 찾고 추구하면 수천의 혼란스러운 결말에 이르게 되지요. 바로 이 욕망으로 인해 오빠가 사랑하는 자신의 여동생을 안게 되고, 계모가의붓아들을 안게 되며, 최악의 경우에는 아버지가 자기 딸을 안는 추악한 일을 하게 되는 것입니다. 이런 욕망은 우리의 생각을 고통스러운 위험으로 끌고 갑니다. 이성이란 장애물을 두어도 소용없습니다. 우리가 아무리 그것이 죄악이라는 것을 명백하게 알고 있어도 떠날 수 없는 이유가 바로 이것입니다. 사랑의 신은 우리를 단 한가지 소원[22]에만 관심 갖게 놔두지 않습니다. 이미 말씀드린 대로 모든 정념이 대상에 대한 욕망에서 나오기 때문에, 우리 안에서 일어나는 이 첫 욕망에서 수천의 다른 것들이 비롯됩니다. 사랑에 빠진 사람들에게 이런 것들은 무한정하다고 할 만큼 다양합니다. 그들이 아무리 한가지 목표만 바라본다고 해도, 대상이 너무 다양하고 사랑에 빠진 각자의 운명이 다양하므로, 욕망은 다양한 형태를 띨 수밖에 없습니다. 그들은 욕망하는 것을 얻고자 모든 힘을 하나의 길에 집중합니다. 하지만 오, 그 길에서 얼마나 많은 힘든

---

22 사랑을 말한다.

일들을 만나게 되는지요! 얼마나 많이 넘어지고, 얼마나 많은 날카로운 가시들에 발을 다치는지요! 그들이 추구하는 것을 얻기 전에 얼마나 많은 힘과 기력을 상실하는지요! 혹 사랑하는 것을 얻은 자들이 있긴 하지만, 그들은 다른 것에는 관심도 없고 그 상태만 유지하려고 합니다. 모든 생각이 오직 이것에만 머물러 있고, 모든 시간과 노력을 이것에만 쓰지요. 결과적으로 그들은 행복 속에서 비참하고, 부유한 가운데 가난하며, 행운 속에서 불운한 자들입니다. 혹은 자신이 가진 보물을 잃는 사람들이 있는데, 그들은 그 잃은 것을 찾으려고 온 힘을 다합니다. 수천번 간구하고, 수천번 약속하고, 수천번 조건을 제시하고, 끝없는 눈물을 흘리며, 급기야는 이런 비통함에 짓눌려 자칫 목숨을 잃기도 하지요. 그러나 이런 고통이 욕망의 초기에는 보이지 않습니다. 간교한 사랑의 신은 우리에게 넓고 큰 길을 보여주는데, 일단 들어서면 길은 점점 좁아져 나중에는 앞으로 나아갈 수도, 뒤로 물러설 수도 없게 돼버립니다. 그리고 어떤 길도 보이지 않습니다. 사랑에 빠진 불쌍한 연인들도 마찬가지입니다. 달콤하지만 거짓투성이의 미소, 오직 단 한번의 눈길, 가슴에 허약한, 거짓된 희망을 불러일으키는 오직 두마디 그릇된 말에 유혹당하고 속아, 욕망에 자극받고 그 희망 좇는 길에 자신을 내던집니다. 그러다가 며칠 지나지 않아 자신의 치유의 길과 기쁨의 길이 닫히고 막힌 것을 발견하게 됩니다. 그러면 그들은 자신의 얼굴을 눈물로 적시고, 한숨으로 대기를 어지럽히며, 한탄의 원망으로 귀를 피곤하게 만듭니다. 그리고 더 한심하게도, 눈물과 한숨, 불평으로 원하는 목적을 달성하지 못하면 곧장 행태를 바꿉니다. 좋은 방법으로 안 되니 나쁜 방법으로 목적을 이루려는 것이죠. 여기서 나오는 것이 바로 증오, 분노, 죽음 등입니다. 친구 사이에서든 적과의 사이에서든 마찬가지지요. 이런 이유로 연약하고 부드러운 여자들이 정말로 이상하고 무서운 일을 저지릅니다. 생각만 해도 몸서리쳐지는 사건들이 이제까지 일어났고 지금도 일어나는 것을 볼 수 있어요. 바로 이런 이유로 거룩한 부부의 침실이 붉은 피로 칠갑됩니다. 우울증에 빠진 부인의 오해로 일어날 수 있고, 경솔하고 부주의한 남편에 의해 저질러질 수도 있지요. 이 욕망을 이루기 위해 형제와 형제가, 아버지와 아들이, 친구와 친구가 원수가 됩니다. 이 욕망은 적대 관계를 깨뜨리고, 존경심을 깔아뭉개며, 법을 무너뜨리고, 의무를 잊게 만들고, 여자 친척에게 부적절한 사랑을 호소하게도 합니다. 그러나 사랑에 빠진 자들의 비참함이 너무 분명해서, 그 어떤 욕망도 우리 가운데서 힘을 쓸 수 없고, 아무리 애를 써도 사랑의 신의 박차에 이끌린 사람처럼 원하는 대상으로 우리를 몰아갈 수 없습니다. 이는 알려진 사실이죠. 따라서 그 어떤 기쁨이나 만족감도 정해진 끝을 넘어설 수 없습니다. 원하는 것을 얻은 사랑에 빠진 자의 즐거움도 마찬가지입니다. 이것은 명백한 사실인데, 사랑에 빠진 사람이 아니라면 어떤 분별력 있는 사람이 자기가 사랑하는 여자의 손이나 그녀의 반지에 한번 닿기만 해도, 또 짧은 사랑의 눈길이나 그와 비슷한 것들에도 무한한 행복을 느끼겠습니까? 그리고 사랑에 빠진 자들이 언뜻 보기에 이런 충만한 기쁨을 얻었다 하더라도 그들을 반드시 행복하고 축복받은 자라고는 말할 수 없어요. 왜냐하면 사랑의 신이 셀 수 없는 불만과 고통으로 그들을 방해하고 혼란스럽게 하기 때문인데, 이런 불만과 고통이 함께하지 않는 한 그 어떤 만족도 없는 것입니다. 사랑의 영광은 한번도 고통을 통해 도달하고 이룩한 정점에 도달한 적이 없습니다. 사랑에 빠진 자들이 느끼는 기쁨은 너무 약해서 정신을 놓게 만들고, 그들을 부주의하고 어리석게 만들어버리죠. 그들은 자신들 상상의 쾌락을 유지하는 데 모든 노력과 힘을 쓰기 때문에 다른 모든 것에 부주의할 수밖에 없어요. 따라서 명예와 삶, 재산에 적지 않은 손해를 불러옵니다. 또 지금까지 말씀드린 것 외에도 스스로 수천가지 고뇌의 종이 되거나 자기 자신의 적이 되어버려요. 그렇다면 그들이 사랑의 즐거움에 푹 빠져 있을 때, 질투라는 무거운 창의 금속성 냉기가 그들을 건드리면 어떻게 될까요? 하늘이 캄캄해지고, 대기가 요동치지요. 모든 것이 그들에게 반대로 작용하게 됩니다. 그렇게 되면 기대했던 사람에게서 만족을 얻지 못해요. 원하는 목표를 이루도록 그 사람이 무언가를 제공할 수 없으니까요. 결과적으로 끊임없는 두려움이 엄습하고, 절망이 일상이며, 날카로운 의심, 잡다한 생각들, 아무 도움이 안 되는 배려, 거짓된 웃음, 애끓는 통곡, 그리고 그들을 두렵게 하고 소진시키는 수천의 놀랍고 전율할 사건들이 일어납니다. 사랑과 관련된 모든 일, 바라보고, 웃고, 외면하고, 돌아오고, 침묵하고, 말하는 등등이 그들을 피곤하게 합니다. 결국에는 선한 동기를 부여하던 바로 그 모든 은총이 질투에 빠진 연인에게 고통을 주는 것으로 바뀌어버려요. 운명이 사랑의 원칙들을 두 손 벌려 환영하지 않으며, 서둘러 달콤한 결말로 인도하지 않는다는 걸 모르는 사람이 누가 있겠어요? 그리고 그 불행한 사람이 자신의 목적을 이루려고 사용한 그 어떤 방법도 엄청난 대가를 치러야 한다는 걸 모르는 사람 누가 있겠어요? 그는 얼마나 많은 눈물을 흘리고, 얼마나 많은 한숨을 흩뿌리고, 얼마나 많은 편지를 쓰고, 얼마나 많은 밤을 지새울까요? 얼마나 많은 억측과 싸우고, 얼마나 많은 의심으로 피곤해하고, 얼마나 많은 두려움이 그를 급습해 고통 줄까요? 물과 사과나무 사이에 놓인 탄탈로스[23]의 피곤함이 두려움과 희망 사이에서 괴로워하는 그 불쌍한 연인의 피곤함보다 더할까요? 사랑받지 못한 연인의 수고는 아무리 부어도 자기가 뜻한 바를 조금도 얻지 못하는 다나오스 왕의 딸들의 항아리[24]와 같아요. 아무리 티티오스[25]의 내장을 파괴하는 독수리라도 질투에 빠진 연인의 내장을 파괴하고 쪼아 먹는 질투만 할까요? 시시포스의 등을 그토록 무겁게 짓누르는 바위라도 끊임없는 두려움을 짐 지우는 사랑에 빠진 연인들의 생각만 할까요? 끝없이 돌고 돌아 고통을 더해주는 익시온의 수레바퀴[26]라도 그토록 빨리, 다양하게 변하는 마음 약한 연인들의 상상만 할까요? 아무리 저승의 망자들을 벌주고 볶아치는 미노스 왕이나 라다만토스[27] 왕이라 할지라도 이길 수 없는 명령에 사로잡힌, 사랑에 빠진 가슴을 벌주고 볶아치는 사랑만 할까요? 저승 세계에 갇힌 영혼들을 괴롭히는 저 세명의 분노의 여신들, 잔인한 메가이라, 노한 티시포네, 복수에 불타는 알렉토라 할지라도 저 사랑에 빠진 불행한 사람들의 분노와 욕망이 그들 자신을 학대하는 것만 할까요? 그들은 사랑

23 그리스 신화에서 제우스의 비밀을 알려 했다는 죄로 지옥에서 형벌을 받는 인물. 목이 말라 물을 마시려 하면 물이 도망가고, 배고파 사과를 먹으려 하면 바람이 불어 먹지 못하는 등 끊임없는 허기와 갈증에 시달린다.

24 그리스 신화에서 아르고스의 왕 다나오스의 딸들은 아버지의 명에 따라 한명만 제외하고 모두 자신의 남편을 죽인다. 그중 한명이 아버지의 왕위를 찬탈할 것이라는 예언 때문이었다. 이 죄로 지옥에서 바닥 없는 항아리를 채우는 벌을 받는다.

25 그리스 신화에 나오는 거인족의 한명. 자신의 만행에 대한 벌로 지옥에서 독수리에 의해 매일 다시 자라는 간 등 내장을 쪼아 먹힌다.

26 그리스 신화 속 인물. 제우스의 아내인 헤라 여신을 넘본 죄로 지옥에서 영원히 도는 수레바퀴에 묶인다.

27 제우스와 에우로페 사이에 태어난 형제로 두 사람 모두 크레타섬의 왕. 훗날 저승 세계 망자들의 심판관이 된다.

의 신을 주인으로 알고 신하처럼 굽실거리며, 자신들이 저지르고 자신들이 말한 미친 짓 ─ 자신의 목숨보다 다른 사람의 목숨을 더 사랑하라고 부추기고 움직이는 본능, 고대 이교도들[28]이 큐피드라고 이름 붙인 그 신에게서 비롯한 ─ 에 대한 변명으로 사랑의 신의 신적인 힘의 포로가 되어 그를 따르기를 멈추지 못하고, 그가 원하는 대로 좇지 않을 수 없는 자들입니다. 사랑의 신이 그들로 하여금 사랑에 빠진 자에게 초자연적 영향을 미치는 이 욕망에 신의 이름을 붙이고 그렇게 말하도록 한 것이죠. 사랑에 빠진 자가 한편으로 두려워하면서 또 한편으로는 믿음을 갖고, 사랑하는 여인이 멀리 있을 때는 사랑으로 불타오르다가 막상 가까이 있으면 몸이 얼어붙어 꼼짝 못하고, 말해야 할 때 침묵을 지키고 침묵해야 할 때 말하는 것을 보면, 사랑의 힘에는 초자연적인 무엇이 있는 게 틀림없어요. 또한 나 피하는 사람 좇아다니고, 나 비난하는 자 칭송하고, 내 말에 귀 기울이지 않는 자에게 목소리 높여 말하고, 은혜 모르는 자와, 어떤 약속도, 어떤 좋은 것도 주지 않는 자를 섬기는 것을 보면 이상해도 너무 이상하지요. 오, 달콤하면서도 쓰디쓴 사랑이여! 오, 건강치 못한 연인들의 독약 같은 사랑이여! 오, 슬픔과 기쁨이 한데 섞인 사랑이여! 오, 때늦은 후회, 혹은 어떤 열매도 맺지 않는 꽃 같은 사랑이여! 바로 이런 것들이 상상에서 비롯된 이 신이 미치는 효과, 이 신의 위업이요 업적들입니다. 이 신을 나타낸 그림을 보면 이 헛된 신을 그리는 사람들이 얼마나 헛된 짓을 하는지 여실히 드러납니다. 그들은 이 신을 눈에는 붕대를 감고 손에 활과 화살을 든, 날개 달린 어린아이로 그립니다. 사람이

---

28 그리스·로마 신화의 생산자, 전파자인 그리스·로마 사람들. 기독교도인 스페인 사람들은 이들을 '이교도'라 불렀다.

사랑에 빠지면 단순하고 변덕스러운 어린아이처럼 된다는 것을 가르쳐주지요. 무언가 요구할 때는 맹목이 되고, 생각은 가벼워지며, 행동에서는 가차 없고, 이해력에서는 헐벗고 빈약한 모습을 보여주는 겁니다. 이 신은 두개의 화살을 가지고 다니는데, 하나는 납화살이고 또 하나는 금 화살입니다. 이 화살들은 각기 다른 효능이 있어요. 납 화살은 그것을 맞은 가슴에서 미움이 치솟게 하고, 금화살은 그것에 상처받은 가슴에서 사랑이 솟아나게 합니다. 사랑을 낳는 것은 풍요로운 금이고, 미움을 낳는 것은 초라한 납이라는 것을 말해주지요. 세개의 금 사과에 그만 마음을 빼앗겨 경주에서 패배한 아탈란테[29]를 시인들이 헛되이 노래한 게 아닌 것 같아요. 황금 비에 임신한 저 아름다운 다나에의 경우도 마찬가지지요. 또한 손에 황금 가지를 잡고 지옥으로 내려간 저 믿음 굳은 아이네이아스[30]도 같은 경우입니다. 결론적으로 금과 선물은 사랑이 가진 가장 강력한 화살 중 하나입니다. 그것으로 사람 마음을 사로잡지요. 납 화살과는 완전히 반대입니다. 납은 값싼, 별 가치가 없는 금속이에요. 빈약함을 보여주지요. 납 화살은 그것을 맞은 사람 안에 호의가 아닌 미움과 혐오를 만들어냅니다. 혹 제가 지금까지 진술한 논거들이 이 기만적인 사랑에 대한 저의 비호감을 납득시키는 데 충

---

29 그리스 신화에서 사냥과 숲의 여신 아르테미스를 추종한 여자. 평생 결혼하지 않겠다고 결심한 용맹한 자로, 경주에 능해 아무도 그녀를 이기지 못했다. 그녀를 사랑한 멜라니온은 그녀와 결혼하기 위해 경주에 도전하지만, 아르테미스의 가호를 받는 그녀를 이길 재간이 없자 아프로디테에게 도움을 청해 황금 사과 세개를 얻는다. 아탈란테가 자신을 추월할 때마다 이 사과를 던져 그녀의 눈길을 끌어 결국 경주에서 이기고 그녀와 결혼한다.
30 트로이의 귀족 안키세스와 아프로디테 사이에 태어난 인물. 베르길리우스가 지은 서사시 『아이네이스』의 주인공이다.

분치 못한다면, 과거부터 이미 효과가 입증된, 진실한 내용의 사례 몇가지를 말씀드릴 테니 들어주시면 고맙겠습니다. 제가 따르는 이 진실[31]에 이르지 못하는 자는 진실을 보지 못하고, 이해하는 안목도 갖지 못한다는 것을 저와 마찬가지로 여러분도 아시게 될 겁니다. 그럼 한번 봅시다. 의로운 롯이 부녀간의 순결한 도리를 깨고 자신의 친딸들과 간음하게 한 자가[32] 사랑 아니고 누구겠습니까? 바로 이 사랑이 하느님이 선택한 다윗이 간음을 저지르고 또 살인자가 되도록[33] 만든 장본인입니다. 또 호색한 암논[34]이 자신의 사랑하는 여동생 다말과 파렴치한 결합을 추구하도록 만든 자이기도 하지요. 나아가 힘센 삼손의 머리를 데릴라의 배반의 치마폭에 묻도록 한 것도 바로 이자입니다. 그 바람에 삼손은 자신의 괴력을 잃었고, 그의 동족들도 그의 보호를 상실했지요. 결국 그는 많은 사람과 자신의 생명을 잃게 됩니다.[35] 또 이 사랑은 헤롯 왕의 입술을 움직여 춤추는 소녀에게 생명의 선각자의 목을 주겠다고 약속하도록 만들었어요.[36] 그러니 이 사랑이야말로 왕 중에서도 가장 현명하고 부유한 왕이요 모든 사람의 왕인 그분의 구원을 의심하도록

....

31 사랑의 무용성.
32 창세기 19:30~36 참조.
33 사무엘하 11장. 다윗이 부하인 우리야의 아내 밧세바를 범하고 우리야를 전쟁터로 보내 죽게 한 사건을 말한다.
34 사무엘하 13장. 다윗의 아들로, 자신의 이복동생 다말을 강간했다.
35 사사기 13~16장 참조.
36 성서에서 선각자 세례 요한은 헤롯이 동생 빌립보의 아내를 부인으로 맞이한 것을 비난해 헤롯의 아내 헤로디아의 미움을 받는다. 헤로디아의 딸이 춤을 춰 헤롯의 마음을 즐겁게 하자, 헤롯은 그녀에게 원하는 것은 무엇이든 들어주겠다고 말한다. 딸은 어머니와 상의 끝에 세례 요한의 머리를 원한다고 하고, 헤롯은 옥에 있는 세례 요한의 목을 쳐 그 머리를 그녀에게 준다.

만든 장본인입니다. 또 이자는 무거운 쇠망치도 능숙하게 움직이는 저 유명한 헤라클레스[37]의 강한 팔 힘을 줄여 조그마한 물레의 방추紡錘를 돌리고 여자들이 하는 일을 하도록 만들었습니다. 사랑에 빠진 격노한 메데이아[38]가 어린 동생의 부드러운 사지를 공중에 흩어버린 것도 사랑 때문이었습니다. 사랑은 또 프로크네[39]의 혀를 잘랐고, 히폴리토스[40]를 질질 끌려가게 했으며, 파시파에[41]의 명예를 손상했어요. 트로이를 파괴했으며[42] 아이기스토스를 죽였습니다.[43] 또 사랑은 '새로운 도시' 카르타고의 막 시작된 공사를 그만두게도 했습니다. 첫 여왕이 그녀의 순결한 가슴을 날카로운 단검으로 꿰뚫었기 때문이죠. 사랑은 저 유명한 미인 소포니스바의 손에

---

37 그리스 신화에서 헤라클레스는 리디아의 여왕 옴팔레에 대한 사랑 때문에 실을 잣는 등 주로 여성들이 하는 집안일을 한다.

38 그녀는 이아손과 아르고호를 탄 사람들과 함께 도망칠 때, 아버지의 추격을 방해하기 위해 자신의 동생 압시르토스를 죽여 그의 사지를 바다에 뿌린다.

39 트라키아의 왕 테레우스의 아내. 남편이 자신의 동생 필로멜라의 미모에 반해 강간하고 혀를 잘라 외딴 방에 감금한 사실을 알자 이에 대한 복수로 남편과 꼭 닮은 자신의 아들 이티스를 죽인 후, 그 살을 요리해 남편에게 먹인다.

40 아테네의 영웅 테세우스의 아들. 아버지의 후처(後妻)인 파이드라의 유혹을 거절하자 이에 대한 복수로 파이드라는 남편에게 히폴리토스가 자기를 범하려 했다고 참소하고, 이 말을 믿은 테세우스는 바다의 신 포세이돈에게 부탁해 그에게 벌을 내려달라고 청한다. 포세이돈은 바다에서 괴물을 내보내 히폴리토스가 탄 마차의 말들을 놀라게 하고, 히폴리토스는 마차에서 떨어져 죽는다.

41 크레타의 왕 미노스의 아내. 포세이돈이 보낸 아름다운 흰 황소에 욕정을 느껴 관계를 맺은 후 반은 사람이고 반은 소인 괴물 미노타우로스를 낳는다.

42 트로이 전쟁은 스파르타의 왕 메넬라오스의 왕비 헬레네가 트로이의 왕자 파리스의 연인이 되어 트로이로 도망가자, 이에 격분한 스파르타 왕이 그리스 연합군을 조직해 트로이를 공격하면서 일어난다.

43 아이기스토스는 아트레우스의 아들 오레스토스의 손에 죽는데, 이는 아이기스토스가 오레스토스의 아버지를 죽이고 어머니와 결혼한 것에 대한 복수였다.

그녀의 생명을 앗아갈 독배를 쥐여주었습니다.[44] 사랑은 용감한 투르누스[45]의 목숨을, 타르퀴니우스에게서 왕국을,[46] 마르쿠스 안토니우스에게서 지휘권을, 그리고 그의 여자 친구에게서 생명과 명예를 빼앗았습니다.[47] 사랑은 마침내 우리 스페인을 하갈의 후예[48]의 야만적인 분노에 넘겨버렸습니다. 저 불쌍한 로드리고[49]의 분별없는 사랑에 대한 복수였지요. 저는 제 기억 속에 있는, 사랑이 행해 왔고 오늘 세상에서 행하고 있는 여러 경우를 지금 막 여러분의 기억 속으로 불러들였습니다. 이제 밤이 우리를 어둠으로 덮고 있네요. 이것이 제가 다른 예를 더 들지 않고 시작한 이야기를 계속하지 않는 첫째 이유입니다. 이제 저 명성 높은 띠르시에게 대답할 기회를 드리고자 하는데, 그전에 먼저 여러분께 청이 하나 있습니다. 괜찮으시다면 여러날 전에 지은, 저의 적인 사랑을 비난하는 노래를 들어주십사 하는 겁니다. 제 기억력이 나쁘지 않다면 이런 노래입니다.

---

44 카르타고의 장군 하스드루발 기스코의 딸. 절세미인으로 알려진 그녀는 누미디아의 왕족 마시니사의 약혼자였으나 정략에 밀려 다른 왕족과 결혼했고, 이후 상황 변화로 인해 다시 옛 약혼자인 마시니사와 결혼한다. 그러나 정적의 압력에 굴복한 남편 마시니사가 독배를 권하자 마시고 자결한다.

45 로마 신화에서 루툴리인들의 왕. 약혼녀 라비니아 때문에 아이네이아스와 싸운 뒤 죽는다.

46 로마의 7대 왕. 그의 학정과 그 아들의 엽색 행각에 염증을 느낀 민중에 왕위를 빼앗겼고, 이후 로마에는 공화정이 들어선다.

47 마르쿠스 안토니우스와 그의 연인인 이집트 여왕 클레오파트라의 연합군은 로마의 초대 황제가 되는 옥타비아누스와 악티움 해전에서 패한다. 이후 클레오파트라는 자살한다.

48 창세기에 나오는 아브라함의 여종 하갈의 후예들, 즉 이슬람을 말한다.

49 스페인 중세 서고트왕국의 마지막 왕. 711년 이슬람이 스페인에 침입할 당시 현재 모로코 땅인 세우타의 총독 돈 훌리안 백작이 로드리고가 자신의 딸을 유혹해 욕보였다는 이유로 이슬람에 스페인의 문을 열어주었다는 말이 있다.

얼음과 불은 두려움 주지 않아도,

폭군인 사랑의 신의 활과 화살은 내게 두려움 줍니다.

그가 만드는 불명예 속에서

나는 나의 혀를 움직여야 합니다.

하지만 아무리 해악과 상실로 나를 더 위협한다고 해도

헛된 변덕과 병든 판단력을 지닌

저 눈먼 어린 소년을 두려워해야 한단 말입니까?

내가 목소리 높여 사랑을 비난하는

진정한 노래 부를 때

기쁨은 커지고 고통은 줄어들어요.

이런 진실함, 이런 방법과 형식으로

모든 사람에게 그의 사악함 밝히고자 합니다.

사랑이 감추고 있는 해악

분명히 알리고자 합니다.

사랑은 영혼을 태우는 불,

영혼을 얼리는 얼음,

그의 책략을 간과하는 자의 가슴을 가르는 화살입니다.

고요함을 볼 수 없는 요동치는 바다,

분노의 신하요 원통함의 아버지,

친구로 가장한 원수입니다.

선한 것은 거의 없이 악만 가득 주는 자,

사근거리며 아첨 떠는 자,

잔인하고 사나운 폭군입니다.

우리를 온갖 괴물로 바꾸는 사기꾼 키르케[50] 같은 자입니다.

인간의 도움으로는 우리 존재를

되돌릴 수 없지요.

이성의 빛이 우리를 구하고자

재빨리 달려와도 말입니다.

이성理性 없이 태어난

온화한 여유의 정욕들이 줄달음치는

희고 꼿꼿한 목에,

이 세상 것 탐하는 자들

서툴고 추한 행동으로 뒤덮고 사로잡는

눈속임 가득한 섬세한 머리카락에,

우리를 굴복시키는 멍에가 바로 사랑입니다.

모든 감각을 자극하는 달콤한 해악이요,

황금빛 알약 같은 위장된 독약입니다.

거기 닿은 모든 것 태우고 절단하는 빛이요,

기만적인 공격에 격분한 어쩔 줄 모르는 팔이요,

생각을 사로잡는, 그릇된 의도 가진

달콤한 아첨을 변호하다가

종국에는 목을 치는 사형집행인입니다.

하늘처럼, 언뜻 보기에

아름다워 기쁨을 느끼다가

---

50 그리스 신화 속 마녀. 오디세우스의 항해 동료들을 돼지로 바꾸어놓지만 후에 오디세우스의 간청으로 인간의 모습으로 되돌려준다.

계속 바라보면 마음이 안팎으로

고통을 느끼듯이,

처음에는 기쁨 주다가 나중에는 해를 주어

모든 것을 고통스럽게 하는 그런 존재입니다.

말이 없는 것 같으나 말이 많고,

말이 많은 것 같으나 정작 해야 할 때는 말이 없는 그런 것,

신중한 것 같으나 결국 제 궤도를 벗어나는 그런 것,

순진한 것 같으나

합의조차 완전한 파멸로 바꾸는 그런 것,

즐거워 보이는 삶이지만 결국은 악으로 바뀌는 선의 그림자,

우리를 하늘 가장 높은 곳까지 올려주지만

추락할 때는 고통만 살리고 즐거움은 죽게 만드는 그런 것입니다.

우리 영혼의 단계마다 제멋대로 하여 파멸에 이르게 하고,

우리 가진 것 중에 가장 좋은 것을 훔쳐가는

보이지 않는 도둑입니다.

빠르기로 말하면 가장 멀리 도망치는 것까지 따라잡으며,

그 어떤 사람도 풀 수 없는 수수께끼 같은 존재입니다.

죽음의 고뇌에 이르기까지 끊임없이 몰아가는 인생 같은 거지요.

아무런 예측 없이 발생하는 선택된 전쟁,

휴전은 몹시 짧고 불행을 몹시 사랑하지요.

절대 출산에 이르지 않는 임신이요,

회복 불가능한 병입니다.

소심한데도 무모하게 바다에 몸 던지는 자,

분명 빚을 졌음에도

갚기를 거부하는 빚쟁이입니다.

항복한 인간의 심장으로 지탱하는
잔인한 맹수가 둥지 튼,
울타리 쳐진 미로입니다.
우리 생명을 묶고 있는 매듭이요,
맡긴 일과 말과 의도에 대해
집사에게 계산 청하는 주인입니다.
수천의 야망 갈증 내는 욕심쟁이요,
초라한 집에서든 화려한 집에서든
공간이 너무 협소해
끝내 죽음에 이르는 벌레 같은 존재입니다.
좋아하면서도 무얼 좋아하는지 결코 알지 못하는 자요,
감각을 무디게 하는 구름이요, 우리를 해하는 칼입니다.
이자가 바로 사랑의 신이에요.
자, 이제 원한다면 한번 따라가보세요!

　이 노래로 사랑을 거부하는 레니오는 자신의 주장을 끝맺었다.
이 노래와 그가 말한 내용에 그곳에 있던 몇몇 사람들은 큰 놀라
움을 표시했는데, 기사들이 특히 그랬다. 레니오가 말한 것이 그들
이 생각하던 양치기의 재능보다 더 뛰어나게 보였던 것이다. 그러
자 이제 모두 커다란 열망과 관심을 가지고 띠르시의 응답을 기다
렸다. 나이와 경험, 그리고 무엇보다도 더 숙달된 학문 덕분에 틀림
없이 그가 레니오를 이길 것이라고 모두가 예상했기 때문이었다.
이 사실은 그들에게 새삼 확신을 주었는데, 사랑을 거부하는 레니

오의 의견이 이기는 것을 원치 않아서였다. 사실 고통 가운데 있는 떼올린다, 사랑에 빠진 레오나르다, 저 아름다운 로사우라와 더불어 다린또와 그의 동료와 함께 온 귀부인까지도 자신들이 경험한 수천가지 사랑의 사건들이 레니오의 말에 표현되어 있는 것을 보았다. 그가 눈물과 한숨을 말할 때, 사랑의 기쁨을 얻기 위해 얼마나 비싼 대가를 치러야 하는지를 말할 때 더욱 그랬다. 다만 아름다운 갈라떼아와 사려 깊은 플로리사는 예외였다. 아직 사랑의 신이 그녀들의 아름다운, 반항적인 가슴에 관심을 두지 않았던 것이다. 그녀들 역시 저 유명한 양치기 두 사람이 벌이는 토론을 예의 주시하고 그 예리함과 기지에 열심히 귀를 기울였으나, 자유의지에 따라 자신들이 들은 사랑의 효과에 관해서는 어떤 것도 받아들이지 않았다.

사랑을 거부하는 레니오의 주장을 가장 훌륭하게 매듭지을 자는 띠르시였다. 그는 청하기를 기다리지 않고, 주위 사람들의 모든 정신을 그의 입술에 모은 다음 레니오 앞에 서서 부드럽고 고상한 목소리로 이렇게 말하기 시작했다.

2. 사랑에 대한 변호와 찬양, 띠르시의 연설

사랑을 거부하는 양치기여, 당신의 훌륭한 재능에서 우러난 예리한 기지도 당신의 의견과 동떨어진 자의 동의를 쉽게 얻을 정도로 진리에 대한 설득력을 주지는 못했습니다. 그래서 저는 당신 주장의 의견을 반박하기 위해 이 자리에 섰습니다. 이 반론으로 당신 주장의 부당함을 벌하려는 것이죠. 당신이 좋은 논리를 이용해 사랑을 비난하는 당신의 주장을 효과적으로 제시했기에, 더는 제 말을 경청하고자 하는 사람들이 저의 침묵으로 눈살 찌푸리게 하고 싶지 않아요. 당신의 말로 사랑의 신은 평가절하되었고, 당신은 완고함과 자만심을 드러냈지요. 이제 저는 사랑의 신을 불러 도움을 받아, 당신이 당신의 경험으로 겨우 이해하고 공언한 사랑의 효과와 작용이 얼마나 다른 것인지를 몇마디 말로 밝히고자 해요. 당신은 앞서 사랑을 아름다움을 향한 욕망으로 정의했습니다. 같은 견지에서 아름다움이 무엇인지를 진술한 다음, 우리가 지금 말하는 사랑이 연인들의 가슴속에 일으키는 여러 효과를 자세히 검토했고, 마침내 사랑이 불러일으키는 다양한 불행한 일들을 열거하며 말을 맺었습니다. 당신이 내린 사랑의 정의가 가장 일반적인 범주에 속할지는 모르겠지만, 그렇다고 해도 반론을 제기할 수 없을 정도는 아닌 것 같네요. 사랑과 욕망은 분명 다른 개념이니까요. 사랑하는 모든 것을 욕망하는 것은 아니고, 욕망하는 모든 것을 사랑하는 것도 아닙니다. 그 이유는 우리가 지닌 모든 것에 뚜렷이 나타납니다. 우리는 우리가 가진 것들을 욕망한다고 말하지 않고 사랑한다고 말합니다. 건강을 가진 사람은 건강을 욕망한다고 말하지 않습니다. 사랑한다고 말합니다. 자식을 가진 자가 자식을 욕망한다고는 말하지 않지요. 사랑한다고 말합니다. 마찬가지로 욕망하는 모든 것을 사랑한다고 말하지도 않습니다. 예를 들어 적들의 죽음은 바란다고 하지 사랑한다고 말하지 않듯이요. 이런 이유로 사랑과 욕망은 서로 다른 의지에서 비롯하는 것입니다. 서로 다른 의지의 정념이 바라는 것들이지요. 사랑이 욕망의 아버지인 것은 사실입니다. 그러나 이것은 사랑의 여러 정의 중의 하나에 불과해요. 사랑은 욕구로 인해 우리 마음이 느끼는 첫 변화입니다. 욕구는 우리 마음을 움직이고, 우리를 이끌어 즐거움과 기쁨을 줍니다. 그리고 그 기쁨이 영혼 속에서 행동을 유발하지요. 그 행동을 욕망이라 부르는 것입니다. 결론적으로, 욕망은 사랑하는 것에 관한 욕구의 움직임이고 그것을 소유하고 싶은 바람입니다. 이것이 추구하는 바는 행복이지요. 여러 종류의 욕망이 존재하는데, 사랑은 보통 아름다움이라 불리는 행복을 바라보고 기대하는 욕망의 일종이라 말할 수 있습니다. 그런데 사랑을 더 분명하고 흥미롭게 정의해보면, 진실한 사랑, 유익한 사랑, 쾌락적 사랑, 이 세가지로 나누어 이해하면 될 것 같아요. 우리 의지 속에 존재하는 사랑과 욕망의 모든 종류가 이 세가지로 압축될 수 있습니다. 진실한 사랑은 영원하고 거룩한 하늘의 것들을 바라봅니다. 유익한 사랑은 즐거움을 주지만 영원하지 못하고, 사라져가는 땅의 것들을 바라보지요. 부, 권력, 지배권 같은 것들입니다. 쾌락적 사랑은 표피적 즐거움, 향락 등을 바라보지요. 레니오, 당신이 말한 살아 있는 육체의 아름다움 같은 것이에요. 제가 말한 이런 사랑 중 어느 것도 그 어떤 비난의 말도 받아서는 안 됩니다. 진실한 사랑은 과거에도 깨끗했고, 소박했고, 순결했고, 거룩했으며, 현재에도 그렇고 미래에도 그럴 것이 분명해요. 이런 사랑은 결국 하느님 안에 귀착해 그곳에서만 평안을 누립니다. 유익한 사랑 역시 본질상 자연스러운 것이기 때문에 비난받아서는 안 됩니다. 쾌락적 사랑도 마찬가지입니다. 유익한 사랑보다 더 자연스러운 것이니 역시 비난받아서는 안 되지요. 이 마지막 두가지 사랑은 우리 안에서 자연스러운데, 이는 경험이 명백히 보여줍니다. 우리의 처음 아버지[51]는 감히 하느님의 명령을 어기고 주인의 위치에서 종으로, 자유인에서 노예로 바뀌어 타락의

---

[51] 성서의 아담을 가리킨다.

비참함과 자신이 처한 곤궁함을 알게 됩니다. 그래서 나뭇잎을 따 자신을 가렸고, 최소한의 불편함 속에서 먹고살기 위해 땀 흘려 수고하며 땅을 갈았습니다.[52] 이후로 그는 무엇보다 먼저 하느님께 순종하면서 자손을 얻어 세세토록 존속하고자 애썼습니다. 그러나 처음 아버지의 불순종으로 죽음이 그에게 들어왔고, 이로 말미암아 그의 후손 모두에게도 사망이 임했어요. 이렇게 해서 우리는 그의 본성을 물려받았고 그의 모든 애정과 열정까지 이어받게 된 것입니다. 그가 자신의 결핍과 가난을 해소하려 애쓴 것처럼 우리 역시 우리의 결핍과 가난을 해소하려는 노력을 그칠 수 없어요. 바로 여기서 삶에 유용한 것들을 향한 우리의 사랑이 비롯되는 것입니다. 우리가 그것들을 많이 얻으면 얻을수록 그만큼 더 우리의 부족함을 해소하는 듯 보이지요. 마찬가지로 우리는 자식을 통해 혈통을 계속 유지하고자 하는 보존의 욕망을 상속받았습니다. 이 욕망으로부터 살아 있는 육체의 아름다움을 즐기고자 하는 욕망이 비롯됩니다. 앞의 욕망들을 행복한 결말로 이끄는 유일하고 참된 수단이지요. 따라서 이 쾌락적 사랑은 어떤 다른 우연한 것과도 섞이지 않은 그 자체로, 비난받기보다 진정으로 칭찬받을 일입니다. 그런데 이 사랑을 레니오, 당신은 적으로 삼고 있어요. 이를 보면 당신은 이 사랑을 이해하지도, 잘 알지도 못하는 거예요. 한번도 그것

---

52 창세기 3:7 "이에 그들의 눈이 밝아져 자기들이 벗은 줄을 알고 무화과나무 잎을 엮어 치마로 삼았더라"; 3:17~19 "아담에게 이르시되 '네가 네 아내의 말을 듣고 내가 네게 먹지 말라 한 나무의 열매를 먹었은즉 땅은 너로 말미암아 저주를 받고 너는 네 평생에 수고하여야 그 소산을 먹으리라 땅이 네게 가시덤불과 엉겅퀴를 낼 것이라 네가 먹을 것은 밭의 채소인즉 네가 흙으로 돌아갈 때까지 얼굴에 땀을 흘려야 먹을 것을 먹으리니 네가 그것에서 취함을 입었음이라 너는 흙이니 흙으로 돌아갈 것이니라 하시니라'" 참조.

자체를, 그 본질을 보지 못하고 항상 유해하고 음란한, 일반적인 도리에서 벗어난 욕망으로 보기 때문이지요. 이는 사랑의 잘못이 아닙니다. 사랑은 언제나 선하니까요. 오히려 사랑과 연관된 사건들 탓이 커요. 예를 들면 이렇습니다. 어떤 수량이 풍부한 강이 있다고 합시다. 그 강은 맑고 깨끗한 샘을 원천으로 가지고 있고 이 샘은 강에 항상 맑고 시원한 물을 공급해줍니다. 그런데 이 어머니 샘에서 조금만 떨어지면 이 달고 수정같이 맑은 물이 쓰디쓴 혼탁한 물로 바뀌어버립니다. 깨끗하지 못한 여러 냇물이 여기저기서 흘러들어 한데 섞여서 그렇지요. 따라서 이 첫번째 움직임(사랑이든 욕망이든 원하는 대로 부르세요)은 출발이 좋을 수밖에 없어요. 이 상태에서 아름다움을 알게 되면, 아름다움의 속성상 사랑하지 않기가 불가능합니다. 아름다움은 우리의 영혼을 움직일 만큼 강력한 힘이 있지요. 그것이 이른바 유발 인자가 되는 것입니다. 영혼의 길을 인도하는 믿음의 빛이 없고 이에 대해 맹인이던[53] 옛 철학자들은 자연 이성과 그들이 관찰한 별이 빛나는 하늘, 땅의 기계적 작용과 둥근 모습이 보여주는 아름다움에 크게 이끌렸어요. 그들은 이 아름다움에 놀라움을 금치 못하고 사물의 근원을 이차 원인부터 일차 원인으로 단계적으로 파헤쳐 이해의 폭을 넓혀갔습니다. 이렇게 해서 마침내 예외 없는 유일한 근원이 존재한다는 것을 알게 되었지요. 그런데 그들의 관심을 가장 크게 불러일으키고 놀라게 한 것은 바로 인간의 구조입니다. 너무나도 잘 짜여 있고 완벽하고 아름다워 이 인간의 구조를 축소된 세계라 부르기도 했지요. 그렇습니다. 하느님의 집사인 자연이 행한 모든 역사 중 어느 것도

---

53 예수그리스도를 알지 못하는 그리스·로마 시대 현자들을 말한다.

조물주의 뛰어남과 위대함, 그의 지혜를 보여주지 않는 것이 없습니다. 구체적인 예로, 인간의 형상과 구조 안에는 다른 모든 피조물에 배분되어 있는 조물주 능력이 집약되어 있습니다. 바로 여기에서 사랑을 이끌어내는, 저 유명한 아름다움이 태동하게 됩니다. 그리고 인간의 육체 중에서 이 아름다움이 가장 잘 나타나 빛을 발하는 곳이 바로 얼굴입니다. 이른바 미모의 얼굴이죠. 이 얼굴이 그것을 사랑하고자 하는 의지를 불러일으킵니다. 이 아름다움에서는 보통 여자의 얼굴이 남자보다 뛰어나서 우리의 가장 큰 사랑과 섬김과 청원을 받지요. 우리의 눈을 즐겁게 하는 아름다움을 가진 사람에게 자연스럽게 시선이 많이 가는 이치입니다. 그러나 우리의 조물주이자 창조주이신 하느님은 끊임없이 움직이며 욕망하는 것이 우리 영혼의 본성임을 아시고, 그 본성이 영혼의 중심인 하느님 안에서 그치기를 원하셨습니다. 헛되고 썩어질 것을 추구하는 욕망의 고삐가 풀리지 않게 제어하고, 그 자유나 자유의지를 빼앗지 않은 채 영혼의 세가지 힘[54] 위에 깨어 있는 파수꾼을 세워두려 하신 겁니다. 영혼에 맞서 위험에 빠뜨리는 것들과 영혼을 박해하는 적들의 위험을 경고하려는 뜻에서이죠. 우리의 무분별한 욕망을 교정하고 제어하는 이성이 바로 그것입니다. 또 인간의 아름다움이 우리의 애정과 관심을 이끈다는 것을 아시고, 이 욕망을 우리에게서 빼앗지 않고 오히려 이것을 통해 우리를 단련하고 교정하기로 작정하셨습니다. 이렇게 해서 결혼이라는 거룩한 멍에를 우리에게 지우신 것이니, 결혼을 통해 남자와 여자는 자연스럽고 지극한 사랑의 기쁨과 만족을 갖게 되었지요. 이것은 합법적이고 마땅

---

54 고대 로마의 성인이자 교부 아우구스티누스에 따르면 영혼의 세가지 힘은 이해, 기억, 의지를 말한다.

한 것입니다. 하느님의 거룩한 손이 부여한 이 두가지 방법[55]으로 우리는 레니오, 당신이 비난한 자연스러운 사랑에 혹 있을지 모를 과도함을 제어할 수 있습니다. 사랑 자체는 본질상 선한 거예요. 우리에게 사랑이 부족하게 되면 이 세상과 우리 자신은 종말을 맞게 됩니다. 제가 지금 말씀드리는 이 사랑 안에 모든 덕목이 집약되어 있습니다. 사랑은 자제력을 제공합니다. 사랑의 대상을 향한 거룩한 의지로, 사랑하는 사람은 자신의 의지를 통제하게 됩니다. 또 사랑은 힘을 줍니다. 사랑에 빠진 사람은 사랑하는 대상을 위해 온갖 변화를 겪어냅니다. 그리고 사랑은 공정합니다. 공정함으로 사랑하는 사람을 섬기며 이성은 그러도록 요구하지요. 마지막으로 사랑은 사려 깊습니다. 온갖 지혜로 아름답게 꾸며지기 때문이지요. 오, 레니오, 이제 저는 당신의 답변을 청합니다. 당신은 사랑을 제국의 멸망, 도시의 파괴, 친구들의 죽음과 신성모독의 원인이요, 반역의 기획자, 법을 짓밟는 자라고 말했습니다. 이에 답변을 청하니 말해주세요. 오늘날 이 세상에 있는 것 중에, 그것이 아무리 선하다 해도, 그것을 사용해서 나쁘게 바뀔 수 없을 만큼 훌륭한 것이 무엇이 있습니까? 저는 철학을 규탄하고 싶습니다. 철학은 흔히 우리의 단점을 찾아내며, 많은 철학자들이 그동안 좋은 모습을 보여주지 않았으니까요. 영웅적인 시인들의 작품도 불태워야 합니다. 그들의 풍자시는 인간의 악을 나무라고 비난만 하거든요. 의학도 비난받아야 합니다. 독극물을 발견해냈으니까요. 유창한 언변도 필요 없다고 말해야 합니다. 때때로 너무 당당하게 말해 공인된 진실조차 의심에 빠뜨리니까요. 무기도 제작해서는 안 됩니다. 도둑과 살인자들이 사용하기 때문입니다. 집도 지어서는 안 됩니다. 거기 거주하는 사람들 위로 무너질 수 있으니까요. 다양한 음식이 차려진 진수성찬도 금해야 합니다. 병의 원인이 되는 경우가 많거든요. 누구도 자식을 가지려 해선 안 됩니다. 오이디푸스는 끔찍한 분노에 휩싸여 아버지를 죽였고,[56] 오레스테스는 어머니의 가슴에 상처를 냈으니까요.[57] 불 역시 나쁜 것으로 여겨야 합니다. 흔히 집을 태우고 도시를 소멸시키기 때문이지요. 물도 경멸해야 합니다. 온 땅을 수장시키니까요. 결국은 모든 요소가 비난받아야 합니다. 패악한 자들이 흉악한 마음으로 사용할 수 있기 때문입니다. 이처럼 그 어떤 선한 것도 나쁘게 바뀔 수 있고, 그로부터 나쁜 결과가 나올 수 있어요. 이성과 합리 없이 오직 지배하고자 하는 욕망만 있는 사람들 손에 맡겨진다면 말이죠. 로마제국의 경쟁자였던 옛 카르타고, 호전적인 누만시아,[58] 아름답게 장식된 코린토스,[59] 콧대 높은 테베,[60] 박식한 아테네와 하느님의 도시 예루살렘이 이런 사람들로 인해 전쟁에 져서 철저히 파괴되었습니다. 그래서 사랑이 파괴와 멸망의 원인이 되었다고 말하는 거예요. 그래서 습관적으로 사랑을 나쁘게 말하는 사람은 결국 자기 자신을 악담하는 셈입니다. 사랑이라는 선물은 절도 있게 사용하면 영원히 찬양받을 만한 것이

---

56 그리스 신화에서 오이디푸스는 아폴론의 신탁에 따라 자신을 버린 아버지를 길에서 만나 아버지인 줄 모른 채 언쟁 끝에 죽이고 이후 어머니와 결혼한다.

57 그리스 신화에서 오레스테스는 자신의 아버지 아가멤논을 살해한 어머니 클리템네스트라에게 복수하고자 그녀를 죽인다.

58 고대 스페인 원주민 부족 중 하나인 켈트이베로족의 근거지. BC 153년 로마가 쳐들어오자 이십년간 항쟁하다가 장렬한 최후를 맞이했다.

59 펠로폰네소스 반도에 위치한 고대 그리스의 도시국가.

60 아테네 북서쪽, 보이오티아 평원 동쪽에 위치한 고대 그리스의 도시국가.

기 때문이죠. 비난받는 사랑은 지나치게 극단적인 경우이지, 절제된 사랑은 항상 매사에 칭찬받았습니다. 우리가 필요 이상으로 덕목을 받아들이면 현자는 정신 나간 사람이라는 이름을 갖게 될 것이고, 의인에게는 불공정한 자라는 이름이 붙을 것입니다. 저 옛 비극 작가 카이레몬[61]은 물 섞은 포도주가 좋듯이 절제된 사랑이 유익하다고 했습니다. 무절제의 경우는 반대가 되겠지요. 사랑에서 비롯하지 않으면 이성적인 동물과 짐승의 탄생은 지속되지 않습니다. 이 땅에 사랑이 부족하면 세상은 황무지, 텅 빈 공간이 될 것입니다. 옛사람들은 사랑이 종족을 유지하고 인간을 치료하는 신들의 작품이라고 믿었어요. 그러나 레니오, 당신은 사랑이 사랑에 빠진 가슴에 불러일으키는 이상하고 부정적인 면, 한시간도 휴식을 허락하지 않는 끊임없는 눈물, 깊은 한숨, 절망에 찬 생각 같은 것들만 이야기합니다. 아니, 우리 한번 생각해봅시다. 이 세상에서 힘들이지 않고, 피곤함 없이 얻기를 바랄 수 있는 것이 뭐가 있습니까? 얻고자 하는 가치가 크면 클수록 그만큼 더 고통을 받는 법이에요. 얻으려면 고통을 감수해야 해요. 욕망이란 욕망하는 대상의 결핍을 전제로 하는 것입니다. 그것을 얻을 때까지 우리 영혼은 불안을 피할 수 없어요. 모든 인간의 욕망은 원하는 것을 다 얻지 못하고 주어지는 부분적인 것에서 보상과 만족을 얻을 수밖에 없어요. 그럼에도 불구하고 대부분의 사람은 그 부분적인 것을 얻는 데도 고통받고 애쓰지요. 욕망을 다 만족시킬 수 없는데 그 부분적인 것이나마 얻으려고 고통받고, 울고, 두려워하고, 희망을 품는 것은 얼마나 이상한가요? 지위, 권력, 명예와 부를 욕망하면서도 원하는

61 Chaeremon. BC 380년경 활동한 그리스 극작가.

것의 정점에 이르지 못할 것을 아는 자는 어느정도의 위치에만 이르러도 어느정도 만족하게 되지요. 더 높이 올라가리라는 희망이 사라지기 때문에 그는 최선을 다해 갈 수 있는 데까지 가서 멈춰 서는 겁니다. 이 모든 것은 사랑 안에서 일어나는 일과는 반대입니다. 사랑은 사랑 자체 외에 다른 보상이나 기쁨을 갖지 않습니다. 사람 자체가 고유의 진정한 보상이지요. 이런 이유로 사랑하는 사람은 자신이 진정 사랑받고 있다고 분명히 알 때까지 만족이 불가능해요. 연인들이 잘 아는 사랑의 표지가 이를 증명해주지요. 사랑하는 여인의 부드러운 눈길 한번, 종류야 어떻건 사랑하는 사람의 맹세, 알 수 없는 미소, 말투, 농담 등을 그들이 원하는 사랑의 보상을 확인해주는 진정한 신호로 받아들이는 겁니다. 그래서 이런 것과 반대되는 표지를 보게 되면 그것이 사랑하는 사람을 어떤 고통의 해결책도 없는 비탄과 괴로움으로 몰아넣는 힘으로 작용합니다. 친절한 행운의 여신이나 부드러운 사랑이 제공하는 기쁨을 가질 수 없기 때문이죠. 그리고 다른 사람의 의지를 내 의지와 하나되게 하고, 서로 다른 두 영혼을 끊을 수 없는 매듭으로 동여매고, 둘의 생각을 하나로, 모든 행동을 하나로 만든다는 것이 얼마나 어려운 위업인가를 생각하면, 그토록 높은 경지에 이르기 위해서는 무엇보다 혹독한 고통을 당하는 것이 한편 이상하지 않지요. 그것을 이룬 후에는 이 세상에서 바라는 어떤 것보다 훨씬 큰 만족과 기쁨을 얻으니까요. 연인들이 흘린 눈물과 공중에 흩뿌린 한숨이 매번 정당한 근거와 이유를 가지고 있는 것은 아닙니다. 그들의 모든 눈물과 한숨이 그들의 소원이 마땅히 응답받지 못하고 바라는 보상이 주어지지 않아 생겨난 것이라면, 먼저 사랑의 환상을 어디까지 펼쳐야 할지 생각해보아야 하기 때문입니다. 만일 유익한 것이상으로 환상의 나래를 펼쳤다면, 마치 또다른 이카로스[62]처럼 불행의 강으로 불타 떨어져버린다 해도 놀랍지 않습니다. 이에 대해 사랑은 책임이 없습니다. 잘못은 환상의 나래를 펼친 사람의 미친 생각에 있는 것이죠. 이 모든 것을 볼 때, 저는 다음의 사실을 부인할 수 없이 확언할 수 있습니다. 억지로 사랑의 대상을 얻고자 하는 욕망은 반드시 고통을 초래한다는 것이죠. 이는 제가 앞서 말씀드린 것처럼 사랑하는 대상의 결핍이 전제되어 있기 때문입니다. 하지만 사랑의 보상을 얻게 되면 엄청난 기쁨과 만족을 얻는다는 것 역시 말씀드립니다. 피곤한 자에게는 휴식이고 아픈 자에게는 건강 같은 것이죠. 이와 더불어 고백하지 않을 수 없는 것은, 사랑하는 자들이 그의 슬프거나 기쁜 날을 고대에 그랬듯 검은 돌이나 흰 돌로 표시한다면 틀림없이 불행한 날이 더 많을 거라는 것입니다. 그러나 여기에 덧붙여 알게 된 것은, 흰 돌 하나의 질이 검은 돌 여러개의 양을 능가한다는 것입니다. 이에 대한 증거로, 사랑하는 사람들은 사랑한다는 사실 자체를 절대 후회하지 않습니다. 누군가 사랑의 고통을 없애주겠다 약속해도 그 사람을 적처럼 쫓아버립니다. 사랑의 고통조차 그들에겐 기쁨이니까요. 그러니 오, 사랑하는 사람들이여, 어떤 두려움이 그대들이 아무리 사랑하기 힘든 대상이라도 기꺼이 자신을 바쳐 사랑하는 것을 가로막지 않기 바랍니다. 하찮고 저급한 것들을 이미 당신들 높이까지 올려놓았다면 그 무엇에도 불평하거나 후회하지 마세요. 사랑은 작은 것도 고귀하게 만들고, 부족한 것도 차고 넘치게 만드니까요. 순수한 애정

---

62 그리스 신화에서 미궁을 만든 장인 다이달로스의 아들. 아버지가 밀랍으로 만들어준 날개를 달고 태양 가까이 날았다가 밀랍이 녹아 떨어져 죽었다. 인간의 욕심과 만용의 결과를 보여주는 예로 사용된다.

이 사랑의 은혜를 그들 가슴속에 받아들이게 한다면, 두 사람의 완전한 합의는 연인들의 다양한 성향을 조절하게 해주지요. 위험에 굴복하지 마세요. 그것을 극복한 후 얻는 영광이 너무 커 모든 고통의 감정이 싹 사라지니까요. 옛 장군들이나 황제들에게 그들 승리의 위대함에 따라 피로와 수고의 보상으로 승리의 영광이 주어진 것처럼, 연인들에게도 수많은 기쁨과 만족이 보장되어 있습니다. 앞의 경우에 영예로운 환대가 그들이 겪은 모든 고난과 불편을 잊게 해주었듯이, 사랑하는 자도 마찬가지입니다. 소스라쳐 놀라는 무서운 꿈, 뒤척이는 잠자리, 잠 못 이루는 밤, 불안한 나날이 극도의 평안과 기쁨 가득한 삶으로 바뀌는 거죠. 그러니 레니오여, 사랑이 빚어내는 고통스러운 결과 때문에 사랑에 빠진 자들을 비난했다면, 이제 기쁨과 즐거움 넘치는 사랑의 긍정적 효과로 그들을 사면해주시기 바라요. 그리고 사랑의 신 큐피드의 형상에 대한 당신의 해석에 관해 말씀드립니다. 당신이 사랑의 신을 반대해 한 모든 말을 종합해볼 때, 당신은 뭔가 잘못 알고 있는 것이 분명해요. 사람들은 보통 이 신을 눈멀고 발가벗은, 활과 화살을 가진 어린 남자아이로 그리고 있습니다. 이것은 바로 사랑에 빠진 사람은 어린아이 같아야 한다는 뜻입니다. 비뚤어진 마음 없이 순수하고 단순하다는 점에서 그렇지요. 그리고 사랑에 빠진 사람은 눈에 들어오는 다른 대상에 대해서는 눈을 감아야 합니다. 자신이 볼 수 있고 헌신하는 그 사람을 제외하고는 말이지요. 또 사랑에 빠진 사람은 벌거벗어야 합니다. 자신이 사랑하는 대상에게 속한 것 외에 다른 것을 가져서는 안 되기 때문이죠. 그는 가벼운 날개도 가져야 하는데, 사랑하는 대상이 명하는 모든 것에 재빨리 응답해야 하기 때문입니다. 한편 사랑의 신은 화살을 가진 모습으로 묘사되는데,

사랑에 빠진 가슴의 상처는 깊고 비밀스러워야 하기 때문이며, 그 상처는 그것을 치유할 수 있는 원인을 발견할 때가 아니면 거의 드러나지 않습니다. 사랑의 신은 두개의 화살로 상처를 주는데, 이 두개의 화살은 각각 다른 효능을 가지고 있지요. 이것이 우리에게 가르쳐주는 바는, 완전한 사랑에서는 동시에, 사랑하거나 사랑하지 않거나의 중간에 있어서는 안 되며, 사랑하는 사람은 조금의 미온적인 것도 섞지 말고 전체로서 사랑해야 한다는 것입니다. 레니오여, 결론적으로 사랑은 트로이 사람들을 소멸시켰지만 그리스 사람들을 위대하게 만들었습니다. 카르타고의 역사役事를 중지시켰지만 로마의 건축을 번성하게 만들었습니다. 타르퀴니우스에게서 왕국을 빼앗았지만 공화국에 자유를 부여했습니다. 당신의 주장과 반대되는, 사랑이 일으키는 긍정적 효과에 대해 많은 다른 예들을 들 수 있지만 지금 그 일에 매달리고 싶지는 않네요. 너무 잘 알려진 사실이니까요. 제가 지금까지 제시한 것들을 기꺼이 믿어주시기 바라면서, 당신의 노래와 견주고자 제가 지은 노래 한곡을 들어주시기 부탁드립니다. 이 노래와 제가 지금까지 드린 말씀에도 불구하고 당신이 사랑의 편이 되기를 거부한다면, 또 제가 말한 진실에 만족하지 못한다면, 언제든 가능한 시간에, 혹은 당신이 선택한 어느 때라도 제 의견에 반하는 당신의 모든 주장과 논거에 답변해 당신을 만족시켜드리겠다고 약속합니다. 지금은 잠시 제 노래에 귀 기울여주세요.

띠르시의 노래
　순결한, 사랑하는 자의 가슴에서
　노래하는 목소리여, 어서 나와서

부드러운 목소리로 사랑의 경이로운 것들 노래해봐요.
그렇게 가장 자유롭고 경쾌한 생각을
기쁨과 만족으로 채워주세요.
그 놀라운 것들 더 듣지 않고는
느끼지 못하도록 말이에요.
너, 달콤한 사랑아, 네가 원하면
내 혀를 통해 그 놀라운 것들 말할 수도 있단다.
그런 은혜가 내 입술에 주어져, 네가 누구인지 말할 때
손뼉 치며 기쁨과 영광 가득하면 말이야.
네가 나 도와주면, 나 믿건대,
너와 나의 가치는 곧장 날아올라
하늘 끝까지 올라가게 될 것이다.

사랑은 우리 행복의 시작이요, 길입니다.
그것을 통해 우리가 원하는
가장 행복한 결말에 이르거나 그것을 얻지요.
사랑은 또 그 무엇과도 견줄 수 없는
모든 학문의 스승입니다.
사랑은 불입니다.
아무리 가슴이 얼음으로 되어 있어도
맑은 덕목의 불꽃으로 불붙이니까요.
사랑은 힘입니다. 약한 자 도와주고, 강한 자에 대적합니다.
사랑은 뿌리입니다. 그곳에서 행운의 식물 자라나
우리를 하늘까지 올려줍니다.
선함과 높은 가치, 고귀한 열정, 둘째가라면 서운한

기쁨의 열매로 영혼을 만족시키며

세상을 기쁘게 하고, 하느님 향한 사랑을 품게 합니다.

사랑은 예의 바른 귀족이요, 멋쟁이 미남자요,

학식 많은 현자요, 더없이 사려 깊은 자요,

유쾌한 자요, 자유를 즐기는 자요, 온화한 자요, 활기 넘치는 자입
니다.

앞을 보지 못하지만[63] 눈빛은 예리하지요.

또한 진정한 존중심을 지닌 자요, 전리품은 명예밖에 없는

승리한 전쟁의 사령관입니다.

가시와 엉겅퀴 사이에서 자라나

삶과 영혼을 아름답게 꾸며주는 꽃입니다.

두려움과 적으로부터

희망을 선사해주는 친구입니다.

맞이할 때 가장 기쁨 주는 손님이요,

명예롭고 부유한 행복의 도구입니다.

고결한 관자놀이 위에서

기품 있는 덩굴손이 그를 보고 자라납니다.

사랑은 우리를 움직여

인간의 시선이 거의 이르지 못할 생각을 일으키는

자연스러운 본능입니다.

거룩하신 하느님의 달콤한 영역에

---

63 사랑의 신 큐피드가 맹인임을 환기한다.

감히 도달하고자 하는 자가 오르는 계단입니다.

기분 좋은 평평한 산의 꼭대기이자

모든 복잡한 것 골라 평평하게 만드는 행복입니다.

폭풍 이는 바다 가운데

건전한 생각을 인도해내는

북극성입니다.

슬픈 환상을 가볍게 하고

우리의 수치를 원하지 않는 대부代父입니다.

폭풍 가운데 우리를 찾아 항구로 인도해주는

밝게 드러난 등대입니다.

사랑은 잔잔한 음영과 색깔로

우리 영혼의 초상화 그려내는 화가입니다.

때로는 필멸의, 또 때로는 불멸의 아름다움입니다.

구름 끼어 흐려진 것 사라지게 하는 태양,

고통을 달콤함으로 만드는 즐거움입니다.

자유로운 자연이 보이는 거울입니다.

그곳에서는 솔직함이

가장 중심점에 앉아 있지요.

눈먼 자라도

그 눈 밝게 비추는 불꽃으로 된 영靈입니다.

미움과 공포의 유일한 해결책입니다.

위장한 신의 권유가

아무리 그의 귀에 들려와도

결코 잠들어선 안 되는 아르고스⁶⁶입니다.

사랑은 수십만의 어려움을 짓밟고

항상 승리의 갈채 소리 듣는

무장한 보병 부대입니다.

기쁨이 출석하는 집입니다.

영혼 속에 있는 것 선명히 보여주며

결코 진실을 감추지 않는 얼굴입니다.

때와 관계없이 폭풍우를 준비하고

그것을 달콤한 평온으로 인도하는 바다입니다.

경멸당한 사람이 죽어갈 때

그를 치유하는 적절한 위로입니다.

결론적으로 사랑은 생명이며, 영광이며, 기쁨이며,

활력이며, 행복한 평온입니다.

그러니 이 사랑을 따르세요.

사랑을 따르는 것이 올바른 일입니다!

  띠르시의 주장이 선명하게 드러난 노래의 끝부분은 그가 진정 사려 깊은 자라는 의견을 모두에게 다시 한번 확인시켜주었다. 그러나 사랑을 거부하는 레니오에게는 그렇지 못했다. 띠르시의 답변이 그의 이해를 만족시키고 그가 처음에 가졌던 목적을 바꿀 만하다고 생각지 않았던 것이다. 이는 너무나 분명했는데, 다린또와

---

64 그리스 신화에 나오는 눈이 백개 달린 거인. 여신 헤라의 명령으로 소가 된 제우스의 애인 이오를 감시하다 제우스가 보낸 헤르메스에게 살해당한다. 아르고스는 절대 눈을 감는 일이 없어 헤르메스는 자신의 지팡이로 모든 눈이 감겨 잠들게 만들고 목을 벴다고 한다.

그의 동료가 두 사람에게 찬사를 보내고 그곳에 있던 모든 남녀 양치기들이 칭송해 가로막지 않았다면 레니오는 반박하려는 의사를 뚜렷이 보였을 것이다. 다린또의 친구가 손을 들어 말했다.

"나는 사랑의 힘과 지혜가 우리가 사는 이 땅 전역에 이토록 널리 퍼져 있으며, 가장 세련되고 순수한 사랑이 바로 양치기들의 가슴속에 있다는 것을 지금 이 자리에서 저 사랑을 거부하는 레니오와 사려 깊은 띠르시의 말을 듣고 알게 되었습니다. 저들의 논리와 주장을 보니 저들 재능은 짚으로 지은 오두막에서 나온 것이 아니라 책과 강의실에서 길러진 것 같네요. 우리 영혼의 지식은 이미 알고 있는 것들을 기억하는 것이고, 모든 지식은 가르쳐서 얻어진다고 주장하는 의견에 그 어느 누가 동의한다 해도 나는 크게 놀라지 않았을 겁니다. 하지만 내가 우리 영혼은 아무것도 그려져 있지 않은 텅 빈 화판이라는 다른 의견을 따르고 그게 더 낫다고 생각한다 해도, 유명 대학들에서조차 거의 반박의 논쟁을 펼칠 수 없는 그런 지식을 어떻게 들판의 고독 속에서, 오직 양떼와 함께하는 삶 속에서 얻을 수 있었는지 나는 놀라지 않을 수 없습니다. 내가 처음에 말한 대로 사랑이 모든 곳에 퍼져 있고, 모든 것에 소통하며, 넘어진 자를 일으키고, 단순한 자를 깨우치며, 또 깨우친 자를 완전하게 한다는 주장에 설복당할 수 없어 논쟁에 부쳤을 때 말입니다."

"만일 저 이름 높은 띠르시의 교육이" 그때 엘리시오가 대답했다. "기사님이 아시는 대로 나무와 꽃들 사이에서가 아니라 왕궁이나 유명한 학교에서 얻어진 것이었다면, 그가 말한 것보다 말하지 않은 것에 더 놀라셨을 거예요.[65] 그리고 저 사랑을 거부하는 레니오는 겸손하게도 자기의 거친 삶 때문에 지성의 옷을 거의 걸치지 못했다고 고백했지만, 제가 확언하는데 그는 가장 꽃다운 나이를 산에서 염소 돌보는 일이 아닌, 저 맑은 또르메스 강변에서 찬사를 보낼 만큼 학문을 연마하고 사려 깊은 대화를 하면서 보냈어요. 만일 두 사람의 대화가 기사님 생각에 양치기의 수준을 넘어선 것으로 들렸다면, 지금 현재의 그들 모습이 아닌 과거 모습을 봐주시기 바랍니다. 게다가 우리가 사는 이 강변에는 저 두 사람 못지않게 놀라움을 주는 양치기들이 많이 있어요. 기사님이 듣고자 하시면 지금 들려드리지요. 저 유명하고 잘 알려진 에라니오, 시랄보, 필라르도, 실바노, 리사르도와 마뚠또스 부자 — 아버지는 리라에, 아들은 시에 특출합니다 — 가 이 강변에서 자신들의 가축을 기르고 있어요. 마지막으로 지금 여기 자리한 이름 높은 다몬에게 눈을 돌려 보세요. 기사님이 사려 깊음과 지식의 정점이 어딘지 알고 싶으시다면 그 바람은 이 사람 앞에서 멈춰 설 겁니다."

기사가 엘리시오에게 대답하려 했을 때, 그와 함께 온 귀부인 중 한 명이 다른 귀부인에게 말했다.

"니시다, 해가 기우는 것을 보니 이제 떠나야 할 시간인 것 같군요. 사람들이 아버님이 계시다고 말한 그곳에 내일까지 도착해야 하니까요."

귀부인이 미처 말을 마치기도 전에 다린또와 그의 동료는 다른 귀부인의 이름을 직접 부른 것에 언짢은 표정을 지으며 그녀를 바라보았다. 그런데 '니시다'라는 이름을 듣는 순간, 엘리시오의 뇌리에는 혹 그녀가 은거자 실레리오가 수없이 말한 바로 그 니시다

---

65 띠르시에 대한 찬양의 문구로, 띠르시의 교육이 궁정이나 유명한 학교에서 이루어졌다면 더 많은 것을 이야기했을 텐데 양치기들을 상대로 사랑을 변호하는 데 집중해 이 말만 했다는 뜻이다.

가 아닌가 하는 생각이 떠올랐다. 띠르시와 다몬, 에라스뜨로도 같은 생각을 했다. 자신의 의혹을 확인하고 싶어 엘리시오가 말했다.

"다린또 기사님, 며칠 전에 저와 여기 있는 몇몇이 저 귀부인이 지금 부른 니시다라는 이름을 들은 바 있습니다. 엄청난 놀라움과 많은 눈물 속에 불린 이름이었지요."

"혹시 그대들 강변에 사는 어느 양치기 처녀의 이름이 아니었을까요?" 다린또가 말했다.

"아닙니다." 엘리시오가 대답했다. "제가 말씀드리는 분은 이 강변에서 태어났어도 저 먼 곳, 유명한 세베또[66] 강변에서 성장했습니다."

"지금 무슨 말을 하는 거요, 양치기 양반?" 다른 기사가 말했다.

"제 의문을 확인해주시려면 지금, 그리고 이후로 제 말을 더 들으셔야 합니다."

"말씀해보세요." 기사가 말했다. "혹시 의문이 풀릴지도 모르니까요."

이 말에 엘리시오가 대답했다.

"혹 기사님 이름이 띰브리오 아니십니까?"

"당신에게는 진실을 부정할 수 없겠네요." 기사가 대답했다. "맞습니다. 적절한 기회가 올 때까지 숨기려 했습니다만, 띰브리오가 내 이름이에요. 왜 당신이 내 이름을 궁금해하는지 그 이유를 알고 싶군요. 그래서 나에 대해 알고 싶어 하는 당신에게 아무것도 감추지 않은 거요."

"제게 아무것도 감추지 않으신다니 말인데, 기사님과 함께 온 저

---

66 이딸리아 나뽈리 가까이 있는 조그마한 강.

귀부인의 이름은 니시다이고, 추측건대 다른 귀부인의 이름은 혹시 블란까 아닙니까, 니시다의 동생 블란까?"

"정확하게 맞히셨소." 띰브리오가 대답했다. "당신이 물어본 것을 모두 거부하지 않았으니 이제 당신이 그런 질문을 한 이유를 거부하지 말고 말해보시오."

"그 이유가 얼마나 좋은 건지, 얼마나 당신 마음을 기쁘게 할지는 오래지 않아 아시게 될 겁니다." 엘리시오가 대답했다.

은거자 실레리오가 엘리시오, 띠르시, 다몬과 에라스뜨로에게 해준 이야기를 알지 못하는 사람들은 모두 띰브리오와 엘리시오가 주고받는 말에 어리둥절했다. 그러자 다몬이 엘리시오를 향해 말했다.

"오, 엘리시오, 띰브리오에게 그 좋은 소식을 전하는 데 너무 뜸들이지 마세요!"

"잠깐만요," 에라스뜨로가 말했다. "우선 저부터 당장 저 불쌍한 실레리오에게 띰브리오를 찾았다는 사실을 알리고 싶네요."

"오, 하늘이여! 지금 내가 무슨 말을 들은 거지?" 띰브리오가 말했다. "지금 무슨 소리를 하는 거요, 양치기 양반? 지금 당신이 이름 부른 자가 혹시 내 진정한 친구 실레리오인가요? 내 영혼의 반쪽이자 내가 무엇보다 보고 싶어 하는 실레리오 말이오. 이 의문에서 어서 나를 풀어주시오. 그러기만 하면 당신의 양떼가 잘 자라고 번성해서 인근의 양치기들이 모두 시기하고 부러워할 거요!"

"너무 재촉하지 마세요, 띰브리오." 다몬이 말했다. "에라스뜨로가 말한 실레리오는 당신이 말하는 실레리오가 맞습니다. 지금 그는 자신의 생명을 지탱하고 연장하기보다 당신의 생사를 더 알고 싶어 해요. 그의 말에 따르면, 당신이 나뽈리를 떠난 후로 당신이 남긴 빈자리가 너무 커 그 고통으로 다른 많은 것을 잃었다고 해요. 아무튼 그는 여기서 1레과 좀 안 되는 곳에 있는 조그마한 은거지에서 상상할 수 없이 곤궁한 삶을 살고 있습니다. 아마 당신 소식을 듣지 못하면 그곳에서 죽음을 결단할지도 몰라요. 이것은 여기 있는 따르시, 엘리시오, 에라스뜨로와 내가 분명히 아는 사실이에요. 그 자신이 직접 당신과의 우정과 두 사람 사이에 일어난 모든 일, 나아가 운명의 여신이 그토록 이상한 사건들로 당신과 헤어지게 만들어 그를 그토록 철저한 고독 가운데 살게 한 이야기까지 다 말해주었거든요. 당신이 그의 모습을 보면 말할 수 없이 놀랄 거예요."

"그를 보고 싶어요! 그를 볼 수만 있다면 그 즉시 내 삶에 종지부를 찍어도 좋습니다!" 띰브리오가 말했다. "이름 높은 양치기들이여, 제발 부탁이니 그대들 가슴속에 간직한 예의범절을 생각해서 실레리오가 머물고 있다는 은거지를 알려주어 내 마음을 만족시켜주시오."

"그가 죽으려 하는 곳이라는 게 더 올바른 표현일 겁니다." 에라스뜨로가 말했다. "하지만 이후로는 당신이 왔다는 소식만으로도 그는 살아날 거예요. 그도 기뻐할 테고 당신도 이토록 원하니, 이제 일어나 함께 가시죠. 해가 지기 전에 실레리오를 만나시게 될 겁니다. 그런데 조건이 하나 있습니다. 가는 길에 당신이 나뽈리를 떠난 후에 일어난 일을 모두 말씀해주세요. 무엇보다 여기 있는 사람들이 만족할 때까지 말입니다."

"당신이 베풀어주시는 큰일에 비하면 작은 대가로군요." 띰브리오가 대답했다. "그것 말고도 나에 대해 알기 원하는 모든 걸 말씀드리겠습니다."

그러고는 함께 온 귀부인들을 향해 고개를 돌리면서 말했다.

"사랑하는 니시다, 정말 좋은 기회가 와서 우리 이름을 밝히지 않겠다던 결심이 그만 깨져버렸소. 그러나 이분들이 전해준 좋은 소식이 무척이나 우리를 기쁘게 하니 더는 머뭇거릴 필요가 없을 것 같소. 그대와 나의 생명과 지금 우리가 누리는 이 행복을 빚지고 있는 실레리오를 보러 갑시다."

"띰브리오, 내게 청할 필요도 없는 일이에요." 니시다가 대답했다. "나 또한 간절히 원하는 바이고요. 기꺼이 그러겠어요. 즐거운 마음으로 함께 가요. 그를 보는 것이 지체되는 매 순간이 내게는 한세기나 되는 것 같아요."

다른 귀부인, 그녀의 동생 블란까도 띰브리오가 물어보자 같은 대답을 하며 아주 기쁜 표정을 보였다. 오직 다린또만이 실레리오의 소식에 입술을 꾹 다물었다. 그는 이해할 수 없는 침묵과 함께 자리에서 일어서더니 하인에게 타고 온 말을 가져오라고 일렀다. 그러고는 아무런 작별 인사도 없이 말에 올라 고삐를 거머쥐고 빠른 속도로 모두의 시야에서 사라져버렸다. 이것을 본 띰브리오 역시 말에 올라 황급히 그를 뒤쫓았다. 이윽고 그를 만나 멈춰 세운 후 말고삐를 묶고는 한참 동안 이야기를 나눈 뒤 양치기들이 있는 곳으로 돌아왔다. 다린또는 그의 여정을 계속하기로 했고, 띰브리오 편에 작별 인사 없이 떠난 것에 양치기들에게 미안함을 전해왔다.

그러는 사이 갈라떼아, 로사우라, 떼올린다, 레오나르다와 플로리사는 니시다와 블란까 자매에게 다가갔다. 사려 깊은 니시다가 띰브리오와 실레리오 사이의 우정이 얼마나 돈독한지를 짧고 조리 있는 말로 설명했고, 그들 사이에 일어난 사건을 대부분 이야기해주었다. 이윽고 띰브리오가 돌아오자 그들 모두는 실레리오의 은

거지를 향해 함께 길을 떠나려 했다. 그런데 바로 그때, 열댓살 정도 되어 보이는 앳되고 아름다운 양치기 소녀 하나가 어깨에 가죽 부대를 걸쳐 메고 손에는 지팡이를 든 채 샘에 도착했다. 그녀는 사람들이 너무도 즐거운 모습으로 모여 있는 것을 보자 눈에 눈물을 가득 담고 말했다.

"귀하신 분들이여, 어떤 사람이 기이하고 흔치 않은 사랑의 경우를 당해 눈물과 한숨이 그 가슴을 후벼 파며 보는 사람을 눈물겹게 하는데, 혹 여러분 중에 이런 사랑의 효과와 경우를 아시는 분 있으면 사랑에 빠진 자의 눈과 가슴에서 흘러나오는 이 사랑의 눈물과 깊은 한숨을 어떻게 치료하고 멈출 수 있는지 좀 알려주세요. 양치기님들, 혹 제가 말씀드린 것에 경험이 있다면 제 말이 얼마나 진실인지 충분히 아실 거예요."

그녀는 이 말을 하고 나서 등을 돌렸다. 그곳에 있던 사람들 모두가 그녀를 따라갔다. 사람들이 자기를 따라오는 것을 본 양치기 소녀는 잰걸음으로 샘가의 숲속으로 들어갔다. 그러다 멀리 가지 않아 자기를 따르는 사람들을 돌아보고 말했다.

"여러분, 저기 좀 보세요. 제 눈물의 원인이 저기 있습니다. 양치기로 보이는 저 사람은 바로 제 오빠인데, 그는 자신이 무릎 꿇은 저 양치기 처녀 때문에 틀림없이 자기 목숨을 잔인한 그녀의 손에 맡길 거예요."

모든 사람의 눈이 양치기 소녀가 가리키는 쪽을 향했다. 푸른 버드나무 밑동 가까이 사냥꾼 님프 복장을 한 양치기 처녀 하나가 기대어 있었다. 한쪽에는 호화로운 화살통을 메고 손에는 휘어진 활을 들었으며 아름다운 금발 머리에는 녹색 화관을 쓰고 있었다. 소녀가 말한 양치기는 지금 가는 끈을 목에 걸고 오른손에는 칼집에서 뽑은 칼을 들고 그녀 앞에 무릎을 꿇고서 왼손으로는 양치기 처녀의 옷 위에 걸쳐진 흰 천을 거머쥐고 있었다. 양치기 처녀는 찡그린 얼굴이었다. 자신을 억지로 붙든 양치기가 못마땅한 모습이었다. 그러나 모두가 자신을 바라보고 있는 것을 안 그녀는 그 불쌍한 양치기의 손에서 빠져나오려고 안간힘을 썼다. 양치기는 양치기대로 한없는 눈물을 흘리며 부드럽고 사랑 넘치는 말로 최소한 그녀로 인한 고통을 호소할 기회라도 달라고 거듭 애원했다. 그러나 양치기 처녀는 성난 경멸을 보이며 그를 떠나버리고 말았다. 바로 그때 양치기 모두가 그에게 가까이 이르렀고, 그들은 사랑에 빠진 양치기 청년이 양치기 처녀에게 하는 다음과 같은 말을 듣게되었다.

"오, 너무도 냉정하고 내 마음 몰라주는 헬라시아여, 잔인한 자라는 호칭은 당신에게 어울리는 이름이군요! 매정한 그대여, 제발 눈을 돌려 극단의 고통 속에서 오직 당신만 바라보는 자를 한번만 봐주세요. 왜 당신은 당신을 따르는 사람을 피하는 거예요? 왜 당신은 당신을 섬기려는 사람을 거부하는 거예요? 왜 당신은 당신을 숭배하고자 하는 사람을 미워하는 거예요? 오, 공정하지 못한 나의 적이여, 당신은 깎아지른 바위처럼 단단하고, 독 오른 뱀처럼 성나 있으며, 말 없는 밀림처럼 귀먹었고, 시골 처녀처럼 무뚝뚝하며, 맹수처럼 거칠고, 호랑이처럼 사나운 여자입니다! 내 내장을 뜯어 먹는 살진 호랑이입니다! 내 눈물로 당신 마음을 녹일 수 없나요? 내 한숨으로 당신 마음에 동정을 불러일으킬 수 없나요? 나의 섬김이 당신 마음을 움직일 수 없나요? 만일 그럴 수 있다면, 나의 짧고 불행한 운명이 원한다면, 내 목에 감고 있는 이 끈을 당신이 조이고, 이 칼로 내가 당신을 사모하는 이 심장을 감히 꿰뚫기를 당신이 원치 않을 수도 있을까요? 양치기 처녀여, 제발 돌아와요, 돌아와주세요. 그래서 나의 이 비참한 삶의 비극을 그만 끝내주세요. 당신은 너무 쉽게 이 끈으로 내 목을 조이고, 이 칼로 나의 가슴 피로 물들일 수 있는 사람이니까요.”

비탄에 빠진 양치기는 수없이 탄식하고 눈물 흘리며 이런저런 말로 호소했다. 탄식과 눈물로 점철된 양치기의 말을 들은 모든 사람 역시 동정을 금할 수 없었다. 그런데도 냉담한, 사랑에 관심 없는 양치기 처녀는 자신으로 인해 그 지경에 이른 양치기에게 눈길 한번 주지 않고 계속해서 자신의 길을 갔다. 그것을 본 사람들 모두 매정하고 성난 그녀의 모습에 놀라지 않을 수 없었다. 사랑을 거부하는 레니오마저 그녀의 혹독한 냉담함에 고개를 흔들 정도였다. 그래서 그는 나이 든 아르신도와 함께 앞질러 가서 그녀에게 그를 치유해줄 마음이 없더라도 저 사랑에 빠진 양치기의 불평을 들어주는 관용을 베풀어달라고 부탁했다. 그러나 그녀의 뜻을 돌이킬 재간이 없었다. 오히려 그녀는 부탁하는 바를 들어주지 않았다 해서 자신을 무례한 사람으로 생각지 말아달라고 청했다. 사랑과 사랑에 빠진 모든 사람의 치명적인 적이 되는 것이 자기 뜻이기 때문이라는 것이었다. 이렇게 된 데에는 많은 이유가 있는데, 그중 하나는 어린 시절부터 고결한 디아나의 가르침을 따르기로 결심했기 때문이라고 했다. 이 말과 양치기의 청과 맞지 않는 다른 여러 이유를 듣고 아르신도는 그녀를 포기하고 돌아가려고 했다. 그러나 사랑을 거부하는 레니오는 그러지 않았다. 그는 그녀가 너무도 사랑의 반대편에 서 있고 또 사랑을 거부하는 자신의 견해와 너무도 일치해서 그녀가 대체 어떤 사람인지 알아보고 싶었다. 그래서 그녀를 따라 며칠 동안 함께 다녀보기로 했다. 그는 그녀에게 자신이 얼마나 사랑과 사랑에 빠진 사람들의 큰 적인지 일러주고, 자신의 견해가 그녀의 생각과 크게 일치해서 따르는 것이니 동행하는데 화내지 말라고 부탁하면서 아마 이것이 그녀도 원하는 일일 거라고 말했다.

레니오의 의도를 알게 된 양치기 처녀는 재미있어하며 함께 자신의 마을까지 가는 것을 허락해주었다. 그녀의 마을은 레니오의 마을에서 2레과 떨어진 곳에 있었다. 이렇게 해서 레니오는 아르신도와 헤어지게 되었다. 떠나면서 레니오는 아르신도에게 친구 모두에게 미안함과 양치기 처녀를 따라가게 된 이유를 전해달라고 아르신도에게 부탁했다. 그런 다음 그와 헬라시아는 더 기다릴 것도 없이 발걸음을 재촉해 사람들의 시야에서 사라졌다. 아르신도는 돌아와 그 양치기 처녀와 있었던 일을 말했고, 양치기 모두가 사랑에 빠진 양치기를 위로하러 갔었다는 사실을 알게 되었다. 이와 동시에 얼굴을 가린 세명의 양치기 처녀 중 두명에게 벌어진 일을 눈앞에서 보게 되었는데, 한명은 아름다운 갈라떼아의 치마폭에 기절해 있었고, 다른 한명은 역시 얼굴을 가린 아름다운 로사우라의 품에 안겨 있었다. 갈라떼아와 함께 있는 여자는 떼올린다였고, 다른 여자는 그녀의 동생 레오나르다였다. 두 사람은 헬라시아와 함께 있는 절망에 빠진 양치기를 보았을 때, 그만 사랑의 질투에 휩싸여버렸던 것이다. 레오나르다는 그를 자신이 사랑하는 갈레르시오라고 믿었고, 떼올린다는 그녀가 사랑하는 아르띠도로라 믿어 의심치 않았다. 두 사람은 그 양치기가 냉정한 헬라시아에게 완전히 굴복해 넋을 잃은 모습을 보자 그만 감정이 격해져 정신을 차리지 못했고, 이렇게 해서 한명은 갈라떼아의 치마폭에, 또 한명은 로사우라의 팔에 쓰러져 있었던 것이다. 얼마 안 있어 정신을 차린 레오나르다가 로사우라에게 말했다.

"오, 아가씨, 운명의 여신이 제 문제를 해결하려 모든 발걸음을 이끄신다는 것을 제가 어떻게 믿겠어요? 갈레르시오의 의지가 저와 완전히 다르니 말이에요. 그 사람이 사랑에 냉정한 헬라시아에게 뭐라고 말하는지 들으셨잖아요! 아가씨, 바로 저자가 제 자유를 빼앗고 이제 제 삶조차 종말로 인도하고 있는 자라는 걸 아셔야 해요."

로사우라는 레오나르다의 말에 크게 놀랐다. 그러나 더욱 놀란 것은 정신이 돌아온 떼올린다가 그녀를 불러 갈라떼아, 플로리사, 레오나르다와 자리를 함께했을 때 떼올린다가 한 말이었다. 바로 그 양치기가 자신이 그토록 원하던 아르띠도로라는 것이었다. 그런데 그녀가 그 이름을 채 끝맺기도 전에 그녀의 동생이 끼어들어 지금 언니는 속고 있는 것이며, 그는 다름 아닌 그의 동생 갈레르시오가 맞다고 주장했다.

"아, 이런 못 믿을 레오나르다야!" 떼올린다가 대답했다. "너는 내 행복을 한번 빼앗았으면 됐지, 이제 내가 찾아낸 그 사람을 네 사람이라고 말하는 거니? 제발 정신 좀 차려. 지금 보면 너는 내 동생이 아니라 적이라는 생각이 드는구나."

"아니야, 언니는 분명히 속고 있는 거야." 레오나르다가 대답했다. "언니, 우리 마을 사람들 모두가 저 사람이 아르띠도로라고 믿었으니 언니가 그런 것도 나는 놀랍진 않아. 그리고 저 사람이 아르띠도로가 아니라 그의 동생 갈레르시오라는 걸 똑똑히 알게 될 것 또한 놀랍지 않아. 사실 우리가 서로 닮은 것처럼 그 두 사람도 무척 닮았으니까. 닮은 것 중에서 으뜸을 찾으라 하면 아마 그들이 더 닮았겠지."

"나는 그렇게 생각하지 않아." 떼올린다가 대답했다. "우리가 많이 닮았다지만, 자연 세계에서 이런 기적은 그렇게 쉽게 볼 수 있는 게 아니니까. 내 경험이 네가 말하는 바를 더 분명히 확인해주지 않는 이상, 나는 내가 보는 양치기가 아르띠도로라고 믿기를 그만두지 않을 거야. 어떤 의심이 들어도, 내가 아는 아르띠도로의 성향과 끈기로 볼 때 그가 그렇게 갑자기 변해 나를 잊을 거라고 예상하거나 염려할 필요는 없다고 생각해."

"두분, 이제 좀 진정하세요." 로사우라가 말했다. "제가 곧 두분을 그 의심에서 풀어드릴게요."

그러고서 그녀는 두 사람을 놓아두고 아까 그 양치기가 다른 양치기들에게 헬라시아의 희한한 성격과 그녀가 저지른 셀 수 없는 엉뚱한 일들을 이야기하고 있는 곳으로 갔다. 그 양치기 옆에 그를 오빠라고 말한 아름다운 양치기 소녀가 있었다. 로사우라는 그녀를 불러 한쪽 구석으로 데려간 후에 오빠의 이름이 무엇인지, 그리고 그와 닮은 다른 사람이 있는지 가르쳐달라고 사정했다. 이 질문에 양치기 소녀는 이 오빠의 이름은 갈레르시오이고, 다른 오빠는 아르띠도로인데, 두 사람은 너무 닮아서 거의 분간할 수가 없다고 말했다. 오직 옷차림에 있는 몇몇 표지와 목소리로만 구분할 수 있다는 것이었다. 로사우라는 또한 아르띠도로가 어떤 일을 하는지 물었다. 소녀는 그곳에서 좀 떨어져 있는 산에서 자신의 염소떼와 그리살도의 양떼 일부를 먹이러 돌아다닌다고 대답했다. 그는 에나레스 강변에서 돌아온 이래 결코 마을 안에 들어온 적이 없으며 누구와도 대화를 나눈 적이 없다고 했다. 이 말과 함께 또다른 개인사들을 이야기하자, 로사우라는 그 양치기가 레오나르다와 양치기 소녀의 말처럼 아르띠도로가 아니라 갈레르시오임을 확신했다.

그 양치기 소녀의 이름이 마우리사라는 것도 알게 되었다. 그녀는 소녀를 갈라떼아와 다른 양치기 처녀들이 있는 곳으로 데려와 떼올린다와 레오나르다 앞에서 아르띠도로와 갈레르시오에 대해 알고 있는 모든 것을 말해주도록 했다. 그녀의 말을 들은 떼올린다는 마음을 가라앉혔고, 레오나르다는 갈레르시오에 대해 불편함을 감추지 못했다. 자신과의 일을 함부로 대하는 갈레르시오의 마음 때문이었다. 양치기 처녀들이 대화를 나누는 중에 레오나르다가 얼굴을 가린 로사우라의 이름을 불렀을 때, 마우리사가 뭔가를 알아채고 로사우라에게 말했다.

"제가 오해하는 게 아니라면, 저와 제 오빠가 이곳에 온 것은 아가씨 때문이에요."

"어째서요?" 로사우라가 말했다.

"단둘이 있을 기회를 주시면 아가씨께 다 말씀드릴게요." 양치기 소녀가 대답했다.

"기꺼이 그렇게 하죠." 로사우라가 말했다.

그래서 자리를 옮겨 둘만 있게 되자, 양치기 소녀가 로사우라에게 말했다.

"아름다운 아가씨, 오빠와 저는 아가씨와 양치기 처녀 갈라떼아에게 드릴 우리 주인 그리살도님의 전갈을 가지고 이곳에 왔어요."

"그게 정말이에요?" 로사우라가 말했다.

그녀는 갈라떼아를 불렀고, 두 사람이 함께 마우리사가 전하는 그리살도의 이야기를 들었다. 알려준 데 따르면 그리살도는 이틀 후에 친구 두 사람과 함께 와 로사우라를 데리고 그의 숙모 집으로 가서 비밀리에 결혼식을 올리겠다는 것이었다. 더불어 로사우라를 잘 대접해준 갈라떼아에게 감사를 전하고, 감사의 표시로 값비싼 금 장신구를 보내왔다. 로사우라와 갈라떼아는 이 좋은 소식을 전해준 마우리사에게 고마움을 전했다. 사려 깊은 갈라떼아는 좋은 소식을 전해준 답례로 그리살도가 보내온 선물을 나눠주려고 했다. 그러나 마우리사는 한사코 받으려 하지 않았다. 그 자리에서 갈라떼아는 갈레르시오와 아르띠도로가 놀랄 만큼 닮은 것을 다시 한번 확인할 수 있었다.

갈라떼아와 로사우라가 마우리사와 이야기하는 내내, 떼올린다과 레오나르다는 갈레르시오를 유심히 바라보며 그의 모습을 즐기고 있었다. 떼올린다는 아르띠도로와 너무 닮은 갈레르시오의 얼굴에 눈을 고정한 채 떼지 못했다. 사랑에 빠진 레오나르다의 눈 역시 무엇을 바라보는지를 알고 있어 다른 데로 돌리는 것은 엄두도 내지 못했다. 이때쯤 갈레르시오를 위로하고자 하는 양치기들의 노력은 한계에 이르렀다. 그가 입은 상처가 너무 커서 그 어떤 권유와 위로도 헛되고 의미 없는 말에 불과했던 것이다. 그 모습을 본 레오나르다는 마음이 찢어질 듯 아팠다. 로사우라와 갈라떼아는 양치기들이 자신들 쪽으로 오는 것을 보자, 마우리사에게 로사우라가 갈라떼아의 집에 있을 것이라고 그리살도에게 전해달라고 말하고 작별을 고했다. 마우리사는 작별 인사를 나눈 뒤, 오빠를 불러 은밀히 로사우라, 갈라떼아와 함께 있었던 일을 말해주었다. 그 말을 들은 그는 양치기 처녀들과 청년들에게 정중히 작별 인사를 한 후, 동생과 함께 마을로 돌아가는 발걸음을 옮겼다. 사랑에 빠진 떼올린다와 레오나르다는 그들이 떠나는 모습을 보자 눈에 빛이 돌아오고 삶에 생기를 찾은 얼굴로 갈라떼아와 로사우라에게 다가와 갈레르시오를 따라가게 해달라고 청했다. 떼올린다는 떼올린다대로 갈레르시오가 아르띠도로 있는 곳을 알려줄 것이라고, 레오나르다는 레오나르다대로 갈레르시오가 자신을 향한 의무감에 마음이 돌아설 것이라고 변명했다. 양치기 처녀들은 갈라떼아가 전에 떼올린다에게 말한 대로 앞으로 일어나는 일이 좋은 일이든 나쁜 일이든 모두 알려달라는 조건으로 따라가는 것을 허락했다. 떼올린다는 그러겠다고 거듭 약속한 후 작별을 고했고, 갈레르시오와 마우리사가 갔던 길을 향해 발걸음을 재촉했다. 띰브리오, 띠르시, 다몬, 오롬뽀, 끄리시오, 마르실리오와 오르페니오 등도 방향은 다르지만 발걸음을 떼기로 했다. 아름다운 니시다, 블란까 자매와 함께 실레리오의 은거지로 향하려는 것이었다. 그래서 먼저 존경받는 아우렐리오에게 작별을 고하고, 다음으로 갈라떼아, 로사우라와 플로리사에게, 그리고 엘리시오와 에라스뜨로에게 작별 인사를 했다. 이들은 아우렐리오의 제안대로 갈라떼아와 함께 마을로 돌아갈 기회를 놓치고 싶지 않았다. 아우렐리오는 마을로 갔다가 엘리시오, 에라스뜨로와 함께 실레리오의 은거지로 가서 그들을 만나기로 했고, 가는 길에 실레리오에게 필요한 것들을 가져가 방문한 손님들의 마음을 흡족하게 하려고 마음먹었다.

이렇게 해서 사람들 모두가 이 방향 저 방향으로 뿔뿔이 흩어졌다. 오직 나이 든 아르신도만 남았는데, 그들은 누구와도 작별 인사를 나누지 않고 갈레르시오와 마우리사, 그리고 얼굴을 가린 양치기 처녀들이 떠난 바로 그 길을 이미 멀리 가고 있는 그의 뒷모습을 볼 수 있었을 뿐이다. 이런 모습에 그들은 머리를 갸웃거리며 놀라움을 금치 못했다. 그러나 이미 태양이 자신의 길을 서둘러 서쪽 문으로 바삐 들어가고 있는 것을 보자 그들은 밤의 어둠이 내리기 전에 마을에 도착하기 위해 더는 발걸음을 미룰 수 없었다.

엘리시오와 에라스뜨로는 그들 생각의 주인인 사랑하는 여인

앞에 도저히 감출 수 없는 뭔가를 드러내고 싶어서, 또한 여정의
피곤함을 달래고 마을로 가는 길에 자신의 보리피리에 맞춰 노래
해달라는 플로리사의 청도 들어줄 겸, 엘리시오가 먼저 하고 에라
스뜨로가 답하는 식으로 노래를 부르기 시작했다.

엘리시오
　　땅이 가졌던, 가지고 있는, 갖게 될 것보다
　　더 큰 아름다움을 보려는 자.
　　희디흰 순결과 깨끗한 열정이 정련되는
　　불과 도가니,
　　가치 있고 지혜로운 모든 것과
　　땅에 암호로 새겨진 새 하늘,
　　고상함과 예의 바름이 하나 된 것 보려는 자는
　　와서 나의 양치기 처녀를 보세요.

에라스뜨로
　　와서 나의 양치기 소녀를 보세요.
　　동쪽에서 나오는 그것보다 더 밝은 빛으로
　　낮을 빛내는 또다른 태양 본 것을
　　대대손손 전하고자 하는 자는
　　그 빛이 태양 빛을 얼마나 차갑게 하는지,
　　그 아름다운 눈의 살아 있는 빛줄기에 닿은 영혼이
　　어떻게 불살라지는지 말할 수 있을 거예요.
　　그 눈을 본 후에야 알 수 있어요.

엘리시오

　　그 눈을 본 후에야 알 수 있어요.

　　이 지친 눈이 잘 알고 있지요.

　　그 눈은 나의 불행일지 모르지만

　　너무 아름다워 나의 분노 돋우는 주된 이유이기도 합니다.

　　나는 그 눈을 보았고, 내 영혼이 그 눈 속에서

　　불살라지는 것 보았습니다.

　　또한 내 영혼의 모든 힘 탈취해 그 불길에 내어주는 것 보았습니다.

　　나를 불사르고, 얼어붙게 하며, 내던지며, 부르는 그것을.

에라스뜨로

　　나를 불사르고, 얼어붙게 하며, 내던지며, 부르는 그것,

　　내 영광의 달콤한 적이

　　기이하고도 진실한 이야기 만들어내니,

　　그녀 또한 명성이 자자합니다.

　　사랑의 모든 은총과 그토록 유명한 힘 흩뿌리는

　　오직 그녀의 눈만이

　　가장 낮고 초라한 펜의 비상을

　　하늘까지 드높일 재료를 줄 뿐입니다.

엘리시오

　　가장 낮고 초라한 펜의 비상이

　　하늘까지 높아지기 원하면,

　　비교할 수 없고, 유일하고, 첫째가는

　　우리 시대의 영광, 이 땅의 영예,

맑은 따호강과 강변의 가치,

타의 추종을 불허하는 지혜이자 진귀한 아름다움인

이 불사조의 예의 바름과 공정한 열정을 노래하세요.

거기서 자연은 극치를 이룹니다.

에라스뜨로

자연이 극치를 이룬 곳에서,

예술이 생각과 일치하는 그곳에서,

여러곳으로 분산된

가치와 우아함이 하나로 합쳐진 그곳에서,

겸손함과 위대함이

오직 하나 되어 있는 그곳에서,

사랑이 그의 안식처와 보금자리 가진 그곳에서,

그 매정한, 아름다운 여인이 나의 적이었습니다.

엘리시오

그 매정한, 아름다운 여인이 나의 적이었습니다.

그녀는 자유롭게 떠도는 내 생각을

한순간 자신의 가느다란 머리카락에 묶어

갖기 원했고, 가질 수 있으며, 가질 줄 아는 자였습니다.

나는 그 촘촘한 매듭에 굴복당하지만,

포로 상태가 너무나 기쁘고 영광스럽습니다.

그래서 발과 목을 뻗어 그 사슬로 다가갔지요.

쓰디쓴 고통을 달콤함이라 부르면서 말입니다.

에라스뜨로

쓰디쓴 고통을 달콤함이라 부르면서,

나는 변변찮고 피곤한 인생 살아갑니다.

간신히 슬픈 영혼을 의지하며,

간신히 몸을 지탱해가며 말이죠.

운명의 여신은 나의 짧은 희망에 두 손 가득

완결된 믿음을 제공했습니다.

희망은 줄어들고 믿음이 자라나면

어떤 기쁨과 영광, 행복이 주어지는 겁니까?

엘리시오

희망이 줄어들고 믿음이 자라나는 그곳에서

견고한 사랑의 생각을 발견하는

고귀한 시도가 나타납니다.

그것은 오직 순수한 사랑만을 의지하며

영혼을 순전히 만족시켜줄 보상을

확인하고 확신하며 살아갑니다.

에라스뜨로

병이 억누르고 옥죄어

비참하게 고통받는 자는

사나운 고통이 그를 가장 괴롭힐 때

가볍고 짧은 회복에도 행복을 느낍니다.

그러나 일단 고통이 누그러지면 만족하지 않고

더욱 완전한 건강을 찾지요.

마찬가지로 슬픈 통곡으로 녹아버린

사랑에 빠진 사람의 부드러운 가슴은

고통 속에 행복이 있다고 말합니다.

자기 생명의 모든 것을 내어준

그 사람의 조용한 눈빛이 꾸며낸 것이든, 진실한 것이든

어떤 표정이라도 지어 그를 바라볼 때 말입니다.

그러나 사랑의 신이 훈련시킨 후 풀어놓으면

그는 처음보다 더 많은 것들을 요구하는 법이지요.

엘리시오

에라스뜨로, 아름다운 태양이

이미 언덕 너머로 지고 있어요.

어두운 밤이 우리를 안식으로 초대하고 있습니다.

에라스뜨로

마을이 가까워지네요. 이제 좀 피곤하군요.

엘리시오

이제 우리 노래 위에 침묵을 얹어놓지요.

엘리시오와 에라스뜨로의 노래를 듣던 사람들은 가는 길이 더 길어졌으면 하고 생각했다. 사랑에 빠진 양치기들의 노래가 무척이나 즐겁고 좋아서였다. 그러나 밤이 가까웠고 또 이미 마을에 도착해 그런 생각은 접어야 했다. 아우렐리오, 갈라떼아, 로사우라와 플로리사는 집으로 가 휴식을 취했고, 엘리시오와 에라스뜨로 역

시 띠르시, 다몬과 다른 양치기들이 있는 곳에 갈 생각을 하며 각자 자신의 집으로 갔다. 그들과 갈라떼아의 아버지는 이미 약속이 되어 있었다. 오직 흰 달이 밤의 어둠을 쫓아내기만 기다릴 뿐이었다. 이윽고 달이 자신의 아름다운 얼굴을 드러내자, 그들은 아우렐리오를 찾아갔다. 그리고 함께 실레리오의 은거지를 향해 발걸음을 옮겼다. 그곳에서 일어난 일들은 다음 권에서 보게 될 것이다.

제4권 마침.

제5권

사랑에 빠진 띰브리오와 아름다운 두 자매, 니시다와 블란까는 실레리오의 은거지에 가고자 하는 마음이 너무 커서 발걸음을 최대한 빨리했지만 마음먹은 만큼 쉽지 않았다. 이것을 안 띠르시와 다몬은 길 가는 중에 실레리오와 헤어진 후 일어난 모든 일을 이야기해주겠다던 띰브리오의 약속을 다그치지 않았다. 그러나 그것을 알고 싶은 마음은 굴뚝같아서, 그때 어떤 양치기의 목소리가 그곳에 있던 모든 사람의 귀를 아프게 하지 않았다면 띰브리오에게 물어볼 참이었다. 그 목소리는 길에서 약간 벗어난 푸른 나무들 사이에서 들려왔다. 어떤 양치기가 노래를 부르고 있었는데, 그 소리가 아주 조화롭게 들리지는 않았다. 그의 노랫소리를 듣자 거기 있던 많은 사람은 그가 누구인지 금세 알아차렸고, 그의 친구 다몬은 특히 그랬다. 그는 바로 양치기 라우소였다. 조그마한 삼현금에 맞춰 노래 몇소절을 부르는 중이었다. 그는 잘 알려진 자였고 모두가 마

음 내키는 대로 자주 옮겨다니는 그의 습성을 알고 있었다. 그들은
모두 그가 있는 곳으로 조금씩 다가가 멈춰 서서 다음과 같은 그의
노래를 들었다.

라우소

　　그 누가 내게 와 나의 자유로운 생각을

　　붙잡았을까?

　　행운이 없었다면 그 누가

　　저 허약한 기초 위에

　　저토록 높은 바람 탑을

　　만들 수 있었을까?

　　그 누가 보장된 삶에 만족하던

　　나의 자유를 굴복시켰을까?

　　그 누가 나의 가슴을 열고 갈가리 찢어

　　나의 의지를 훔쳐냈을까?

　　나의 고단한 상태 만들어낸

　　그 헛된 생각 지금 어디 있는가?

　　과거에 나의 것이었던 나의 영혼 지금 어디 있는가?

　　늘 있던 자리에 있지 않는 나의 마음 지금 어디 있는가?

　　나의 모든 존재 지금 어디에 있고,

　　어디에서 오고, 어디로 가는가?

　　나 자신을 내가 알고 있기는 한가?

　　혹시 지금 나, 과거의 내가 맞기는 한가?

　　아니라면, 과거에 한번도 있지 않은 나로

지금 내가 있는 것 아닌가?

나는 절대 풀 수 없는
어려운 계산을 요구하고 있다.
이 지경까지 내가 온 것이다.
지금 내 안에 있는 그것은
지금까지 존재해온 나의 그림자일 뿐.
나도 나 자신을 이해할 수 없다.
나 자신의 쓸모로 나 자신의 가치를 지키지 못한다.
나는 눈먼 자의 혼란 속으로
추락했음이 분명하다.
그런데도 나 자신을 상실했다는 생각을 하지 않는다.

나를 이러한 염려로 이끈 힘,
그리고 그것에 동의하는 사랑이 나를
현재는 찬양하고
과거에 우는
이 상태로 몰고 온 것이다.
과거에 나는 살아 있었지만
현재 나는 죽음에 직면해 있다.
나는 이제 죽음을 찬미한다.
과거에는, 지금은 불가능한
행운을 찬양했었지.

무엇에도 비할 수 없는 이 고뇌 속에서

나의 감각은 마비되어버렸어.

사랑이 집요하게 나를 공략해

내가 불 속에 있음에도

내 눈을 시원하게 하는 차가운 물이 아니면

(불길 더 거세지면, 이제 나의 폐부까지 시원하게 하는 그것이 아니라면)

그 어떤 차가운 물도 미워해.

이 사랑의 용광로 속에서

나는 나의 분노 달래줄 다른 물, 그 어떤 다른 것도

원하지 않아, 찾지도 않아.

제발 이제 나의 불행 그만 사라지고

행복이 시작되었으면 해.

제발 나의 행운이 명하여

실레나가 나의 신실한 믿음

확신해주었으면 좋겠어.

한숨이여, 행운을 확신해라.

내 눈이여, 행운을 알아보아라.

나 울면서 이 진실을 갈망하니

펜이여, 말이여, 의지여,

제발 이 진실을 행운에 확인시켜다오.

떰브리오는 양치기 라우소가 자신의 노래를 이어가는 것을 더 듣고 있을 수 없었고 그러고 싶지 않았다. 그래서 양치기들에게 은거지로 가는 길을 알려달라고 청했고, 그들이 그곳에 더 있으려 머뭇거리자 자신은 길을 계속 갔으면 하는 뜻을 표했다. 그러자 모두 그를 따라 길을 계속 가기로 했다. 가는 길에 그들은 사랑에 빠진 라우소가 있는 곳을 가까이 지나갔다. 그는 그들이 다가오는 것을 알고 맞으러 나왔고, 모두가 그가 함께한 데 기뻐했다. 그중에서도 그의 진정한 친구 다몬이 더욱 그랬다. 라우소와 다몬은 은거지로 가는 길 내내 동행하면서 그들 두 사람이 만나지 못한 사이에 일어났던 다양한 일들을 나누었다. 두 사람이 헤어진 것은 바로 저 용감하고 유명한 목자 아스뜨랄리아노가 그의 유명한 형과 함께 참된 종교를 배반한 자들을 토벌하러[1] 알프스와 로마 사이에 위치한 목초지[2]를 떠났을 때였다. 두 사람의 이야기는 마침내 라우소의 사랑 이야기에 이르렀다. 다몬은 라우소의 자유로운 의지를 그토록 쉽게 항복시킨 양치기 처녀가 누구인지 말해달라고 열심히 졸랐다. 라우소에게서 이것을 알아내지 못하자, 적어도 현재는 어떤 상태에 있는지라도 알려달라고 했다. 두려움 속에 있는지, 혹은 희망이 있는 것인지, 그녀의 냉정함이 그를 지치게 하는지, 혹은 질투가 그를 괴롭히는지 하는 것들을 말이다. 이 모든 질문에 라우소는 양치기 처녀와 있었던 몇가지 일을 이야기해주었다. 그중 하나는 어느날 질투와 그녀의 부당한 대우로 그가 절망의 끝까지 내려가 그 자신과 양치기 처녀에 대한 신뢰와 명예에 크나큰 손상을 입힐 뻔했다는 이야기였다. 그러나 그때 그는 그녀에게 그 이야기를 했고, 그녀가 그의 의심은 완전히 그릇된 것이라고 말해주어 모든 것이

---

1 스페인 국왕 펠리뻬 2세의 동생 돈 환 데 아우스뜨리아(Don Juan de Austria)가 그라나다의 무어인들의 반란을 진압하러 떠난 해는 1569년으로, 이때 다몬과 라우소가 헤어진 것으로 추정된다.
2 밀라노 공국을 시적으로 표현했다.

해결되었다고 말했다. 그녀는 자신의 말을 확신시키려 손에 끼고 있던 반지를 그에게 주었다. 이렇게 해서 그의 마음은 훨씬 좋아졌고, 그는 그녀의 호의를 정중히 기념하는 뜻에서 소네트를 지었다. 이것을 본 몇몇 사람들은 그 소네트를 높이 평가했다고 했다. 이 말을 들은 다몬은 라우소에게 그것을 낭송해달라고 부탁했다. 라우소는 기다렸다는 듯이 사양의 말도 없이 소네트를 낭송했는데, 이런 것이었다.

라우소

    순수한 흰 눈, 값비싼 상아로 장식한
    풍성함과 행운 넘치는 선물이여!
    어두운 죽음과 그늘에서
    새 빛과 생명으로 나를 돌려놓은 선물이여!

    너는 지옥 같은 나의 불행을
    맑은 하늘의 네 행복과 바꾸어주었어.
    내 안에서 부활한 희망이 이제 달콤하고 안전한
    평화 속에 살게 되었어.

    달콤한 선물이여, 내게 네가 얼마나 값어치 있는지 알아?
    너는 바로 내 영혼이야. 그런데도 나는 아직 만족하지 못해.
    내가 받은 그것보다 내가 줄 수 있는 것이 작아서지.

    네가 얼마나 중요한지 온 세상이 알도록
    제발 내 영혼이 되어 내 안에 함께 있어줘.

사람들이 너 때문에 내가 얼마나 영혼 없이 사는지 알게 될 거야.

    라우소가 소네트 낭송을 마무리했다. 그러자 다몬은 다시 양치기 처녀를 위해 쓴 다른 것이 있으면 그것도 낭송해달라고 청했다. 그의 시를 듣는 것이 얼마나 좋은지 그제야 알았던 것이다. 이에 라우소가 대답했다.

    "다몬, 자네가 이토록 관심을 두는 것은 아마 자네가 시 짓는 일에서 내 스승이 되어왔기 때문일 거야. 자네가 가르친 것이 얼마나 도움이 되었는지 알아보고자 하는 마음이 크겠지. 어쨌든 좋아. 자네가 원하는데 들려주지 못할 이유가 없지. 한편 더 들려주겠네. 나는 그녀에 대한 불확실과 질투 속에 헤매고 다녔을 때 이 시를 그녀에게 보냈다네.

    라우소가 실레나에게
      건전한 의도에서 비롯한
      너무도 잘 알려진 단순함 속에서
      사랑은 손과 의지와
      당신의 아름다움을 지배하고 있습니다.
      이런 경우에, 실레나여,
      사랑과 당신의 아름다움은
      사랑의 광기를 대하는 당신의 태도를
      사려 깊다고 판단할지도 모르지요.

      지금 사랑이 나를 겁박하고 당신의 아름다움이 나를 움직여
      당신을 찬양하고 당신에게 글 쓰게 하고 있습니다.

나의 믿음은 이 둘에 근거하고 있어
나의 손이 감히 그렇게 하는 거예요.
당신의 엄격함이 내게
그것은 심각한 잘못을 저지르는 것이라 위협해도
나의 믿음과 당신의 아름다움
그리고 사랑이 그 실수를 변명해줄 겁니다.

그러한 배려에도 불구하고
나에게 잘못 있다고 비난한다면,
나의 불행 속에서도
행복이 태어날 수 있다고
좋게 말씀드릴 수 있습니다.
내가 느끼기에, 실례나여,
그것은 다름 아닌 고뇌 속에 있는
이상한 아픔입니다.

나는 고통에서 비롯된 이 행복을
높이 평가하고 싶어요.
그것이 없었다면
나의 불운으로 나는 그만 미쳤을 겁니다.
그런데도 나의 감각은
이구동성으로 말해줍니다.
죽어야 한다면
고통받으며 제정신으로 죽으라고 말입니다.

맞는 말입니다.
사랑의 고통 속에서는
질투심 많고 사랑받지 못하는 사람이
인내심을 갖기 힘들다는 것 말입니다.
불행의 분노 속에서
나의 모든 행복은 그만 당황해
희망이 죽어버리고
눈앞에는 적을 두게 되지요.

양치기 처녀여, 당신이 생각하는 행복
수천년 누리시기 바랍니다.
당신을 상처 입혀 얻는 기쁨
나는 조금도 원치 않으니까요.
아가씨여, 당신 보기에 좋은 그것을
계속 추구하시기 바랍니다.
나와 관계없는 행복을 위해
지금 울고 싶은 마음은 전혀 없으니까요.

자유 없는 것을
영광이자 갈채 받을 일로 생각하는 영혼에
나의 영혼 드리는 것은
정말 경솔하기 때문이에요.
아, 그러나 어찌해야 하나요!
운명의 여신이, 그리고 사랑이
나를 해하는 칼에서 내 목 피하기를

원치 않으니 말입니다.

앞으로 나를 비난하고 벌주려는 사람을
내가 뒤따르고 있다는 것 분명히 알고 있어요.
그 사람과 멀리하려 하면 그럴수록
나는 그 사람에게 더 얽매입니다.
실레나여, 당신의 아름다운 눈은
얼마나 강한 매듭과 그물을 지닌 건가요?
도망치려 하면 그럴수록
나를 가지 못하게 더욱 얽어매니 말입니다.

아, 나를 두렵게 하는 당신의 눈!
내가 당신의 눈을 보기만 하면
웬일인지 나의 염려는 더욱 자라나고
위안은 더욱 줄어드네요.
나를 바라보는 당신의 눈빛이
거짓된 것, 분명한 사실입니다.
나의 의지를
가혹함의 선물로 갚으니까 말입니다.

얼마나 많은 걱정이, 얼마나 많은 두려움이
내 생각을 옭죄는지요!
나의 비밀스러운 사랑의 일에서
얼마나 많은 것들을 반대로 느끼는지요!
나를 찌르는 날카로운 기억이여, 나를 그만 놓아다오.

너와 관계없는 행복이라 생각한다면
그만 잊어버려라. 그것 때문에
너 자신의 영광까지 잃어버릴 수 있으니 말이다.

실레나여, 당신은 셀 수 없는 서명署名으로
당신 안에 있는 사랑을 확인하고 또 확인하건만
나의 절망에도 불구하고
항상 당신이 확정해주는 것은 나의 불행뿐이에요.
오, 불성실하고 잔인한 사랑이여!
너의 어떤 법이 나를 단죄하여
내 영혼을 실레나에게 바치게 하고
나의 역할 거부하게 하는 것이냐?

실레나여, 나를 불행하게 하는
그 사랑의 집요함을 더는 일일이 거론하지 않겠어요.
가장 작은 것이라도
나의 생명을 빼앗거나 나를 광인으로 만들 수 있으니까요.
나의 펜은 여기서 더 나가지 않네요.
그 많은 악을 짧은 글로
다 담을 수 없다는 것을
바로 당신이 펜에 알려주고 있으니까요.

　　라우소가 이 시를 낭송하며 사랑하는 양치기 처녀의 특별한 아
름다움과 사려 깊음, 우아함, 진실함과 그녀의 높은 인격을 찬양하
는 동안, 그와 다몬은 어느덧 여정의 피곤함을 잊어버렸다. 자기도

모르게 시간이 훌쩍 지나가버린 것이다. 마침내 그들 모두는 실레리오의 은거지에 도착했다. 그런데 띰브리오나 니시다, 블란까 그 누구도 감히 안으로 들어가려고 하지 않았다. 예기치 않은 방문으로 그를 놀라게 하지 않고 싶어서였다. 그러나 운명은 이를 다른 식으로 해결해주었다. 띠르시와 다몬이 다른 사람들을 놓아두고 먼저 들어가려던 찰나, 그들은 은거지의 문이 열려 있고 그 안에 아무도 없음을 발견했다. 그런 시간에 실레리오가 어디에 있을지 짐작할 수 없었던 그들은 잠깐 어찌할 바를 몰랐다. 그때였다. 그들 귀에 어디선가 하프 소리가 들려왔다. 멀지 않은 곳에 그가 있는 것이 틀림없었다. 하프 소리에 이끌린 두 사람은 실레리오를 찾아 나섰다. 마침내 밝게 빛나는 달빛 아래 하프 말고는 어떤 동반자도 없이 홀로 올리브나무 밑동에 앉아 있는 그를 보았다. 그가 하프를 너무도 달콤하게 연주하며 부드러운 선율의 조화에 너무도 몰입해 있어 양치기들은 누구도 감히 다가가 말을 걸려고 하지 않았다. 그가 최고의 목소리로 다음의 시를 노래하기 시작하는 것을 듣자 더더욱 그랬다.

실레리오

가벼운 세월의 가벼운 시간이
내게는 느리고 굼뜬, 피곤한 시간이구나.
너희 모두 공모해 내게 해를 주기로 결단한 것 아니라면,
이제 내가 생명 마감할 때가 왔구나 하고 생각하여라.

너희 이제 내 생명을 끝내기로 작정한다면, 지금이 그때인 것 같아.
나의 불행이 최고조에 달한 때는 바로 지금이니 말이다.

그래서 시간이 무거우면 줄어들게 되고
불행도 때가 되면 끝난다는 것을 한번 보아라.

나는 너희, 시간이 달콤하고 유쾌한 모습으로 오라 청하지 않는다.
나 자신을 잃어버린 존재로 만들어버리는
길이나 소로, 통로를 너희가 발견하지 못하니 말이다.

나를 제외한 다른 모든 사람에게 복된 시간이여!
죽음의 길에만 달콤한 그 시간,
오직 나의 죽음의 시간만 너희에게 청할 뿐이다.

두 양치기는 실레리오의 노래를 듣고서 일부러 그의 눈에 띄지
않게 다른 사람들에게로 돌아갔다. 여러분이 이제부터 듣게 될 일,
이후에 띰브리오가 행하게 될 일을 하기 위해서였다. 노래를 듣고
돌아간 후, 띠르시는 띰브리오에게 실레리오를 어떻게 발견했는
지, 그 장소에서 어떤 일이 있었는지 말해주었다. 그러고서 청하기
를, 비록 그 밤이 달빛으로 밝지만 그렇다고 해서 알아채라는 법은
없으니, 실레리오가 그들을 보든 보지 못하든 가급적 그의 눈에 띄
지 않게 조금씩 다가간 다음 니시다나 띰브리오가 노래를 한곡 부
르면 어떻겠느냐고 했다.
　실레리오가 그들을 맞이할 때의 기쁨을 한껏 고조시키기 위해
깜짝쇼를 하자는 것이었다. 띰브리오는 이 제안을 기쁘게 받아들
였고, 이 얘기를 니시다에게 전하자 그녀 역시 기쁜 얼굴이 되었다.
이렇게 해서 모두 실레리오가 그들의 소리를 들을 수 있는 곳까지
가까이 갔다. 이것을 본 띠르시가 아름다운 니시다에게 먼저 노래

를 시작하라는 신호를 보냈다. 그녀는 질투 많은 오르페니오의 삼현금 소리에 맞춰 이렇게 노래하기 시작했다.

니시다
　내 영혼 만족시키는 복을
　내가 소유하고는 있지만,
　과거에 보았어도 지금은 보지 못하는
　다른 복이 내 영혼 일부를 뒤흔들고 무너뜨리고 있다네.
　나의 삶의 적인
　사랑과 인색한 운명의 여신은
　내게 복을 줄 때는 자로 재어서 주고
　불행을 줄 때는 끝도, 한계도 계산하지 않고 준다네.

　사랑의 일에서는
　당연한 장점을 생각하지만
　기쁨이 올 때는 언제나
　좋지 않은 일을 많이 동반한다네.
　불행한 일들은 한순간도 떨어지지 않고
　항상 함께 다니고,
　복된 일들은 수천 조각으로 나뉘어
　그만 사라져버리지.

　사랑의 기쁨을 얻는다 하더라도
　반드시 대가가 따르는 법이야.
　고통과 사랑과 희망이

그렇다고 선언하지.

하나의 영광을 얻기 위해서는

수천의 고통이 따르네.

기쁨 하나에 수천의 분노가 따라와.

나의 이 눈과 나의 지친 기억이 잘 알고 있다네.

나의 지친 기억은

그것을 나아지게 할 수 있는 자를 계속 기억하고 있어.

그를 발견하려 하지만

그 어떤 길도, 좁은 통로조차 발견하지 못하네.

아, 당신을 자신의 것으로 생각했던 자의

달콤한 친구여!

띰브리오가 자신을 당신의 것으로 생각한 만큼

나도 그의 것으로 생각하고 있어요.

당신이 우리와 함께 있음으로

우리가 생각지 못했던 행복은 더 좋아질 거예요.

당신의 길고 가혹한 부재가

그 행복을 불행으로 바꾸지 않기를 바라요.

당신이 과거에 미쳤고 나는 미치지 않았고,

현재 당신이 미치지 않았고

나는 미쳐 있다는

이러한 기억이 내게 크나큰 고통을 줍니다.

행운의 작용으로

당신 자신이 내게 주기 원한 그 사람은
당신을 잃으면 모든 것을 잃기에
나를 얻는다고 해도 그는 진정 얻는 것이 없어요.
당신은 그 사람 영혼의 반쪽이었습니다.
그 사람을 통해 나의 영혼은
당신의 부재가 슬픔으로 바꿔놓은
그 기쁨을 얻을 수 있었어요.

아름다운 니시다가 탁월한 우아함으로 노래해 함께 있던 사람들의 가슴속에 탄성을 불러일으켰다면, 실레리오의 가슴속에는 대체 얼마만 한 감동을 불러일으켰을까? 그 노래에 담긴 내용을 한 부분도 놓치지 않고 얼마나 낱낱이 주목하고 경청했을까? 니시다의 목소리를 자신의 영혼 깊숙이 간직하고 있던 그였기에, 그녀의 억양은 그의 귀에 거의 들리지 않았다. 듣는 순간 너무 감정이 고조되고 마음이 요동쳐 급기야는 호흡을 멈추고 정신을 잃어버린 것이다. 분명 니시다의 목소리를 들은 것 같았음에도, 특히나 그런 장소에서는 그녀를 다시 만날 희망을 완전히 포기해버린 상태여서 자신의 의구심을 어떤 방법으로도 확인할 수 없었다. 그때 양치기들 모두가 그가 있는 곳으로 다가와 인사했다. 띠르시가 말했다.

"친구 실레리오여, 당신이 보여준 모습과 대화가 너무 좋아서 경험 많은 다몬과 저, 그리고 역시 경험으로 이름 높은 동료들이 함께 가던 길을 멈추고 당신을 찾아 이곳 은거지까지 왔어요. 그런데 당신의 거처에 도착해보니 당신이 없어 만날 수 없었습니다. 그래서 어찌할까 고민하던 중 당신의 하프와 놀라운 노래 솜씨가 우리를 이 자리로 이끈 겁니다."

"차라리 여러분이 저를 만나지 못한 것이 더 좋았을 텐데요." 실레리오가 대답했다. "여러분이 제게서 찾을 거라곤 마음을 움직여 슬퍼질 일밖에 없으니까요. 요즘 제가 겪는 슬픔은 하루하루 시간이 흐를수록 새로워져요. 지나간 과거의 행복에 대한 기억 때문인 것도 있겠지만 앞으로도 결국 어둠으로 끝나겠구나 하는 두려움 때문에 더 그런 것 같아요. 제 운명을 돌이켜보면 기대할 수 있는 거라곤 거짓된 행복과 확실한 두려움뿐이네요."

실레리오의 이 말은 그를 아는 사람들 모두의 마음속에 애처로움을 불러일으켰다. 그를 진심으로 아끼는 띰브리오, 니시다와 블란까는 특히 그래서, 띠르시의 부탁을 생각지 않았다면 곧바로 자신들의 모습을 드러냈을 것이다. 띠르시는 모두 푸른 풀밭을 찾아 앉도록 했고, 실레리오가 알아보지 못하도록 니시다와 블란까의 얼굴은 청명한 달빛을 등지고 있었다. 그런 다음 다몬이 실레리오에게 위로의 말을 몇마디 건넸고, 그의 슬픔을 위로하는 데 시간을 다 허비하지 않도록, 실레리오의 슬픔을 끝낼 수 있도록 하기 위해 그에게 수금 연주를 부탁한 후 그 소리에 맞춰 다음과 같은 소네트를 불렀다.

다몬

성난 바다의 격한 분노가 오래도록
그의 혹독함 속에만 머무른다면
자신의 연약한 배를 항구에 대고자 하는 자는
요동치는 먼바다에서 어찌할 바 모를 겁니다.

행복도 불행도 어느 상태에만 항상 일정하게

머물러 있는 것은 아니죠. 이리저리 오락가락하는 겁니다.

혹 행복이 떠나 불행이 남기도 하고요.

이처럼 세상은 뒤죽박죽입니다.

밤이 낮이 되고, 더위가 추위로 바뀌고,

시간이 지나면 꽃이 열매로 바뀌지요.

똑같은 옷감도 형체가 반대로 되기도 합니다.

지배받는 것이 지배하는 것이 되고,

근심이 기쁨이 되며, 한때의 영화가 허무한 바람으로 바뀝니다.

이런 변화가 자연을 아름답게 하는 거지요.

다몬이 노래를 마쳤다. 그리고 곧바로 띰브리오를 향해 노래하라고 손짓했다. 그 역시 실레리오의 수금에 맞춰 그의 사랑이 가장 뜨겁던 시절 지은 소네트를 부르기 시작했다. 띰브리오 못지않게 실레리오도 잘 아는 노래였다.

띰브리오

나의 희망 더없이 견고해

세찬 바람 아무리 불어도

그 토대를 쓰러뜨리지 못해요.

그만큼 믿음과 복된 요소, 높은 가치 갖고 있어요……

띰브리오는 시작한 소네트를 끝맺지 못했다. 그의 목소리를 들은 실레리오가 단박에 알아보았기 때문이었다. 자리에서 일어난 그는 거침없이 띰브리오가 앉아 있는 곳으로 가더니 그의 목을 껴안았다. 기쁨에 넘치고 크게 놀란 실레리오는 한마디 말도 못하고 의식을 잃을 지경이었다. 그 모습에 거기 있던 사람들은 혹시 나쁜 일이라도 생기는 게 아닌가 두려워했고 이 일을 꾸민 띠르시의 분별없음을 나무랐다. 얼굴에 가장 큰 고통을 드러내 보인 사람은 아름다운 블란까였다. 내심 남모르게 그를 사랑해왔기 때문이었다. 기절한 실레리오를 돌보기 위해 곧장 니시다와 그녀의 동생이 달려왔고, 잠시 후에 정신을 차린 그가 말했다.

"오, 전능하신 하느님! 제 앞에 있는 사람이 정말로 저의 진실한 친구 띰브리오가 맞는지요? 제가 지금 듣는 목소리의 주인공이, 지금 제 눈으로 보는 그 사람이 진정 띰브리오인지요? 만일 맞는다면, 내 운명이여, 제발 조롱을 그치고, 내 눈이여, 제발 속이지 말아다오."

"나의 좋은 친구여," 띰브리오가 대답했다. "자네의 운명이 자네를 조롱하고 있지도 않고, 자네 두 눈이 자네를 속이고 있지도 않다네. 자네 없이 존재할 수 없는 자, 바로 나라네. 하느님이 자넬 만나도록 허락해주시지 않았다면 절대 존재할 수 없는 자, 바로 내가 자네 앞에 있어. 친구, 실레리오여, 이제 눈물을 그치게. 내가 자네 앞에 있으니, 이제 내가 눈물을 붙들어야 할 판이네. 자네가 내 앞에 있다니, 이제 나를 이 세상 모든 사람 중에서 가장 행복한 사람이라고 불러주게. 내 불운과 역경이 이토록 졸아들어 내 영혼은 니시다와 함께 있음을 즐기고, 내 눈은 자네가 여기 있음을 즐기고 있으니 말일세."

띰브리오의 이 말에 실레리오는 아까 노래를 불렀고, 지금 이곳에 있는 자가 바로 니시다라는 것을 알게 되었다. 그녀 자신이 직접 말을 걸자 그 사실은 더욱 확실해졌다.

"실레리오, 이게 무슨 일이에요? 당신의 고독한 모습이, 당신이 걸치고 있는 차림새가 지금 당신이 행복하지 못하다는 걸 여실히 보여주잖아요? 도대체 어떤 그릇된 의심이, 어떤 속임수가 당신을 이렇게 극단으로 몰고 가 당신을 사라지게 하고, 당신이 우리에게 준 생명을 띰브리오와 내가 고통 속에 견디도록 만들었나요?"

"아름다운 니시다여, 당신이 잘못 안 거예요." 실레리오가 대답했다. "그러나 그런 쓰라린 경험으로 얻은 교훈이 이제 내게 임했으니, 생명이 다하는 한 내 기억 속에 영원히 남을 거예요."

이 시간의 절정은 블란까가 실레리오의 손을 잡았을 때였다. 그녀는 손을 잡고 그의 얼굴을 찬찬히 바라보며 몇방울의 눈물을 떨궜다. 마음에서 우러난 기쁨과 애처로움의 표시였다. 이어서 실레리오, 띰브리오, 니시다와 블란까 사이에 기나긴 사랑과 기쁨의 말들이 오갔다. 그 말들이 너무도 다정하고 애틋해서 그것을 들은 양치기들 모두의 눈에는 기쁨의 눈물이 넘치도록 흘렀다. 그런 다음 실레리오가 자신의 생명을 마감할 생각으로 그 은거지에 이르게 된 일을 간략히 설명했다. 그는 띰브리오 일행에 관한 어떤 소식도 알지 못했기 때문이었다. 그의 모든 말은 실레리오에 대한 띰브리오의 사랑과 우정을 가슴속에서 더욱 생생히 되살렸다. 그와 동시에 블란까의 가슴속에서는 실레리오의 참담한 상황에 대한 연민이 더욱 불타올랐다.

실레리오는 나뽈리를 떠난 후 일어난 모든 일을 말한 후, 이번에는 띰브리오에게 그의 이야기를 해달라고 청했다. 그 이야기를 듣고 싶은 마음이 너무 커서 그곳에 있는 다른 양치기들에 대해서는 별로 신경 쓰지 않았다. 양치기 모두가, 거의 대부분이 그들 사이의 대단한 우정과 그간 일어난 일들을 이미 알고 있었기 때문이다. 띰브리오는 실레리오의 청을 즐겁게 받아들였고, 다른 양치기들 역시 더 큰 즐거움으로 동의했다. 그들 역시 간절히 바라던 바였다. 띠르시가 이야기해주어서 모두가 띰브리오와 니시다의 사랑 이야기를 이미 알고 있었고, 띠르시가 실레리오에게서 들은 이야기도 모두 알고 있었다. 그들 모두가 이미 내가 말한[3] 푸른 풀밭 위에 앉아 놀라운 관심을 보이며 띰브리오의 이야기를 기다렸다. 그는 다음과 같이 자신의 이야기를 펼쳐갔다.

"운명의 여신이 은혜를 베풀어 저는 적을 이겼습니다. 하지만 이번에는 바로 그 운명의 여신이 반대로 작용해 니시다의 죽음이라는 잘못된 소식으로 저를 급습해 정복해버렸지요. 너무도 큰 고통이 닥쳤고 저는 그 즉시 나뽈리를 떠났습니다. 니시다에게 일어난 그 불행한 사건을 사실로 확인해주는 듯해 그녀를 알게 된 그녀 아버지의 집을 차마 볼 수 없었습니다. 또 그녀를 늘 보았던 거리와 창문, 그리고 다른 곳들 역시 지난 행복의 기억을 새롭게 해주지 못해 저는 갈 곳을 정하지 못한 채, 또 저의 의지에 어떤 합리적 근거도 갖지 못한 채 그곳을 떠났습니다. 이틀 후 저는 가에따 요새에 도착했어요. 그곳에서 바람에 돛을 펼쳐 막 스페인으로 출발하려는 범선 한척을 발견했습니다. 그 배에 올라탔습니다. 저의 하늘[4]을 떠나보낸 그 저주스러운 땅에서 도망치고자 하는 마음뿐이었죠. 그러나 부지런한 선원들이 닻을 올리고 돛을 펼쳐 바다를 향해 멀어진 지 얼마 지나지 않아 예기치 못한 갑작스러운 폭풍우와 돌풍이 맹렬한 기세로 덮쳐 그만 앞 돛대의 주목主木을 부러뜨리고 말

---

3 『갈라떼아』는 진행자가 청중을 향해 이야기를 이끌어가는 형식을 취하고 있다.
4 니시다를 말한다.

았습니다. 돛이 위에서 아래로 쫙 찢겼지요. 선원들이 황급히 문제를 해결하고자 달려나와 갖은 어려움 끝에 돛을 모두 내렸습니다. 폭풍우의 기세가 점점 거세지고 바다가 뛰놀기 시작하면서 하늘이 오래 계속될 무서운 운명의 조짐을 보여주고 있어서였지요. 항구로 되돌아가는 것도 불가능했어요. 바람은 북서풍이었고 걷잡을 수 없을 정도로 거세게 불어서 앞 돛대의 돛을 주목에 붙들어맬 수가 없었거든요. 사람들이 말한 대로 고물에 바람을 받을 때까지 표류하는 수밖에 없었습니다. 바람에 내맡긴 형국이 되어버린 것이죠. 분노한 바람에 떠밀려 배는 높은 파도가 치는 바다를 휙휙 날아다녔고, 북서풍이 계속된 이틀 동안 우리는 직선 방향에 있던 모든 섬을 다 지나갔지만 어느 섬도 우리의 보호막이 되진 못했어요. 섬에 정박하지 못하고 그저 바라보며 지나갈 수밖에 없었습니다. 스뜨롬볼리섬도 우리를 보호해주지 못했고, 리빠리섬도 우리를 맞이하지 못했고, 심브라노섬, 람뻬두사섬, 빤뗄레리아섬도 우리 문제의 해결책이 되지 못했습니다. 베르베리아에 가까이 가자 최근에 붕괴한 골레따 성벽이 보였고 카르타고의 옛 유적도 우리 눈에 띄었습니다. 그 배에 타고 있던 사람들의 두려움은 만만치 않았습니다. 혹시 바람이 더 세게 불면 우리 의지와 관계없이 강제로 적들의 땅에 도착하지 않을까 하는 두려움이었습니다. 그러나 이런 두려움이 최고조에 달했을 때, 우리를 위해 예비되었던 행운으로, 또는 그 배에서 이루어진 맹세와 약속을 외면하지 않으신 하느님의 은혜로 북서풍이 가장 심하던 어느 정오에 바람의 기세가 갑자기 남동풍으로 ── 사하라 사막에서 지중해 주위로 부는 계절성 열풍 시로코였지요 ── 바뀌는 것 아니겠어요? 그 바람을 타고 이틀 후에 우리는 출발했던 바로 그 가에따 항구로 돌아올 수 있었습니다. 모두가 무척 기뻐했고, 일부는 그 위험을 지나도록 해주신 하느님께 감사하기 위해 약속한 대로 순렛길을 떠나기도 했습니다. 배는 그곳에서 나흘을 더 있었습니다. 풍랑 중에 손상된 몇가지 것들을 손보기 위해서였죠. 나흘이 지나자 다시 항해에 나섰습니다. 바다는 잔잔했고 바람 역시 순풍이었습니다. 아름다운 제노바의 해안이 보였습니다. 잘 가꿔진 정원들, 하얀 집들, 반짝이는 첨탑들이 가득했습니다. 그 첨탑들은 눈이 부시도록 햇빛을 반사해 거의 바라볼 수가 없을 정도였지요. 배에서 바라보는 이 모든 풍광은 배에 타고 있던 사람들 모두에게 대단한 기쁨을 선사했어요. 저만 빼고요. 제게는 이 기쁨이 역설적으로 더욱 큰 슬픔을 불러일으켰습니다. 유일한 구원은 노래로 저의 고뇌를 애도하는 것이었고, 구체적으로 말씀드려 저는 선원 한 사람의 류트 음에 맞춰 노래하며 울었습니다. 어느날 밤이었던 것으로 기억합니다.(아주 잘 기억하는데, 그날 밤 비로소 저의 날이 밝아오기 시작했기 때문이죠.) 바다는 조용했고 바람은 평온했습니다. 돛은 돛대에 묶여 있었고, 선원들은 아무런 걱정 없이 이곳저곳에서 몸을 누이고 있었습니다. 잔잔한 바다 덕분에 조타수는 거의 잠들어 있는 상태였어요. 하늘 또한 그 잔잔함을 보증해주고 있었고요. 이런 적막 속에서, 저의 상상력이 한창 피어오르던 그때, 저는 마음의 고통으로 거의 잠을 이루지 못하고 있었습니다. 그래서 고물 갑판 위에 앉아 류트를 잡고 지금 여러분에게 다시 불러드릴 시 몇구절을 읊었습니다. 이것을 되풀이하는 이유는 이 시가 저의 슬픔이 얼마나 극단에 와 있는지, 그것을 생각지 않는다면 운명은 저를 어떻게 상상할 수 있는 최고의 기쁨으로 인도했을지 잘 보여주기 때문이에요. 제 기억력이 정확하다면, 그날 밤 불렀던 노래는 이렇습니다.

띰브리오

바람 고요하고
바다 잔잔한 이때,
나의 고통아, 너는 잠잠하지 말아라.
더 큰 아픔 드러내도록
내 영혼아, 목소리를 갖고 어서 나와
나의 불행을 말하고,
그 불행이 어떤지 상세히 보여주어라.
나의 영혼과 마음은
힘을 다해 치명적 고뇌가 펄펄 살아 있음을
보여주어야 할 것이다.

나의 사랑은 나를 날려보내
이런저런 고통을 통해
하느님 안에 내려놓았지.
그런데 지금은 죽음과 사랑의 신이
땅끝까지 나를 쓰러뜨렸어.
사랑의 신과 죽음은
죽음과 사랑을 배치해놓고
니시다에게 한 것처럼
나의 복과 그녀 불행의
영원한 명성 얻어내었어.

오늘 이후 명성은

새롭고 무서운 목소리,

무시무시한 어조로

사랑이 강력하고 죽음이 불패라는 것

믿게 만들 거야.

세상이 이 둘의 위업을,

죽음이 어떻게 삶을 가득 메웠는지를,

내가 안고 있는 사랑이

어떤 모습인지를 알게 된다면,

그 힘에 만족할 것이다.

그러나 나는 죽으러 온 것이 아니고,

내가 겪은 고통으로

광인이 되기 위해 온 것도 아니다.

죽음이 별것 아니며

또 내가 아무 감각 없는 자라는 것을 나는 믿는다.

혹 내가 감각 가지고 있다면

나의 고뇌가 커져가는 것을 볼 때

고뇌는 내가 어디 있든 끝까지 추격해올 것이다.

내가 수천개 목숨을 가졌더라도,

내가 수천번 죽을지라도.

현재나 과거에도

그 유례를 찾을 수 없는

가장 이름 높은 생명의

높이 기려질 죽음으로

나의 승리는 치솟았다.
그 승리에서 전리품으로
나는 마음의 고통을,
눈 속에 담긴 수천의 눈물을,
영혼에 혼란을,
그리고 굳건한 가슴에는 분노를 가졌다.

오, 내 적의 잔인한 손이여!
그곳에서 나의 생명을 앗아갔다면
너 얼마나 나의 정다운 친구가 되었을까!
그곳에서 너 나의 생명을 마감해주었다면
나를 지치게 하는 이 고뇌, 네가 막아주었을 것 아닌가!
오, 나의 승리가 얼마나 쓰디쓴
감가減價를 내게 가져왔는지!
내 느끼는 바에 의하면
단 하루의 기쁨에
수천 세기의 고통을 치러야 할 것 같아.

나의 통곡을 듣고 있는 바다여,
그 바다를 만드신 하느님이여,
나를 그토록 울게 만든 사랑이여,
나의 행복을 앗아간 죽음이여,
나를 무너뜨리는 짓 이제 그만 멈추세요!
바다여, 이제 나의 몸을 받아주고,
하느님이여, 나의 영혼을 맞아주세요.

사랑의 신이여,

어떤 죽음이 손바닥만 한 이 삶을 가져갔는지

그 명성으로 한번 써보세요!

바다, 하느님, 사랑의 신 그리고 죽음,

그대들 나 돕는 것 게을리하지 마세요!

나 죽이는 그 일 미루지 말고 이만 끝맺어주세요!

그 일은 내가 가장 바라는 일이며, 내게 베푸는

그대들의 가장 좋은 은혜랍니다!

바다가 나를 침몰시키지 않고,

하느님이 나를 받아들이지 않고,

사랑이 오래 계속되고,

내 죽지 않을 것을 염려하고 있다면,

나는 어디서 멈출지 도저히 알지 못하네.

　기억하기로 이 마지막 구절에 이르렀을 때, 저는 더이상 계속하지 못하고 그만 노래 부르는 것을 멈췄어요. 고통스러운 가슴속에서 끝없이 터져나오는 한숨과 흐느낌 때문이었지요. 불행한 과거에 대한 기억과 그에 대한 순수한 연민의 감정으로 한탄에 한탄을 거듭하다 급기야 감각이 그 기능을 잃어버렸어요. 실신해버린 거죠. 한참을 그렇게 기억 밖에 있었습니다. 고통스러운 상태가 지나가자 저는 피로에 지친 눈을 떴습니다. 그러자 순례자 복장을 한 어느 여인의 치마에 제가 머리를 기대고 있는 게 아니겠습니까. 제 옆에는 같은 옷차림의 다른 여인도 있었고요. 그 여인은 제 손을 잡고, 다른 여인과 함께 저를 보며 친절하게도 동정의 눈물을 흘리고 있었습니다. 이런 상황에 저는 한편으로 놀랐고 다른 한편으로는 혼란에 빠졌습니다. 혹시 꿈을 꾸고 있는 게 아닌가 하는 생각도 들었고요. 배를 탄 후에 한번도 그런 여자들을 본 적이 없었거든요. 이런 혼돈에서 곧바로 저를 구해준 사람이 그때 순례 중이었던, 바로 여기 있는 아름다운 니시다였습니다. 그녀는 제게 말했습니다. '아, 나의 진정한 주인이자 친구인 당신, 뻠브리오여! 대체 어떤 잘못된 생각이, 어떤 불행한 사건이 당신을 이곳으로 이끌어서 저와 동생이 명예도 생각지 않고, 우리에게 닥칠 어떤 불편도 마다하지 않고, 우리가 늘 입는 옷도 놔둔 채 사랑하는 부모님을 떠나 당신을 찾아나서도록 했나요? 당신을 죽음으로 내몰지도 모르는 내 가짜 죽음의 진실을 알리기 위해서 말이에요!' 이 말을 듣는 순간, 저는 제가 지금 꿈을 꾸고 있구나, 눈앞에 환상이 펼쳐지고 있구나 하고 확신했습니다. 니시다에 대한 끊임없는 생각으로 그런 생생한 환상이 눈앞에 연출되고 있다고 생각했어요. 저는 두 사람에게 수천가지 질문을 해댔고, 두 사람은 그 질문을 완벽하게 만족시켜주었습니다. 이렇게 해서 저는 궁금한 점들을 해소했고 그녀들이 바로 니시다와 블란까라는 것을 확인할 수 있었어요. 이 사실을 알게 되자 기쁨이 밀물처럼 닥쳤고 그 기쁨이 너무도 커서, 과거의 지난 고통이 그랬던 것처럼 저는 거의 의식을 잃을 지경이었습니다. 오, 실레리오! 자네의 부주의로 그녀에게 잘못 보낸 머릿수건 신호가 어떤 일을 초래했는지 그곳에서 니시다를 통해 알게 되었네. 신호를 본 그녀는 내게 분명 나쁜 일이 일어났구나 하고 생각해서 실신했고, 주위 사람들 모두는 그녀가 죽었다고 판단했던 것이지. 나도 그렇게 생각했고 실레리오, 자네 역시 그렇게 믿지 않았나? 그녀가 말하기를, 정신이 돌아온 후 내 승리의 진실을 알았다는 거야. 그런데 나의 갑작스러운 떠남과 자네의 부재로 큰 충격을 받아 이제 정말 생명을 끊어야겠다는 극단적인 생각에까지 이르렀다더군. 하지만 결국 마지막 순간까지는 가지 않았고, 함께 온 유모의 꾀로 동생과 더불어 순례자 복장을 하고 어느날 밤 부모의 집을 몰래 빠져나와 나뽈리로 돌아가는 길인 가에따로 오게 되고 내가 탄 배를 만난 거라네. 그 배는 풍랑으로 입은 피해를 복구한 후 막 출발할 참이었는데, 그녀들은 산띠아고 데 갈리시아[5]로 가려 하니 스페인에서 내려달라고 선장에게 부탁해서 그렇게 하기로 약속이 되었다는 거야. 이렇게 해서 그 배에 오르게 되었는데, 그녀들의 속셈은 헤레스에서 나를 찾아보려던 것이었어. 그곳에서 나를 만나거나, 그렇지 않으면 나에 대한 소식이라도 얻으리라고 생각했던 거야. 두 사람은 그 배에 있는 나흘 동안 선장이 배 후미에 마련해준 선실을 한번도 떠나지 않고 있다가 내가 부른 노래를 들은 거야. 내 목소리와 내가 부른 노래의 내용을 알아듣고서 앞서 말한 시각에 밖으로 나와보았어. 그리고 우리는 재회의 축하와 기쁨의 눈물을 흘렸지. 우리는 서로 그저 바라보기만 했어. 대체 어떤 말로 생각지도 못한 이 기쁨을 더 크게 느낄 수 있을지 몰랐거든. 그런데 친구, 실레리오여, 그 기쁨은 자네의 소식을 알아야 더욱 커져 최고조에 이르지 않겠나. 사실 그때 우리는 앞서 말한 재회의 기쁨을 누리고는 있었지만 완전하지는 못했어. 자네의 부재와 자네 소식에 대한 궁금증 때문이었지. 이 세상에 모든 것을 만족시키는 완전한 기쁨이란 없는 법이잖아. 하여튼, 그날 밤은 달이 아주 밝았고 시원하고 기분 좋은 바람이 불어와 돛을 활짝 펴고 순탄한

---

5 오늘날의 산띠아고 데 꼼뽀스뗄라. 예수그리스도의 제자이자 첫 순교자인 야고보(Santiago)의 무덤이 있는 곳으로 대표적인 가톨릭 순례지이다.

항해가 시작되었습니다. 바다 역시 고요했고 하늘은 구름 한점 없이 맑아 이 모든 것이 각자의 방식으로 우리 마음속 즐거움을 북돋워주었지요. 그러나 그 어떤 안정도 약속해주지 않는 변덕 심한 운명의 여신은 우리를 기쁨 속에 그대로 놓아두지 않았어요. 우리 행복을 시기한 나머지 상상하지 못할 큰 불행으로 그 기쁨을 뒤흔들었습니다. 적절한 때와 좋은 일들이 그 불행을 결국 더 좋은 결말로 이끌 때까지 말이죠. 사정은 이랬습니다. 불어오는 바람이 시원하게 해주자, 부지런한 선원들은 돛을 최대한 활짝 폈습니다. 모두가 흡족했고 안전하고 성공적인 여행을 확신했습니다. 그러던 중 뱃머리에 앉아 있던 선원들 가운데 한 사람이 밝은 달빛 아래 네척의 배가 길고 크게 노를 저어 엄청나게 빠른 속도로 우리 배로 접근하는 것을 발견했습니다. 그 순간 그 사람은 그것이 적들의 배인 것을 알아차리고 큰 소리로 외쳤습니다. '무기, 무기를 잡아라! 튀르키예 배들이 나타났다!' 이 목소리와 다급한 비명에 배에 타고 있던 사람들이 모두 소스라치게 놀라 뛰쳐나왔는데, 다가온 위험에 어쩔 줄 모르고 서로 쳐다보기만 했습니다. 그러나 이런 경우를 몇번 경험한 선장은 뱃머리에 나와 선박의 크기와 배에 탄 사람들의 수를 파악했습니다. 선원은 두명이 더 많았고, 포로들이 노를 젓는 갤리선이었습니다. 그는 적지 않은 두려움을 느꼈지만 있는 힘을 다해 그것을 감추며, 즉시 대포를 준비하고 적선이 취할 행동에 대비해 최대한 돛을 올리라고 명령했습니다. 가능하면 적선들 가운데 들어가 사방으로 대포 모두를 활용할 계획이었지요. 모두가 곧바로 무기를 향해 달려들었고 가능한 한 전투하기 좋은 위치에 나누어 자리 잡았습니다. 그러고는 적과의 조우를 기다렸지요. 그때 제가 느낀 고통을 어느 누가 전할 수 있겠습니까? 저의 기쁨은 그토록 빨리 흔들렸고, 그것을 잃을 기회가 그토록 가까이 와 있음을 알았을 때 말입니다! 배 안에서 일어나는 고함과 혼란에 놀라서 니시다와 블란까는 말 한마디 못하고 망연자실 서로의 얼굴만 바라보고 있었습니다. 저는 그런 니시다와 블란까를 보고 선실로 들어가 문을 닫고 적들의 손에서 우리를 구원해주기를 하느님께 기도하라고 권했어요. 그 순간은 기억하려 해도 의식이 흐려지는 그런 순간이었습니다. 그녀들 눈에 고인 눈물과 눈물을 보이지 않으려는 제 노력 탓에 위험이 강요하는 것 앞에서 제가 응당 해야 할 일과 제가 누군지를 거의 잊어버렸던 겁니다. 마침내 저는 거의 기절 상태에 있는 그 자매를 선실로 데려다준 다음 밖에서 선실 문을 잠갔습니다. 그리고 선장이 명한 것을 알아보러 뛰어갔지요. 선장은 침착한 태도로 필요한 모든 조처를 하고 있었습니다. 오늘 우리를 떠난 기사 다린또에게는 뱃머리 망루를 지키라는 임무를, 제게는 배 후미를 지키라는 책임을 주었습니다. 그런 후 그는 몇명의 선원들, 선객들과 함께 온 배 이곳저곳을 순찰했습니다. 얼마 있지 않아 적들이 도달했고 조금 뒤에 바람이 잔잔해졌습니다. 이것이 우리가 패한 가장 주된 원인이었지요. 적들은 바로 선상에 오르려고 하지 않았어요. 바람이 잔잔해지는 것을 보고 그날 밤은 공격을 미루는 것이 좋겠다고 생각했던 것 같습니다. 그리고 그들은 그렇게 했어요. 다음 날, 우리는 이미 적선의 숫자를 세어보았음에도 우리를 포위하고 있는 큰 규모의 적선이 무려 열다섯척에 달한다는 사실을 알게 되었어요. 그러자 우리가 질 것이라는 두려움이 가슴 속에 확실히 자리 잡았습니다. 그런데도 우리의 용감한 선장은 전혀 기가 죽지 않았고, 그와 함께 있던 사람들 역시 조금도 위축되지 않았습니다. 오직 적들의 행동을 기다릴 뿐이었어요. 아침이 오는 것을 본 적들은 기함旗艦에서 조그만 배 한척을 물에 띄웠습니다. 배교자 한명을 태워 우리 선장에게 항복하라는 메시지를 전달했지요. 그렇게 많은 배를 대적하는 것은 불가능하리라고 본 것입니다. 더욱이 그 배들은 아르헬 최고의 배들이었지요. 그들은 아르나우트 마미 장군의 이름으로 선장을 위협했어요.[6] 한발이라도 쏘면 붙잡는 즉시 선장을 돛대에 매달겠다고 했고, 이것 말고 다른 위협도 가했어요. 배교자는 선장보고 항복하라고 설득했습니다. 그러나 선장은 항복하지 않겠다고 하면서 자기 배에서 당장 꺼지라고 했습니다. 그러지 않으면 대포를 쏴서 침몰시키겠다고요. 이 말을 들은 아르나우트는 곧장 사방에서 배를 준비시키더니 멀리서 대포를 발사하기 시작했습니다. 엄청난 속도였고 기세 또한 맹렬했어요. 우리 배도 물론 응사했지요. 다행히 후미에 있었던 적선 한척을 침몰시킬 수 있었습니다. 포탄 한발이 배 옆구리 널판에 명중했던 것이죠. 그 배는 어떤 도움도 받지 못한 채 순식간에 바닷물에 수장되었습니다. 이것을 본 튀르키예 사람들은 전투를 서둘러 네시간 동안 네번이나 우리를 덮쳤습니다. 그후에도 여러번 공격을 시도하다가 결국 많은 해를 입고 퇴각했습니다. 우리도 적지 않은 피해를 보았지요. 하지만 전투 중에 일어난 사건을 자세히 설명하는 것은 지루하실 테니 이제 끝부분만 말씀드리겠습니다. 이렇게 열여섯시간의 격전 끝에 선장과 배에 타고 있던 대다수 사람이 죽었습니다. 적들의 아홉번째 공격에서 벌어진 일로, 이 공격 끝에 그들은 사나운 기세로 우리 배에 올라탔습니다. 그때 제 영혼에 닥

---

6 아르헬은 오늘날 알제리의 수도 알제. 세르반떼스의 실제 경험을 바탕으로 한 서술로, 그는 레빤또 해전에서 돌아오던 중 오스만제국 함대의 제독 아르나우트 마미(Arnaut Mami)가 이끄는 선단에 피랍되어 오년간 억류되었다.

친 고통은 잊고 싶어도 잊을 수가 없습니다. 지금 제 눈앞에 있는 이 소중한, 사랑하는 여인들이 그 잔인한 백정 놈들 손에 넘겨질 수도 있다는 생각이 들었으니까요. 이런 두려움과 걱정이 겹쳐 제 안에서 극심한 분노가 일어났어요. 저는 될 대로 되라는 심정으로 그 야만스러운 칼날 사이로 몸을 던졌습니다. 예상한 일이 눈앞에서 벌어지기 전에 그들의 칼에 죽고자 하는 마음뿐이었죠. 그런데 일은 제 생각과 다르게 전개되었습니다. 힘깨나 쓰는 세명의 튀르키예 놈들이 저를 붙잡았고, 저는 있는 힘껏 저항했습니다. 옥신각신 싸우던 우리는 뒤엉켜 넘어지면서 니시다와 블란까가 숨어 있는 선실 문 앞에 이르렀습니다. 넘어진 힘에 충격을 받아 그만 문이 열리고 말았습니다. 그 안에 감춰져 있던 보물이 드러나게 된 거죠. 욕심이 발동한 적 한놈이 니시다를 잡았고, 다른 한놈은 블란까를 낚아챘습니다. 두놈에게서 풀려난 저는 대적하고 있던 다른 한놈의 목숨을 빼앗았습니다. 다른 두놈에게도 그렇게 하려는 찰나, 위험을 감지한 두놈이 사냥감인 두 아가씨에게서 손을 떼고 합세해 제게 큰 상처를 입혔습니다. 저는 바닥에 쓰러지고 말았지요. 그것을 본 니시다는 저의 상처 입은 몸에 자신을 던지며 고통에 찬 목소리로 자신의 생명을 끝내달라고 두명의 튀르키예 놈들에게 울부짖었습니다. 바로 그 순간, 블란까와 니시다가 외치는 비탄의 목소리를 듣고 그들의 선단 사령관 아르나우트가 달려왔습니다. 병사들에게 상황을 보고받은 그는 니시다와 블란까를 자신의 배로 데려가라고 명령했습니다. 니시다의 청에 따라 저도 데려가도록 했어요. 아직 생명이 붙어 있었으니까요. 저는 의식을 잃은 채 적의 기함으로 옮겨졌습니다. 그리고 그곳에서 신속한 보살핌을 받아 다친 몸을 회복할 수 있었습니다. 니시다가 사령관에게 제가 아주 중요한 인물이어서 몸값이 비싸다고 말한 덕분이었어요. 그들은 제게서 얻어낼 돈에 욕심이 난데다 몸값을 좀더 받을 요량으로 제 건강을 그토록 열심히 살폈던 겁니다. 다친 상처를 치료받는 사이, 그 상처의 고통으로 저는 정신이 들었습니다. 이곳저곳 살펴본 저는 적들의 배, 적들의 수중에 있다는 걸 알게 되었지요. 그때 제 영혼에 들어온 생각은 적함 구석에서 개 같은 장군의 발아래 내면의 고통으로 한없이 눈물 흘리고 있을 니시다와 블란까를 보고 싶다는 것밖에 없었습니다. 나의 좋은 친구 실레리오여, 자네가 까딸루냐에서 나를 죽음에서 구출했던 그때 느꼈던 닥쳐올 모욕적인 죽음에 대한 공포도, 내가 진실이라 믿었던 니시다의 죽음에 대한 그릇된 정보도, 내가 입은 치명적 상처로 인한 고통도, 그밖의 어떤 것도, 하느님을 모르는 저 야만인의 수중에서 자신들의 명예를 더럽힐 기회가 그토록 가깝고 선명하게 다가온 니시다와 블란까를 보았을 때보다 더 괴로움을 불러일으킨 적은 전에도 없었고 앞으로도 없을 것 같아. 이런 괴로움의 고통으로 저는 다시 의식을 잃었고, 저를 치료하던 외과의사는 제가 건강과 생명을 회복하리라는 희망을 버렸습니다. 그는 제가 죽은 것으로 알고 치료를 멈춘 뒤 제가 이미 이승을 하직했다고 모두에게 확언했고, 불쌍한 두 자매도 이 소식을 듣게 된 거예요. 감히 그럴 만큼 용감하다면, 여기 두 자매가 그때 느낀 심정을 말해줄 수도 있겠지요. 후에 알게 된 사실이지만, 두 자매는 자리에서 벌떡 일어나 금발 머리를 풀어헤치고 아름다운 얼굴을 쥐어뜯으면서 누가 막을 틈도 없이 제가 정신을 잃고 누워 있는 곳으로 뛰어와 애간장을 녹이는 구슬픈 통곡을 터트렸다고 해요. 그 소리가 너무도 애처로워 그 잔인한 야만인들조차 가슴이 뭉클할 정도였답니다. 저는 얼굴에 떨어지는 니시다의 눈물과 차갑고 쓰라린 상처가 불러일으키는 엄청난 고통으로 다시 정신이 돌아와 저의 새로운 불행을 알게 되었어요. 저는 지금 우리가 찾은 이 즐거움을 우울한 분위기로 바꾸지 않도록 그 불행한 순간에 니시다와 저 사이에 있었던 비탄과 사랑의 말들을 침묵 속에 묻겠습니다. 니시다가 제게 말해준 그녀와 사령관 사이에 있었던 끔찍한 곤경 역시 자세히 말씀드리지 않겠습니다. 그녀의 미모에 압도된 그는 수천의 약속, 수천의 선물, 수천의 위협을 해댔습니다. 그의 난잡한 생각에 그녀를 굴복시키기 위해서였죠. 그러나 그녀는 명예로운 태도로 외면하고 또 외면하면서 자신을 지켰습니다. 그날뿐 아니라 다음 날 저녁에도 그는 끊임없이 졸라댔으나 그녀는 *끄떡*도 하지 않았습니다. 그러나 계속해서 함께 있는 니시다의 모습이 그의 음탕한 마음을 자극할까봐 불안감이 커지는 것은 부인할 수 없는 사실이었죠. 저 역시 그것을 겁내고 있었습니다. 그가 처음에는 애원하다가 나중에 폭력적으로 바뀔 수 있기 때문이었는데, 그렇게 되면 니시다는 자신의 명예를 지킬 수 없을 것이고 나아가 생명까지 잃을 수 있었습니다. 그녀의 덕성으로 보아 충분히 예상할 수 있는 일이었지요. 하지만 운명의 여신은 우리를 그토록 비참한 상황에 놔두는 것에 지쳤는지, 자신의 변덕을 공개적으로 드러내고자 했어요. 성난 바다의 엄청난 파도 위에서 생명을 잃는 대신 차라리 그 불행한 운명에 머물게 해달라고 하느님께 매달리도록 하는 방식으로 말입니다. 당시 우리는 사로잡힌 지 이틀이 지나 베르베리아를 향해 가고 있었는데, 사나운 남동풍을 만난 바다가 물의 산을 이루어 무장한 해적 선단을 맹렬히 때리기 시작했습니다. 지칠 대로 지친 노꾼들은 더이상 노를 저을 수 없어 노를 밧줄로 묶고 예전에 하던 대로 나무로 지탱한 앞 돛대의 돛에만 의지했습니다. 바람과 바다가 하자는 대로 몸을 맡긴 것이죠. 폭풍우는 더욱 거세졌고 반시간도 안 되어 모든 해적선이 사방으로 뿔뿔이 흩어져버렸어요. 누구도 사령관의 지휘를 따라야겠다는 생각을 할 수 없는 상황이었지요. 얼마 뒤에는 말씀드린 대로 모두가 흩어지고 우리가 탄 배만 홀로 남게 되었습니다. 그리고 우리 배는 가장 심각한 위험에 처했어요. 이음매를 통해 엄청나게 물이 들어오기 시작했거든요. 물이 얼마나 많이 들어왔는지 선미와 선두, 중간에 있는 모든 선실이 물로 가득 찼습니다. 배 밑창에는 물이 무릎까지 차 있었고요. 이 모든 불행에 겹쳐서 이제 밤이 다가왔습니다. 이런 경우 밤은 그 어느 때보다 공포스런 두려움이 커지는 법이죠. 캄캄한 어둠 속에서 새로 들이닥친 폭풍우로 우리 모두는 극심한 절망감에 빠져 있었어요. 배 안에 있던 튀르키예 사람들이 노를 잡고 있던 기독교인 포로들에게 이 재난에서 구해달라고 성인들과 그리스도의 이름을 부르며 기도하라고 간청했으니 무슨 말을 더 하겠습니까, 여러분? 그 불쌍한 기독교인들의 간구가 아주 헛되지 않았다면 높으신 하느님이 응답하셔서 바람이 잔잔해졌을 겁니다. 그런데 불행히도 그렇지 않고 바람은 더욱 거세고 흉포해졌습니다. 그들이 쓰는 모래시계로 봤을 때 다음 날 새벽에, 방향을 잘못 잡은 그 배는 육지에서 매우 가까운 까딸루냐 해안까지 밀려가게 되었습니다. 육지에 너무 가까워 멀어질 수 없음을 알자 돛을 좀더 높이 올리지 않을 수 없었어요. 눈앞에 펼쳐진 넓은 해안에 더 빨리 도달하려고요. 튀르키예인들에게는 삶의 애착이 앞으로 닥칠 노예 상태보다 더 달콤했던 겁니다. 배가 육지에 닿자마자 곧장 많은 무장한 사람들이 해변으로 달려왔습니다. 그들의 복장과 말씨로 볼 때 분명 까딸루냐 사람들이었습니다. 그 해안은 바로 까딸루냐 해안, 친구, 실레리오여, 자네가 자네 생명의 위험에도 나를 탈출시켜준 바로 그 해안이었어. 지금 어느 누가 그때 배 안에 있던 기독교인들의 기쁨을 과장이라 말할 수 있을까요, 고통스럽고 견딜 수 없이 무거운 포로 생활의 멍에에서 해방되어 자유를 얻은 그 기쁨을! 조금 전까지 자유 상태에서 우리를 지배하던 튀르키예 사람들이 그들의 노예들에게 시켰던 기도와 간구가 이제는 분노한 기독교인들에게 자신들이 학대당하지 않도록 해주십사 하는 기도로 바뀌었습니다. 까딸루냐 사람들은 해변에서 튀르키예 해적들을 기다리고 있었어요. 실레리오, 자네가 잘 알다시피 과거 그들이 자신들의 마을에 쳐들어와 약탈하고 분탕질했던 데 복수하려 한 게 아니겠나! 해적들의 공포감은 사실로 드러났습니다. 마을 사람들은 모래밭에 좌초된 해적선에 올라갔고 이어 해적들에게 잔인한 살상이 자행되었습니다. 목숨을 보존한 자는 불과 몇명 되지 않았어요. 해적선을 약탈하겠다는 욕심이 마을 사람들을 눈멀게 하지 않았다면 튀르키예 사람들은 모두 그 첫 공격에 죽음을 맞이했을 거예요. 마지막으로 그들은 남은 튀르키예 사람들과 포로가 된 기독교인들이 가지고 있던 모든 것을 털어갔습니다. 제가 입은 옷도, 피로 더럽혀지지만 않았다면 남아나지 않았을 겁니다. 거기 있던 다린또가 니시다와 블란까가 있는 곳에 가 그녀들을 데려왔고 저를 치료받을 수 있도록 육지로 옮겨주었습니다. 배에서 벗어난 저는 이내 그 장소를 알아보고 제가 처한 위험을 알아챘습니다. 근심이 저를 짓눌렀어요. 이 무거운 마음은 제가 해서는 안 될 짓을 해서 처벌받을지 모른다는 공포심에서 비롯된 것이었습니다. 그래서 저는 다린또에게 지체하지 말고 곧장 바르셀로나로 가게 해달라고 청하면서 저를 그렇게 만든 이유를 말했습니다. 하지만 그럴 수가 없었어요. 제 상처가 너무 깊어 그곳에 며칠 더 있어야 할 형편이었거든요. 결국 그곳에 머무르며 여러 외과의사의 왕진 치료를 받았습니다. 그러는 동안 다린또가 바르셀로나에 가서 우리에게 필요한 몇가지 것들을 구해왔습니다. 이윽고 제가 기력을 회복하고 몸이 좋아지자 우리는 즉시 똘레도를 향해 발걸음을 옮겼습니다. 니시다의 친척들을 찾아 그녀의 부모님 소식을 듣기 위해서였지요. 그분들께는 이미 우리 삶의 모든 과정을 편지로 쓰고 지난날의 잘못에 대한 용서를 빌었습니다. 실레리오, 자네의 부재는 이 모든 좋은 일과 나쁜 일이 가진 기쁨과 고통을 더해주기도, 혹은 줄여주기도 했다네. 그러나 이제 하느님이 큰 은혜로 우리의 불운에 해결책을 내려주시지 않았나? 남은 일은 그분에게 합당한 감사를 드리고 자네, 내 친구 실레리오가 우리의 지금 기쁨으로 과거의 슬픔을 물리치는 것일세. 그리고 오래전부터 자네로 인해 기쁨을 잃고 사는 그 사람에게 기쁨을 주는 것이고. 우리 둘이 있을 때 내가 자초지종을 말하면 자네도 알게 될 거야. 내가 알려주지. 이제 여러분에게 말씀드릴 것이 남았다면 순례 기간에 일어난 일들일 텐데, 그 이야기는 다음으로 미루겠습니다. 이야기가 장황해져 지금까지 제 모든 기쁨과 즐거움의 도우미 역할을 해주신 양치기 여러분을 더는 지루하게 하고 싶지 않으니까요. 그럼 친구, 실레리오, 그리고 양치기 여러분, 이것이 지금까지 제 삶에 일어난 일들입니다. 제가 겪은 것과 지금 겪고 있는 것을 볼 때, 오늘을 사는 모든 사람 중에서 제가 가장 불행하고도 또 가장 행운 많은 사람으로 불릴 수 있다는 걸 알아주시기 바랍니다."

띰브리오는 즐거운 표정으로 이 마지막 말을 하고 자신의 이야기를 마쳤다. 그곳에 있던 사람들 모두 고난으로 점철된 그의 삶이 행복한 결말로 끝난 것을 기뻐했다. 실레리오의 기쁨은 이루 말할 수 없었다. 그는 띰브리오를 다시 얼싸안았고, 자기로 인해 그토록 기쁨을 잃고 산 사람이 누군지 너무 알고 싶어, 양치기들의 허락을 구한 후 띰브리오와 함께 조금 떨어진 곳으로 갔다. 그리고 그곳에서 니시다의 동생, 아름다운 블란까가 바로 그 주인공임을 알게 되었다. 그녀는 실레리오가 어떤 사람이며 그의 인간적 가치가 얼마나 뛰어난지 알게 된 그날, 그 시간부터 자기 자신보다 그를 더 사랑해왔다. 그녀는 자신의 명예가 요구하는 바에 반하지 않도록 이런 마음을 오직 언니에게만 털어놓았고, 언니의 중재로 자기 소원이 이루어져 명예롭게 그를 맞이할 날만 기다리고 있었다. 띰브리오는 실레리오에게 이런 사실도 전했다. 자신과 함께 온, 앞서 언급한 다린또가 블란까를 알게 되자 그녀의 미모에 이끌려 사랑에 빠져버렸고, 그래서 그녀를 아내로 맞게 해달라고 언니인 니시다에게 수없이 청을 했다는 것이다. 그러나 니시다는 블란까가 절대 응낙하지 않으리라는 것을 일깨워주었다. 그러자 다린또는 자신을 별것 아닌 사람으로 보아서 받아들이지 않는구나 생각하고 대단히 기분 나빠했다. 다린또의 이런 의심을 풀어주기 위해 니시다는 블란까가 얼마나 오매불망 실레리오만 생각하는지를 말해주었지만, 이런 설명에도 다린또는 굳은 마음을 돌리지 않았고 그의 시도를 포기하지 않았다고 한다.

"실레리오, 그는 자네 소식을 들은 바 없었기 때문에, 자신이 블란까에게 끊임없는 사랑의 봉사를 하고 그녀가 자네와 떨어져 있는 시간이 길어질수록 그녀의 생각이 바뀔 수도 있다고 판단한 거야. 이런 이유로 절대 포기하지 않으려 했지. 그러다가 바로 어제 양치기들로부터 자네 소식을 듣게 되고 또 그 소식에 블란까가 몹시 기뻐하는 모습을 보았어. 그는 자네가 나타나면 원하는 바를 얻기 불가능하다는 것을 알고 극도로 괴로워하면서 누구와도 작별 인사를 나누지 않고 우리 모두에게서 멀리 떠나버린 거라네."

이 말과 함께 띰브리오는 기꺼운 마음으로 블란까를 신부로 맞이할 것을 친구에게 권했다. 자기는 이미 그녀를 잘 알고 또 그녀의 인격적 가치와 정숙함을 모르지 않기 때문이라며, 그렇게 되면 두 사람이 각기 같은 자매를 신부로 맞게 되니 얼마나 기쁘고 즐거운 일이겠는가 하면서 말이다. 이 말에 실레리오는 생각할 시간을 좀 달라고 했다. 띰브리오가 청한 제안을 거절하기 불가능하다는 것을 알면서도 우선 해둔 말이었다.

이 무렵 흰 여명이 자신의 도래를 알리기 시작했고, 별들은 조금씩 밝은 모습을 감추고 있었다. 바로 그때 모든 사람의 귀에 사랑에 빠진 라우소의 목소리가 들려왔다. 그는 자신의 친구 다몬처럼 사람들이 실레리오의 은거지에서 그 밤을 보낼 것을 알고 다몬과 다른 양치기들을 만나러 온 것이었다. 자신이 겪은 사랑의 좋은 면과 나쁜 면을 삼현금에 맞춰 노래하는 것이 가장 큰 기쁨이자 시간을 보내는 좋은 방법이어서, 그는 한껏 고조된 상태로 걷는 길의 호젓함과 밝아오는 새 하루에 인사하는 새들의 달콤하고 조화로운 노랫소리에 이끌려 나직한 목소리로 이런 노래를 부르며 오고 있었다.

라우소

상상할 수 있는
가장 고귀한 곳으로 나의 시선 우러릅니다.
그곳에서 가장 수준 높은 이해도 중지시키는

가치를 바라보고, 예술을 찬양합니다.
자유로운 목에 흉포한 멍에를 씌운 자
누구인지 알기 원한다면,
나를 넘긴 자가 누구인지, 내 폐부와 내 눈길 빼앗은 자
누구인지 알기 원한다면, 실레나, 바로 당신의 눈입니다.

당신의 눈, 그윽한 당신 눈빛에서
나를 하느님께 인도하는 빛을 얻습니다.
그 어떤 어둠도 멀리하는 빛,
신성한 그 빛의 확고한 표시,
그 빛으로 나를 소진하는, 나를 짐 지우는,
나를 망연자실케 하는 불, 멍에, 사슬에서
나는 새로워지고 안식 얻습니다. 그 빛은 영광이고,
영혼에 힘 주는 박수 소리이며, 영혼이 당신에게 준 생명입니다.

신성의 빛이 감도는 눈, 내 영혼의 복!
내가 바라는 모든 것의 끝, 마지막!
요동치는 날도 잠잠하게 하는 눈!
내가 무언가 본다면 보고자 하는 그 사람을 통해 보는 눈!
그 눈빛 안에 사랑이
나의 고뇌와 나의 즐거움을 동시에 놓았습니다.
당신 바라보면 확실한 지옥, 나의 불확실한 영광에 대한
달콤하고도 쓸쓸한, 진정한 역사를 읽습니다.

오, 아름다운 눈이여!

당신의 눈빛이 내게 부족했을 때

나는 캄캄한 어둠 속을 걸었습니다.

하늘을 보지 못하고 이곳저곳

날카로운 가시덤불과 엉겅퀴 사이를 헤매고 다녔습니다.

그러나 당신의 맑은 눈빛이 듬뿍

나의 영혼 건드린 순간

나의 축복의 길이 활짝 열리는 것을 똑똑히 보았습니다.

고요한 눈이여, 나는 당신이

몇 안 되는 좋은 사람 중에서

최고의 사람으로 내가 지명되도록

나를 일으킬 것이고, 일으킬 수 있는 자라는 것 보았습니다.

그리 어렵지 않게 하실 수 있습니다.

나를 바라보겠다는 작은 약속만 하시면 됩니다.

바라보고, 바라봄의 대상이 되는 것에

지극한 사랑에 빠진 자의 즐거움 있기 때문이죠.

실레나, 이것이 사실이라면,

아무리 사랑과 행운이 도와준다 해도

그 어느 누가 나만큼

순수하고 굳건한 믿음으로 당신을 사랑해왔고, 사랑하겠습니까?

당신에 대한 나의 훼손할 수 없는 믿음을 볼 때

나는 당신 눈길이 가진 영광에 부족함 없는 자입니다.

그러니 경외의 마음으로 바라보지 않으면서

스스로 그 영광에 마땅하다 생각하는 것 미친 짓이지요.

사랑에 빠진 라우소는 이 노래와 자신의 여정을 동시에 끝맺었다. 실레리오와 함께 있던 사람들 모두는 그를 사랑하는 마음으로 맞이했다. 실레리오가 고생 끝에 얻은 좋은 결말에 대한 기쁨이 라우소의 출현으로 더해진 것이다. 다몬이 그에게 그런 이야기를 하는 동안, 은거지 가까이로 존경받는 아우렐리오의 모습이 나타났다. 양치기들 몇명과 함께 사람들을 기쁘게 할 몇가지 선물을 가지고 온 것으로, 전날 그들과 헤어질 때 약속한 것들이었다. 띠르시와 다몬은 그가 엘리시오, 에라스뜨로와 함께 오지 않은 데 놀랐는데, 그들이 오지 않고 남은 이유를 알고 나자 더욱 그랬다. 이윽고 아우렐리오가 다가와 띰브리오를 향해 자신이 온 이유를 말했는데, 차라리 말하지 않는 편이 그가 온 것을 더욱 기쁘게 했을 것이다.

　"용기 있는 젊은이 띰브리오여, 자네가 누군가의 진정한 친구로서 스스로를 자랑스럽게 여긴다면, 그리고 그래 마땅한데, 지금이 바로 그 진정함을 보여줄 때라네. 다린또에게 가서 좀 돌봐주게. 이곳에서 멀지 않은 곳에 있는데, 몹시 상심하고 괴로워하고 있어. 정신적 고통이 심해 누구의 위로도 받으려 하지 않고 내가 건넨 몇마디 말도 그를 위로하기에 부족했네. 이 오른손이 가리키는 쪽 산속 깊은 곳에서 두시간 전에 나와 엘리시오, 에라스뜨로가 그를 발견했지. 말을 소나무에 묶어둔 채 그는 바닥에 주저앉아 고개를 떨구고 고통 가득한 가냘픈 한숨만 푹푹 내쉬고 있어. 가끔 무어라 말하는데 자신의 운명을 저주하는 것 같더군. 그 비탄의 소리를 듣고 우리가 그곳에 도착한 거라네. 알아보기 힘들었지만 그나마 달빛이 있어 그인 것을 알 수 있었지. 그래서 고통의 이유를 말해달라고 졸라댔어. 그가 입을 열어 말해주었는데, 들어보니 해결책이 거의 없다는 걸 알게 되었지. 엘리시오와 에라스뜨로는 그와 함께 그곳에 남았지만 나는 이곳으로 왔다네. 그의 생각이 얼마나 곤경에 처했는지 자네에게 알려주고 싶어서 말이야. 문제가 뭔지 이해했다면 이제 행동으로 해결해주었으면 하네. 아니면 그에게 가서 좀 위로해주게나."

"선량하신 아우렐리오님," 뜀브리오가 대답했다. "이 경우에 제가 할 수 있는 것은 몇마디 말뿐인 것 같네요. 그가 자신이 겪는 실망감을 자신에게 유익하도록 잘 이용하지 않거나, 시간과 부재가 익숙한 효과를 발휘하도록 자신의 욕망을 다스리지 않는다면 말이죠. 하지만 제가 그에게 빚진 우정에 걸맞게 행동하지 않는 것도 바람직하지 않으니, 곧장 가서 그를 만나겠습니다. 아우렐리오님, 그를 어디에 두고 오셨는지 알려주세요."

"나도 함께 가겠네." 아우렐리오가 대답했다.

그 말이 끝나자 양치기 모두가 자리에서 일어섰다. 뜀브리오를 따라가서 다린또의 불행의 이유가 무엇인지 알고자 해서였다. 실레리오와 니시다, 블란까는 그들을 따라가지 않고 남았다. 그들 세 사람은 말도 하지 못할 만큼 재회의 기쁨에 취해 있었다. 아우렐리오가 다린또와 헤어진 곳까지 가는 동안, 뜀브리오는 일행에게 다린또의 고뇌의 이유를 말해주고 해결책을 기대하기 어렵다는 것도 이야기해주었다. 고뇌의 이유를 제공한 아름다운 블란까가 마음을 온통 훌륭한 친구 실레리오에게 두고 있기 때문인데, 이와 동시에 그는 실레리오가 블란까의 마음을 받아들이도록 자신의 모든 재주와 능력을 기울이고자 하니 모두 자신을 도와 힘이 되어주기를 진심으로 간청한다고 말했다. 다린또는 놔두고 모두가 실레리오를 설득해 블란까를 아내로 맞이하도록 해달라는 것이었다. 양치기들 모두는 그의 말에 동의하고 부탁한 대로 하겠노라고 말했다. 이런 대화를 나누며 그들은 아우렐리오가 엘리시오와 다린또, 에라스뜨로가 있을 것으로 믿었던 곳에 도착했다. 그러나 그 조그마한 숲을 다 돌아다녀도 아무도 발견할 수 없었다. 그들에게 적지 않은 근심이 밀려왔다.

이때 너무도 고통스러운 한숨 소리가 들려와 그들을 혼돈에 빠뜨렸다. 그들이 누가 내는 소리인지 알아보려 하는데, 아까 못지않게 슬픔에 찬 한숨 소리가 다시 들려와 그들을 의구심에서 벗어나게 해주었다. 모두 한숨 소리가 난 곳으로 서둘러 달려갔다. 멀지 않은 곳의 잘 자란 호두나무 아래 양치기 두명이 보였는데, 한 사람은 푸른 풀밭에 앉아 있었고 다른 한 사람은 그 사람의 무릎을 베고 땅바닥에 누워 있었다. 앉아 있는 사람이 머리 숙여 눈물을 흘리며 자기 무릎을 베고 있는 사람을 찬찬히 살피고 있었다. 이 때문에, 또한 누워 있는 사람의 얼굴이 핏기를 잃고 혼절 상태에 이르렀기에 그들은 처음에는 누군지 알아볼 수 없었다. 하지만 가까이 다가가 살펴보니 다름 아닌 엘리시오와 에라스뜨로였다. 기절해 있는 자가 엘리시오였고 에라스뜨로는 눈물을 흘리고 있었다. 괴로워하는 두 양치기의 슬픈 모습에 그곳에 온 양치기들은 크게 놀라고 슬퍼했다. 아주 가까운 친구들인데다 그들을 이 지경에 이르도록 만든 이유를 알 수 없었기 때문이다. 그중에도 아우렐리오의 놀라움이 가장 컸다. 자신이 한 짓이 그들의 모든 불행의 단초가 될 줄 모르고 불과 조금 전까지만 해도 즐겁고 만족한 모습으로 다린또와 두 사람을 떠나왔던 것이다. 양치기들이 가까이 온 것을 본 에라스뜨로가 엘리시오를 흔들며 말했다.

"불쌍한 양치기여, 정신 좀 차리게나. 일어나 홀로 불행에 눈물

홀릴 수 있는 곳을 찾아보게. 나도 목숨이 다할 때까지 그렇게 하려네."

이 말을 하고 그는 두 손으로 엘리시오의 머리를 들어 무릎에서 바닥으로 내려놓았다. 그런데도 그 양치기는 아직 정신을 차리지 못했다. 에라스뜨로는 일어나서 띠르시와 다몬과 다른 양치기들이 붙잡지 못하도록 등을 보이며 그곳을 떠나려 했다. 다몬이 엘리시오가 있는 곳에 이르러 그를 팔에 안고 기력을 차리도록 갖은 애를 썼다. 마침내 엘리시오가 눈을 떴다. 그는 그곳에 있는 사람들 모두를 알아보았고, 고통으로 혀가 굳은 듯 어떤 이유도 말하지 않고 침묵을 지켰다. 모든 양치기들이 그가 이렇게 된 이유를 궁금해하며 질문을 해댔으나, 그는 아무 답도 해주지 않고 다만 에라스뜨로와 이야기를 하던 중 갑자기 졸도하게 된 것이라고만 말했다. 에라스뜨로 역시 똑같이 말하자, 양치기들은 고통의 원인에 대해 더이상 묻지 않고 자기들과 함께 실레리오의 은거지로 돌아가자고 권유했다. 그곳에서 마을이나 그의 오두막으로 데려다줄 생각이었다. 그러나 그렇게 하기도 힘들어 그냥 그를 마을로 돌아가게 하는 수밖에 없었다. 그 자신이 그러기를 원하는 것을 보고 아무도 반대하지 않았고, 마을까지 함께 가자고 제안했다. 그러나 그는 누구의 동행도 원치 않았다. 오로지 친구 다몬이 마을까지 데려다주겠다고 끈질기게 고집하자 이기지 못하고 동행을 허락했다. 그래서 다몬은 그와 함께 출발하게 되었다. 출발하면서 그는 그날 밤 마을이나 엘리시오의 오두막에서 만나자고 띠르시와 약속했다. 엘리시오를 오두막으로 돌려보내기 위한 계책이었다. 아우렐리오와 띰브리오는 에라스뜨로에게 다린또의 안부를 물었다. 에라스뜨로는 아우렐리오가 떠나자마자 갑자기 엘리시오가 기절해 구완하느라 정신이 없었고, 그 사이 다린또는 급한 발걸음으로 떠나서 더 이상 볼 수 없었다고 대답했다.

떰브리오와 그와 함께 온 사람들은 다린또를 만날 수 없게 되자 실레리오의 은거지로 돌아가 그가 아름다운 블란까를 아내로 맞도록 설득하기로 의견을 모았다. 이런 생각으로 에라스뜨로만 제외하고 모두 함께 돌아갔는데, 그는 친구 엘리시오를 따르고자 했던 것이다. 이렇게 해서 에라스뜨로는 모두와 작별하고 오직 삼현금만 가지고 엘리시오가 떠난 길로 출발했다. 엘리시오는 친구 다몬과 더불어 떠난 지 얼마 지나지 않아 눈에 눈물을 글썽이면서 무척 슬픈 표정으로 다음과 같이 말을 시작했다.

"사려 깊은 친구 다몬이여, 자네는 사랑의 효과에 무척 많은 경험이 있으니 내가 지금 하려는 이야기에 놀라지 않으리라 믿네. 나는 내가 사랑에서 가장 불행한 것으로 보고 인정하는 것에 관해 이야기하려고 해."

엘리시오의 기절과 그의 슬픔의 이유 외에 다른 것을 알기를 원치 않았던 다몬은 사랑으로 늘 발생하게 마련인 불행한 일 중에 어떤 것도 그에게는 전혀 새로울 것이 없다고 다짐해주었다. 그러자 엘리시오는 이 다짐과 우정에서 비롯된 가장 큰 신뢰를 의지해 말을 이었다.

"친구 다몬이여, 자네는 나의 행운(나의 운명을 나는 항상 행운이란 좋은 이름으로 부른다네. 그 운명을 지님으로써 내 삶이 이토록 힘든데도 말이야), 그래, 그 행운이 어떤 일을 했는지 이미 알고 있지. 이 온 하늘과 강변이 알고 있듯이 그 행운은 비할 수 없이 아름다운 갈라떼아를 사랑하도록 나를 이끌었어. 아니, 사랑이라니, 지금 내가 무슨 말을 하는 건가? 숭배가 더 맞는 말이네. 그래, 그녀의 품위에 어울리는 순수하고 진정한 사랑을 품고 그녀를 숭배하도록 만들었어. 하지만 친구여, 자네에게 고백하는데, 그녀는 나의 순수한 열망을 안 이후에도 내내, 사람들이 그런 것에 흔히 보이는 고결하고 감사 깃든 태도와는 달리 나의 사랑에 걸맞지 않은 다른 태도를 보여주었어. 그럼에도 이 몇년 동안 나는 전혀 태도를 변치 않았어. 그녀도 언젠가는 정직한 사랑의 답을 해줄 거라는 기대를 안고, 나 자신 어느 양치기와도 비교할 수 없는 가장 행복한 자라는 생각 속에 아주 즐겁고 만족스럽게 살아왔지. 그녀가 비록 나를 사랑하지 않을지라도 미워하지는 않을 거라는 확신 속에서 오직 그녀를 바라보는 것에 만족하는 삶이었어. 그 시선만 받아도 그녀를 숭배하지 않을 양치기는 아마 한명도 없을 거라 생각하네. 나는 다른 누구도 감히 허락받지 못할, 갈라떼아의 높은 가치가 내게 불러일으킨 이런 생각을 진실로 확신했고, 아무도 두려워할 필요 없이 나의 생각을 안전하게 간직하고 싶다는 열망은 적지 않은 즐거움을 주었지. 그런데 사랑이 거의 대가 없이 준 이 행복, 갈라떼아의 어떤 모욕도 없이 내가 누린 이 영광, 나의 열망의 지극히 공정한 대가인 이 즐거움에 반하는, 나의 행복이 끝나고 영광이 최후를 맞으며 즐거움이 뒤집히는, 결론적으로 고통스럽고 비극적인 삶으로 끝날 돌이킬 수 없는 판결이 오늘 났다네. 자네가 알아야 할 것은, 다믄, 오늘 아침 갈라떼아의 아버지 아우렐리오님과 함께 자네들을 만나러 실레리오의 은거지에 가는 길에 그분이 갈라떼아를 고요한 리마[7] 강변에서 크게 목축을 하는 어떤 포르투갈 양치기와 결혼시키기로 약조했다고 하면서 내 의견을 물었다는 거야. 아

---

7 포르투갈 북쪽에 있는 강.

마 나와 친분이 있고 나의 분별력을 믿어서 조언을 얻고자 하신 것 같아. 그래서 나는 대답했다네. 아버지의 의지로 그토록 아름다운 딸을 먼 땅으로 쫓아내 그녀 볼 기회를 빼앗아버리는 것은 내게 가혹한 일이라고 말이야. 낯선 땅 양치기의 재산으로 이득을 보려 그렇게 하는 거라면, 아우렐리오님은 마을에서 부자라고 주장하는 모든 사람들보다 더 낫게 살지 못할 만큼 재물이 부족하지는 않다는 점을 고려해야 한다고 말했어. 그러면서 따호 강변에 사는 훌륭한 사람들 중에 갈라떼아를 아내로 삼는 것을 행복하게 여기지 않을 사람은 아무도 없을 거라고도 말했네. 존경받는 아우렐리오님도 내 말을 나쁘게 받아들이지는 않은 것 같아. 그런데도 그분은 양치기 우두머리가 내리는 결정을 따르겠다고 하면서 생각을 정리했다네. 이미 마음의 결단을 내려 그 뜻을 돌이키기는 불가능해 보였어. 나는 이 땅을 떠나 먼 외국으로 간다는 소식을 들었을 때 갈라떼아의 안색이 어땠느냐고만 물었어. 그런데 그녀는 아버지의 뜻을 받들어 순종하는 딸로서 아버지가 원하는 것은 모두 하겠다고 말했다는 거야. 나는 이 말을 아우렐리오님에게서 직접 들었고, 다몬, 이것이 나를 기절하게 만든 원인이라네. 나를 죽음에 이르게 하는 원인이 될 수도 있지. 갈라떼아가 이방인의 수중에 있고 내 시야에서 사라지면 나는 생명을 마감하는 것 외에 달리 기대할 것이 없으니까."

사랑에 빠진 엘리시오는 이렇게 말을 마치고 한없는 눈물을 흘리기 시작했다. 친구 다몬의 마음 역시 흔들려 그 또한 눈물을 쏟지 않을 수 없었다. 그러나 조금 뒤 다몬은 자신이 아는 모든 근거를 동원해 엘리시오를 위로하기 시작했다. 하지만 그의 말은 말을 넘어서지 못했다. 그 어떤 말도 소용이 없었다. 그럼에도 기회가 전혀 없는 것은 아니었다. 두 사람은 합의하기를, 엘리시오가 갈라떼아에게 아버지가 추진하는 결혼에 그녀가 진심으로 동의하는지 그렇지 않은지를 직접 물어보기로 했다. 만일 그녀가 기쁨으로 동의한 것이 아니라면 아버지의 강요에서 벗어나라고 권유하고, 이 일에 대한 도움은 절대 부족하지 않을 거라고 말하자는 것이었다. 다몬이 말한 이 제안을 엘리시오는 좋게 받아들여, 갈라떼아를 찾아가 자기 뜻을 분명히 말하고 가슴속에 품은 그녀의 뜻 또한 알아보기로 했다.

그리하여 그들은 엘리시오의 오두막으로 가려던 길을 바꿔 마을로 방향을 잡았다. 길이 네 갈래로 나뉘는 지점에 다다랐을 때, 그중 한쪽 길로 여덟명의 건장한 양치기들이 오는 것이 보였다. 한 명을 제외하고 모두가 한 손에 짧은 투창을 들었고, 투창을 들지 않은 양치기는 자줏빛 두건에 소매 달린 망토를 걸치고 아름다운 말을 타고 있었다. 나머지는 모두 얼굴을 머릿수건으로 감싼 채 걸어왔다. 다몬과 엘리시오는 그들이 지나갈 때까지 멈춰 서 있었다. 곁을 지날 때 그들은 아무 말 없이 머리를 숙이며 정중한 인사를 건넸다. 두 사람은 그 여덟명의 이상한 행색에 놀라움을 금치 못하면서 그들이 어디로 향하는지 눈여겨보았다. 두 사람이 가는 길과 다른 길이기는 했지만 모두 마을 길로 접어드는 것이었다. 다몬이 엘리시오에게 그들을 따라가보자고 했으나, 엘리시오는 고개를 내젓고 자신은 길에서 멀리 떨어지지 않은 샘을 지나는 길로 가고 싶다고 말했다. 마을 양치기 처녀들과 함께 갈라떼아가 자주 가는 샘터라 운이 좋으면 그녀를 볼 수 있을 것이라고 말이다. 다몬은 엘리시오가 하고자 하는 바에 기뻐하며 그에게 원하는 곳으로 인도하라고 말했다. 엘리시오의 생각은 적중했다. 행운이 그에게 미소를 보낸 것이다. 얼마 걷지 않아 그들의 귀에 아름다운 갈라떼아의 목소리와 플로리사의 보리피리 소리가 들렸다. 그녀의 목소리를 듣자 두명의 양치기는 순간 넋이 나가버렸다. 다몬은 갈라떼아의 아리따운 자태를 찬양한 사람들 모두가 얼마나 진실을 말했는지 그 순간 확연히 깨달았다. 갈라떼아는 로사우라와 플로리사, 그리고 갓 결혼한 실베리아와 같은 마을에 사는 두명의 양치기 처녀들과 함께였다. 그녀는 양치기 청년 두 사람이 오는 것을 보았으나 이 일로 이미 시작한 노래를 그만두고 싶지 않았다. 오히려 그 두명의 양치기들이 자신의 노래를 듣게 되어 기쁘다는 사실을 알려주고 싶었다. 두 사람 역시 할 수 있는 최대의 관심을 기울여 노래를 들었다. 그들이 들은 갈라떼아의 노래는 다음과 같았다.

갈라떼아
　　　나의 모든 행복이 멀어져가고
　　　나의 분노가 더 가까이 있는데
　　　이미 준비된 불행 속에서
　　　대체 누구에게 나의 눈을 돌려야 하나?
　　　이 땅에서 추방당하는 고통이
　　　나를 극심한 불행으로 벌주고 있구나.
　　　이 땅에서 나의 생명 끝나는데
　　　먼 이국 땅에서 그 행복 맛볼 것인가?

　　　오, 당연하고도 쓰디쓴 순종이여,
　　　네 뜻대로 따르기는 한다만
　　　'예'라고 말하는 것

나의 사망 선고의 보증 그 자체야!
나는 지금 너무 위축되어
나의 생명이 아직 남았거나
적어도 말할 혀라도 있다면
그것을 큰 행복으로 여길 지경.

나의 행복했던 시간은
짧고도 피곤했어.
반대로 고통의 시간 영원했고
혼란스럽고 무거웠지.
어린 시절에
나는 자유를 즐겼어.
그러나 이제 나의 의지 뒤에
복종이 그림자처럼 따라다니네.

그분의 끈덕진 설득 끝에
내가 따라야 하는지 거부해야 하는지
결정해야 한다면, 그것이 내 생각에 던지는
잔인한 싸움인지 아닌지 한번 생각해보세요.
아, 지배당하는 것 정말 신물이 나요!
인간적인 존중의 대상 앞에
손 맞잡고 공손히 고개 숙여야 하는 것
정말 진절머리 나요!

황금빛 따호강을 보는 것

이제 안녕인가요?

나의 양떼를 놔두고

슬픈 모습으로 떠나야 하나요?

그늘을 만들어주는 이 나무들,

널따란 이 초록빛 초원을

이 슬픈 나의 눈으로

더는 볼 수 없단 말인가요?

가혹한 아버지, 지금 무슨 일 하시는 거예요?

보세요, 아버지를 기쁘게 하는 일이

제 생명 빼앗는 일이라는 것,

다 아는 사실 아니에요?

저의 한숨이

제가 얼마나 낙담해 말도 할 수 없는지

아버지께 알려줄 수 없다면

제 눈이 나타내줄 거예요.

나 떠날 시점,

잃어버린 달콤한 영광,

쓰디쓴 무덤이

이제 슬픔으로 다가오는구나.

생면부지 남편의

달가워하지 않는 얼굴,

힘든 여정,

나이 든 시어머니의 노한 모습.

수천의 다른 불편한 일들,

남편과 그의 친척들이 보여줄

궤도를 벗어난 취향들,

이 모두가 나와는 반대되는 것들이야.

나의 운명이 보여주는

이 모든 무서운 일들은

나의 죽음과 함께 끝날 것이고

그렇게 되면 나의 괴로움도 끝을 보이겠지.

갈라떼아는 더이상 노래를 부르지 못했다. 두 눈에서 흘러내리는 눈물이 목소리를 막아버린 것이다. 노래를 들은 사람 모두의 만족감도 함께 끝을 맺었다. 지금까지 갈라떼아와 포르투갈 양치기의 결혼에 대해 어렴풋한 생각을 가졌던 사람들은 이제 이 결혼이 얼마나 갈라떼아의 뜻에 반하는 것인지 똑똑히 알게 되었다. 그녀의 눈물과 한숨에 누구보다 마음 아프고 애처로워한 사람은 바로 엘리시오였다. 그녀 눈물의 해결책이 그의 생명에 달려 있다면 당장이라도 내어주고 싶은 심정이었다. 그러나 그는 신중함을 발휘해 자신의 영혼이 느끼는 고통을 얼굴에서 감추고, 다몬과 함께 양치기 처녀들이 있는 곳에 도착했다. 그들은 정중하게 인사를 건넸고 그에 못지않게 예의 바른 인사를 받았다. 갈라떼아가 다몬에게 자신의 아버지에 대해 물어보자 그는 띰브리오, 니시다, 그리고 띰브리오를 따라온 모든 양치기와 함께 지금 실레리오의 은거지에 계시다고 대답했다. 그러고는 실레리오와 띰브리오가 만나게 된 경위와, 띰브리오가 자신의 사랑과 관련해 일어난 일과 더불어 말해준 다린또와 니시다의 동생 블란까 사이에 얽힌 사랑 이야기를 상세하게 들려주었다. 이에 갈라떼아가 말했다.

"띰브리오와 니시다, 그들은 얼마나 행복한 사람들인가요! 그동안 겪은 고통과 근심이 이제 완전한 행복으로 결말지어졌으니 말이에요. 과거의 고난을 깨끗이 잊을 수 있게 되었네요. 과거의 고난이 그들의 영광을 더해준 거예요. '과거의 재앙에 대한 기억이 오늘의 기쁨을 키워주네'라는 말처럼요. 그러나 잃어버린 행복을 고통스럽게 기억하는 제 불쌍한 영혼은 어쩐단 말인가요! 앞으로 닥칠 불행이 두려워 전전긍긍하는데, 영혼을 위협하는 불운을 막을 아무런 해결책도, 길도 보이지 않고…… 고통이 저를 괴롭히면 괴롭힐수록 고통이 더 두려워요!"

"당신 말이 맞아요, 아름다운 갈라떼아." 다몬이 말했다. "갑자기, 예기치 않게 우리를 찾아오는 고통도 있지만, 오랜 시간을 두고 위협하고, 해결할 수 있는 모든 길을 막아버리는 고통만큼 우리를 힘들게 하는 게 없다는 것은 의심의 여지가 없어요. 하지만 그럼에도 갈라떼아, 하느님은 불행을 극단까지 밀어붙여 해결책을 완전히 없애버리는 분이 아니라는 걸 말씀드리고 싶네요. 하느님은 처음에는 우리가 그 불행을 맞도록 내버려두십니다. 우리 이성이 작용할 여지를 만들어 그것이 작용해 다가오는 불행을 누그러뜨리거나 방향을 틀도록 말이에요. 많은 경우에 그분은 우리 영혼이 겉만 그럴듯한 두려움에 사로잡혀 힘들어하게 하는 데 만족하시지요. 우리가 두려워하는 불행이 실제로 작동하도록 놔두시지 않습니다. 또는 실제로 작동하더라도, 생명이 끝나지 않는 한 누구도 자신이 겪는 불행의 해결책에 관해 절망해서는 안 되지요."

"틀림없이 그렇습니다." 갈라떼아가 대답했다. "우리를 두렵게 하고 고통 주는 불행한 일들이 가벼운 것이라면 우리 지성의 작용은 아무 거칠 것 없이 자유롭겠지요. 하지만 다몬, 당신도 잘 알다시피 불행은, 그 이름이 보여주는 것을 생각할 때, 첫번째로 하는 일이 우리의 감각을 흐리게 하고 자유의지의 힘을 무너뜨리는 거잖아요. 우리 인간이 가진 덕목의 가치를 떨어뜨려 다시는 일어나지 못하게 만들어버려요. 희망이 아무리 바로 서기를 요구해도 말이죠."

"갈라떼아여," 다몬이 대답했다. "당신이 이토록 젊은 나이에 불행에 그토록 많은 경험을 가지고 있다는 게 믿어지지 않네요. 사물의 이치에 대한 당신의 분별력이 그토록 대단하다는 것을 우리에게 알려주려는 건지, 혹은 분별력이 전혀 없다는 것을 알려주려는 건지 잘 모르겠어요."

"사려 깊은 다몬이여," 갈라떼아가 대답했다. "하느님께 맹세코 저는 지금 당신의 말에 반박할 수 없어요. 그럼에도 당신의 말은 제게 두가지 점을 일깨워요. 당신이 제 문제에 좋은 의견을 주려고 한다는 것과, 제가 그토록 많은 경험을 말하도록 만든 그 고통을 당신이 느끼지 못한다는 거죠."

이때까지 엘리시오는 침묵을 지키고 있었다. 그러나 갈라떼아가 몹시 고통스러워하는 모습을 보이자 더는 참지 못하고 말했다.

"그 무엇과도 견줄 수 없는 갈라떼아여, 혹시라도 당신이 아는 대로 당신을 섬기고자 하는 제 좋은 의지를 이용해 지금 당신을 위협하는 불행을 해결할 뜻이 있다면, 부디 그 뜻을 제게 분명히 보여주세요. 아버지에 대한 복종의 의무 때문에 이것을 원치 않는다면, 적어도 제가 누구든 당신처럼 지극히 아름다운 보물을 당신이 자란 이 강변에서 빼앗아가려는 사람의 뜻에 맞서도록 허락해주시기를 바라요. 양치기 처녀여, 제가 지금 제안한 것을 감히 자만심으로 이루려 한다고는 생각지 말아주세요. 당신을 사랑하는 마음이 큰일을 벌이도록 용기를 주기 때문이지, 어떤 행운을 바라는 것은 아닙니다. 저는 그것을 이성의 손과 따호 강변에서 양을 치는 모든 양치기의 손에 맡기려고 해요. 그들 중 누구도 그들을 밝게 비추는 태양을, 그들의 경탄을 자아내는 분별력을, 그들을 부추겨 수천의 명예로운 능력으로 이끌고 힘을 주는 아름다움을 눈앞에서 탈취당하고 빼앗기는 데 동의하지 않을 겁니다. 아름다운 갈라떼아여, 제가 지금 말한 이성을 믿고 당신을 경애하는 마음으로 이 제의를 드리는 것입니다. 그러니 제가 어떤 일에서도 당신 뜻에 반하는 실수를 하지 않도록 당신 뜻을 분명히 밝혀주셔야 합니다. 그러나 당신의 비할 데 없는 선량함과 정숙함이 당신을 움직여 당신의 바람보다 아버지의 뜻에 호응하기를 원한다면, 양치기 처녀여, 밝히지 않으셔도 됩니다. 제 소견에 좋을 대로 한번 해보겠어요. 당신이 당신의 명예를 위해 지켜온 신중함으로 저 역시 당신의 명예를 지켜드릴 것을 전제로 해서 말입니다."

갈라떼아는 엘리시오에게 그 선한 뜻에 감사의 말을 전하려고 했다. 그러나 조금 전 다몬과 엘리시오가 마을로 향하는 것을 본 여덟명의 얼굴 가린 양치기들이 갑자기 도착해 그것을 가로막았다. 그들 모두 양치기 처녀들이 있는 곳으로 오더니 그중 여섯명이 한마디 말도 없이, 믿을 수 없이 날쌘 동작으로 다몬과 엘리시오에게 달려들어 덮쳤고, 두 사람을 꽉 붙들어 옴짝달싹 못하게 만들었다. 그러는 사이에 말을 타고 온 사람과 다른 한명이 로사우라가 있는 곳으로 갔다. 그녀는 다몬과 엘리시오에게 가해진 폭력을 보고 비명을 질렀다. 다가온 두 사람 중 한명이 완전히 무방비 상태에 있는 그녀의 팔을 잡아 말에 앉혀 그 말을 타고 온 사람의 품에 가두었다. 말을 타고 온 사람이 복면을 벗더니 양치기 청년들과 처녀들을 향해 말했다.

"좋은 친구들이여, 부당하게 보이더라도 우리 행동에 너무 놀라지 마시오. 사랑의 힘과 이 여자의 배은망덕함이 일을 이렇게 만든 겁니다. 부디 나를 용서해주시기 부탁드리오. 이 일은 내 손을 떠났으니, 혹시라도 저 이름 높은 그리살도가 이 부근에 오면 ─ 내 생각에 곧 올 것 같은데 ─ 로사우라에게 조롱당하는 것을 더이상 참을 수 없던 아르딴드로가 그녀를 데려갔다고 말해주시오. 사랑과 모욕당한 마음에 대한 복수로 그랬다고 말입니다. 그는 아라곤이 나의 조국이고 내가 거기 있다는 걸 잘 알고 있을 겁니다."

로사우라는 정신을 잃은 채 말안장 위에 있었고, 엘리시오와 다몬을 붙잡고 있던 나머지 양치기들은 아르딴드로가 풀어주라고 명령하자 손을 놓았다. 자유의 몸이 된 두 사람은 기운을 차리고 칼을 뽑아 일곱명의 양치기들에게 몸을 날렸다. 일곱명의 양치기들은 가슴에 품고 있던 짧은 투창을 꺼내 맞서면서 그들에게 그만 멈추라고 말했다. 그들의 수가 너무 적어 자신들을 이길 가능성이 거의 없다고 생각했던 것이다.

"이 배신자 짓거리에서 아르딴드로가 이길 가능성은 전혀 없다는 것을 아시오." 엘리시오가 대꾸했다.

"배신자라고 부르지 마시오." 그들 중 한명이 대답했다. "자기 입으로 아르딴드로의 아내가 되겠다고 약속한 것은 바로 이 여자요. 여자의 변덕이 죽 끓듯 해 그것을 부인하고 그리살도에게 가버렸지. 이건 누가 보아도 참을 수 없는 분명한 모욕이오. 우리 주인 아르딴드로님은 이것을 모른 척할 수 없었소. 그러니 그만 화를 풀고 우리 행동을 좋은 뜻으로 받아주시오, 양치기들. 정당한 일에 우리 주인을 섬긴 것이 뭐 그리 죄가 되겠소. 명분이 우리를 용서해 줄 거요.”

그러고서 그들은 더 말하지 않고, 엘리시오와 다몬의 좋지 않은 낯빛을 미심쩍어하며 등을 돌렸다. 아직도 분이 풀리지 않아 씩씩대면서 공격할 힘을 빼지 않고 복수심을 거두지 않고 있던 엘리시오와 다몬은 이런 모습에 할 말을 잃고 어찌할 바를 몰랐다. 그러나 이런 식으로 로사우라를 데려가는 것을 본 갈라떼아와 플로리사가 몹시 괴로워하자, 엘리시오는 어쩌면 목숨을 잃을 수도 있는 명백한 위험에 자신을 던지기로 작정했다. 그는 다몬과 함께 투석기를 꺼내들고 전속력으로 아르딴드로를 쫓아가, 크나큰 용기와 숙달된 솜씨로 멀리서 힘을 다해 돌을 날리기 시작했다. 너무 많은 돌이 날아와서 그들은 가던 길을 멈추고 방어 태세를 취해야 했다. 하지만 그럼에도 아르딴드로가 부하들에게 개의치 말고 계속 길을 가라고 말하지 않았다면 그 용감무쌍한 양치기들에게는 나쁜 일이 생길 수밖에 없었을 것이다. 부하들은 주인의 말에 따라 길가의 나무들 울창한 조그만 숲으로 들어가버렸다. 숲속에서는 방패 역할을 하는 나무들로 인해 성난 두 양치기의 투석기와 돌들이 제대로 효과를 발휘할 수 없었다. 그럼에도 갈라떼아와 플로리사, 다른 두명의 양치기 처녀들이 빠른 걸음으로 그들이 있는 곳으로 오는 것을 보지 않았다면 그들은 추격을 계속했을 것이다. 그들은 분노와 복수의 의지를 불태우면서 걸음을 멈추고 나아와 갈라떼아를 맞이했다. 그녀가 그들에게 말했다.

“용감한 양치기님들, 이제 화를 거두세요. 두분이 애쓰시더라도 적들의 유리함을 이길 수는 없을 것 같아요. 두분의 용기와 투혼은 충분히 보여주셨습니다."

"갈라떼아여, 당신의 불만이 저의 분노에 힘을 더해 저 안하무인의 양치기들이 우리에게 한 짓으로 거드름 피우지 못하도록 해주고 싶었어요. 그러나 제 운명이 제가 원하는 것은 아무것도 하게 두지 않는군요." 엘리시오가 말했다.

"아르딴드로의 사랑의 욕망이 그런 무례한 짓을 하게 만든 것 같아요. 그렇게 생각하니 어느정도 용서가 될 것 같네요."

그렇게 말하고 나서 갈라떼아는 로사우라의 이야기를 조목조목 들려주었다. 그녀가 그리살도를 남편으로 맞기 위해 얼마나 기다렸는지, 또 그 소식이 아르딴드로의 귀에 들어가 얼마나 그를 질투로 격분하게 해 그들이 본 것처럼 행동하게 되었는지를 말이다.

"사려 깊은 갈라떼아여, 당신의 말대로 사정이 그렇다면," 다몬이 말했다. "그리살도의 부주의와 아르딴드로의 무모함, 로사우라의 변덕으로 우울한 일들과 불협화음이 더 생길까 두렵네요."

"아르딴드로가 계속 까스띠야에 있으면 그럴 거예요. 하지만 그가 고향인 아라곤에 가서 나오지 않으면 그리살도는 그저 복수심만 불태우고 있겠죠."

"그에게 이 모욕적인 일을 알릴 사람은 없나요?" 엘리시오가 말했다.

"있습니다." 플로리사가 대답했다. "단언컨대, 그는 밤이 오기 전에 이 소식을 접할 거예요."

"만일 그렇다면 아르딴드로 일행이 아라곤에 도착하기 전에 그는 사랑하는 사람을 되찾을 수 있을 겁니다. 사랑에 빠진 마음은 게으름 부리지 않으니까요." 다몬이 대답했다.

"그리살도의 마음이 게으름 부릴 거라고는 저도 생각하지 않아요." 플로리사가 말했다. "갈라떼아, 부탁하는데, 그가 시간과 기회를 잃지 않도록 우리가 마을로 돌아가서 사람을 보내 그리살도에게 그의 불행을 알려주었으면 해."

"원하는 대로 하자, 친구야." 갈라떼아가 대답했다. "그 소식을 전할 양치기를 너에게 보내줄게."

이렇게 해서 그녀들은 다몬과 엘리시오를 떠나 마을로 가려 했는데, 그들이 따라가겠다고 고집을 부려 떼놓을 수 없었다. 모두가 마을을 향해 길을 걸을 때, 오른쪽에서 에라스뜨로의 보리피리 소리가 들리는 듯했다. 이는 사실이었다. 그가 친구 엘리시오를 쫓아왔던 것이다. 그들은 멈춰 서서 에라스뜨로의 노래를 들었다. 그는 나지막이 고통 어린 어조로 이런 노래를 부르며 오고 있었다.

에라스뜨로

　힘들고 거친 길로 내 환상의
　의심스러운 끝을 따라갑니다.
　항상 어둡고 춥기만 한 출구 없는 밤에
　생명의 힘을 소진하고 있습니다.

　나의 생명 다하는 것 보면서도
　나는 그 좁은 길에서 한발짝도 떠나지 않아요.
　비할 수 없이 높은 나의 믿음으로
　더 큰 두려움 대항할 수 있다고 믿기 때문입니다.

　나의 믿음은 인생의 폭풍우 속에서도
　내게 안전한 항구를 비춰주는 빛입니다.

오직 그 빛만이 내 여행의 좋은 결말 약속해주지요.

아무리 뾰족한 방법이 없고,
아무리 환한 나의 별빛이 사랑을 감추더라도,
아무리 하느님이 더 큰 모욕을 줄지라도.

불쌍한 양치기는 깊은 한숨과 함께 사랑의 노래를 마쳤다. 그리고 아무도 없다고 생각하고 그 비슷한 말들을 쏟아냈다.

"사랑의 신이여, 당신은 엄청난 힘을 가지고도 내 영혼에 어떤 힘도 발휘하지 못하고 그저 내 생각을 완전히 사로잡는 데에만 그 힘을 사용했소! 과거에는 날 위해 그렇게 좋은 일을 많이 했건만 이제는 그렇지 않지. 내게 불행을 가져다주고 그 불행 속에서 나를 위협해요. 당신은 저 변덕스러운 운명의 여신보다 더 변덕이 심해요. 사랑의 신이여, 한번 생각해봐요. 내가 얼마나 당신의 법칙에 순종해왔는지, 내가 얼마나 당신의 명령에 즉시 따랐는지, 내 의지가 얼마나 당신 의지에 매여 있었는지를. 이제 당신은 내게 복종의 대가를 지급해야 해요. 당신에게 가장 중요한 그 일을 해서 말이오. 당신은 우리 강변을 수놓아주고, 싱싱한 작은 풀들과 소박한 식물들과 높이 솟은 나무들로 우리를 인도하는 그 아름다움을 우리 강변이 빼앗기도록 허락해선 안 돼요. 사랑의 신이여, 저 맑은 따호강을 풍부하게 만드는 선물을 빼앗아가도록 허락하지 마시기를. 따호강은 자신의 품속에서 키운 금모래보다 더 그분으로 인해 명성을 누리는 거예요. 양치기들에게 수천의 명예롭고 고상한 일을 하게 만든 눈빛, 그 영광스러운 생각과 영예로운 자극을 이 초원의 양치기들에게서 빼앗지 말아줘요. 갈라떼아가 이곳에서 먼 이국 땅으로 옮겨가는 것을 허락한다면, 당신은 이 강변에 대한 지배권 또한 박탈당하리라는 것을 알아야 해요. 오직 갈라떼아로 인해 당신은 그것을 행사할 수 있으니까 말이에요. 만일 그녀가 없으면 당신 역시 이 모든 초원에서 잊힐 거라는 사실을 분명히 알아야 해요. 여기 사는 모든 사람이 당신에게 복종하기를 거부할 것이고, 당신에게 익숙한 공물을 들고 달려오지 않을 겁니다. 내가 지금 당신에게 부탁하는 것은 너무나 순리에 맞고 합리적이니, 만일 내 요청을 들어주지 않는다면 당신은 완전히 이성을 벗어나 불합리의 영역에 속하게 된다는 것을 깨달아야 해요. 우리가 길러온 그 아름다움, 우리 숲과 마을의 시초가 되었던 그 분별력, 하느님이 우리 땅에 주신 특별한 선물인 그 우아함이 수많은 복과 부라는 명예로운 열매를 거둘 것으로 생각해왔는데, 이상한 왕국으로 옮겨져 낯모르는, 알지 못하는 손의 소유가 되고 다루어지는 것을 그 어떤 법이 명령하고, 그 어떤 이성이 동의할 수 있겠어요? 자비로우신 하느님은 우리가 그렇게 큰 해를 입기를 결코 바라지 않으실 겁니다. 오, 푸른 초원이여, 그녀의 시선을 너희는 얼마나 즐거워했는가! 오, 향기로운 꽃들이여, 그녀의 발길이 스쳤을 때 너희는 얼마나 더 진한 향기를 뿜었던가! 오 식물들이여, 오, 이 상쾌한 숲속 나무들이여, 너희 자연성에 주어진 것은 아니라도 내 구하는 바를 주시도록 하느님을 움직일 어떤 감정이라도 만들어내다오!"

사랑에 빠진 양치기는 이 말을 하며 너무 많은 눈물을 흘려, 그것을 본 갈라떼아 역시 눈물을 감출 수 없었다. 그녀와 함께 간 사람들 모두 그에 못지않게 동요해서 마치 그의 죽음 앞에 애도의 눈물을 흘리듯이 울어댔다. 바로 이때 에라스뜨로가 그들에게 도착했고, 그들은 마음을 다해 즐겁게 그를 맞이했다. 그는 갈라떼아가 자신과 함께 흘린 눈물의 흔적을 보고 눈을 떼지 못한 채 한동안 그녀를 주시하다가 말했다.

"갈라떼아여, 저는 사람 가운데서 누구도 변덕스러운 운명의 여신이 주는 타격에서 벗어날 수 없다는 것을 방금 알게 되었어요. 특별한 권한으로 그 타격에서 자유로울 줄 알았던 당신마저 운명의 여신이 더 거칠게 공격하고 힘들게 하는 것을 보니 말입니다. 이로써 저는 하느님이 당신을 알고 당신의 품격을 잘 아는 모든 사람을 단 한번의 타격으로 상처 주기 원하셨다고 확신합니다. 하지만 그럼에도 저는 희망을 간직하고 있어요. 그분의 가혹함이 당신의 행복을 크게 해치기는 하지만, 이 시작된 불행이 그리 오래가지는 않을 거라는 희망 말입니다."

"저 역시 같은 이유로" 갈라떼아가 대답했다. "제게 닥친 불행을 그리 비관적으로 생각하지 않아요. 지금까지 사는 동안 제가 바란 일에서 한번도 그런 불행을 겪은 적이 없었거든요. 그러나 부모님에 대한 순종이 얼마나 제 머리채를 움켜쥐고 그분들을 따르도록 하는지 명백히 밝히는 것은 제가 자랑스러워하는 명예에 도움이 되지 않으니, 에라스뜨로, 제발 부탁인데, 제 슬픔을 새롭게 불러일으킬 기회를 만들지 말아주세요. 또한 제가 두려워하는 과거의 불쾌한 기억을 일깨우는 것은 당신이나 그 어떤 사람도 다루지 않았으면 좋겠어요. 이와 더불어 부탁하니 양치기들이여, 마을 가는 길을 계속 갈 수 있도록 좀 비켜주세요. 그리살도에게 연락해 아르딴드로가 저지른 모욕을 갚을 시간을 주어야 해요."

에라스뜨로는 아르딴드로와 있었던 일을 알지 못했다. 하지만 양치기 처녀 플로리사가 그간의 일을 간략히 설명해주었다. 이 말을 들은 에라스뜨로는 그 어려운 일을 행한 아르딴드로의 용기가 보통이 아님을 깨닫고 놀라움을 금치 못했다. 그때 전날 밤 실레리오의 은거지에 있었던 기사들과 양치기들, 귀부인들 일행을 만나지 않았다면 양치기들은 갈라떼아가 부탁한 대로 했을 것이다. 이들 일행은 아주 즐거운 얼굴로 실레리오와 함께 마을로 가고 있었다. 실레리오는 이제까지와는 다른 차림새, 다른 기색을 보여주고 있었다. 은둔자의 삶을 아름다운 블란까와 나누는 즐거운 결혼 생활로 바꾸어버렸기 때문이었다. 그들은 자신들의 결혼을 설득했던 좋은 친구들 띰브리오, 니시다와 함께 즐거움과 기쁨을 한껏 나눴다. 이 결혼으로 그의 모든 고난은 끝이 났고 니시다로 인해 괴로웠던 생각들로부터 안식과 평온을 찾게 되었다. 그런 일이 주는 기쁨을 그들 모두 즐거운 음악과 격조 높은 사랑 노래로 드러내며 오던 중에 갈라떼아와 그녀와 함께 있던 다른 사람들을 만나게 된 것이다. 그들을 만난 일행은 하던 일을 멈추고 갈라떼아 무리와 반갑게 예의 넘치는 인사를 나누었다. 갈라떼아는 실레리오의 경사에 축하를 보냈고 아름다운 블란까에게도 약혼 축하 인사를 건넸다. 실레리오를 무척 좋아하는 다몬과 엘리시오, 에라스뜨로도 마찬가지로 축하의 인사를 했다. 그들 사이에 한바탕 축하와 인사가 끝나자 모두가 마을을 향해 발걸음을 계속했다. 그때 띠르시가 분위기를 띄우고자 띰브리오에게 그가 실레리오를 만났을 때 시작한 소네트를 이제 끝맺으면 어떻겠냐고 청했다. 띰브리오는 마다하지 않고 질투심 많은 오르페니오의 피리 소리에 맞춰 몹시 달콤한 목소리로 나머지 소네트를 마쳤다. 내용은 다음과 같다.

띰브리오
　나의 희망 너무도 견고히 뿌리내려

아무리 거세게 바람 불어도
그 견고함 조금도 흔들리지 않네.
그 정도로 믿음과 힘, 용기가 확고하지.

확고한 나의 사랑의 생각
변할 거라는 데 전혀 동의하지 않고
고통 중에 차라리 생명 버릴지언정
이 믿음 저버리지 않는다네.

사랑에 빠진 나의 가슴이
사랑에 반해 오락가락한다면
그런 사랑에 달콤하고 조용한 평화는 적합하지 않지.

나의 사랑은 믿음 더욱 키워
카리브디스가 격노하고 스킬라가 위협하는[8]
바다에 던져진다 해도 사랑에 호소할 거라네.

　띰브리오의 소네트는 양치기들에게 좋은 반응을 얻었고, 노래 부르는 맵시 있는 태도 역시 그에 못지않았다. 그래서 그들은 띰브리오에게 또다른 노래를 불러주기를 청했다. 그러나 그는 사양하

---

8 카리브디스는 바다의 신 포세이돈의 딸로 엄청나게 큰 바다 괴물. 그녀는 해협에서 에스킬라(Escila) 혹은 스킬라(Scylla)로 불리는 또다른 바다 괴물과 함께 사는데, 둘 사이는 화살이 닿을 정도의 짧은 거리라서 이 협곡을 지나는 항해자들이 카리브디스에게 괴롭힘을 당해 다른 쪽으로 피신하면 또 스킬라가 공격해 진퇴양난에 빠지는 경우가 있다고 한다. 이 표현은 이런 처지를 일컬을 때 주로 쓰인다.

면서 친구 실레리오에게 자신의 노래에 답해주기를 청했는데, 그가 곤경에 처할 때마다 항상 취하는 방법이었다. 실레리오는 친구의 부탁을 외면할 수 없어, 무척이나 행복하고 즐거운 표정으로 마찬가지로 오르페니오의 피리 소리에 맞춰 이런 노래를 불렀다.

실레리오
　하느님의 도움으로
　변덕스러운 바다의 위험을 피하고,
　어디로 가는지 모르고 가다가
　안전하고 평안한 항구에 도착했지.

　이제 근심의 돛은 걷어올리고,
　부서져 갈라진 배를 고치고,
　죽은 얼굴로 포효하는 바다에서
　약속한 자 그 맹세를 지켜라.

　하느님을 경외하며 땅에 입 맞추고,
　좋아지고 나아진 나의 운을 감싸안고,
　나의 숙명을 행복이라고 부르네.

　새로운 의지와 사랑의 열심을 품고
　새로운, 비할 수 없이 부드러운 사슬에
　고통에 젖었던 나의 목을 즐거이 기대고 있지.

실레리오의 노래가 끝났고, 그는 니시다에게 그녀의 노래로 저

평원을 즐겁게 해줄 것을 청했다. 그러자 그녀는 자신의 사랑하는 떰브리오를 바라보며 실레리오의 부탁을 들어줄지 눈으로 물었다. 그가 표정으로 동의하자 그녀는 더 기다리지 않고, 오르페니오의 피리 소리를 멈추게 하고 이번에는 오롬뽀의 보리피리에 맞춰 우아하고 멋스럽게 이런 소네트를 불렀다.

니시다
  아무리 운명이 좋은 쪽으로 도와주어도
  사랑의 고통이 가혹하게 다다른 곳에서는
  절대 사랑의 기쁨이 올 수 없다 맹세하는
  그 사람 의견에 나는 반대해요.

  행복이, 불운이 무엇인지 나는 알아요.
  그 효과도 분명히 알고 있어요.
  사랑의 고통이 그 생각을 파괴하면 파괴할수록
  사랑의 복이 더욱 그것을 견고히 한다는 것을 느껴요.

  우울하고 불행한 소식이 아무리 들려도
  나는 쓰디쓴 죽음의 팔에 안기지 않았고
  저 야만스런 해적들에게 항복하지도 않았어요.

  진정 힘든 고통과 고난의 시간이었지만
  지금은 알지 못하고 잊어버렸고
  이제 내 인생의 가장 즐거운 행복을 증명하고 있어요.

갈라떼아와 플로리사는 아름다운 니시다의 보기 드문 목소리에 크게 놀라움을 표했다. 니시다는 노래할 때 띰브리오와 그의 동행 양치기들이 함께하는 것을 보고서 자신의 동생이 노래하지 않고 침묵을 지키는 것을 원치 않았다. 그러자 동생은 언니의 요청을 굳이 사양하지 않고 오르페니오에게 손짓해 피리 연주를 청한 후, 그 소리에 맞춰 니시다에 못지않은 우아한 목소리로 이런 노래를 불렀다.

블란까
마치 모래 많은 리비아 땅에 있는 것처럼,
마치 언제나 꽁꽁 얼어붙은 먼 땅 스키티아[9]에 있는 것처럼,
싸늘한 공포감과
절대 식지 않는 불의 갑작스러운 공격을 받았어요.

그러나 고통을 누그러뜨리는 희망은
각각의 극단적인 상황에서 자신을 숨긴 채,
때로는 강력한 힘으로, 때로는 연약하고 미온적인 태도로
삶을 자신의 수중에 넣어버렸지요.

사랑의 불길이 그 끝에 남아 있지만
성난 얼음 같은 겨울 이제 지나가고,
드디어 고대하던 봄이 왔어요.

---

9 스키타이족이 거주했던 유라시아 지역. 현재의 러시아, 카자흐스탄, 우크라이나 일대이다.

지금 나는 오직 행운만이 존재하는 곳에서
신실한 믿음을 보여주는 긴 증거와 함께
그동안 원했던 달콤한 열매 즐기고 있어요.

　블란까의 목소리와 그녀가 부른 노래는 그동안 양치기들이 들은 다른 모든 양치기 처녀들의 노래 못지않게 기쁨을 안겨주었다. 그들은 모든 재능이 궁중 기사들에게만 있지 않다는 것을 보여주고 싶었고, 거의 같은 생각으로 오롬뽀와 끄리시오, 오르페니오, 마르실리오가 저마다 자신의 악기를 조율하기 시작했다. 그때였다. 그들 등 뒤에서 어떤 소음이 들려 돌아보니 그것은 어떤 양치기가 내는 소리였다. 그 양치기는 몹시 흥분한 상태로 푸른 숲의 빽빽한 관목들 사이를 급히 지나가고 있었다. 그는 모두가 아는 대로 사랑에 빠진 라우소였다. 띠르시는 그 모습에 매우 놀랐는데, 바로 전날 밤 그와 헤어졌기 때문이었다. 그는 어떤 일, 그의 고뇌를 끝내고 즐거움이 시작될 일 때문에 어딘가로 간다고 말하면서 더이상 말도 없이 친구인 다른 양치기와 함께 띠르시의 곁을 떠났다. 그런데 무슨 일인지 몰라도 그가 지금 아주 빠른 걸음으로 길을 가고 있었던 것이다. 띠르시가 한 말도 있어 라우소를 부르고 싶었던 다몬은 큰 소리로 그를 부르며 이곳으로 오라고 했다. 그러나 그는 듣지 못한 것처럼 계속해서 발걸음을 재촉해 비탈길을 지나더니 아주 빠른 속도로 그들을 지나쳐버렸다. 그래서 이번에는 다른 언덕 꼭대기에 올라가 더 큰 목소리로 그를 불렀다. 이것을 들은 라우소는 돌아보지 않을 수 없었고, 곧 다몬이 있는 곳으로 와 기쁨 넘치는 몸짓으로 그를 껴안았다. 너무도 기뻐서 다몬은 어리둥절할 정도였다. 그래서 그에게 물었다.

"친구 라우소여, 무슨 일인가? 혹시 자네가 바라던 목표를 이룬 건가? 어제부터 자네가 바라던 대로 일이 풀려 원하던 것을 쉽사리 얻은 거야?"

"내 진실한 친구 다몬이여, 내가 지금 가진 복은 자네가 말한 것보다 훨씬 크다네." 라우소가 대답했다. "다른 사람에게는 언제나 절망과 죽음으로 작용하던 원인이 내게는 희망과 생명으로 임한 거지. 그 원인이란 나의 양치기 처녀에게서 지금까지 본 애교스러운 우아함 섞인 냉담함과 실망감이었어. 그런데 그 원인이 이제 나를 처음의 나 자신으로 되돌려주었어. 양치기여, 이제, 이제 나의 지친 목은 무거운 사랑의 멍에를 더이상 느끼지 않아. 이제 나의 감각 속에서 자아를 잃도록 만들었던 고상한 생각의 구조가 다 해체되어버렸어. 이제 나는 그동안 잃어버렸던 친구들과의 대화로 다시 돌아갈 거야. 이제 이 평온한 들녘의 푸른 풀들과 향기로운 꽃들을 다시 찾을 거야. 이제 나의 한숨은 휴식을 맞을 거고, 눈물은 해결의 실마리를 찾을 것이며, 불안은 평온을 얻게 될 거야. 그러니 생각해보게, 다몬, 이것이 오늘 자네에게 보여주는 내 기쁨과 즐거움의 충분한 이유가 되지 않겠나."

"물론이지, 라우소." 다몬이 대답했다. "하지만 내가 두려운 것은 갑자기 생긴 기쁨은 오래가지 못한다는 점이야. 냉정으로 얻은 자유가 연기처럼 사라진다는 건 나도 이미 경험한 바 있지. 그리고 곧바로 더 빨리 뜻을 이루고자 하는 사랑의 의도가 그 자리를 채워버려. 그러니 친구 라우소여, 자네의 기쁨이 내 생각보다 더 견고하게 뿌리내리고, 자네가 선포한 자유가 오래가도록 하느님께 기도드리게. 그래서 내가 우리의 우정으로 인해 행복할 뿐 아니라 사랑의 소망에서 일어나는 흔치 않은 기적을 보는 것으로도 기뻐하도록 말이야."

"어찌 됐든, 다몬," 라우소가 대답했다. "나는 지금 대단히 자유로워. 내 의지를 마음대로 지배하지. 나는 지금 진실을 말하고 있으니 자네도 기뻐해주었으면 하네. 내 마음 상태에 대해 다른 증거를 보여주기 원하나? 내가 사라져주기를 바라는 건 아니겠지? 자네가 내 지난 고뇌와 현재 즐거움의 원인이라 생각하는 그 오두막을 내가 더이상 방문하지 않기를 바라나? 뭐든 자네 원하는 대로 하겠네."

"라우소, 중요한 것은 자네가 기뻐하는가, 그렇지 않은가야." 다몬이 대답했다. "자네가 지금 말한 마음 상태를 일주일 동안 계속 유지하는지 내 지켜보겠네. 자네, 우선 지금은 가던 길을 그만두고 나와 함께 모든 양치기와 귀부인들이 기다리는 곳으로 가면 어떤가? 이것이 오직 내가 바라는 바야. 마을로 가는 동안 자네 노래를 들려주면 우리도 즐겁고 지금 자네의 기쁨도 커질 텐데 말이야."

다몬의 제의에 라우소도 기쁨으로 답했다. 띠르시가 다몬에게 돌아오라고 손짓하자 라우소는 길을 돌이켜 다몬과 같이 갔다. 양치기들 있는 곳에 도착한 라우소는 인사치레를 접고 말했다.

"여러분, 저는 여러분이 가진 즐거운 축제 분위기를 깨려고 온 것이 아닙니다. 제 노래를 듣는 것으로 저를 맞아주시겠다면, 마르실리오, 보리피리 연주를 부탁드려요. 제 혀가 이렇게 말할 거라고 누구도 생각한 적 없는, 저 역시 한번도 상상한 적 없는 이야기 한번 들어보세요."

양치기들 모두가 이구동성으로 그의 노래를 듣는 것이 커다란 즐거움이라고 대답했다. 곧바로 마르실리오가 경청하는 마음을 담아 보리피리를 연주했고, 그 소리에 맞춰 라우소는 이런 노래를 불렀다.

라우소

　　바닥에 무릎 꿇고

　　겸손한 모습으로 손 모으고

　　올바른 열정 가득한 마음 안고

　　거룩한 냉정함이여, 당신을 찬양합니다.

　　평온하고 좋은 시기에 내가 즐긴

　　달콤한 축제의 이유가

　　당신 속에 간추려져 있지요!

　　사랑의 불행을 품은 가혹하고 혹독한 독에

　　당신은 확실하고 빠른 치료제였습니다.

　　당신은 나의 완전한 파멸을, 나의 전쟁을

　　건전한 평화로 바꾸었어요.

　　그러니 당신을 나의 크나큰, 값진 보물로 여기고

　　한번 아니라 수십만번이라도 찬양해요.

　　당신 덕택에, 오랫동안 요동치고

　　방황하던 나의 피곤한 눈빛이

　　이전 모습으로 돌아왔어요.

　　당신 덕택에, 나의 의지와 삶에서

　　옛사랑의 폭군이

　　탈취한 것들 다시 즐기게 되었어요.

　　당신 덕택에, 나의 과오의 밤이

　　고요한 시간이 흐르는 낮으로

다시 돌아왔어요.

과거에 노예였던 이성이

지금은 평온하고 지혜로운 흐름 속에서 주인 되어

영원한 복 더 선명히 빛나는 곳으로

나를 인도해갑니다.

냉정함이여, 당신은 내게 임한

사랑의 표지들이 얼마나 속임수로 가득 찼으며,

얼마나 거짓된 것이었으며,

얼마나 꾸며낸 것이었는지 보여주었어요.

그토록 귀를 즐겁게 만들고

자신의 영혼까지 망각하게 만들었던

저 사랑의 언어들이

얼마나 거짓과 조롱으로 이루어졌는지 보여주었어요.

명백한 환멸이 내게 왔을 때,

저 부드럽고 섬세한 눈빛은

오직 나의 봄을 날씨 나쁜 겨울로

만들기 위한 것이라는 것도요.

달콤한 냉정함이여, 당신은 그 해로움 치료해주었어요.

보통은 생각을

사랑의 욕망으로 이끄는

강력한 박차 역할을 하는 냉정함이여,

당신의 효과와 조건이 내 안에서 지금 침묵하고 있어요!

당신으로 인해 보기 드문 성급함으로 뛰어가는 사람을

좇고자 하는 뜻에서 벗어났지요.
사랑이 그 섬세한 움직임을 중단하지 않아
내 마음 만족스럽지 않아도
나를 사로잡을 그물 다시 펼치고 있어요.
내 마음 아무리 고통스럽다 할지라도
내 가슴 향하는 수천의 화살에 꿋꿋이 맞서고 있어요.
오직 당신, 냉정함만이 그 화살 부러뜨리고
그 그물 갈가리 찢을 수 있습니다.

내 사랑이 비록 단순하고 연약해도
한번의 냉담에 쓰러지지 않아요.
그러려면 수십만번의 냉담이 필요할 거예요.
내 사랑을 땅에 거꾸러뜨리려는 소나무 있다 해도
조금도 해를 주지 못하고
자신이 땅에 쓰러질 거예요.
결국은 훗날 다른 타격으로 말이죠.
무정함 위에 세워진,
다른 사람의 운명에 관심 두지 않는 가혹하고 엄격한 냉정함이여,
당신 모습 보고, 당신의 말 듣고,
당신을 만지는 것이 내게는 감미로움 그 자체였어요.
나의 광기를 잠재우고 끝내니
당신은 내 영혼의 기쁨의 대상이었어요.

당신, 냉정함은 내 광기를 잠재우고
어리석음을 바로잡게 도와주었어요.

그래서 내가 지닌 무거운 꿈 털어버리게 했어요.

건강한, 더 좋은 의도로

찾을 수 있다면 감사 넘치는 다른 주인의

새로운 위대함에 찬양 노래 부르도록 하기 위해서죠.

당신은 배은망덕한 사랑이 고통에 찬 나의 덕목을 잠들게 한

사리풀[10]에서 그 힘 빼앗았지요.

뜨거운 당신의 덕목으로

나는 새로운 생명과 삶의 태도 보여줄 수 있어요.

지금 나는 사려 깊게 행동할 줄 알고

두려움 없이 희망 가진

그런 사람이 되었다고 자부해요.

  라우소는 더이상 노래하지 않았으나 지금까지 노래한 것만으로도 그 자리에 있던 사람들의 경탄을 자아내기에 충분했다. 사람들은 어제까지만 해도 사랑에 빠져 행복해하던 그가 그토록 짧은 시간에 완전히 바뀌어 딴사람이 된 것에 매우 놀라워했다. 이런 모습을 좋게 본 친구 띠르시가 그에게 말했다.

  "친구 라우소여, 자네가 그토록 짧은 시간에 얻은 복을 축하해야 할지 하지 말아야 할지 잘 모르겠네. 자네의 견고한 확신이 계속 유지될지 두렵기도 하고. 그러나 얼마 동안이라도 영혼에 자유를 선사한 그 기쁨으로 자네가 그토록 즐거워하니 나도 덩달아 기분이 좋아. 자네가 그것을 얼마나 높이 평가하는지 이제 알았으니, 혹 자유로운 이해와 열정 없는 의지가 주는 달콤한 선물에 이끌려 부

---

10 한국·유럽·아프리카 등지에 분포하는 한두해살이 풀. 그 즙이 잠을 부르는 효과가 있다.

서진 사슬과 멍에로 발걸음 되돌리려는 유혹이 온다 해도 힘을 다해 깨뜨려야 하네."

"신중한 띠르시여, 걱정 붙들어매게." 라우소가 대답했다. "어떤 새로운 계략도 내 발에 다시 사랑의 족쇄를 채울 일은 없을 거야. 내가 이 상태를 유지하기 위해 아무런 대가도 치르지 않을 만큼 가볍고 변덕스러운 사람이라고 생각지 말게. 끝없이 생각을 거듭하고, 떠오르는 의심을 수천번 확인하고, 다시는 잃어버린 빛으로 돌아가지 않고자 하느님께 한 약속을 제대로 이행하고 있는지 수천번 다짐한다네. 과거 하찮게 생각했던 그것을 이제 최선을 다해 지켜내겠다고 자네에게 분명히 말하겠네."

"자네가 과거로 묻어놓은 것을 다시 돌아보지 않는 것보다 좋은 방법은 없어." 띠르시가 말했다. "만일 뒤돌아보면 자네는 그토록 힘들게 얻은 자유를 다시 잃는 거야. 그리고 저 부주의한 연인[11]처럼 끝없는 통곡을 불러일으키는 새로운 원인 속에 갇혀버리게 돼. 친구 라우소여, 이 세상에 경멸과 쓸데없는 오만함에 식지 않고, 그릇된 생각에서 벗어나지조차 않을 만큼 사랑에 빠진 가슴은 없다네. 자네는 한번도 말하지 않았지만, 실레나가 어떤 사람인지 알게 되었을 때 나는 이 진리를 더욱 믿게 되었지. 변덕스러운 그녀의 기분, 갈수록 심해지는 충동, 그녀 욕망의 단순함(달리 말할 수 없어 이 단어를 썼네) 등을 말이야. 이런 것들을 절제하지 못하고 하느님이 주신 비할 수 없는 아름다움으로 감추지 않았다면 그녀는 분명 모든 사람으로부터 크게 미움받았을 거야."

"자네 말이 맞아, 띠르시." 라우소가 대답했다. "틀림없이 그녀

---

11 오르페우스의 아내를 가리킨다. 그녀는 자신을 구하러 온 남편을 따라가다가 저승의 신 하데스의 경고를 어겨 저승으로 돌아가게 된다.

의 특출난 미모와 비할 수 없이 정숙한 것처럼 꾸민 자태가 바라보는 모든 사람에게 그녀를 사랑받을 뿐 아니라 나아가 숭배받는 존재가 되게 만들었지. 그러니 나의 자유의지가 그토록 강력한 적의 힘에 굴복한 것도 전혀 놀라운 일이 아니야. 진정 놀라운 일은 내가 그 힘에서 빠져나왔다는 걸세. 그토록 나를 함부로 대하고, 그토록 나의 의지를 무력화하고, 그토록 나의 분별력을 혼란에 빠뜨리고 기억력을 무너뜨린 그 손에서 빠져나와 이제 싸움에서 이길 수 있으리라는 생각이 드네."

그 순간 그들이 가는 길로 아름다운 양치기 소녀가 다가오고 약간 떨어져 다른 양치기가 오는 것을 보고서 그들은 대화를 더 이어가지 못했다. 알고 보니 남자 양치기는 나이 많은 아르신도였고, 양치기 소녀는 갈레르시오의 동생 마우리사였다. 갈라떼아와 플로리사가 그녀를 알아보고서 그녀가 그리살도가 로사우라에게 전하는 전갈을 가져온 것으로 생각했다. 두 양치기 처녀가 먼저 나가 그녀를 맞이했다. 마우리사가 갈라떼아에게 다가와 포옹했고 나이 많은 아르신도는 양치기 모두에게 인사하고 잘 아는 라우소의 어깨를 감싸안았다. 라우소는 아르신도가 마우리사를 따라갔다고 사람들이 말해준 뒤로 아르신도의 행적이 무척 궁금했었다. 그런데 지금 그가 그녀와 함께 돌아오는 것을 보자 곧바로 아르신도의 흰 수염이 그곳에 있던 모든 사람들에게, 그리고 그 자신에게 주었던 모든 신뢰를 잃기 시작했다. 만일 거기 있던 사람들이 사랑의 힘이 미치는 영역이 얼마나 넓고 큰지에 대해 경험으로 알지 못했다면 아르신도에 대한 신뢰를 모두 잃을 뻔했다. 그러자 아르신도는 자신을 비난하는 바로 그 사람들 속에서 자신의 실수에 대한 변명거리를 찾아냈다. 아르신도는 양치기들의 자신을 향한 생각이 어떤

지 짐작하고서 그 관심을 만족시키고 또 변명하듯이 말했다.

"여러 양치기들이여, 오랫동안 우리의 이 강변과 다른 지역 강변에서도 유례 없던 가장 특별한 사랑의 일 중 하나를 들어보게. 우리 모두 잘 아는 저 유명한 레니오가 얼마나 사랑을 거부하는지 다들 알고 있으리라 믿네. 사랑에 관심 없고 사랑을 인정하지 않는 태도로 그는 대표적으로 사랑을 거부하는 자라는 명성을 얻게 되었지. 얼마 전 그는 오직 사랑을 공박하고자 감히 이 자리에 있는 저 유명한 띠르시와 경쟁을 시도했어. 그는 입만 열면 사랑에 대해 나쁜 말을 하는 사람이지. 또 그가 보기에 사랑의 고통으로 힘들어하는 자들을 그토록 열심히 혼내곤 했고. 이처럼 공개적으로 사랑의 적으로 판명된 그가 이제 끝을 맞이했다네. 확언하는데, 사랑의 신을 그보다 더 열렬히 따르는 자가 없고 사랑의 신이 그보다 더 박해하는 신하도 없을 걸세. 사랑의 신은 결국 그를 사랑에 빠지게 만들어버렸어. 그것도 사랑을 거부하는 헬라시아에게 말이네. 이 잔인한 양치기 처녀는 요전 날, 여러분도 알다시피 (마우리사를 가리키면서) 이 아가씨의 오빠가 자신의 목에 끈을 매어 짧고 고단한 인생을 잔인한 그녀의 손안에서 마감하도록 유도한 장본인이지. 앞서 언급한 것과 같은 사랑의 신의 속성이야. 양치기들이여, 결론적으로 말해서 사랑을 거부하던 레니오 그 사람이 지금 냉정하고 굳은 마음의 헬라시아로 인해 대기를 한숨으로, 대지를 눈물로 가득 채우고 있어. 내가 볼 때 가장 심각한 것은 사랑의 신이 레니오의 반항하는 마음에 복수를 가했다는 거야. 마음이 가장 냉정하고 쌀쌀맞은 양치기 처녀에게 그를 굴복시켜버렸으니 말이지. 그것을 안 그는 이제 최선을 다해 말과 행동으로 사랑의 신과 화해하려고 애쓰고 있다네. 과거 사랑의 신을 비난하던 것과 똑같은 방법으

로 이제 그를 찬양하고 그의 이름을 기리고 있어. 그런데도 사랑의
신은 그에게 우호적이지 않고, 헬라시아 역시 그를 치유하는 쪽으
로는 기울지 않아. 내 눈으로 확인한 바라네. 불과 몇시간 전 여기
이 양치기 소녀와 이곳으로 오던 중에 그가 삐사라스 샘에 있는 것
을 보게 되었지. 땅바닥에 쓰러져 얼굴에 식은땀을 흘리며 숨을 헐
떡거리고 있었어. 그에게 다가가 누구인지 알아본 나는 샘물로 그
의 얼굴을 씻겨주었지. 그러자 그는 의식을 되찾았어. 나는 옆에 앉
아 그가 당하는 고통의 이유를 물어보았네. 그는 하나도 빠뜨리지
않고 조목조목 그 이유를 말해주었어. 얼마나 구슬프고 가련하게
말하던지, 그동안 한번도 연민의 징후조차 가지고 있으리라 생각
지 않았던 그 양치기 소녀까지 애처로운 느낌을 자아냈다네. 그는
헬라시아와 사랑의 신의 잔인함을 강조했어. 또 그가 가했던 수많
은 모욕을 단번에 갚기 위해 사랑의 신이 자신을 그런 상황으로 유
도하지 않았는가 하는 의심이 그의 뇌리를 지배하는 것 같았어. 나
는 그런 그를 최선을 다해 위로했고, 치명적인 감정에서 놓여난 그
를 두고 라우소, 자네를 만나기 위해 이 양치기 소녀와 이곳에 왔
다네. 자네만 괜찮다면 함께 우리의 오두막으로 돌아가세. 우리가
그곳을 떠난 지 벌써 열흘이 지났네. 아마 우리가 우리 양떼의 부
재를 느끼는 것보다 우리 양떼가 우리의 부재를 더 느끼고 있을 것
같네."

"아르신도님," 라우소가 대답했다. "제가 거기 응해야 할지 모르
겠는데, 저에게 오두막으로 돌아가자고 하신 것은 무엇보다 예의
를 차리느라 하신 행동이라고 생각해요. 요즘 어르신이 자주 저를
떠나 계신 걸 보면, 다른 오두막에서도 할 일이 많으신 듯하니까요.
하지만 이 점에 대해서는 더 좋은 기회에 말씀드리기로 하고, 어르

신이 레니오에 대해 하신 말씀이 사실인가요? 다시 한번 말씀해주세요. 만일 사실이라면, 저는 사랑이 평생 자신이 한 일 중에서 가장 큰 기적 중 두가지를 최근에 일으켰다고 분명히 말할 수 있어요. 레니오의 사랑에 딱딱한 마음을 결국 항복과 굴종으로 인도하고, 반대로 제 경우는 매인 마음을 자유롭게 풀어놓았잖아요."

"저 말하는 것 좀 보게." 그때 오롬뽀가 끼어들었다. "친구 라우소여, 자네 말처럼 사랑이 자네를 묶어놓았다면, 어째서 그 똑같은 사랑이 자네 공언대로 자네를 풀어준단 말인가?"

"오롬뽀, 자네가 나를 이해한다면," 라우소가 대답했다. "내 말이 하나도 틀리지 않았다는 것을 알게 될 거야. 왜냐하면 사랑은 내가 그토록 사랑했던 여자의 가슴을 과거에도 지배했고 지금도 지배하지만, 나와는 다른 목표를 지향하기 때문이라고 말하겠네. 아니, 그렇게 말해주고 싶어. 그래서 사랑은 나를 자유롭게 풀어주기도 하고, 레니오를 굴종 상태로 만들기도 하는 거야. 이 모두 사랑의 작용이지. 오롬뽀, 제발 내가 이것과 다른 기적을 의지하도록 하지 말아주게."

이렇게 말하고 그는 눈을 돌려 나이 많은 아르신도를 바라보았다. 입으로 침묵을 지킨 말을 눈으로 하는 것이었다. 그가 세번째 기적으로 말할 수 있는 것이 바로 백발의 아르신도가 나이 어린 청춘의 마우리사를 향한 사랑에 빠진 것임을 모두가 알고 있었기 때문이다. 이때 마우리사는 조금 떨어진 곳에서 갈라떼아, 플로리사와 함께 이야기하고 있었다. 그녀는 두 사람에게 그리살도가 날을 잡아 마을에서 양치기 복장으로 비밀리에 로사우라와 결혼식을 올리려 한다고 말해주었다. 공개적으로 하지 못하는 이유는 그의 아버지가 결혼 상대로 약속해둔 레오뻬르시아의 친척들이 그리살도가 약속을 어길지 모른다는 것을 이미 알고 있고, 그런 모욕을 절대 용납하지 않을 것이기 때문이었다. 하지만 이 모든 것에도 불구하고 그리살도는 아버지에 대한 의무보다 로사우라에게 빚진 것을 우선으로 생각한다고 마우리사는 말했다.

"양치기 처녀들이여, 지금까지 드린 모든 말은" 마우리사가 말을 이었다. "제 오빠 갈레르시오가 여러분에게 전해주라고 한 거예요. 오빠는 이런 전갈을 가지고 여러분에게 오려고 했는데 그만 저 잔인한 헬라시아에게 마음을 빼앗겨버렸지 뭐예요. 그 여자는 자신의 아름다운 외모로 제 가엾은 오빠의 영혼을 꾀어냈어요. 이런 까닭에 제가 말씀드린 것을 여러분에게 직접 전할 수 없었던 거죠. 그녀를 쫓아다니다보니 길을 계속 갈 수 없어 동생인 저를 믿은 거예요. 양치기 처녀들이여, 이제 제가 이곳에 온 이유를 아셨겠지요. 그러니 로사우라가 있는 곳을 말해주세요. 제가 직접 전하든지 여러분이 전하든지 그녀에게 말해주어야 하니까요. 오빠가 겪고 있는 고뇌는 제가 이곳에서 일분이라도 더 지체하는 것을 용납하지 않을 거예요."

양치기 소녀가 이렇게 말하는 동안, 갈라떼아는 이 소녀에게 전할 쓰디쓴 답변과 저 불쌍한 그리살도의 귀에 들어갈 슬픈 소식을 생각하고 있었다. 그러나 그 소식을 알리지 않을 핑계가 없고 또 답변을 미루는 것은 더 좋지 않으리라는 생각에, 로사우라에게 일어난 일을 모두 그녀에게 말해주었다. 아르딴드로가 어떻게 그녀를 데려갔는지를 말이다. 그 말을 듣자 마우리사는 크게 놀랐다. 갈라떼아가 잡지 않았다면 그 즉시 그리살도에게 돌아가 전해줄 기세였다. 갈라떼아는 그녀와 갈레르시오와 함께 간 두명의 양치기 처녀들 소식을 물었다. 그 질문에 마우리사는 다음과 같이 답했다.

"갈라떼아, 그녀들 소식을 들으면 제가 로사우라의 소식을 듣고 놀란 것보다 더 큰 충격을 받으실 거예요. 하지만 그 얘기를 하기에는 시간이 여의치 않군요. 한가지만 말씀드리자면, 레오나르다라고 불리는 그녀는 세상에서 본 적 없는 가장 기막힌 속임수로 제 오빠 아르띠도로와 결혼해버렸답니다. 다른 양치기 처녀 떼올린다는 지금 목숨을 잃거나, 아니면 정신을 잃을 지경에 처해 있어요. 아르띠도로 오빠와 꼭 닮은 갈레르시오 오빠를 보는 것이 떼올린다의 유일한 기쁨이었던 같아요. 그래서 한시도 그 곁을 떠나지 않았지요. 그런데 오빠에게는 이것이 너무도 귀찮고 힘든 일이었나봐요. 잔인한 헬라시아와 함께 있는 것이 무척이나 달콤하고 즐거웠으니까요. 이 일이 어떻게 된 건지는 다음에 시간을 갖고 자세히 말씀드릴게요. 제가 늦게 가면 그리살도 오빠가 자신의 불행을 구제할 기회를 놓칠 것 같아서요. 부지런할수록 해결의 가능성이 크잖아요. 아르딴드로가 로사우라를 데려간 것이 오래지 않은 바로 오늘 아침 일이라면, 그리살도가 그녀를 되찾을 희망을 잃어버릴 만큼 이 강변에서 멀리 가지는 못했을 것이 분명해요. 발걸음을 재촉하면 뜻을 이룰 것도 같네요."

마우리사의 말이 갈라떼아에게도 좋게 보여서 더이상 붙잡으려 하지 않았다. 그녀는 가능하면 어서 다시 만나 떼올린다에게 생긴 일과 로사우라의 일을 말해주기를 부탁할 뿐이었다. 양치기 소녀는 그러겠다고 약속한 후 더 지체하지 않고 사람들과 작별하고 자신의 마을로 돌아갔다. 모두 그녀의 우아한 태도와 아름다움에 만족스러워했다. 그녀와의 작별을 가장 서운해한 사람은 바로 나이 많은 아르신도였다. 그는 자신이 원하는 바를 분명하게 드러내지 못하고 생각 속에만 그리움을 간직하며 마우리사 없이 외롭게 남아야 했다. 양치기 처녀들 역시 무척이나 알고 싶었던 떼올린다의 일에 대해 상세한 소식 얻기를 잠시 미뤄야 했다.

이때 그들의 오른편에서 뿔 나팔 소리가 또렷이 들렸다. 그들은 눈을 돌려 소리가 난 쪽을 바라보았다. 저쪽 약간 높은 언덕 위에 두 명의 나이 든 양치기의 모습이 보였다. 그리고 그들 사이로 연로한 사제의 모습이 눈에 띄었다. 그들은 곧 그 사제가 나이 많은 뗄레시오임을 알아보았다. 그 양치기들 중 한 명이 다시 뿔 나팔을 불자, 세 사람은 언덕을 내려와 근처의 다른 언덕을 향해 걸어가더니 그 위에 올라 다시 뿔 나팔을 불었다. 그 소리에 사방 여러곳에서 많은 양치기가 움직여 뗄레시오가 원하는 것이 무엇인지 알아보러 왔다. 이런 신호로 그는 강변에 있는 양치기들을 불러모아 유익한 말을 해주거나, 그 지역의 잘 아는 양치기의 죽음이나 엄숙한 종교 행사, 혹은 조의를 표할 추모식 날짜를 알려주곤 했다.

아우렐리오와 그곳의 거의 모든 양치기가 그런 관습과 뗄레시오의 역할을 잘 알고 있어 모두 그에게로 가까이 갔다. 그들이 도착해보니 뗄레시오가 불러모은 양치기들이 이미 모여 있었다. 뗄레시오는 사람들이 많이 오는 것을 보고 또 그들 모두가 무척 중요한 사람들임을 알고서 언덕 위에서 내려와 지극한 사랑과 예의로 맞이했고, 마찬가지로 그 역시 모두의 영접을 받았다. 이윽고 아우렐리오가 뗄레시오에 다가가 말했다.

"고결하고 존귀하신 뗄레시오여, 말씀해주세요. 어떤 연유로 이 초원에 있는 양치기들을 이렇게 불러모으셨나요? 혹시 즐거운 축제나 조의를 표할 슬픈 장례식 같은 일이 있는 건가요? 또는 우리 삶을 더 풍성하게 해줄 어떤 것을 보여주려 하신 건지요? 뗄레시오여, 당신 뜻이 이끄는 대로 말씀해주십시오. 우리 뜻이 당신 뜻에서 벗어날 수 없다는 것 잘 아실 테니까요."

"양치기들이여, 그대들의 신실한 뜻을 하느님께서 갚아주실 것을 믿습니다. 그대들 뜻이 오직 그대들의 행복과 유익을 바라시는 그분의 뜻과 맞아떨어지기 때문이지요. 그런데 내가 이렇게 부른 뜻을 알기 원하는 그대들을 만족시키자면, 저 유명하고 훌륭한 양치기 멜리소의 가치와 명성을 영원히 그대들 기억 속에 불어넣기 위해서입니다. 그를 기리는 애통한 추모의 마음은 양치기들이 이 강변에 존재하는 한, 그리고 우리가 멜리소의 선함과 가치에 빚져 있음을 아는 데 우리 영혼이 부족하지 않은 한, 날이면 날마다 해가 갈수록 더 새로워지리라 믿어요. 적어도 나의 경우에 생명이 계속되는 한, 그대들이 누구와도 비교할 수 없는 멜리소의 재능과 예의, 덕목에 속해 있어야 한다는 의무를 적절한 때 상기시키는 일을 멈추지 않을 겁니다. 그래서 나는 지금 이곳에서 그대들에게 이 의무를 상기시키고, 또 내일이 바로 그 불행한 양치기를 추모하는 날이라는 것을 알려드립니다. 사려 깊은 양치기 멜리소의 다정한 모습을 잃어 우리의 행복마저 잃은 바로 그 장소에서 말입니다. 그의 선량함에 그대들 빚져 있으니, 또한 그대들 섬기고자 하는 나의 뜻에 따라 부탁하니 양치기들이여, 그대들 모두 내일 동트자마자 멜리소의 고귀한 유해가 묻혀 있는 시쁘레세스 계곡으로 모여주시기 바랍니다. 이것은 그대들이 마땅히 해야 할 일입니다. 그곳에서 추도가를 부르고 경건한 예배를 드려 우리를 이런 외로움 속에 남겨둔 그 복받은 영혼의 고뇌를 가볍게 해줍시다."

이 말을 하면서 그는 멜리소의 죽음의 기억이 불러일으킨 감상에 젖어 그의 고결한 눈을 눈물로 가득 채웠고 그곳에 있던 사람들 대부분이 그랬다. 그들은 모두 약속이나 한 듯 다음 날 뗄레시오가

말한 장소에 모이기로 했다. 띰브리오와 실레리오, 니시다, 블란까
도 모두 그러기로 했다. 너무도 유명한 양치기들이 모이는 그 영예
로운 추모의 자리에 빠진다는 것이 그들에게는 좋아 보이지 않았
던 것이다.

　이렇게 다짐한 후, 그들은 뗄레시오에게 작별을 고하고 마을을
향해가던 길을 계속했다. 그런데 얼마 가지 않아 사랑을 거부하는
레니오가 그들 쪽으로 오는 것을 보았다. 슬픔 가득한 얼굴로 깊은
생각에 빠져 있는 그를 본 사람들은 놀라움을 금치 못했다. 자기
생각에 골몰한 그는 양치기들을 보지 못하고 스쳐 왼쪽 길로 접어
들었다. 그러더니 몇걸음도 가지 못해 어느 푸른 버드나무 밑동에
몸을 던졌다. 그는 무겁고 깊은 한숨을 내쉬면서 손을 들어 양치기
가죽 재킷의 깃을 힘주어 잡아뜯더니 갈가리 찢어버렸다. 그러고
는 옆에 있는 가죽 부대를 집어 잘 닦인 삼현금을 꺼내더니 무척이
나 주의 깊고 차분하게 조율했다. 잠시 후 그는 구슬프면서도 듣기
좋은 목소리로 노래를 부르기 시작했다. 그 노래가 얼마나 아름답
던지 그를 본 사람들 모두 발걸음을 멈추고 노래가 끝날 때까지 듣
지 않을 수 없었다. 그 노래는 다음과 같았다.

레니오
　달콤한 사랑의 신이여! 나는 지금
　당신에게 부렸던 나의 완강한 고집을 후회하고 있어요.
　이제 나는 그것의 토대가
　잘못된 착각이었음을 고백하며
　앞으로도 그렇게 느낄 겁니다.
　나의 높이 쳐든 저항의 목을

겸손히 떨구고
당신 향한 복종의 멍에에 굴복시키겠어요.
이제 나는 당신의 가치가 얼마나 크고 넓은지,
그 힘 알게 되었어요.

또한 당신이 원하는 모든 것 할 수 있고,
당신이 원하면 불가능한 일도 할 수 있다는 것 알게 되었어요.
가공할 만한 당신의 지위를 통해,
당신의 고뇌와 기쁨을 통해,
당신이 누구인지 보여주고 있음을 알게 되었어요.
결론적으로 나는
항상 당신의 복을 불행으로,
당신의 속임수를 환멸로,
당신의 확실성을 거짓으로,
당신의 냉담을 애정의 표현으로 받아들인
그런 자였다는 것 알게 되었어요.

경험으로 알게 된 이러한 것들이
당신에게 항복한 나의 내심 깊은 곳에서
이제 밝혀주었어요.
당신이야말로 우리 생명이 안식할 수 있는
유일한 항구라는 걸 말이에요.
저 무자비한 태풍이 사정없이 영혼을 괴롭힐 때,
오직 당신만이 고요한 평화로
영혼을 돌려놓을 수 있어요.

당신은 영혼의 기쁨이요 빛이며,
그를 지탱하는 진수성찬입니다.

나 이렇게 판단하고 이제 고백하니,
내 비록 뒤늦게 깨달았을지라도
당신의 엄격한 마음 누그러뜨려주세요.
사랑의 신이여, 나의 연약한 목의 무게를
조금만 가볍게 해주시기를 부탁드려요.
이미 항복한 적은
벌주지 않는 법입니다.
자신을 잘 방어하는 자에게 그러듯 말입니다.
당신 마음을 몹시 아프게 한 그만큼
그는 여기서 당신의 친구 되기를 원하고 있어요.

악한 마음이 묶어놓은
그 완강한 고집에서 이제 나 떠나요.
불쾌한 당신 마음에 영향받는 나
당신 자비의 얼굴 바라보며
당신 정의에 호소합니다.
나의 얼마 안 되는 가치를
잘 알려진 당신 은혜로
재어주지 않으면
나는 곧 나의 생명을
나의 고통스러운 손으로 마감해버릴 거예요.

헬라시아의 손이 나를 무엇과도 비교할 수 없는

깊은 고뇌 속으로 몰아넣었어요.

그녀가 더 힘써 고집부리면

나의 고통과 그녀의 끈덕짐 모두

곧 끝을 맞이할 거라는 것 잘 알고 있어요.

오, 냉담한 헬라시아여!

어찌 그리 새침하고, 매정하고, 차갑고, 콧대 높은가요?

말해보세요, 양치기 처녀여,

왜 당신은 당신을 사모하는 마음이

그토록 힘든 고통 속에 살기를 원하는지 말입니다.

레니오의 노래는 길지 않았지만 그가 흘린 눈물이 너무 많아 양치기들이 달려가 위로하지 않았다면 그는 완전히 탈진해버렸을 것이다. 레니오는 그들이 다가오는 것을 보고 그들 중에 띠르시가 있는 것을 알고는 더 머뭇거리지 않고 벌떡 일어서서 그의 발 앞에 몸을 던졌다. 그리고 띠르시의 무릎을 꼭 껴안고 눈물을 흘리며 말했다.

"이름 높은 양치기여, 이제 당신과 경쟁한 저의 무례에 복수해주세요. 저의 무지가 불러일으킨 그 말도 안 되는 이유를 변호한 무례함에 말이에요. 당신의 팔을 들어 날카로운 칼로 저의 심장을 관통해주세요. 우주의 주인이신 사랑의 신을 모시지 않은, 너무도 명백한 단순함이 깃든 심장을 말입니다. 그러나 한가지 알려드릴 것이 있어요. 당신이 저의 잘못에 합당한 복수를 하기 원하신다면 제가 생명을 부지하도록 놔두시는 것이 좋아요. 제가 살아 있는 것에 비교할 만한 죽음은 없으니까요."

띠르시는 이미 비탄에 빠진 레니오를 땅에서 일으킨 상태였다. 그는 레니오를 꼭 안아주며 사랑 가득한 사려 깊은 말로 위로하려고 말했다.

"친구 레니오여, 잘못 중에 가장 큰 잘못은 잘못에 집착해 빠져나오지 못하는 거예요. 저지른 잘못을 절대 뉘우치지 않는 것은 마귀의 성향입니다. 그리고 무례한 짓을 용서하도록 힘을 주는 주된 동기 중 하나는 바로 무례하게 군 자가 무례하게 대한 사람 앞에서 회개하는 모습을 보는 것이지요. 이 용서가 아무 짓도 하지 않은 사람의 손안에 있을 때는 더욱 그렇습니다. 이때 그의 고귀한 마음이 그를 끌어당겨 용서하지 않으면 견딜 수 없게 만들어서, 복수보다 용서가 마음을 더 풍요롭게 하고 큰 기쁨을 주니까요. 이런 일은 위대한 영주들이나 왕들에게서 흔히 볼 수 있습니다. 그들은 자신들이 받은 모욕에 복수하기보다 차라리 용서함으로써 더 큰 영광을 얻지요. 그러니 레니오여, 이제 당신이 잘못을 고백하고, 사랑의 신의 강력한 힘을 깨닫고, 그분이 우리 마음의 우주적인 주인임을 이해했으니, 이 새로운 지식을 얻은 것과 당신의 회개하는 모습을 보고 관대하고 온유한 사랑의 신이 당신을 곧 평안과 사랑 넘치는 삶으로 인도해주시리라 믿고 확신하며 살기 바랍니다. 혹 사랑의 신이 지금 고통스러운 삶으로 당신을 벌주고 있다면, 그분을 잘 알도록, 그리고 훗날 그분이 주고자 하는 가장 큰 기쁨의 삶을 당신이 틀림없이 누릴 수 있도록 해주시는 거라 생각하세요."

그곳에 있던 엘리시오와 다른 양치기들이 이 말에 다른 여러 말을 덧붙여주었고, 이로써 레니오는 더 크게 위로받은 것 같았다. 그는 양치기들에게 잔인한 양치기 처녀 헬라시아로 인해 어떻게 죽음의 고통을 겪었는지 말하면서, 그녀가 얼마나 사랑에 무관심했는지, 얼마나 매정하게 그를 대했는지, 얼마나 사랑의 효과에 개의 치 않았는지를 과장 섞어 들려주었다. 또한 그녀 때문에 저 친절한 양치기 갈레르시오가 겪어야 했던 견딜 수 없는 마음의 고통도 힘 주어 말했다. 그녀가 너무도 관심을 기울이지 않아 수천번이나 그를 절망의 끝까지 밀어넣었다고 말이다.

한참이나 이런 이야기를 주고받은 후에, 그들은 레니오와 함께 다시 여정을 계속해 다른 특별한 일 없이 마을에 도착했다. 엘리시오는 띠르시, 다몬, 에라스뜨로, 라우소, 아르신도와 함께 갔고, 끄리시오, 오르페니오, 마르실리오, 오롬뽀는 다라니오와 함께 갔다. 플로리사와 다른 양치기 처녀들은 갈라떼아와 그녀의 아버지 아우렐리오와 함께 갔다. 이들이 첫번째로 약속한 일은 다음 날 날이 밝으면 함께 모여 뗄레시오가 말한 시쁘레세스 계곡으로 가서 멜리소의 추모 행사에 참석하자는 것이었다. 그 행사에는 이미 말한 대로 존경받는 아우렐리오와 그날 밤 함께 온 띰브리오와 실레리오, 니시다, 블란까도 참석하고 싶어 했다.

제5권 마침.

제6권

태양이 지평선 가장 낮은 곳까지 퍼지기 시작하자마자 나이 많고 고결한 뗄레시오의 애도의 뿔 나팔 소리가 마을에 있는 사람들 모두의 귀에 다다랐다. 이 소리를 들은 사람들에게 양치기 침상의 휴식을 내려놓고 뗄레시오가 청한 곳으로 달려오게 하는 신호였다. 이 신호에 처음으로 반응한 사람들은 엘리시오, 아우렐리오, 다라니오와 이들과 함께 있던 양치기 청년들, 처녀들이었다. 물론 아름다운 니시다와 블란까, 행운아 띰브리오와 실레리오도 빠지지 않았다. 이밖에도 상당수의 늠름한 양치기 청년들과 아름다운 양치기 처녀들이 함께해서 그 수가 모두 서른명이 되었다. 이들 중에는 새로운 아름다움의 기적과도 같은 존재, 누구와 비교할 수 없이 아름다운 갈라떼아와 갓 결혼한 실베리아도 있었다. 그녀는 아름답지만 쉽게 마음을 주지 않는 매몰찬 양치기 처녀 벨리사를 데리고 왔는데, 양치기 마르실리오는 그녀 때문에 치명적인 사랑의 고뇌를 앓고 있었다. 벨리사는 실베리아 신변의 새로운 변화를 축하하기 위해 그녀를 방문 중이었다. 그녀 역시 소망하던 대로 수많은 이름 높은 양치기들이 기리는 그 유명한 추모 행사에 참석하고 싶어 했다. 그들 모두는 마을을 빠져나와 가다가 다른 많은 양치기와 함께 있던 뗄레시오를 만났다. 모두가 슬픈 애도를 표하는 행사에 맞는 복장과 꾸밈새를 갖추고 있었다.

뗄레시오는 곧 그날의 엄숙한 추모식이 가장 순수하고 차분하게 치러지도록 모든 남자 양치기들에게 여자 양치기들을 떠나 그들끼리 모일 것을 명했다. 양치기 처녀들에게도 마찬가지 명령이 내려졌다. 그러나 이 명령에 만족한 것은 적은 수의 양치기들뿐이었고 나머지 대다수 양치기는 그리 좋은 얼굴이 아니었다. 특히 정열 넘치는 마르실리오가 더 그러했다. 그는 과거 매몰차고 사랑에 관심 없는 벨리사를 본 적이 있었는데, 이곳에서 다시 만나자 그만 혼이 나가 움직이지 못하고 멍한 채로 있었다. 친구인 오롬뽀, 끄리시오, 오르페니오는 그를 잘 알았기에 그런 모습을 보고 다가갔고 오롬뽀가 그에게 말했다.

"친구 마르실리오, 어서 힘을 내게. 힘을 내서 혹시라도 이런 모습으로 자네 가슴이 콩알만 하다고 보일 빌미를 만들지 말게. 하느님이 자네 고통을 불쌍히 여겨 적당한 기회에 양치기 처녀 벨리사를 이 강변으로 인도해 자네의 병을 고치실지 어찌 알겠는가?"

"그보다는 내 목숨을 끝내려고 그녀가 이곳에 온 것 같아. 그렇게 믿을 수밖에 없네. 이 경우도 그렇고 다른 경우를 보더라도 나는 내 운명에 두려움이 생겨. 어쨌든 자네 말대로 하겠네, 오롬뽀. 힘든 이때, 감정보다는 이성이 더 나를 도와줄 테니 말일세."

이렇게 해 마르실리오는 제정신으로 돌아왔다. 뗄레시오가 명한 대로 곧 남자 양치기들은 남자대로, 여자 양치기들은 여자대로 시쁘레세스 계곡을 향해 발걸음을 옮기기 시작했다. 행사가 행사인지라 그들 모두 놀랄 만큼 침묵을 지키고 있었다. 이를 깨뜨린 것은 그들이 지나던 맑은 따호강의 시원함과 아름다움에 감동한 띰브리오였다. 그는 곁에서 걷고 있던 엘리시오에게 고개를 돌리더니 말하는 것이었다.

"엘리시오여, 비길 데 없이 생생한 이 강변의 아름다움이 정말 놀랍지 않습니까? 괜히 하는 말이 아닙니다. 저처럼 저 유명한 베띠스강의 넓은 강변과 이름난 에브로강을 옷 입히고 장식하는 그 강변, 그리고 저 소문난 삐수에르가강을 본 사람이라도 그렇게 말할 거예요. 또 외국으로 눈을 돌려 저 거룩한 떼베레 강변과 뽀강[1]의 유쾌한 강변을 산책한 사람들도 모두 같은 말을 할 게 분명해요. 이 뽀강은 평온한 세베또강의 시원함을 즐기며 그곳 돌아보기를 멈추지 못한 무모한 청년의 추락으로도 유명하지요.[2] 사실 이 이야기는 제게 많은 감동을 주어 다른 아름다운 강변도 둘러봐야겠다는 생각을 불러일으켰어요."

"생각 깊은 띰브리오여, 제가 보기에 당신 말이 길에서 멀리 벗어난 것 같지는 않지만," 엘리시오가 대답했다. "당신의 말이 단지 눈에 보이는 것에서만 나오지 않기를 바라는 마음이에요. 이 강변의 쾌적함과 시원함이 당신이 말한 모든 강변보다 더 뛰어나다는 것은 틀림없이 믿을 수 있고 이미 잘 알려진 유명한 사실이지요.

1 떼베레강은 이딸리아 중부를 흐르며 이딸리아에서 세번째로 긴 강. 뽀강은 이딸리아 북부를 흐르며 이딸리아에서 가장 큰 강이다.
2 그리스 신화에서 태양신의 아들 파에톤은 아버지의 불 마차를 빌려 달리다가 지상에 너무 가까이 접근해 태워버리는 바람에 제우스의 벼락을 맞아 뽀강에 떨어져 죽는다.

먼 이국 땅의 크산토스 강변, 우리가 잘 아는 암프리소스 강변, 그리고 사랑스러운 알페오스 강변[3]을 포함해도 마찬가지입니다. 경험이 분명하고 확실하게 증명하듯이 대부분의 이들 강변 위로 거의 직선으로 밝고 맑게 빛나는 하늘이 그 모습을 드러내고 있지요. 이 하늘은 넓고 긴 움직임과 살아 있는 생생한 광채로 가장 멀리 있는 사람의 마음까지도 기쁨과 즐거움으로 초대하고 있어요. 몇몇 사람들이 말한 것처럼 이 아래쪽의 물이 별과 태양을 지탱하고 있다면, 확신하는데 여기 이 강물이 그것을 뒤덮은 하늘의 아름다움을 만드는 데 가장 큰 계기를 제공하고 있음이 분명해요. 또한 하느님이 하늘에 계신다고 말하는 것과 똑같은 이유로 그분 최고의 거처를 바로 이곳에 마련하실 거라는 것을 믿습니다. 그리하여 대지는 수천의 초록색 장식을 입고 그 강을 안아줄 것이고 자기 내부에 이렇게 귀하고 기쁨 넘치는 선물 갖게 된 것을 마음껏 즐거워하며 잔치를 베풀겠지요. 그에 대한 보답인 듯 금빛 강은 저대로 대지의 포옹 속에 달콤하게 얽히면서 수천개 굴곡을 만들어내어 그것을 바라보는 사람들의 영혼도 놀라운 즐거움으로 가득 채워줍니다. 그래서 아무리 새롭게 그 강을 바라보아도 계속해서 새로운 기쁨과 놀라움을 발견하게 되지요. 용감한 뗌브리오여, 눈을 돌려 당신이 서 있는 강변이 강변을 따라 세워진 수많은 마을과 집들을 얼마나 아름답게 장식하고 있는지 바라보세요. 이곳에서는 연중 어느 때라도 허리를 묶은 사랑스러운 옷을 입은 아름다운 베누스, 그녀와 함께 거니는 생글거리는 봄의 여신과 어머니인 꽃의 여신 플로라를 앞에 모시고 갖가지 향기로운 꽃들을 두 손 가득 뿌리고

3 엘리시오는 그리스 신화 속 이름을 딴 아름다운 강변을 가진 강들을 언급하고 있다.

다니는 따뜻한 서풍 제피로스의 모습을 볼 수 있어요. 그리고 이곳 주변 사람들은 재치 넘치는 교묘한 솜씨로 자연의 모습에 예술을 가미해 자연을 천부적인 예술가의 모습으로 바꾸어놓았답니다. 이렇게 해서 제가 무어라 이름 붙일 수 없는, 자연과 예술이 합작한 제3의 자연이 탄생한 겁니다. 잘 가꾸어진 그 정원 앞에서는 헤스페리데스와 알키노오스의 정원도[4] 입을 다물 수밖에 없어요. 이 강변에 있는 펼쳐 우거진 숲, 평화로운 올리브나무, 녹색 월계수와 우산처럼 펼쳐진 도금양, 무성한 풀로 가득 찬 목초지, 유쾌한 계곡, 풀로 덮인 언덕, 개울과 샘은 더이상 제가 말로 표현하는 것을 허용하지 않아요. 이 땅 어디엔가 엘리시온 평원[5]이 자리 잡는다면 분명 바로 이곳이리라고 저는 확신합니다. 깊은 강의 물을 길어 멀리 떨어진 밭에 끊임없이 물을 대는 저 높은 바퀴들의 교묘한 재주에 대해서는 제가 어떤 말을 또 할 수 있겠어요? 이것에 더해 말씀드리고 싶은 것은, 이 강변이 둥근 지구상에서 볼 수 있는 가장 아름답고 사려 깊은 양치기 처녀들을 길러낸다는 사실이에요. 그 증거는 우선 경험이 우리에게 알려주고, 그게 아니더라도 띰브리오 당신이 그녀들과 함께 있으면서 본 것으로도 부족함이 없지 않습니까? 아니, 무엇보다 띰브리오 당신이 지금 보고 있는 저 양치기 처녀 한 사람만으로도 충분하지 않나요?"

이렇게 말하면서 그는 지팡이로 갈라떼아를 가리키고는 더 말하지 않았다. 띰브리오는 따호강과 갈라떼아의 아름다움을 찬양하는 엘리시오의 사려 깊은 말에 큰 놀라움과 감동을 표하며 자신

---

4 헤스페리데스는 그리스 신화에서 세상 서쪽 끝에 있는 축복받은 정원을 돌보는 님프들. 알키노오스의 정원은 사시사철 열매를 맺는 풍요로운 정원이다.
5 고대 그리스인들이 생각한 이상향.

은 그의 말에 어떤 반론도 제기할 수 없다고 대답했다. 그들은 이런저런 말로 가는 길의 고단함을 달래면서 어느덧 시쁘레세스 계곡이 보이는 데까지 도달했다. 그곳에서 그들이 본 것은 거의 그들의 수만큼 되는 양치기 청년들과 처녀들이 계곡으로 나오는 모습이었다. 모두 합류한 그들은 함께 조용한 발걸음으로 그 신성한 계곡으로 들어가기 시작했다. 그곳은 너무도 특이하고 놀라운 곳이었다. 여러번 그곳을 본 사람들에게조차 새로운 놀람과 탄성을 자아낼 정도였다. 계곡은 유명한 따호 강변 지역에 있었는데, 마주 보는 네개의 서로 다른 초록빛 언덕들로 둘러싸인 고즈넉한 곳으로, 아름다운 계곡을 가운데 두고 성벽과 방어 시설이 둘러싸고 있는 형국이었다. 서로 다른 네 지역을 통해 들어가게 되어 있고 언덕들은 서로 가까이 붙어 네개의 넓고 고적한 길을 이루었고 높이 자란 끝없는 삼나무들이 사방의 벽을 만들었다. 이 나무들은 무척 질서 정연한 모습이라 각각의 나뭇가지들조차도 같이 커나가는 느낌을 주고 어떤 나뭇가지도 감히 다른 나뭇가지를 한치라도 넘어서거나 벗어날 수 없었다. 삼나무와 삼나무 사이 공간을 수천의 향기로운 장미와 부드러운 재스민이 점령해 막고 있었다. 이 식물들은 서로 아주 밀접하게 얽혀 있어 잘 보존된 포도원 담장의 가시나무와 잎 끝이 뾰족뾰족한 구기자나무 형상 같았다.

고즈넉한 입구 여기저기에 나 있는 무성한 수풀 사이로 맑고 시원한 냇물이 흘렀고 그 물은 몹시 맑고 맛이 좋았다. 발원지는 언덕 등성이였다. 길 끝에는 약간 높다란 경사지와 삼나무들로 이루어진 넓고 둥그런 광장이 있었고 한가운데에 희고 값나가는 대리석으로 된 인공 분수가 있었는데, 한껏 재주를 다해 공들여 만들어 저 화려한 띠볼리 분수나 옛 뜨리나끄리아 분수[6]의 오만한 자태와 비교할 수 없을 정도였다. 이 멋있는 분수에서 나온 물로 그 기분 좋은 광장에서 자라는 풀들이 싱싱한 상태를 유지할 수 있었다. 높은 평가와 그에 걸맞은 대접을 받을 만한 이 쾌적한 곳에 가치를 더해주는 것이 있다면 바로 저 순진한 새끼 양들과 유순한 암양들, 그리고 다른 어떤 종류의 가축이라도 그들의 식욕을 만족시키는 최적의 장소라는 점이었다. 이 지역은 몇몇 이름 높은 양치기들의 고귀한 뼈를 모시는 장소로도 쓰였다. 강변 주위에 사는 주민 모두가 정한 법령으로 유명한 계곡에 무덤을 가질 수 있는 자격을 결정하고 그 사실을 공포했다. 이런 이유로 이 장소와 삼나무숲에서 언덕 기슭에 이르는 공간에는 벽옥이나 대리석으로 만든 몇몇 무덤들이 삼나무숲 뒤쪽의 여러 다양한 나무들 사이에 산재하여 무덤의 흰 돌에는 거기 묻힌 사람의 이름이 적혀 있었다. 이 무덤 중에서 가장 빛나고 모든 사람의 눈길을 끄는 것이 유명한 양치기 멜리소의 무덤이었다. 다른 무덤과 떨어져 넓은 광장 한쪽에 있는 그의 무덤은 편평하고 매끄러운 검은 석판과 희고 잘 다듬어진 설화석고로 만들어졌다.

뗄레시오의 눈에 멜리소의 무덤이 들어온 순간, 그는 함께 온 다정한 사람들을 향해 얼굴을 돌려 슬픈 어조의 조용한 목소리로 말했다.

"늠름하고 씩씩한 양치기 청년들과 정숙하고 아름다운 양치기 처녀들이여, 저기 무엇이 있는지 보이나요? 우리 강변의 명예이자 영광인 저 유명한 양치기 멜리소의 고귀한 뼈가 안식을 취하고 있는 바로 저 슬픔 깃든 무덤이 보이나요? 그렇다면 이제 여러분의

---

6 이딸리아 로마 근처 띠볼리시의 분수와 고대 시칠리아의 분수.

겸손한 마음을 하느님께 바치도록 하세요. 순수한 사랑의 마음, 넘치는 눈물과 깊은 한숨으로 거룩한 찬양을 드리고 믿음의 기도를 올립시다. 또한 저곳에 누워 있는 육체의 축복받은 영혼을 하느님께서 자신의 별들로 가득 찬 안식처에 맞아들이시도록 간구합시다."

이 말을 한 후, 그는 삼나무 하나로 다가가더니 가지 몇개를 꺾어 추모용 화관[7]을 만들고는 그의 희고 고귀한 관자놀이에 왕관처럼 둘러썼다. 그리고 다른 사람들에게도 그렇게 하라는 신호를 보냈다. 모두가 그를 따라 순식간에 나뭇가지로 추모용 화관을 만들어 머리에 썼다. 그후 모두 뗄레시오의 인도로 멜리소의 무덤으로 다가갔다. 그곳에서 뗄레시오가 맨 처음 한 행동은 무릎을 꿇고 무덤의 단단한 돌에 입 맞추는 것이었다. 그를 따라간 모두가 그렇게 했다. 어떤 사람들은 멜리소를 기억하며 마음이 아파 무덤의 흰 대리석에 입 맞추면서 하염없는 눈물로 대리석을 적셨다. 이 일을 마친 후, 뗄레시오는 신성한 불을 붙이라는 명령을 내렸다. 한순간에 무덤 주위에 작지만 많은 모닥불이 만들어졌다. 삼나무 가지로만 이루어진 불이었다. 고귀한 뗄레시오는 위엄 있는 차분한 발걸음으로 모닥불 주위를 걷기 시작했다. 그러면서 타고 있는 모닥불에 일정량의 성스러운 향기 나는 유향을 뿌렸다. 뿌릴 때마다 멜리소의 영혼을 위해 몇마디 간절한 기도를 올렸고 마지막에는 목소리를 높여 기도가 잘 울려퍼지게 했다. 주위 사람들 모두 슬픔 깃든 경건한 억양으로 "아멘, 아멘, 아멘" 세번 반복해 답했다. 그 슬픔에 찬 목소리는 가까운 언덕과 먼 계곡까지 퍼져나갔고, 부드러

------

7 고통을 상징하는 표시다.

운 서풍에 상처 입은, 계곡을 꽉 채워 높이 솟아오른 삼나무 가지와 다른 많은 나뭇가지들은 희미하게 슬픔 가득한 속삭임 소리를 냈다. 마치 그 슬픈 추모식에 자신들도 참여한다는 표시 같았다. 뗄레시오는 세번 무덤을 돌았고 세번 간절한 기도를 드렸다. 그리고 아홉번 양치기들의 아멘 소리가 들렸다.

이 의식이 끝나자 나이 많은 뗄레시오는 멜리소의 무덤 머리맡에 높이 솟은 삼나무에 몸을 의지하고 얼굴을 이쪽저쪽 돌려 주위 사람들 모두 자신의 말에 귀 기울이도록 했다. 그러고는 연로한 그의 나이가 낼 수 있는 가장 큰 목소리와 놀랄 만큼 유창한 언변으로 멜리소의 덕목을 찬양하기 시작했다. 그의 흠 없는 고결한 삶, 수준 높은 재능과 완벽한 정신, 진지하면서도 품위 있는 그의 담화, 빼어난 시 작품, 무엇보다도 그가 공언한 대로 거룩한 종교를 지키고 실현하고자 하는 가슴에서 우러난 간절한 소원, 그리고 다른 여러 멜리소의 덕목들을 기리고 찬양했다. 양치기가 그가 하는 말을 전부 알아듣지는 못한다 하더라도, 듣다보면 자기도 모르게 마음이 우러나 멜리소가 살아 있다면 사랑하게 되고, 죽은 후라면 존경하지 않을 수 없게 되었다. 이윽고 나이 많은 뗄레시오는 추모사를 끝맺었다.

"고명하신 양치기들이여, 나의 우둔하고 짧은 이해력이 다행히 멜리소의 뛰어난 덕목들과 그를 선양하고자 하는 나의 소원에 가까이 갈 수 있다면, 그리고 수많은 힘든 세월로 인해 약해지고 얼마 남지 않은 힘이 나의 목소리와 기력을 막지 않는다면, 저 커다란 대양을 여러번 빛으로 목욕시키는 태양이 떠오르는 것 볼 때 나의 추모의 말을 마쳐야겠지만, 이미 시들어가는 나의 나이가 그것을 허락지 않을 것이 분명해요. 이제 여러분이 나의 부족한 부분을 채워주시고, 멜리소의 저 차가운 재에 감사를 표해주시기 부탁드려요. 그리고 그가 살아 있을 때 여러분에 쏟은 사랑이 요구하는 대로, 죽음 가운데 있는 그를 기려주시기 바랍니다. 이런 의무는 여기 있는 우리 모두에게 해당하지만, 특히 저 유명한 띠르시와 다몬에게 그렇습니다. 저 두사람은 그의 너무도 잘 알려진 친한 친구니까요. 그러니 두 사람에게 간절히 부탁합니다. 이 받은 사랑의 빚에 보답하는 의미에서, 내 더듬거리는 목소리가 울음으로 다하지 못한 것을 차분하고 낭랑한 노래로 채워주세요."

뗄레시오는 더이상 말하지 않았다. 그 양치기 두 사람을 움직여 자신이 원하는 바를 하도록 하는 데 말은 더 필요없었던 것이다. 띠르시는 아무 대답 없이 자신의 삼현금을 꺼내들고 다몬을 향해 자신처럼 하라고 손짓했다. 이어 엘리시오와 라우소가 그를 따랐고, 그곳에 있던 악기를 지닌 양치기들 모두가 동참했다. 짧은 시간에 슬픔이 깃들었으나 명랑함이 잔잔히 깔린 악대가 만들어진 것이다. 그들의 연주는 귀를 즐겁게 했지만 듣는 사람들의 마음을 움직여 흐르는 눈물로 슬픔을 자아내도록 만들었다. 하늘을 날아다니는 형형색색의 많은 새들도 감미로운 조화를 이루어 한몫을 더하고, 양치기 처녀들의 흐느낌 역시 또 한몫을 더했다. 뗄레시오의 말과 양치기 청년들의 연주에 여려진 그녀들의 아름다운 가슴에서 수시로 흐느낌이 터져나왔다. 슬픔을 자아내는 음악, 검은머리방울새, 종달새, 밤꾀꼬리의 즐거운 화음, 그리고 쓰디쓴 깊은 한숨이 어우러져 말로 형용할 수 없이 기묘하고 애조 서린 합창이 이루어졌다.

시간이 조금 흐르자 다른 악기들은 소리를 멈추고 오직 띠르시와 다몬, 엘리시오, 라우소, 네 사람의 악기 소리만 들렸다. 그들은 멜리소의 무덤에 가까이 가 각자 무덤을 중심으로 네 방향으로 멈춰 섰다. 이 모습을 본 사람들은 그들이 뭔가 노래할 것이라는 뜻으로 받아들이고 놀라움과 차분함 깃든 침묵을 보냈다. 이윽고 저이름 높은 띠르시가 애조 띤 낭랑한 목소리를 높였고, 엘리시오와 다몬, 라우소가 그를 도와 노래가 시작되었다.

멜리소에게 바치는 애가

띠르시
　　우리 통곡의 시간이 다가왔으니
　　우리뿐 아니라 이 땅 모든 사람에게 통곡의 시간이 이르렀으니
　　양치기들이여, 소리 높여 슬픈 노래를 부르시오.

다몬
　　올바른 연민과 의로운 비탄 사이에서 나온
　　고통스러운 탄식 소리가 대기를 찢고
　　하늘에 닿을 때까지.

엘리시오
　　그 소리는 항상 그 부드러운 기질로 내 눈을 적셔
　　눈물 흐르게 할 테고, 멜리소여, 그동안
　　기리고 기릴 당신의 위업은 더욱 생생하게 기억될 겁니다.

라우소
　　불멸의 역사에 길이 새겨질 멜리소여,

당신은 성스러운 천국에서 영원한 영광과
기쁨 넘치는 삶 충분히 누릴 자격이 있습니다.

띠르시

내가 생각한 것처럼
목소리 높여 힘을 다해 그의 위업 찬양하는 동안,
양치기들이여, 그대들은 슬픈 애도의 노래를 불러주시오.

다몬

멜리소여, 내 할 수 있는 최선을 다해
당신의 우정에 보답하고자 합니다.
눈물로, 경건한 간구로, 그리고 성스러운 향을 피워서.

엘리시오

당신의 죽음은
우리의 달콤한 지난 즐거움을 통곡으로 바꾸고
가슴 후비는 슬픈 감정으로 줄여버렸어요.

라우소

이 세상에서 당신 현존을 즐겼던
저 맑고 행복한 날들이
이제는 비참하고 차가운 밤으로 바뀌었습니다.

띠르시

오, 죽음이여, 그대는 저 생명을

한순간의 난폭함으로 몇줌 안 되는 흙으로 바꾸어버렸어!
너의 부지런함 따라갈 그 누가 있을까?

다몬

오, 죽음이여, 그대가 우리의 견고한 후원자에게
타격을 가해 대지 위에 산산이 흩은 후,
그는 풀로도, 초원으로도, 꽃으로도 옷을 입지 못하고 있다네.

엘리시오

이러한 불행한 기억으로 나는 행복을 억누를 수밖에 없어.
어떤 행복한 생각이 내 감각에 이른대도
그만 새로운 절망이 와 그것에 고통스러워하지.

라우소

언제나 잃어버린 행복을 되찾을 수 있을까?
일부러 불행을 찾지 않고는 발견할 수 없을 때 언제일까?
언제나 이 치명적인 소란함 속에 평온함이 깃들까?

띠르시

언제나 이 치명적이고도 잔인한 싸움을
생명이 이길 수 있을까?
언제나 강력한 갑옷, 혹은 단단한 그물이 시간에 맞서 싸울 수 있
을까?

다몬

우리의 삶은 한낱 꿈이요, 순간 지나가는 것이요,

헛된 마력과 같은 존재.

가장 견고해 보일 때 갑자기 사라지는 것이 인생이지요.

엘리시오

대낮에 날이 어두워져

검은 밤이 임하고

두려움이 주는 어둠에 휩싸이는 것과 같지요.

라우소

그러나 당신, 유명한 양치기여,

그대는 축복받은 시간에 미친 바다 잘 건너

달콤하고 경이로운 곳에 잘 도달했습니다!

띠르시

스페인 그 넓은 땅 위대한 목자의

요구와 그 대의명분을

베네찌아 우리 안에서 해결하기로 당신이 결정한 후에,[8]

---

8 오스만뒤르크의 세력 확장을 막기 위한 기독교 국가들의 연합체 신성동맹 내에서 스페인 국왕 까를로스 1세는 베네찌아공화국 보호에 앞장섰다. 여기서는 까를로스 1세를 목자에 비유했기에 베네찌아를 양들이 쉬는 우리로 지칭했고, 당신(멜리소)을 까를로스 1세가 1539년 베네찌아 스페인 대사로 임명한 귀족 시인 돈 디에고 우르따도 데 멘도사(Don Diego Hurtado de Mendoza)에 빗대어 말하고 있다.

다몬

스페인에 슬픈 일이지만,

이딸리아를 위해 운명의 여신이 행한[9]

그 과열된 행위의 순간을 당신이 감연히 견딘 후에,

엘리시오

그후 속세를 떠나[10]

오직 아홉명의 뮤즈들과

한동안 휴식의 삶을 보내셨죠.

라우소

동방[11]의 흉포한 무기나

프랑스의 분노가

당신의 그 드높고 평온한 정신 교란하지 아니하고.

띠르시

하느님은

분노한 죽음의 차가운 손이 도달해

당신의 삶 안에 있는 우리의 복을 앗아가기 원하신 것 같아요.

---

9 1552년 이딸리아의 시에나 반란을 의미한다. 이 반란으로 스페인은 시에나를 잃었다.

10 돈 디에고는 시에나를 잃은 후 1569년 그라나다로 추방되어 작품 활동에 주력한다.

11 오스만뛰르크를 말한다.

다몬

그리하여 당신의 운명은 좋아졌지만

우리의 복은 영원히 슬프고 비통한 눈물에 바쳐졌어요.

끝없는 형벌처럼 말이죠.

엘리시오

파르나소스산[12] 저 뮤즈들의

신성하고 순결하고 아름다운 합창 소리가 들려요.

그녀들은 황금빛 머리카락을 뜯으며 울부짖고 있어요.

라우소

그녀들의 눈물에

저 눈이 보이지 않는 소년[13] 모습의 위대한 경쟁자도

고통을 느꼈는지 빛이 밝아 보이지 않습니다.

띠르시

저 불쌍한 트로이 사람들은

무기와 타오르는 불길이 아닌

교활한 그리스 사람의 속임수[14]에 큰 고통 당했지요.

멜리소의 죽음을 알게 된

양치기들이 통곡하며

---

12 그리스 신화에서 아폴론과 뮤즈가 주하는 곳으로 알려진 그리스 중부의 산.
13 사랑의 신 에로스를 가리킨다.
14 그리스 장수 오디세우스가 트로이 전쟁에서 쓴 목마의 계략을 말한다.

그의 이름을 부르고 또 불렀듯이 말입니다.

다몬
그들은 이마를 향기로운 갖가지 꽃으로
꾸미지 않았고, 부드러운 목소리로
사랑의 노래를 부르지도 않았습니다.

그 대신 죽음의 삼나무 관을 쓰고
슬프고 쓰라린 통곡을 거듭하며
구슬픈 노래 불렀지요.

엘리시오
그러니 양치기들이여,
처절한 헤어짐과 고통의 기억을 새롭게 하는 오늘
슬픈 노래를 한껏 부르세요.

우리를 괴롭히는 그 힘든 일이
우리 가슴을 금강석처럼 연단해
그 속에서 우는 자 더는 마음이 움직이지 않게 말이에요.

라우소
역경 속에서 이 양치기가 지켜온
한결같은 기개와 굳건한 가슴이
수천 언어로 찬양되도록 말이에요.

거친 바다의 위협을 막아내는

견고한 바위 같고 성난 필리스[15]의 가슴이

한결같이 지닌 냉담함 같은 이 양치기의 기개와 가슴이요.

띠르시

그의 뛰어난 재능을 보여주는

그가 부른 노래를 되풀이해 불러주세요.

사람들 기억에 각인될 때까지 말이에요.

다몬

말로 소문내고

발걸음 빨리하고 부지런히 날갯짓해서

그의 명성이 우리 땅 방방곡곡 전파되게 말이에요.

엘리시오

가장 추한 가슴도,

완벽하지 못한 열정에 타오른 사람도,

그의 순결한 사랑의 불로 모범 삼도록 말이에요.

라우소

오, 복 많은 멜리소여,

---

15 그리스 신화에서 필리스는 데모폰과 결혼해 트라키아에 살고 있었는데, 남편이 전쟁에 나가 오랫동안 돌아오지 않자 결국 자살해 잎이 없이 가지만 있는 나무로 변했다. 그러다 훗날 남편이 돌아왔을 때 아름다운 꽃을 피웠는데, 이 나무가 겨울에 가장 먼저 꽃을 피우는 아몬드나무라고 한다.

그대는 운명의 여신의 수천의 잔인한 방해에도
지금 너무 즐겁고 기쁘게 살고 있군요!

띠르시
그대가 떠나간,
저 달보다 더 잘 변하는 이 필멸의 낮은 세상 것들이
이제는 조금도 피곤하지 않고 귀찮지 않겠어요.

다몬
그대는 비천함을 견고한 고귀함으로,
악을 선으로, 죽음을 생명으로 바꾸었어요.
이것을 충분히 확신하고 고대했지요.

엘리시오
타락한 이 필멸의 세상에서
명예롭게 산 당신, 멜리소여,
마침내 그대는 높이 올라 꽃으로 뒤덮인 곳에 계시는군요.

그곳에서는 여러 불멸의 목구멍을 통해
목소리가 흘러나와요. 영광의 찬송 소리 들리고
되풀이되며, 달콤한 영광의 찬양 울려퍼지지요.

거기 아름답고 맑고 그윽한 얼굴 보이네요.
그 모습에 기쁨 넘치고
그 모습에서 가장 완전하고 선한 영광의 총체를 봅니다.

나의 연약한 목소리가 당신을 찬양할 때,
그 소원 크면 클수록
멜리소여, 그만큼 두려움이 그 소원을 멀리합니다.

내가 지금 바라보는 그것,
성소聖所에 있는 당신의 초인적 표지를
나의 깨달음 높여 보고 있어요.

나의 깨달음은 나약하지만
눈썹을 올리고 집중해
찬양하는 자의 입술 모으려 합니다.

라우소
당신이 떠나, 당신과 함께 있어 즐거워한
사람 모두를 슬픈 통곡 속으로 몰아넣었어요.
당신이 멀어질수록 불행은 더 가까이 다가와요.

띠르시
거친 시골 양치기들이
당신의 높은 지혜로 가르침 받아
한순간, 한순간 새로운 재능과 분별력을 갖추었어요.

그런데 웬일입니까,
당신이 이 세상 떠나는 불가피한 순간 닥치니

우리의 재능은 빈약해졌고 마음은 죽어버렸어요.

당신이 살아 있을 때 당신을 너무 사랑했고
지금도 당신의 죽음을 한없이 애도하는
우리 모두, 이 슬픈 기억으로 당신을 추모합니다.

그러니 양치기들이여,
어쩔 줄 모르는 통곡 속에서도 우리 계속 새롭게 숨 쉬니
이 슬픈 노래라도 계속 부르는 것이 어떻겠어요.

그리하여 그 힘든 감정 있는 곳에
우리의 눈물과 한숨이 도달했으면 좋겠어요.
그것들과 함께라면 바람 또한 더 빠르고 급해지니 말입니다.

그대들 양치기에게 맡기고 요구하면
안 되는 것 알고 있어도, 지금 나의 어눌한 혀가
무슨 말을 하는 건지, 그대들 더욱 느낄 거예요.

그러나 태양이 자취를 감추고
대지가 색을 잃고 검은 망토로 몸을 감추니
기다리는 여명이 올 때까지
양치기들이여, 이 슬픈 노래 잠시 멈추는 것이 어떻겠습니까.

그 슬프고 고통에 찬 애가를 시작한 자도 따르시였고 끝을 고한
자도 그였다. 그의 비통한 노래를 들은 모든 사람의 눈에는 한동안

눈물이 그치지 않았다. 이때 존경받는 뗄레시오가 말했다.

"늠름하고 예의 바른 양치기들이여, 이것으로 저 복 있는 멜리소를 향한 우리의 의무를 어느정도 한 것 같군요. 그러니 이제 그대들 가슴 저미는 눈물에 침묵을 얹고 그대들의 고통스러운 탄식에 휴식을 주시기 바라요. 그 어떤 눈물이나 탄식으로도 우리 눈물의 이유인 상실을 회복할 수는 없으니까요. 불운한 일을 향한 인간의 감정이 분출되는 것은 막을 수 없지만 분별 있는 사람을 항상 따라다니는 이성으로 그 감정을 조절할 필요가 있지요. 눈물과 탄식이 우리 울음의 대상이 되는 자를 향한 사랑의 표시이기는 하지만, 경건한 예배와 믿음의 기도가 우리가 눈물 흘리는 그 영혼에 더 도움이 될 수 있어요. 모든 대양의 물이 세상 사람 모두의 눈물이 된다 해도 말이에요. 이런 연유로, 그리고 우리 지친 몸에 잠시 휴식을 주고자, 남은 일은 다음 날 하기로 합시다. 지금은 그대들의 가죽 부대를 찾아 자연이 그대들에게 요구하는 것을 충족하시기[16] 바랍니다."

이 말을 마치고 그는 명했다. 멜리소의 무덤 가까이 계곡 한편에 양치기 처녀들과 가장 나이 많은 여섯명의 양치기 청년들을 함께 있게 하고, 나머지 양치기 청년들은 그녀들과 좀 떨어져 다른 곳에 있게 한 후에 가죽 부대에 담아온 것과 맑은 샘물로 배고픔이라는 보편적 요구를 충족하되 적절한 시간에 식사를 마치도록 했다. 이미 밤이 지평선 아래 빛줄기를 모든 것에게 같은 색 옷을 입혀주었고 달이 반짝이는 금빛 빛줄기를 발하면서 그 아름답고 맑은 얼굴을 완전히 드러냈던 것이다. 그런데 얼마 있지 않아 광풍이 일더

---

16 배고픔을 해결하라는 뜻이다.

510

니 검은 구름이 그 순결한 여신의 빛을 한동안 가려버렸고 대지에는 어둠이 내려앉았다. 그 모습을 보고 초원의 점성술의 대가인 몇몇 양치기들은 폭풍우가 닥쳐올 전조로 받아들였다. 모든 것이 정지했고 적막이 구름 낀 밤을 뒤덮고 있었다. 양치기들은 편한 곳을 찾아 싱싱한 풀밭 위에서 휴식을 취했고 달콤하고 편안한 잠에 눈을 맡겼다. 양치기 처녀들을 지키느라 불침번을 서는 몇몇과 멜리소의 무덤 주변에 환하게 밝힌 횃불을 지키는 사람 말고는 대부분이 그렇게 잠을 청했다.

고요함이 주는 평안이 성스러운 계곡 전체에 퍼졌고 게으른 잠의 신 모르페우스가 그곳에 있는 사람들 모두의 이마와 눈꺼풀을 그의 촉촉한 잠의 나뭇가지로 쓸어주었다. 그런데 둥근 하늘을 유랑하는 별들이 정확한 밤의 흐름을 보여주고 있을 그때, 멜리소의 무덤에서 크고 엄청난 불꽃이 피어올랐다. 그 불빛이 너무 밝고 환해 모든 어두운 계곡이 마치 태양이 비춘 것처럼 순식간에 환하게 밝혀졌다. 그 예기치 못한 경이로운 빛에 무덤 곁에서 깨어 있던 양치기들은 깜짝 놀라 땅에 쓰러져 넘어지고 눈이 부셔 볼 수가 없었다. 그러나 그 불은 잠에 취한 나머지 양치기들에게는 반대의 효과를 자아냈다. 그 불빛에 그들은 무거운 잠에서 깨어 잠에 취한 눈을 간신히 떴고, 정신이 멍한 상태로 어떤 사람은 서서, 어떤 사람은 몸을 기댄 채, 또 어떤 사람은 무릎을 꿇고 놀라움과 두려움 속에 그 밝은 불빛을 바라보고 있었다. 이 모든 것을 본 뗄레시오는 곧바로 신성한 제의를 차려입고 엘리시오와 띠르시, 다몬, 라우소와 다른 용맹한 양치기들과 함께 조금씩 불에 다가가기 시작했다. 몇가지 적당하고 합법적인 방법으로 귀신을 쫓아 그들 앞에 나타난 이상한 환상이 사라지게 하든지 혹은 그것이 어디서 왔는지 알고자 했던 것이다.

그러나 가까이 다가가자 불길이 두 갈래로 나뉘더니 가운데에서 아주 아름답고 기품 있는 님프가 나타났다. 이 모습이 타오르는 불을 보는 것보다 더 큰 놀라움을 안겨주었다. 그녀는 화려하고 섬세하게 짜인 은으로 된 옷을 입고 있었다. 허리께 주름이 잡힌 옷은 늘어져 다리 절반을 가렸고 나머지 다리에는 두꺼운 코르크 바닥에 형형색색의 비단 매듭과 리본으로 장식한 꼭 맞는 금빛 신발을 신었다. 은으로 된 옷 위에는 섬세한 녹색 비단 조끼를 걸쳤는데 그 얇은 비단 천이 가볍게 부는 바람에 이리저리 하늘거려 뭐라 말할 수 없이 아름다웠다. 등에는 인간의 눈으로 한번도 본 적 없는 긴 황금빛 머리칼을 늘어뜨렸고 그 머리칼 위로는 월계수로만 된 녹색 화관을 쓰고 있었다. 오른손에는 승리의 노란색 긴 야자나무 가지를, 왼손에는 평화의 녹색 올리브나무 가지를 들고 있었다. 이렇게 치장한 그녀는 아름답고 경이로운 자태를 뽐내며 바라보는 모든 사람의 시선을 한몸에 받았다. 양치기들은 처음에 가졌던 두려움을 떨치고 대담한 걸음으로 불 근처에 이르렀다. 그리고 이렇게 아름다운 모습을 한 그녀가 설마 해를 끼치지는 않을 것이라고 스스로를 설득했다. 말한 것처럼 그녀를 보러 모두가 다가가자 아름다운 님프는 팔을 이쪽저쪽으로 활짝 벌려 불꽃이 더욱 퍼지도록 해서 사람들이 그녀를 더 잘 볼 수 있게 했다. 그러고는 그윽한 얼굴을 들어 우아함과 위엄이 깃든 모습으로 다음의 말을 시작했다.

"사려 깊고 선량한 친구들이여, 예기치 않은 나의 출현으로 여러분의 가슴속에 나의 이 모습이 혹시 무슨 나쁜 영이 아닐까 하는 생각이 들까봐 두려움이 앞섭니다. 환상은 그것을 보는 사람의 영혼에 어떤 영향을 미치는지를 보고 좋은 것인지 아닌지 판단할 수 있다고들 하지요. 좋은 환상이라면 경탄과 놀라움을 불러일으키고, 그 경탄과 놀라움은 기분 좋은 소란을 수반하며, 그 소란은 잠시 후에 조용히 사라지고 이윽고 기쁨으로 바뀌지요. 반면에 사악한 환상은 사람을 깜짝 놀라게 하고, 기쁨이 없으며, 공포감에 휩싸이게 하고, 결코 마음을 안정시키지 못합니다. 여러분이 나를 보고, 내가 누구인지, 어떤 목적으로 저 먼 나의 거처에서 이곳까지 여러분을 보러 왔는지 알게 되면 여러분은 경험으로 이런 사실을 확인할 수 있을 거예요. 나는 여러분이 내가 누구인지를 알고자 하는 욕망에 매달려 궁금함 속에 있기를 원하지 않아요. 사려 깊은 양치기 청년들과 아름다운 양치기 처녀들이여, 내가 누구인지 말씀드릴 테니 잘 들어보세요. 나는 저 높고 성스러운 파르나소스 산꼭대기에 거처를 두고 있는 아홉명 처녀들 중의 하나예요. 이름은 칼리오페[17]이고 내가 하는 일과 지위는 거룩한 영들을 돌보고 도와주는 일이에요. 그들의 칭송할 만한 업적은 놀랍고 비교할 수 없이 명성 높은 시학 속에 모셔져 있어요. 나는 스미르나 출신의 저 옛 맹인 시인[18]에게 영원한 명성을 안겨준 바 있어요. 그곳은 오직 그분으로 유명해졌지요. 또 만또바의 띠띠로스를 영원히 살게 해주었어요. 저 오래된 엔니우스[19]의 엄격하고도 생각 깊은 글을 과거에서부터 지금까지 주목하게 해준 자도 바로 나예요. 결론적으로 나는 까뚤루스[20]를 돌보았고 호라띠우스[21]를 명명했으며 쁘로뻬르띠우

---

17 그리스 신화에서 아홉명의 뮤즈 중 하나. 서사시를 주관하는 여신이다.

18 호메로스(Homeros)를 말한다.

19 Quintus Ennius(BC 239~169). 고대 로마의 시인, 극작가. '라틴 문학의 아버지'라 불린다.

20 Quintus Lutatius Catulus(BC 84?~54?). 로마의 시인. 서정시와 연애시로 유명했다.

스[22]를 불멸의 시인으로 만들었어요. 나아가 불멸의 명성을 가진, 우리가 잘 아는 뻬뜨라르까를 영원히 기억하게 했으며, 유명한 단떼를 어두운 지옥에 내려갔다가 맑은 하늘로 올라오게 한 장본인이 바로 나예요. 또 천부적 재능을 지닌 아리오스또[23]가 다양하고 아름다운 작품의 그물을 짜도록 도와준 자도 나입니다. 여러분의 나라에서는 재기 넘치는 보스깐[24]과 명성 높은 가르실라소, 현명하고 학식 높은 까스띠예호,[25] 그리고 기교 넘치는 또레스 나아로[26]와 친분이 두텁고요. 그들의 재기와 문학적 열매로 여러분의 조국이 문화적으로 풍요한, 기쁨 넘치는 나라가 되었지요. 나는 유명한 알다나[27]의 펜을 움직였으며, 에르난도 데 아꾸냐[28]의 곁을 떠난 적이 없었어요. 그리고 나는 이 무덤에 누운 자의 축복받은 영혼과 언제나 가진 대화와 깊은 우정을 높이 평가하고 있지요. 여러분이 기리는 그에 대한 진심 어린 추모가 이미 영원한 땅을 산책하고 있는 그의 영혼뿐 아니라 나를 아주 기쁘게 해, 지금 여러분이 행하는

21 Quintus Horatius Flaccus(BC 65~8). 로마의 시인. 서정시와 풍자시로 유명했다.
22 Sextus Propertius(BC 50?~16?). 로마의 서정시인.
23 Ludovico Ariosto(1474~1533). 이딸리아의 시인. 후기 르네상스의 대표적 시인으로 『광란의 오를란도』(*Orlando Furioso*)를 썼다.
24 Juan Boscán Almogávar(1487?~1542). 스페인의 시인. 르네상스기의 대표 시인 중 한 사람이다.
25 Cristóbal de Castillejo(1491~1556). 스페인의 시인. 스페인 전통 시형식을 옹호했다.
26 Bartolomé de Torres Naharro(1485~1530). 스페인의 극작가. 낭만주의 극을 예비한 작가이다.
27 Francisco de Aldana(1537~78). 스페인의 시인. 르네상스 2기의 중요한 시인 중 한 사람이다.
28 Hernando de Acuña y Zúñiga(1518~80). 스페인의 시인. 16세기 전반에 스페인을 풍미한 이딸리아 르네상스풍의 시를 써 당대 젊은 시인들에게 많은 영향을 미쳤다.

칭송할 만하고 경건한 이 관습에 대해 직접 와서 감사드리지 않고는 못 견딜 정도가 되었어요. 그러므로 여러분에게 나를 믿고 기대해도 될 진실한 약속을 드리니, 내 사랑하는 멜리소의 유해에 여러분이 베푼 은혜에 대한 보답으로, 시를 짓는 즐거운 일에 있어 여러분의 강변에 다른 강변의 모든 양치기들보다 뛰어난 양치기들이 결코 부족하지 않도록 항상 노력할 것입니다. 나는 항상 여러분의 의견에 도움을 주고 여러분의 이해력을 잘 인도해 여러분이 이 성스러운 계곡에 묻힐 자격이 있는 자가 누구인지를 결정할 때 그 결정이 절대 왜곡되지 않게 하겠어요. 덕목이 아주 특별하고 뛰어난, 희고 아름다운 목소리의 백조가 그 혜택을 받아야지 검고 거친 목소리의 까마귀가 받아서는 안 되기 때문이죠. 그러니 이제 여러분이 사는 스페인 땅과 저 먼 중남미 땅에서 그런 자격을 갖춘 몇몇 특출한 사람들에 관한 정보를 드리는 것이 좋을 것 같네요. 그들 모두, 혹은 그들 중 어떤 사람이라도 이 강변에서 생을 마감하면 여러분은 그 어떤 의심도 없이 이 유명한 곳에 그들의 무덤을 허락할 수 있을 겁니다. 이와 더불어, 분명히 말하고 싶은 것은, 처음 거명된다고 해서 후에 거명되는 사람보다 그 고결함이 더 뛰어나다고 생각지 말아달라는 거예요. 나는 어떤 순위도 두지 않아요. 혹시 내가 이 사람과 저 사람 사이의, 그리고 이 사람들과 저 사람들 사이의 차이를 알게 된다 해도 그것은 의문 속에 놓아두겠어요. 여러분의 명석함으로 그 차이를 이해하도록 하기 위해서이고, 그 차이는 그들의 작품이 증명해줄 거예요. 나는 머리에 떠오르는 대로 거명하겠습니다. 그러면 누구도 내 기억에 먼저 떠오른다 해서 그것이 은혜라고 주장할 수 없겠지요. 사려 깊은 양치기들이여, 후에 여러분이 공정한 판단을 내리시기 부탁드려요. 여러분이 내가 열거

하는 긴 명단에 집중하는 수고와 노력을 덜어드리고자, 오히려 너무 간략해 기분 나쁘다고 불평할 정도로 짧게 하겠어요."

이 말을 하고 그 아름다운 님프는 침묵을 지켰다. 그러고는 그 옆에서 그때까지 누구에게서도 본 적 없는 하프를 집어들었다. 그녀가 연주를 시작하자 하늘이 환해지고 달 또한 한번도 본 적 없는 새로운 광채를 발하며 대지를 환히 비추는 것 같았다. 나무들은 부드러운 서풍에 제 가지를 미동도 하지 않고 그대로 있었다. 그곳에 있던 사람 모두 감히 눈꺼풀을 내릴 수 없었다. 눈을 감았다 뜨는 그 짧은 시간에도 그녀의 아름다움을 바라보는 영광을 빼앗기기 싫어서였다. 감각의 다섯 기관이 오직 듣는 감각 하나로 바뀌었으면 하고 바랄 정도였다. 그 아름다운 뮤즈는 그토록 놀랍게, 그토록 달콤하게, 그토록 부드럽게 잠시 하프를 연주한 후에 상상할 수 있는 최고로 낭랑한 목소리로 다음의 시를 읊기 시작했다.

칼리오페의 노래

양치기들이여, 우아한 나의 하프의
달콤한 소리에 귀 기울여보세요.
내 자매들의 성스러운 생명이
어떻게 호흡하는지 듣게 될 거예요.
어떻게 여러분을 멈추게 하고, 놀라게 하고,
여러분의 영혼을 행복으로 가득 채우는지 보게 될 거예요.
그때 내가 이 땅에 살지만
이미 하늘에 속한 천재들의 명단을 드릴 겁니다.

나는 운명의 세 여신이 아직 실을 자르지 않은 자들[29]에 대해 노래하고자 해요.

여기 성스러운 자리에 들어가도록

정해지기에 충분한 자들이지요.

부지런한 세월의 흐름 속에서도

여러분의 갸륵한 관습으로

그들의 명성이, 그들의 밝은 업적이, 그들의 높은 이름이

영원토록 길이 남을 그곳에요.

높고 영예롭고 탁월함으로

명성을 누리기에 걸맞은 자는

돈 알론소[30]이니

그 안에는 성스러운 아폴론의 하늘에 속한 지식이 흐르고

어느 힘과도 견줄 수 없는 군신 마르스의 기백이

높이 솟구치는 불길처럼 찬연히 빛나고 있어요.

이딸리아에서 레이바라는 유명한 별명 얻었는데

스페인에서도 이 이름은 유명하지요.

같은 이름의 다른 자[31]가 있으니

그는 아라우꼬전쟁[32]과 스페인의 용맹을 노래했어요.

....

29 그리스 신화에서 인간의 수명을 결정하는 세 여신 모에라이 자매는 실을 자은 다음 각 사람의 수명대로 그 실을 자르는데, 그 순간 죽음이 결정된다. "아직 실을 자르지 않은 자들"은 살아 있는 이들이다.

30 Alonso Martínez de Leiva(1544~88). 스페인의 귀족이자 무적함대 사령관 중 한 사람.

31 알론소 데 에르시야(Alonso de Ercilla y Zúñiga, 1533~94)를 말한다. 대서사시 『아라우까나』(La Araucana)를 썼다.

32 아라우꼬는 칠레의 지역명. 스페인 정복자들에게 약 3세기 동안 격렬히 저항했다.

글라우코스³³가 거주하는 왕국들³⁴을 지나갈 때

격렬한 분노를 느꼈답니다.

그런데 그의 목소리나 걸걸한 억양은 그렇지 않았어요.

놀랄 만한 우아함으로 가득 차 있었습니다.

그래서 그 작품의 아름다운 배경 에르시야는

일약 영원하고 성스러운 기념비적 유적의 대접 받고 있지요.

저 유명한 돈 환 데 실바³⁵에 대해 여러분에게 말씀드리고자 해요.

모든 영광과 명예를 한 몸에 받기에 부족함이 없는 자이죠.

활짝 꽃핀 그의 문학적 가치를 볼 때

그는 태양신 포이보스의 친구임이 분명해요.

그의 작품이 바로 그 증인이지요.

작품 속에 그의 뛰어난 재능이 찬연히 빛나니,

무지한 자에게는 빛을 비춰 깨우고

지식이 많은 자에게는 그 지식 더 날카롭고 빛나게 한답니다.

하느님과 이 셈을 공유한 자가

그 수를 더 늘리면 좋겠어요.

하늘은 태양의 원기로 그 힘을 돋우고

땅은 군신 마르스의 용기를 주어서 말이에요.

그가 펜을 날려 글을 쓰면

---

33 그리스 신화에서 원래 어부였는데 바다의 신 테티스와 남편 오케아노스에 의해 신으로 변한 인물.
34 칠레의 아라우꼬 바다를 가리킨다.
35 Juan de Silva(1528? 1532?~1601). 스페인 국왕 펠리뻬 2세가 임명한 포르투갈 대사이자 총독, 주둔군 사령관.

호메로스와 맞먹어요.

그러면 그럴수록 돈 디에고 오소리오[36]의 높은 재능

사람들 모두에게 널리 알려지지요.

뛰어난 기사가

더 많은 말로 명성을 높이면 높일수록

그만큼 그 흘러나오는 글재주 선명해지지 않을까요?

그의 유명한 이름에 업적을 더해가며 말이죠.

그의 생기 있는 재능, 그의 덕스러움은 언어 이상으로 불타오르고

세월이 흘러도 그의 작품들 조금도 손색없어요.

돈 프란시스꼬 데 멘도사[37]에 대한 찬양의 노래는

반짝임을 더하네요.

우리의 합창과 저 유명한 히포크레네[38]의 총명함에서 나온

명성 높은 돈 디에고 데 사르미엔또 이 까르바할[39]은

얼마나 행복한 사람인가요!

나이는 청년이요, 감각은 노인.

망각의 물[40]에도 불구하고 당신의 명성은

당신의 뛰어난 작품과 더불어

36 Diego de Santisteban Osorio(1563~98). 스페인 르네상스 서사시인. 몰타 전쟁과 로다스 점령에 관한 여러 서사시를 썼다.

37 Francisco López Mendoza(1547~1623). 스페인의 귀족이자 군인, 외교관, 시인. 폴란드, 독일 등지에서 대사로 활동했다.

38 시적 영감의 장소로 유명한 그리스 헬리콘산 등성이에 있는 샘. 음악의 여신 뮤즈에 헌정된 곳으로 알려져 있다.

39 Diego Sarmiento Carvajal. 페루 왕국의 우편업무 총괄 책임자로 알려져 있다.

40 그리스 신화에서 건너면 망각을 불러일으킨다는 사후 세계의 강 레테를 말한다.

갈수록 빛을 내면서

입에서 입으로 사람에게서 사람으로 전파되고 있어요.

나는 여러분에게 어린 나이에

뛰어난 재능으로 성숙한 이해력과

숙달된 솜씨, 하늘에 속한 늠름함,

정중함, 용기와 절제 보여준 자를 소개해드리고 싶어요.

마치 에스떼 가문을 노래한 자[41]가

자신의 언어로 재능을 보여준 것처럼

이딸리아 또스까나 지방에서도 재능을 보여줄 수 있는 자이죠.

그자의 이름은 돈 구띠에레 까르바할입니다.

그대, 돈 루이스 데 바르가스[42]여,

나는 당신의 푸르고 젊은 나이에

이미 당신의 성숙한 재능을 보았어요.

나의 자매들이 당신에게 약속한 승리의 트로피에

아주 가까이 와 있다고 나 믿고 있지요.

아, 이미 승리하고 있어요.

수천의 덕스럽고 지혜로운 방법으로 힘을 다해

당신의 명성 찬연히 환한 빛을 내고 있잖아요.

---

41 이딸리아의 시인 루도비꼬 아리오스또는 에스떼 가문의 도냐 이사벨에게 자
신이 쓴 『광란의 오를란도』 중 몇편을 읽어주었다.

42 Luis de Vargas Manrique(1566~93). 스페인의 시인이자 군인. 황금 세기의 문학
스승으로 가르실라소 데 라 베가 시풍에 속하는 시를 썼다.

수천의 성스러운 영혼들이 저 맑은 따호강

강변을 아름답게 수놓고 있습니다.

그들은 우리 시대를 그리스·로마 시대보다

더 축복 넘치는 시대로 만들어놓아요.

그들에 대해 오직 한가지만 말할게요,

그들은 당신들 계곡과 명예에 아주 걸맞은 자들이라고.

그들이 남긴 작품들이 명명백백하게 보여주고 있답니다.

그들은 우리를 하늘길 가도록 가르치고 있지요.

아폴론의 학문[43]에 으뜸가는

두 사람의 유명한 박사님들이 내게 자신들을 보여주네요.

서로 나이는 다르지만

풍모와 재능은 닮았습니다.

살아 있는 자나 죽은 자나 그들을 칭송합니다.

높고 깊은 학식으로

서로 너무 밝게 빛나

곧 모든 사람 탄복시킬 것이 분명해요.

내가 감히 찬양하는 이 두 사람 중에서

내 손에 가장 가까이 온 이름은

유명한 깜뿌사노[44] 박사예요.

여러분은 그를 '두번째 포이보스'라 부를 수 있지요.

---

43 시 쓰는 일을 말한다.

44 Francisco de Campuzano(1540~83). 의사이자 시인. 스페인 국왕 펠리뻬 2세의 전속 의사였고 똘레도 옆을 흐르는 따호강 묘사로 유명하다.

그의 수준 높은 재능, 초인적인 문장은
훌륭하고 뛰어난 중남미 땅의 새로운 세계와
지식과 학문이 금보다 훨씬 뛰어나다는 것을
우리에게 알려줘요.

다음 분은 소사라는 별명을 가지고 있는
수아레스 박사예요.
그분은 이런저런 기교 넘치는 언어에서
가장 정련되고 훌륭한 것을 얻어내지요.
기적의 샘에서 갈증을 달랜 그를 보면
갈증 달래려는 그 어떤 자도
저 지식 많은 그리스 사람이나 트로이의 화재를 노래한 그 사람을[45]
부러워할 필요 없답니다.

바사 박사에 대해서라면
내가 그분에 대해 느낀 것이 여기 여러분 모두의 숨을
그만 멈추게 할 정도라고 분명히 말씀드려요.
그의 지식과 덕, 매력 등이 그렇습니다.
나는 그를 거룩한 합창대의
첫번째 위치를 차지한 자로 칭찬해왔고,
위대한 델로스섬의 주인이 이 땅에 빛을 뿌리는 동안
그의 이름을 영원히 기리려는 소원 갖고 있어요.

----
45 호메로스와 오비디우스를 가리킨다.

명성이 어떤 유명한 재사才士의 탄복할 일들,

잘 가다듬은 높은 개념들,

듣기만 해도 놀라움을 선사하는 지식을

여러분 귀에 들려준다고 하더라도,

말로 언급하지 않으면

그것들은 오직 여러분 감각에만 멈춰버려요.

그러니 모든 의심에서 벗어나도록 그것들을 밝히고 기획해야 해요.

그런 사람이 바로 학사 다사라는 것을 아시기 바라요.

가라이 선생[46]에 대해서는

그가 쓴 달콤한 작품들이 그를 찬양하도록 나를 부추겨요.

재빨리 지나가는 시간을 넘어선 명성의 여신 파마여,

그를 기리는 것으로 너의 영웅적인 위업 다하는 것이 어떻겠니?

너, 명성의 여신은 그 사람 안에 더욱 명성 높일 것들 있음을 볼 것이고

그를 찬양하는 것이 네 일임을 알게 될 거야.

이 명성으로 이야기한다면

너는 사람들 입에 떠도는 그 명성을 마땅히 진실이라고 바꿔야 할 거야.

인간 중에서 가장 위대한 자까지도 넘어서

신의 경지를 꿈꾸는 저 재사는

까스떼야노를 한쪽에 제쳐두고

---

46 Francisco de Garay(?~1617). 스페인의 의사이자 시인, 성직자. 이딸리아 르네상스풍의 시를 썼다.

영웅적인 라틴어 시구를 좇는 자예요.
새로운 호메로스, 새로운 베르길리우스로 불리는 자,
바로 꼬르도바 선생입니다.
해가 빛을 내서 바다를 목욕시키는 동안
축복받은 스페인 땅에서 기려질 만한 분이죠.

프란시스꼬 디아스[47] 박사여,
그대에 관해 여기 있는 나의 양치기들에게
즐겁고 확신에 차 단언하건대,
이들 모두가 그대를 끊임없이 추앙할 거예요.
내가 이들에 비해 나이 적지만
나이 많은 자들은 그대의 재능에 빚진 것 많아요.
나로 말할 것 같으면 살아온 세월이 짧아
그대 빚을 갚겠다고 감히 말할 수 없네요.

루한, 그대는 그대에게 어울리는 토가를 입고
자신의 땅과 이국 땅을 영화롭게 만들었지요.
그리고 유명한 그대의 달콤한 뮤즈와 함께
그대의 명성을 하늘 끝까지 드높였어요.
그대의 삶을 마친 후에는,
누구와도 견줄 수 없는 독보적인 그대 재능의 명성이
가볍게 빨리 날아 우리 사는 땅 극지에서
반대편 극지까지 도달하도록 내가 그렇게 해주겠어요.

----

47 Francisco Díaz de Alcalá(1527~90). 스페인 르네상스 시대의 유명한 외과의사이
자 시인.

높은 재능과 가치가
여러분과 친한 친구인 학사
환 데 베르가라라는 것을 넘치도록 잘 알려주고 있어요.
그는 복받은 우리 시대의 명예 그 자체이지요.
그가 좇는 환히 열린 좁은 길을
나 자신이 걸어가며 재능을 단련해요.
그가 도달하는 곳에 나 역시 힘을 다해 도달하려 해요.
그래서 그의 재능과 덕목에 즐거워합니다.

다른 사람들을 거명해보지요.
나의 이 담대한 노래가 인정받고 호평받도록요.
이 노래는 더욱 힘을 얻어
내 소원을 세운 곳까지 이르려 해요.
이것이 나를 더욱 압박하고 눌러
어떤 사람을 말하는 일에 힘을 다해
그의 가장 완벽한 재능을 노래하라고 하네요.
그 사람은 바로 알론소 데 모랄레스 학사예요.

어떤 대범한 청년이
오르기 어려운 산봉우리를 통해
명성의 여신이 거하는 신전에 올라가고 있어요.
그는 앞으로 계속 전진해요.
그를 두렵게 하는 어려움을 뚫고
아주 빨리 그곳에 도달할 거예요.

명성은 그가 쓸 월계관을 예언하듯 이미 노래하고 있어요.
그는 에르난도 말도나도입니다.

여러분은 명예로운 월계관이 장식한
학식 넘치는 이마를 보게 될 거예요.
모든 학문과 예술에 너무도 유명한 그의 이마이지요.
그의 명성은 이미 온 세상에 자자해요.
너, 황금 세기, 복받은 시대여,
지금까지 해온 일 바로 이 사람에게 가장 어울리지 않는가?
마르꼬 안또니오 데 라 베가[48]가 네 안에 있으니
그 어떤 세기, 그 어떤 시대가 지금 너와 견줄 수 있을까!

디에고라 불리는 이가 내 뇌리에 떠올라요.
멘도사라는 이름이 분명해요.
그는 오직 자신에 관한 이야기만 써도 될 만한 사람,
명성에 도달할 만한 이야기지요.
그가 가진 지식과 덕은 너무 유명해
이미 온 세상에 퍼져 있고
과거든 현재든, 죽은 사람이든 산 사람이든,
모두를 놀라게 해요.

저 높은 태양신 포이보스의 한 지인을 알고 있어요.
지인이란 무슨 뜻인가요?

---

48 Marco Antonio de la Vega(?~1622?). 스페인 계관시인이자 알깔라 대학교 신학
교수.

함께 즐거움을 나누는 진실한 친구이지요.

그는 모든 지식의 보고寶庫입니다.

교묘한 재주 사용하기를 멈추고

자신의 모든 복을 나누지 않아요.

바로 디에고 두란이니, 그 안에서 가치와 존재와 신중함은

계속 나아가며 영원히 멈추지 않을 거예요.

여러분은 부드럽고 낭랑한 목소리로

자신의 고뇌를 노래하는 자가

누구라고 생각하나요?

그 사람의 가슴에는 태양신 포이보스가,

박식한 오르페우스가, 신중한 아리온[49]이 살고 있어요.

그는 여명의 왕국에서

저 먼 서쪽 왕국까지

로뻬스 말도나도,[50] 사랑과 존경 받는 자예요.

나의 사랑하는 양치기들이여,

그 누가 여러분에게 찬사를 보낼까요?

그 사람은 여러분의 사랑받는 유명한 양치기가 아닐까요?

가장 훌륭한 양치기 중의 양치기, 필리다라는 성 가진 그 사람이 아

닐까요?

루이스 데 몬딸보의 기량과 학문, 우아함,

귀한 재능과 높은 가치는

---

49 그리스 신화에서 용맹을 상징하는 명마.

50 Gabriel López Maldonado(?~1615). 스페인 황금 세기의 시인.

하늘이 계속되는 한
그에게 영광과 명예 보장하지요.

황금빛 아칸서스 잎과 녹색 넝쿨손,
그리고 흰 올리브로 이마를 장식한
성스러운 에브로강은 즐거운 노래와 함께
그 영화와 명성 영원히 어어가지요.
그 오랜 가치가 너무 높아
풍요의 나일강 이름을 빼앗을 정도이지요.
뻬드로 데 리냔[51]의 필치로 말입니다.
그의 섬세한 펜은 아폴론의 모든 좋은 것을 집약하고 더해놓았어요.

귀하고 높은 알론소 데 발데스의 재능이
그를 노래하도록 나를 부추기고,
양치기들이여, 여러분에게 그가 가장 희귀한 곳으로
나아가고 있다고 선포하게 하네요.
그런데 그것은 이미 드러났으니
그는 쉽고 유려한 문체로 보여주고 있어요.
그는 이것으로 비탄에 빠진 가슴을 발견하고
잔인한 사랑이 그에게 행한 해악을 찬양하고 있어요.

우리가 청하고 싶은 모든 재능을 가진
한 재사를 칭송합시다.

---

51 Pedro Liñán de Riaza(1555? 1557?~1607). 스페인의 시인, 극작가. 무인으로도
활동하여 근위대 사령관을 지냈다.

그는 이 땅에 살지만

풍성한 재능과 실력은 저 높은 하늘에서 와

어떤 때는 평화를, 어떤 때는 전쟁을 다뤄요.

저 유명한 뻬드로 데 빠디야[52]에게서 나온 것을

보고, 듣고, 읽는 모든 일이

새로운 기쁨과 놀라움을 불러일으켜요.

그대, 저명한 가스빠르 알폰소여,

불멸의 저 높은 곳을 추구하는 그대 마음으로

그대를 가늠해 찬양하려 하면

내게 도저히 그럴 수 없게 명령하지요.

우리의 이름 높은 산이 보금자리 만들어준

저 무성하고 기분 좋은 식물 모두가

오직 당신의 이마를 명예롭게 하기 위해

당신에게 씌워줄 풍성한 월계관을 제공해주네요.

끄리스또발 데 메사[53]에 관해 분명히 말씀드릴 수 있는 것은

그가 여러분의 신성한 계곡을

아주 명예롭게 할 수 있다는 것이에요.

살아 있을 때뿐 아니라 죽은 후에도

여러분은 얼마든지 정당한 명분으로 그를 기릴 수 있어요.

---

52 Pedro de Padilla(1540~99). 스페인 르네상스 시인. 세르반떼스와 친분이 있었고
작가는 『돈 끼호떼』에서 그를 언급한 적이 있다.

53 Cristóbal de Mesa(1556~1633). 스페인 황금 세기의 시인. 이딸리아 시인 따소
(Torquato Tasso)풍으로 상당한 분량의 서사시를 썼고 베르길리우스의 시를 번역
하기도 했다.

영웅적인 시구가 이루는 화음, 격조 높고 중량감 있는 문체는

그에게 높고 명예로운 이름 주기에 충분하지요.

그의 명성이 침묵을 지켜 내가 기억하지 못한다 해도 말입니다.

여러분은 뻬드로 데 리베라가

얼마나 여러분의 강변을

아름답고 풍부하게 장식하는지 알고 있지요.

양치기들 여러분이여, 그에게 합당한 명예를 주세요.

나는 그를 명예롭게 하는 첫번째 사람이 되려 합니다.

그 안에 있는 달콤한 뮤즈, 그의 덕목은 대상을 완벽하게 만드니

거기에 수십만의 명성이 담겨 있고

그에 대한 찬양 넘쳐나네요.

그대, 베니또 데 깔데라[54]여, 그대는 루소에게서

비교할 수 없는 보물을 새로운 형식으로

저 수량 풍부한 강변으로 가져왔어요.

원하는 곳 어디나 유명한 금빛 침상을 만들어주는 그곳으로요.

당연한 박수와 영예를 그대에게 바쳐요. 그대 덕분이에요.

그대의 비할 데 없는 재능이 그렇게 만들었지요.

그러니 나 그대를 명예롭게 해드리고자

월계수와 담쟁이 넝쿨 화관 그대 이마에 씌워드릴 것을 약속해요.

기독교 시가를 그토록 높은 영광 바로 그 자리에

---

54 Benito Caldera(?~?). 16세기에 활동한 포르투갈 시인이자 번역가. 포르투갈의
대서사시 「루지아다스」를 스페인어로 번역했다.

올려놓은 그에 대해,

명성의 여신과 나의 기억이

그의 명성을 영원히 기억되게 하고자 합니다.

나날이 수명을 다하는 그곳에서

그의 지식과 모두가 아는 자비심이 태어나니

프란시스꼬 데 구스만에 대해 말씀드리는 거예요.

태양신 포이보스와 군신 마르스의 예능을 잘 아는 자이지요.

살세도 사령관[55]에 대해

명확히 말씀드릴 수 있는 것은

사람의 생각이 미칠 수 있는 가장 높고, 총명하고, 오묘한 수준까지

그의 신성한 지식이 이르렀다는 거예요.

그를 비교한다면, 감히 그 자신을 누구와 비교한다면,

그의 가치에 도달할 수 있는 자 아무도 없어요.

그런 시도는 그 잣대가

잘못되었거나 비뚤어졌다는 것을 증명할 수밖에 없지요.

또마스 데 그라시안[56]의

호기심과 능력을 알고자 하면, 여러분,

먼저 이 계곡에서 그의 덕목과 가치와 지식에 걸맞은 자리를

이 계곡에서 선택할 기회 내게 주세요.

....

55 Juan de Salcedo Villandrando(?~?). 16~17세기에 활동한 스페인 시인이자 중남미 주둔 사령관.

56 Tomás Gracián Dantisco(1558~1621). 스페인 작가. 스페인 국왕 펠리뻬 3세의 언어 담당 비서로, 그의 집안은 르네상스 인문주의 감각이 뛰어난 것으로 유명하다.

그에게 합당한 자리가 되기 위해서는

매우 격이 높고 특별해야 해요.

내가 믿는 한 그와 견줄 수 있는 자는 거의 없으니

그의 덕목과 재능을 볼 때 말이에요.

아름다운 나의 자매들이여,

지금 예기치 않게 바우띠스따 데 비바르[57]가 너희를 찬양하는구나.

너무도 신중하고 우아하고 의미 깊게 찬미해서

너희, 진정 음악의 여신이라면 경탄을 금치 못할 거야.

그는 외로운 님프 에코를 몹시 힘들게 한

나르키소스의 냉담함을 노래하지 않고,

즐거운 희망과 슬픈 망각에서 나온

자신의 근심을 노래할 거야.

새로운 놀람과 경탄과 두려움이

이 순간 내게 다가와 깜짝 놀라게 해요.

그것은 저 위엄 있는,

똘레도라는 성을 가진

발따사르의 명예를 가장 높은 곳까지 드높이고 싶지만

그럴 수 없어서예요.

그의 박식한 펜이 날아올라

그를 하늘까지 올려줄 거라 예감하면서도 말이에요.

---

57 Juan Bautista de Vivar(?~?). 스페인 황금 세기의 작가. 즉흥적인 시작으로 돋보
인 그의 천재성은 당대 스페인 문학의 거장 로뻬 데 베가, 세르반떼스 등의 찬사
를 받았다.

그는 탁월한 독창성으로

어린 시절에서 청년 시절, 나이 들어

완숙한 시절, 나아가 흰머리 성성한 시절까지

그에게 자리한 학문적 경험을 보여주고 있어요.

나는 이렇게 명백한 진실에 반론을 제기하는

누구와도 경쟁을 벌이지 않겠어요.

혹 로뻬 데 베가,[58] 당신을 높이는 나의 말이

그 사람 귀에 들린다면 더욱 그렇지요.

지금 성스러운 베띠스강이

평화로운 올리브나무 관을 쓰고

나의 지식 앞에 나타나네요. 성난 얼굴이에요.

나의 무심함과 부주의를 탄식하는 것이죠.

그는 이미 시작한 나의 연설을 듣고

그의 강가의 드문 재능을 가진 자들을

여러분에게 알려주기 청하고 있어요. 이제 나 그렇게 하겠어요.

내가 낼 수 있는 가장 낭랑한 목소리로 말이에요.

하지만 내가 무엇을 할 수 있겠어요?

몇걸음 내딛지 않아 수천의 진기한 일,

수천의 새로운 삔도스[59]와 파르나소스를 발견하고,

---

58 Lope de Vega Carpio(1562~1635). 스페인 황금 세기의 극작가이자 시인. 세계문
학에서 가장 방대한 작품을 쓴 작가 중 하나로 간주된다.

59 그리스 중부에 남북으로 뻗은 산계(山系). 그리스 신화에서 뮤즈와 아폴론과 연

지극히 아름다운 내 자매들의 합창 소리 듣게 되니 말이에요.

나의 높은 정신은 흐려지고 약해질 테고

게다가 놀라운 의도로 메아리쳐 되풀이되는

빠체꼬[60]의 이름을 들으니 말이에요.

빠체꼬는 아주 어린 시절부터

태양신 포이보스와

사려 깊은 나의 자매들과

새로운 우정, 사려 깊은 관계를 맺어왔어요.

나 역시 그때부터 지금까지

아주 특별한, 흔치 않은 길을 통해

그의 재능과 글을 이끌어왔지요.

그리하여 그의 글은 지고의 명예로운 이름 얻게 되었답니다.

저 신의 경지에 이른 에레라[61]를 아무리 찬양해도

그런 노력이 별 열매를 거두지 못하는 지경에

지금 나는 머물러 있어요.

그를 하늘의 네번째 층[62]에 올려놓는대도 말이에요.

혹시 내가 그의 여자 친구로 의심받는다면,

그의 작품과 참다운 명성이 말해줄 거예요,

....

관이 깊다.

60 Francisco Pacheco(1535~99). 스페인 르네상스 인문주의자이자 시인. 라틴어 금
석학 전문가이다.

61 Fernando de Herrera(1534~97). 스페인 황금 세기의 시인. '시성(詩聖)'으로 불
리며 르네상스 시에서 바로크 시로 넘어가는 교량 역할을 담당했다.

62 태양 혹은 아폴론의 자리를 말한다.

에레라의 지식의 넓이는 갠지스강에서 나일강까지,
남극에서 북극까지 이를 거라고.

다른 페르난도에 대해 알려드릴게요.
깐가스 출신으로 불리기도 하지요.
그로 말미암아 그 땅이 명성을 얻고,
학문이 살아 유지되고 있어요.
그의 학문은 신성한 월계수 면류관 향해 있어요.
어떤 재능이 높은 하늘에 닿고자
시선을 든다면 마땅히 그에게 고정해야 해요.
그러면 가장 천재적이고 높은 그 점에 이를 수 있지요.

데 비야로엘이라는 성을 가진
돈 끄리스또발에 관해 말한다면,
그의 이름은 한번도 망각의 검은 강물에
닿은 적 없다는 것을 여러분, 믿어주세요.
그의 재능은 사람으로 하여금 탄성 지르게 하고
그의 가치는 사람을 놀라게 해요.
그의 재능과 가치는 하늘을 바라보는 모든 것과
땅을 덮고 있는 모든 것을 밝혀낼 정도로 잘 알려졌지요.

무게 있는 옛 문장가 키케로의 가슴에서
흘러나온 유창한 언변의 강들,
아테네 시민들을 만족시키고,
데모스테네스[63]에게 명예 가져다준 유창한 언변의 강들,

세월에 의해 지워진, 과거에 높은 평가 받았던

그러한 재능들이

위대한 스승 프란시스꼬 데 메디나[64]의

높고 신성한 학문 앞에 무릎을 꿇었어요.

유명한 베띠스강이여,

그대는 당연 민치오강,[65] 아르노강,[66] 떼베레강보다

우월하지요.

그래서 그대는 신성한 이마를 즐거이 쳐들고

새로이 넓은 가슴 활짝 펼칠 수 있어요.

하늘도 그대의 덕목 인정하고 영광과 명예와 명성 주고자 하지요.

그대 강변에 사는 발따사르 델 알까사르[67]가

그대의 아름다운 강변에 가져다주듯 말이에요.

여러분은 신성한 아폴론의 더할 수 없이 비범한 학문이

암호처럼 새겨진 사람을 볼 수 있을 거예요.

그 학문이 수천의 대상에 펼쳐질 때마다

모두 비중 있는 아름다운 용모로 만들어버리지요.

그런데 이 경우는 그것보다 더욱 뛰어나

63 Demosthenes(BC384~322?). 고대 그리스의 웅변가, 정치가.

64 Francisco de Medina(1544~1615). 스페인 세비야 출신의 언어학자, 시인. 페르난 도 데 에레라와 더불어 가르실라소 데 라 베가 시의 비평서를 썼다고 알려져 있다.

65 이딸리아 북부 롬바르디아 지방을 흐르는 강.

66 이딸리아 중부 또스까나 지방을 흐르는 강.

67 Baltasar del Alcázar(1530~1606). 스페인 황금 세기의 시인. 호라티우스 작품의 번역가이기도 하다.

우수한 정도가 너무 높으니

학사 모르께라,[68] 그는 저 이름난 아폴론과

동등한 위치에 서 있을 겁니다.

학문으로 치장하고 맑은 가슴 풍요롭게 하며

우리 산 지식의 물에서 성장하는 샘을 바라보는

저 사려 깊은 신사는 절대 무시할 수 없어요.

무엇보다, 비할 수 없이 맑은 물이

갈증을 깨끗이 해소해주지요.

이러한 이유로 그 땅에서는

저 위대한 도밍고 데 베세라[69]의 맑은 이름이

한창 꽃을 피우고 있습니다.

인간의 이해력을 뛰어넘는

저 유명한 에스삐넬[70]에 관해 이야기하고자 해요.

저 신성하고 거룩한 포이보스의 숨결로

그의 가슴속에서 자라나는 학문에 관한 것들이에요.

내가 느끼는 최대의 것을

나의 혀로는 최소한으로 표현할 수 있기에

그가 펜을 들든 수금을 잡든

---

68 Cristóbal Mosquera de Figueroa(1547~1610). 스페인 황금 세기의 시인.

69 Domingo de Becerra(1537~94?). 스페인의 성직자, 번역가. 세르반떼스와 함께 아르헬에 억류되었다가 함께 구출되었다.

70 Vicente Gómez Martínez Espinel(1550~1624). 스페인 성직자이자 작가, 음악가. 삐까레스끄 소설 『방패잡이 마르꼬스 데 오르레곤의 인생 여정』의 작가로 알려 져 있다.

저 지고의 하늘을 호흡한다는 것, 그것만 말씀드리겠어요.

여러분이 금발의 포이보스와 핏빛의 마르스 사이
동등한 균형을 보기 원하신다면
저 위대한 까란사[71]를 보시면 됩니다.
그 안에서 둘은 분리되지 않고
펜과 창이 친구임을 보게 될 거예요.
무척이나 사려 깊고, 솜씨 뛰어나고, 기술 좋아서
이 좋은 것 둘로 나누면
지식과 기술이 축소되고 말 거랍니다.

라사로 루이스 이란소의 수금은
내 것보다 더 정교하게 조율되어 있어요.
하늘이 주는 영감의 축복과 그가 키운 가치를
그는 그 악기의 선율로 노래하지요.
마르스와 포이보스의 좁은 길 통해
인간의 상상력이 절대 이르지 못할 곳으로
그는 높이 올라가고자 해요.
행운의 여신과 운명의 신이 아무리 막아도 그곳에 다다를 거예요.

발따사르 데 에스꼬바르가
오늘 유명한 떼베레 강변을 아름답게 장식하고 있네요.
그러나 그의 오랜 부재로

----

71 Jerónimo Sánchez de Carranza(1539?~1608?). 스페인의 작가이자 군인. '펜싱의
아버지'로 알려져 있다.

저 신성한 베띠스 넓은 강변은 빛을 잃어가고 있어요.

다행히 그의 풍부한 재능이

사랑하는 땅, 조국으로 돌아오면

나는 그의 자랑스러운, 젊음 넘치는 이마에

내 생각에 합당한 명예의 월계관을 씌워줄 거예요.

데 수메따라 불리는 환 산스에게는

어떤 칭호와 명예와

종려나무잎 혹은 월계수 면류관이 마땅할까요?

인도에서 모리타니까지 그의 음악의 여신보다

더 완벽한 여신이 없으니 말이에요.

나는 여기서 그의 명성을 회복시키고자 해요.

그대 양치기들이 그에게 보내는 어떤 찬사와 영광도

아폴론이 기꺼이 받을 것이라는 말과 함께요.

양치기들이여, 이 거처에 기회가 되면

환 데 라 꾸에바스에게 마땅한 자리 주시기 바라요.

그는 그럴 자격 있습니다.

우아한 음악 재능과 다른 이와 견주기 힘든 지식 때문이죠.

빠르게 흘러가는 세월에도

영원한 망각 속에 있는 그의 작품들이

그의 명성을 망각에서 해방해

빛나는 높은 명성과 함께하리라는 것 나는 알지요.

양치기들이여, 지금 내가 말하고자 하는

장중하면서도 감미로운 시로 고결해지고

유명한 그이를 본다면

그가 그 시로 더 성공하리라는 것도 알게 될 거예요.

그의 성은 데 비발도,

이름은 아단입니다.

이 사람은 정련된 뛰어난 재능으로

복된 우리 시대에 빛을 더해주어요.

꽃들이 가장 많이 피어나는 오월이

다양한 꽃으로 풍성하게 장식되는 것처럼

돈 환 아과요[72]의 재능은 수천의 다양한 학문과

아름다운 작품으로 장식되어 있어요.

나 여기서 멈추어 그를 더 찬양하고 싶지만

이렇게 시작하는 정도로 만족하고자 해요.

다음 기회 주어진다면

여러분이 기적 같은 일이라 생각할 그런 이야기 해드릴게요.

환 구띠에레스 루포의 고명한 이름이

불멸의 기억 속에 영원히 남았으면 좋겠어요.

그 이름이 지식 많은 자나 그렇지 못한 자를 놀라게 하고

그가 쓴 고상하고 경이로운 서사에 감탄하게 했으면 좋겠어요.

성스러운 베띠스강이여, 그의 문체에 걸맞은 명성을 주세요.

---

72 Juan de Castilla y Aguayo(1540~96). 스페인의 귀족 출신 작가. 세르반떼스는 이 작가에게서 돈 끼호떼가 산초빤사에게 해준 바라따리아섬의 통치 관련 조언의 영감을 얻었다고 한다.

또 그를 아는 자들은

그에게 영광 주시고,

하느님이시여, 그의 높은 비상에 합당한 명성 내려주세요.

돈 루이스 데 공고라[73]에게 있는

둘째가라면 서운할 살아 있는, 진귀한 재능을 소개할게요.

그의 작품을 읽으면 즐겁고, 나 자신 풍부해지는 것을 느껴요.

나뿐 아니라 이 세상 모든 사람이 그럴 거예요.

내가 여러분을 사랑하니 여러분의 찬양 속에

그의 높고 깊은 지식이

항상 살아 있게 해주시기 부탁드려요.

쏜살같은 세월과 까탈스러운 죽음의 추적에도 불구하고 말이에요.

푸른 월계수여, 담쟁이덩굴이여, 거친 떡갈나무여,

곤살로 세르반떼스 사아베드라의

이마를 둥글게 감싸다오.

그렇게 하는 것 더없이 합당하니까.

그로 인해 아폴론의 지식이 더 성장하고

군신 마르스는 뜨거운 분노의 기운을 표출하지요.

그로 인해 이러한 수단을 통해

마르스는 사랑받기도, 두려움 대상이 되기도 한답니다.

감미로운 시흥詩興으로 셀리돈의 이름과 명성을

---

73 Luis de Góngora y Argote(1561~1627). 스페인 황금 세기의 시인이자 극작가. 그
의 시적 특성은 르네상스 시와 바로크 시의 연결 고리 역할을 한다.

울려퍼지게 했던 그대여,

그대의 놀랍도록 운을 잘 맞춘 시작법이

승리의 월계관으로 그대를 부르고 있어요.

곤살로 고메스[74]여, 그대 사랑의 표시로 드리는

지휘권과 왕관과 홀을 받으세요.

이것은 바로 당신이

헬리콘산의 진정한 지배자로 합당하다는 표시입니다.

황금의 강으로 알려진 그대, 다우로강[75]이여,

지금 그대가 보여주는 것처럼

그대는 새로운 흐름과 기력으로

저 먼 히다스페스강[76]을 앞지르고 있지 않은가.

곤살로 마떼오 데 베리오[77]가 그의 재능으로

그대를 몹시 명예롭게 하기 때문이지.

그래서 그대 이름은 널리 회자되는 명성을 갖게 되었고

그로 인해 그대 이름 온 세상에 퍼지게 되었지.

양치기들이여, 학사 소또 바라오나[78]의 당당한 이마를

영예롭게 할 녹색 월계관을 엮어주세요.

---

74 Gonzalo Gómez de Luque(?~?). 스페인 꼬르도바 출신의 황금 세기 시인.

75 스페인 그라나다도(道)를 흐르는 강.

76 티베트에서 발원해 인도로 흘러드는 강. 알렉산드로스대왕의 인도 정복 당시 정복지 끝에 위치하여 먼 거리를 상징했다.

77 Gonzalo Mateo de Berrío(1554~1609). 스페인 그라나다 출신의 극작가, 시인, 변호사. 16세기 말~17세기 초 가장 탁월한 극작가 중 한 사람으로 알려져 있다.

78 Luis Barahona de Soto(1548~95). 스페인의 르네상스 후반기 시인.

그는 명성 높은 인사요, 박식한 달변가입니다.

헬리콘산의 거룩한 수액을

그 신성한 샘에서 혹 잃는다면

그 안에서 발견할 수 있어요.

오, 진정 진기한 일이지요.

파르나소스 높은 산에서 일어나는 일처럼 말이에요.

나는 남극에서 시작하는 지방의

위대한 천재들의 이름을 영원히 기리고자 해요.[79]

오늘날 부富를 키우고 유지하고자 하는 것이 현실이라면

초인적인 지식도 그렇게 해야 마땅하지 않겠어요?

오늘 나는 여러가지에서 그것을 보여드리려고 해요.

우선 두 사람의 예로 여러분의 손을 가득 채워드리렵니다.

한 사람은 누에바 에스빠냐[80]의 새로운 아폴론이고,

또 한 사람은 페루의 유일하고 독창적인 태양, 아폴론입니다.

한 사람은 프란시스꼬 데 떼라사스[81]로

그의 이름은 이곳저곳에서 너무도 유명하지요.

새로운 히포크레네 샘이라고 부를 정도로 그의 핏속은

음악의 여신 뮤즈에게 바치는 샘물로 가득해

그의 조국에 복된 둥지를 제공해왔지요.

....
79 여기서부터 아메리카 작가들의 거명이 시작된다.

80 스페인 통치 시기 멕시코의 이름.

81 Francisco de Terrazas(1525?~1600?). 스페인 정복자의 후손으로 태어난 멕시코 출신 최초의 스페인어 시인. 그의 소네트는 당대 가장 완벽한 작품으로 평가받는다.

같은 영광이 다른 자에게도 똑같이 이르렀으니
그의 신적 재능은 아레끼빠[82]에서 영원한 봄을 만들어왔어요.
바로 디에고 마르띠네스 데 리베라입니다.

여기 행복하게 빛나는 별 아래
한 빛이 뚜렷이 그 자태를 보였습니다.
그 빛이 너무 강해 아주 작은 불꽃으로
그 이름을 동방에서 서방으로 보낼 정도였어요.
이 빛이 나타났을 때, 이 빛과 함께 모든 가치도 태어났으니
알론소 삐까도[83]가 탄생했습니다.
그리고 나의 형제와 팔라스[84]의 형제도 함께 태어났지요.
우리는 이 두 빛이 그 안에 생생하게 전해진 것을 보았어요.

위대한 알론소 데 에스뜨라다[85]여,
내가 그대에게 합당한 찬사를 드린다면
오늘 순례자 같은 그대의 존재와 지식을
단숨에 노래해서는 안 될 것 같네요.
당신과 함께 이 땅은 풍요로워지고, 상응하는 대가를 받지 못하면
서도

---

82 페루 남부의 도시.
83 Alonso Picado(?~1616). 16~17세기 페루의 시인이자 군인. 세르반떼스는 「칼리오페의 노래」에 등장하는 또다른 페루 시인 몬떼스도까를 통해 이 시인의 명성과 작품을 알았다고 한다.
84 그리스 신화에 나오는 거인족 티탄 중 하나.
85 Alonso de Estrada(1550~1610). 스페인 지배기 멕시코 오악사까주의 도시 떼우띨라의 시장, 떼오딸싱고주의 위임집정관.

당신은 베띠스강에 수천의 보물을 끊임없이 제공하지요.

그렇게 넘치는 행복의 빚에

만족할 만한 대가란 있을 수 없으니까요.

영명한 돈 환[86]이여, 하느님은 이 뛰어난 땅에

아발로스의 영광이자 리베라의 빛인

그대를 진귀한 선물로 우리에게 주셨어요.

그대는 우리 땅, 이국 땅 모두의 영예였지요.

그대 작품은 환희 빛나는 행복한 스페인 보여주었고

자연이 선사할 수 있는

최고의 재능과

무엇과도 비할 수 없는 고귀함의 모델이었어요.

그는 감미로운 조국 땅에서 기쁨 누리며

리마르[87]의 순수한 물, 그 유명한 강변과

그 강변의 시원한 바람을 즐겼어요.

그러면서 그 즐거움을 고귀한 시로 남겼지요.

이 이야기 너머 그의 영웅적인 기품과 분별력 직접 보셨으면 해요.

그는 바로 산초 데 리베라[88]예요.

시에 있어 태양신 포이보스와 다름없고,

힘차고 강함에 있어 군신 마르스와 다름없지요.

---

86 Juan Dávalos de Ribera(1553~1622). 중남미 토착 백인 출신의 페루 위임집정관
   이자 시인. 페루부왕청에서 군사·정치의 고위직을 역임했다.

87 페루의 리마 계곡을 흐르는 강.

88 Sancho de Ribera Bravo de Lagunas(1545~91). 페루의 저명한 군인이자 시인.

바로 이 유명하고 이름난 계곡이

한때 베띠스강에서

새로운 호메로스를 빼앗곤 했죠.

우리는 그에게 재기와 늠름함의 면류관을 드릴 수 있어요.

은총이 그의 몸을 재단하고

하늘은 가장 좋은 것을 그에게 보내주었죠.

그는 여러분의 따호강에서 이미 알려진 사람,

뻬드로 데 몬떼스도까[89]가 그의 이름입니다.

우리 마음 최대의 찬사를

저 뛰어난 디에고 데 아길라르[90]에게 드릴 수 있어요.

나는 왕실의 독수리 한마리가 날아올라

그 누구도 꿈꾸지 못한 곳에 이른 것을 보네요.

그의 펜은 수십만명을 이겨 그에게 영예를 안겨주었지요.

그 앞에서는 아무리 뛰어난 문장의 대가도 뒷걸음칠 수밖에요.

그의 문체와 그 가치가 너무 유명하다고

과누꼬[91]는 말할 거예요. 지금까지 그것을 즐겨왔거든요.

아폴론 부대의 위대한 대장

어떤 곤살로 페르난데스가

---

89 Pedro de Montesdoca(1609~?). 페루로 이민한 세비야 출신 군사령관이자 시인. 「칼리오페의 노래」에 등장하는 여러 중남미 작가들과 교분을 나누었다.

90 Diego de Aguilar y Córdoba(1546~1631). 스페인과 페루부왕청에서 여러 활동을 한 군인이자 시인.

91 베네수엘라 북쪽 해안에 가까운 지역.

내게 오늘날 소또마요르의 이름을 자랑한다고 말하네요.
유일한, 영웅적인 이름으로서 말이에요.
그는 시에서 탄성을 자아내고, 지식에 막힘이 없어요.
각각 최고봉에 서 있지요.
펜으로도 수준 높은 즐거움 주지만
검도 그에 못지않게 유명합니다.

엔리께 가르세스[92]에 대해 말씀드리면
그는 페루왕국을 살찌게 하는 자예요.
섬세하고, 재치 있고, 쉽게 글 쓰는 손으로 말입니다.
그 안에서는 어떤 힘든 일도 정점을 찍어요.
그는 감미로운 스페인어로 위대한 또스까나 노인[93]에게
새로운 언어, 새로운 평가를 제공해왔지요.
뻬뜨라르까가 다시 살아난들
그처럼 많은 사람에게 사랑받을까요?

로드리고 페르난데스 데 뻬네다의
불멸의 핏줄과 뛰어나고 진기한 재주는
저 외딴 샘[94]의 성스러운 수액 물려받은 것이 분명해요.
거기서 그가 무얼 하고자 하든
거부당할 일 없으니까요.

---

92 Enrique Garcés(1525~?). 페루의 수은 교역에 종사한 포르투갈 상인이자 시인. 이딸리아 시인 뻬뜨라르까의 작품과 포르투갈의 대서사시 「루지아다스」를 스페인어로 번역했다.
93 르네상스 초기의 이딸리아 시인 뻬뜨라르까(Francesco Petrarca)를 가리킨다.
94 음악의 여신에게 바쳐진 히포크레네 샘을 말한다.

그는 이곳 서구에서 그러한 영광 누리니
더 넓은 곳에서도 그러면 좋겠어요.
오늘날 그의 재능과 예술은 충분히 그럴 만한 자격 있어요.

당신, 당신의 고향 베띠스에 왔을 때
시기 가득했고 물론 불평 많았죠.
다른 하늘, 다른 땅이 이미 조화로운 당신 노래의
증인이 되었음에도 그런 사실 모르고 말이에요.
그러나 이제 즐거워하세요.
환 데 메스딴사[95]라는 이 고명하고 너그러운 이름이
네번째 하늘에 그 빛 던져주며
둘째가라면 서러울 만큼 이 땅 전역에 퍼져 있으니까요.

감미로운 혈관에서 볼 수 있는 모든 감미로움을
여러분은 오직 한 사람에게서 볼 수 있어요.
그의 음악의 여신이 준 감미로운 선율에
바다의 분노도, 바람 신의 길도 잠잠해집니다.
그의 이름은 발따사르 데 오레나.
그의 명성이 이쪽 끝에서 저쪽 끝까지,
동쪽에서 서쪽까지 빠르게 달려갑니다.
파르나소스산의 진정한 자랑거리지요.

잘 자란 귀한 식물[96]을 가장 큰 언덕[97]에

---

95 Juan de Mestanza y de Ribera(1534~?). 스페인의 시인.
96 월계수를 말한다.

옮겨 심었어요.

그랬더니 온 테살리아 지방에 우뚝 서게 되었고

행복한, 기쁨 넘치는 열매 맺었어요.

명성이 저 유명한 돈 뻬드로 데 알바라도를

노래한 것에 대해서는 입을 다물겠어요.

유명하고 명석함 또한 부족하지 않지요.

신적인 재능이 있는 그는 세상에서 독특하고 귀한 사람이에요.

그대, 까이라스꼬[98]여,

그대는 새롭고 놀라운 음악적 재능으로

사랑의 용기를 노래하고 있어요.

저 변화무쌍한 대중은 일반으로

심약한 자가 강한 자 거부하는 법이지요.

하지만 그대가 생명 넘치는 정열과 넓은 아량으로

그란 까나리아[99]에서 이곳에 오면, 나의 양치기들은

그대의 미덕에 수천의 찬사와 그대 공적을 기리는 수천의 찬미 드

릴 거예요.

오, 나이 많은 또르메스강이여,

그대가 나일강을 앞지를 수 없다는 것을

받아들이지 않는 자 누구일까요?

---

97 그리스 북부 테살리아 지방을 가리킨다.

98 Bartolomé Cairasco de Figueroa(1538~1610). 스페인 까나리아제도 출신의 극작
가이자 시인, 음악가. 까나리아 문학의 선구자로 추앙된다.

99 스페인령 까나리아제도의 한 섬.

띠띠로가 민치오강을 자랑한 것보다 더 많이 그대를 자랑한 자는

베가 학사[100]밖에 없을 것 같아요.

다미안, 나는 잘 알고 있어요,

당신 재능이 이러한 영예의 가장 끝에 이르렀다는 것을.

나는 오랜 경험을 통해 무엇과도 비교할 수 없는 그대의 덕과 학문

을 잘 알고 있지요.

프란시스꼬 산체스[101]여,

당신의 재능과 유려함이 내게 주어진다 해도

나의 판단은 서툴고 능숙하지 못할 거예요.

그래서 나는 당신을 높이 칭송해요.

유일하고 완벽한 하느님의 언어도

당신 찬양하는 일에 시간이 지체되었지요.

그것을 인간의 언어로 만드는 것이

터무니없는 일이라는 그 이유 때문에요.

재능이 뛰어난 수십만의 것들, 어려운 시험들,

지식 많은 자로 인정받고 소문난 그것,

그리고 다른 자와 견줄 수 없는

특이한 기질과 새로운 문체,

이 모든 것이 내가 마땅히 프란시스꼬 데 라스 꾸에바스[102]를

---

100 Damián de la Vega. 16세기 후반 스페인의 극작가이자 시인.

101 Francisco Sánchez de Las Brozas(1523~1601). 스페인 르네상스기의 저명한 수사
학자, 문법학자.

102 Francisco de las Cuevas(1550~1621). 스페인 황금 세기의 극작가이자 언어학자,
법학자.

찬양하도록 만들어요.

그의 명성이 쉴 새 없이 빠른 걸음으로 달려가며

소리 높여 외치고 있어요.

양치기들이여, 혹 기회가 되면

세상을 깜짝 놀라게 할 어떤 재능을

여러분 앞에 칭송하면서 여러분을 황홀경으로 이끌어

나의 감미로운 노래를 마치고 싶어요.

그 안에는 내가 지금까지 보여준, 앞으로 보여줄

모든 것이 집약되어 있을 거예요.

그는 바로 프라이 루이스 데 레온[103]입니다.

나는 그를 존경하고, 높이 평가하며, 그를 좇고 있어요.

수니가란 성 가진

저 위대한 마띠아스의 이름이

수천세기 생명을 유지하기 위해서는

어떤 찬양의 방법이나 길, 통로를 모색해야 할까요?

나는 신이고 그는 사람이지만

그에게 나의 찬양 드리고 싶어요.

그의 재능은 본질에서 이곳 아닌 하늘에 속해 있으니

아무리 그를 자랑하고 높여도 지나치지 않아요.

여러분 생각을 서둘러

---

103 Fray Luis de León(1527/1528~91). 스페인 살라망까 시파를 대표하는 시인이자
인문학자, 신학자, 천문학자.

저 아름다운 삐수에르가[104] 강변으로 돌리세요.

이 강변을 영예롭게 하는 유명한 천재들이

이 이야기를 얼마나 풍성하게 만드는지 보게 될 거예요.

천재들이 그리는 강변은

밝은 별이 빛나는 창공입니다.

지금 여기서 언급하는 분들이 더해지면

그 창공은 더 명예로운 곳이 되겠지요.

다마시오 데 프리아스여,

그대는 스스로를 자랑해도 좋겠어요.

아폴론 자신이 그대를 자랑한다 해도

그토록 짧은 시간에 그대 자랑하기는 불가능할 것 같으니까요.

그대는 확실하고도 안전한 중심,

그대를 따르는 사람은 그대를 통해 지식의 바다에서

만족스러운 통행을 인도받을 수 있어요.

여행을 돕는 적절한 바람과 항구를 말이에요.

안드레스 산스 데 뽀르띠요,

그대의 해박한 펜과 높은 상상력을 움직이는

태양신 포이보스의 원기를 내게 좀 보내주세요.

그대에게 합당한 칭송을 드리고 싶어요.

나의 어눌한 혀로는 그럴 수 없어요.

내 손으로 아무리 많은 길을 더듬고 시험해봐도,

---

104 스페인 북부 두에로강의 한줄기.

내 어눌한 혀가 당신을 보고 느끼는 것 칭송하려는
바람을 충족할 그 어떤 길도 찾지 못했어요.

지극히 행복한 천재여,
당신은 아폴론이 드높인 가장 높은 곳에 올라 있어요.
당신의 선명한 빛으로 우리를 비추고
잘못 빗나간 길에서 우리를 빼내주지요.
당신은 그 빛으로 나를 밝게 비추고
나의 재능 일깨웠어요.
소리아 박사여, 나는 당신에게 모든 것 넘어선
갈채와 영광 드려요, 당신이 내게 그 빛을 주었으니.

고명한 깐또랄이여,
당신 작품이 온 세상에서 그리 높이 평가되었음에도
새로운 방법과 기술로 당신을 찬양하지 못해
변명 섞인 칭송을 드립니다.
최고의 정선된 말로
하느님이 내게 준 모든 재능을 동원해
당신을 찬양하고 칭송해요. 더 찬양할 말이 없다면
침묵으로 찬양하고 언어로 오를 수 없는 곳에 다다릅니다.

그대, 헤로니모 바까 이 데 끼뇨네스여,
나의 부주의로 당신을 기리기에
시간이 너무 지났다는 것을 이 순간 말씀드리며 용서 구해요.
나의 참회를 당신에게 드려요.

이제부터 나 명료한 음성으로 외치겠어요.
이 넓은 세상 알려진 곳이나 그렇지 않은 곳 관계없이
환한 빛으로 당신 이름 밝히고
당신의 명성 넓게 펼치겠어요.

향나무나 죽음을 표하는 삼나무로
울창한 그런 곳 아닌,
월계수와 도금양 꽃이 활짝 피어 있는
맑고 수량 많고 명성 높은 에브로강이여,
너의 푸르고 풍요로운 물가를
할 수 있는 만큼 나는 찬양하고 싶구나.
그리고 별보다 더 밝게 빛나는 재사들이 사는
너의 강변에 하늘이 준 축복을 기리고 싶다.

하느님이 손을 활짝 펴 줄 수 있는
모든 재능과 예술을 부여한, 그 증인들이
두 형제, 시에 있어 두 샛별, 두 태양이에요.
나이는 어리지만 생각은 어른,
성숙한 태도에 겸허한 상상력 가졌어요.
이 모든 것이 함께 작용해
영원하고 합당한 월계관을
루뻬르시오 레오나르도 데 아르헨솔라[105]에게 바칩니다.

----

105 Lupercio Leonardo de Argensola(1559~1613). 스페인의 역사가이자 시인, 극작
가. 스페인 고전극 선구자의 한 사람이다.

그런데 거룩한 시기심과 경쟁심이

자신의 형과 맞먹으려는 마음을

동생에게 불어넣은 듯

그는 앞으로 나아가 인간의 시선이 닿지 못할 곳에 이르렀어요.

아주 매끄럽고 잘 조율된 수금으로

수천의 사건들 노래하고 시로 남겼지요.

이 동생 바르똘로메[106]는 형 루뻬르시오에

걸맞은 능력을 소유한 자랍니다.

훌륭한 출발과 중간 과정이

진기하고 뛰어난 결말을 기대하게 한다면

나의 재능이 미치는 그 어떤 경우에도

꼬스메 빠리엔떼,

당신만큼 최고봉에 오른 적 없어요.

확신하건대 지성 넘치는 명예로운 당신 이마에

그에 걸맞은 면류관 약속할 수 있어요.

당신의 뛰어난 재능과 흠결 없는 삶이 그 증거지요.

오, 위대한 모리요[107]여,

당신은 오직 하느님만 벗 삼아 고독 속에 살고 있지요.

그런데도 가장 거룩하고 가장 숙련된 음악의 여신들이

한번도 당신이 몰입한 그 신앙 저버린 적 없음을 당신 자신이 보여

---

106 Bartolomé Juan Leonardo de Argensola(1562~1631). 스페인 황금 세기의 시인이자 아라곤 지역의 역사가.

107 Diego Morillo(1555~1616). 스페인 프란시스꼬 교단의 수도사이자 시인.

주네요.

   당신은 나의 자매들로부터 양분을 제공받았고
지금은 그에 대한 보답으로 성스러운 것들 노래하도록
우리를 가르치고 훈련하지요.
하느님을 기쁘게 하고 땅에 이로운 일이랍니다.

   뚜리아[108]여, 그대는 언젠가 좋은 목소리로
그대 자녀들의 뛰어남을 노래했지요.
이제 아무런 질투심도 경쟁심도 없는
내 목소리를 들어주어요.
그대는 엄청나게 높아진 그대 명성 들을 것이고,
내가 말하는 대로 그대의 존재와 가치, 덕목, 재능이
그대를 더 풍요롭게 만들 것이며,
인더스강과 갠지스강 너머로 그대 명성이 퍼질 거예요.

   오, 그대, 돈 환 꼴로마[109]여,
그대의 가슴속에는 하느님의 한량없는 은혜가
가득 담겨왔어요. 그대는 질투심에 강하게 고삐를 죄고
수천의 언어를 창조해 명성을 남겼어요.
그리하여 저 온화한 따호강에서 수량 많은 레노강[110]까지
그대의 이름과 가치 드높아졌지요!

---

108 이베리아반도 동부를 흐르는 강.
109 Juan Coloma y Cardona(1522~86). 스페인의 귀족 출신 시인. 16세기 전반 스페인 시의 혁신에 크게 기여한 인물로 평가된다.
110 현재의 라인강.

556

그대, 엘다[111] 백작이여, 그대는 모든 적절한 방법을 동원해
뚜리아강을 유명한 뽀강보다 더욱 명성 높은 강으로 만들어주어요.

항상 가슴속에 자신에게 성스러운
샘물의 비가 내려 풍성한 수량을 간직한 그.
빛에 휩싸인 아홉명 음악의 여신들이 합창을 드리니,
당연한 그를 주인으로 받아들이는 것이지요.
에티오피아에서 습한 아우스뜨로 지역[112]에 이르기까지
그의 이름은 이런 대접을 받는 유일한 이름입니다.
다름 아닌 돈 루이스 가르세란[113]이에요.
몬떼사 기사단 단장이자 이 세상의 축복이지요.

유명한 계곡이자 잘 알려진 묘역,
이름 있는 이 지역에
모시기 마땅한 사람이 또 있어요.
명성이 그의 재능에 합당한 이름 주었으니
하느님이시여, 그를 자랑할 수 있도록 보살펴주세요.
그의 가치는 하늘에서 키운 것이니까요.
나 스스로는 할 수 없는 자랑
박식한 돈 알론소 레보예도[114]에 대해서는 하느님이 대신해주실 거

---

111 스페인 발렌시아주 알리깐떼도에 속한 도시.
112 습한 남풍이 부는 지역.
113 Pedro Luis Garcerán de Borja(1528~92). 스페인의 귀족. 북아프리카 여러 지역
   의 부왕, 주둔군 사령관을 역임했다.
114 Alonso Girón y Rebolledo. 스페인 발렌시아의 귀족 출신 시인. 16세기 후반에
   활발한 시작 활동을 했다.

예요.

팔꼰 박사[115]여, 높이높이 솟아오르세요.
저 독수리떼를 뒤로하고 말이에요.
당신의 재능으로 하늘까지 높이 솟아오르면,
이 보잘것없는 계곡에서 멀어지겠지요.
이런 까닭에 나는 두려움과 의구심 생겨요.
내가 비록 당신 찬양해도
당신은 내게 수천의 불평 해댈 것 같은 두려움 말이에요.
밤낮으로 하는 당신의 찬양을 나의 목소리와 혀가 다 채우지 못할
테니까요.

행운의 여신이 가진 것처럼,
한번도 그 자리에 가만히 있지 않았고,
있지 않으며, 있지 않을 저 달보다 더 빨리
수레처럼 움직이는 멋진 시를 내가 가졌다 해도,
그 시에 미세르 아르띠에다[116]를 놓으면
그는 꼼짝 않고
언제나 가장 높은 자리 차지하고 있을 거예요.
학식과 재능과 무엇에도 견줄 수 없는 그의 덕목 때문이지요.

---

115 Jaime Juan Falcó y Segura(1522~94). 스페인 르네상스 시대에 활동한 발렌시아 출신의 시인, 수학자, 인문주의자.
116 Andrés Rey de Artieda(1549~1613). 스페인 황금 세기에 활동한 발렌시아 출신의 시인이자 극작가. 레빤또 해전에 참전한 군인이기도 하다.

오, 힐 뽈로[117]여, 세상의 진기한 재능들에 그대가 준
모든 찬사[118]를 진정 받을 자는 바로 그대예요.
오직 그대만이 자격 있고 오직 그대만이 합당한 자이지요.
그대만이 이 찬사를 받을 유일한 자입니다.
그러니 여기 양치기들이 당신 위해 이 계곡 어딘가에
새로운 능묘 만들어줄 거라는
확실하고도 분명한 소망 갖기 바라요.
그곳에 당신의 유해 엄중히 기려 안치될 거예요.

끄리스또발 데 비루에스[119]여, 그대의 학문과 가치는
그대 나이를 훨씬 앞지르지요.
그대는 속임수 가득 찬 이 세상을 피해
스스로 재능과 덕목을 노래했어요.
다정하고 행복하게 잘 자란 나무처럼,
나는 이 땅이든 이국 땅이든
높이 솟은 그대 재능의 열매가 널리 알려지고
마땅한 칭송과 좋은 평가 받도록 노력을 다할 거예요.

실베스뜨레 데 에스삐노사가 우리에게 보여주는

---

117 Gaspar Gil Polo(1540~84). 스페인 발렌시아 출신의 법률가, 시인. 이른바 '프로방스 운율'(rima provenzal)의 창시자로 목가소설 『사랑에 빠진 디아나』(*Diana enamorada*)를 썼다.

118 16세기 스페인의 문인 가스빠르 힐 뽈로(Gaspar Gil Polo)가 편저한 『뚜리아의 노래』(*Cantos de Turia*)를 가리킨다. 발렌시아 출신의 뛰어난 작가들의 작품을 모은 책이다.

119 Cristóbal de Virués(1550~1614). 스페인 황금 세기에 활동한 발렌시아 출신 서사시인, 군인.

재능에 합당한 칭송을 그에게 돌려주고자 해요.
이전과 다른 힘차고 솜씨 좋은 목소리로
더 많은 시간과 분량으로 말이에요.
나의 목소리는 그런 뜻에 잘 어울리니
이제 그에게 걸맞은 보상 해주고 싶어요.
델로스의 신에게 받는 복과 히포크레네 샘물 중에서 가장
좋은 것으로 말이에요.

이러는 중에, 마치 아폴론처럼
자신의 자태로 세상을 아름답게 만드는
한 멋있고 사려 깊은 젊은이
가르시아 로메오가 나오는 것 보이네요.
이 명단에 기록될 자격을 그토록 많이 갖춘 자이지요.
역사가 오비디우스가 기록한[120]
풀 많은 페네오스의 딸[121]이 테살리아 평원에서 그를 보았다면
월계수로 변하지 않고 바로 이 청년으로 변했을 거예요.[122]

적막과 거룩한 고립을 깨고 대기를 가르며
뻬드로 데 우에떼 수사의

---

120 고대 로마의 시인 오비디우스(Publius Naso Ovidius)의 『변신 이야기』(*Meta-morfosis*)를 말한다.

121 그리스 신화에서 테살리아 지방 강의 신 페네오스의 딸은 아폴론의 구애를 피해 도망치다 월계수로 변한 다프네이다.

122 가르시아 로메오(García Romeo)는 가르시아 로메로(García Romero)로도 알려져 있는데, 스페인어로 로메로(Romero)는 로즈메리를 뜻한다. 즉 월계수가 아니라 로즈메리로 변했으리라는 뜻이다.

성스럽고 영웅적인, 하늘에 속한 음악의 여신 같은 억양이
하느님 앞으로 높이 올라가고 있어요.
명성이 그의 진귀한 이해력을
노래했고, 노래하고 있으며, 앞으로도 계속 노래하겠지요.
이 노래의 증거로 그의 작품들을 세상에 보내
놀라게 할 거예요.

이제 이 이야기의 마지막 부분에 이를 때가 되었네요.
그러니 한번도 시도해보지 않은 가장 큰 업적을 소개해볼까 해요.
어쩌면 이 업적에 온화한 아폴론이 격분할지도 모르겠지만,
투박하고 거친 재능으로
여러분의 스페인을 비추고 있는
(스페인뿐 아니라 전세계를 비추고 있는)
두개의 태양을 칭송하고자 해요.
어떤 방식으로 할지는 잘 모르겠지만요.

태양의 신 포이보스에게서 나온
성스럽고 명예스러운 지식,
예의 바르고 성숙한 분별력,
수천의 건강한 조언을 확인해주는
잘 지낸 세월 속에서 빚어진 경험,
재기 넘치는 재능,
난해함과 의문점을 지적하고 밝혀내는 주의력,
이러한 태양 중에서 오직 두개의 태양만 꽃을 피우고 있어요.

양치기들이여, 나는 나의 긴 노래를 이 두개의 태양으로
끝맺고자 해요. 여러분이 들은 모든 칭송을
이들로 정리하겠어요.
그러나 이들에게 대가를 치르진 않으렵니다.
모든 천재들이 내가 지금 기쁘게 소개하는
두 태양의 재능에 빚지고 있으니까요.
나만 아니라 이 땅 모두가 이들의 재능을 기뻐하네요.
이들은 하늘에서 나온 자들이기 때문이죠.

이들이 내 노래에 마침표를 찍어주기 원해요.
그러면 새로운 자랑을 시작할게요.
내가 앞으로 나아가기 원하시면 이들을 밝히지요.
그러면 여러분은 '아!' 하면서 내게 굴복할 거예요.
나는 이들을 위해서라면 하늘까지 올라갈 것이고,
이들 없으면 혼돈과 부끄러움에 빠질 거예요.
이제 밝히니 한 사람은 라이네스[123]이고, 또 한 사람은 피게로아[124]입
니다.
영원한, 끊이지 않는 찬사 받기에 합당한 자들이지요.

---

123 Pedro Laínez(?~1584). 스페인 황금 세기의 시인. 『갈라떼아』에 등장하는 양
치기 다몬의 모델이다. 세르반떼스는 이 시인과의 친분을 자랑스럽게 생각하여
『갈라떼아』가 인쇄 중일 때 그의 죽음을 맞이했으나 이 시인의 이름을 「칼리오
페의 노래」에서 삭제하지 않았다.

124 Francisco de Figueroa(1530~88). 스페인 르네상스기의 시인. 신플라톤주의의
영향을 받아 뻬뜨라르까, 가르실라소 데 라 베가와 비슷한 이딸리아 르네상스풍
의 시를 썼다. 『갈라떼아』에 등장하는 양치기 띠르시의 모델로 알려져 있다.

그 아름다운 님프가 자신의 달콤한 노래에 거의 마지막 강세를 찍으려는 그때, 지금까지 갈라져 타고 있던 불길이 다시 합쳐져 잦아들더니 이윽고 조금씩 사라져갔다. 그리고 얼마 있다가 그 타던 불길마저 사그라지며 모든 사람의 눈앞에 있던 그 사려 깊은 음악의 여신도 사라지고 말았다. 맑은 여명이 즐거움 넘칠 새로운 하루를 기약하면서 그녀의 서늘한 장밋빛 볼을 드넓은 하늘에 드러내기 시작했다. 그러자 고귀한 뗄레시오가 멜레소의 무덤 위에 자리를 잡고 기이한 침묵 속에서 즐거운 표정으로 모든 주의를 자신에게 집중한 사람들에게 다음과 같이 말하기 시작했다.

"사려 깊고 늠름한 양치기 청년들과 아름다운 양치기 처녀들이여, 여러분이 지난밤 바로 이 자리에서 자신의 눈으로 본 그 일로 미루어 짐작할 때, 우리가 해마다 드리는 칭찬받을 만한 명예로운 제의와 봉헌을 하느님이 얼마나 기쁘게 받으시는지 알 수 있겠지요. 여러분도 아시다시피, 이 관행은 규약에 따라 이 유명한 계곡에 합당한 자격을 갖춘 저 행복한 영혼들의 유해를 안장하고 기리기 위한 것입니다. 친구들이여, 오늘 내가 여러분에게 말씀드리고 싶은 것은, 이번 모임 이후에도 이전보다 더 뜨거운 열정과 부지런함으로 이 거룩하고 유명한 과업을 실천해나가야 한다는 것이에요. 이곳에 모실 자격을 갖춘 분들에 대해서는 저 아름다운 칼리오페가 진귀하고 수준 높은 영혼들의 소식을 전해주었지요. 그 모두가 여러분만 아니라 다른 사람들의 칭송을 받기에 합당한 분들이지요. 오늘날 우리 스페인에 이토록 많은 천부적 재능을 가진 사람들이 있다는 것을 진실한 소식을 통해 알게 되어 내가 얻은 기쁨이 결코 작을 거라고는 생각지 말아주세요. 사실 과거부터 현재까지 모든 이국 땅에는 우리 땅에 수준 높은 시를 쓰는 사람들이 많지 않다는 생각이 늘 있어왔지요. 그런데 실상은 반대였어요. 님프가 거명한 면면을 살펴보면 한 사람 한 사람이 아주 재기 넘치고 뛰어나며, 그 어떤 재기 넘치는 외국 시인보다 뛰어납니다. 우리 스페인 땅도 다른 지역만큼 시를 우대한다면 그들은 명백한 증거들을 보여줄 거예요. 왕후장상이나 일반 대중이 올바른 평가를 해주고 있지는 않지만, 저 빼어나고 고명한 시의 재사들은 그들의 지식으로 고군분투하며 작품을 통해 자신의 수준 높고 남다른 시의 개념들을, 출판해서 세상에 알리지는 않더라도, 그 나름대로 소통시키고 있어요. 바로 하느님께서 이 일을 행하신 것이 아닌가 생각합니다. 이 세상이나 이 악한 시대가 영혼에 산해진미를 제공하는 이 기쁜 일을 하는 데는 적절치 않으니까요. 양치기들이여, 지난밤 행사가 길고 잠이 모자라 여러분 얼굴에 피곤이 역력하네요. 모두 쉬었으면 하는 눈치군요. 이제 우리가 이곳에서 해야 할 최소한의 일만 하고, 음악의 여신이 우리에게 부탁한 것을 마음에 간직한 채 각자 오두막이나 마을로 돌아가는 것이 좋겠습니다."

이 말을 마치고 그는 무덤에서 내려와 조의弔儀의 나뭇가지로 새로이 관을 만들어 쓰고 모닥불을 세번 돌았다. 다른 사람들도 모두 그를 따랐고, 함께 경건한 기도문을 바쳤다. 이 일을 마치자 모두에게 둘러싸인 그는 엄숙한 얼굴로 사방을 둘러보며 감사 넘치는 얼굴과 사랑 가득한 눈으로 머리 숙여 고마움을 표하고는 모두에게 작별을 고했다. 나머지 사람들도 그곳에 난 네 출입구를 통해 이쪽 저쪽으로 총총히 사라졌다. 얼마 있지 않아 오직 아우렐리오의 마을에 있는 사람들만 남았다. 띰브리오, 실레리오, 니시다와 블란까가 그들과 함께 있었고 유명한 양치기 청년들 엘리시오, 띠르시, 다몬, 라우소, 에라스뜨로, 다라니오, 아르신도와 네명의 비탄에 빠진 자들 오룸뽀, 마르실리오, 끄리시오, 오르페니오와 갈라떼아, 플로리사, 실베리아, 그리고 그녀의 여자 친구이자 마르실리오가 목숨을 건 벨리사도 함께였다. 모두 모였을 때 존경받는 아우렐리오가 빨마스 시냇가에서 시에스따를 즐길 시간에 맞추려면 지금 떠나야 한다고 말했다. 그 일에 딱 좋은 장소가 그곳이었기 때문이다. 아우렐리오의 제안은 모두에게 좋게 보였고, 이윽고 그들은 편안한 발걸음으로 그곳으로 향했다.

그러나 양치기 처녀 벨리사의 아름다운 자태가 마르실리오의 영혼을 편안히 내버려두지 않았다. 그는 할 수만 있다면, 허락만 된다면 그녀에게 다가가 그를 대하는 그녀의 태도가 얼마나 부당한지 이야기해주고 싶었다. 그러나 벨리사의 겸손함에 걸맞은 그녀의 명예를 손상하고 싶지 않아 욕망을 억누르고 슬픈 침묵을 견디고 있었다. 사랑은 같은 효과와 충동을 역시 사랑에 빠진 엘리시오와 에라스뜨로의 가슴속에 불러일으켰다. 그들 또한 저마다 할 수만 있다면 갈라떼아가 이미 잘 알고 있는 그것을 그녀에게 말해주고 싶은 마음이 굴뚝같았다.

그러던 참에 아우렐리오가 말했다.

"양치기들, 자네들이 재능을 너무 아끼는 것 같아 별로 좋지 않게 보이네. 자네들 중 누구도 저 나무들 사이에서 그 누구에게도 배우지 않은 놀라운 화음으로 자네들을 즐겁게 하는 종달새나 밤꾀꼬리, 다른 형형색색의 새들에게 마땅히 베풀어야 할 대가를 치르지 않으려 하니 말이야. 악기를 연주하고 낭랑한 목소리를 높여 자네들의 수준 높은 음악이 자연을 능가한다는 것을 보여주면 어떻겠나? 그러면 행로의 지루함과 뜨거운 햇볕을 덜 느끼며 걸을 수 있을 것 같은데. 햇볕은 이미 가혹해져 위협을 느낄 정도지. 너무 뜨거워 시에스따 시간쯤 되면 대지를 할퀼 기세야."

아우렐리오의 이 말을 따르기까지는 시간이 얼마 걸리지 않았다. 먼저 에라스뜨로가 자기의 보리피리를, 아르신도는 삼현금을 연주하기 시작했다. 악기 소리가 울리자 사람들이 엘리시오에게 손짓했고, 그는 다음과 같이 노래하기 시작했다.

엘리시오
　　　불가능한 싸움에
　　　그만 물러나려 했지만
　　　그 어떤 좁은 길도, 통로도 보이지 않아요.
　　　이기든지, 거꾸러지든지
　　　나의 바람은 나를 뒤로만 이끌어요.
　　　이곳에선 이기기보다
　　　죽어야 할 것을 알지만,
　　　내가 가장 위험한 순간에 한대도
　　　그때 가장 의심스러운 것에
　　　나 가장 큰 믿음을 두려 해요.

　　　하느님은 행운을 바라지 말라는 벌을
　　　나에게 내리셨어요.
　　　손 활짝 벌려
　　　어떤 희망의 그늘도 없이
　　　항상 수천의 분명한 형벌 주시지요.
　　　그러나 나의 용맹한 가슴에 불붙어
　　　활활 타는 사랑의 불길로 변해

오히려 나의 가슴이
가장 의심스러운 것에
가장 큰 믿음 두게 했어요.

변덕, 견고한 의심,
거짓 믿음, 두려움,
적나라한 사랑의 의지,
이런 것들은 사랑을 교란해
한번도 흔들림 없이 견고하게 해준 적 없어요.
세월은 언제나 쏜살같고, 부재와 냉담은 어느 때나 생겨나요
불행은 커지고 안식은 줄어들지요.
그래서 나 자신의 행복을 위해
나는 가장 의심스러운 것에
가장 큰 믿음 두고 있어요.

운명이 주기를 거부하고,
숙명의 신과 행운도 보장하지 않는
그것을 내가 바란다는 것,
너무 확실하고 분명한
미친 짓, 바보 같은 짓 아닐까요?
내게는 모든 것이 불안해요.
나를 즐겁게 하는 것은 아무것도 없어요.
이렇게 위험한 때에
사랑은 나더러 가장 의심스러운 것에
가장 큰 믿음 두라 하네요.

나의 고통

갈 데까지 가

이제 사랑과 그에 대한 상상이

부분적으로나마 가혹함을

누그러뜨려야 할 그곳에 이르렀어요.

초라하고 비굴한 마음이지만

비통함 속에서도 내 생각에

안도감 주려 합니다.

가장 의심스러운 것에

가장 큰 믿음 갖기 위해서요.

엎친 데 덮친 격으로

모든 나쁜 것 갑자기 밀려오지만,

이 치명적인 것들

즐겁게 견디고 있어요.

내가 더 많은 벌을 주려 하는지 모르지만요.

그러나 결국 아름다운 종말이

우리 삶을 명예롭게 높인다면,

나의 종말은 나를 유명하게 할 거예요.

살든 죽든, 가장 의심스러운 것에

나의 가장 큰 믿음 가졌으니까요.

엘리시오의 노래는 마르실리오의 의중에 딱 들어맞아 그는 같은 방식으로 엘리시오를 따르고자 했다. 그는 다른 사람의 손짓을 기다리지 않고 지금까지 연주한 악기에 맞춰 다음과 같이 노래 부르기 시작했다.

마르실리오
  우리가 늘 생각하는
  헛된 믿음에서
  만들어지는 희망,
  그 희망을 바람이 가져가기란
  얼마나 쉬운가!
  모든 것은 끝과 종말이 있어요.
  사랑의 기대감,
  시간이 제공하는 수단들, 다 끝이 있지요.
  그러나 훌륭한 구애자에게는
  오직 믿음만이 자리합니다.

  냉담과
  가득 찬 불신에도
  그녀는 놀라운 힘으로 다가와
  항상 희망 담보하는
  좋은 일을 내게 보장합니다.
  사랑은 희고 무질서한 가슴속에서
  쇠약해지고,
  나의 불행 그만큼 커지지만,
  그럼에도 내 마음속에는
  오직 믿음만이 자리합니다.

사랑의 신이여,

당신이 나의 굳건한 믿음의 세금을

걷는 것을 당신도 알고 있어요.

아니, 세금 이상의 것을 받고 있지요.

나의 믿음 절대 죽지 않고

내 하는 일로 언제나 되살아나니 말이에요.

그런데 당신은 이것 또한 잘 알고 있지요.

당신 분노가 커지면 커질수록

나의 모든 영광과 기쁨 사라진다는 것을.

그럼에도 나의 영혼에는 오직 믿음만이 자리합니다.

하지만 믿음은 영광에

이르지 못한다는 것,

잘 알려진, 의심할 수 없는 사실이지요.

그럼에도 나는 믿음 없이 존재할 수 없으니,

어떤 승리와 영광 기대할 수 있을까요?

불행한 생각과 함께

나의 감각이 소멸해가고

모든 행복감이 사라져가요.

그러나 그 처절한 불행 속에도

오직 나의 믿음만이 자리합니다.

　불행한 마르실리오는 깊은 한숨을 내쉬며 이렇게 노래를 끝냈
다. 그러자 에라스뜨로가 자신의 보리피리를 건네며 조금도 망설

이지 않고 다음의 노래를 부르기 시작했다.

에라스뜨로

나를 아프게 하는 불행 속에서도

고통의 유용함 속에서도,

나의 믿음 너무도 의연하게

두려움에서 도망치지 않고

희망에 의지하지 않아요.

나의 고통이 더 어려워지고 심해지는 것 보아도

나의 믿음 동요하지 않고

혼란에 빠지지 않아요.

생명을 소모하지도 않지요.

희망은 죽었어도 믿음은 살아 있어요.

불행 중에서도 기적입니다.

행복이 온다면,

그런 식으로 왔으면 좋겠어요.

수천의 복 중에서 가장 큰

박수를 받도록 말이에요.

명성의 신이여, 당신 전문가의 입으로

이 분명한 사실 세상에 전해주세요.

내 가슴에 견고한 사랑이 지탱해

희망은 죽었어도,

믿음은 살아 있다고.

당신의 혹독한 냉담과

이에 대한 나의 비굴함

이런 것들이 나를 이토록 두렵게 해요.

내가 당신을 얼마나 좋아하는지 알면서도

당신에게 감히 어떤 말도 할 수 없어요.

불행의 문이 끊임없이

활짝 열려 있는 것을 봅니다.

나는 조금씩 죽어가요.

당신에게 죽은 희망, 살아 있는 믿음

더는 통하지 않기 때문이에요.

나의 환상에는 그 어떤 미친 꿈,

정신 나간 헛소리도 다가오지 않아요.

나의 믿음 때문에라도

내가 바라는 작은 행복이

올 법도 한데 말이에요.

양치기 처녀여, 당신의 그 어떤 요구에도

항복한 영혼은 당신을 사랑할 거라고

확신하고 있군요.

그 영혼에서 당신은 항상

죽은 희망과 살아 있는 믿음 발견할 거예요.

　이쯤에서 에라스뜨로는 입을 다물었고, 사랑하는 이와 항상 떨어져 있는 끄리시오가 같은 악기에 맞춰 다음과 같이 노래를 부르기 시작했다.

끄리시오

가끔 행복에 대한 견고한 열망이

절망에 빠지면,

그 사람은 열정적인 사랑의 길에서

정신을 잃을 수도 있겠지요.

그가 어떤 열매 혹은 어떤 보상을

그 길에서 기대할 수 있을까요?

사랑의 힘으로 어느 누가 영광이나 기쁨,

행운을 보장받을 수 있는지 나는 모르겠어요.

그 안에서 혹은 가장 복받은 자라도

오래가지 않는 믿음은 믿음이 아니에요.

교만한 자들이나 무모한 자들이

이미 알려진 수천의 난국에서

그리고 어려운 사랑의 일에서

처음에는 승리자인 것처럼 보이지만,

결국에는 패배자로 전락합니다.

그 대신 신중하고 분별력 있는 자들은

전쟁의 승리가

견고한 마음에서 끝난다는 것을 알아요.

또한 견고함이 있다 해도

오래가지 않는 믿음은 믿음이 아니라는 것도 알지요.

자신만의 기쁨을 위해

사랑하는 자는
헛된 생각에 빠져
믿음이 지켜져야 하는지 아닌지
생각조차 불가능하지요.
나의 확신과 견고한 믿음이 행복이 아닌,
오히려 큰 불행에 있다면,
나 자신은 믿음에 대해
이렇게 말할 거예요.
오래가지 않는 믿음은 믿음이 아니라고.

어리석고 충동적인
풋내기 구애자의
투지, 가벼움, 통곡과 슬픔은
여름날 쉽게 사라지는
구름 같은 겁니다.
서둘러 얻는 사랑은 사랑이 아니라
욕망과 광기이지요.
좋아하는 것처럼 보이지만 실상은 그렇지 않아요.
죽지 않는 자는 사랑하는 자가 아니에요.
오래가지 않는 믿음도 믿음이 아니지요.

양치기들은 노래 순서를 정하는 것이 좋아 보였는지, 모두는 기꺼운 마음으로 이번에는 띠르시나 다몬이 노래를 시작하기를 기다렸다. 다몬이 먼저 그 청에 따라서 끄리시오의 노래가 끝나자마자 자신의 삼현금에 맞춰 다음의 노래를 불렀다.

다몬

아름답고 까탈스러운 아마릴리여,

고뇌에 찬 나의 고통의 소리에도,

당신을 향한 나의 사랑의 믿음에도

당신은 마음의 문 굳게 닫고 있군요.

그 누가 당신을 기쁘게 할 수 있을까요?

양치기 처녀여, 내가 지탱하는

이 사랑의 가장 높은 끝까지 이르렀다는 것,

당신이 잘 알고 있고, 당신을 향한 나의 믿음이

하느님 다음으로 유일한 것이라는 것도

당신이 잘 알고 있어요.

죽어야 할 존재를 사랑하는 데까지

올라온 그만큼

잘 간직된 나의 불행

그 불행으로 내 영혼의 본향[125]까지 이르렀어요.

이러한 이유로 나는 잘 알고 있어요.

내가 죽든, 즐거워하든

나의 사랑 너무 먼 것이라고.

사랑에 믿음 있으면

당신을 향한 나의 믿음,

그것이 유일한 믿음이라고.

----

125 하늘나라를 말한다.

사랑의 섬김에
써버린 수많은 세월,
내 영혼의 희생, 이런 것이
나의 믿음과 배려의 명백한 징표이지요.
그렇다고 해서 나의 불행의 치유책을
당신에게 구하지는 않을 거예요.
내가 당신에게 구하는 것은
아마릴리 당신 자신입니다.
당신을 향한 나의 믿음,
그것이 유일한 믿음이니까요.

내 고통의 바다에서
나 한번도 고요함 본 적 없어요.
나의 믿음을 지탱할 그 사람에 대한
희망 또한 이루어진 적 없어요.
그러니 사랑의 신과 운명의 여신에게
불평기도 합니다.
그러나 나는 기대하지 않아요.
기대해도 희망 없으니,
당신을 나의 향한 믿음,
그것이 유일한 믿음이에요.

다몬의 노래는 떰브리오와 실레리오에게서 이미 보았던 그곳
양치기들의 귀한 재능에 대한 호감이 옳다는 것을 확인시켜주었

다. 띠르시와 엘리시오의 설득에 사랑에 자유로운, 나아가 사랑을 무시하는 라우소가 아르신도의 피리에 맞춰 목소리 높여 다음의 노래를 부르자 더욱 그랬다.

라우소
    거짓말쟁이 사랑의 신이여,
    냉정함이 너의 족쇄 부숴버렸어.
    내 기억엔 냉정함 그 자체가
    너로 인한 고통을 사라지게 하고
    영광을 회복시켜주었지.
    견고하지 못한 변덕스러운 나의 믿음 불러보면
    누구나 그의 생각에 더욱 그렇다고
    내게 확인해줄 거야.

    나 곧바로 잊었고
    나의 믿음이 매달린
    그 가느다란 머리칼이
    바람 한번에 끊어져버린다고 말해주게.
    또한 나의 통곡과 한숨이
    짐짓 꾸민 것이며
    사랑의 탄환은
    나의 옷도 뚫지 못했다고 말해주게.

    변덕스럽고 헛된 존재가
    더는 나 괴롭히지 못하고

나의 목덜미는
건강치 못한 굴레에서 벗어났어요.
나는 실레나가 누구인지,
그녀의 특이한 성격 잘 알고 있어요.
그녀의 평화롭고 온화한 얼굴은
내게 확신을 주고 또한 속이기도 했지요.

특이할 정도로 진중한,
낮게 내리깐 다소곳하고 예쁜 눈에
자신의 내장까지 내어줄 의지 갖기는
별로 어려운 일 아닙니다.
그러나 이것은 그녀를 처음 볼 때 일이죠.
일단 알고 난 후에는
될 수 있으면 그녀 보지 않는 것이
생명을 연장하는 일입니다.

과거에 수없이 나는 그녀를
하늘의 실레나, 나의 실레나라고 불렀지요.
너무 아름다워
하늘에서 내려온 것처럼 보였습니다.
그러나 지금은 조금도 주저하지 않고
하늘의 실레나가 아닌
바다의 가짜 세이렌이라고 불러요.
그편이 더 마음 편해요.

사랑은 눈으로, 펜으로,
언제는 진실한 모습으로, 또 언제는 장난으로
헛바람 든 눈먼 구애자들을
수없이 사로잡아요.
처음과 마지막이 항상 같아야 하는데
가장 사랑에 빠진 사람은
처음에는 사랑을 많이 받지만
마지막은 아주 비참하지요.

행동과 분별력이
그녀의 미모에 상응한다면
실레나의 아름다움이 얼마나
높은 평가를 받을까요!
그녀의 신중함은 부족하지 않지만
그러나 그것을 너무도 잘못 사용해
결국은 숨 막혀 죽게 하는
오만한 밧줄로 작용하네요.

뻔뻔한 자에 대해서는 말하고 싶지 않아요.
열정이 지나쳐 그런 거지요.
그러나 속임당하고
이유 없이 모욕당한 자에 대해서는 말하고 싶어요.
열정은 나를 눈멀게 하지 못하고
그것을 줄이고자 하는 바람도
마찬가지.

내 혀는 항상 이성의 경계를 따랐어요.

수없는 그녀의 변덕,
수시로 변하는 생각은
때마다 친구들을
적으로 만들어요.
실레나의 적은
실로 다양하니
그녀가 좋은 여자가 아니거나,
그들 모두가 나쁜 사람, 둘 중 하나겠지요.

여기서 라우소의 노래는 끝났다. 그는 꾸며낸 실레나라는 이름의 실체를 누구도 알지 못하니 자신의 구체적인 상태를 이해하지 못할 것이라 생각했다. 그러나 함께 길을 가던 사람들 중에 세명 이상이 그녀가 누구인지 알고 있었다. 그들은 겸손한 라우소가 이렇게 다른 사람을 공격할 정도로까지 변하고 그 대상이 그가 사랑에 빠진 것으로 보이는 바로 그 여자, 가명으로 숨긴 양치기 처녀인 것을 알고 놀라움을 금치 못했다. 그러나 그의 친구 다몬의 이야기를 듣자 그의 행동이 용서되었다. 다몬은 실레나의 행태를 알고 있었고, 그녀가 라우소를 이용한 것을 알면서도 라우소가 아무 말도 하지 않은 데 놀라워했기 때문이었다. 앞서 말한 대로 라우소의 노래는 끝이 났다. 그러자 갈라떼아는 니시다의 기막히게 아름다운 목소리에 대해 이미 들은 바 있어 그녀를 강권할 목적으로 먼저 자신이 노래를 부르고자 했다. 그래서 다른 양치기가 노래를 시작하기 전에 아르신도에게 피리 연주를 부탁하고 그 소리에 맞춰 놀라운 목소리로 다음의 노래를 불렀다.

갈라떼아
　사랑이 보기 좋은 모습으로
　영혼을 부르고 초대하면 그럴수록
　명성이 주는 이름을 아는 자는
　자신의 치명적인 고통을 그만큼 더 멀리해요.

　정직한 저항으로 무장하고
　사랑의 불길에 가슴을 맡기면,
　무정함도 그를 다치지 못하고
　그 열기와 가혹함도 그를 불태우지 못해요.

　한번도 사랑받지 못하고,
　한번도 사랑할 줄 모르는 여자는
　불명예로 여위고 마르는 그런 혀에 안전하지요.

　그러나 사랑하고 사랑하지 않고, 이러한 일 자체가 줄어들면
　사는 것보다 명예를 더 중요하게 생각하는 여자는
　어떤 연습으로 삶을 영위해갈 수 있을까요?

　갈라떼아의 노래는 라우소의 악의 어린 노래에 응답하는 것임을 쉽게 알 수 있었다. 이 노래는 마음이 자유로운 사람들에게는 좋게 보였으나, 자신이 원하는 것을 얻지 못한 마음의 상처로 악의적인 혀를 가진 자들에게는 그렇지 않았다. 이들은 한때 사랑을 보

였으나 이내 그 사랑을 악의 가득한 미움과 증오로 바꾸어버린 자들이었고 이런 점이 라우소의 노래에 잘 드러나 있었다. 그러나 라우소의 선한 기질을 제대로 알았다면, 또 실레나의 그렇지 못한 점을 모르지 않았다면 이 잘못된 판단에서 벗어날 수도 있었을 것이다. 갈라떼아는 자신의 노래를 마치자 정중한 말로 니시다에게 노래를 부르도록 청했다. 그녀는 아름답기도 하지만 또 예의 바르기도 해서 두번 청을 받는 일 없이 플로리사의 보리피리에 맞춰 다음의 노래를 불렀다.

니시다

나는 힘든 만남과 사랑의 습격에서
방어하는 것에 가치를 두었어요.
나의 자만심을 높이 들어
악명 높은 가혹한 공격에 대항했지요.

나의 이런 행동은 너무도 강렬하고 치열했어요.
그런데 갑자기 사랑의 신이
나를 놓아버리자
너무도 약한 나의 힘이 그의 힘이 얼마나 큰지 알려주었지요.

가치, 정직, 은둔,
정숙함, 몰두, 회피하는 마음,
사랑은 이런 것을 아무 보상 없이 정복해버려요.

그러니 패배에서 벗어날 방도를 찾는 데

그 어떤 조언도 도움이 되지 않아요.

내가 바로 눈에 보이는 이 진리의 증인입니다.

니시다가 자신의 노래와 갈라떼아에 대한 찬사를 마치자 어느
덧 사람들의 발걸음은 시에스따를 보내기로 한 장소에 거의 다다
랐다. 그러나 도착하기까지의 그 짧은 시간에도 벨리사는 실베리
아의 요청을 받아들여 노래를 부르고자 했다. 그녀는 아르신도의
피리 연주에 맞춰 다음의 노래를 불렀다.

벨리사

자유롭고 구애받지 않는 의지여,

우리의 신뢰를 키우는

이성에 귀 기울이세요.

모욕을 기르는

헛된 열심 또한 버리세요.

영혼이 어떤 사랑의 짐을 지고 있을 때

무슨 일이든

그 원하는 바를 따르면

쓰디쓴 협죽도의 즙처럼

독약이 되고 말아요.

가치나 질 높은

풍요로움

더 많이 얻기 위해

귀한 자유는 잘 주어지지 않고

팔리지도 않는 것 같아요.
하물며 그 누가
끈덕진 구애자의 단순한 고통의 호소에
자유를 포기하려 할까요?
그토록 많은 잘 가꾼 복도
자유와 비교할 수 없는데 말이에요.

사랑에서 자유로운 몸도
가혹한 사랑의 감옥에 가두어놓으면
견딜 수 없는 고통인데
영혼을 포로로 만들면
이는 더 큰 고통 아닐까요?
그래요, 그렇다면
너무 힘든 불행의 치유책은
참고 견디며 흐르는 세월, 가치 혹은
지식에 있는 것이 아니라,
오직 죽음에만 있어요.

나의 건강한 시도가
이런 헛된 것을 멀리하고
거짓된 만족에서 달아나게 해주세요.
제 마음 가는 대로만 생각하는
자유의지를 다스리게 해주세요.
구애받지 않는 나의 부드러운 목덜미여,
사랑의 굴레를 그 위에 얹는 것,

절대 허용하지 말고 동의하지 않게 해주세요.

그렇게 되면 안식은 어지럽혀지고

자유 또한 사라진답니다.

사랑의 고통에 빠진 마르실리오의 영혼에 양치기 처녀의 이 자유를 추구하는 시가 도달하자 그는 이를 사랑의 일에 희망 걸지 말라는 뜻으로 받아들였다. 그러나 그녀를 사랑하는 마음이 너무 견고한 그는 자신이 들은 시에 등장한 그 어떤 자유의 증거로도 지금까지 그래왔듯이 자유 없이 지낼 수밖에 없었다.

그러는 동안 일행은 어느덧 빨마스 냇가에 도착했다. 설혹 이곳에서 시에스따를 보낼 의도가 없었다 해도 일단 도착하면 그 아름다운 풍광과 아늑함에 등을 떠밀어도 떠나지 못할 정도였다. 그곳에 도착하자 존경받는 아우렐리오가 모두에게 거울같이 맑은 시냇물 가에 앉으라고 말했다. 시냇물은 풀이 무성한 곳을 따라 흐르고 있었고 발원지는 높이 솟은 오래된 야자나무 발치였다. 따호 강변은 아니지만 그곳에 가까이 있는 시냇가로 사람들은 그곳을 '빨마스 시냇가'로 불렀다. 그곳에 앉자, 아우렐리오와 함께한 양치기들이 값비싼 성찬은 아니지만 소박하고 기꺼운 마음으로 소탈한 음식을 베풀었고, 그들은 깨끗한 시내에서 맑고 시원한 물을 마시며 갈증을 달랬다.

짧지만 맛있는 식사를 마친 후에, 지난밤 자지 못했던 잠을 보충하고자 양치기 몇명은 여러곳으로 나뉘어 그늘진 외딴 장소를 찾아 나섰다. 그곳에는 아우렐리오의 마을 일행과 띰브리오, 실레리오, 니시다, 블랑까, 띠르시와 다몬만 남았다. 그들에게는 잠이 주는 기쁨보다 그곳에 남아 담소를 즐기는 것이 더 좋아 보였던 것이다. 이런 뜻을 알아차린 아우렐리오가 말했다.

"여러분, 여기 있는 모두는 자신을 달콤한 잠에 바치기보다 잠에서 훔쳐낸 시간을 우리의 즐거움을 북돋는 데 쓰기로 한 자들 같아 보이니, 이 시간을 잘 이용하지 않을 수 없네. 내 제안하는데, 각자 할 수 있는 한 자신의 재능과 기지를 총동원해 질문이나 수수께끼를 내는 게 어떻겠나? 옆에 있는 사람이 대답하도록 하고 말이야. 이렇게 하면 두가지 이점이 있네. 하나는 힘들이지 않고 여가 시간을 잘 보내는 것이고, 또 하나는 쉴 새 없이 사랑의 탄식이나 사랑에 빠진 자들의 슬픈 노래를 들어 피곤한 우리 귀를 쉬게 하는 것이지."

모두가 아우렐리오의 제안에 동의하고 자리를 뜨지 않았다. 맨 처음 질문을 시작한 자는 아우렐리오 자신이었다. 그는 다음과 같이 질문을 이끌었다.

아우렐리오

동양에서 서양까지
유명하고 잘 알려진
막강한 이것은 무엇일까요?
어떨 때는 강하고 용감하지만
다른 때는 나약하고 겁이 많아요.
수없이 건강을 빼앗기도 하고,
또 주기도 합니다.
덕을 보여주기도 하고, 가리기도 하지요.
매사에 즐거운 청춘의 때보다는
늙었을 때 더 힘이 세요.

기이할 정도로 탁월하게

바뀌지 않는 사람을 바뀌게 하고

땀 흘리는 자를 추위에 떨게 만들고

가장 입담 좋은 자를

말 더듬고 말 없는 사람으로 만들어버려요.

또 넓고, 좁고, 확장된

여러 다양한 방법으로

그의 이름과 존재를 알립니다.

항상 수천의 알려진 땅에서

명성을 얻고 평가되지요.

무기 없이 무장한 자를 이기는

이것을 이기기는 너무 어려워요.

그것을 가장 많이 다루어본 자는

부끄러움을 내보이지만

실제로는 가장 부끄러움 없는 자이죠.

놀라운 것은

들판에서나 도시에서나

그 어떤 사람도

말다툼에는 지더라도

이 대장과는 한번 겨루고자 달려든다는 거죠.

  그는 이에 대한 대답을 자신의 옆자리 나이 많은 아르신도에게
돌렸다. 아르신도는 질문을 잠시 생각하더니 마침내 말했다.

"아우렐리오, 우리 나이는 우리에게 다가오는 가장 예쁜 양치기 처녀보다 당신 질문의 뜻을 더 사랑하게 만드는 것 같습니다. 내가 오해한 게 아니라면 그 유명한 막강한 존재는 포도주가 아닌가 해요. 당신이 말한 모든 속성이 그 안에 들어 있는 것 같네요."

"정확히 맞히셨어요, 아르신도." 아우렐리오가 대답했다. "너무 쉬운 문제를 낸 것 아닌가 싶어 유감스럽기도 하네요. 이제 아르신도께서 한번 내보시지요. 하지만 아무리 복잡하게 꼬인 문제라도 그대 옆에 문제 풀 사람이 있다는 것을 아셔야 합니다."

"좋은 말씀이오." 아르신도가 말했다.

이윽고 그는 다음 문제를 냈다.

아르신도

색이 살아 있어야 하는 곳에서
색을 잃다가
곧 더 생생한 좋은 색을 얻는 것이
무엇일까요?
처음 생겨날 때는 회갈색,
그후 검은색,
결국에는 붉은색으로 바뀌어
사람들 눈 즐겁게 합니다.

법도 규정도 없고
불꽃과 친분을 맺고 있지요.
때맞춰 귀인들과 왕의
침대를 방문합니다.

죽어 있을 때는 신사로 불리고

살아 있을 때는 숙녀로 불립니다.

상태는 불인데

모양은 그늘이지요.

아르신도 옆에 있던 자는 다몬이었다. 그는 아르신도가 문제를
다 끝맺기도 전에 그에게 말했다.

"아르신도님, 의미하는 바를 보니 어르신의 문제는 그리 어렵지
않은 것 같아요. 제가 잘못 짚지 않았다면 어르신이 말씀하시는 건
석탄 같네요. 죽어 있을 때는 신사로, 불이 붙어 환하게 타고 있을
때는 숙녀로 불리고, 이렇게 보면 다른 부분도 다 들어맞는 것 같
거든요. 아우렐리오님처럼 어르신의 문제가 너무 쉽게 풀려 곤란
하시다면, 저 역시 동참하는 마음으로 문제를 내고자 합니다. 답변
차례가 띠르시인데, 그 역시 저와 어르신처럼 똑같은 순서를 밟을
거예요."

그러고는 자신의 문제를 말했다.

다몬

깨끗이 씻어 단장하고

잘 차려입은, 무섭고 당찬,

수줍어하지만 정직하지 않은,

유쾌하지만 덤덤한 이 귀부인은 누구일까요?

이런 여자는 많이 있겠지요.

그런데 문제는 놀랍게도

여자의 이름을 남자로 바꿔버린다는 거예요.

이것은 확실한데
왕도, 그 어떤 남자도
그녀들을 데리고 다닌답니다.

"좋아, 친구, 다몬이여." 곧장 띠르시가 말했다. "자네의 노력이
잘 실현되었으면 했는데, 자네 역시 아우렐리오님이나 아르신도
어르신이 가졌던 부담에서 벗어날 수 없네. 내 말하는데 자네 질문
이 품고 있는 것은 바로 편지와 편지 묶음 아닌가."

다몬은 띠르시의 말에 고개를 끄덕였다. 이제 띠르시가 자신의
문제를 말했다.

띠르시
머리끝에서 발끝까지
모두 눈으로 되어 있는 것은 무엇일까요?
이것은 가끔 관심이 없는데도
사랑의 분노를 일으킵니다.

역시 입씨름도 진정시키지요.
그런데 그 자리에 가지도, 오지도 않아요.
그렇게 많은 눈을 가졌는데도
어린 여자들은 거의 눈에 띄지 않습니다.

치명적인 고통이라는
이름을 가지고 있으며
좋은 일을 하기도, 해를 입히기도 합니다.

사랑을 지피기도, 가라앉히기도 하지요.

    띠르시의 질문은 엘리시오를 혼돈 속으로 밀어넣었다. 그가 대답할 차례였는데 알아맞히지 못하고, 흔히 하는 말로 항복할 지경에 이르렀다. 그러나 조금 생각하더니 이윽고 "그물 격자창"이라고 답했다. 띠르시는 이 대답에 동의했다. 이번에는 엘리시오가 문제를 냈다.

엘리시오
    아주 어둡기도 하고 밝기도 합니다.
    수천의 모순된 것을 가지고 있어요.
    진실로부터 우리를 가리고 있으나
    마침내는 그것을 드러낼 거예요.
    어떨 때는 우아함 속에서 태어나고
    또 어떨 때는 높은 환상 속에서 태어납니다.
    허공의 것들을 다루지만
    늘 논란거리들을 만들어내지요.

    누구나 그 이름 압니다.
    하다못해 꼬마들도 알지요.
    그 수가 많습니다.
    여러 형태의 주인들도 있지요.
    이 부인들 중 하나와
    포옹하지 않은 노파는 없습니다.
    몇시간은 즐겁습니다.

어떨 때는 피곤하고, 또 어떨 때는 만족스럽지요.

감각을 끌어내고자
자신을 드러내는 현자들이 있습니다.
지켜보면 지켜볼수록
그중 몇몇은 당황스럽습니다.
어떤 경우는 무심하고, 어떤 경우는 호기심이 넘쳐요.
어떤 때는 쉽고, 어떤 때는 복잡해요.
이렇든 저렇든
이제 말해보세요, 수수께끼를.

떰브리오는 엘리시오가 말하는 문제의 뜻을 정확하게 짚어낼 수 없었다. 이제껏 말한 사람 중에 답이 가장 늦은 것을 알자 그는 부끄러움을 느꼈지만, 그렇다고 해서 답을 얻은 것은 아니었다. 너무 머뭇거리자 니시다 다음 차례였던 갈라떼아가 말했다.

"우리가 지금까지 지켜온 규칙을 좀 바꾸는 것이 가능하다면 답을 아는 사람이 먼저 답하기로 하지요. 저는 이 수수께끼의 답을 알고 있으니 떰브리오님이 허락하신다면 그 답을 말씀드리고 싶네요."

"아름다운 갈라떼아여, 그래주시기를 부탁드려요." 떰브리오가 대답했다. "저는 부족해도 당신은 재능이 넘치고, 그 재능으로 어떤 어려운 문제도 명확히 답할 수 있다는 걸 잘 알고 있어요. 하지만 엘리시오가 문제를 다시 설명할 때까지 조금만 참아주세요. 이번에도 제가 맞히지 못하면, 저의 재능과 아가씨의 재능에 대한 제 생각이 옳다는 게 더욱 분명해지겠지요."

엘리시오가 문제를 다시 설명했다. 이윽고 답이 무엇인지 알아낸 띰브리오가 대답했다.

"엘리시오, 당신의 문제가 어렵다는 생각은 지금도 마찬가지지만, 당신이 말한 마지막 시구 '이제 말해보세요, 수수께끼를'을 보건대 뭔가 답을 할 수 있을 것 같아요. 그래서 말하니, 당신의 문제에 대한 답은 바로 마지막 시구 '수수께끼'예요. 내가 답하는 데 오래 걸렸다고 해서 놀라지는 마세요. 더 빨리 대답했더라면 나의 재능에 내가 더 놀랐을 테니까요. 바로 그런 나의 재능이 누가 나의 질문에 답할 재간이 없을지 보여주겠네요. 질문은 이렇습니다."

띰브리오

　자신의 고통에도
　자신의 발을 눈眼에 넣는데
　아무런 괴로움 불러일으키지 않고
　그 눈으로 노래 부르게 하는 것은 무엇일까요?
　그 눈에서 발 빼기는 즐겁지만,
　가끔은 그것 꺼낼 때,
　자신의 고통이 가라앉기는커녕
　더 큰 고통을 초래하기도 하지요.

띰브리오의 이 질문에 대답할 자는 니시다였지만 그녀도, 그녀 다음인 갈라떼아도 알아맞히기가 쉽지 않았다. 양치기 처녀들이 답하는 데 힘들어하는 것을 본 오롬뽀가 그녀들에게 말했다.

"숙녀들이여, 이 수수께끼 같은 질문에 답하는 데 너무 피곤해하거나 여러분의 정신을 너무 소모하지 마세요. 여러분 중 누구도 평생 한번도 이 질문이 담고 있는 형상을 본 적이 없을 것 같으니까요. 그러니 여러분이 맞히지 못하는 것도 놀랍지 않아요. 다른 일이라면 우리는 여러분의 지적 능력을 충분히 확신하니, 더 어려운 문제도 더 짧은 시간에 풀어냈을 겁니다. 따라서 여러분이 허락하신다면 제가 떰브리오에게 답을 할게요. 그 질문의 답은 발에 족쇄를 찬 사람입니다. 그가 말하는 눈에서 자신의 발을 빼는 경우란 석방하는 경우나 처형장이나 고문하기 위해 데려가는 경우죠. 그러니 양치기 처녀들이여, 아시겠지요, 여러분 중 누구도 평생 감옥이나 교도소를 본 사람이 없으리라는 제 생각이 맞다는 것을요."

"맞아요. 저는 지금까지 갇힌 사람을 본 적이 한번도 없어요." 갈라떼아가 말했다.

니시다와 블란까도 같은 말을 했다. 이윽고 니시다가 자신의 문제를 이렇게 내놓았다.

니시다

불을 물었더니

입은 해를 입었지만 불 또한 제대로 물렸어요.

하지만 상처 입은 불은 피 흘리지 않아요.

칼로 상처 입었는데 말이에요.

이 상처가 깊으면

표적을 맞히지 못한 손에

상처 입은 자는 죽음을 얻어요.

그런데 죽음 속에 그의 삶이 있답니다.

갈라떼아가 니시다에게 답을 주는 데는 얼마 걸리지 않았다. 이

내 그녀가 말했다.

"아름다운 니시다, 제가 잘못 생각하지 않았다면, 크고 작은 초의 심지를 자르는 가위 말고는 당신의 수수께끼에 맞는 답이 없을 것 같아요. 이게 맞다면 당신도 제 답에 만족하겠지요. 이제 제 질문을 들어보세요. 제가 당신의 문제를 푼 것처럼 당신 자매도 제 문제에 어렵지 않게 답할 수 있을 거예요."

그러고는 다음의 문제를 제시했다.

갈라떼아

한 어머니에게서 완전한 존재로 태어난

세 아들이 있어요.

그런데 한명은 형제의 손자이고

또 한명은 형제의 아버지이지요.

이 세 아들은 무자비하게

자신의 어머니를 학대했어요.

어머니에게 수천번 칼질을 해댔지요.

이렇게 해서 그들의 지식을 보여주었어요.

블란까가 갈라떼아가 낸 문제를 생각하고 있을 바로 그때, 두명의 늠름한 양치기 청년들이 그들이 있던 장소를 가로질러 뛰어가는 것이 보였다. 힘을 다해 뛰어가는 모습으로 보아 어떤 중요한 일이 일어나 그렇게 빨리 걸음을 옮기게 만든 것 같았다. 거의 동시에 고통 가득한 목소리가 들렸다. 구원을 청하는 목소리였다. 이 소리에 깜짝 놀란 일행은 모두 일어나 목소리가 들려오는 곳으로 향했다. 몇걸음 떼지 않아 그들은 아름답고 상쾌한 그곳을 나와 근처의 부드럽게 흐르는 맑고 시원한 따호 강변 위에 있었다. 그런데 강이 보이자마자 그들로서는 상상도 할 수 없는 기묘한 광경이 눈에 띄었다. 품위 있고 우아한 두명의 양치기 처녀들이 양치기 청년 하나의 모피 조끼 자락을 잡고 꼼짝 못하게 하고 있었다. 양치기 처녀들은 있는 힘껏 그 불쌍한 양치기 청년을 붙들어 물에 빠지지 않게 하는 중이었는데, 그는 이미 몸의 절반은 물속에 있고 머리 또한 물밑에 잠겨 있었다. 양치기 청년은 다리를 버둥거리며 그 처절한 몸짓을 가로막는 두명의 양치기 처녀에게서 빠져나오려고 애를 썼고, 양치기 처녀들은 힘이 다해 거의 그를 놓칠 지경이었다. 그녀들의 힘으로는 발버둥 치며 거부하는 양치기를 도저히 이겨낼 수 없었던 것이다. 그때 앞서 본 두명의 양치기 청년들이 이곳으로 달려와 몸부림치는 그 사람을 잡고 물 밖으로 끄집어냈다. 일행이 그곳에 도착한 것은 바로 이때였다. 그들은 이 기이한 광경을 보고 놀라움을 금치 못했다. 그들이 더욱 놀란 것은 물에 빠져 죽으려고 한 그 양치기 청년이 다름 아닌 아르띠도로의 동생 갈레르시오였고 두명의 양치기 처녀들이 그의 누이동생인 마우리사와 아름다운 떼올린다임을 알게 되어서였다. 두명의 양치기 처녀들은 갈라떼아와 플로리사를 보자 눈에 눈물을 가득 담았고, 떼올린다가 달려와 갈라떼아를 껴안고 말했다.

"아, 좋은 친구이자 숙녀인 갈라떼아여, 이 불행한 자가, 당신을 다시 만나 당신이 기뻐할 새로운 소식을 전하겠다고 했던 약속이 이렇게 이루어질 줄 몰랐네요!"

"그러네요." 갈라떼아가 대답했다. "저 역시 당신이 알듯이 당신을 잘 섬기고 싶다는 제 마음의 좋은 뜻이 우리를 이렇게 이끌어주어 얼마나 기쁜지 모르겠어요. 그런데 제가 보니 당신의 눈은 당신의 말을 뒷받침해주지 못하는 것 같아요. 당신의 말도 당신에게 좋은 일이 생겼다는 확신을 제게 주지 못하고요."

갈라떼아가 떠올린다와 이렇게 시간을 보내는 동안, 엘리시오와 아르신도는 다른 양치기 청년들과 함께 갈레르시오의 옷을 벗겼다. 옷이 모두 흠뻑 젖어 있었던 것이다. 모피 조끼 자락을 풀 때 그의 품속에서 종이 한장이 떨어졌다. 띠르시가 집어들어 펼쳐보았다. 그것은 시구절이었는데, 너무 젖어 읽을 수가 없어서 종잇장을 높은 가지 위에 걸쳐 햇볕에 마르게 했다. 양치기 청년들은 갈레르시오의 몸에 아르신도의 외투를 걸쳐주었다. 그 불쌍한 젊은이는 넋을 잃은 채 말없이 멍하니 있었다. 엘리시오가 그런 극단적인 선택을 하게 된 동기가 무엇이냐고 물어도 아무 말도 하지 않았다. 그 대신 대답한 사람은 그의 누이 마우리사였다.

"양치기 여러분, 눈을 들어 제 불쌍한 오빠를 이렇게 비참하고 절망적인 상태로 몰아간 사람이 누구인지 한번 보세요."

마우리사의 말이 끝나자 양치기 모두가 눈을 들어 강가 경사진 바위에 앉아 미소 띤 얼굴로 양치기들이 하는 일을 바라보고 있는 품위 있고 단아한 양치기 처녀를 보았다. 모두는 이내 그녀가 잔인한 헬라시아라는 것을 이내 알아보았다.

"사랑을 거부하는 저 비정한 여자가 바로" 마우리사는 말을 이었다. "불운한 제 오빠의 치명적인 적이에요. 이 강변 사람 모두가 잘 알고 여러분도 모른다고 할 수 없게 오빠는 그녀를 사랑하고 좋아하고 숭배했어요. 그리고 오빠가 그녀에게 쏟아부은 봉사와 섬김, 그녀 때문에 흘린 눈물의 대가는 오늘 아침 그녀가 보여준, 그 어떤 잔인한 짓거리에서도 찾아볼 수 없이 가장 쌀쌀맞고 매정한 경멸이었지요. 그녀가 하는 말 좀 들어보세요. 제 오빠더러 자신의 눈앞에서 사라지라고 했다니까요. 이 순간부터 절대 눈에 띄지 말라는 거예요. 목숨 걸고 그녀의 말에 복종했던 우리 오빠는 그녀의 말을 절대 흘려듣지 않겠다는 결심으로 자기 목숨을 끊으려 했던 거예요. 다행히 이 양치기들께서 급히 와주지 않으셨다면 제 기쁨은 끝나고 불운한 제 오빠의 생명도 끝이 났을 거예요."

마우리사의 말을 듣고 사람들 모두는 놀라움을 금치 못했다. 그러나 그들을 더욱 놀라게 한 것은 바로 저 잔인한 헬라시아의 행동이었다. 그녀는 앉은 자리에서 꼼짝도 않고 모든 눈을 자신에게 고정하고 있는 사람들은 전혀 안중에 없다는 듯이, 놀라운 단아함과 생생한 경멸을 드러내며 자신의 가죽 부대에서 조그마한 삼현금을 꺼내 아주 느긋하게 조율하고는 얼마 안 되어 아주 고운 목소리로 이런 노래를 부르기 시작했다.

헬라시아

이 푸르고 그늘진 초원에
생기 도는 풀과 시원한 샘을 제공하는 분은 누구신가?
빠른 발걸음으로
날쌔게 뛰어가는 토끼나 멧돼지 쫓는 분은 누구신가?

친숙하고 듣기 좋은 목소리로 지저귀는
저 때 묻지 않은 새들을 어느 누가 멈추게 할 것이며
뜨거운 시에스따 시간에
수풀 속에서 취하는 휴식을 어느 누가 구하지 않겠는가?

거짓된 사랑이 불러오는

불길, 두려움, 질투, 화, 격노, 죽음, 고통,
이런 것들은 세상을 힘들게 하지 않는가?

나는 들을 사랑하고 또 사랑해왔어.
나를 묶는 사슬은 장미와 재스민.
나는 자유 가운데 태어났고, 자유 위에 세워진 자야.

헬라시아는 노래했고 그녀의 몸짓과 표정에 사랑에 관심 없는
상태가 확연히 드러났다. 그녀는 노래의 마지막 구절에 이르자 날
렵하게 자리에서 일어나더니, 그녀의 태도에 놀라고 그녀의 갑작
스러운 내달림에 얼이 빠진 양치기들을 내버려둔 채 자신을 놀라
게 한 어떤 일에서 도망치듯 바위 밑으로 내달았다. 사람들은 곧
그 이유가 무엇인지 알아차렸다. 사랑에 빠진 레니오의 출현 때문
이었다. 그는 헬라시아가 있는 곳으로 오기 위해 급히 바위 위로
올라오고 있었다. 그녀는 그가 올라오기를 기다리지 않았다. 그녀
의 잔인한 의도가 한순간도 그것을 허용하지 않았던 것이다. 지친
레니오가 바위 가장 높은 데에 도달했으나 그녀는 이미 그곳을 떠
나 바위 발치에 가 있었다. 힘을 다해 드넓은 평원을 뛰어가는 그
녀의 날쌘 발걸음을 멈추게 할 수 없었던 그는 몸도 마음도 지쳐
그녀가 앉았던 자리에 털썩 주저앉고 말았다. 그러고는 절망적인
말을 쏟아내며 자신의 불운한 운명과 저 잔인한 헬라시아를 바라
보게 된 시간을 저주하기 시작했다. 그러나 그와 동시에 자신이 말
한 바를 뉘우치며 그녀를 본 자신의 눈을 축복했고 그런 극단적인
지경까지 자신을 이끈 기회를 복되고 좋은 것으로 받아들였다. 그
러다가 갑자기 어떤 분노의 감정이 치밀어올랐는지 정신 잃은 사

람처럼 들고 다니던 지팡이를 던져버리고 모피 조끼를 벗어젖혀 저 맑은 따호 강물에 던져버리고는 바위 발치를 따라 내달렸다. 이런 모습을 본 양치기들은 사랑의 열정의 힘이 그에게서 판단력을 빼앗은 것이 틀림없다고 생각했다. 엘리시오와 에라스뜨로가 바위를 올라가기 시작했다. 비싼 대가를 치를 수도 있는 어떤 돌발 행동을 막기 위해서였다. 그들이 올라오는 것을 본 레니오는 다른 짓을 하지 않고 가죽 부대에서 자신의 삼현금을 꺼냈다. 그리고는 새롭게 이상한 평정을 유지하며 자리를 잡고 앉아, 자신을 피해 달아난 양치기 처녀가 간 곳으로 얼굴을 향한 채 눈물을 가득 담고 부드러운 목소리로 이런 노래를 부르기 시작했다.

레니오

잔인한 여자여, 누가 너를 그토록 밀어내며
누가 너를 그리 곁길로 가게 하는가?
누가 너를 그토록 사랑의 의도를 피하게 만들던가?
누가 너의 빠른 발에 날개 달아주어
바람보다 더 빨리 달아나게 하는가?
너는 왜 그토록 나의 믿음을 깎아내리고
나의 높은 생각을 멸시하는가?
왜 내게서 도망치고, 왜 나를 떠나는가?
오, 나의 불평에 너는 대리석보다 더 단단하구나![126]

내가 너무 비천해

---

[126] 가르실라소 데 베가 『목가시 I』 57행.

너의 아름다운 눈을 볼 자격이 없다고 생각하나?

나 보잘것없는 자인가? 나 인색한가?

내가 당신의 눈을 본 이래 허위와 가식 속에 있었다고 생각하나?

나는 전혀 변하지 않았어, 처음과 마찬가지야.

나의 영혼이 당신의 가장 작은 머리칼 한올에

걸려 있는 것 모르나? 왜 당신 나를 그토록 피하는 거야?

오, 나의 불평에 너는 대리석보다 더 단단하구나!

당신의 오만함을 누그러뜨렸으면 좋겠어.

나의 자유로운 의지가 넘치도록 항복했잖아.

지난날 나의 으스댐도 사랑의 의도로 바뀐 것을 살펴줘.

가장 자유로운, 어느 것에도 신경 쓰지 않는 삶도

사랑의 신에 대항해서는 아무것도 할 수 없다는 것,

그 점도 살펴줘.

발걸음을 이제 멈춰. 왜 그리 힘들게 해?

오, 나의 불평에 너는 대리석보다 더 단단하구나!

네가 지금 그런 것처럼 지난날 나도 그랬어.

그런데 지금 사랑을 기대하는 내 모습, 지난날의 모습이 아니야.

그만큼 사랑을 구하는 힘이 나를 압도하기 때문이지.

네가 날 극단적으로 좋아하지 않아도 난 너를 좋아해.

네가 이겼어. 야자나무를 가졌어. 승리의 월계관을 가졌어.

사랑의 신이 자신의 감옥 안에 나를 가뒀거든.

너는 나를 굴복시켰어. 그런데 왜 나에 대해 불평하는 거야?

오, 나의 불평에 너는 대리석보다 더 단단하구나!

비탄에 빠진 양치기 청년이 자신의 고통 어린 푸념을 계속 늘어놓는 동안, 다른 양치기들은 갈레르시오의 잘못된 의도를 나무라고 있었다. 자기 자신에게 위해를 가한 바로 그 생각을 질책한 것이다. 하지만 그 절망에 빠진 청년은 어떤 대꾸도 하지 않았다. 마우리사는 그런 오빠의 모습에 큰 피로감을 느꼈다. 그를 혼자 놔두면 잘못된 생각을 또 행동으로 옮길 거라는 생각 때문이었다.

그러는 사이에 갈라떼아와 플로리사는 그들과 좀 떨어져 떼올린다와 시간을 가졌다. 그녀가 돌아온 이유를 묻고, 혹시 일이 잘되어 그녀의 아르띠도로에 대해 소식을 들은 게 있는지도 물었다. 그러자 그녀는 울면서 대답했다.

"존경하는 두 친구에게 무슨 말을 어떻게 해야 할지 모르겠어요. 하느님은 제가 그를 완전히 잃어야만 만나게 해주실 모양이에요. 제 불행의 실마리를 제공한 분별없는 배신자인 제 동생이 제 기쁨을 끝장내고 제게 결정적인 타격을 가했거든요. 그애는 제가 갈레르시오와 마우리사와 함께 마을에 도착한 것과 아르띠도로가 거기서 멀지 않은 산에서 자신의 양떼와 함께 있는 것을 알고는 저한테 말도 없이 그를 찾으러 가 만났어요. 그러고는 저인 척하며(하느님은 오직 저를 해롭게 하려고 그애와 저를 닮게 만드신 것 같아요) 지금 마을에 있는 양치기 처녀는 그를 무시하고 업신여겼던 자신과 무척 닮은 동생이라고 말해 어렵지 않게 그를 속였답니다. 한마디로 지금까지 그를 위해 한 제 모든 행동을 자기가 한 것처럼 꾸며대고 제가 겪은 극단적인 고통까지 자기 것인 양 둘러댔어요. 그 양치기 청년은 워낙 마음이 여리고 사랑에 빠져 있는 터라 배신자인 그애가 말을 하자마자 바로 믿어버렸답니다. 가슴 아프게도 운명의 여신이 자신의 행복을 가로막았다는 것은 전혀 생각하지도 못하고요. 그는 조금도 망설이지 않고 바로 그 자리에서 저라고 여긴 동생에게 손을 내밀어 자신이 그녀의 합법적인 남편이 되겠다고 했어요. 양치기 처녀들이여, 그동안 흘린 제 눈물과 한숨의 열매가 어디서 끝났는지, 제 희망의 뿌리가 어디서 뿌리째 뽑혔는지 한 번 생각해보세요. 제일 마음 아픈 것은 제 희망을 가장 지탱해주어야 할 바로 그 손이 제 희망의 뿌리를 뽑았다는 거예요. 레오나르다는 말씀드린 그 속임수로 아르띠도로를 갖게 되었어요. 이후에 그는 자신이 농락당했다는 것을 알게 되었지만 생각 깊은 자라 그것을 드러내지 않았지요. 그 두 사람이 결혼했다는 소식이 마을에 전해졌고 그것으로 저의 모든 행복도 끝이 났어요. 동생이 꾸민 계략도 다 밝혀졌는데 그 애는 이렇게 변명했답니다. 자기가 무척이나 좋아한 갈레르시오는 헬라시아에게 푹 빠져 사실상 그를 잃은 상태였고, 그래서 그애는 절망에 빠진 갈레르시오의 마음을 돌리기보다 사랑에 빠진 아르띠도로의 마음을 자기에게로 돌리는 것이 더 쉬운 일이라고 판단했다는 거예요. 늠름한 외모와 품위에 있어 사실상 하나라고 해도 과언이 아닐 정도로 두 사람은 비슷한 점이 많았으니까요. 그래서 그애는 아르띠도로의 반려자 되는 것을 아주 큰 행복으로 받아들였답니다. 제 영광의 적인 동생은 이것으로 구차한 변명을 대신했어요. 저는 마땅히 제가 누려야 할 영광을 그애가 즐기는 꼴이나 아르띠도로의 존재가 보기 괴로워 마을을 떠났어요. 그리고 비통하고 슬픈 마음으로 마우리사와 함께 당신들을 보러 온 거예요. 제 불행에 대한 소식을 전하고자 하는 마음이었고, 마우리사 역시 로사우라의 납치를 알게 된 후 그리살도가 한 행동을 여러분에게 알리고 싶어 이곳으로 오는 중이었지요. 그런

데 오늘 아침 해 뜰 무렵 갈레르시오를 보게 된 거예요. 그는 사랑
으로 약해진 마음을 부여안고 이런저런 말로 자기를 사랑해달라고
헬라시아를 설득하고 있었어요. 하지만 그녀는 가장 심한 경멸의
말과 냉정한 태도로 그에게 자기 앞에서 완전히 사라져 다시는 자
기를 찾지 말라고 명령하는 거였어요. 그 불쌍한 양치기는 그 가혹
한 명령과 도를 넘은 잔인함에 짓눌려 그 명령을 문자 그대로 이행
하려고 했지요. 그후에 일어난 일은 여러분이 본 대로예요. 친구들
이여, 이것이 여러분과 작별한 후 제게 일어난 일의 전부예요. 이제
한번 생각해보세요, 이 일로 제가 지난날보다 얼마나 더 울어야 할
지, 여러분이 저를 위로해야 할 이유가 얼마나 많은지, 그리고 저의
불행에 여러분의 위로가 얼마나 필요한지를요."

떼올린다는 더 말하지 못했다. 쉴 새 없이 흘러내리는 눈물과 영
혼 깊은 곳에서 터져나오는 한숨이 혀의 기능을 마비시켰기 때문
이었다. 갈라떼아와 플로리사가 갖은 말을 하며 능란한 말솜씨로
그녀를 위로했지만 별 효과가 없었다. 양치기 처녀들 사이에서 이
런 얘기가 오가는 동안 띠르시가 갈레르시오의 품속에서 꺼낸 종
이가 다 말랐고, 띠르시는 그것을 읽어보고 싶은 욕망에 펼쳐들었
다. 거기에는 다음과 같이 쓰여 있었다.

갈레르시오가 헬라시아에게
　천사와 같은 인간의 자태,
　노기 띤 숙녀의 얼굴,
　차갑고 뜨겁게 이는 불길,
　그곳에서 나의 영혼 고갈되는구나!
　너의 비정한, 사랑 없는 마음에서 나온

불합리한 말들을 내 영혼이 듣고,

그 말들을 내 영혼이

이 슬픈 글귀로 전하네.

네 마음을 누그러뜨리려고 쓰는 것 아니야.

이미 네 마음은 너무 굳어 있잖아.

그 어떤 탄원이나 재간으로도 돌릴 수 없지.

그 어떤 봉사도 쓸모없고.

너에게 이것을 쓰는 이유는

너 자신 얼마나 부당한 짓을 하는지 보라는 거야.

너 스스로 만든 가치에 만족하는 것이

얼마나 큰 죄악인지 알라는 거지.

네가 자유를 찬양하는 것

아주 당연한 일이야. 타당하기도 해.

하지만 한번 생각해봐.

오직 잔인함으로만 유지되는 그것을 말이야.

또 이런 명령을 하는 것 올바르지 않아.

어떤 모욕도 당하지 않고 사랑하는 것,

수많은 다른 사람의 죽음으로

네 자유로운 삶을 유지하는 것 말이야.

모두가 너 무척 사랑하는 것

불명예스러운 일이라 생각하지 마.

그리고 네 명예가 무관심과 경멸에

달려 있다고도 생각하지 마.
네가 행하는 모욕의
가혹함을 누그러뜨리고
작은 사랑에 만족한다면
오히려 너는 더 좋은 이름을 얻을 거야.

네 잔인한 짓을 보면
높은 산맥이 너를 낳았든지,
아니면 산들이 너의 견고한, 길들여지지 않는
존재를 만들었다는 생각이 들어.
너의 오락은 산,
황무지와 계곡에 있는 것 같아.
그곳에서는 너 사랑하는 사람을
만나는 것 불가능한데도.

한번은 울창하고 시원한 곳에
네가 앉아 있는 것 보았어.
그때 나는 말했지.
'너는 단단한 돌로 만든 석상 같구나.'
그러자 네가 움직였는데
너의 움직임은 내 의견을 반박했지.
나는 다시 말했어.
"네 상태를 보니 너는 석상보다 더하구나."

오, 네가 돌로 된 석상이라면 좋겠어.

내 하느님께 간구해

너의 존재를

나를 위한 여자로 바꿀 수도 있잖아!

피그말리온[127]도 나만큼 자신이 만든 석상에

굴복하지 않았을 거야!

그럼에도 양치기 처녀여, 나는 과거에도, 지금도,

앞으로도 영원히 그대에게 굴복한 자일 거야.

마땅하고도 당연하게

너는 내게 불행과 행복의 대가를 주고 있어.

내가 하는 불행의 짓거리에 대한 형벌을,

내가 한 복된 행동에 대한 영광을.

지금 네가 나를 대하는 것 보면

그건 정말 사실이야.

너를 보면 내 생명은 살아나는데,

너의 마음은 나를 죽이지.

나의 한숨의 불이 타올라

감히 사랑의 신의 화살을 경멸한

그 가슴속 차가움을

조금이라도 녹여주기를,

나의 통곡과

---

127 그리스 신화에서 조각가 피그말리온은 아름다운 여신상을 만들고 그것과 사랑에 빠진다. 이 모습을 본 아프로디테가 그 석상에 생명을 불어넣어 아내로 삼게 했다.

조금도 쉬기를 허락하지 않는
나의 고통을 네가 알아주기를,
너의 가슴 한순간이라도
달콤하고 부드럽게 바뀌기를 바라고 또 바라.

나 사라지라고 네가 말할 것,
잘 알고 또 그렇게 믿고 있어.
하지만 먼저 네 차가운 마음을 줄여주었으면 해.
그러면 나도 너에 대한 바람을 줄일게.
네가 내게 하는 것에 따라
네게 하는 나의 요구도 달라질 수 있어.
나의 요구가 많든 적든
너에겐 상관없겠지만.

기이하리만큼 견고한,
냉혹한 네 마음을 꾸짖고
우리의 연약함을 보여주는 흔적을
너에게 각인시킨다고 해도,
너의 됨됨이를 아는 나는
이런 가르침이 의미 없다고 말할 거야.
"명심해, 너는 바위 그 자체이고,
죽어서도 바위로 돌아갈 거라는 것을."

그러나 네가 바위든, 강철이든,
단단한 대리석이든, 다이아몬드든

나는 강철을 사랑하고,

바위를 좋아하고 숭배하는 사람에 불과해.

혹은 네가 위장한 천사,

또는 분노라 할지라도(이건 사실이지),

나는 그 천사를 위해 죽은 듯이 살 거고

그 분노에 형벌 받을 거야.

띠르시는 헬라시아의 처신보다 갈레르시오의 시가 더 좋아 보였고 그 시를 엘리시오에게 보여주고자 했다. 그런데 엘리시오를 보니 그의 얼굴색과 표정이 완전히 죽은 사람처럼 변해 있는 것을 알았다. 그래서 그에게 다가가 어떤 고통이 그를 이렇게 만들었는지 물어보려고 했다. 그러나 그럴 필요가 없었다. 그의 대답을 듣기 전에 이미 그 원인을 알았기 때문이었다. 띠르시는 그곳에 있던 양치기들 사이에서 오가는 이야기를 들었다. 즉, 갈레르시오를 구한 두 명의 양치기 청년들이 존경받는 아우렐리오가 갈라떼아와 결혼시키기로 약정한 포르투갈 양치기의 친구들이며, 두 사람은 그 복 받은 양치기가 사흘 내로 마을에 와 행복 넘치는 결혼 문제를 매듭지을 것이라고 존경받는 아우렐리오에게 말했다는 것이었다. 띠르시는 이 두 사람이 전한 기막힌 소식이 엘리시오의 영혼에 엄청난 파장을 일으켰음을 알게 되었다. 그는 엘리시오에게 가서 다음과 같이 말했다.

"사랑하는 친구여, 지금이야말로 당신의 깊은 생각에서 우러난 용기가 필요한 때입니다. 큰 위험이 닥치면 마음에 용기가 필요한 법이지요. 그리고 단언하는데, 지금 상황은 당신이 생각하는 것처럼 절망적이지 않을 수 있어요. 솔직히 이 일에서 누가 더 좋은 결과를 얻을지 잘 모르는 상황이에요. 그러니 짐짓 모른 채 조용히 입 다물고 있는 것이 좋을 것 같아요. 갈라떼아가 아버지의 뜻에 자신의 의지를 완전히 맞추기를 원치 않는다면 당신은 당신의 결혼에 대한 우리의 뜻을 이용해 당신 뜻을 만족시킬 수도 있겠지요. 이 강 유역과 저 온화한 에나레스강 유역에 있는 양치기 모두가 당신 편이라는 걸 잊지 마세요. 저도 마찬가지입니다. 제가 그들을 얼마나 잘 섬기는지 그들이 이미 잘 알고 있으니 이로써 그들 또한 제가 당신에게 한 약속을 헛되이 만들지 않을 거예요."

엘리시오는 띠르시의 자신만만하고 진심 어린 제안에 놀라 말을 못하고 바라보았다. 그저 띠르시를 꽉 끌어안는 것 외에 어떻게 대답해야 할지 알 수 없었던 것이다. 이윽고 엘리시오가 입을 열었다.

"사려 깊은 띠르시여, 당신이 지금 제게 한 위로는 하느님이 갚아주실 줄 믿어요. 이 위로(와, 우리와 다르지 않다고 믿는 갈라떼아의 의지)에 따라 저는 분명히 말할 수 있어요. 누구와도 비할 수 없는 갈라떼아의 아름다움을 이 강변에서 추방하려는 이 엄청난 모욕이 더이상 진행될 수 없으리라는 걸 말이에요."

그는 다시 띠르시를 꽉 껴안았다. 그의 얼굴에 화색이 돌아왔다. 그러나 갈라떼아의 얼굴에는 화색이 돌지 않았다. 양치기 청년들이 보낸 자들 말에 따르면 그녀는 이 소식을 사형 선고처럼 들었다는 것이다. 엘리시오는 이 모든 것을 감지했고 에라스뜨로도 모른 체할 수 없었다. 사려 깊은 플로리사 역시 마찬가지였고 그곳에 있던 사람들 누구도 이 소식을 달가워하지 않았다.

이때쯤 태양이 익숙한 행로대로 저물어가기 시작했다. 모두는 사랑에 빠진 레니오가 이미 헬라시아를 쫓아간 것을 보고 갈레르시오와 마우리사를 데리고 마을을 향해 걸음을 옮기는 것 외에 다른 할 일이 없다는 것을 알았다. 마을에 도착한 후 엘리시오와 에라스뜨로는 자신의 오두막에 머물렀고 띠르시, 다몬, 오롬뽀, 끄리시오, 마르실리오, 아르신도, 오르페니오와 몇몇 다른 양치기들도 그들과 함께했다. 복 많은 띰브리오, 실레리오, 니시다와 블란까는 예의 넘치는 인사말과 덕담으로 작별을 고하면서 이후에 똘레도로 향할 계획이며 그곳에서 여행을 마치겠다고 그들에게 말했다. 엘리시오와 함께 남은 사람들과 일일이 포옹을 한 후 그들은 아우렐리오와 함께 떠났다. 아우렐리오와 함께 떠난 사람들은 또 있었다. 플로리사, 떼올린다, 마우리사와 마음 아픈 갈라떼아였다. 갈라떼아는 고뇌 가득한 얼굴로 생각에 잠겨 있었는데, 그녀가 아무리 신중하다 하더라도 깊은 불만이 드러나는 것은 막을 수 없었다. 다라니오와 함께 그의 아내 실베리아와 동생 벨리사도 떠났다. 이렇게 해서 밤은 그 문을 닫았고 엘리시오는 닫힌 이 밤과 함께 자신의 즐거움으로 향하는 모든 길도 닫힌 것처럼 보였다. 부러 좋은 표정으로 그날 밤 자신의 집에 온 손님들을 환대하는 데 열중하지 않았다면 그 밤을 몹시 힘들게 보내고 절망에 빠진 채 아침을 맞이했을 것이다. 불쌍한 에라스뜨로도 같은 아픔을 겪었지만 그는 마음이 조금 더 가벼웠다. 누구도 개의치 않고 고통에 찬 비명과 가련한 말들을 소리 높여 쏟아냈기 때문이었다. 그는 자신의 운명을 저주하고 일을 성급하게 추진하는 아우렐리오를 비난했다.

이런 가운데 양치기들은 소박한 음식으로 허기진 배를 채웠고 몇몇은 고요한 잠의 품속에 스스로를 뉘었다. 바로 이때였다. 엘리시오의 오두막에 아름다운 마우리사가 와서는 문가에서 그를 찾았다. 그녀는 사람들이 없는 곳으로 그를 데려가 편지 한통을 주면서 갈라떼아가 준 것이니 즉시 읽어보라고 말했고, 이 야심한 시각에 온 이유는 사안이 너무 중요해 반드시 와야만 했기 때문이라고 했다. 마우리사의 방문에 놀란 양치기 청년은 막상 자신이 사랑하는 양치기 처녀의 편지를 손에 받아들자 읽을 때까지 한순간도 마음을 진정하기가 어려웠다. 겨우 자신의 오두막에 들어와 관솔 불빛에 비추어 그것을 읽었다. 내용은 다음과 같았다.

갈라떼아가 엘리시오에게

아버지가 일을 성급히 추진하시는 바람에 당신께 이 편지를 쓰게 되었어요. 아버지의 이런 태도는 제가 여기까지 이르도록 압박이 되었고요. 당신도 제가 지금 어떤 상황에 처했는지 잘 알고 있을 거예요. 저 역시 이보다 더 좋은 상황 속에 있기를 바랐어요. 그것이 제가 아는바 그동안 당신이 베푸신 그 많은 배려와 친절을 갚는 것이라 생각하기 때문이에요. 하지만 제가 이 사랑의 빚을 안고 있는 것이 하느님의 뜻이라면 당신도 제 의지보다는 하느님을 원망해주세요. 아버지의 뜻이 바뀌기를 바라지만 제가 볼 때 그럴 수 없을 것 같아서 저는 시도하지 않기로 했어요. 아버지에게 어떤 간청을 해도 들어주시지 않을 것 같으니, 혹시 이 일에 좋은 방도가 있으면 당신의 명망과 제 명예를 고려해서 실행에 옮겨주셨으면 좋겠어요. 제 남편이 될, 혹은 제게 무덤을 줄지도 모를 자가 모레 이곳에 와요. 당신과 상의할 시간도 얼마 남지 않았어요. 제게는 후회할 시간이 엄청나게 많이 남아 있을지 모르지만 말이에요. 마우리사는 아주 믿음직한 사람이고 저는 불행한 여자라는 것 외에는 더 드릴 말씀이 없네요.

갈라떼아의 편지는 엘리시오를 극도의 혼란 속으로 몰아넣었고, 그는 그녀에게 한번도 해본 적 없는 일, 편지를 써야겠다는 생각을 했다. 그녀에게 벌어진 그 부당한 일의 해결책을 찾아보자는 내용으로 말이다. 그러나 아무리 궁리를 해봐도 그녀가 명한 것을 어떻게 감당할 것인가 생각하면, 그 일에 천번이라도 목숨을 걸 자신이 있었음에도 그만 생각이 멈춰버렸다. 자신이 신뢰하는 친구들에게 기대하는 것 외에 다른 방도는 없었다. 생각이 여기까지 미치자, 그는 마우리사 편에 그녀에게 답장할 용기를 얻었다. 그리고 다음과 같이 편지를 썼다.

엘리시오가 갈라떼아에게

아름다운 갈라떼아여, 당신을 섬기고자 하는 저의 열망에 저의 힘이 부응할지 모르겠고, 또한 당신 마음을 아프게 하는 당신 아버님의 힘과 세상의 큰 힘을 제 능력으로 이겨낼 수 있을지 모르겠어요. 그러나 어찌 되든, 그리고 그 어처구니없는 일이 어떻게 진행되든 걱정하지 마세요. 당신이 명령하신 그 일을 이루는 데 저는 절대 물러서지 않을 것이고 할 수 있는 제일 나은 방법을 모색해 그것을 해결하겠어요. 그러니 당신이 제게 가진 믿음에 굳건히 서 있기를 바라고, 당신에게 몰아치는 폭풍에 의연하게 대처하시기를 바라요. 후에 올 바다의 고요함과 평안함을 기대하세요. 저를 기억해 편지를 쓸 마음을 주신 하느님께서 제가 당신이 베푸신 후의를 받을 만한 자임을 확신시켜줄 용기를 주실 거예요. 당신의 명령을 따르기만 한다면 그 어떤 망설임이나 두려움도 당신의 마음을 편하게 할 그 일, 제게도 그토록 중요한 그 일을 행하는 데 장해물이 되지 않을 겁니다. 이 편지를 가져갈 마우리사에게 설명해두었으니 더 드릴 말씀은 없어요. 당신은 마우리사를 통해 모든 것을 잘 알게 될 거예요. 혹시 당신이 생각하는 바가 제 생각과 다르다면 알려주세요. 시간만 흘려보내지 않도록, 당신의 품위와 가치에 걸맞게 하느님이 주신 우리의 적당한 때가 지나가버리지 않도록 말이에요.

　말한 대로 그는 이 편지를 마우리사에게 주면서, 할 수 있는 대로 많은 양치기를 불러모아 갈라떼아의 아버지에게 함께 가서 비교할 수 없이 아름다운 갈라떼아를 그들의 초원에서 내쫓지 말아달라고 간곡히 부탁할 생각이라고 말했다. 혹시 이것으로 부족하면 그 포르투갈 양치기에게 온갖 불편하고 두려운 일을 일으켜 그 사람 스스로가 약속한 것에 불만스럽다고 말하게 할 생각이라고 했다. 간청도 계략도 통하지 않으면 완력을 써서라도 그녀에게 자유를 줄 것이며, 이 일을 하는 데 항상 그녀의 명예를 신경 쓸 것인데, 그녀를 그토록 사랑하는 사람에게서 기대할 수 있는 것이 바로 그것이기 때문이라고 했다. 엘리시오의 이 해결책을 가지고 마우리사는 떠났고, 이 어렵고 힘든 일에 대해 엘리시오가 자신의 생각을 말하고 도움과 의견을 청하자 엘리시오와 함께 있던 양치기들도 이 계책을 흔쾌히 받아들였다. 띠르시와 다몬이 갈라떼아의 아버지에게 말씀드리는 역할을 맡겠다고 나섰다. 라우소, 아르신도와 에라스뜨로는 다른 네명의 친구들 오롬뽀, 마르실리오, 끄리시오, 오르페니오와 함께 다음 날 친구들을 불러모아 엘리시오가 부탁하는 어떤 일도 감당하겠노라고 약속했다. 이런저런 궁리와 계책을 세우느라 그날 밤 남은 대부분의 시간이 지나갔다. 아침이 되자 양치기들은 띠르시, 다몬, 엘리시오만 남겨놓고 자신들이 약속한 것을 지키고자 모두 떠났다. 그리고 그날로 마우리사가 다시 와 갈라떼아가 엘리시오의 뜻을 따르기로 결심했다는 소식을 전했다. 엘리시오는 새로운 약속과 신뢰를 전하고 그녀를 떠나보냈다. 운명의 여신이 자신의 일에 어떤 좋은 출구 혹은 나쁜 출구를 열어줄 지 보고 싶어 하며 그는 기쁨에 들떠 명랑한 얼굴로 다음 날을 기다렸다. 이윽고 다시 밤이 되었다. 양치기들은 다몬과 띠르시와 함께 엘리시오의 오두막에 모여, 띠르시가 아우렐리오에게 말하려는 주장이 그의 마음을 움직이지 못할 경우 생길 수 있는 모든 어려움을 검토하고 궁리를 거듭하며 대부분의 시간을 보냈다. 엘리시오는 양치기들에게 쉴 시간을 주고자 오두막을 나와 집 앞의 푸른 언덕길로 올라갔다. 고독에 둘러싸여 그는 그동안 갈라떼아로 인해 겪은 모든 일과 하느님께서 자신의 편에 서주시지 않을 때 겪을 일에 대한 두려움 등을 떠올리며 곰곰이 생각했다. 그리고 이 상념에서 빠져나오지 못한 채, 감미롭게 불어오는 따뜻한 서풍의 소리에 맞춰 부드럽고 나직한 목소리로 이런 노래를 부르기 시작했다.

엘리시오
　끓어오르는 바다와 광포한 만灣의
　폭풍우가 이토록 위협하지만,
　나는 이 힘들고 모욕적인 삶에서 해방되어
　복되고 안전한 땅을 밟고 있어.

　이 손과 저 손을 허공 향해 쳐들어
　겸손한 영혼과 즐거운 의지와 함께
　하늘의 복에 내가 얼마나 감사하는지를
　사랑의 신에게 알리고 하느님이 느끼게 하고 싶어.

　나는 행복 넘치는 탄식을 외치며

기쁨의 눈물을 흘리게 될 거야.
내 마음의 불도 한숨 돌리고.

저 강한 사랑의 화살이
나의 영혼에 달콤하고, 나의 몸에 건강하며,
행복에는 중간이 없이 최고만 있다고 말할 거야.

엘리시오가 노래를 마치자 맑고 상쾌한, 아름답고 다채로운 볼을 가진 여명이 저 동쪽 문으로 모습을 드러내기 시작했다. 여명은 땅을 밝히며 진주알로 풀을 덮고 초원을 화려하게 수놓았다. 기다렸다는 듯이 수다스러운 새들이 수천의 어우러진 화음으로 여명에 인사했다. 엘리시오는 자리에서 일어나 눈을 들어 넓게 펼쳐진 들판을 바라보았다. 멀지 않은 곳에서 두 무리의 양치기들이 오는 것이 보였는데, 모두가 자신의 오두막을 향해 오는 것 같았다. 그것은 사실이었다. 한 무리는 자신의 친구들인 아르신도와 라우소, 그리고 그들과 함께한 일행이었고, 또 한 무리는 오롬뽀, 마르실리오, 끄리시오, 오르페니오 등으로 그들은 할 수 있는 한 많은 친구를 모아 오는 것이었다. 그들이 누구인지 알아본 엘리시오는 언덕에서 내려와 맞으러 갔고, 모두 함께 오두막에 도착했다. 띠르시와 다몬은 벌써 오두막 밖에 있었는데, 엘리시오를 찾으러 나왔던 것이다. 이윽고 모든 양치기가 도착했고, 그들은 서로 명랑한 얼굴로 서로 인사를 나누었다. 이때 라우소가 엘리시오를 바라보며 말했다.

"친구 엘리시오여. 자네가 보듯이 우리는 자네에게 한 약속을 실행에 옮기기 시작했네. 자네가 보는 이 모든 사람이 자네를 도와주려 이곳에 온 사람들이야. 그 일에 자기 목숨까지 건 자들이지. 격정스러운 것은 가장 필요하고 적절한 때에 자네 자신이 움직이지 않을까 하는 것뿐이야."

엘리시오는 가장 좋은 말로 이렇게 배려해준 라우소와 그밖의 양치기들에게 깊은 감사를 표했다. 그리고 이 일이 성공하도록 띠르시, 다몬과 함께 상의한 모든 것을 말해주었다. 엘리시오의 말에 양치기 모두는 고개를 끄덕였고, 더 머뭇거리지 않고 발걸음을 마을로 향했다. 띠르시와 다몬이 앞장서고 나머지가 그 뒤를 따랐다. 이들의 수는 이십명에 달했고 이들은 따호 강변에서 볼 수 있는 가장 늠름하고 뛰어난 자들이었다. 이들 모두는 띠르시의 말이 아우렐리오에게 통하지 않아 그들이 원하는 대로 일이 되지 않을 경우 강압적인 방법을 써서라도 갈라떼아가 외국인 양치기에게 넘겨지는 것을 막을 작정을 하고 있었다. 그 생각에 에라스뜨로는 대찬성이었다. 이 일의 성공만이 그의 즐거움의 유일한 이유인 듯 보였다. 그가 생각하기에 갈라떼아가 불행한 가운데 떠나 보지 못하게 되는 것보다 엘리시오가 그녀를 얻는 것이 훨씬 나았기 때문이다. 이는 갈라떼아가 그에게 큰 빚을 지는 셈이기도 했다.

이 사랑 이야기와 그 역사의 끝은 갈레르시오, 레니오와 헬라시아, 아르신도와 마우리사, 그리살도, 아르딴드로와 로사우라, 마르실리오와 벨리사 사이에서 일어난 다른 일들과 함께, 그리고 지금까지 언급된 양치기들에게 일어난 다른 이야기들과 함께 제2부에서 계속될 것을 약속드린다. 이제껏 소개한 제1부가 독자들의 기대에 기분 좋게 받아들여진다면, 머지않은 시간에 제2부를 선보여 독자들의 준엄한 눈과 지성의 심판을 받게 될 것이다.

끝.

작품해설

『갈라떼아』의 '목가시'적 특성

    미겔 데 세르반떼스의 첫번째 소설 『갈라떼아』는 목가소설 형태로 1585년에 출판되어 세상에 알려졌다. 이 작품에는 이야기의 흐름을 방해할 수도 있는 많은 시가 등장한다. 이러한 『갈라떼아』의 문학적 구조는 이 작품이 이야기 흐름에만 매달려 있는 단순한 서사구조가 아니라는 것을 여실히 보여준다. 작가 자신도 이 점을 서문에 명백히 밝히고 있다. 서문 「호기심 많은 독자에게」 첫줄은 이렇게 자기 작품의 특성을 명시한다. "일반적으로 글 쓰는 일이 인기 없는 이 시대에 목가시(égloga) 성격의 작품을 쓰려는 이 일은 내게 두려움을 줍니다."(14면) 세르반떼스의 목가소설에 대한 이해는 이처럼 시에 그 기반을 두고 있다. 목가소설의 장르적 특성을 시적 구조에서 찾고 있는 것이다. 목가소설은 단순한 서사구조에 기반을 두지 않고 시적 구조에 더욱 가까운 형태를 보여주어야 한다는 것이 그의 지론이다. 그렇다면 『갈라떼아』를 제대로 읽기 위해서는 이러한 목가시적 성격을 잘 알아야 하고 이러한 점이 해결되었을 때 비로소 『갈라떼아』를 온전히 이해할 수 있다는 결론에 이르게 된다.

그럼 먼저 '목가시'의 장르적 특성을 살펴보자. 목가시로 번역된 스페인어 '에글로가'(égloga)는 그리스어 '에클로게'(eklogé)에서 그 뿌리를 찾을 수 있다. 그리스어 '에클로게'에는 '선별된 어떤 것'의 뜻이 있는데, 그리스 사람들은 이것을 보통 '짧은 시들을 모아놓은 것'으로 받아들였다. 이 '짧은 시들의 모음'은 그 나름대로 장르적 특성을 갖고 있는데, 보통 주인공으로 양치기 남녀가 등장한다. 그리고 그들 사이에 이루어지는 사랑이 시의 주제로 드러난다. 이 사랑은 일반적으로 플라톤주의 특성을 띤 형태가 주류를 이루어 육체의 욕망을 배격하고 정신적 사랑의 순수함을 추구한다. 여성의 아름다움은 영적, 신적 영역까지 승화되고 신비화된다. 한편, 양치기들을 둘러싼 자연도 현실 속에 존재하는 모습이 아니라 역시 플라톤 철학의 영향을 받아 이상화된, 완전한 자연의 모습이다. '사랑스럽고 아름다운 곳'(locus amoenus)으로서의 자연이다. 이러한 자연환경 속에서 이루어지는 사랑 역시 순수하고 이상적이어서 질투나 증오 등 그 어떤 부정적 요소들도 철저히 배격된다. 따라서 목가시의 분위기는 서정적이고 음악적이며 전원적이다. 목가시에 등장하는 주인공들은 이러한 자연환경을 즐기며 혹은 사랑의 즐거움을 노래하고, 혹은 사랑을 받아들이지 않는 상대방의 무정함을 불평하며 사랑의 고통을 호소하기도 한다. 또 사랑에 빠진 자신의 복잡한 심경을 철학적, 사색적으로 주위 인물들에게 설명하기도 한다. 이러한 이유로 목가시를 이해하기 위해서는 수준 높은 지적, 감성적 능력이 요구된다. 작가 자신도 자신이 견지하고 있는 사랑에 대한 철학을 작중인물들의 시, 노래, 대화를 통해 독자들에게 은연중 드러낸다.

스페인어 목가시의 어원이 그리스어에 있듯이, 목가시의 초창기 작품을 멀리 고대 그리스에서 찾을 수 있다. 기원전 4세기에 활동한 그리스 시인 테오크리토스(Theocritos)의 『목가』(*Los Idilios*)가 그것이다. 이 시집은 앞에서 말한 목가시의 특성을 잘 보여주고 있다. 그러나 목가시의 장르적 특성을 완결해 널리 퍼뜨린 시인은 기원전 1세기에 활동한 로마의 베르길리우스(Publius Vergilius Maro)이다. 그의 작품 『전원시』(*Bucólicas*)는 그리스·로마 문화의 가치를 재탄생시킨 이른바 르네상스 시대의 시적 장르를 결정하는 데 많은 영향을 미쳤다. 르네상스 시대의 '목가시'가 베르길리우스의 '전원시'와 같은 의미로 쓰일 정도였다. 베르길리우스는 목가시에 새로운 요소들을 도입하였다. 자전적 요소들이 목가시에 들어갔고, 등장인물인 양치기들은 종종 실존 인물들을 모델로 했다. 실존 인물들을 양치기들로 재현한 것이다.

16세기 스페인의 지식인들은 이딸리아 르네상스의 영향을 받아 르네상스의 주된 가치인 '이성'이 작용한, 지적으로 고양된 문학·예술 활동에 심취하였다. 그들은 실제 경험하는 것보다 지적 활동으로 얻는 자연과 정신의 이상화에 더욱 많은 관심을 기울였고 이러한 지적 활동을 아낌없이 즐겼다. 이러한 문예 환경 속에서 완전한 사랑과 자연을 노래하는 '목가시/전원시'는 쉽게 수용되었고 시간이 지나면서 이와 관련된 '목가' '전원' 문학이 주요 문학 장르로 자리 잡게 되었다. 당시 스페인에서 가장 인기를 누렸던 작품이 포르투갈 작가 호르헤 몬떼마요르(Jorge Montemayor)가 쓴 『디아나』(*Diana*)였다. 세르반떼스 역시 1559년에 출간된 이 작가의 작품을 읽었던 것으로 보이며 그의 작품 곳곳에 이 작가의 흔적이 드러나 있다. 대표적인 경우가 『갈라떼아』의 주요 등장인물인 엘리시오와 에라스뜨로를 『디아나』의 두 등장인물인 시레노(Sireno)와 실바노(Sylvano)를 모델로 설정했다는 점이다. 엘리시오와 에라스뜨로 둘 다 갈라떼아를 향한 사랑에 깊이 빠졌고, 시레노와 실바노 역시 디아나를 향한 연모의 감정을 작품 곳곳에서 표출하고 있다.

목가시는 장르 특성상 서정적 요소 외에도 여러 다른 문학적 요소들을 지니고 있다. 먼저 언급할 수 있는 것이 작중인물의 대화에서 드러나는 연극성이다. 작중인물 간 대화는 무대에 올릴 수 있을 정도로 빈번하게 이루어지며 이 대화를 통해 이루어지는 행동 역시 충분히 극적 효과를 가져올 수 있을 정도로 현장감이 두드러진다. 이외에도 목가시에는 이야기가 있다. 작중인물들이 쏟아내는 여러 이야기는 독자들의 흥미를 자아낼 만큼 다양한 소재로 가득차 있다. 이러한 목가시의 다(多) 장르적 성격은 목가시를 소설 혹은 드라마, 혹은 시와 소설의 혼합 등 다양한 장르로 발전시킬 수 있는 소지를 충분히 갖추고 있다.

세르반떼스는 이러한 목가시의 다 장르적 특성을 놓치지 않았다. 그는 목가시의 특성을 한껏 살려 자신의 개성이 넘치는 '목가소설'을 기획하였다. 목가소설인 그의 작품 『갈라떼아』에서 양치기들은 사랑의 고통과 아픔을 시를 통해 노래하고, 또 자신의 사랑이 얽힌 여러 일화를 소설적 구조를 통해 주위 사람들에게 피력한다. 시가 주는 서정적 아름다움과 소설이 주는 서사 전개의 즐거움을 독자들은 동시에 누릴 수 있는 것이다. 같은 장르의 다른 작품들과 구별되는 세르반떼스 『갈라떼아』의 문학적 가치가 여기에서 드러난다. 세르반떼스는 당시 최고의 인기를 누렸던 호르헤 몬떼마요르의 『디아나』가 보여주는 서사 중심의 단순 구조를 시와 소설이 함께 어우러지는 복합 구조로 바꾸어 독자의 흥미를 고조시켰다. 문학의 대표적인 두 장르, 바로 이 시와 소설의 복합적 구조가 주는 시너지 효과가 『갈라떼아』가 독자들에게 선사하는 커다란 매력이라 할 수 있다.

16세기 스페인의 르네상스 시대에 목가시를 가장 완벽하게 구사한 시인은 가르실라소 데 라 베가(Garcilaso de la Vega)였다. 그의 작품 『목가시 I, II, III』은 이 장르의 시적 완성을 꾀하는 모든 시인의 전범이 되었다. 스페인 똘레도 출신의 이 시인은 당시 이딸리아 르네상스풍 시에 매료되었던 시인들에게 널리 알려져 있었으며, 세르반떼스 역시 이 시인의 작품을 알고 있었고 높이 평가하였다. 대표적인 예가 『갈라떼아』에서 님프 칼리오페의 입을 통한 가르실라소에 대한 칭송이다. 그녀는 양치기들 앞에서 자신을 소개하며 다음과 같이 말한다. "여러분의 나라에서는 재기 넘치는 보스깐과 명성 높은 가르실라소, 현명하고 학식 높은 까스띠예호, 그리고 기교 넘치는 또레스 나아로와 친분이 두텁고요."(514면) 여기서 세르반떼스는 칼리오페의 입을 통해 가르실라소를 '명성 높은 자'로 칭하고 있다. 그리고 『돈 끼호떼』 2권에서도 가르실라소에 대한 언급이 계속된다. 돈끼호떼는 아름다운 따호강을 노래한 가르실라소를 제대로 알지 못하는 산초 빤사의 무지를 다음과 같이 질책한다. "오, 산초 이 사람아, 자네는 사랑하는 따호강에서 요정 넷이 머리를 드러내고 그들의 수정 저택에서 자수를 놓고 있는 걸 묘사한 우리의 유명한 시인이 쓴 시구도 기억 못하는가!"

주지하다시피 가르실라소는 16세기 초에 이딸리아 르네상스 시를 스페인에 도입하여 토착화한 시인이다. 이 시인의 작품은 당시 스페인 문단에 대단한 반향을 불러일으켰고 많은 시인이 이에 동조하였다. 그들은 가르실라소의 시를 모방하여 자신의 개성에 맞게 시를 씀으로써 이 르네상스풍 시를 발전시켰다. 가르실라소는 비록 짧은 생애를 살았지만 그의 시는 스페인 르네상스 시의 주조를 이루면서 이른바 '가르실라소풍 시'라는 새로운 시의 흐름을 정착시켰다. 세르반떼스는 한 시대를 풍미했던 가르실라소의 새로운 시적 실험을 간과하지 않았다. 특히 서정시이면서도 서사적, 극적 구조를 가진 『목가시 I, II, III』에 주목하여 자신의 첫 소설 『갈라떼아』에 이를 도입하고 자신만의 목가소설로 탄생시켰다. 이러한 세르반떼스의 작업에는 당대 최고의 인기를 누리고 있던 가르실라소의 새로운 시적 시도를 자신의 작품에 도입했을 때 자신의 첫 소설 작품을 같은 장르의 다른 작품들과 구별지을 수 있고, 또 가르실라소 작품에 도취한 여러 독자의 시선을 끌 수 있으리라는 의도가 깔려 있었다.

앞에서 언급했듯이 세르반떼스는 서문에서 자신의 소설 작품을 '목가시'로 지칭했다. 즉 소설이 아닌 시로 자신의 작품을 규정한 것이다. 산문과 시로 구성된 『갈라떼아』의 장르적 특징을 시로 규정했다는 것은 산문보다 시에 좀더 많은 비중을 두었다는 작가의 선언이다. 아마 작가는 자신의 작품을 '산문시' 정도로 여기지 않았을까 하는 생각이 들 정도로 어조가 단호하다.

그렇다면 세르반떼스의 이러한 시학은 어디에서 연유한 것일까? 세르반떼스는 기본적으로 모든 문학 작품을 시의 영역에서 바라보았다. 이렇게 생각하게 된 배경을 이해하려면 당시 스페인을 주도했던 문학적 흐름을 주의 깊게 살펴볼 필요가 있다. 1580년 페르난도 데 에레라(Fernando de Herrera)의 『주석이 달린 가르실라소 데 라 베가 시집』이 출판된 이후 스페인 독자층에서는 시, 특히 목가시와 서정시에 대한 지대한 관심이 일어났다. 세르반떼스 역시 이 바람에서 벗어날 수 없었다. 그 결과 『갈라떼아』에서 그는 시에 대한 자기 생각을 다음과 같이 표출하고 있다. 「칼리오페의 노래」가 끝난 이후에 등장한 뗄레시오의 연설을 들어보자. "오늘날 우리 스페인에 이토록 많은 천부적 재능을 가진 사람들이 있다는 것을 진실한 소식을 통해 알게 되어 내가 얻은 기쁨이 결코 작을 거라고는 생각지 말아주세요. 사실 과거부터 현재까지 모든 이국 땅에는 우리 땅에 수준 높은 시를 쓰는 사람들이 많지 않다는 생각이 늘 있어왔지요. 그런데 실상은 반대였어요. 님프가 거명한 면면을 살펴보면 한 사람 한 사람이 아주 재기 넘치고 뛰어나며, 그 어떤 재기 넘치는 외국 시인보다 뛰어납니다. 우리 스페인 땅도 다른 지역만큼 시를 우대한다면 그들은 명백한 증거들을 보여줄 거예요."(564면) 뗄레시오의 입에서 나온 시와 자신의 조국 스페인 시인들에 대한 긍지를 고려할 때, 이에서 엿보이는 세르반떼스의 시와 시인에 대한 긍지 역시 대단하다고 볼 수 있다. 지금까지 알려진 대로 스페인에 훌륭한 시인들이 많지 않다는 것은 거짓이며 님프 칼리오페가 거명한 시인들의 면면을 살펴보아도 그 어느 외국 땅보다 뛰어난 시인들이 많다는 것이다. 그래서 자신의 조국 스페인도 시에 더 관심을 두고 시를 우대한다면 우수한 시인들이 더 많이 배출될 것이라고 그는 장담하고 있다.

세르반떼스는 그의 작품 『모범소설집』(1613) 1권에서도 시에 대한 찬양을 계속하고 있다. 「집시 소녀에 관한 소설」에서 작중인물을 통해 다음과 같이 시에 대한 견해를 밝히고 있는 것이다. "시는 아주 아름다운 소녀예요. 순결하고, 정숙하고, 얌전하고, 예민하고, 다소곳이 물러나, 가장 높은 정련의 한계에서 몸을 가다듬지요. 시라는 소녀는 고독의 친구예요. 샘물이 그녀와 놀아주고, 풀밭이 그녀를 위로해주고, 나무가 그녀를 달래주고, 꽃들이 그녀를 즐겁게 해주지요. 그리고 마침내 그녀는 그녀와 교류하는 모든 사람들을 가르치고 즐겁게 합니다." 모든 문학적 창작 행위는 시를 쓰는 행위이며 시의 근본 기능은 즐거움을 제공하며 가르치는 것이다. 이것이 바로 세르반떼스의 시에 대한 관점이자 그의 시학이다. 여기서 가르침이란 시인이 독자에게 전달하고자 하는 메시지이다. 이 메시지를 운문 형식을 띤 시어로 전달하는 것이다. 이 시어를 통해서 시인은 자신의 메시지를 독자에게 전달할 수 있으며, 시어가 갖는 문학적 독특성으로 그것을 즐겁고 재미있게 전달할 수 있다는 것이 세르반떼스의 시에 대한 견해라고 할 수 있다.

이러한 세르반떼스의 시학을 『갈라떼아』에 적용해 본다면, 『갈라떼아』의 시적 표현들은 작가의 메시지를 전달하는 도구이다. 작가 세르반떼스는 자신이 제시하는 여러 주제 ─ 가르침이나 철학적 사고 등 ─를 이 도구를 사용하여 독자에게 전달한다. 구체적으로 『갈라떼아』의 작중인물들인 양치기들이 이 작업을 수행한다. 그런데 목가소설의 형식상 이들은 여느 양치기들과는 다르다. 비록 양치기의 옷을 입고 있지만 많은 경우 지적, 문화적으로 잘 훈련된 당대의 지식인·교양인을 모델로 하고 있다. 양치기의 옷만 입고 있을 따름이다.

작가 자신도 이 점을 서문에서 분명히 밝히고 있다. "이것에도 일상적인 소박함이 함께하는데다, 등장하는 많은 양치기가 단지 옷만 그렇게 입은 변장한 존재들이라는 것을 알아차린다면(어떨 때는 이야기 진행 중에 깨닫기도 하지요) 그런 반대는 별 의미를 갖지 못합니다."(17면) 이 '변장한' 양치기들은 시를 쓰고 낭독하면서 자신의 철학적 사상이나 특정 사안에 대한 자신의 견해를 주위 사람들에게 전파한다. 상당한 경우에 학술 토론을 능가하는 맹렬한 토론이 이어지기도 한다. 그것의 대표적인 예가 『갈라떼아』 4권에 나오는 '사랑에 관한 논쟁'이다. 사랑에 부정적인 레니오의 '사랑 폐해론'에 띠르시가 분격하여 '사랑 찬양론'을 주장한다. 이 두 사람의 논쟁은 문자 그대로 용호상박의 격렬한 양상을 보여준다. 물론 그 자리에 참석한 대부분의 양치기가 사랑 옹호론자들이었기 때문에 띠르시의 주장에 찬동하는 형국이었지만, 레니오 역시 만만치 않은 논리로 자신의 주장을 정연하게 펼쳐간다. 이 사람들이 정말 양치기가 맞나 싶을 정도로 논쟁 가운데 드러난 이들의 학식은 엄청나다. 세르반떼스의 말처럼 양치기로 변장한 당대 최고 지식인들의 논쟁이다. 이것이 『갈라떼아』에 등장한 인물들의 진정한 모습인 것이다.

그러나 세르반떼스는 불행하게도 가르실라소와 같은 시적 재능을 하느님으로부터 받지 못했다. 그래서 목가시의 시적 서정을 저 똘레도의 시인처럼 완벽하게 살리지 못했다. 이 점은 세르반떼스 자신도 인정한 바 있다. "나는 항상 내가 시인으로 보이도록 갖은 애를 썼으나 하느님은 나에게 그런 은혜를 주기를 원치 않으셨다." (Rodolfo Schevill y Adolfo Bonilla, ed., *La Galatea*, 1914. p.6) 만일 그가 가르실라소 같은 시적 재능을 가지고 있었다면 구태여 소설 형식을 빌린 목가소설을 쓸 필요 없이, 가르실라소처럼 목가시 자체로 끝을

냈을 것이다. 이 점이 그의 한계였다. 그는 시에 대한 뜨거운 열정을 가지고 있었으나 자신의 작품을 순수한 시적 구조로 발현시킬 시적 재능을 가지고 있지 않았던 것이다.

따라서 그는 방향 전환을 모색한다. 하느님께 부여받은 재능을 살리고자 한 것이다. 바로 그의 소설적 재능이었다. 그리하여 자신의 작품에 소설적 요소들을 도입하여 독자들에게 이야기의 재미를 선사하기로 한다. 이것이 『갈라떼아』의 서사적 부분이다. 시의 서정적 아름다움과 소설적 재미를 동시에 추구하여 두마리 토끼를 잡자는 것이 그의 목표였다. 이렇게 해서 그는 그리스·로마 고전문학의 대원칙 '메시지+즐거움'을 만족시킬 수 있었다. 물론 그의 소설적 재능은 그후 1605년, 1615년에 발표된 불후의 대작 『돈 끼호떼』1, 2에서 완전한 빛을 발했지만, 그의 첫 소설 작품 『갈라떼아』에서도 그 일면을 어느정도 발견할 수 있다.

이러한 소설적 요소의 도입과 관련해 『갈라떼아』에서 시와 산문은 분리되어 독립적으로 작용하지 않는다. 거미줄처럼 서로 얽혀 나타난다. 이렇게 하여 시적 아름다움과 산문적 재미가 서로 조화를 이루면서 시너지 효과를 드러내는 것이다. 『갈라떼아』에 등장하는 시 작품은 대충 세 그룹으로 구분할 수 있다. 첫째, '제목' 또는 '도입' 형태로 앞으로 전개될 산문을 소개하는 시들이다. 둘째, 산문을 주석하거나 요약하는 시들이다. 마지막은 현재 일어나고 있는 사건이나 등장인물들이 일어나기를 원하는 사건과 관계를 맺고 있는 시들이다. 이렇게 시와 산문이 유기적으로 작용하여 서로 조화를 이루어 나타나는 작품이 바로 그의 첫 소설 작품 『갈라떼아』이다.

앞서 말한 것처럼 목가시는 그리스와 로마의 고전 시에 그 기원을 두고 있는 아주 오래된 장르이다. 이 시가가 주로 다루는 주제는 양치기들 사이에 이루어지는 사랑이다. 이 사랑은 육체의 본능을 배격한 순수한 정신적 사랑을 추구한다. 인간 사회에서 흔히 볼 수 있는 간통, 질투, 시기, 경쟁, 싸움, 복수 등은 용납되지 않는다. 그런데『갈라떼아』에서는 종종 인간 사회에서 볼 수 있는 이러한 부정적인 모습을 엿볼 수 있다. 전통 목가시에서는 볼 수 없는 모습이다.

왜 그럴까? 이는 세르반떼스의 의도적인 기획의 결과다. 그는 현실을 떠나 인간 이성이 창조한 완전한 세계에서 이루어지는 전통 목가시와 자신의 작품을 구분 짓고자 한다. 그의 작품에서는 양치기 세계와 실제 세상이 연결되어 있다. 따라서『갈라떼아』에서 보이는 세르반떼스의 문학적 기술은 두가지로 요약할 수 있다. 하나는 소설(산문)을 통해 실제 인간 생활에서 일어나고 있고 일어날 수 있는 일들을 기술하였고, 또 하나는 시를 통해 목가시 특유의 몽환적이고 이상적인 분위기를 연출하였다. 이 두 요소의 조합이 이 작품의 완성도를 높이고 있는 것이다. 이러한 작품 특성은 전통 목가소설의 전범을 벗어나고 있음이 분명하다. 후자의 경우 실제 생활의 사건을 보여주는 사실주의적 소설 기법이 용납되지 않기 때문이다.

이렇게 전통 목가소설에서 벗어난『갈라떼아』의 문학적 구조에서 세르반떼스의 고민을 엿볼 수 있다. 가르실라소 같은 시인이 되고 싶은데 그렇지 못한 작가의 고민이다. 시인보다 소설가에 더 가까운 세르반떼스의 천부적 재능이 전통 목가소설의 전범을 따르지 못하도록 막은 것이다. 이 세상 어디에서도 볼 수 없는, 그 어떤 불순물도 섞이지 않은 순수한 사랑, 인간 이성이 창조한 이상적이고도 완벽한 자연의 모습을 추구하는 전통 목가소설의 전범을 따르고 싶었으나 그럴 수 없었다. 그 대신 그는 천부적 재능을 살려 자신의 진정한 가치를 현실과 분리된 이상 세계가 아니라 현실의 삶 속에서 찾고자 노력했다. 이것이 『갈라떼아』가 호르헤 몬떼마요르의 『디아나』와 궤를 달리하는 점이다.

이렇듯 세르반떼스는 현실 세계에서 볼 수 있는 사실성을 작품에 도입함으로써 전통 목가소설과 차별을 두었다. 소설가로서 천부적인 재능이 드러난 이 소설적 사실성으로 그는 완벽한 자연의 조화를 추구하는 유토피아적 세계를 근간으로 한 전통 목가소설에 큰 충격을 준다. 이 충격이 『갈라떼아』가 독자들에게 주는 매력이다. 이 충격으로 세르반떼스의 작품은 틀에 박힌 상투적 목가소설의 전범을 벗어나 생명력을 갖는다. 그리고 먼 유토피아적 세계를 떠나 현실과 접목된다. 『갈라떼아』에서 전개되는 이야기는 현실 세계에서 얼마든지 일어날 수 있는 사건들이다. 이렇게 해서 그의 작품은 수록된 시의 이상적 품격을 유지하면서도 산문을 통해 현실로 내려와 현실의 삶을 이야기하며 독자와의 친근감을 높이고 있다. 그런데 여기서 한가지 간과해서는 안 될 점이 있다. 이러한 소설적 요소들을 수행하는 주체가 작품의 주인공 역할을 하는 양치기들이 아니라 주변적 역할을 하는 인물들이라는 점이다. 목가소설의 전범에서 많이 벗어나지 않기 위해 노력한 세르반떼스의 고심의 흔적이 엿보이는 부분이다.

지금까지의 내용을 요약해보겠다. 세르반떼스의 『갈라떼아』는 1585년 세르반떼스가 알제의 포로 생활에서 마드리드로 돌아온 후에 쓴 그의 첫번째 소설이다. 첫번째 작품이니만큼 독자들의 관심을 끌기 위해, 그리고 자신의 이름을 드러내기 위해 모든 힘을 다

기울였으리라는 것을 충분히 짐작할 수 있다. 그래서 그는 당시 인기를 구가하던 시적 성격이 강한 목가소설을 쓰기로 마음먹었다. 이 문학 장르는 테오크리토스, 베르길리우스 등 멀리 그리스·로마까지 거슬러 올라가는 오랜 역사 전통이 있었고, 당대에 이름을 날리던 산나짜로(Jacopo Sannazaro), 호르헤 몬떼마요르 등 뛰어난 인기 작가들도 이 장르 안에서 문장력을 과시했다. 이제 작가로서 걸음마를 시작한 세르반떼스에게 이미 검증되어 독자들이 확보된 이 장르를 선택하는 것은 작가로서 이름을 낼 수 있는 가장 쉽고 안정된 길이었을 것이다.

그런데 그는 서문에서 자신의 작품을 '소설'이 아닌 '목가시'로 분류하였다. 그리고 실제로 정교하고 세련된, 시적 감수성 넘치는 작품을 써 작가로서 자신의 이름을 내고자 했다. 그는 왜 자신의 첫 소설 작품의 장르를 목가시로 분류했을까? 그것은 목가시가 앞서 언급한 페르난도 데 에레라의 『주석이 달린 가르실라소 시집』의 출판으로 당대 지식인들의 많은 관심을 끌고 인기를 구가하던 장르였고, 이 목가시가 갖는 소설적·극적 요소들에 주목했기 때문이다. 가르실라소의 『목가시 I, II, III』에서 보는 것처럼 목가시는 여러 작중인물이 벌이는 극적 상황이 많고 서사적 구조도 존재한다. 이러한 목가시의 장르적 포괄성이 세르반떼스의 관심을 끌었던 것이다. 그래서 그는 이 장르를 선택하기로 하고 모델을 찾기 시작했다. 당연히 당대 이딸리아 르네상스풍 시인으로 최고의 인기를 누리던 가르실라소의 시가 눈에 들어왔다. 특히 당대 시인들이 전범으로 삼고 있던 그의 『목가시 I, II, III』이 세르반떼스의 관심을 끌었다. 세르반떼스는 가르실라소의 시를 모델로 삼았고, 그러한 흔적은 그의 작품 이곳저곳에 나타난다. 『갈라떼아』에서도 어느 부분은 완전한 형태로, 다른 부분은 약간 개작한 형태로 이 시인의 흔적들이 곳곳에 모습을 드러내고 있다. 이렇게 하여 세르반떼스는 당시 가르실라소의 시에 매료되어 있던 많은 독자의 시선을 자신의 작품으로 끌어오려고 했다. 그러면서 자신의 최초의 작품인 만큼 시적 완결성을 갖도록 최선의 노력을 했다.

그러나 현실은 뜻대로 되지 않았다. 그의 재능이 시에 있지 않고 소설에 있었다. 이렇게 해서 『갈라떼아』에 산문의 요소가 들어왔다. 운문으로 일관된 가르실라소의 『목가시』와 길을 달리한 것이다. 산문이 들어오면서 이야기가 삽입되고, 완벽하고 이상적인 꿈속 같은 분위기가 사라진다. 그리고 현실 이야기가 전개되기 시작한다. 현실에서 일어날 수 있는 경쟁, 다툼, 질투, 복수 등 당시 전통 목가소설에서 보기 힘든 내용이 등장한다. 이성에 의해 완벽하게 꾸며진 이상 세계에서 도저히 일어날 수 없는 이야기들이 목가소설 『갈라떼아』에서 전개되는 것이다. 세르반떼스는 자신의 작품이 현실과 괴리된 먼 이상 세계에서 진행되는 것을 원치 않았다. 그의 작중인물들은 현실 세계에서 사는 살과 뼈를 가진 구체적 인간들이었다. 그들은 이성이 만들어낸 유형 속에 갇혀 있지 않았고 현실 세계에서 사는 실제 사람처럼 활동하였다.

그런데 현실 세계에서 드러날 수 있는 삶의 부정적 요소들은 『갈라떼아』의 본 흐름이 아니었다. 주로 삽입된 일화에 나타나고 이를 수행하는 사람들도 주인공 양치기들이 아닌 주변 인물들이다. 여기에 일반적인 전통 목가소설과 큰 거리를 두지 않으려고 한 세르반떼스의 고심의 흔적이 드러난다. 그러나 결과적으로 이러한 요소들은 비록 목가소설의 전범에서 벗어나기는 했어도 작품 전체에 생동감과 활력과 소설적 핍진성을 준다.

따라서 『갈라떼아』는 그 성격이 두 부분으로 나뉜다. 하나는 시적 부분이고 또 하나는 서사적 부분이다. 시적 부분은 시인이 주장하는 지식, 교훈, 철학적 메시지를 전달하고, 서사적 부분은 사실성이 돋보이는 소설적 허구를 통해 이야기의 즐거움을 제공하면서 생동감과 에너지를 선사한다. 이 두 부분은 서로 떨어져 존재하는 것이 아니라 서로 얽히고설켜 조화를 이루면서 나타난다. 이 이상과 현실의 조화가 『갈라떼아』가 보여주는 중요한 문학적 특성이라고 말할 수 있다.

최낙원(전북대 스페인·중남미학과 명예교수)

작가연보

1. 세르반떼스의 생애와 그의 시대*

1547년   세르반떼스가 마드리드 근교의 대학도시 알깔라 데 에나레스
            (Alcalá de Henares)에서 태어난다.

---

* 세르반떼스의 생애에 대해서는 아직도 모르는 게 많다. 따라서 그의 생애만 이
  야기하는 것보다는 그의 시대를 동시에 설명하는 것이 이 위대한 작가의 삶과
  고뇌를 이해하는 데 더 도움이 되리라. 그런 의미에서 『세르반떼스의 생애와 전
  기』(Cristobal Zaragoza, *Cervantes, vida y semblanza*, Madrid: Biblioteca Mondadori
  1991)의 작가 사라고사가 그의 연보를 정리하면서 '세르반떼스와 그의 시대'
  (Cervantes en su epoca)라는 명칭을 붙인 것도 좋은 예이다. 우리의 연보는 이 책
  의 369~72면을 참조하고 재정리한 것이다.

1554년	16세기 유럽의 대황제이면서 에스빠냐의 황제인 까를로스 5세 (Carlos V)가 황태자 펠리뻬 2세(Felipe II)에게 식민지인 네덜란드와 주변국가들의 통치권을 물려준다.
1556년	까를로스 황제가 황태자 펠리뻬 2세에게 에스빠냐와 라틴아메리카 모든 영토를, 동생인 페르난도 1세(Fernando I)에게 유럽 황제 칭호와 독일 연방국들을 물려준다. 그리고 황제 자신은 유스떼 수도원(Monasterio de Yuste)으로 돌아가 쉰다.
1557년	세르반떼스 나이 10세. 새로운 황제 펠리뻬 2세가 산 낀띤(San Quintin) 전투에서 프랑스 군대를 무찌른다.
1560년	에스빠냐 수도를 마드리드로 옮긴다.
1563년	뜨렌또 종교회의(1545~63)가 끝나고 에스빠냐를 비롯한 일부 유럽 가톨릭 국가들에서 반종교개혁 운동이 확산된다. 종교개혁파들을 처단하는 종교재판이 더욱 활성화되고 반이단, 금욕주의가 강화된다.
1567년	세르반떼스 나이 20세. 네덜란드를 비롯한 주변국가들의 에스빠냐 제국에 대한 반식민지 독립운동 확산. 이들의 대표 윌리엄 오렌지 공은 종교개혁의 선두 깔뱅파임을 공표한다. 즉, 반종교개혁의 중심인 에스빠냐 제국에 대한 반항은 독립운동가들로 하여금 종교개혁 지지파로 돌아서게 만든다.
1569년	16세기 중반 에스빠냐 초기 종교개혁 교육을 주도한 후안 로뻬스 데오요스(Juan López de Hoyos)의 제자인 세르반떼스는 이때 스승의 문집에 최초로 자신의 시를 싣는다.
1571년	세르반떼스 나이 24세. 세르반떼스는 지중해 해상권을 놓고 벌인 터키 제국과 에스빠냐 제국의 '레빤또 해전'에 해군으로 자원입대하여 싸우다 부상을 입고 입원한다. 이 해전의 승리로 에스빠냐

제국은 세계에서 '해가 지지 않는' 대제국으로 일어서지만, 부상당한 세르반떼스는 평생 외팔로 살아야 하는 상이군인이 된다.

1575년 에스빠냐로 귀국하던 중 터키 해적들에 의해 마르세유에서 형 로드리고와 함께 납치당한다.

1575~80년 세르반떼스가 납치되어 아르헬(Argel, 알제리)에서 포로생활을 한 시기. 로드리고는 1577년에 풀려났으나 세르반떼스는 다섯번 이상 탈출시도를 하다 적발되어 고문당한다. 결국 에스빠냐 종교 단체의 보상금 지원으로 터키에 노예로 팔려가기 직전 구출된다. 이때 펠리뻬 2세는 포르투갈과 합병하고 그 나라의 왕을 겸하게 된다.

1584년 12월 12일 까딸리나 데 빨라시오스(Catalina de Palacios)와 결혼한다.

1585년 세르반떼스의 최초의 목가소설 『갈라떼아』(*La Galatea*)가 출간된다.

1587년 세르반떼스는 '무적함대 지원병참 참모'로 근무하다 공금을 저축해둔 은행이 파산하자 공금횡령죄로 억울한 옥살이를 한다. 이때 바로 이 세비야 감옥에서 『돈 끼호떼』를 쓰기 시작했다고 한다.

1588년 영국 해전에서의 '무적함대'의 참패.

1603년 세르반떼스는 새로운 수도 바야돌리드로 이사한다.

1605년 1월에 마드리드에서 『돈 끼호떼』 1권이 출간된다.

1606년 에스빠냐 수도가 다시 마드리드로 옮겨온다. 얼마 뒤 세르반떼스도 마드리드로 이사 온다. 어떻게 보면 세르반떼스는 항상 왕궁이 있는 수도 가까이에서 살아온 셈이다.

1615년 『돈 끼호떼』 2권이 출간된다.

1616년 4월 22일, 68세의 나이로 세르반떼스는 마드리드에서 죽는다. 하루 뒤인 23일 뜨리니다드 수도원에 매장했다고 하나 아직도 그의 유해나 무덤은 발견되지 않았다. 세르반떼스의 사망일이 공교롭게도 셰익스피어의 사망일과 일치하나, 사실 같은 날 사망한 것은 아니다. 세르반떼스의 사망일은 1582년에 개혁된 그레고리 달력(현 태양력)에 따른 것이고 셰익스피어의 사망일은 구달력에 따른 날짜이기 때문이다. 숫자로는 같아 보이나 실제로는 달력이 달라 각각 비슷한 날짜에 사망한 것이다.

2. 세르반떼스의 작품활동

발표된 시들

1569년   마드리드에서 출간된 스승 로뻬스 데 오요스 문집에 이사벨 데 발로스 여왕(Reina Isabel de Valos)의 죽음에 바치는 비문 소네트와 같은 주제의 조가(弔歌) 한편, 민요(redondilla) 다섯편이 실린다.

1577년   아르헬에서 납치되어 포로로 수용소에 있던 시절의 동료 바르똘로메 루피노 데 참베리(Bartolomé Rufino de Chamberi)에게 바치는 두편의 소네트.

1583년   마드리드에서 출간된 뻬드로 데 빠디야(Pedro de Padilla)의 『민요집』(*Romancero*)에 포함된 소네트 한편.

1584년   마드리드에서 출간된 후안 루포(Juan Rufo)의 서사시 『라 아우스뜨리아다』(*La Austriada*)에 포함된 소네트 한편.

1585년   마드리드에서 출간된 뻬드로 데 빠디야의 『정신적 정원』(*Jardín espiritual*)에 실려 있는 시들.

1586년   마드리드에서 출간된 로뻬스 말도나도(López Maldonado)의 『노래집』(*Cancionero*)에 실린 소네트와 민요.

1587년   마드리드에서 출간된 뻬드로 데 빠디야의 책『동정녀 성모마리아의 위대성과 기적들』(*Grandezas y excelencias de la Virgen Nuestra Señora*)에 실린 소네트 한편. 마드리드에서 출간된 알론소 데 바로스(Alonso de Barros)의 책『도덕적으로 쓴 궁중 철학』(*Philosophia cortesana moralizada*)에 나오는 축시.

1588년   마드리드에서 출간된 프란시스꼬 디아스(Francisco Díaz) 박사의 의학서『신장병에 관하여 쓰인 새로운 연구서』(*Tratado nuevamente impreso acerca de las enfermedades de los riñones*)에 나오는 축시 소네트.

1595년   사라고사에서 출간된 성 하신또(San Jacinto)의 성인 추대식 관계 공문서에 나오는 문예작품 응모작 중 민요 한편.

1596년   마드리드에서 출간된 알바로 데 바산(Alvaro de Bazán)의 책『군사훈련의 새로운 지침서』(*Comentario en nuevo compendio de disciplina militar*)에 나오는 축시.

1598년   세비야에서 출간된 펠리뻬 2세의 죽음에 바치는 조시들 중 소네트 한편, 민요(quintillas) 열두편. 세비야에 있는 펠리뻬 2세 황제의 무덤에 바치는 소네트. 마드리드에서 출간된 극작가 로뻬 데 베가(Lope de Vega)의 작품『드라곤떼아』(*Dragontea*)에 나오는 헌시 소네트 한편.

1610년   마드리드에서 출간된『돈 디에고 우르따도 데 멘도사 시집』(*Poesías de don Diego Hurtado de Mendoza*)에 나오는 헌시 소네트 한편.

1613년   나뽈리에서 출간된 책으로 새로운 예술의 발견자 디에고 로셀(Diego Rosell)에게 바치는 소네트 한편.

1614년   세르반떼스의 유일한 시집『시인들의 성지 파르나소스로의 여행』

(*Viaje del Parnaso*)이 마드리드에서 출간됨.

1615년 「성녀 떼레사 데 헤수스의 기적에 바치는 노래」(Canción al éxtasis
de la beata madre Teresa de Jesús) 한편.

1616년 발렌시아에서 출간된 『떼루엘의 연인들』(*Los Amantes de Teruel*)
에 포함된 소네트.

1616년 마드리드에서 출간된 수녀 일폰사 곤살레스 데 살라사르(Alfonsa
Gonsález de Salazar)에게 바치는 소네트 한편.

1653년 마드리드에서 출간된 살다냐(Saldaña) 백작에게 바치는 송가와
「용감한 페르난 꼬르떼스의 노래」(Romance del valeroso Fernán
Cortés) 한편.

소설

1585년 알깔라 데 에나레스에서 목가소설 『갈라떼아』가 출간된다.

1605년 『돈 끼호떼』 1권 『기발한 시골 양반 라 만차의 돈 끼호떼』(*El
Ingenioso Hidalgo Don Quijote de la Mancha*)가 마드리드에서 1월
초에 출간된다.

1613년 최초의 단편소설들이 『모범소설집』(*Novelas Ejemplares*)으로 한데
묶여서 마드리드 출판사에서 나온다.

1615년 『돈 끼호떼』 2권 『기발한 기사 라 만차의 돈 끼호떼』(*El Ingenioso
Caballero Don Quijote de la Mancha*)가 마드리드 출판사에서 나
온다.

1617년 『뻬르실레스와 시히스문다의 모험』(*Los trabajos de Persiles y
Sigismunda*)이 세르반떼스 사후 출간된다.

극작품

1615년 『극작품들과 단막극들』(*Comedias y entremeses*)이 마드리드에서 출간된다.

1784년 『아르헬 포로 생활』(*El trato de Argel*)이 출간된다.

1784년 비극『라 누만시아』(*La Numancia*)가 출간된다.

2019년 11월 4~9일 에스빠냐 세비야에서 열린 에스빠냐어한림학회 제17회 총회(XVII Congreso de la Asociación de Academias de la Lengua Española)에서 '세르반떼스 전집'(Obras Completas de Cervantes)을 출간하기로 결정한다.

고전의 새로운 기준, 창비세계문학

오늘날 우리는 인간의 존엄과 개성이 매몰되어가는 시대를 살고 있다. 물질만능과 승자독식을 강요하는 자본주의가 전지구적으로 확산되면서 현대사회는 더 황폐해지고 삶의 질은 크게 훼손되었다. 경제성장만이 최고의 선으로 인정되고 상업주의에 물든 문화소비가 삶을 지배할수록 문학은 점점 더 변방으로 밀려나고 있다. 삶의 본질을 성찰하는 문학의 자리가 위축되는 세계에서는 가진 자와 못 가진 자 할 것 없이 모두가 불행할 수밖에 없다.

이 시대야말로 인간답게 산다는 것의 의미가 무엇인지 근본적인 화두를 다시 던지고 사유의 모험을 떠나야 할 때다. 우리는 그 여정에 반드시 필요한 벗과 스승이 다름 아닌 세계문학의 고전이라는 점을 강조한다. 고전에는 다양한 전통과 문화를 쌓아올린 공동체의 경험이 녹아들어 있고, 세계와 존재에 대한 탁월한 개인들의 치열한 탐색이 기록되어 있으며, 새로운 세상을 꿈꾸는 아름다운 도전과 눈물이 아로새겨 있기 때문이다. 이 무궁무진한 상상력의 보고이자 살아 있는 문화유산을 되새길 때만 개인의 일상에서 참다운 인간적 가치를 실현하고 근대적 삶의 의미와 한계를 성찰하는 지혜를 얻을 수 있을 것이다.

'창비세계문학'은 이러한 문제의식에서 출발한다. 세계문학의 참의미를 되새겨 '지금 여기'의 관점으로 우리의 정전을 재구성해야 할 필요성이 그 어느 때보다 절실하다. '정전'이란 본디 고정된 목록으로 존재하는 것이 아니라 그때그때 주어진 처소에서 새롭게 재구성됨으로써 생명을 이어가는 것이다. 우리는 먼저 전세계 문학들의 다양성과 차이를 존중하면서 국가와 민족, 언어의 경계를 넘어 보편적 가치에 기여할 수 있는 가능성에 주목하고자 한다. 근대를 깊이 성찰한 서양문학뿐 아니라 아시아와 라틴아메리카, 중동과 아프리카 등 비서구권 문학의 성취를 발굴하고 재평가하는 것 역시 세계문학의 지형도를 다시 그리려는 창비의 필수적인 작업이 될 것이다.

여러 전집들이 나와 있는 세계문학 시장에서 '창비세계문학'은 세계문학 독서의 새로운 기준이 되고자 한다. 참신하고 폭넓으면서도 엄정한 기획, 원작의 의도와 문체를 살려내는 적확하고 충실한 번역, 그리고 완성도 높은 책의 품질이 그 기초이다. 독서시장을 왜곡하는 값싼 유행과 상업주의에 맞서 문학정신을 굳건히 세우며, 안팎의 조언과 비판에 귀 기울이고 독자들과 꾸준히 소통하면서 진정 이 시대가 요구하는 세계문학이 무엇인지 되묻고 갱신해 나갈 것이다.

1966년 계간 『창작과비평』을 창간한 이래 한국문학을 풍성하게 하고 민족문학과 세계문학 담론을 주도해온 창비가 오직 좋은 책으로 독자와 함께해왔듯, '창비세계문학' 역시 그러한 항심을 지켜나갈 것이다. '창비세계문학'이 다른 시공간에서 우리와 닮은 삶을 만나게 해주고, 가보지 못한 길을 걷게 하며, 그 길 끝에서 새로운 길을 열어주기를 소망한다. 또한 무한경쟁에 내몰린 젊은이와 청소년들에게 삶의 소중함과 기쁨을 일깨워주기를 바란다. 목록을 쌓아갈수록 '창비세계문학'이 독자들의 사랑으로 무르익고 그 감동이 세대를 넘나들며 이어진다면 더없는 보람이겠다.

2012년 가을
창비세계문학 기획위원회
김현균 서은혜 석영중 이욱연 임홍배 정혜용 한기욱

창비세계문학 101

갈라떼아

초판 1쇄 발행／2024년 12월 4일

지은이／미겔 데 세르반떼스
옮긴이／최낙원
펴낸이／염종선
책임편집／정편집실·오윤
조판／황숙화
펴낸곳／(주)창비
등록／1986년 8월 5일 제85호
주소／10881 경기도 파주시 회동길 184
전화／031-955-3333
팩시밀리／영업 031-955-3399 편집 031-955-3400
홈페이지／www.changbi.com
전자우편／lit@changbi.com

한국어판 ⓒ (주)창비 2024
ISBN 978-89-364-6498-1 03870